Ariadnes Spezialität ist spannender Lesestoff mit literarischem und aufrührerischem Anspruch. Der Suspense unserer Krimis findet auf mehreren Ebenen statt, nicht nur: Wer hat gekillt bzw. wird er oder sie überführt?, sondern zusätzliche Rätsel, Fragen, Unklarheiten, Gefahren, Ängste und Nöte. Der Erzählkosmos darf keine heile Welt sein, die mit der Lösung des Falls wieder blitzsauber wird – vielmehr zieht ein guter Krimi seine Spannung auch aus den Lücken, Grauzonen und Fehlern herrschender Moral und Rechtsvorstellung. Hier sehen wir die Herausforderung einer zeitgemäßen Krimikultur: eingängig und spannend Geschichten zu erzählen, die gesellschaftliche Widersprüche und Ungerechtigkeiten ausleuchten, Zweifel an kulturellen, moralischen, sozialen Selbstverständlichkeiten wecken, kritischen Argwohn gegenüber den gängigen Glücks-, Erfolgs- und Wohlstandsversprechungen schüren, zum Misstrauen gegen blinde Ideologien, Dogmen und Normen anregen. Ariadne Krimis neigen zum Subversiven. Dass Frauen darin die Hauptrollen besetzen, war vor 20 Jahren ein Skandal, heute stehen wir damit nicht mehr allein. Die (Anti-)Heldinnen sind Figuren, die an den Rollenmustern rütteln und neue Wege zu gehen versuchen. Bei den deutschsprachigen Autorinnen suchen und fördern wir die, die mit dem Genre experimentieren, über den Tellerrand spähen, sich auf neues Terrain wagen. Krimis sind für uns eine Art Widerstandskultur. Das muss man natürlich nicht genauso sehen, man kann auch einfach unsere spannenden Bücher genießen.

Zu diesem Buch

Dass der eine oder die andere sie am liebsten auf den Mond schießen würde, ist nichts Neues für Lisa Nerz. Sich leibhaftig auf dem Mond wiederzufinden, ist aber selbst für die abgebrühte Journalistin ein Schock. Zumal sie in den Passagierlisten als Michel Ardan geführt wird, ein berüchtigter französischer Wissenschaftsjournalist und selbsternannter Ameisenexperte. Aber wo sie schon mal hier oben ist, warum nicht gleich im Todesfall des deutschen Astronauten Torsten Veith ermitteln?

Christine Lehmann, *1958 in Genf, lebt in Stuttgart und Wangen im Allgäu und arbeitet als Nachrichtenredakteurin. Sie schreibt Kriminal- und Liebesromane, und sie hat zwei der SWR-Radio-*Tatort*-Folgen verfasst. Die schillernde Grenzgängerin Lisa Nerz ermittelt hier bereits im siebten Roman. Lehmanns pointiert-lebendige Erzählsprache hat frischen Wind in die deutsche Kriminalliteratur gebracht. www.lehmann-christine.de

Coverfigur »das schweigen der sirenen und spiegel des alls« (1997–2002) von Wolfgang Thiel: *1951 in Zweibrücken, lebt in Stuttgart, bestückt seit den 80ern Stadt und Land mit seinen quietschbunten Plastiken. War einmal der Kunstlehrer der Autorin. Sein Thema ist der Mensch – meist Madonnen, Engel, Mannequins, Amazonen, Weibsbilder. Gestaltete unter anderem auch die Stadtbahnhaltestelle Stuttgart-Degerloch. www.atelier-thiel.de

Christine Lehmann

Nachtkrater

Ariadne Krimi 1173
Argument Verlag

Ariadne Krimis
Herausgegeben von Else Laudan
www.ariadnekrimis.de

Christine Lehmann bei Ariadne:

Vergeltung am Degerloch (Ariadne Krimi 1165)
Gaisburger Schlachthof (Ariadne Krimi 1167)
Pferdekuss (Ariadne Krimi 1171)
Harte Schule (Ariadne Krimi 1157)
Höhlenangst (Ariadne Krimi 1161)
Allmachtsdackel (Ariadne Krimi 1169)
Nachtkrater (Ariadne Krimi 1173)

Deutsche Originalausgabe

Glashüttenstraße 28, 20357 Hamburg
Telefon 040/4018000 – Fax 040/40180020
www.argument.de
Umschlag: Else Laudan, unter Verwendung einer Skulptur
von Wolfgang Thiel und eines Mond-Fotos der NASA
(Quelle: National Space Science Data Center NSSDC)
Lektorat & Satz: Iris Konopik
Druck und Bindung: CPI Moravia Books, Pohorelice,
Printed in Czech Republic
Gedruckt auf säure- und chlorfreiem Papier
ISBN: 978-3-86754-173-2
Erste Auflage 2008

»Nehmen Sie an, Sie müssten eine längere Zeit auf dem Mond leben. Was würden Sie am meisten vermissen?« – »Mondschein.«

Arno Schmidt, 1959

Die Ereignisse sind, wie es sich für einen Roman gehört, reine Erfindung. Ähnlichkeiten mit lebenden oder toten Astronautinnen und Astronauten wären rein zufällig.

Die terrestrische Besatzung

Lisa Nerz, Schwabenreporterin, stolpert über Leichen und vermutet Mord auf dem Mond, obgleich nichts darauf hindeutet.

Dr. Richard Weber, Oberstaatsanwalt für Wirtschaftsstrafsachen beim Landgericht Stuttgart und Fachmann für Weltraumrecht, wäre gern mitgeflogen.

Sally Simpson, Lisas Freundin, hat ihr einst das Leben gerettet und Lisa danach in ihre Menagerie von drei Katzen und einem Hund eingegliedert.

Oma Scheible, der Hausdrache in der Stuttgarter Neckarstraße, wo Lisa Nerz wohnt. Verfügt über einen reichen Vorrat an Geschichten über Siechtum und Tod.

Torsten Veith wollte die Mondgöttin heiraten, hatte diesbezüglich eine Wette mit seinem Schulfreund Gunter Maucher laufen und ist nun tot.

Joachim Rees, auch **Jockel** genannt, Vorsitzender des Mond-Clubs und Geldbeschaffer für Weltraummissionen. Fiktiver Neffe des realen Trossinger Weltraumpioniers Eberhard Rees, der zusammen mit Wernher von Braun die Apollo-Missionen der USA geplant hat. Nennt das Schloss von Ratzenried sein Eigentum.

Cecilie Rees, Jockels Frau, eine knitze Theologin, die im EU-Ethikrat etwas zu sagen hat, alle Mondmythen kennt und dem Glauben nicht abgeneigt ist, dass extraterrestrische Wesen einst auf der Erde gelandet sind.

Julie, alias **Schüssi**, ist die Nichte von Jockel und Cecilie Rees, auch wenn es zunächst anders aussieht.

Gunter Maucher ist Spross einer alten oberschwäbischen Tüftlerfamilie und Geschäftsführer der SSF, der Space Systems Friedrichshafen. Möchte den Mond besitzen.

Viola Maucher, Gunters Frau. Hält die Weltraumprojekte für zu teuer, vor allem angesichts der Klimakatastrophe auf der Erde.

Michel Ardan ist ein eitler französischer Journalist und Weltraumkritiker, der hinter allem eine Verschwörung vermutet und fest glaubt, dass es extraterrestrisches Leben gibt.

Die lunare Besatzung

Leslie Butcher, Kommandant der Artemis im Rang des Colonel (Oberst), ein Amerikaner mit Tic und Entscheidungsschwäche.

Zippora Eschkol, Neurologin aus Israel im Rang des Aluf Mischna (Oberst) mit Blick für gruppendynamische Prozesse und verwirrender Schwerhüftigkeit.

Artjom Pilinenko, undurchsichtiger russischer Vizekommandant im Rang des Polkownik (Oberst), trägt eine Waffe.

Wim Wathelet, belgischer Stationsarzt im Rang des Lieutenant-Colonel. Ist der Meister der Blutproben und älter, als er aussieht.

Ho Yanqiu, heimliche Mondgöttin aus Beijing und Spezialistin für Raumanzüge und Computer, hat ihre Cremetöpfchen und Geheimnisse.

Gail Taylor, First Lieutenant ohne Kinn, aber mit Nase und berückender Laszivität im Augenaufschlag, ist Ingenieurin, medizinisch-technische Assistentin und die unumstrittene Herrscherin im Mädchenquartier, bis Lisa Nerz ihr in die Quere kommt.

Rhianna McFinn, Roverfahrerin aus Boston, Verfahrensingenieurin und Methodistin und hält meistens verkniffen die Klappe.

Tamara Jagelowskaja, russische Ingenieurin für menschliche Angelegenheiten, notiert verbesserungswürdige Dinge, geht dem Kommandanten zur Hand und macht die Laborbelegungs- und Außeneinsatzpläne.

Morten Jörgensson, dänischer Mondarchäologe aus Roskilde, sammelt Weltraumschrott und Steine und hofft auf extraterrestrische Technik und Spuren von Leben auf anderen Planeten.

David Hirsch, verschwitzte Stimme von *Radio High Moon*, US-Bürger und Erster Systemadministrator, hält nicht viel von Datenschutz und fühlt sich unentbehrlich.

Robert Roca, kurz **Bob**, Roverpilot und Systemtechniker aus Chicago, groß wie ein Schrank, langt schon mal ordentlich zu.

Fred Lamonte, Bobs Arbeitszwilling aus Luxemburg, wenn auch von Statur eher schmächtig, ist ebenfalls Roverfahrer und Bohrsystemspezialist. Neigt zum Hyperventilieren.

Abdul as-Sharif, Pakistani im Rang eines Havilder (Unteroffizier), gehört zum Stamm der Fakire, ist Schlangenbeschwörer und Softwarespezialist mit Gespür für geheime Botschaften in Dateien und das Muster hinter den Erscheinungen.

Tupac Vaizaga, Indianer vom Stamm der Tupiguaraníes aus Bolivien, Biologe mit medizinischer Ausbildung, züchtet Hanf im Biolab und ist Spezialist für verlorene Seelen.

Nguyen Van Sung, Südkoreaner und Leiter des Biolab, wirkt harmloser, als er ist. Als Buddhist hat er nie eine Seele besessen und fürchtet sich deshalb nicht vor dem Tod.

Sergei Kascheschkin, Astrophysiker aus Kasachstan, trauert, weil ihm die Frau weggelaufen ist und der Mond seine Poesie verloren hat.

Georg Giffhorn, alias **Gonzo** aus Berlin, der zweite Astrophysiker auf der Artemis. Ist auf der Suche nach dem Urknall und glaubt, dass man ihn wirklich braucht.

Krzysztof Skarga, Pole, dankt der Schwarzen Madonna aus Tschenstochau, sucht nach Antimaterie von fernen Galaxien und hantiert mit Plasma, was man auch die Kugelblitz-Experimente nennt.

Giovanni Boccetto, Ingenieur aus Mailand, bastelt Bioroboter in Insektengestalt zur Monderkundung und hält Arbeitsaufträge für Beschäftigungstherapie.

Franco Llacer, Katalane aus Barcelona, Europaabgeordneter, hat in der politischen Tombola eine Mondreise gewonnen.

Pjotr Turenkow, Astrotourist aus Petersburg, Energiemagnat, war Mitglied der U-Boot-Besatzung, die 2007 die russische Flagge in den Meeresgrund unterm Nordpol gerammt hat.

Mohamed bin Salman al-Sibarai'I, Astrotourist aus Saudi-Arabien, einfach nur reich, spielt gern Schach.

Rakesh Chaturvedi aus der Kaste der Brahmanen ist ebenfalls Tourist, indischer Softwaregigant und ein Heiliger, der die Kunst der Meditation so perfektioniert hat, dass er eins wird mit der Mondgöttin.

Eclipse van Wijk, Südafrikaner, ist stolz auf seine etwas dunklere Hautfarbe, besitzt Diamantminen in Südafrika und Namibia und spielt gern Gesellschaftsspiele.

Fachwörter und Abkürzungen werden entweder gleich erklärt oder sind so unwichtig, dass Sie sie sich nicht merken müssen. Oder aber Sie schauen sie im Anhang nach. Dort finden Sie auch Erläuterungen zu den Zitaten an den Kapitelanfängen.

1

»Für die Mondbewohner steht die Erde fest, wie mit dem Nagel an den Himmel geheftet, unbeweglich am selben Ort, und hinter ihr ziehen die Gestirne und auch die Sonne von Ost nach West vorbei.« *Somnium*, Johannes Kepler, 1630

Mit Magnetbürsten schrubbten wir den unglaublich klebrigen Staub von den Stiefeln. Ich nieste existenziell zwanghaft. Und gleich noch mal. Es roch nach abgebrannten Silvesterknallern.

»Ja«, lachte Gonzo, »das ist der Duft des Mondes.«

»Dabei hat Mondstaub chemisch nichts mit Schießpulver zu tun«, behauptete Franco. »Regolith besteht aus Silikondioxidglas. Das Ergebnis von Abertausenden von Meteoriteneinschlägen in den vergangenen vier Milliarden Jahren.«

Gespeicherte stellare Böller also, olfaktorisch lesbar. Dabei hatten wir den Mond gar nicht direkt betreten. Wir waren aus der Fähre gleich in den Stationsport gewankt. Aber Mondstaub kriecht überall rein, winzig, scharfkantig und aggressiv.

»Und wenn er mit Sauerstoff und Feuchtigkeit in Berührung kommt, dann reagiert er. Das kennt man von der Erde. Wenn es lange trocken war und plötzlich regnet. Dann riechen die Straßen nach Staub und … Urin.« Franco lachte.

Auch recht. »Hat jemand ein Tempo?«

Nein, woher auch? Himmel, ist das eng alles!

Eine dienstfertige Chinesin schraubte und zog uns aus den Raumanzügen und schickte uns nacheinander in die Magnetdruckwasserdusche. Angetan mit violetten Anzügen aus einem synthetischen Stoff hüpften wir anschließend durch einen Gang. Seine Decke war gepolstert. Sonst hätte sich Franco sicher gleich den Schädel gerammt. Immer wieder lupfte es ihn vom Boden.

Hinter einer weiteren Druckschleuse erwartete uns Tamara. Sie sah auch so aus: vollbusig, schwarzhaarig, mandeläugig.

Franco murmelte auf Spanisch oder Katalanisch anerkennende Schweinereien vor sich hin. Während des Flugs hatte ich mir drei Tage lang seine Referate über die Frauenärsche der Welt anhören müssen. Das Gerede über Titten verstehe er nicht, auf den Hintern komme es an. In Europa hatten die Spanierinnen die schönsten, deutsche Ärsche waren zu flach, französische zu klein. Die wunderbarsten Ärsche auf dem Globus aber hatten die Brasilianerinnen. »Puta madre!«

»Willkommen auf der Internationalen Mondstation Artemis«, sagte Tamara. »Kommandant Colonel Leslie Butcher und seine Crew wünschen euch einen angenehmen und erfolgreichen Aufenthalt.« Sie sprach Amerikanisch mit russischem Akzent. »Ich bin«, sie legte beide Hände übereinander auf die Brust, knapp oberhalb ihrer üppigen Titten, »Tamara Jagelowskaja, eure Ansprechpartnerin in allen Fragen des *human factors engineering.*« Unübersetzbar! »Hier sind eure Uhren.«

Und eng war das! Gonzo keuchte mir ins Genick. Franco rubbelte in seiner virilen Unruhe mit seinem Ellbogen meine Rippen. Jeder Zentimeter Wand um uns herum war Nutzfläche für Schalter, Schubladen, Kabel, Messgeräte, Werkzeuge, Laptops, Kameras und Automaten zwischen Kabelbündeln, Kabelrollen, Kabelgirlanden und Kabelenden. Seit Tagen schon hatte ich nur noch genormte Schubladenwände mit Schaltern, Knöpfen und Anzeigen wenige Zentimeter vor meinen Augen gehabt, selbst die Sterne hatten sich im Bullauge der Fähre zu einem Nahbild verdichtet. Und beständig bohrte sich das Gebrumm der Belüftung durch den Schädel. Nie leise genug, dass man es ganz vergaß.

»Bitte tragt die Uhren immer direkt auf der Haut«, sagte Tamara. »Sie enthalten im Armband einen RFID-Chip mit Sensor, der Alarm auslöst, wenn die Temperatur unter 36 Grad Celsius sinkt oder über 39 Grad steigt.«

Gonzo nickte verständig. Der Astrophysiker aus Berlin hatte schon während des Flugs den Alleskönner rausgehängt. »Ein Nazi, eh!«, hatte Franco mir ins Ohr gewispert. Mir hatte er französische Leichtigkeit bescheinigt, *Laisser-faire*.

»Du bist«, sagte Tamara mit Blick auf ihren Handcomputer, »also Dr. Georg Giffhorn aus Berlin. Aufenthalt: drei Monate.«

Gonzo legte sich die Uhr mit geübtem Griff an.

»Dann bist du Franco Llacer?« Tamara lächelte. »Der Europaabgeordnete aus Barcelona. Willkommen! Und du«, sie richtete ihre schwarzen Mandelaugen auf mich, »bist dann wohl Dr. Michel Ardan aus Marseille. Der Ameisenspezialist! Unser Retter!«

Franco hatte mich Miguel genannt. Gonzo hatte Mischel gesagt. Ich hätte sonst gar nicht gewusst, wer ich war.

Tamara lächelte sich an mich heran. Kühle Finger nestelten die Omega Speedmaster Professional an meinem Handgelenk fest. Ich wich zurück, so weit es ging, bevor ihre Tittenspitzen meinen Tittenspitzen ins Gehege kamen.

»Zum weiteren Prozedere …« Sie lächelte hostessig in die Runde. »Zunächst einmal schauen wir bei Dr. Wathelet zum Gesundheitscheck vorbei.«

Panik durchschoss mich völlig unvorbereitet. Ein erstes Gefühl nach den Tagen innerer Totenstarre unter Schock.

2

»Jetzt aber ragt sie unter den lydischen Frauen hervor wie nach Sonnenuntergang der rosenfingrige Mond, der alle Sterne überstrahlt.« *Arignotalied*, Sappho, ca. 600 v. Chr.

Der Spargel war schuld, dass ich auf den Mond gekommen war. Bruchsaler Raketen, auf den Punkt gegart, mit Sauce Hollandaise, Schinken und Kartoffeln.

Auf der Fahrt durch die Stuttgarter Tunnel nach Sindelfingen hinaus hatte Richard mich kurz instruiert: »Sie heißt Viola, er Gunter Maucher, Chef der SSF, Space Systems Friedrichshafen.«

»Und was soll ich da?«

»Dich benehmen, Lisa! Und zwar so wie immer!«

»Wieso? Ist da jemand plötzlich und unerwartet verstorben?«

Die Gastgeberin trug grüngoldene Hosen und ein darauf abgestimmtes grüngelbes Designerjäckchen aus einem Schaufenster am Münchner Stachus.

»Ah, Frau Nerz, freut mich! Schon viel von Ihnen gehört«, sagte sie und musterte mich und meinen violetten Smoking mit dem skeptisch-spöttischen Lächeln, mit dem man in diesen Kreisen die unpassende Gespielin des Oberstaatsanwalts für Wirtschaftsstrafsachen beim Landgericht Stuttgart zur Kenntnis nahm.

Gunter Maucher war Ende dreißig, trug ein violettes Polohemd zu braunen Hosen, reißnagelkurzes Haar und ein sportliches Lächeln. Sein Händedruck war dynamisch und kam vom Power Plate her, einem Fitnessbrett, das Vibrationen erzeugte, »dreidimensionale!«, und je nach Turnübung bestimmte Muskelpartien zum Zucken animierte. »Funktioniert über die Reflexe! Eine Errungenschaft der Raumfahrt. Die Russen haben das für die Mir entwickelt, um den Muskelabbau in der Schwerelosigkeit zu bremsen.«

Zu irgendwas war die Raumfahrt also doch gut. Cipión zerrte in Richtung Küche und röchelte im Halsband.

»Die Teflonpfanne hingegen« – die hatte ich gerade erwähnen wollen – »hat mit der Raumfahrt nichts zu tun. Das ist ein weitverbreiteter Irrtum. Aber schaden tut er uns nicht. Nicht wahr, Jockel?«

Jockel war mit einer Schickse gekommen, die zwar nicht zu seinem Alter passte, dafür aber seinem silbernen Porsche Carrera gut stand. Er war ein fleischiger Mann Ende sechzig und so bedeutend, dass er es sich leisten konnte, die Erklärung seiner Existenz anderen zu überlassen. Jockels Schickse hieß, genuschelt, Schüssi.

Bei Tisch hatten wir es vom viel zu warmen Frühling, von Gunters Meniskus und Jockels Tachykardie. Viola Maucher steuerte Rheuma bei. Nuschel-Schüssi bewachte solange ihren Lippenstift und fingierte ein Lächeln. Seit neuestem neigten sich Tischgespräche viel zu schnell allerlei Krankheiten zu. Der andere Part gehörte den Heldentaten in der Welt von Nepp und Schnäppchen.

»Heute früh gestochen!«, erklärte Gunter mit großen Gesten, als Viola den Spargel auftrug. Er war am Morgen extra nach Stuttgart hinuntergefahren, um bei Feinkost Böhm mit eigenen Augen den Spargel auszusuchen. »Man hätte ihn sich auch schälen lassen können, aber als ich die Vierkanthölzchen sah, die dabei rauskamen, da habe ich gedacht, das kann meine Viola besser.«

Schüssi lachte sinnentleert. Sie war intensiv damit beschäftigt, sich im Gravitationsfeld der drei männlichen Mächte am Tisch zu justieren: Gunter Maucher, der Schwätzer, Jockel, ihr Schmuckspender, und meiner, Dr. Richard Weber, Oberstaatsanwalt, geschmeidig und wortkarg: eine unbekannte Größe von starker Anziehungskraft.

»Eigentlich mag ich keinen Spargel«, verkündete sie mit Glosslippen. »Ich kann den Geruch nicht leiden. Ich meine, hinterher.« Sie lachte springbusig und glitzerte Richard an, der seine Gedanken unweigerlich dem zuwandte, was auf dem stillen Örtchen zwischen Schüssis Schamlippen hervorkam.

»Also, ich verstehe die Aufregung in den Medien nicht«, sagte Gunter. »Auf dem Mount Everest sterben jedes Jahr fast zweihundert Menschen. Das ist eine Todesrate von acht Prozent. Vom Gasherbrum II kommt nur jeder Zweite lebend wieder runter! In der Raumfahrt liegt die Todesrate dagegen bei nur zwei Prozent. Doch kaum stirbt da oben einer, stellen die Medien die ganze Raumfahrt in Frage. Torstens Tod ist tragisch, gewiss! Besonders für mich. Mein Gott, der Torti und ich, wir sind doch zusammen in Wangen im Allgäu auf die Schule gegangen. Er hat immer Astronaut werden wollen. Er kannte das Risiko.«

»Und seine Frau und die Kinder, wer hat die gefragt?«, fragte Viola anklagend. »Er hinterlässt drei Kinder!«

»Die Familie ist versorgt«, brummte Jockel fleischig. »Wir haben eine Stiftung für so was.«

»Geld ist nicht alles!«

»Aber nur mit Geld kann man Probleme lösen!«, brummte Jockel.

Schüssi lachte und warf mir einen Komplizinnenblick zu, denn immerhin steckte mir ein Einkaräter im Ohrläppchen, was mich markierte als eines Mannes Kurtisane. Den teuersten Schmuck trug allerdings Viola. Sie gehörte zu den Damen, die es sich zur Lebensaufgabe gemacht hatten, basisch zu leben, glutenfrei und linksdrehend zu essen und das Leid anderer in Anklagen zu verwandeln.

»Und niemand will sagen, woran er wirklich gestorben ist.« Viola bündelte für Richard vorwurfsvoll die Spargelstangen. »Die arme Susanne. Wie früher: gefallen auf dem Feld der Ehre. Mehr sagt man ihr nicht. Da geht es schließlich um ein Millionengeschäft.«

Richard schob seinen Teller unter das tropfende Gemüse.

»Milliarden!«, korrigierte Gunter im Reflex eingespielter

ehelicher Überlegenheitsscharmützel. »Das verwechselt Viola immer.« Er lachte. »Nicht wahr, Schätzelchen?«

Schätzelchen schossen die Raketen über Richards Teller hinaus. »Oh, Verzeihung!«

»Nix passiert.« Seinen cognacfarbenen Anzug hatte Richard samt seiner Person aus der Schussbahn nehmen können. Gegen allen Anstand klaubte er mit den Fingern eine dampfende Stange vom Platzdeckchen auf seinen Teller. Ein Torpedo hatte den Tisch verlassen und war Cipión vor die bärtige Schnauze gefallen. Der Dackel schnüffelte angewidert.

»Lass liegen, Richard!«, rief die Hausherrin, doch er hatte sich bereits gebückt. Am ausgestreckten Arm trug Viola die Spargelstange auf ihrem Teller in die Küche.

»Die Sauce Hollandaise ist doch selbstgemacht?«, erkundigte ich mich und schnüffelte unerzogen über die Sauciere nach dem, was bei mir zu allergischen Schocks führen mochte. Mein eigenes Leben war mir doch näher als das des Astronauten, der vor vier Wochen tot durch die Nachrichtensendungen getragen worden war: beim Mondspaziergang ums Leben gekommen.

»Susanne wusste, wen sie heiratet«, sagte Gunter. »Sie kannte Torti seit der Schulzeit. Wir hatten da sogar eine Wette am Laufen, der Torti und ich.«

»Was für eine Wette?«, fragte ich und säbelte dem Spargel die Köpfe ab.

»Also ich würde sterben vor Angst, wenn mein Mann auf den Mond fliegen würde«, kicherte Schüssi dazwischen.

»Bald haben wir sowieso kein Geld mehr für so was!«, verkündete Viola. »Die CO_2-Bilanz von Raumflügen ist inakzeptabel. Und wir haben doch jetzt schon dermaßen Probleme auf der Erde wegen der Klimakatastrophe, dass eigentlich niemand mehr Raumfahrtprogramme bezahlen kann.«

Gunter verzog das Gesicht und murmelte: »Dann wird der Mond vielleicht unsere einzige Rettung sein. Unser siebter Kontinent.«

»Wir haben sowieso keine andere Wahl!«, bruddelte Jockel. »Wollen wir denn wirklich ewig von russischem Erdgas abhängig sein? Wollen wir unsere Freiflächen mit Windkraftanlagen und Solarzellen pflastern? Unsere einzige Zukunft ist die saubere Kernfusion.«

»Da ist noch gar nichts geschwätzt«, unterbrach Richard kenntnisreich. »Die saubere Heliumfusion hat noch keiner zuwege gebracht, und euer Testreaktor in Frankreich mit dem lateinischen Buchstabenhaufen Iter für Weg, der befindet sich gerade mal auf demselben. Und auf einen Grundstoff setzen, den es auf der Erde so gut wie gar nicht gibt, das scheint mir …«

»Auf dem Mond gibt's Unmengen Helium-3«, unterbrach Gunter.

»Aber eben nur auf dem Mond!«

»Aber es rechnet sich!«, warf Gunter ein.

»Und genau deshalb muss der Mond europäisch sein«, bruddelte Jockel dazwischen. »Wir dürfen nicht alles den Amerikanern, Russen und Chinesen überlassen. Eine Tonne Helium-3 vom Mond ist vier Milliarden Euro wert. Wer dort Helium abbaut, wird sich dumm und dämlich verdienen. Glücklicherweise sieht die Kanzlerin das mit der Raumfahrt ein bissle anders als dieser Gazprom-Stoffel vorher. Sie ist immerhin Physikerin. Wenn auch der EU-Etat für die Weltraumforschung nur ein Nasenwasser ist, verglichen mit dem, was die USA oder Japan ausgeben.«

Meine Spargelköpfe waren kalt und schmeckten nach Schwefel.

»Der Mond darf niemandem gehören, finde ich«, sagte Viola. »Finden Sie das nicht auch, Frau Nerz?«

»Äh!«

Gunter stellte die Weinflasche aus Violas Reichweite.

»Gibt es da nicht den Weltraumvertrag?«, stocherte ich in den Untiefen meiner Viertelbildung.

»Ja«, übernahm Richard mühelos. »Der Vertrag über die

Grundsätze zur Regelung der Tätigkeiten von Staaten bei der Erforschung und Nutzung des Weltraums einschließlich des Mondes und anderer Himmelskörper aus dem Jahr 1967. Den haben immerhin hundert Staaten unterzeichnet.«

Viola lachte auf. »Aber sicher nicht die USA.«

»Sogar die USA. Der Vertrag sollte damals verhindern, dass Atomwaffen ins All gebracht werden. Er legt fest, dass der Weltraum und seine Gestirne nur zu friedlichen Zwecken genutzt werden dürfen. Das legen die Amerikaner allerdings inzwischen anders aus als die Russen. Die USA verstehen unter friedlich *nicht aggressiv*, während die damalige Sowjetunion von *nicht militärisch* ausging.«

Der Spargel stellte sich in meinem Magen quer.

»Mir gehört schon ein Stück vom Mond!«, triumphierte Schüssi. »Jockel hat mir ein Mondgrundstück zum Geburtstag geschenkt. Da gibt es einen Amerikaner, der verkauft Mondgrundstücke. Ich hab zu Jockel schon gesagt: Kauf doch gleich den ganzen Mond.«

Jockel blickte von seinem Teller auf.

»Aber da kann doch nicht einfach einer behaupten«, fuhr Viola hoch, »ihm gehöre der Mond, und dann Grundstücke verkaufen! Oder? Richard, was sagst du dazu, du als Staatsanwalt?«

»Oh, das ist kompliziert«, antwortete der Jurist vergnügt. »Soviel ich weiß, hat dieser Amerikaner sich im Grundbuchamt von San Francisco seine Besitzansprüche auf den Mond eintragen lassen und dann UNO, USA und die damalige UdSSR informiert. Augenscheinlich hat niemand innerhalb der ausgesetzten Frist von acht Jahren Berufung eingelegt.«

»Also müssten NASA oder ESA jetzt mich fragen, wenn sie mein Grundstück nutzen wollten«, sagte Schüssi. »Ich könnte Pacht verlangen und reich werden.«

»Sicherlich nur auf dem Klageweg«, lächelte Richard. »Und es würde ein sehr, sehr langer Klageweg werden, und ein sehr teurer mit äußerst ungewissem Ausgang.«

Jockel senkte seinen Blick wieder ins Gematsche von Sauce Hollandaise, Kartoffeln, Schinken und Spargel.

»Ihr wollt den Mond doch bloß ausbeuten, alle miteinander«, rätzte Viola.

»Frogs und Borgs aller Sonnensysteme, vereinigt euch!«, rief ich mit geballter Faust im violetten Smoking.

»Ja«, sinnierte Richard, »es lässt uns nicht kalt, wenn es um den Mond geht, das Auge der Nacht, den Weichzeichner der Liebe, den Folterknecht unserer schlaflosen Nächte.«

Schüssi schmachtete.

»Dabei ist er nur ein totes Absprengsel der Erde«, lächelte Richard verträumt. »Der Leichnam der Welt: lebensfeindlich, unbewohnt und unbewohnbar. Dennoch werfen wir unsere Phantasien hinauf, sehen einen Mann, ein Gesicht, ein Kaninchen, Meere und Ozeane.«

»Krass!«, lispelte Schüssi.

Richard richtete seinen Blick aus seinen asymmetrischen milchkaffeebraunen Augen auf die Schöne. »Und wisst ihr, wer den ersten echten Science-Fiction-Roman geschrieben hat, der ausschließlich von einer Reise zum Mond handelt?«

Er durfte damit rechnen, dass Schüssi den Kopf schüttelte. Auf diese Weise ersparte er es den anwesenden Männern, ihre Unwissenheit zu offenbaren. Mit Jules Verne hätten sie und ich danebengelegen.

»1595, Johannes Kepler«, sagte er. »*Somnium* heißt seine Schrift, auf Latein geschrieben. Kepler hatte als Student in Tübingen seinen Herren Professoren in einer Disputation vor Augen führen wollen, dass man auch auf dem Mond glauben würde, man befinde sich im Mittelpunkt der Planetenbewegungen, so wie man das auf der Erde glaubte. Aber den Tübinger Professoren war das viel zu nah am kopernikanischen Weltbild.«

Schüssi sah nicht aus, als sei ihr das ein Begriff. Ich sah vielleicht so aus, aber mir war es auch kein Begriff.

»Kopernikus hatte neunzig Jahre vorher die Sonne ins Zentrum der Planetenbewegungen gerückt«, erklärte Richard. »Aber der Kirche fiel es saumäßig schwer, vom Glauben Abschied zu nehmen, dass der Schöpfer die Welt ins Zentrum gestellt haben müsse. Keplers *Traum* wurde zu seinen Lebzeiten nicht veröffentlicht. Weil der Schwager über dem Druck verstarb, hatte dessen Sohn eine Heidenangst, dass es auch ihn dahinraffen würde. Erfolgreich war das Büchlein auch nie. Es beginnt wie ein Märchen. Der Erzähler schläft ein und träumt von Duracotus, einem Jungen, der mit seiner Mutter, der Kräuterhexe Fiolxhilde, in Island lebt. Sie verkauft Kräuter an Fischer und Seefahrer. Eines Tages öffnet Duracotus einen Kräuterbeutel, der an einen Kapitän verkauft werden sollte, und verschüttet den Inhalt. Die Mutter ist so sauer, dass sie den Jungen anstelle der Kräuter an den Kapitän verkauft. So gelangt Duracotus nach Dänemark in die Lehre des Astronomen Tycho Brahe. Fünf Jahre später kehrt er heim. Fiolxhilde meint, es sei ja gut und schön, was der Bub alles von Tycho über den Mond gelernt habe, aber sie kenne einen Dämonen, der könne ihn sogar zum Mond bringen.«

»Cool!«, rief Schüssi.

»Fast hundert Jahre bevor Newton sich fragte, warum der Apfel nach unten fällt, und die Gravitationsgesetze entwickelte, war Kepler klar, dass man die irdische Gravitation überwinden muss, und zwar mit einem Schuss wie aus einer Kanone, und dass das Fluggerät dann ohne Antrieb durch die Schwerelosigkeit fliegt. Er wusste, dass beim Start starke Kräfte auf den menschlichen Körper wirken. Keinen von sitzender Lebensart, keinen Beleibten, keinen Genussmenschen könne man das zumuten, und der Reisende müsse vorher durch Opiate betäubt und seine Glieder sorgfältig verwahrt werden, damit sie ihm nicht vom Leibe gerissen würden.«

Jockel gab einen anerkennenden Laut von sich.

»Kepler wusste, dass der Monddurchmesser einem Viertel des Erddurchmessers entspricht, und selbstverständlich hatte er beobachtet, dass er uns immer dieselbe Seite zukehrt. Auch auf dem Mond geht demzufolge die Sonne auf und unter, aber ein Tag entspricht etwa einem irdischen Monat, auch das wusste Kepler. Er schloss daraus, dass auf der Mondoberfläche extreme Temperaturunterschiede herrschen müssen, unerträgliche Hitze, wohl fünfzehnmal so glühend wie die in unserem Afrika, und eisige Kälte. Eigentlich muss Kepler auch gewusst haben, dass der Mond keine Atmosphäre hat. Denn das konnte man schon in der Antike erkennen, wenn man beobachtete, wie ein Stern hinter dem Mond verschwand. Man sieht nämlich, dass er plötzlich verschwindet, ohne vorher in einer Luftschicht zu verschwimmen. In seinem Traum sieht Kepler dennoch Eis und Schnee auf den kalten Teilen des Mondes und riesige Gewässer. Und er kam auch nicht umhin, sich Leben auf dem Mond zu denken. Er beschreibt Fabelwesen, die sich der Lebensfeindlichkeit der Mondnatur angepasst haben. Ein Gedanke, der erst vierhundert Jahre später von Charles Darwin aufgegriffen wurde.« Richard lächelte versonnen. »Es zeigt sich doch immer wieder, dass alle Ideen in der Menschheit längst vorhanden sind, bevor irgendein Wissenschaftler sie aufgreift und damit berühmt wird.«

Fast hätte ich mich verschluckt.

Auch Jockel gab einen unwilligen Ton von sich. »Und was ist mit den Irrtümern?«, gurgelte er aus der Tiefe seiner massigen Brust heraus. »Mit Aberglauben kann nur die Wissenschaft aufräumen!«

»Aber erst, wenn man bereit ist, ihr zu glauben, Jockel! Wer hat denn Tobias Mayer geglaubt, als er Mitte des achtzehnten Jahrhunderts schrieb, dass der Mond keinen Luftkreis habe und folglich unbewohnt sein müsse? Übrigens ein Landeskind, in Marbach am Neckar geboren und in Esslingen aufgewachsen.«

Viola stand auf und trug die Teller hinaus.

3

»Sie wollen die Fahrt zum Monde … die Fahrt auf den brüllenden Flammen … zu meinem goldenen Monde wagen?« *Frau im Mond*, Thea von Harbou, 1928

»Da hast du aber eine Eroberung gemacht«, stichelte ich, während wir in Richards diplomatendunklem Benz unterm Dreiviertelmond um den Schattenring schleuderten und Cipión, von der Zentrifugalkraft gegen mein Bein getrieben, seine Schnauze in die Fußmatte stauchte und nieste. »Schüssi war ja ganz hin und weg!«

»Wer?«

»Die Schickse, die nach dem Genuss von Spargel so ungern strullen geht, Richard. Die Mondfleckenbesitzerin, mit der du dich den ganzen Abend unterhalten hast.«

»Ach, du meinst Julie!«

»Und was hat sie so gewusst?«

»Nichts.«

»Ah ja!«

»Mein Gott, sie arbeitet im Shop des Zeppelinmuseums in Friedrichshafen. Das hat sie mir erzählt.«

»Das muss ja ein faszinierender Job sein.«

»Lisa! Du haderst doch wieder nur …«

»Und was will dieser fleischige Jockel mit dem Mond machen, wenn er ihn gekauft hat?«, unterbrach ich Richard, ehe er Wahrheiten benannte.

»Dieser Jockel ist Joachim Rees, Lisa!«

»Ach, Gott!«, rief ich. »Das war Joachim Rees! Der?« Wenn ich es genau bedachte, hatte ich keine Ahnung. »Und was macht der noch mal genau?«

Richard schmunzelte. »Er ist der Neffe von Eberhard Rees, dem Raketenspezialisten aus Trossingen im Schwarzwald, der im Stuttgarter Zeppelin-Gymnasium« – das lag gleich neben der

Staatsanwaltschaft in der Neckarstraße – »zwischen den Kriegen Abitur gemacht, an der Stuttgarter TH studiert hat und dann der erste Mann hinter Wernher von Braun war, erst in Peenemünde beim V2-Raketenprogramm der Nazis, dann in Amerika beim Apollo-Programm. Sein Neffe Jockel war ebenfalls für die NASA tätig und ist jetzt der Vorsitzende des Mond-Clubs mit Sitz in oberschwäbischen Ratzenried.«

Ich musste lachen.

»Lach nicht. Der Mond-Club vereinigt Mitglieder aus allerhöchsten Ebenen der Luft- und Raumfahrtindustrie und ist einer der größten Umschlagplätze für Gelder, die in konkrete Projekte auf dem Mond fließen.«

»Da geht es um Milliarden«, gluckste ich.

»Ganz recht. Jockel hat dafür gesorgt, dass in den Projekten von ESA, NASA, JAXA – das sind die Japaner – Roskosmos und ISRO – Indien – immer mehr Technik und Know-how aus Baden-Württemberg steckt.«

»Haben wir denn so viel No-Hau?«

Richard hob stolz das Schwabenkinn. »Wir laufen Bayern bald den Rang ab in Sachen Weltraumtechnik. Wir haben Tesat-Spacom in Backnang für Satellitenmodule, Hoerner & Sulke in Schwetzingen – übrigens von einer Frau geleitet! – für Detektoren, Stereokameras und Massenspektrometer für ISS und Artemis. Wir haben das Forum 1 auf dem Flugfeld in Sindelfingen, das sich dem Raumfahrtgewerbe widmet. An der Uni Stuttgart werden Antriebs- und Transportsysteme entwickelt. Die EADS-Astrium Friedrichshafen ist Spezialist für magnetisch reine Systeme für Satelliten. Wir haben die DASA als größtes Luft- und Raumfahrtunternehmen in Deutschland, das seine Wurzeln in der MTU Friedrichshafen hat, die …«

»Und jetzt will der Club den Mond kaufen?«, unterbrach ich Richards Wissenserguss.

»Unsinn! Der Mond wird denselben Status haben wie der Nord- und Südpol.«

Wir rollten über die Nesenbachtalbrücke in den Viereichenhautunnel, der nach einer kurzen Ampellichtung in den Heslacher Tunnel überging.

»Wenn man Gunter und Jockel reden hört«, bemerkte ich, »dann scheint mir das eher unwahrscheinlich. Ich sage nur Helium-3.«

»Man muss das Zeug erst einmal haben, Lisa. Helium-3-Atome werden vom Sonnenwind auf den Mond geblasen und von Meteoriteneinschlägen unter den Mondstaub gerührt. Helium ist ein Edelgas. Es lagert als Gasbläschen im Mondstaub. Aber keiner weiß so genau, wie tief, wie viel.«

»Und was ist da faul am Tod von Torsten Veith?«, fragte ich.

»Er ist bei einem Mondspaziergang verunfallt. Sein Anzug war beschädigt. So was kann passieren.« Richard bremste an der Ampel im Tunnelausgang zum Marienplatz.

»So was darf aber nicht passieren, oder?«

»Ein Astronaut darf auch niemals alleine einen Außeneinsatz unternehmen.«

»Und warum ist er alleine raus?«

»Das weiß niemand.«

»Und was hast du damit zu tun?«

»Nichts.«

»Und warum waren wir dann heute bei Gunter Maucher zum Essen eingeladen?«

»Die Mauchers sind eine alte oberschwäbische Tüftlerfamilie.« Richard rettete sich ins Regionale. »Gunters Großvater hat vor dem Krieg in Wangen im Allgäu Wohnwagen gebaut und dann bei Waldner in Wangen Labortechnik für Schulen. Gunters Großonkel war in Friedrichshafen am Zeppelinbau beteiligt. Aus seiner Fabrik ist die SSF hervorgegangen, der bedeutsamste Produzent für Druck- und Vakuumtechnologien und Supraleiter, die man für Fusionsreaktoren braucht. Vor zehn Jahren hat Gunter die Geschäftsführung der SSF übernommen. Den Raumfahrtbahnhof Friedrichshafen verdanken wir seiner Initiative.«

»Verstehe. Er ist ein potenzieller Steuerbetrüger.«

Der Staatsanwalt warf mir einen schnellen Blick zu. »Die SSF gehört seit einigen Jahren zum französischen Konzern TSE, Technique Spatiale de l'Europe, Großroboter für den Abbau von Bodenschätzen, Tiefenbohrer, Kräne. Torsten Veith war bei der SSF/TSE Ingenieur für Verfahrenstechniken.«

»Dann war es Mord!«

»Das ist entschieden eine Nummer zu groß für dich, Lisa!«

Wir rollten unter dem Österreichischen Platz hindurch. Gleich dahinter stoppte uns auf der Stadtautobahn die Fußgängerampel zwischen Leonhardskirche und Schwabenzentrum. Fußgänger gab es allerdings keine mehr. Die hatten längst bei Rot ihr Leben auf den sechs Spuren riskiert.

»Wer wäre denn zuständig bei Mord auf dem Mond?«, erkundigte ich mich.

»Oh, das ist kompliziert«, sprach der Jurist wiederum vergnügt. »Das hängt von vielerlei ab.«

»Wovon zum Beispiel?«

»Zunächst davon, wo der Mord geschehen ist. Die Artemis besteht aus Modulen von Russland, den USA, Japan und Europa. Entsprechend wären die USA, Europa, Japan oder Russland zuständig für die Ermittlungen.«

»Und wenn er außerhalb der Artemis geschehen ist?«

»Dann stellt sich die Frage, zu welcher Nation der Tote gehörte.«

»Tosten Veith war Deutscher.«

»In diesem Fall wäre Europa zuständig. Aber auch das ist nicht so einfach. Man stelle sich vor, als Täter würde ein US-Bürger ermittelt. Wer arretiert ihn dann? Und wer ordnet das an? Der Kommandant oder das Bodenkontrollzentrum. Und wie und unter welchen Haftbedingungen wird er festgesetzt? Und nehmen wir an, der Verdächtige bestreitet die Tat. Welches nationale Strafrecht gilt dann für die Beweisaufnahme? An welches Gericht muss er überstellt werden? An ein europäisches oder amerikanisches. In den USA gilt die Todesstrafe, Europa lehnt sie ab.«

Richard schaltete zufrieden.

»Die Entscheidung darüber, welcher Gerichtsbarkeit der Beschuldigte unterworfen wird, hängt außerdem davon ab, wer er ist. Für einen Wissenschaftler würde Heimatrecht gelten, wäre der Verdächtige ein Astrotourist, gilt das Recht der Nation, die ihn transportiert hat. Bei der Betriebsbesatzung verhält es sich wieder anders. Ein amerikanischer Offizier unterstünde dem Militärrecht, ein europäischer Pilot dagegen kann auch Zivilist sein. Derzeit haben wir nicht mehr als das IGA, das *Intergouvernmental Agreement*. Das beschäftigt sich allerdings mehr mit Nutzungsrechten und dem Schutz geistigen Eigentums. Der Entwurf eines extraterrestrischen Zivil- und Strafrechts liegt derzeit bei der UNO im Rechtsausschuss des ständigen Ausschusses für die friedliche Nutzung des Weltraums, COPUOS. Der tagt einmal im Jahr. Für Völkerrechtsverstöße im Rahmen kriegerischer Aggressionen wäre er wiederum nicht zuständig. Und sollte die UNO eines Tages ein umfassendes Gesetzeswerk beschließen, wird es noch jahrelang durch die nationalen Parlamente kreisen. Die USA werden es womöglich niemals ratifizieren, und Polen bestand die letzten Jahre darauf, dass polnische Staatsbürger nur von polnischen Richtern abgeurteilt werden.«

»Mit anderen Worten, es ist überhaupt zu groß für die Menschheit.«

Richard lächelte grimmig.

»Aber Mord ist trotzdem verboten«, bemerkte ich.

»Nur müsste man halt auch nachweisen, dass es sich bei Torsten Veiths Tod um ein Gewaltverbrechen handelt!«

»Tja, zur Not muss ich halt auf den Mond!«

»Aber sicher doch, Lisa, kein Problem!«

Am Neckartor bog Richard in die Neckarstraße ab. Wir rollten durchs Spalier von Schwabengarage, Sparbäck und Sparda Bank zum Stöckach.

Ähnlich wie die Mondstation Artemis wurde die Neckarstraße ständig erweitert und umgebaut. Zwischen dem Bunker der Staatsanwaltschaft und alten Wohnhäusern aus gelben Ziegeln stieg die Stadtbahn aus dem Tunnel und Hochbahnsteige sprengten die Fahrbahnen auseinander. Seit Jahren wurde, weil nichts wirklich passte, Asphalt umgeschmolzen. Ein Fahrradweg wurde nach kurzem wieder ausradiert. Fußgängerüberwege wurden gelegt, die Straße verengt. Auf der Seite der Staatsanwaltschaft waren Glasbauten entstanden. Die Gebäude auf der anderen Seite wurden dagegen allmählich aufgegeben. Das soziale Prekariat zog auf engem Fußweg an den Schaufenstern von Handyhändlern, türkischem Im- und Export, Schlüssel- und Schilderdienst, Biomarkt, Selbstbedienungsbäcker und Schnellfriseur entlang, rannte auf Straßenbahnen, aß Döner.

»Na? Kommst du noch mit rauf?«

Drei Stockwerke waren ohne Berechnungen von Treibstoff und Gravitation durchaus zu bewältigen. Wie hätte ich ahnen können, dass es Richards letztes Mal sein würde?

Er legte seinen Autoschlüssel auf meinen zerratzten Kneipentisch und zog sich den Schlips mit dieser unnachahmlichen Bewegung aggressiver Erleichterung aus dem Kragen, die ich gar nicht erst zu üben brauchte, denn ich würde sie nie hinkriegen. Er ging durch in die Küche, um die Kaffeemaschine zu füllen und, während sie sich rülpsend in Gang setzte, ans Fenster zu treten und über die Neckarstraße und die Leuchtinsel der Haltestelle Stöckach hinweg zum Bunker der Staatsanwaltschaft zu blicken, die unter den Strahlern ihrer Antiterrorkampfbeleuchtung vom Tagwerk ausruhte. Halbhohe orangefarbene Rollos an manchen Fenstern erinnerten an einen Tag von südlicher Hitze und gaben dem Gebäude einen schlampigen Anstrich.

Mit dem Kaffeebecher in der einen Hand, die Lippen gespitzt, knibbelte der Staatsanwalt mit der anderen die Hemdknöpfe auf und zupfte das Hemd aus dem Hosenbund. Es war einer der seltenen Momente, in denen Richard sich der Unordnung anvertraute. Das war eigentlich seine Sache nicht. Doch seit dem Tod seines Vaters litt er stumm unter der Notwendigkeit, alles zu widerrufen, woran er fünfzig Jahre lang geglaubt hatte.[1] Das machte ihn zögerlich und mich ungeduldig. Keinesfalls durfte ich ihm jetzt schon an den Arsch fassen.

»Ist noch was?«

»Sei vorsichtig, Lisa. Wenn du aus Torsten Veiths Tod einen Mord machst, dann schreckst du nicht nur ein paar Privatpersonen auf« – es klang bitter, denn er sprach aus schmerzlicher Erfahrung –, »sondern ein Dutzend Rüstungskonzerne.«

»Ist das ein Auftrag?« Ich staunte. »Ermittelst du etwa in …«

Richard zog mit gespielter Irritation die Brauen hoch. »Ich bin Wirtschaftsstaatsanwalt, Lisa! Ungeklärte Todesfälle sind nicht mein Beritt. Aufträge vergebe ich sowieso keine. Ich meine nur, du solltest wissen, dass Gunter Maucher einer hochkarätigen Wirtschaftsdelegation unseres Ministerpräsidenten angehören wird, die in einer Woche nach China aufbricht. Er möchte Hochdrucktechniken für Fusionskraftwerke verkaufen. Die Leittechnik, also die Systemsteuerung, soll von TSE aus Marseille kommen, die auch für die Artemis die Leittechnik geliefert hat. Es wäre schlecht, wenn die jetzt in Verruf geriete. Torstens Unfall ist nämlich deshalb zu spät bemerkt worden – abgesehen davon, dass er alle Sicherheitsrichtlinien umgangen hat –, weil die Leittechnik von TSE versagt haben könnte. Gunter und Jockel sind deshalb derzeit etwas nervös.«

»Mit anderen Worten, wir nehmen künftige Atomunfälle in China in Kauf, damit TSE und SSF jetzt ein gutes Geschäft machen?«

1 Siehe Lehmann: *Allmachtsdackel.* Ariadne 2007

»Darum geht es nicht, Lisa! Die Techniken, um die heute verhandelt wird, sind in ein paar Jahren eh ganz andere. Bei der Reise geht es darum, Europa den expandierenden und ziemlich risikofreudigen chinesischen Energiemarkt zu sichern.«

»Aber zunächst für schmutzige Fusionsreaktoren, solche, die heftige Strahlung absondern, oder?«

»Aber mit der Fiktion, dass Europa sich zum Weltmarktführer beim Abbau von Helium-3 auf dem Mond entwickelt, um später saubere Fusionsreaktoren bauen zu können.« Richard schlürfte mit spitzen Lippen den heißen Kaffee.

»Und das gefällt dir nicht?« Ich versuchte zu verstehen, worum es ihm eigentlich ging.

»Gefällt dir das denn?«, fragte er pietistisch streng. »Vor knapp zwanzig Jahren hat Europa ein Waffenembargo gegen China beschlossen. Ausfuhren bedürfen einer Genehmigung des Bundesamts für Wirtschaft und Ausfuhrkontrolle. Dennoch liefert die TSE/SSF ungeniert Teile für Human-Zentrifugensysteme zur Astronautenausbildung und automatische Orientierungs- und Steuerungselemente, die nicht nur im Weltraum nützlich sind, sondern vor allem in Schützenpanzern, U-Booten und Raketen, die beispielsweise gegen Taiwan zum Einsatz kommen könnten.«

»Und nun fragst du dich, ob du deinen Freund Gunter vor der Reise verhaften lassen musst oder ob es danach auch noch reicht?«

Richard blickte schmaläugig zu mir herüber. »Ich könnte durchaus ein Verfahren wegen Korruption einleiten. Bei Außenhandelsgeschäften findet man immer was. Aber was würde das ändern? Weltraumtechnik und Kriegstechnik sind untrennbar miteinander verbunden.«

4

»Der Amerikaner Hutchings Goddard hat erklärt, dass es möglich sei, mit mehrstufigen Pulverraketen den luftleeren Raum zu erreichen und vielleicht sogar eine Blitzlichtentladung auf der Mondoberfläche zu zünden.« *Rakete zu den Planetenräumen*, Hermann Oberth, 1923

Warum hatte man ausgerechnet mich am Leben gelassen und nicht Richard? Warum hatte man mich auf den Mond geschossen und nicht im Bodenseehinterland verbuddelt? Das wäre auch viel billiger gewesen. Hundert Millionen Euro kostete es, einen Menschen auf den Mond zu schießen und zurückzuholen. Vielleicht würde man in meinem Fall wenigstens die Rückholkosten sparen.

Aber warum das Ganze? Damit ich mich noch eine Weile in Schmerzen krümmte, ehe ich starb, damit ich Buße tat für meinen Mangel an Respekt vor den Weltmächten, damit ich bereute und mich schämte, weil ich niemals auf Richards Gefühle Rücksicht genommen hatte, eigentlich auf niemandes Gefühle. Damit ich endlich meine gerechte Strafe bekam: Da siehst du mal, wo das hinführt! Aber warum?

Drei Tage Flug hatte ich gerade so überlebt in der Mühle von Fragen, die mir keiner beantwortete. Wo bin ich eigentlich? Warum hat Richard sterben müssen? Warum weiß ich nicht, wie ich in die Raumfähre gekommen bin?

Meine innere Schockstarre hatte wenig dazu beigetragen, die Torturen der Schwerelosigkeit auszuhalten. Mit eingezogenem Kopf und Kotztüte in der Hand hatte ich mich in meinem Schalensitz verankert. Raumkrankheit nannte man das. Zu viel Blut im Oberkörper, zu wenig in den Beinen. Mir sausten die Ohren! Und ich hatte ununterbrochen das Gefühl, auf dem Kopf zu stehen. Auch wenn ich mich umdrehte. In der Schwerelosigkeit gab es halt kein Oben und Unten. Ich stand immer nur auf dem Kopf. Da wird man verrückt.

Zusätzlich hatte Franco mich zugetextet. Er war Lehrer – Professor, wie das im Spanischen hieß – für Geologie, hatte als Junge von der Raumfahrt und der Unabhängigkeit Kataloniens geträumt und sich für die katalanische CiU ins Europaparlament wählen lassen. Als die Frage aufkam, welcher Volksvertreter für eine Reise zur Artemis geeignet wäre, hatte er wild den Finger gestreckt und sich im Weltraumtechnikinstitut in Torrejón de Ardoz bei Madrid trainieren lassen. Er war wenigstens auf irgendetwas vorbereitet: mit Parabelflügen auf die Schwerelosigkeit, im Wasserbecken auf die Bewegung in schweren Raumanzügen.

Ich dagegen taumelte sinn- und orientierungslos durch die Artemis. Mein Gleichgewichtsempfinden oszillierte zwischen Schwerelosigkeit und Mondschwere, die mir vorkam wie Erdenschwere. Meine Nase rotzte, meine Augen juckten, obgleich der Duft des Mondes nach abgebrannten Silvesterknallern längst verflogen war. Tamara führte uns in die Wirbelsäule des Habitats, die innere Röhre, das spinale Treppenhaus.

»Ah!«, rief Gonzo, den Blick geweitet, wenngleich die Decke kaum zwei Meter über uns lastete. Eine steile Treppe schmiegte sich auf einer Kreisbahn empor und verdrückte sich durch ein Loch in der Decke. Eine vage Erinnerung an den Polizeigewahrsam im Stuttgarter Präsidium kroch mir ins limbische System: der Geruch nach menschlichen Fäkalien. Doch Gonzo lachte nasentaub und glücklich. Sein Traum erfüllte sich.

Dabei war alles noch viel kleiner und enger, als ich es mir bei Durchsicht der Bilder von der Artemis im Internet vorgestellt hatte. Immer stieß man mit dem Ellbogen oder Kopf irgendwo an, immer in Gefahr, den falschen Schalter zu treffen und irgendwas Wichtiges lahmzulegen oder abzubrechen und sich in Kabelgirlanden zu erhängen.

Sie alle kennen vermutlich das Foto, das jeden Zeitungs- oder

Internetartikel über die Mondstation illustriert: der aufgeschüttete Pylon aus Mondstaub, aus dem die obersten Enden der sechs senkrecht stehenden runden Module herausragen wie die Zipfel praller weißer Würste, die man ringförmig zusammengebunden hat. Jede Wurst hat ein Bullauge und obenauf sitzt die Cupola mit ihren sechs Panoramafenstern und dem sechseckigen Deckelfenster aus getöntem Spezialglas. Wie eine futuristische Berghütte auf einem Erdkegel wirkt die Artemis. Nur die Röhren, die unten aus dem Bergkegel herausfahren, verraten, dass der Hauptteil des Habitats im Verborgenen liegt, zum Schutz vor Strahlung und kleinen Meteoriteneinschlägen. Der Mond hat ja keine Atmosphäre, in der Sternschnuppen verglühen.

Vermutlich wissen Sie auch, dass die Module aus einer dreißig Zentimeter dicken Haut aus Druck- und Isolierschichten bestehen und nur durch den Innendruck prall gehalten werden, und Sie haben sich sicher auch schon beklommen gefragt, was passiert, wenn ein Meteorit unglücklich einschlägt, ein Kran umfällt oder der Lu-Bus seinen Landeplatz verfehlt. Schnurpelt dann alles in sich zusammen wie ein Luftballon?

In echt und von innen betrachtet, wirkte die Artemis wie eine Mischung aus Intensivstation, Heizungskeller, Labor, Werkzeugkasten und Pfadfinderzelt. Zuleitungen für Belüftung, Heizung und Wasser liefen wie vergessene Feuerwehrschläuche an den Fußkanten entlang und rüsselten durch Löcher in obere und untere Decks. Bloß nicht drauftreten! Gebündelte Kabel verfolgten ihre Wege. Kästen, Relaisstationen und Messeinheiten blinkten, schnaubten und piepsten in allen Ecken und Zwickeln. Roboterarme warteten auf Aufgaben. Überall war nachträglich noch was hingebastelt, Kästchen, Gitter, Gepäcknetze, Verzweigungen. »*Bricolage*«, fiel mir ein, das französische Wort für Pfusch, das sich von Heimwerken herleitete. Mit beängstigender Ergebenheit hatte mein Hirn angefangen, sich ins Französische einzugrooven. Was für eine Wahl hatte ich auch gehabt in der

Enge der Fähre? Gonzo, der Deutsche, hätte es gehört, wenn ich beim Kotzen deutsche Schimpfwörter gemurmelt hätte.

»Don't jump!«, warnte uns Tamara, als es Franco wieder mal vom Boden lupfte.

Ein Rechenexempel aus meiner Schulzeit folterte meine Denkmaschine. Auf der Erde überspringt ein Hochspringer zwei Meter. Wie hoch springt er auf dem Mond, wenn man annimmt, dass die Gravitation dort nur ein Sechstel der irdischen beträgt? Alles Mumpitz! Drei Tage Schwerelosigkeit hatten die Kraft meiner Muskeln auf den Status von drei Tagen grippaler Bettlägerigkeit reduziert.

Die Krankenstation zog sich über drei der kreisrunden Module. Im Artemis-Jargon hieß sie HHR, *human health and recreation*, gesprochen Eitsch-Eitsch-Ar, und war OP, Labor, Reha und Fitnessraum in einem, aber auf kleinstem Raum. Tamara lieferte uns in einem Segment mit Fahrradergometern und Schüttelbrettern ab, die mit Monitoren und Messstationen in den Wänden verkabelt waren. Über allem lag ein Hauch klinischer Tödlichkeit.

»Ah, die Greenhorns!«, empfing uns Dr. Wathelet. Sein schütteres Haar verriet Alter, sein Gesicht war glatt und jung. Gonzo und Franco hatten auf dem Flug ebenfalls *puffy faces* bekommen. Ich vermutlich auch. Das Blut sank einfach nicht in die Beine. Und auf dem Mond war der Effekt offensichtlich auch noch vorhanden.

»Leider habe ich nur zwei Fahrräder«, sagte der Arzt mit leicht französischem Einschlag und Spritze in der Hand. »Auf dem hier kann ich den Mont Ventoux einstellen, original Tour-de-France-Kurs. Wer will zuerst?«

Gonzo trat vor, der Streber, und schob den Ärmel hoch. Der Arzt zog dickes dunkles Blut aus Gonzos Vene, verkabelte ihn und schickte ihn aufs Rad. Gonzo begann zu strampeln, den Blick auf den Monitor gerichtet, auf dem sich die Straße den kahlen Berg hinauf in Bewegung setzte.

»Der Nächste, bitte«, sagte der Arzt.

Franco rollte den Ärmel des violetten Artemis-Sweaters hoch. Er radelte im südländischen Energiesparmodus und ohne Tour-de-France-Simulation.

Dr. Wathelet nahm die nächste Spritze. »Michel Ardan, notre sauveteur«, sprach er mich auf Französisch an, wenn auch mit den verlängerten Vokalen der belgischen Abart. »Unser Retter.«

»Da muss ein Irrtum vorliegen.«

Die Plastikverpackung der Spritze entglitt Wathelets Fingern und versuchte zu fallen, doch reichte ihr die Gravitation nicht, um gegen die dicke Luft im Habitat anzukommen. So geriet sie in den Wirbel der Ergometer und entsegelte unseren Blicken. Gab es hier eigentlich eine Putzkolonne, fragte ich mich und schob den Ärmel hoch.

»Oh!« Der Alte schärfte den Blick in mein Gesicht. Sein Lächeln erfuhr eine Testosteronaufhellung. »Da haben die im Astronautenbüro anscheinend das ›le‹ vergessen, Mademoiselle Michelle?«

Ich musste lachen. Es hallte befremdlich wider in der Grabkammer meiner Gefühle. Auf die Idee hätte ich auch kommen können. Es hätte mir den Krampf mit dem Urinrohr erspart und diverse Geschamigkeiten in der Enge der Fähre.

»Erstaunlich, dass die Raumfahrt überhaupt funktioniert, bei so vielen Schlampereien da unten.« Dr. Wathelet klopfte vergnügt auf meine kaum sichtbare Vene.

»Bei Torsten Veiths Tod hat hier oben doch auch alles versagt«, bemerkte ich.

»Vor allem Torstens Selbstschutzinstinkt, würde ich sagen.« Er stach zu.

»Äh …« Ich zuckte demonstrativ zusammen, obgleich der Einstich nicht spürbar war. »Wozu …?«

»Mich interessiert euer Salzhaushalt. Mir ist jedes Kaninchen recht, das ich kriege. Bevor wir irgendwelche Astronauten zum Mars schicken, müssen wir was gegen die galoppierende Osteoporose in der Schwerelosigkeit tun können. Zum Glück lässt sich das Phänomen auch auf dem Mond beobachten. Der Blutdruck sinkt, der Körper scheidet weniger Salz aus, das lagert sich in den Knochen ein, Kalzium wird abgebaut. Da kannst du noch so viel aufs Schüttelbrett steigen, irgendwann hast du Glasknochen.«

Schöne Aussichten!

5

> »Weißt du, was das Einzige ist, was wir auf dem Monde finden werden? – Den Tod.« *Frau im Mond*, Ufa-Film, Fritz Lang, 1929

Knochenschwund, Apollo 13 und »Houston, wir haben ein Problem«, Verschwörungstheorien und Humbug gab es im weltweiten Netz reichlich, mit harten Fakten zu aktuellen Weltraummissionen war es dagegen sparsam. Niemand schwärmte derzeit vom Aufbruch ins All. Das Auge der Nacht faszinierte nur Ängstliche und Fantasten.

Früher hatte man geglaubt, es gebe schönes Wetter, wenn der Mond sein erstes Viertel aufscheinen ließ, und Stürme, wenn die linke Hälfte strahlte. Deshalb hatte man den dunklen Mondflecken auf der rechten Seite Namen wie »Meer der Fruchtbarkeit«, der »Ruhe« und des »Nektars« gegeben und den Meeren auf der linken Seite »Regen«, »Nebel« und »Sturm«. Heute glaubte man, dass Haare bei zunehmendem Mond schneller wuchsen. Und Bäume musste man bei abnehmendem Mond fällen.

Auf der Seite des Deutschen Luft- und Raumfahrtzentrums fand ich immerhin die derzeitige Besatzung der Artemis: zwanzig Leutchen unter amerikanischem Kommando, eine lustige

Mischung aller möglichen Nationalitäten, darunter ein Bolivianer, ein Südkoreaner, eine Chinesin, ein Kasache, ein Pole. Der Zweite von links war Torsten Veith. Dahinter ein Kreuz. Ein jugendliches Durchschnittsgesicht blickte mich an, mittelblond, graue Augen. Auch Wikipedia hatte den Todesfall auf der Artemis längst eingepflegt: ein Unfall während eines Außeneinsatzes, der auf Fachchinesisch EVA, *extravehicular activity*, hieß, obgleich es sich bei der Artemis ja nun nicht mehr um ein Fahrzeug handelte. Torsten Veith war in Wangen im Allgäu geboren und 36 Jahre alt geworden. Er war vier Monate oben gewesen und hätte in zwei Monaten zur Erde zurückkehren sollen. Mehr gab Google nicht her.

Ich entsann mich meiner früheren Rechercheverfahren und entschloss mich zu einem Ausflug zum Pressehaus gleich neben Daimler in Möhringen. Brontë, die greise Dame aus der Familie der Porsche, hochzeitsweiß mit nuttenroten Ledersitzen, schnurrte die Weinsteige hinauf wie ein Pferd auf dem Weg zum Stall. Seit meinem Rauswurf beim *Stuttgarter Anzeiger* war ich nicht mehr dort oben gewesen. Der Pförtner war neu und kannte mich nicht. So konnte ich behaupten, zum *Wochenblättle* zu müssen.

Karen Becker, Archivarin und Verwalterin der Dokumente zum Anfassen, freute sich, mich wieder einmal in ihr feuerfestes und bombensicheres Archiv eintreten zu sehen.

Meine Anfragen waren stets umfassend: »Alles über den Mond.«

Ihr Ordner war antiquarisch dick.

Am 21. Juli 1969 hatte im roten Kästchen der *Bild* gestanden: »Heute MOND Zeitung«. Es war ein Montag gewesen. »Der Mond ist jetzt ein Ami. Die letzten 150 Meter vor der Landung, das war die größte Strapaze der Reise zum Mond. Die Welt des Menschen hört seit heute Morgen nicht mehr am Himalaja oder am Nordpol auf. Sie reicht 380 000 Kilometer weiter: zum Mond.«

»Der WDR war damals live dabei.« Karen Becker strich sich die Jungfernsträhne hinters Ohr. »Meine Eltern haben mich nachts geweckt, als Armstrong ausstieg. Das weiß ich noch.«

Da war ich gerade mal zwei Jahre auf der Welt gewesen.

Zwei weitere Presseantiquitäten stammten vom 4. Oktober und 4. November 1957. Im Oktober hatten die Russen einen winzigen, gut achtzig Kilogramm schweren Mond in die Umlaufbahn geschossen, den Sputnik, der sinnlos vor sich hin piepste und nach ein paar Wochen verglühte. Und im November, wieder an einem Montag, titelte *Bild*: »Ein Hund rast durch den WELTENRAUM«.

»Welt-*en*-raum«, wisperte Becker.

»Sensation aus Moskau: Die Russen schossen noch einen Mond in den Himmel.«

»Satelliten wie heute gab es damals ja noch nicht«, lächelte Becker.

Das Schwarzweißfoto zeigte den schmalen Kopf eines weißen Mischlingsköters mit Kippohren und Leidensblick in einer gläsernen Taucherglocke, die Klimakammer hieß. Ein Pfeil durchquerte den Text. Auf dem stand: »Das ist Linda.«

»Eigentlich hieß der Hund Laika«, sagte Becker.

Im April 1961 flog dann Juri Alexejewitsch Gagarin als erster Kosmonaut einmal um die Erde, während den Amerikanern nichts gelang. 1967 verbrannten drei amerikanische Astronauten bei einem Test am Boden in der ersten Apollo-Kapsel, weil sich der reine Sauerstoff entzündet hatte. 1968 umrundeten die Amerikaner endlich den Mond, und am 20. Juli 1969 meldete sich Neil Armstrong beim Raumfahrtzentrum Houston mit den Worten: »Tranquilitatis Base here. The eagle has landed.« Der Adler war also im Meer der Ruhe gelandet. Wenige Stunden später setzte Armstrong seinen Fuß in den Mondstaub. Fünf weitere Landungen hatte es danach noch gegeben, bevor der Mond für dreißig Jahre in Vergessenheit geriet. Die Mir wurde gebaut und verglühte. Die ISS entstand. Und plötzlich begann der Wettlauf erneut. »Der Mensch besiedelt den Mond.« Die Schlagzeilen zum Aufbau der Artemis ähnelten einander, die Fragen staunender Journalistinnen und Journalisten erzeugten immer wieder dieselben Antworten: »In zwanzig Jahren wird es ganze Dörfer auf dem Mond geben, hundert Jahre nach der ersten Mondlandung wird der Erdtrabant vielleicht seine Unabhängigkeit erklären.«

Vorerst herrschte Forschungsakribie statt Abenteuerlust. Die Zeitungen notierten die Sensationen klein unter Vermischtes: »Neodym auf dem Mond«. Dabei handelte es sich um einen Grundstoff für superkleine Magnete. »Bärtierchen reisen zum Mond.« Das wiederum waren milbenkleine Viecher, die überall auf der Erde vorkamen und bei großer Kälte oder Hitze ihren Stoffwechsel auf null stellten und in einem totenähnlichen Zustand, Kryptobiose genannt, überdauerten, bis die Bedingungen wieder besser wurden.

»Südafrikanischer Astrotourist will Mondhotel bauen.« So lautete die Überschrift eines Artikels über die vier Gäste, die derzeit in der Artemis saßen, darunter ein saudischer Scheich und ein indischer Softwareunternehmer. Sie waren vor vier Wochen in einem russischen Modul hinaufgebracht worden und würden in knapp zwei Wochen wegen eines Defekts an dem russischen Modul mit dem europäischen *space transportation system*, dem STS-213, auf die Erde zurückkehren. Und zwar – da schau her – nach Friedrichshafen. Ein paar Tage vorher würde dort das STS-214 mit einem deutschen Astronomen, einem französischen Journalisten und einem spanischen Europaabgeordneten an Bord Richtung Mond starten.

»Was das alles wieder kostet!«

»Gar nicht so viel«, widersprach Karen Becker. »Schauen Sie: Für den deutschen Bürger beläuft sich der jährliche Steuerbeitrag für die Raumfahrt gerade mal auf den Gegenwert einer Kinokarte.«

»So wenig?!«

Viel zu wenig! Fünf Milliarden Euro bekam die Europäische Weltraumagentur von den europäischen Staaten. Genauso viel gab sie an die Nationen zurück in Form von Aufträgen für die Wirtschaft. Die Japaner gaben zwischen zwei und drei Milliarden Dollar jährlich für Raumfahrtprojekte aus, die USA bereits knapp zwanzig Milliarden.

»Schauen Sie mal.« Becker zettelte mir den Ausschnitt aus einem Wissenschaftsblatt hin. Das Londoner *Acronym Institute for Disarmament Diplomacy*, also ein Institut für Abrüstungsdiplomatie – was es nicht alles gab –, sah im Weltraum einmalige Ressourcen für Europas Sicherheit und warnte zugleich vor Aufrüstung. Erdsatelliten hatten offenbar gute Chancen, den Orbit in ein Schlachtfeld zu verwandeln. China hatte erst kürzlich eine Anti-Satelliten-Rakete getestet und damit einen eigenen Satelliten aus der Umlaufbahn geschossen. Ein Warnschuss!

»Und über die Todesumstände von Torsten Veith gibt es nichts?«, fragte ich.

»Einige Artikel über den Aufbau von Raumanzügen und jede Menge großer Fragen nach dem Sinn der bemannten Raumfahrt. Ich hätte hier ein Interview mit unserem Ex-Astronauten, Professor Ernst Messerschmid, von der Stuttgarter Uni dazu. Und das hier.« Becker überraschte mich mit einer Ausgabe des *Schwäbischen Tagblatts* von vor zwei Wochen. »Leiche des toten Astronauten in die Tübinger Gerichtsmedizin überführt.« Ein russisches ATV – sprich: automatisches Transfervehikel – hatte die sterblichen Überreste des Astronauten in tiefgefrorenem Zustand zur Erde zurückgebracht. Das nächste Ziel der deutschen Gebeine war die Tübinger Gerichtsmedizin gewesen. Zum Greifen nah!

Ich verabschiedete mich hastig von Karen Becker, raste im Fahrstuhl an die Erdoberfläche und lief auf den weitläufigen Parkplatz hinaus. Auf meinem Handy klickte ich meine Kontakte durch. Gut, so ein externes Gedächtnis! Staatsanwältin

Meisner vom Dezernat für Tötungsdelikte? Aber warum hätte sie mit der Leiche zu tun gehabt haben sollen? Ich kam zu Z wie Zittel. Der pensionierte Gerichtsmediziner mit Wohnsitz in Balingen, der nie was sagen wollte und wie ein Buch redete.

»Schwabenreporterin Lisa Nerz hier, erinnern Sie sich?«

Dr. Zittel seufzte. »Frau März, wie könnte ich Sie vergessen. Sie haben mir die peinlichsten Momente meines Lebens beschert. Aber nicht nur mir! Gell?« Er lachte schadenfroh.

»Herr Professor, in der Gerichtsmedizin Tübingen hat eine Leiche gelegen. Ein gewisser Torsten Veith, Astronaut.«

Der Verstärker meines Handys sendete kosmisches Rauschen.

»Sind Sie noch da?«

Zittel hustete. »Frau Herz, das ist alles furchtbar geheim. Außerdem habe ich die Leiche persönlich nicht zu Gesicht bekommen. Warum fragen Sie?«

»Veith hinterlässt drei Kinder und eine Frau. Es sei ein Unfall gewesen, heißt es offiziell, aber zeigen Sie mir die Witwe, die so was glaubt.«

»Und da dachten Sie, fragen Sie den Spezialisten für nicht erkannte Mordfälle. Dem wird so was nicht noch mal passieren, was? Na gut, Frau Herz, aber, wie gesagt, ich habe die Leiche nicht gesehen. Natürlich spricht man unter Kollegen. Wann hat man schon mal einen toten Astronauten auf dem Tisch, gell? Allerdings hatten wir ihn nur einen Tag. Dann haben ihn die schwarzen Männer abgeholt.«

»Bitte?«

Zittel lachte seifig. »Sie wissen schon, die Lederjacken und Trenchcoats. Fragen Sie mich nicht! NASA, ESA, BND, BKA, was weiß ich. Aus wissenschaftlicher Sicht ist so ein Toter von unschätzbarem Wert. Die haben da oben anscheinend ein Problem. Aber bitte, zitieren Sie mich nicht. Überhaupt, das bleibt unter uns. Wie heißt das bei euch Schreiberlingen? Unter drei? Nicht zum Zitieren frei! Ich verlasse mich auf Sie, Frau Nerz.«

Wenn er meinen Namen richtig sagte, musste es ihm sehr ernst sein.

»Wahrscheinlich hätte der nie in Tübingen landen sollen. Aber die Russen dachten halt, der gehört nach Baden-Württemberg. Erstaunlich, wie national die bei der Raumfahrt denken! Alles Klein-Klein. Da herrscht Krieg, verstehen Sie.«

»Nein.«

»Ich auch nicht. Immerhin hatten wir die Leiche einen Tag lang, wenn auch tiefgefroren. Aber der Kollege hatte die Idee, ihn in den CT zu schieben. Über den armen Kerl ist der Tod förmlich hinweggerollt. Da sind zum Ersten Knochenbrüche an den Gelenken. Außerdem hatte er Embolien, explodierte Zähne, was als Folgen einer schnellen Dekompression gewertet werden muss. Dem ist das Blut in Sekunden aus den Adern gekocht. Seltsam allerdings, dass sich in seinen roten Blutkörperchen keinerlei Kohlendioxid mehr gebunden fand. Das deutet auf eine Alkalose, würde ich sagen.«

»Was bitte?«

Das freute Zittel. »Haben Sie schon mal gesehen, wie ein junges Mädel hyperventiliert? Das mit der Tüte vor dem Mund? Das macht man, damit sie ihr eigenes Kohlendioxid zurückatmet. Das Gefährliche beim Hyperventilieren ist nicht zu viel Sauerstoff, sondern dass man zu viel Kohlendioxid ausatmet. Dann wird das Blut alkalisch. Das nennt man Alkalose. Unbedingt tödlich, wenn keine Gegenmaßnahmen eingeleitet werden.«

»Hochinteressant. Und für welchen Tod entscheiden wir uns?«

»Tja! Wir hatten ihn nicht lange genug, um das festzustellen. Die Ursache für die Prurigoknoten hat der Kollege nicht mehr klären können.«

»Was für Knoten?«

»Kennen Sie auch. Aus manchen Insektenstichen entwickeln sich hässliche schwärzliche Hubbel. Vielleicht haben die da oben kleine grüne Mondflöhe.« Er lachte. »Oder waren die grünen die vom Mars?«

»In der Zeitung stand, er sei bei einem Außeneinsatz gestorben, und zwar infolge einer Beschädigung des Anzugs.«

»Nach einem Zusammenprall mit einem Mondfahrzeug, würde ich hinzusetzen, wenn Sie mich fragen. Shit happens, gell.« Zittel lachte. »Das ist das Schicksal von Pionieren. Was glauben Sie, wie die Seefahrer von Kolumbus gestorben sind! Und die hat man einfach ins Meer geworfen. Ein Astronaut kennt das Risiko. Das sind keine Touristen, die sich wundern, wenn sie im Jemen entführt oder in Colombo in die Luft gesprengt werden.«

Deshalb reiste ich nicht! Nur selten war ich über die Schwäbische Alb hinausgekommen. Mein Wohlfühlweltkreis beschränkte sich auf mein Habitat im dritten Stock in der Neckarstraße gegenüber der Staatsanwaltschaft, auf der – zumindest jetzt zur Spargelzeit – in der Dämmerung eine Amsel sang, und auf meine Andockstationen an der Partymeile von Stuttgart und im *Tauben Spitz* im Bohnenviertel, in dem Sally kellnerte.

»Was ist das eigentlich für ein Problem, das die da oben auf dem Mond haben?«, erkundigte ich mich.

Zittel hustete. »Ich weiß es nicht, jedenfalls nicht aus erster Hand. Sie haben einen Saboteur, heißt es, aber wie gesagt …«

Ich bedankte mich.

»Gern geschehen«, erwiderte er und holte Luft. »Man hat ja sonst nicht oft …«

»Danke, danke! Vielen Dank auch.« Ich tippte ihn weg und ging Brontë auf dem Presseparkplatz suchen. So viel stand fest: Ich musste nach Friedrichshafen, die Astrotouristen abpassen und befragen, bevor man sie in ihre Heimaten schaffte. Es war meine Chance, aus den Spätzlestöpfen und Rottweiler Narrensprüngen für die Sonntagszeitungen in die Welt der Politmagazine und überregionalen Zeitungen zu springen. Mord auf dem Mond!

6

»Die beiden Hunde, die man zur Einbürgerung dieser Vierfüßlerrasse auf den festländischen Gebieten des Mondes ausersehen hatte, waren schon im Geschoss eingesperrt.« *Von der Erde zum Mond*, Jules Verne, 1865

»Laika ist doch eine Hunderasse«, bemerkte Sally und suckelte am Strohhalm, der in einem Mojito steckte. Ein angefressener Mond spickte über die Dächer in den Schacht der Urbanstraße. Sallys altersschwache Schäferhündin Senta schnarchte vor der Balkontür. Cipión war drinnen die Katzen ärgern gegangen.

»Und eigentlich heißt Laika Kläffer auf Russisch«, klugscheißerte ich mein frisch erworbenes Wissen in die Nacht auf Sallys schmalem Balkon. »Man hat sie in den Straßen von Moskau aufgegriffen und mit dem Sputnik 2 an einem Sonntag ins All geschossen, ziemlich genau vor fünfzig Jahren.«

»Uh! Das war lange vor dem ersten Kusstag unserer Eltern.«

»Ich bezweifle, dass meine Eltern sich je geküsst haben.«

»Und was ist aus Laika geworden?«

»Sie ist wenige Stunden nach dem Start gestorben. Wohl an Stress und Überhitzung.«

»Der arme Hund!«, protestierte Sally beschwipst.

»Die Russen haben sie übrigens Kudrjawka genannt, Löckchen. Die Amerikaner nannten sie Muttnik. Nach *mutt* für Mischling. Und die *Bild*-Zeitung meinte damals: ›Unzählige werden, wenn sie an den wehrlosen Hund denken, fragen: Wohin! Wozu!‹ Mit Ausrufungszeichen. Aber ohne Hund reist kein Mensch ins Weltall. Schon bei Jules Vernes *Von der Erde zum Mond*« – ich hatte tief in der Kiste meiner Jugenderinnerungen graben müssen, um das Buch zu finden – »1865 sind zwei Hunde mit dabei, als der Gun Club die Kapsel zum Mond schießt. Siehst du die dunklen Flecken?«

»Welche Flecken?«

»Dazu müsstest du dich umdrehen, Sally.«

Ich streckte meinen Arm über ihre Schulter hinweg zu den Dächern. Sie verrenkte den Hals, kämpfte ihre blonden Locken aus dem lauen Abendwind und kniff die Augen zusammen. In Wahrheit war sie kurzsichtig. Vermutlich konnte sie den Dreiviertelmond nicht von den Straßenlaternen unterscheiden.

»Sie heißen Maria, Betonung auf der ersten Silbe. Das ist der Plural von Mare, Meer. Aber sie enthalten kein Wasser, haben nie welches enthalten. Es sind Einschlagkrater von Meteoriten, in die einst glühende Lava geströmt ist. Es ist also Basalt. Und weil im Mond einst der Magmakern zur Erde hin verschoben war, ist auf unserer Seite das Magma schneller geflossen. Hinten gibt es kaum Meere.«

»Tatsächlich?« Sally schwang ihren Kopf zurück und schnutete die Lippen zum Strohhalm. Die Minzeblätter raschelten krautig.

»Was hast du denn gedacht, was das Dunkle ist?«

Sie grinste. »Das Gesicht der Jungfrau bei zunehmendem Mond, die Mutter bei Vollmond und das Hexenweible bei abnehmendem Mond. Sagt man doch.«

Ich klappte den Jules Verne auf. Sally ließ sich immer gerne vorlesen.

»›Die Astronomen haben diesen sogenannten Meeren seltsame Namen gegeben, genau geteilt in eine männliche und eine weibliche Hälfte. Den Frauen die rechte, den Männern die linke Hälfte! Auf der linken Hälfte lag das Wolkenmeer, worin die menschliche Vernunft so häufig ertrinkt. Nicht weit davon das Regenmeer, das durch die Mühsal des Daseins gespeist wird. Daneben höhlt sich der Ozean der Stürme, in dem der Mensch im ununterbrochenen Kampf gegen seine allzu häufig siegreichen Leidenschaften steht. Was findet er, wenn er erschöpft durch Täuschungen, Verrat und am Ende seiner Laufbahn steht? Jenes weite große Meer der Launen. Wolken, Regen, Stürme,

Launen – was birgt das Menschenleben anderes, und erschöpft es sich nicht in diesen vier Worten? Die rechte Hemisphäre, den Damen gewidmet, schließt nur kleinere Meere in sich. Hier liegt das Meer der Fröhlichkeit, über welches das junge Mädchen sich neigt, und der See der Träume, aus dem ihm eine lachende Zukunft entgegenstrahlt. Hier liegt das Nektarmeer mit seinen Liebeswellen und seinem Liebeshauch! Dort liegt das Meer der Fruchtbarkeit, das Meer der Krisen …‹« Ich unterbrach: »Das Mare Crisium! Heute übersetzt man es meist mit Meer der Gefahren. Das ist übrigens der kleine runde Fleck am rechten oberen Mondrand.«

»Ist dir aufgefallen«, murrte Sally, ohne sich noch mal umzudrehen, »dass er von Menschen spricht, wenn er Männer meint?«

»Das ist die Krux im Französischen. Außerdem, was willst du, das Buch ist im vorletzten Jahrhundert erschienen. Da kannte man noch gar keine vernunftbegabten Frauen.«

»Und was willst du mit dem ganzen Mondzeugs?«

»Die Menschheit sitzt seit einem Jahr auf dem Mond, und dich interessiert das nicht?«

Sally spuckte den Strohhalm aus. »Dass normale Menschen wie wir da hochkommen, erleben wir beide nicht mehr.«

»Normal?« Ich zog meine Brauen bis zum Haaransatz hoch. »Wenn es danach ginge, müsste man mich sofort hochschießen!«

Sallys Gelächter hallte wider in der urbanen Schlucht.

»Im Ernst«, sagte ich. »Da ist vor vier Wochen ein Astronaut auf der Artemis gestorben. Ich glaube, es war Mord.«

Sally lachte heiter und hallend. »Lisa, du leidest an Detektivwahn. Wie willst du so was denn beweisen?« Sie wurde ernst. »Außerdem ist das gefährlich, wenn man so was einfach so behauptet.«

»Wieso gefährlich?«

»Das kann denen doch nicht recht sein, wenn herauskommt,

dass einer von ihren Astronauten ein Mörder ist. Denk an den Aufstand mit den betrunkenen Astronauten bei der NASA!«

Ich lachte. »Habt ihr euch abgesprochen, Richard und du?«

Sally fuchste. »Lach nicht. Da geht es um irre viel Geld und Politik und all das, Lisa.« Normalerweise dachte Sally weder politisch noch global.

»Aber die Witwe des Astronauten«, antwortete ich regional, »lebt bei uns im Schwabenländle. Und niemand hat sie bislang interviewt.«

»Vielleicht will sie nicht.«

Ein Gedanke, der mir noch nicht gekommen war.

»Und wo lebt sie?«, fragte Sally.

Ich legte den Finger an die Lippen. Es waren stets erhebende Momente in meinem irdischen Dasein als Schwabenreporterin Lisa Nerz, wenn ich mich auf meinen Informantenschutz berufen konnte. Es gab mir das Gefühl, am großen Gerumpel der Welt beteiligt zu sein.

»Und deshalb muss ich mal für ein paar Tage weg. Könntest du Cipión solange nehmen?«

Sally deklinierte rasch ihre Jobs durch. »Also morgen bin ich den ganzen Tag in der Redaktion« – sie war Sekretärin in einer aktuellen Redaktion des SWR – »und abends bediene ich im *Tauben Spitz*. Und übermorgen schaff ich vormittags bei Claudia, ich habe dir doch erzählt, sie hat ein Studio für Tattoos eröffnet und ich …«

»Schon okay, Sally.« Ihre Senta konnte sie solange alleine lassen, aber meiner würde ihr die Wohnung zerlegen und die Katzen massakrieren oder umgekehrt.

»Sonst gerne, Lisa!«

»Ich weiß, Sally. Dann nehme ich ihn halt mit.«

Zumindest über Cipións Schicksal hätte ich mir dann keine Gedanken mehr machen müssen.

»Und Richard? Kann der ihn nicht nehmen?«, fragte Sally.

»Der ist auch unterwegs.«

Ihre Augen wurden erneut mahnend. »Du hast dich doch nicht etwa wieder mit ihm verstritten.«

»Nein. Er glaubt auch, dass es Mord war. Aber pst! Nicht offiziell.«

7

»Diese Erde hier ist der Mond, den Ihr von Eurer Weltkugel aus seht, und dieser Ort hier, an dem Ihr Euch aufhaltet, ist das Paradies.« *Reise zum Mond*, Savinien Cyrano de Bergerac, 1649

Irgendwie musste ich Sally erreichen. Das war im Prinzip auch möglich, denn wir befanden uns ja nicht hinterm Mond. Und selbst dann hätte man die lunaren Grüße über die Mondorbitstation zur Erde schicken können.

»Vorsicht auf der Treppe«, sagte Tamara.

Meine räumliche Optik funktionierte nach drei Tagen Kopfstand und Wand vor Augen irgendwie nicht richtig. Ich stolperte, weil ich die dritte Stufe für die zweite gehalten hatte oder umgekehrt. Immerhin weckte der Beinahesturz meine neuronalen Notaggregate.

»Ich muss mal telefonieren«, sagte ich.

»Selbstverständlich. Ihr werdet gleich Gelegenheit haben …« Und so weiter. Mein Hirn siebte selbst die Gegenwart ins Vergessen. Was hatten die mir nur gegeben?

Wir durchstiegen ein Deck, dessen Modulparzellen mit Labortechnik vollgestopft waren, das *payload service deck*. In den Rundungen saßen genormte Einbauschränke, *racks* genannt, angefüllt mit Experimentierkästen, wie sie von Universitäten, Instituten und Firmen komplett heraufgeschickt wurden. Kaum zu glauben, dass es noch eine Steigerung der Instrumentendichte und der Technikballung gab, aber es gab sie.

»Alles vollautomatisch«, sagte Franco, als hätte er's erfunden.

Zwischen Kabelgirlanden, Roboterarmen und Bildschirmen sah man kurz eine menschliche Gestalt im violetten Anzug der Artemis vorüberhuschen.

Die *crew quarters* befanden sich im dritten Oberdeck. Was man im spinalen Treppenhaus von den bauchigen Wänden der sechs Habitatwürste sah, variierte im Grauton: stahlgrau die drei amerikanischen Module, eierschalenweiß das der ESA und schneeweiß das japanische.

Tamara wies mich ins japanische Modul. »Das ist deine Koje, das der Spind. Dein Gepäck müsste schon da sein. Du findest dich zurecht? In zehn Minuten oben in der Cupola! Okay?«

Ich nickte und hatte es sofort vergessen. Welches Gepäck?

Die Einbauschränke verkleinerten die runde Parzelle zum Sechsflach. Auf der einen Seite befand sich die Tür, auf der anderen ein Bullauge. Aber es war nicht offen und gestattete keinen Blick nach draußen. Später wurde mir klar, dass derzeit das Sonnenlicht auf diese Seite des Habitats knallte und deshalb die Schutzschilde geschlossen waren.

Die restlichen vier Flächen des Quartiers waren mit je zwei übereinanderliegenden Kojen ausgestattet. Geradezu luxuriös. Auf der Fähre hatten wir in Schlafschläuche kriechen müssen, um nicht herumzufliegen. Darin hätte ich schlummern können wie ein Embryo in der Uterussuppe, wäre nicht das bohrende Gebrumm und Gesumm der Aggregate gewesen und das fatale Gefühl, kopfunter zu hängen.

Auf dem Mond reichte die Gravitation offenbar zum Liegen. Und gehen konnte man eigentlich auch viel besser als gedacht. Die zwölf Kilo, die ich noch wog, reichten, um nicht abzuheben, auch wenn es sich empfahl, seine Bewegungen konsequent horizontal auszurichten: den Fuß vorschieben, sich ein wenig nach vorn beugen wie ein Reiher kurz vor dem Stoß und dann den anderen Fuß heben, ohne sich groß mit den Zehen abzustoßen. Für den, der zu wippend ging, gab es umlaufende Seile an der Wand, die wie nachträglich hingepappt aussahen.

Drei Kojen schienen belegt. In den Schrankwandfächern lagen, mehr oder minder ordentlich, Wäsche, Socken, Digitalkameras, Hefte, Bücher, Rasierapparate, Waschbeutel, Laptops, PDAs und iPods. In dem Fach, dessen Nummer zu meiner Koje passte, lagen, zusammengefaltet, ein violetter Anzug mit dem Emblem der Artemis, zwei T-Shirts und Herrenunterhosen aus Wegwerfzellulose. Wozu brauchte frau auch einen BH? Zumal ich dem Papier nach ein Mann war: Dr. Michel Ardan aus Marseille. Vermutlich war es leichter, ein biologisches System auszutauschen als einen Namen auf einer Liste des Raumfahrtbüros. Um Namen und Nationalitäten stritten sich Kommissionen, um Gesichter nicht.

Verstohlen hatte ich mir in den Schritt gelangt, um mich zu vergewissern, dass meine Seele nicht die Behausung verwechselt hatte. Die Geste war eine der wenigen versprengten Bilder im Dunkel meiner Astronautenwerdung. Die erste bewusste Erinnerung hatte ich an einen Gang. Ich steckte schon im Druckanzug, nur der Helm fehlte noch. Und mein Kopf dröhnte. Apathische Zufriedenheit hatte in den ersten Stunden der Aufwachphase in mir geherrscht. Identitäts- und wortlos hatte ich mich in den Schalensitz schnallen lassen. Erst kurz bevor der Raumgleiter in den Orbit eintrat, die Antriebe ausstellte und uns in den freien Fall der Umlaufbahn beförderte, der das Gefühl der Schwerelosigkeit auslöste, hatten mich mit Wucht die letzten irdischen Bilder aus der Zeit vor dem Filmriss und meiner Wandlung zu Michel Ardan überfallen: Ich hörte den Knall der Explosion nicht, ich sah nur die weiße Stichflamme. Wie Zeitlupe in gespenstischer Stille.

Zweimal war entschieden einmal zu viel! Schon meinen ersten Mann hatte man mir ermordet. Da hatte ich wenigstens neben ihm im Auto gesessen und die Scherben der Windschutzscheibe mit meinem Gesicht und den Motorblock mit meinen

Knien aufgefangen[2]. Aus meinem Dorf am Albtrauf hatte man mich mit dem Hubschrauber ins Hospital nach Stuttgart geflogen, wo Sally mir nach einem allergischen Schock das Leben rettete. Im Frauencafé *Sarah* hatte ich anschließend meine zerscherbelte Weiblichkeit neu definiert. Die erste Leiche war mir vor die Füße gefallen. Seitdem hatte ich fremde Morde aufgeklärt, nur um den einen an meinem Mann nicht unter die Lupe nehmen zu müssen. Nie wieder war ich eine Beziehung eingegangen. Zumindest keine, die ich so definiert hätte. Schon gar nicht zu einem Mann. Richard hatte undefiniert bleiben müssen.

Jeder wie er's verdient!, hatte meine Mutter immer gesagt. Aber warum hatte ich mich zweimal im Leben mit Männern paaren müssen, die anderen im Weg waren und beseitigt werden mussten! So was konnte nur Oma Scheible nicht erschüttern, den Hausdrachen meines Habitats in der Neckarstraße, der die Mülltrennung und meinen Lebenswandel überwachte. Erst am Morgen meines Aufbruchs nach Friedrichshafen hatte sie mir im Treppenhaus erzählt, dass die Tochter der Base mütterlicherseits im Hohenlohischen ihren zweiten Mann an den Krebs verloren hatte. »Bauchspeicheldrüse, exaktemang wie der erscht! Die isch au gschtraft!« Daran erinnerte ich mich immerhin.

Und eine Gegenwartserinnerung schoss mir dringlich in den Darm. Das Leben wollte gelebt werden. Wach auf, Lisa Nerz! Hör auf zu jammern! Keiner will dich bestrafen! Du bist dem großen Schicksal doch völlig egal. Finde gefälligst heraus, was hier wirklich läuft!

Der Abort war neben der Tür im Zwickel der Module untergebracht. Beim Schließen der Tür sauste ein Gebläse los. Ich begrüßte die Rückkehr zur Schwerkraft. Während unseres Aufenthalts in der Schwerelosigkeit hatten wir uns aufs Absaugklo

2 Siehe Lehmann: *Pferdekuss*, Ariadne 2008

schnallen müssen. Und ja das Rohr treffen! Auch in der Artemis zentrierte leichter Unterdruck das Geschäft. Leider gab es weder Wasserhahn noch Dusche. In den Fächern unterm Spiegel lagen Reinigungstücher, Esszahnpaste und Trockenhaarwaschmittel.

Irgendeine körperhygienische Maßnahme hatte dem Spiegel viele weiße Pünktchen beschert, die mit fettiger Hand verwischt worden waren. Typisch Männer! Ich nahm ein Tüchlein und polierte. Auch die Kanten. Dabei fiel mir plötzlich eine kleine schwarze Speicherkarte der Marke SamDisk mit Scharte im rotschwarzen Aufkleber in die Hand. Sie musste hinterm Spiegel geklemmt haben. Na bitte!

In meinem Kopf bildete sich ohne mein Zutun die Erkenntnis: Auftrag erfüllt. Aber was für ein Auftrag? Was hatte man mir in den Tagen meiner Bewusstlosigkeit ins Hirn geschissen?

Organisch erleichtert und mit der Speicherkarte in der Brusttasche meines Polohemds unter der Sweatjacke kehrte ich in die Schlafparzelle zurück. In einer Halterung an der Aborttür steckte die Hausordnung in sieben Sprachen, darunter Russisch, Englisch, Französisch, Deutsch und Spanisch. Artikel 1: »Spare Wasser! Entledige dich überflüssiger Kleidung, ehe du ins Schwitzen kommst! Bewege dich langsam!«

Mir brach unverzüglich der Schweiß aus. Aber die Jacke behielt ich doch lieber an, solange mein Geschlecht ungeklärt war.

Artikel 2: »Halte Ordnung! Lass nichts liegen! Entferne Verschmutzungen stets sofort.«

Das eigenartige Parfüm von Zitronenöl mit einer Note Tomate stach mir in die Nase. Ein blauschwarzer Punkt flitzte die Türritze entlang. Eine Ameise? Oder hatte ich mich da verguckt?

8

»(›jumpen‹ war natürlich gut: wir, ohne Bleischuhe – und Wer hatte die schon; die gab's ja nur ›draußen‹ – hopsten ja wie die Affen rum, wenn wir unvorsichtig auftraten)« *Kaff – auch Mare Crisium*, Arno Schmidt, 1960

Brontë schnurrte die Autobahn nach Friedrichshafen hinunter. Cipión hatte sich auf dem Beifahrersitz zusammengerollt, und ich ließ mir mit den Stöpseln meines Walkmans im Ohr *Kaff – auch Mare Crisium* vorlesen. Man schrieb das Jahr 1980. Amerikaner und Russen hatten sich in Mondkrater gerettet, aber den Kalten Krieg mitgenommen, den sie nun mit stegreifen Nationalepen austrugen, während unten die Erde verglühte. Hübsch, wie Jan Philipp Reemtsma es schaffte, der lautmalerischen Orthografie von Arno Schmidt phonetisch Sinn zu geben:

»(wenn man bloß mit der=ihrer Zeitrechnung etwas vertrauter wäre – die teilten ja den ›Tag‹, (das heißt, die 14 ›alten Tage‹, während deren die Sonne über unserm Scheiß=Horizont schtand) in ›100 Tschaß‹; die wieder in ›100 Minutas‹; undsoweiter. Während wir mit diesen verfluchten ›24 Schtundn‹ weiter murxtn –«

In der Tat, der Mond brauchte 29,5 Tage, um die Erde zu umrunden. Dabei drehte er sich einmal um sich selbst. An seinem Äquator dauerte der helle Tag knapp 15 Erdtage. Danach herrschten knapp 15 Erdtage Finsternis.

Genau deshalb saß die Artemis am Südpol auf einem sogenannten *peak of eternal light*, dem immer von der Sonne bestrahlten Rand des dreitausend Meter tiefen, wiederum ewig dunklen Kraters Shackleton, benannt nach einem britischen Polarforscher. Und sie war dorthin gebaut worden, weil man außerdem in den Nachtkratern, in die nie – nie, nie, nie! – die Sonne fiel, gefrorenes Wasser vermutete.

In den Neunzigern hatte der Satellit Lunar Prospector an den Polen eine andere Reflexionskurve von Neutronenstrahlen registriert. Daraufhin hatte die NASA in ihren Labors mit Wasser im Sand gepanscht und festgestellt, dass diese Kurve nur bei Wasserstoff entstand. Und Wasserstoff band sich nun mal am besten an Sauerstoff. Wo das Wasser hergekommen sein könnte, war Spekulation. Reste von Meteoriten vielleicht, die aus Eis bestanden hatten. Blöd nur, dass später ein anderer Mondgucker von der Erde aus solche Neutronenkurven auch dort gesehen hatte, wo die Sonne draufbrezelte.

Wie die Suche nach Wasser ausgegangen war, hatte ich beim Surfen im Netz nicht mitbekommen.

»(Die › Kreislaufkranken ‹ «, las Reemtsma unaufhaltsam Arno Schmidt vor, »denen das Herz entlastet wurde, waren natürlich fein dran: blühten auf; genossen ihre Jugend ‹.«

Auf der Piste zwischen Schwarzwald und Schwäbischer Alb stellte ich mir vor, wie der Zigarettenerbe Ende der Siebziger auf norddeutschem Plattland bei dem Dichter vorgesprochen hatte. Hatte seine Stimme gezittert, als er dem Dichter Geld anbot? Geld, das Schmidt, auch wenn er die Absicht durchschaute, hatte nehmen müssen, denn der Mäzen hatte ein schlagendes Argument parat gehabt: Die Summe entsprach genau dem, was der Literaturnobelpreis damals wert gewesen wäre: 350000 D-Mark. Zwei Jahre später war Arno Schmidt tot gewesen. Schlaganfall. Gerade mal 65 Jahre war er alt geworden, ein Kriegsversehrter an Leib und Seele. Wohl deshalb handelte sein lunarer Alptraum von Hunger und Entbehrung. Und hatte sich der spätgeborene Mäzen für Tage und Wochen hingesetzt, um genau das vorzulesen, weil auch er eines Tages urplötzlich aus seiner Welt gerissen worden war? Gefangen als Geisel seines Geldes in einem Keller.

In Hänge gebettet, breitete sich der Bodensee vor die noch schneebedeckten Alpengipfel ins Silberblau. Äpfel und Kirschen blühten in den warmen Frühling. Der weiße Zeppelin NT mit dem picassohaft gemalten barbusigen Weib auf dem Bauch hing über dem See.

Torsten Veiths Witwe war konfus gewesen, als ich sie am Telefon gehabt hatte. Nein, keine Presse! Gestern hatte sie mich dann doch wieder angerufen und ein Treffen in Friedrichshafen vorgeschlagen. »Um vier im *Eiscafé Venedig* an der Promenade. Das ist das an der Ecke am Tretboothafen. Woran erkenne ich Sie?«

Hastig hatte ich einen Steckbrief formuliert: »Sportlich, kurze Haare, schwarz gefärbt, Diamant im Ohr, Narben im Gesicht ...« Den Dackel hatte ich nicht erwähnt.

Ich ließ Brontë im Parkhaus Altstadt zurück und trat in der Friedrichstraße an die Erdoberfläche. Konsum und Kopfsteinpflaster samt Straßenbächlein zwischen Nachkriegshäusern. Vor dem Zeppelinmuseum turnten Kinder auf einem blechernen Zeppelinchen mit Gondel herum. Hinterm Museum schwappte Hafenwasser und legten die Fähren nach Konstanz, Bregenz und Romanshorn an und ab. Der Katamaran gurgelte gerade zur Rundfahrt rückwärts vom Anleger. Luft- und Seeschifffahrt waren sich selten so nah.

Cafés reihten sich lückenlos die Promenade entlang. Damen klirrten mit Löffeln in Kaffeetassen und drehten die Tortenteller, ehe sie zustachen. Ein *Eiscafé Venedig* gab es nicht, aber an der Ecke zum Tretboothafen befand sich das *Eiscafé Venezia* mit zahllosen Bistrotischchen und Blick auf die Schlosskirche mit ihren Zwillingszwiebeltürmen. »Was uns Heimat gibt«, stand im benachbarten Restaurant auf den Sonnenschirmen der Allgäuer Brauerei Meckatzer.

Ich suchte mir einen Tisch unter den Arkaden, von dem aus ich beide Seiten des Lokals im Auge behalten konnte, und bestellte einen Kaffee. Außerdem war noch Zeit, aufs Klo zu gehen. Der Handtuchspender bemaß den Stoff so knapp, dass man sich beim Abtrocknen die Knöchel am Kasten blau schlug. Konnte die Weltraumforschung nicht auch mal anständige Handtuchspender hervorbringen?

Die Nachmittagssonne glitzerte auf den Frühsommerwellen des Sees, dass es in den Augen schmerzte. Fähren, Tretboote und Segelschiffe dümpelten in Ufernähe. Wolken ballten sich über den Alpengipfeln. Ich nippte am Kaffee, rauchte eine Zigarette und spielte Spider Solitaire auf meinem Handy. An einem Tisch versuchte eine junge Mutter einen Kinderwagensäugling mit einem Schnuller still zu bekommen und ihr Eis zu löffeln. Der junge Mann tat so, als ginge ihm das Gebrüll seiner Ausgeburt nicht auf die Nerven.

Ich hatte plötzlich ein ganz dummes Gefühl. Aber es las kein einsamer Herr an einem der Tische Zeitung neben einer Tasse erkaltetem Kaffee – auch der Geheimdienst musste sparen, ein Cappuccino war sicherlich nicht drin. Auf der schmalen Promenade flanierten Urlaubspaare in kurzen Hosen, Socken in Sandalen und luftigen T-Shirts. Sie waren entweder jung oder pensioniert. Kein trainierter Vierzigjähriger darunter, der an den Fahnenmasten mit den Farben von EU, Deutschland, Baden-Württemberg, Friedrichshafen, Österreich und der Schweiz lungerte, keine junge Frau in Jeans und Weste oder Sweater oder anderer Berufskleidung observierender Staatsmächte, die mit oder ohne MP3-Player und Stöpsel im Ohr auf einer Bank saß. Ich fuhr mit der Hand unter der Tischfläche entlang. Keine Wanze. Es hätte auch niemand vorhersehen können, dass ich mich an diesen von zwei Dutzend Tischen setzen würde, um mit Torsten Veiths Witwe zu sprechen.

Auf der Fahrt war mir auch niemand gefolgt. Oder? Auf einer Autobahn kreisten ja immer dieselben zehn Autos umeinander. Mal überholte ich den Lastwagen vor dem BMW, dann wieder zog er auf der linken Spur an mir vorbei, weil ich nicht schnell genug hinter dem Laster hervorgekommen war, gefolgt von einem Mercedes mit Lichthupe und einem viel zu schnellen Sprinter, die ich alsbald wieder einholte, wenn die Drängler sich zu einem Raserstau aufgeschaukelt hatten.

Eine Frau – schlank, blond geföhnt, gut gekleidet – kam von den Wasserspielen her unter die Arkaden des Cafés. Sie trug rote Hosen und eine dunkle Sonnenbrille, weshalb ich nicht sehen konnte, ob ihr Blick mich streifte, als sie mit Toilettenmiene ins Café trat. Hoffentlich hatte sie sich nicht durch Cipións unerwartet dackelige Gegenwart abschrecken lassen.

An einem Chaostisch mit drei Kindern fiel ein Fantaglas um. Der Bub steckte in einer Ritterrüstung. Über den Kopf hatte er einen Topfhelm aus Pappe gestülpt, der nur die Augen freiließ, in der Hand schwang er ein Plastikschwert. »Jetz' reichets aber, Luca!«, hörte ich die Mutter zischeln, eine Dicke mit qualmender Zigarette in Leggins, die auf die Uhr sah, den Hals reckte und Ausschau hielt. Vermutlich nach einem Ehemann.

Ich dachte darüber nach, ob ich mir eine Zigarette anstecken sollte. Aber die Dame in den roten Hosen konnte jeden Moment erscheinen, mit nassen Händen, weil das Handtuch im Spender zu knapp bemessen war.

Die drei Kinder vom Chaostisch rannten hinaus auf den Platz an den Fahnen. Ein Mädchen war weißblond, das andere kupferbraun mit schwarzen Haaren. Spatzen flatterten von Krümeln auf. Fast hätte ich die Dame übersehen, als sie aus dem Lokal kam. Sie setzte die Sonnenbrille auf – für einen fast eingebildet kurzen Moment streiften mich ihre Augen – und ging sportlichen Schrittes auf die Promenade hinaus.

Ich klemmte einen Fünf-Euro-Schein unter die Kaffeetasse, nahm Cipión kurz und folgte ihr. Sie wandte sich am Tretboothafen in Richtung der Zwillingstürme der Schlosskirche, die Handtasche unter den Arm geklemmt, Sonne auf den Schultern einer cremefarbenen Markenjacke und auf den Rundungen eines Hinterns, der für eine Frau vielleicht eine Idee zu klein war. Doch die rote Hose warf genau die richtige Menge feurig lockerer Falten.

Da rannte mir das dunkelhäutige Mädchen vor die Beine. Für

einen Moment sah ich Angstweiß in urwalddunklen Augen. Die Kleine stolperte über Cipións Leine. Schlappohren flogen. Das Mädchen knallte auf die Steine.

Die Schwalben erstarrten im Wind – dann schrie das Kind los.

Ich musste es aufstellen, um Cipións Leine zu befreien. Erst dann hatte ich wieder Gelegenheit, die Promenade entlangzublicken. Die Frau mit dem roten Hintern war verschwunden. Ich befürwortete kurz die Todesstrafe für Kinder.

Die dicke Mutter stürzte herbei und betupfte mit einer Serviette das Kinn der Kleinen, obgleich es keine Wunde zu betupfen gab. »Isch it schlimm, Juana. Lueg amol, der Hund. Der isch ganz lieb.«

Cipión wedelte mit der Rute. Allzu rasch verzieh er uns Menschen unsere Tölpelhaftigkeiten. Der Quell der Tränen versiegte sofort. »Darf ich ihn mal streicheln?«

»Frag ihn«, sagte ich. »Streck ihm die Hand hin. Schau, so.«

Cipión schnüffelte mit nasser Nase und klappte die Schlappohren vor. Juana lächelte. »Wie heißt er denn?«

»Cipión.«

»Sind Sie Lisa Nerz?«, hörte ich plötzlich jemanden mich von der Seite ansprechen.

Es gab nur eine Möglichkeit. Ich schaute in die alarmgroßen grauen Augen der Mutter. »Susanne Veith?«

9

»Ground control to Major Tom/ Your circuit's dead, there's something wrong./ Can you hear me, Major Tom?« *Space Oddity*, David Bowie, 1969

Meine Aufenthaltsdauer war nicht zur Sprache gekommen, als Tamara uns die Transponder-Uhren überreichte. Was hatte dieser Journalist aus Marseille, dessen Namen ich trug, eigentlich gesagt, wie lange sie dauern sollte, seine Journalistenreise zur Artemis? Hätte ich nur besser aufgepasst!

Oder war es die Bedingung, dass ich am Leben blieb: auf dem Mond alt werden als Langzeitversuch in Sachen Knochenschwund. In zwanzig Jahren würde ich, eingeschrumpelt und abgemagert zum Faktotum, jungen Astronauten, Kosmonauten und Taikonauten hinterhersabbern und Anekdoten erzählen aus den Zeiten, als die Ameisen die Station bedrohten und man Weltraumnahrung noch aus Instanttüten schnitt.

Den Knochenschwund hatten wir in zwanzig Jahren vermutlich in den Griff bekommen, aber Mondparkinson machte uns dann Probleme, eine neurologische Fehlentwicklung des Dopaminsystems infolge der reduzierten Schwerkraft. Der Schüttellähmung würde man mit Gentechnik oder Hirnschrittmachern beizukommen gelernt haben, doch der Vergesslichkeit nicht. Dann würde ich im Reiherschritt durchs Habitat schlurfen und nicht mehr wissen, wie Vögel sangen, Autos klangen und die Stadt hieß, aus der ich kam. Lange vorher hätte ich den Oberstaatsanwalt vergessen, zuerst sein Gesicht, dann seinen Namen und zuletzt den Geruch seines Rasierwassers nach Zeder und Zibet. Nur das Fragezeichen würde sich bis zum Schluss in meinem Hirn krümmen wie eine Narbe. Das dazugehörige Warum hätte ich vergessen.

Bevor es so weit kam, musste ich mit Sally Kontakt aufgenommen haben. Unbedingt! Es musste jetzt gut eine Woche her sein, dass ich aus meinem Handynetz und meiner Erinnerung verschwunden war. Irgendwo unten im Bodenseehinterland zwischen Fischreute, Wallmusried und Ratzenried irrte Cipión durch die Wälder, wurde vom Jäger erschossen oder fiel einer fürsorglichen Familie in die Hände und hieß fortan Waldi oder Snoopi. Aber Sally war tough. Wenn er noch lebte, würde sie ihn finden. Dann musste wenigstens er nicht zum zweiten Mal neu anfangen. Erst vor zwei Jahren hatte ich ihn aus dem Todsburger Schacht geholt, und des Nachts auf meinem Schoß in Richards Limousine auf einer Straße über die Schwäbische Alb hatte er von mir seinen Namen empfangen, nicht Berganza, wie Richard vorgeschlagen hatte, sondern Cipión, nach dem anderen der beiden sprechenden Hunde aus einer Fabel von Cervantes.[3]

10

»Nur die Ruhigsten, die Erfinderischsten, Ausdauerndsten, junge und wenn möglich zölibatäre Wesen, kurz, Engel in einer menschlichen Haut.« *Kosmische Raketenzüge*, Konstantin E. Ziolkowski, 1929

Ergeben stand der Rauhaardackel da und ließ sich von Torsten Veiths ungleichen Töchtern struppig streicheln. Der behelmte Sohn überlegte noch.

»Er heißt Cipión!«, lockte Juana. Die Zunge zischelte zwischen den Zähnchen heraus beim *Th* des Anfangs und die Stimme setzte sich aufs *-ion* am Schluss: *Thippionn.*

Der kleine Don Quijote stolperte über sein Schwert, denn mit dem Helm sah er seine Füße nicht.

»Nimm das Ding halt amal ab!«, sagte Susanne Veith kraft-

3 Siehe Lehmann: *Höhlenangst*, Ariadne 2005

los, und zu mir: »Er kommt nicht klar damit, dass sein Vater nicht mehr kommt. Als ich es den Kindern hab sagen müssen, hat er den Helm gebastelt und aufgesetzt. Ich bin Astronaut wie der Papi. Das ist jedes Mal ein Theater, bis er den Helm aufd' Nacht absetzt. Und zur Schul will er au it. Er sagt, die lachen ihn aus, weil sein Vater kein guter Astronaut gewesen ist. Nur im Schwimmbad nimmt er das Ding ab. Also fahr ich daher ins Strandbad, solang das Wetter hebt.« Sie suchte nach Zigaretten in ihrem Gürtelbereich und drehte sich zum Cafétisch um. »Ich hab Sie übrigens erst jetzt erkannt. Sie haben schon eine Weile da drüben gesessen. Aber ich hab gedacht … Irgendwie haben Sie sich anders beschrieben gehabt. Mit Narben. Ich hab sonst ebbes gedacht.« Sie grabschte die Zigaretten vom Tisch.

Ich nahm mir vor, meine Narben künftig unerwähnt zu lassen, auch wenn sie mir vom Spiegel ins Auge kratzten. Für die grobkörnige Hässlichkeit meines Gesichts gab es keine Entschuldigung mehr.

Wir setzten uns. Das Eis war in den Glasschalen geschmolzen. Torsten Veiths Witwe zündelte. Der Lack auf ihren Fingernägeln blätterte schon seit ein paar Tagen. Trauerauflösung bei mühsamer Aufrechterhaltung der Familienroutine. Irgendwas blieb auf der Strecke.

»Angst hat man immer!«, redete sie und redete. »Aber passieren kann überall was. Auf der Autobahn, auf dem Zebrastreifen. Unsere Reisen nach Südamerika waren gefährlicher, hat Torsten immer gesagt. Wie haben Sie eigentlich meine Telefonnummer rausgefunden? Wir stehen it im Telefonbuch. Da haben zu viele Leut angerufen und wissen wollen, wie man Astronaut wird.«

»Zufall«, sagte ich. »Sie stehen auf der Seite des Rupert-Neß-Gymnasiums in Wangen.«

»Ach, das Klassentreffen vor zwei Jahren!« Susanne zog an ihrer Zigarette und suchte mit großen Mutteraugen nach ihren

Kindern, die zum Springbrunnen gezogen waren und sich amüsierten, weil Cipión versuchte, die kleinen Fontänen abzubeißen. Einige Meter vom Ufer entfernt düste die große Mutterfontäne aus dem See.

»Und was wollet Sie etz schreiben?«, fragte Torsten Veiths Witwe.

»Reine Recherche. Ich … äh … plane ein Buch über die Risiken der Raumfahrt.«

Sie blies den Lungenzug in den Himmel und stauchte die Zigarette in den Aschenbecher. »Und was wollen Sie da von mir wissen?«

Gute Frage. »Gab es irgendetwas … Ich meine …«

»Was komisch ist …« Susannes Augen waren verschwörerisch groß. »Bei uns ist eingebrochen worden, zwei Wochen vor Torstens Tod. Alle Computer weg, alle Datenträger. Die Polizei sagt, das sind Einbrecherbanden einer mobilen ethnischen Minderheit gewesen.« Polizeideutsch für Zigeuner. »Aber ich glaub's it. Die habet it nach Schmuck gesucht. Sie habet zwar ein paar Klunker mitgehen lassen, aber it alles. Und den DVD-Rekorder haben sie auch stehen lassen. Der ist zwar alt, aber Torstens Computer war au it neu.«

»Was war da drauf?«

Susanne zuckte mit den Schultern. »Unsere E-Mails und Fotos und Spiele und all das. Ein paar Sachen vom Gschäft, hat Torsten gesagt, aber nichts Geheimes, das wo gar keiner wissen darf. Er hat sich das au it erklären können, wo ich es ihm erzählt habe. Aber vielleicht hat er mir das au it mehr sagen können. Man hat ja nie gewusst, wer mithört. Die Gespräche sind über Computer gegangen, und da hat das Kontrollzentrum Zugriff drauf. Und bestimmt höret da noch andere mit.«

»Wer?«

Sie lächelte abgebrüht. »Chinesen, die Amerikaner, Terroristen … was weiß ich. Hinter uns sind sie alle her.«

»Wie meinen Sie das?«

»Das weiß man doch, dass die Chinesen scharf sind auf unser Know-how. Die hacken sich doch überall rein. Torsten hat schon, wo wir in Bolivien waren, aufpassen müssen mit seinen Unterdruckversuchen für Gaspipelines. Aber dann ist eh politisch alles in die Luft geflogen. Sogar der Staatspräsident hat fliehen müssen.«

»Hm.« Ich war wieder mal ziemlich blöd im Kopf.

»Für die SSF sind wir damals dort gewesen.«

»Space Systems Friedrichshafen. Sie kennen Gunter Maucher?«

»Ja, klar, seit der Schul.« Susanne zündete sich eine neue Zigarette an und spitzte die kaum entstandene Asche am Rand des Aschenbechers. Ihr Blick ruhte sich auf meinen unteren Augenlidern aus, bevor er mir in die Pupillen sprang. »Torsten und Gunter haben eine Wette am Laufen gehabt. Ich hätte nie gedacht, dass er … dass er Ernst macht damit.«

»Womit?«

Susanne bewegte den Kopf, als wolle sie einen Alptraum abschütteln. »Torsten wollte … He, Luca, jetzt reicht's aber!« Sie sprang auf.

Luca köpfte die Fontänen und ließ das Schwert auch gleich mal rasch gegen Diana sausen.

11

»Niedrige und glatte Ebenen, trockene ›Meere‹ und auch andere Stellen wiesen, im Widerspruch zu den Behauptungen des Physikers, deutliche, wenn auch nur winzige Spuren einstiger Feuchtigkeit auf. Wir liebten diese staubigen Ebenen, doch liefen wir so schnell, dass die Staubwolken zurückblieben. Sie legten sich übrigens sofort wieder, da es ja keinen Wind gab, der sie emporwirbelte.« *Auf dem Monde*, Konstantin E. Ziolkowski, 1893

Plötzlich ertönte aus der Quartierecke an der Tür eine Stimme: »Dr. Georg Giffhorn, Dr. Ardan und Mr Franco Llacer, bitte in die Cupola.« Intercom nannte man die Gegensprechanlage.

Ich sprang von der Koje auf, wäre fast gegen den oberen Türsturz geknallt, flog ins spinale Treppenhaus hinaus und prallte gegen etwas Weiches.

»Eh!« Es klang weiblich. »First look!«

Sie trug wie ich den weiten violetten Zelluloseanzug von dem Unisex-Charme, den nur Tamara mit ihren Titten durchbrechen konnte.

»Ah, ein Greenhorn! Ich bin Gail. First Lieutenant Gail Taylor.«

Sie war von berückender Hässlichkeit. Blond, ja, aber kurzgeschnitten und ausgefranst. Ihr Gesicht bestand hauptsächlich aus einer Nase, das Kinn fehlte, schwere Augendeckel schläferten den Blick aus grauen Augen ein, auf der großen Unterlippe lag die Verheißung sexueller Abgebrühtheit.

»Michelle Ardan«, sagte ich, ohne Aussicht auf sexuelle Differenzierung per Aussprache.

»Ah, unser Lebensretter!« Sie lachte blubbrig wie Vulkanlava.

Fragezeichen, aber keine Zeit zu fragen. »Ich sollte jetzt schnell nach … verdammt, wohin muss ich?«

»Rauf! Ins Kino. Alle Greenhorns müssen sich den Film anschauen. Wir sehen uns zum Abendessen.«

»Unvermeidlich.«

Blubbernd wie ein Lavatopf stieg sie nach unten. Ich wandte mich treppauf, vertat mich mit meiner Kraft, schoss die halbe Treppe hoch, traf die Stufe nicht, stolperte aus dem Loch im Boden in die Glaskuppel hinaus und erstarrte.

Bo-eih! Irre! Wahnsinn!

Über mir herrschte Nacht, von Myriaden von Sternen gepunktet, darunter in den umlaufenden Panoramafenstern war gleißend heller Tag. Mein erster Blick galt dennoch der Erde, die tief überm Horizont hing. Eine blaue Marmorkugel, angefressen. Es war Halberde. Sie war weiter weg, als ich erwartet hatte, und dennoch unheimlich nah, vertraut und unerreichbar. Ich suchte nach Kontinenten im Gemisch aus Weiß und Blau, aber ich konnte nichts identifizieren. Vielleicht lag es daran, dass sie verkehrt herum stand, mit dem Südpol nach oben.

»Geil, nicht wahr!« In Gonzos Augen schimmerte Glückseligkeit. Dagegen wirkte Franco verwirrt und in sich gekehrt. Seinen Blick hatte er an Tamara festgehängt. Ewig lockt das Weib.

»Setzt euch!«, sagte Tamara.

Erst jetzt fiel mir auf, dass wir uns in einem vergleichsweise irdischen, von Tischen und Stühlen beherrschten Aufenthaltsraum befanden, einer Mischung aus Kantine und Freizeitgestaltung. Im Schatten der Sonnenschutzplatten summte und brummte ein großer Schrank, der Lebensmittel von sich gab, Kombüse genannt, in den Regalen unterhalb der Fenster fledderten Bücher der bunten Sorte zwischen DVDs mit Action-Covern und abgestoßenen Schachteln mit Gesellschaftsspielen.

Der große Flachbildschirm flackerte schon. Dem Fanfarenfilm amerikanischer Machart entkam auch Gonzo nicht, obgleich er wie jeder ernsthafte Astronaut monatelang am Boden in nachgebauten Teilen der Artemis jeden Ein- und Ausstieg und jeden Handgriff geübt hatte. Ihm waren die humanphysiologischen Multi-Diagnoseanlagen, das Biolab oder die Experimentieranlagen für giftige Materialien vertraut. Er wusste, wie man den Rotex steuerte, den Kameraarm, der von außen dreidimensionale Laserbilder schoss, wie man die LRVs fuhr, die Mondfahrzeuge, den Tiefenbohrer bediente und die Roboter fernsteuerte. Er kannte die Innereien des Habitats und sämtliche Notfallpläne.

Die Kamera flog über das achttausend Meter hohe Malapert-Gebirge nach Süden, vorbei am Krater Schoemaker, in dessen Hintergrund man den noch größeren Amundson sich weiten sah.

»Als US-Präsident George W. Bush in seiner berühmten Rede vor der NASA eine Erneuerung des Entdeckergeistes forderte«, polierte der Sprecher die Bilder, »war das der Startschuss für die bemannte Raumfahrt zum Mond.«

Bushs Bubengesicht blendete sich über die Kraterlandschaft. »Wir werden auf dem Mond oder Mars Bodenschätze entdecken, die unsere Vorstellungskraft übersteigen. Und die Faszination, die durch künftige Weltraumforschung entsteht, wird unsere jungen Menschen anregen, Mathematik und Ingenieurswissenschaft zu studieren, und eine neue Generation von Pionieren hervorbringen.«

Franco knurrte unwillig.

»Ihr Spanier mögt doch Bush und seine Kriegszüge!«, frotzelte Gonzo.

Franco schnaubte. »Ich bin Katalane.«

Die Kamera flog über die Fotovoltaikanlagen, Brenntürme, Rohre und Reaktoren des Gewerbeparks auf die Artemis zu. Ein *lunar roving vehicle* mit Riesenreifen stand zwischen igluartigen Hütten. Fahrspuren, die kein Wind jemals verwehen und kein Regen je auswaschen würde, verzweigten sich auf der weiten, von Schatten vernarbten Fläche am Rand des Shackleton-Kraters. Smaragdgrün leuchtete das große Gewächshaus unter zolldicken Glasschichten mit UV-Schutz auf. Berghüttig spickten die sechs ringförmig gebündelten Tonnenmodule aus dem Kegel Mondstaub, obenauf die Cupola mit ihren sieben dunklen Sonnenschutzscheiben, in der wir uns gerade befanden.

»Und wann dürfen wir raus?«, fragte ich. »Meine Mutter sagt immer: Fernsehen macht viereckige Augen!«

»Ihr werdet alle euren Mondspaziergang bekommen«, antwortete Tamara.

Doch zunächst mussten wir uns mit der virtuellen Vogelperspektive zufriedengeben.

Auf dem Landeplatz, zehn Kilometer nördlich des Habitats, stand ein Lu-Bus, jenes spinnenförmige vierfüßige Gerät mit dem Transportmodul als Leib, in dem wir von der Mondorbitstation herabgeplumpst waren. Außerdem durchschnitt eine kilometerlange Röhre die graue Wüste: der Massetreiber, der die ATV-Kapseln für unbemannte Transporte nach dem Prinzip der Magnetschwebebahn Richtung Erde in den Orbit katapultierte, und zwar mit einer Geschwindigkeit größer als die Fluchtgeschwindigkeit von 8230 Stundenkilometern. Welcher Komiker war nur auf die Idee gekommen, die Geschwindigkeit, die ein Gegenstand brauchte, um aus der Gravitation eines Himmelskörpers hinausgetragen zu werden, Fluchtgeschwindigkeit zu nennen?

Obgleich Starts und Landungen umso teurer, weil energieaufwendiger waren, je weiter weg vom Äquator sie stattfanden, hatte man sich nicht nur wegen des energiespendenden Dauerlichts, sondern auch wegen der Hoffnung auf gefrorenes Wasser in den umliegenden Nachtkratern am Südpol installiert. Diverse Roboter waren auf dem Weg nach unten, um im tiefgefrorenen Gestein nach vereistem Wasser zu bohren. Die Kratertrichter waren so unirdisch steil und schroff, dass man die Roboter abseilen musste, und sie kamen nur sehr langsam voran. Einen bemannten Abstieg konnte man nicht wagen. Die Temperatur in so einem Nachtkrater näherte sich null Kelvin an, minus 273 Grad Celsius. Da konnten sich nicht einmal mehr Atome bewegen.

Und welche Temperatur herrschte rund um die Artemis? Hochdruckkochtopfhitze auf der Sonnenseite und minus sonst was im Schatten? Konnte man im Vakuum überhaupt eine Temperatur messen, wenn es keine Atmosphäre gab, also keine Teilchen, die mehr oder weniger zitterten? Auf dem Mond ähnelte alles physikalischen Knobelspielen.

Glücklicherweise verfügte die Station über jede Menge Energie. Es gab reichlich Silizium für die Fotovoltaik. Mit Sonnenspiegeln konnte man jede Art von Hitze auf einen Punkt fokussieren, Metalle verdampfen und Sauerstoff und Wasserstoff gewinnen. Es galt die amerikanische Pionierdevise: vom Land leben. Ein Atomkraftwerk war auch im Aufbau. Mit Leittechnik der TSE und Brennkammern der SSF. Davon hatte mir unten auf der Erde allerdings niemand erzählt!

»Der Boden ist überdies reich an Ilmenit«, erklärte der Sprecher, »ein Eisen-Titan-Oxid, das dem Mondgestein in den Maria die dunkle Farbe gibt und neben Sauerstoff auch Wasserstoff und Helium aus dem Sonnenwind enthält.«

»Benannt nach Ilmenau«, sagte Gonzo im Überschwang geistiger Anspannung. »Der Bergwerksstadt im Thüringer Wald, wo Goethe das Gedicht in eine Holzhütte auf dem Kickelhahn kritzelte: Über allen Wipfeln ist Ruh ...«

»Die Terrae bestehen zum Großteil aus hellen Plagioklasen, also Silikatmineralen ...«

»Feldspat«, murmelte Franco, der Geologie studiert hatte.

»Das Aitken-Becken am Südpol bietet als größter Einschlagskrater unseres Sonnensystems mit seiner Tiefe von rund achttausend Metern den Geologen, die hier Mondkrustengestein vermuten, ein interessantes Forschungsgebiet.«

Dann endlich fuhr die Kamera durchs Innere der sechs aufgeblasenen Würste. Aufpassen! Wo war der Einstieg in die sublunaren Stockwerke, wo waren die Stationen mit dem Downlink zur Erde da drüben knapp überm Mondhorizont?

Im Sub befanden sich Herz und Hirn des Habitats. Das waren zum einen die Lebenserhaltungssysteme, bestehend aus dem chemisch-physikalischen System zur Reinigung von Luft und Wasser und aus MELISSA, die von der ESA entwickelte biologische Wiederaufbereitungsanlage für Abfall und Abwasser in grünen Außenanlagen mit Teich für Algen, Wasserpflanzen, Kiesbettfiltern und Mikroorganismen. Die einzige Möglichkeit, den Gestank im Habitat in Grenzen zu halten.

Und da war zum anderen das Daten-Management-System, kurz DMS, das mithilfe zahlloser implementierter Systeme alle Betriebsabläufe überwachte, unzählige Messdaten auswertete, Bewegungs-, Arbeits- und Gesundheitsprotokolle der Habitatbewohner anfertigte oder halbautomatische und vollautomatische Testreihen abwickelte.

Und dann das Entscheidende: An bestimmten Werkstationen im Sub und in den Testlaborbereichen des *payload service deck* waren Privatgespräche per Videotelefonie mit den Angehörigen möglich, sofern sie in ihren Wohnzimmern die entsprechende Technik installiert hatten.

Das hatte Sally schon mal nicht.

Die Gespräche wurden breitbandig mit zirka fünfzig Megabits pro Sekunde über einen der acht TDRS-Satelliten abgewickelt. Diese Satelliten kreisten eigentlich für die ISS um die Erde, schickten unsere Botschaften an die NASA-Bodenstation in White Sands, von wo sie nach Houston weitergeleitet und über das IGS, das *Interconnection Ground Subnetwork*, an europäische, japanische oder indische Kontrollzentren verteilt wurden.

Aus Angst vor Viren, Trojanischen Pferden und Phishing gab es auf der Artemis weder Internetzugang noch allgemeinen

E-Mail-Verkehr. Doch jeder Einzelne – also auch ich – hatte eine direkte E-Mail-Adresse in Houston. Ein Administrator leitete die Mails dann weiter. So ungefähr hatte ich mir das gedacht mit dem Briefgeheimnis.

Alle Energie- und Kommunikationssysteme waren zwei- bis dreifach ausgelegt, falls ein Bagger eine Leitung zu den Kraftwerken oder Satelliten zerhaute, und zur Not gab es noch alten Radiofunk wie zu Zeiten der Apollo, mit Rauschen und Knistern.

Damit verglühte der Film.

In seltsam lichtem, dennoch farblosem Dunkelgrau breitete sich draußen die reale Mondwüste aus. Die Sonne stand tief, die Schatten waren lang, doch es fehlten die Rottöne des Abends. Der Horizont wirkte wie ausgeschnitten, so scharf war der Kontrast zum All, dem gegenstandslosen schwarzen Nichts. Hier gab es den Weichzeichner einer Atmosphäre nicht, der uns auf der Erde Ferne suggerierte. Unheimlich nah wirkte der Horizont, wie eine gemalte Theaterkulisse. Zu nah! Und immer wieder Löcher im Boden, pechschwarz und bodenlos. In unmessbarer Entfernung oder Nähe leuchteten hinter dem Schwarz eines Kraterlochs die Spitzen eines Gebirgskamms wie Laternen.

Doch die Schlagschatten auf dem Wüstenboden waren keineswegs so undurchdringlich schwarz, wie ich es in absolutem Vakuum erwartet hatte, auch der breite Schatten nicht, den die Station selbst kilometerweit warf. Der Widerschein der bestrahlten Flächen erhellte auch die Schattenregionen.

»Und jetzt nenne ich euch euren COUP«, rief Tamara mich zurück, »euren *case of urgency partner*. Das ist der Astronaut, nach dem ihr euch umschaut, wenn die Frage lautet: Sind alle da? Ihr kennt das vielleicht von Schulausflügen. Der Nebensitzer gewissermaßen.«

Ein Leuchten ging über Gonzos Gesicht. »Geniale Idee! Und so einfach. Wenn jeder immer nur nach einem guckt, geht das schneller, als wenn man alle Namen aufruft, zumal man im Notfall nicht immer die Besatzungsliste zur Hand haben dürfte.«

Tamara lächelte. »Das ist der Sinn der Sache. Ihr werdet euch nachher auf unserer täglichen und obligatorischen Konferenz, UTC 18 Uhr ...«

Ich glaube, ich stöhnte.

»*Universal time coordinated*«, half mir Gonzo. »Greenwich-Zeit.«

»... in der Cupola kennenlernen.«

Mein COUP hieß Sergei Kascheschkin.

»Und nun«, sagte Tamara endlich, »wollt ihr euch sicher mit eurer neuen Umgebung vertraut machen.«

Zeit zum Angriff: »Wie weit ist Torsten Veith eigentlich mit dem Helium-Abbau gekommen?«

Tamara hatte ihre Mimik im Griff wie ein Androide mit Positronengehirn. »Die einzelnen Forschungsprojekte und ihr Stadium kannst du unserem SDS entnehmen.«

»Bitte?«

»Dem *science document system*.«

»Ich würde dann jetzt gern mal los.« Gonzo treppelte, wie wir Schwaben sagten. Er war hier, um den Urknall zu sehen. Eines der drei Infrarotteleskope dafür befand sich im ewigen Schatten des Shackleton-Kraters. Sein mit Gold bedampfter Flüssigspiegel hatte einen Durchmesser von zwanzig Metern. Für so was war der Mond ideal, hatte mir Gonzo auf dem Herflug erklärt: Er befand sich im absoluten Vakuum, er hatte Gravitation, was den Flüssigspiegel in seinem Becken hielt, und er war geologisch tot, Erdbeben gab es kaum, weshalb die Flüssigkeit keine Wellen schlug. In einem Beobachtungszeitraum von nur einem Jahr konnte man stellare Objekte abbilden, die hundert Mal schwächer waren als die schwächsten Objekte, die man bisher gesehen hatte. Den Urknall eben. Auch wenn mein Hirn nicht gebaut war, um zu kapieren, warum ausgerechnet die Sternengucker immer nur Vergangenheit sahen. Ich musste es mir jedes Mal wieder neu herleiten. Die Lichtgeschwindigkeit, ja … Was heute ankommt, ist Milliarden Jahre alt.

»Und dich, Michel«, lächelte Tamara, »bringe ich dann mal ins Biolab hinüber. Die warten schon auf dich.«

12

> »Mondin, du willst Mutter sein/ Und findest keine Liebe/ Die dich zur Mutter macht./ Sag mir, Silbermond/ Was willst du anfangen/ Mit einem Kind aus Fleisch und Blut?« *Hijo de la luna*, Mecano, 1988

»Wir haben Juana vor sieben Jahren adoptiert«, erzählte Susanne Veith, den Blick ins augenstechende Nachmittagsglitzern des Bodensees gerichtet. »Damals hat man gedacht, ich wär unfruchtbar.«

Fallbeilartig war die Diagnose über sie hereingebrochen, damals, als Torsten im EAC, dem Europäischen Astronautenzentrum in Köln-Porz, gerade mit seiner Astronautenausbildung begonnen hatte. Köln hatte Susanne nicht gefallen. Dann lieber Bolivien. Ein internationaler Energiekonzern baute dort eine Erdgasleitung nach Florida, und Torsten entwickelte Transporttechniken für Gas. Der Aufstand der Bolivianer beendete das Projekt. Die Veiths flohen mit einem indianischen Säugling im Arm. Und Susi wollte unbedingt wieder heim ins Oberschwäbische, wo man »it« sagte, wenn man »nicht« meinte. Mit Vaters Geld bauten sie ein Haus in Wangen. »Kennet Sie den *Fidelisbäck*? Der hat die beschten Seelen, die wo's gibt.« Bei der SS Friedrichshafen entwickelte Torsten Vakuumtechniken weiter und setzte in Köln und den USA seine Astronautenausbildung fort. Und Susanne wurde plötzlich schwanger. Das hatte man ja oft nach Adoptionen.

»Man hat Juana im bolivianischen Urwald gefunden«, erzählte sie, »hungrig, unterkühlt, offensichtlich ausgesetzt. Ohne ärztliche Hilfe wär sie gestorben. Die Behörden wollten sie in ein Heim stecken. Da hab ich dann gesagt: Wir adoptieren sie. Aber das war ein Geschiss, eh wir sie mitnehmen konnten.« Sie lachte auf. »Die stellen sich an in diesen Ländern! Dene verhungeret die Dergl uff der Straß, aber unsereiner darf sie it mitnehme, man könnt sie ja verschlage und missbrauche. Dabei endet die Waisenmädle eh alle in der Prostitution.«

Sie hatten viel Geld bezahlt.

»Genetisch gehört Juana zu den Sirionós«, erklärte mir Susanne. »Ein Nomadenvolk, das etwas Landwirtschaft betreibt. Von denen soll es nur noch tausend geben.«

»Und Ihr Mann«, führte ich die Witwe auf mein Thema zurück, »was hat der so über das Leben auf der Artemis erzählt, über seine Kumpels und so?«

Susanne Veith zündete sich die dritte Zigarette an. »Was wollet Sie höre? Dass alle sich super verstanden hent? Top-Teamgeist, wie sie immer saget.«

»War dem nicht so?«

Sie zuckte mit den Schultern. »Es ist überall das Gleiche. Der eine will dies, der andere meint selles, und der Dümmste entscheidet, hat Torsten immer gesagt.« Sie lachte traurig. »Aber viel hat er ja eh it sagen können. Einer hört ja immer mit. Das ist Totalüberwachung. Außerdem hatten sie ständig Computerprobleme. Torstens Daten sind zweimal weg gewesen, die Arbeit von Wochen vernichtet. Das hat ihn schon gewurmt. Ich würd ja sagen, das war Sabotage.«

13

»Ich weiß nicht, wen Sie bezwingen wollen … Die ›Wolke‹ hat nur so viel Intellekt wie ein Insekt, ja eigentlich nicht wie ein einzelnes Insekt, sondern, sagen wir, wie ein Ameisenhaufen.« *Der Unbesiegbare*, Stanislaw Lem, 1964

Zum Biolab gelangte man treppab ins Sub, um drei Ecken und durch einen Tunnel von endloser Siebenschrittlänge. Ob ich mich jemals in diesem Labyrinth zurechtfinden würde? Man überblickte nie mehr als drei Meter, meist aber nur einen.

Tamara lieferte mich an einer Druckschleusentür ab. »Und lass dir nichts andrehen von den Freaks!«

»Wie?«

Aber da hatte sie mir schon ihre Kehrseite zugedreht und marschierte mit strammen Arschbacken davon. Ich musste Franco unrecht geben. Bei Tamara waren es eindeutig die Titten, nicht der Arsch!

Das Biolab befand sich außerhalb des Regolithkegels, in dem das Habitat steckte. Es war der erste und somit älteste stationäre Bau der Mondstation. Sein rundes Modul lag noch waagrecht, halb eingegraben im Mondstaub. Erst später hatte man angefangen, die Module senkrecht aufzustellen. Das biologische Labor wurde geleitet von einem Waran mit Brille, der einen PDA um den Hals hängen hatte und sich mir als Dr. Nguyen Van Sung aus Südkorea vorstellte. Das Lächeln schien ihm im Gesicht festgezurrt.

»Und du bist also Dr. Ardan, der Ameisenspezialist.«

Ausgerechnet Ameisen! Warum nicht Dackel? Da hätte ich vielleicht noch mitreden können.

»Schön habt ihr's hier.«

Die Wände waren auch hier mit genormten elektronischen Versuchs- und Messkästen zugepackt. Aber es gab auch Lichtecken mit durchsichtigen Behältern, in denen Insekten, Mäuse, Fische und Frösche zuckten. Lianen von Schläuchen und Kabeln fingerten mir im Gesicht herum, zerlesene Kladden huschten von Konsolen wie fliehende Echsen, Zentrifugen surrten, ein Mikroskop und Petrischalen rangelten um den Platz, und ein Bündel getrockneter Kräuter krümelte auf die Tastatur einer Computerkonsole.

Durch die Glasscheiben einer weiteren Sicherheitsschleuse am anderen Ende des Moduls sah man hinaus in das smaragdgrüne Paradies der Biosphäre. Ich erahnte zwischen Urwaldgrün den schwarzen Spiegel einer Wasserfläche und erkannte die zarten grünen Finger von Hanf. Mein innerer Krampf löste sich etwas. Man hatte mir alles genommen, den Mann, das Handy, die Identität und den Tabak. Aber Hanf wuchs ja schnell.

»Dein Giftkoffer ist schon da«, lachte Dr. Nguyen und deutete auf ein Köfferchen mit den Spanngurtschnallen aus der Mondfähre.

»Was ist los mit den Ameisen?«, fragte ich mit mir fremder Stimme zwischen zugefallenen Ohren. Mondschnupfen verstopfte mir immer noch die Nebenhöhlen. »Ich habe vorhin eine oben im Quartier gesehen.«

»Ja, auf Grönland, in Island und in der Antarktis können sie nicht leben, you know? Aber auf dem Mond. Sie knabbern die Dichtungen durch, you know.«

Ich sah die Artemis schon zusammenschnurzeln. »Wie ist das möglich?«

»Das ist nicht möglich.« Nguyen Van Sung lachte.

»Und wovon leben sie?«

Der Brillenwaran schob den Ärmel seines Sweaters hoch. Auf seinem Unterarm schwelten zwei schwarzrot-eitrige Knubbel. »Wie es scheint, betrachten sie uns als Beute.«

Daher also die entzündeten Stiche auf Torsten Veiths mumifiziertem Körper, die Dr. Zittel mit einem mir unerinnerlichen Fachwort bezeichnet hatte.

»Manche von uns reagieren ziemlich heftig auf das Gift, you know. Allergischer Schock. Aber unsere Chinesin hat Zitrusöl dabei. Das haben wir zusammen mit Saft aus Tomatenzweigen in den Quartieren ausgebracht. Ameisen mögen das nicht, you know.«

Sogar mit mondstaubtauber Nase hatte ich den Anflug von Zitrone und Tomate in der Luft meines Quartiers wahrgenommen.

»Aber jetzt haben wir ja unseren Spezialisten und Ameisengift.« Der Koreaner linste zum Koffer.

»Und … äh …« Was zum Teufel musste ich jetzt fragen?

Van Sung lachte abwartend. »Leider gehören sie zu den Unbesiegbaren.«

»Was?«

»*Selenopsis invicta*, you know?«

»Ja, klar!« Immerhin erkannte ich das *invicta*, auch wenn ich nie Lateinisch gelernt hatte, als unbesiegt. Nannte man nicht die Rote Feuerameise so? Diese Biester, die am Schluss von *Hundert Jahre Einsamkeit* den Säugling, das Kind der Liebe, aus dem Haus schleppten. Bei García Márquez hießen sie *hormigas coloradas*, bunte Ameisen. Das war kolumbianische Magie.

»Warum sind sie überhaupt hier?«

»Zur Tierkörperbeseitigung in der Biosphäre. Unsere Bienen und Hummeln sterben schnell, you know. Leider leben sie in Bauten tief unter der Erde.«

»I know. Äh …«

»Und sie leben draußen!«, tönte es hinter einem Einbauschrank hervor.

Beim Umdrehen hätte ich fast einen Stapel Plastikschachteln umgestoßen. Ein bronzefarbener Mann mit glattschwarzem Haar schob sich in den Raum, der kaum Platz für drei ließ. Er hatte eine gebrochene Nase, schwarze Augen und einen dünnen Bartstrich am Kinn. »Da draußen! Im Regolith, verstehst du.«

»Da draußen leben keine Ameisen!«, schnarrte Dr. Nguyen Van Sung. Diesmal lachte er nicht. Das machte ihn einem kurzsichtigen Waran mit faltigem Hals und lippenlosem Spitzmaul noch ähnlicher.

»Wo sollten sie denn draußen auch Sauerstoff herkriegen?«, fragte ich mutig.

»Von den Cyanobakterien!«, erwiderte die Rothaut. »Übrigens, ich bin Tupac Vaizaga, Bolivien. Aber das weißt du sicher.«

»Mucho gusto.«

Er bleckte kleine weiße Zähne. »Spanisch ist nicht meine Muttersprache. Als Kind habe ich Guaraní gesprochen.«

»Mborayhu ysapýpe jahypýi ñane ñe'ê.«

Nguyen Van Sung lachte, wenn auch verständnislos.

»Benetzen wir unsere Sprache mit dem Tau der Liebe«, übersetzte ich ins Englische den einzigen Satz Guaraní, den ich aus Jux im Rahmen meiner Ausbildung zur Fremdsprachensekretärin einmal gelernt und nicht vergessen hatte.

»Das ist paraguayisches Guaraní«, mäkelte Tupac trocken. »Meine Muttersprache ist Tupiguaraní. Bleiben wir also – auch mit Rücksicht auf Van Sung – beim Englischen, Dr. Ardan.«

»Michelle für Freunde.«

Tupac runzelte die Stirn. »Ist das so bei euch, dass ihr bestimmt, wer eure Freunde sind?«

Himmel aber auch! »Und wie hat es ein bolivianischer Indianer eigentlich in ein internationales Raumfahrtprogramm geschafft?«

»Durch Arbeit, viel Arbeit!«

»Aber an deinen ethnischen Minderwertigkeitskomplexen könntest du schon noch ein bisschen arbeiten, eh?«

Tupac zutzelte Gift von seinen Zähnchen. Ich wartete darauf, dass er mich damit bespuckte, aber er sammelte vorerst nur.

Vermutlich war er in Kourou in Französisch-Guayana gestartet, auf einer der europäischen Trägerraketen mit tonnenschweren *racks*, Wassertanks und Nahrung für die Artemis. Und Van Sung, wo war der eingestiegen? Vielleicht im chinesischen Raumfahrtbahnhof Jiuquan am Rand der Wüste Gobi oder im indischen Sriharikota, gleich bei Madras, das die Tamilen Chennai nannten? Oder, wie üblich, in Baikonur? Bei meinen kursorischen Internetrecherchen über die nationalen Raumfahrtprogramme war ich auf ein gutes Dutzend Weltraumbahnhöfe gestoßen, sechs, die den USA gehörten, drei in Russland, einen in Kasachstan, drei in China, zwei in Japan, einen in Indien, einen in Israel, einen in Kenia, unseren in Friedrichshafen, einen in Brasilien und natürlich den von Kourou in der französischen Enklave an Brasiliens Nordostküste, eine der modernsten und betriebsamsten Abschussbasen auf der Welt.

Ich drehte mir den Koffer öffnungsbereit. Musste ich jetzt so tun, als wäre ich Michel oder Michelle Ardan? War das die Bedingung, dass ich am Leben blieb, weil irgendwer mich versteckt hatte hinter dem Namen eines Toten? »Und Torsten Veith, wie ist der eigentlich wirklich ums Leben gekommen?«

»Durch Dummheit«, antwortete der Waran.

»Es war die Rache der blauen Ameise«, sagte Tupac.

»Ah so! Die Ameisen haben ihm den Anzug aufgerissen und die Knochen gebrochen?« Es gelang mir fast auf Anhieb, den Koffer zu öffnen.

»Er ist eingebrochen in einen unterirdischen Ameisenbau«, sagte Tupac und zog sich unvermittelt den Sweater über den Kopf. »Mondstaub ist unberechenbar wie Puder, einerseits fest, andererseits nachgiebig. Und Mondsteine sind scharfkantig.«

Sein nackter Oberkörper war bronzefarben und muskulös.

»Keiner weiß, was passiert ist«, korrigierte Van Sung. »Torsten war allein. Und Gail«, er wandte sich an den Indianer, »hat keine Ameisen gesehen, als ihr ihn reingeholt habt.«

Tupac lachte hart und zog sich die Hose aus, die er zusammen mit dem Sweater in eine Ecke warf.

»Torsten hätte niemals alleine rausgehen dürfen, you know«, lächelte Van Sung mir zu. »Nicht, während alle schliefen und solange Zeus neu konfiguriert werden musste.«

»Zeus?«

»Unser Hauptrechner!«

Ich starrte ratlos auf die Innereien des Koffers, den jemand anders gepackt hatte: Ameisengift, Flaschen mit lateinischer Beschriftung, Bücher über Ameisen und ein Buch von Michel Ardan über Schwarmintelligenz. Dieser Trottel! Hätte der auf dem Mond wirklich sein eigenes Buch gebraucht, um zu wissen, was er tun musste? Oder hatte er es gar nicht selbst geschrieben, der Schaumschläger?

»Torsten hatte seine Uhr sowieso nicht dabei«, bemerkte Tupac.

Diesmal hätte ich nicht fragen müssen, was das bedeutete, aber Van Sung schien der Ansicht, dass er das erklären musste.

»Der aktive Kurzwellen-RFID-Transponder in der Uhr meldet, wo du dich aufhältst, you know. Wenn deine Körpertemperatur sinkt, schlägt er Alarm. Außerdem zeichnet er deine Herzkreislaufdaten auf. Puls, Blutdruck, you know. Man kann daraus ablesen, ob du gearbeitet hast, geschlafen …«

»Oder gewichst!« Tupac grinste in Unterhose.

»Big brother is watching you«, bemerkte ich. »Und wo ist der tote Winkel?«

Die beiden schwiegen, der lachende Waran und der giftige Indio. Zusammen ergaben sie eine Brillenkobra.

»Ihr wisst doch«, sagte ich, »Orwells Teleschirme konnten auch nicht den ganzen Privatraum einsehen. Sein Held hat im toten Winkel Tagebuch geschrieben.« Ich starrte in kulturfremde Gesichter. »George Orwell, britischer Romanautor, schrieb 1948 den Roman *1984*.«

»Du meinst«, fragte Van Sung, »wie man die Uhr überlistet?«

Ich nickte erwartungsvoll. Alles, was mich von dem auf die

Bekämpfung von Ameisen eingerichteten Koffer des irrealen Dr. Michel Ardan ablenkte, war mir willkommen.

»Muss man das denn?«, fragte Van Sung.

»Nur sterben *muss* man«, antwortete ich. »Computer aber *kann* man überlisten. Torsten hat es offensichtlich getan.«

»Was interessiert dich Torsten?«, fragte Van Sung blinzelnd hinter Brillengläsern.

»Aus dem Tod anderer kann man überleben lernen«, verkündete ich.

Tupac ratzte mit den Schneidezähnen über seinen Unterlippenbart. Die Zellstoffunterhose war nicht wirklich schick. Sie bauschte etwas um die knackigen Hüften.

»Na gut. Wie kriege ich jetzt Zugang zum Computer?«, fragte ich.

»Du hast wohl gar nicht aufgepasst beim Training, did you?«, tadelte mich der Südkoreaner in den Grenzen seiner lächelnden Höflichkeit.

»Ich bin nicht trainiert worden. Man hat mich praktisch von der Straße weg gekapert. Wie Laika, das Moskauer Löckchen, auch Muttnik genannt.«

Van Sung bemühte sich tapfer, es für einen Scherz zu halten. Tupac knallte den Koffer zu. »Dann fass hier nichts an! Raumfahrt ist kein Streichelzoo!«

Ich machte mich hochnäsig. »Die Ardans haben die Raumfahrt im Blut, n'est-ce pas?«

Die beiden schauten konsterniert.

»Michel Ardan, so hieß der Franzose, der den Amerikanern die erste Mondfahrt vorschlug, Mitte des neunzehnten Jahrhunderts war das. So steht's bei Jules Verne. Klar?«

Entgeisterung war kein Ausdruck für das, was auf den beiden Gesichtern kreiste.

»Tja, Freunde, ich bin kein Astronaut, ich bin Journalist und …«, ich griff etwas zu hoch, »und Literaturwissenschaftler.« Im Englischen gab es dafür keine weiblichen Endungen.

Van Sung lächelte noch. Tupac nicht. Ich hatte schon immer den Verdacht gehabt, dass Pfeilgiftfrösche humorlos waren, vor allem, wenn sie sich bis auf die Anstaltsunterhose ausgezogen hatten.

»Und deshalb«, fuhr ich fort, »I need to phone home, you know! Ich muss nach Hause telefonieren? Ju anderschtänd?«

Sie verstanden mich nicht.

»Und was soll eigentlich dieser Striptease? Seid ihr schwul?«

»Concha tu madre!«, schrie Tupac und packte mich am Arm. Seine Kraft war überraschend. »Du hast von nix 'ne Ahnung, eh? Hör zu: Ich habe meine Familie verlassen und mein Land verraten, um Astronaut zu werden. Von dir lass ich mich nicht verarschen!«

»Tupac!«, sagte Van Sung mahnend.

Der Bolivianer ließ mich los. »Was red ich? Wir werden sowieso alle sterben!« Damit drehte er sich um. Eine Tür schlug.

»Er duscht sich«, erklärte Van Sung. »Eine Sicherheitsmaßnahme, wenn wir in der Biosphäre gewesen sind. Danach ziehen wir andere Sachen an.«

Gänsehaut kroch mir über Arme und Rücken vor Lust auf eine Dusche.

»Deshalb kommen die Frauen uns auch so gern besuchen im Biolab.« Van Sung lachte meckernd. »Bis sie merken, dass die Haut kaputtgeht von dem Desinfektionszeug.«

»Und … warum werden wir alle sterben?«, fragte ich.

»Tupac glaubt, dass Torsten nur der Erste war. Und er sei nicht der Einzige hier, der an dem leidet, was sie da, wo Tupac herkommt, *el susto* nennen.«

»Den Schock?«

»Eine Krankheit, you know. Sie befällt Menschen, die ihre Seele verloren haben, da wo Tupac herkommt. Sie äußert sich in Blutarmut, Schlaflosigkeit und Unruhe. Ich bin Buddhist, you know, wir kennen die Seele, wie ihr sie kennt, nicht. Tupacs Volk glaubt, dass alle Menschen eine große Seele haben, ihr Leben, und eine kleine, die ihr Europäer Psyche nennt. Die kleine Seele muss man sorgsam hüten, denn sie kann leicht abhandenkommen. Etwa, wenn man einen Schreck bekommt, wenn der Blitz einschlägt oder man Geister trifft, you know. Die Seele bleibt am Ort des Schreckens zurück und nur ein Medizinmann kann sie zurückholen.«

Ein kleiner Horror kullerte mir eiswürfelig hinters Brustbein. »Na, dann wirst du hier wenigstens nicht sterben, Van Sung, du hast ja keine Seele.«

Der Waran kicherte.

14

> »Schlösser, die im Monde liegen/ Bringen Kummer, lieber Schatz./ Um im Glück dich einzuwiegen/ Hast du auf der Erde Platz!« *Frau Luna*, Operette von Paul Lincke, 1899

Plötzlich Kinderpanik, Mutterhysterie und Aufbruch. Susanne packte ihre durchnässten Kinder und gab mir ihre Handynummer. »Rufen Sie mich an, wenn Sie noch was wissen wollen. Aber morgen sind wir auf dem Töpfermarkt in Wangen und am Sonntag auf dem Flugplatzfest in Wallmusried. Aber wenn Sie Lust haben …«

Nicht im Geringsten. »Ich habe ja Ihre Nummern!«

Mit ihren drei durchnässten und quengeligen Dergln zog Susanne Veith davon. Sie musste mit Luca keine drei Tage nach der Adoption schwanger gewesen sein, und gleich darauf war dann Diana gekommen.

Ich erlöste Brontë aus der Tiefgarage und folgte den Schildern zum Bodensee-Airport. Hinter einem Dornröschenwald jenseits der Bundesstraße 31 öffnete sich urplötzlich das Flugfeld mit seiner Start- und Landebahn. Links ein kleiner Tower und der Hangar für den Zeppelin NT, der gerade damit beschäftigt war, Touristen über den See zu tragen. Ein paar Sportflugzeuge dösten in der Sonne. Vor dem schwarzen Wald dächelten die Gebäude der neuen Raumbahnhofanlagen. Nur, wie kam man da hin? Die Schilder waren verschwiegen.

Ich rollte am Dornier-Gebäude vorbei und wurde zur Abfertigungshalle gekurvt. Vor den Schranken zum Parkplatz konnte ich gerade noch stoppen, ehe sie mich schluckten. In seiner menschenleeren Abfertigungshalle hing in einer Rotunde das mit goldschimmernden Sonnensegeln ausgestattete Modell eines ESA-Satelliten. Auch hier fehlte der Hinweis zum Raumfahrtbahnhof. Wahrscheinlich fürchtete man immer noch Aktionen von Waldschützern und Stellarisierungsgegnern. Monatelang hatten sie auf dem Flugfeld campiert und im Wald auf den Bäumen gesessen, um die Erweiterung des Flughafens zum Raumfahrtbahnhof zu verhindern.

Ich vertraute mich einem Feldweg an, der um den Flughafen herumführte, und kam in ein frisch erschlossenes Industriegebiet, das von Flachbauten, Werkshallen und dem gläsernen Rundturm der SSF beherrscht wurde. Ich spielte kurz mit dem Gedanken, mit Dackel unterm Arm am Empfang nach Firmenchef Gunter Maucher zu verlangen. »Schönen Gruß von Oberstaatsanwalt Dr. Richard Weber.«

»Haben Sie einen Termin?«

»Nein, aber ich habe vor ein paar Tagen mit ihm Spargel gegessen.«

Dass ich es nicht tat, war ein ungutes Zeichen für eine mir völlig unbekannte Seelenlage: düstere Vorahnungen, depressive Ermüdung, Fremdkörpergefühl in fremder Stadt angesichts eines Flug- und Fluchthafens. Wo wollte ich hin, ganz generell in meinem Leben? Erst unlängst war ich ins Vierzigste eingetreten, ins Schwabenalter, wo man vernünftig wurde, ob man wollte oder nicht. Richard kriselte auch so vor sich hin, verschwieg seine Vorwürfe und gewährte mir keine Einblicke in seine Fälle. War es das, was mich lähmte? Die Venus-Männerfalle. Irgendwann liebst du ihn doch, und dann …

Ein doppelter Stacheldrahtzaun mit Kameras umfriedete die alten Abfertigungshallen mit Unmengen von Satellitenschüsseln auf den Dächern, einen alten Funkturm und Hallen und Hangars, die sich unauffällig in die Wälder verdrückten. Nur die Buchstabenanhäufungen, ESA, EADS und SSF, verrieten, dass hier europäische Raumfahrt abgewickelt wurde. Aber an einem Freitagabend war vor den Eingängen kein Mensch mehr unterwegs. Nur Kameras äugten fleißig.

Auf die Nacht nahm ich mir in der Fußgängerzone von Friedrichshafen ein Hotel. Ich aß Spargel mit Speck im *avan – Brotgenuss & Kaffeekult* gleich gegenüber dem Hotel. Unter der Decke lief ein Schriftband mit dem Wort Brot in aller Herren Länder Sprachen und Schriften entlang: BREAD, EKMEK, φωμί, CHLEB, BRÖD, pão … Das Designerlokal hatte einen Fluchtweg zur Promenade. Ich machte mit Cipión einen Abendspaziergang am Seeufer entlang und dachte über Torsten Veiths Witwe nach.

Ich hätte unbedingt nachhaken müssen, was das für eine Wette gewesen war, die Torsten und Gunter in der sechsten Klasse des Rupert-Neß-Gymnasiums von Wangen abgeschlossen hatten, der eine, Gunter, aus Niederwangen, der andere, Torti, aus Wangen. Wahrscheinlich sägte man sich immer noch gegenseitig die Maibäume um. War's am Ende sogar um Susanne gegangen, die einst eine hübsche Maikönigin gewesen sein mochte? Dann hätte Torti die Wette gewonnen, denn er hatte sie geheiratet.

Im Hotel stöpselte ich meinen Laptop ans Netz und kundschaftete, während Cipión auf dem Teppich schnarchte, den Luft- und Raumfahrtbahnhof Friedrichshafen aus. Im Fernsehen lief in einem dritten Programm die Wiederholung einer Dokusoap über zwei Familien, die an einem Weiher im Bodenseehinterland einen Monat lang wie Steinzeitmenschen gelebt hatten. Eine Zeitreise von fünftausend Jahren. Leider bei Dauerregen. Alles tropfte, die Kinder bibberten, die Mütter kriegten das Korn nicht gemahlen. Auch Steinzeittechnik war schwierig. Binnen kurzem wurden aus den Frisuren Filz, aus den Fingernägeln schwarzer Bruch, die Zähne faulten.

Der Start von STS-214 war für Mittwoch kommender Woche geplant. Das Transportsystem war im Stuttgarter Institut für Raumfahrttechnik ausgeklügelt worden. Ein Trägerflugzeug startete mit dem Fährmodul auf dem Rücken, erhob sich über den Bodensee und zündete in knapp 20 Kilometern Höhe Raketen, die es in den freien Fall in die Schwerelosigkeit hinauskatapultierten. Der Flug war eine Kombination aus Direktflug und Umsteigesystem. Aber nicht die Astronauten stiegen um, sondern das Modul, in dem sie saßen. Zunächst wurde es zur ISS gebracht, dort auf die Mondfähre gehoben und zur ILOS, der *International Lunar Orbit Station*, gebracht. Dort wurde es in den Lu-Bus gesetzt und senkrecht fallen gelassen, wenn die ILOS den Südpol überstrich. Aus dem Modul stieg man inzwischen direkt in einen Rüssel und fuhr durch eine Röhre auf einem automatischen Schienenwagen bequem bis in die Station. Früher hatten die Astronauten noch ihre Notfalldruckanzüge gegen Außeneinsatzanzüge – russische Orlans, auch Skaphander genannt – tauschen und in einen Rover umsteigen müssen, der sie zur Artemis brachte.

An Bord von STS-214 würden sich nicht nur ein Astronaut und zwei Astrotouristen, sondern vor allem zahllose Packen kommerzieller Experimente befinden, darunter die Bärtierchen aus Stuttgart, Testreihen zum Siedepunkt Hunderter von Stoffen im Vakuum und Versuche mit Plasma, in der Ingenieurspoesie Kugelblitz-Experimente genannt, denn mit Hochspannung in Salzwasser man konnte verhältnismäßig leicht leuchtende Plasmawolken erzeugen. Auf dem Mond würde es um hocherhitztes Plasma für Kernfusionen, beispielsweise von Helium-3, gehen.

Also wirklich! Keine zehn Pferde würden mich da jemals hochbringen! Nicht zusammen mit Bärtierchen und Kugelblitzen. Allerdings konnte ich auch ganz ruhig sein: Eine Schwabenreporterin Lisa Nerz würde niemand als Multiplikatorin der Faszination Mondfahrt auswählen, zumal sich Begeisterung nicht mit der Aufgabe der freien Presse vertrug.

15

> »Wenn wir auf die Erde zurückkommen und behaupten, der Mond sei eine Zeltwandattrappe mit einem Holzgerüst, würden sie uns umbringen. … Deshalb werden wir kein Wort davon sagen.« *Ideen sterben langsam*, Isaac Asimov, 1957

Am Morgen unter der Dusche fiel mir Schüssi ein, Jockels Schickse Julie. Sie schaffte doch gleich hier um die Ecke im Shop des Zeppelin-Museums. Und wenn ich schon mal in Friedrichshafen war …

Ich checkte aus dem Hotel aus, suchte für Brontë ein Plätzchen im Straßenschatten und ließ Cipión auf dem Beifahrersitz zurück.

Der Museumshalle sah man an, dass das Gebäude einst der Hafenbahnhof gewesen war. Unter der Decke hing ein Fluggerät aus Holz und Zeltplane der Marke Ikarus.

»He, Lisa!«, schrie Schüssi, kaum waren die Bahnhofstüren hinter mir zugeschwungen. Sie stand in bläulicher Verkäuferinnenuniform mit gebräunten Beinen im Eingang des Shops. »Was machst du hier? Oh, jetzt habe ich dich einfach geduzt.« Ohne Gloss auf den Lippen sah sie aus wie noch bei Muttern wohnend. Sie war dabei, Postkarten mit historischen Abbildungen von Zeppelinen und Flugzeugen in die Fächer zu ordnen.

»Hallo, Julie!«

»So, seid ihr also das Wochenende am Bodensee?«

»Wir?« Ach so, ja, Richard. Der interessierte sie mehr.

»Das Wetter muss man ausnutzen, gell?«

»Äh …« Was hatte ich Schüssi eigentlich fragen wollen? »Sag mal, wenn die Astrotouristen vom Mond zurückkommen, dann landen sie doch hier?«

Schüssi blickte mich abwartend an.

»Und Jockel, ich meine, Herr Rees wird sie doch sicher empfangen? Könnte ich da vielleicht mit dabei sein? Als Journalistin.«

»Aber klar! Ich werde Jockel fragen.«

Im Eingang zum Shop stapelten sich Globen in Schachteln und alle Arten von Flugzeugmodellen. In einer Vitrine tiefer drin lagen Schlüsselanhänger, Armbänder und Krawattennadeln mit Zeppelinen. Am frühen Samstagvormittag war gar nichts los. Meine Fahrt nach Friedrichshafen kam mir auf einmal ganz und gar sinnlos vor. Der Gipfel der Sinnlosigkeit war der Smalltalk mit Schüssi, die jetzt wissen wollte, ob Richard und ich nach dem Essen noch gut heimgekommen seien.

»Stünde ich sonst hier?«

»Kommt doch morgen mit! Wir wollen den Altrhein hochfahren. Jockel hat seine Yacht in Langenargen liegen.«

Ich sehnte mich nach Aspirin und den knarrenden Dielen meiner Wohnung in der Neckarstraße. Wahrscheinlich nannte sich diese Art von Kleinmut und Kaufunlust Heimweh.

»Gunter wollte, glaube ich, auch kommen«, legte Schüssi nach. »Das wird bestimmt gut. Vielleicht können wir sogar Cecilie überreden.«

»Wen?«

»Meine Tante Cecilie. Die musst du unbedingt kennenlernen. Sie weiß voll viel über Mondmythen und so.«

»Soso, ja.«

»Jockel ist nämlich mein Onkel!«, sagte Schüssi mit einem kleinen Lauern im Blick. »Oder was hast du gedacht?«

Tja, was hatte ich gedacht? Einen kleinen Tipp hätte mir Richard ruhig geben können, fand ich.

»Na, dann geh ich mal rein.«

»Wo rein?«

»Ins Museum.«

»Ach so!« Schüssi lachte. »Viel Vergnügen!« Es klang seltsam schadenfroh.

Ich löhnte sieben Euro fünfzig Eintritt und begab mich frohen Pioniergeistschrittes in die Frühgeschichte der Luft- und Raumfahrt. Dachte ich zumindest. Doch was hatte ein grüner Oldtimer aus der Nazizeit mit sarglangem Kühler und Ersatzreifen in den Schmutzfängern mit einem Zeppelin zu tun? Ach so. Er hieß Maybach Zeppelin, 200 PS, 8 Gänge mit Vorwahlschaltung, 3,6 Tonnen Gewicht. Er war fahrbereit und hörte auf das Kennzeichen FN-ZM 39 H. Allerdings wollte ich Zeppeline sehen.

Eine Gruppe sommerlich älterer Herrschaften langweilte sich die Vitrinen am Fenster entlang. Die ersten wandten sich bereits einer Treppe zu. Mir fiel auf, dass die Saaldecke vom Bauch eines Zeppelins deformiert wurde. Auf dreißig Metern Länge hatte man einen Teil der LZ 129 Hindenburg rekonstruiert. Ich mischte mich unter die Senioren. Oben an der Treppe stand ein Mann in Museumsuniform – hatte er eigentlich auch ein Bahnwärterkäppi auf? Ich weiß es nicht mehr – und sagte: »Bitte gehen Sie zuerst nach links.«

Prinzipiell obstinat schlich ich mich hinter den Rentnern nach rechts. Der Gang war schmal wie im Zug. Von den ursprünglich vielleicht zwanzig Schlafkabinen waren zwei rekonstruiert. Die Betten knirschten in Stahlrahmen, doppelt auf der einen und einfach auf der anderen Seite des Gangs. Keinerlei Orient-Express-Plüsch. Großzügig mit Raum war die Luftfahrt damals auch schon nicht gewesen. Das Waschbecken konnte man hochklappen, andernfalls hätte man sich den Hintern gestoßen beim Besteigen der Leiter zum oberen Bett. An der Rückwand gab es ein Vesperbrett zum Klappen und einen Segeltuchklappstuhl. Die Wände waren mit grauem Stoff bezogen und gepolstert.

»Bitte gehen Sie jetzt nach rechts«, hörte ich den Museumswärter sagen und fand mich umrempelt von den verrenteten Herrschaften. Ich drängelte mich hinaus. Der Wärter stand gerade in dem Durchgang zum nächsten Ausstellungsraum und kehrte mir den Rücken zu.

Mein gedachtes »Bitte gehen Sie nach links« führte in den Salon des Luftschiffs.

Niedlich! Da gruppierten sich, diagonal angeordnet, ein Dutzend korkbraune, in Stahl eingefasste Tische, manche quadratisch mit abgerundeten Ecken auf einem Mittelfuß, andere rund, einige halbrund zum Klappen an der Wand. Dazu Polsterstühle mit Stahlrohrbeinen und der langgezogenen Sitzfläche der dreißiger Jahre, bezogen mit ebenfalls korkbraunem Webmusterstoff.

Die Panoramafenster saßen schräg für den bequemen Blick auf die unten vorbeiziehende Landschaft. Mein Blick fiel allerdings nur in die Halle hinunter auf die Vitrinen und auf den Hochbahnsteig der Regionalbahn hinter den Fenstern. Eben lief ein roter Regionalzug ein.

»Bitte gehen Sie zuerst nach links«, sagte draußen unermüdlich der Wärter. Die Konstruktion erbebte unter den Schritten eines Neuankömmlings. Ich ging weiter in den zweiten Teil des Panoramadecks. Da hing ein Briefkasten und es gab zwei Doppeltische mit Trennwand und Leselämpchen.

»Eine Atlantiküberquerung dauerte immerhin fünfzig Stunden«, hörte ich hinter mir eine leise, sich ihres Wissens sichere Stimme sagen. »Da hatte man viel Zeit zum Briefeschreiben.«

Ich fuhr herum. »Richard!« Mein heimwehleidiges Herz hüpfte.

Er stand an den Panoramafenstern, angetan mit einem sommerlich lindgrünen Poloshirt und braunen Beinkleidern, blickte mich mit seinen asymmetrischen Augen an und redete meine Frage im Keim nieder. »Die LZ 129 Hindenburg war das größte jemals gebaute Luftschiff, fast 250 Meter lang. In etwas mehr als zwei Tagen konnte man mit ihr den Atlantik überqueren. Ein Hin- und Rückflug kostete 800 US-Dollar, was, in heute umgerechnet, 10 000 Euro entspricht. Ziemlich genau auf den Tag vor siebzig Jahren fing die Außenhülle der Hindenburg bei der Landung in Lakehurst, New York, plötzlich Feuer. Innerhalb von 34 Sekunden brannte sie ab, 35 Menschen starben.«

»Was machst du denn hier?«, fragte ich.

»Nun, ich habe mir gedacht, wer das Zeppelinmuseum besucht, muss in die Hindenburg steigen.«

»Woher weißt du, dass ich in Friedrichshafen bin?«

»Man hört so allerlei.«

»Du warst im *Tauben Spitz* und hast Sally die Daumenschrauben angelegt?«

Er deutete ein Lächeln an. »Nein. Ihr hast du ja nicht gesagt, wo du hin wolltest. Aber ich habe dich gestern zufällig auf der Uferpromenade gesehen. Du warst so beschäftigt mit einer Horde Kindern, dass ich nicht stören wollte. Und bist du jetzt schlauer?«

»Inwiefern?«

»Na, was die genaue Herkunft von Torsten Veiths Adoptivtochter betrifft.«

»Sag endlich: Was machst du hier?«

»Bitte gehen Sie zuerst nach links«, sagte draußen der Wärter.

Ein Familienvater in blauschwarzer Wetterjacke kam herein. Ihm voran tobten zwei Buben, dass der Boden bebte.

»Die Ursache für das Unglück in Lakehurst«, sagte Richard freundlich, fasste mich am Ellbogen und schob mich dem Ausgang zu, »wurde nie ganz geklärt.«

Ich roch den untergründigen Duft nach Zeder und Zibet von seinem Rasierwasser. Mehr als eine Stunde konnte es nicht her sein, dass er aufgestanden war und sich geduscht hatte.

»Man vermutet, dass die statische Aufladung der Luft infolge eines Gewitters eine Entladung zwischen Stahlgerippe und Außenhaut hervorgerufen hat, die den leicht brennbaren Anstrich der Zellstoffhülle und den Wasserstoff entzündet hat. Sabotagegerüchte gab es natürlich auch, sie konnten aber nie bewiesen werden.«

»Und jetzt gehen Sie bitte nach rechts«, sagte der Wärter.

»Da war ich schon«, antwortete ich.

»Und ich will nicht«, sagte Richard in einem Befehlston, der den Wärter veranlasste, unverzüglich zur Seite zu treten. Wir kamen hinaus in den anderen Teil der Bahnhofshalle. Dort standen Modelle von Fachwerkträgern.

»Sag endlich, was machst du hier? Bist du mit Schüssi und ihrem Onkel Jockel zum Segeln verabredet? Ach so«, fiel mir ein, »Schüssi hat dir gesagt, dass ich hier drin bin. Deshalb. Aber … warum bist du überhaupt ins Museum gekommen? Wegen Schüssi? Trefft ihr euch heimlich?«

»Lisa, bitte!« Energisch schob er mich eine gläserne Treppe hinauf in den zweiten Stock.

Mein pionierfroher Schritt stockte.

Völlig unerwartet öffnete in musealer Staubstille ein mittelalterlicher Altar seine Flügel. An den Wänden hingen Ölschinken statt Propeller oder Fotos vom Grafen Zeppelin.

»In Wahrheit ist das Zeppelinmuseum eine Gemäldesammlung«, bemerkte Richard. Schadenfreude gestattete er sich nur im Zusammenhang mit meiner Unbildung und in schmerzlich sparsamen Dosen. Aber ich verstand Schüssis Schadenfreude.

»Komm!«, fügte Richard an. »Viel Zeit haben wir eh nicht mehr. Wir sind in Lindau verabredet.«

»Wir? Jetzt warte doch mal!«

Zügig ging Richard an den Bildern entlang, darunter kokette Heilige von Otto Dix. Auch ein wüster Mond glühte überm See.

»Ja, seit Otto Dix in Hemmenhofen am Bodensee lebte, malte er altmeisterlich.«

»Richard, mit wem sind wir in Lindau verabredet?«

»Er heißt Dr. Michel Ardan. Ein französischer Publizist.«

Wir kamen wieder in die Halle mit den Fachwerkträgern. Die ehemalige Bahnhofstreppe führte breit in die Halle hinunter, an deren Decke das hölzerne Schwingenfluggerät Marke Ikarus hing.

Schüssi war dabei, Schachteln zu ordnen, und zeigte dabei der Außenwelt ihren runden Hintern. Dass Richard auf dem Weg nach draußen keinen einzigen Blick Richtung Shop warf, stimmte mich misstrauisch. Kam der Oberstaatsanwalt langsam in das Alter, wo ihn Nikotin mehr stimulierte als der Anblick eines hübschen Hinterns? Vor der Tür zündete er sich sofort eine Zigarette an. Der Wind brachte den Geruch von Brackwasser und Schiffsmotorenöl. Auf dem Spielplatzzeppelin kletterten die ersten Kinder herum.

»Ich sag dir was, Lisa, wenn ich hundert Millionen Euro übrig hätte, würde ich mich als Mondtourist bewerben. Schon mit sieben kannte ich alle Maria« – Betonung auf der ersten Silbe – »mit Namen.« Versonnen schaute er dem Rauch hinterher, der in den blauen Himmel ohne Mond und Sterne wallte. »Juli 69 habe ich mir einen Fernseher gekauft, extra für die Mondlandung. Den ganzen Sonntag bis tief in die Nacht habe ich davorgesessen. Achtundzwanzig Stunden lang war der WDR live dabei mit Günter Siefarth als Moderator. Um 3 Uhr 56 hat Neil Armstrong den Fuß auf den Mond gesetzt. Im Mare Tranquilitatis, dem Meer der Ruhe.«

»Falls es kein Fake war, gedreht in den britischen Studios von Stanley Kubrick.«

»Ach, hör mir auf mit den albernen Verschwörungstheorien, Lisa!« Er war richtig ärgerlich.

»Falscher Schattenwurf«, trumpfte ich auf, »eine wehende Fahne auf dem Mond, auf dem kein Wind weht! Keine Sterne am dunklen Himmel!«

»Über dem Mondhorizont sieht man keine Sterne! Das Licht, das von der Oberfläche reflektiert wird, ist zu hell. Und eine Kamera hatte damals höchstens elf Blenden. Auch auf heutigen Fotos vom Mond siehst du keine Sterne. Und Schatten, die auf dem Boden in verschiedene Richtungen fallen, findet man auch auf der Erde, nämlich dann, wenn der Boden nicht topfeben ist, sondern wellig und unterschiedlich geneigt. Du musst nur mal darauf achten!«

»Mehr als zehn Astronauten sind damals innerhalb von drei Jahren bei Autounfällen oder durch Feuer gestorben, Richard.«

»Offenbar tut die Raumfahrt dem Menschen nicht gut. Die Leute schnappen über. Dass sie ermordet wurden, um die sogenannte Wahrheit zu vertuschen, ist absurd.«

»Du bist zu gut für diese Welt!«

Er grunzte unwillig. »Ich bin nur besser informiert.«

Arrogantes Arschloch!

»Deshalb neige ich nicht zu Verschwörungstheorien, Lisa. Die Sowjetunion besaß damals durchaus die Technik, den Funkverkehr der amerikanischen Astronauten mitzuhören und zu orten. Hinweise auf eine gefälschte Mondlandung hätte Breschnew in den Zeiten des Kalten Kriegs unbedingt politisch ausgenutzt. Und auch in der Sternwarte Bochum saßen Journalisten und hörten den Funkverkehr mit eigenen Geräten ab. Und wenn man die erste Mondlandung gefälscht hätte, hätte man auch die fünf folgenden fälschen müssen, oder der Unterschied zu den ersten Mondbildern wäre aufgefallen. Doch warum hätte man fünf Nachfolgeflüge fälschen sollen, wenn es doch nur darum ging, dass die USA ihren ersten Mann auf dem Mond gehabt haben wollten. Dass die Fahne steht, statt zu fallen, liegt daran, dass sie versteift ist. Der Knick kommt daher, dass ein Teil der Versteifung gebrochen ist, als sie aufgestellt wurde. Und dabei hat sie vibriert, wegen der fehlenden Atmosphäre länger und heftiger als auf der Erde.«

»Nur, gefunden hat sie da oben noch niemand.«

»Es hat sie auch niemand gesucht. Wo ist Cipión?«

»Im Auto.« Ich deutete himmelsrichtungsmäßig.

Richards Limousine stand dagegen gleich um die Ecke, hinter den Fahrrädern auf dem Lieferantenparkplatz des Museums.

»In welchem Zusammenhang«, fragte ich, als wir endlich mit Cipión auf meinem Schoß limousinig gediegen die Straßenschneise aus Friedrichshafen hinausrollten, »steht unsere Verabredung in Lindau mit deinen Ermittlungen gegen deinen Freund Gunter Maucher und die SSF in Sachen illegaler Rüstungshandel mit China?«

Die Schwere des irdischen Daseins breitete sich wieder über Richards Profil. »Gunter Maucher ist nicht mein Freund.«

Ich lachte. »Wundert dich das, wenn du gegen all deine Freunde ermittelst?«

Richard biss die Zähne zusammen. Es war noch nicht lange her, da hatte ich ihm in meiner Ermittlungswut seinen Glauben an Vater, Mutter und Kindheit zerstört. Er hatte mir verziehen, ohne darüber zu reden. Zumindest dachte ich das.

»Und warum«, fragte ich bei Nonnenhorn, »treffen wir uns mit diesem … wie heißt er, Michel Ardan, in Bayern?«

»Der Hafen von Lindau gehört Konstanz. Wir sind also nicht exterritorial.«

Na gut. Ich hängte meine morgenmüden Augen in die vorbeiziehende Freizeitlandschaft entlang der Küste. Manchmal blitzte der See zwischen Bäumen, Gebäuden und Segelmasten in Yachthäfen durch.

»Bei Veith wurde eingebrochen, zwei Wochen vor seinem Tod. Alle Computer und Datenträger weg. Wusstest du das?«

»Hm.«

»Und wenn Torsten da oben etwas entdeckt hat und deshalb sterben musste?«

»Aber was sollte er entdeckt haben?«

Ich machte eine große Geste. »Gold, Helium-3, Atomwaffen … Irgendwas, wodurch Regierungen stürzen.«

»Torsten Veith war Verfahrenstechniker, Lisa. Prozessingenieur. Ihn hat das Wie interessiert, nicht das Was.«

»Und wenn er nebenbei doch etwas gefunden hat? Zum Beispiel Spuren außerirdischen Lebens.«

»Ja, sicher, Lisa. Das wird es sein.«

16

»Sie haben nur zwei Möglichkeiten, Herr Helius, entweder Sie machen die Fahrt zum Monde in unseren Diensten – oder gar nicht.« *Frau im Mond*, Ufa-Film, Fritz Lang, 1929

Wer auf die Insel von Lindau wollte, wurde gleich hinter der Brücke seinen Wagen auf einem Parkplatz los. Cipión hechelte an der Leine kurzbeinig die Treppe in der Stadtmauer hinauf und zerrte uns durch mittelalterliche Gassen und Konsumrausch zum Hafen mit seinen Cafés und Wegelagerern. Ein Porträtzeichner warb mit dem Antlitz von George Clooney für seine Künste.

Am Steg lag ein Fährschiff der Weißen Flotte. Der Bahnhof, der die Gleise bis direkt an den Kai vortrieb, war der Grund, warum sich Lindau und Konstanz seit fünf Jahren um den Hafen stritten. Er war ursprünglich Eigentum der Deutschen Bahn gewesen. Die hatte die Anlagen an die Bodensee-Schiffsbetriebe verkauft, die wiederum den Stadtwerken Konstanz am anderen Ende des Bodensees gehörten. Die Konstanzer hatten schon mal hämisch herübergerufen, sie würden jetzt den steinernen bayrischen Löwen schleifen, der dem Leuchtturm gegenüber an der Hafenausfahrt auf der Säule hockte. Darauf konnte Lindau nur mit Artilleriebeschuss antworten.

Immerhin versammelten sich hier jedes Jahr zum Ende der Spargelzeit ein gutes Dutzend Nobelpreisträger diverser Fachrichtungen und Hunderte begabter Studenten zu einer zukunftsträchtigen Konferenz, von deren Ergebnissen später nie die Rede war.

»Deshalb«, bemerkte Richard, »treffen wir uns hier mit Michel Ardan.«

»Sag bloß, der ist Nobelpreisträger!«

»Nein. Aber er hält heute Abend einen Vortrag in der Inselhalle mit dem Titel ›Fiktion und Fakten außerirdischen Lebens‹. Da drüben, das ist er.« Richard steuerte auf einen schmächtigen Mann zu, der neben dem Schild für Rundfahrten am Kai stand. »Dr. Ardan?«

Lockige Haare bauschten sich im Lindauer Hafenwind. Der Franzose trug ein kariertes Sakko, Jeans und ein Paar schief gelatschter Schuhe, die sein eklatantes Desinteresse an Mode verrieten.

»Darf ich Ihnen meine Lebensgefährtin Lisa Nerz vorstellen?«

In den Augen des schmächtigen Franzosen kam ich mir vor wie eine Walküre. Er würdigte mich keines zweiten Blickes. Hätte Richard mich ihm nicht irgendwie hochkarätiger vorstellen können, wenigstens als Journalistin? Nicht nur als seine Dackelführerin.

Am Hafen stand der *Bayerische Hof* mit einer Flotte dunkler Wagen mit Stern vor dem Eingang, wie Richard einen fuhr. Aber Michel Ardan deutete auf das langgestreckte und zum Kai hin kommerzialisierte Bahnhofsgebäude. »Gehen wir was trinken ins *Nana*? Die haben eine schöne Terrasse.«

Die Lokalität schleuste uns durch ein ockerfarbenes Treppenhaus, dessen Anmutung zwischen Etablissement und Opiumhöhle changierte, auf eine Dachterrasse, die mit ihren Bastschirmen und Plastikpalmen nach hundert Jahren Strandsommer aussah. Wir nahmen an einem Holztisch an der Brüstung zum Hafen Platz.

»Der Rosé vom Weingut Auricht in Meersburg ist ganz passabel.« Michel schnalzte mit der Zunge. »Oder die Weine des Markgrafen von Baden von der Kirchhalde in Birnau, falls Sie es mineralisch trocken mögen. Wir könnten auch gleich ein bisschen was essen!«

Die Herren bestellten Spargel, ich ein Bodenseefelchen mit Couscous und ein Farny Hofgutsbier. Dass Richard immun blieb gegen alle Versuchungen mit oder ohne Holzfasslagerung nach Bodensee-Burgunder-Tradition, dämpfte Michels Lust auf seine Henkersmahlzeit nicht. »Ab morgen«, erklärte er großgestig, »sehen mich nur noch Ärzte und Ingenieure. Ich fürchte, ich werde nicht mehr aus dem Raumfahrtbahnhof rauskommen, es sei denn mit der Fähre.«

»Sie sind«, sagte Richard nicht neidlos, »der erste Journalist, der ins Weltall fliegt. Gratuliere!«

»Tja, Geld habe ich keins, aber den richtigen Namen!«

Richard lächelte gezwungen. »Wie der Held von Jules Vernes Reisen zum und um den Mond. ›Beim Disputieren kümmerte er sich wenig um Logik und verfocht gerne verzweifelte Sachen mit dem Mund und mit den Fäusten.‹«

»Eh bien, prügeln tue ich mich nicht. Und so unlogisch sind meine Ansichten hoffentlich auch nicht. Wie man sieht, braucht man mich jetzt sogar da oben.«

Richards Lider zuckten. Er war im Herzen ein bescheidener Mensch, so bescheiden, dass er sogar diese Tugend zuweilen hinter Arroganz verbarg. »Weshalb?«

Der Franzose legte den Finger auf die Lippen. »So viel kann ich immerhin sagen: Die Ameisen sind los. Schwarmintelligenz kann sogar die genialsten Ingenieure besiegen.« Michel kuschelte sich in eitles Gelächter. »Eine Ameise ist dumm, der

Ameisenstaat überaus leistungsfähig. Ein Schwarm ist intelligenter als das Individuum. Was auch für uns Menschen gilt. Fragen Sie zweihundert Leute da unten, wie viel der Fährdampfer wiegt, errechnen Sie daraus den Durchschnitt, und dann fragen Sie den Kapitän. Die Übereinstimmung wird bei 95 Prozent liegen.«

Der Spargel und das Felchen kamen. Eine Kaffeefahrt versammelte sich unten am Anleger der Weißen Flotte.

»Wie kommt es«, fragte Richard, als ob er es nicht wüsste, »dass man diesmal einen Journalisten und einen Politiker mit hochnimmt?«

»Wir sollen die Begeisterung für die Raumfahrt wecken, verstehen Sie? Wenn ein Mann wie ich, ein Federfuchser aus Marseille mit abgelaufenen Schuhen, zum Mond fliegen kann, warum dann nicht jedermann. Millionen von kleinen Jungs und jung gebliebenen Männern auf der ganzen Welt fangen wieder an zu träumen, n'est-ce pas? Und etwas mehr Begeisterung hat die Raumfahrt dringend nötig, jetzt, nachdem es den ersten Toten auf dem Mond gegeben hat. Und ehe die Module leer hin- und zurückfliegen …«

»Wieso leer?«, fragte ich unwissend.

»Na, das STS-213 muss runter, weil sein Haltbarkeitsdatum abgelaufen ist«, nuschelte Michel um den Spargel herum. »Die zertifizierte Lebensdauer von Mondfährmodulen beläuft sich auf 129 Tage. Und nach vier Monaten immer gleich die gesamte Besatzung auszuwechseln, oder große Teile, das ist teuer! Also hat EADS-Astrium Friedrichshafen ein Konzept für Astrotourismus entwickelt, und da die Superreichen, die kurz mal hundert Millionen für einen vierzehntägigen Mondtrip übrig haben, auch nicht unbegrenzt zu haben sind, nimmt man auch Multiplikatoren mit, Politiker, Lehrer, Journalisten.«

Zufrieden zutzelte er die Stangen aus den Fingern. Richard dagegen sog den Spargel, wie es sich gehörte, mit den Köpfen voran von der Gabel. Ich pulte derweil Gräten aus meinem

Felchen und matschte die Currysoße mit dem Couscous und den gebratenen Bananen und heißen Früchten.

»Und wissen Sie was? Ich werde bestimmt nicht unterschreiben, dass ich niemals ein Wort über extraterrestrische Begegnungen sage.«

»Komisch«, bemerkte Richard, »dass extraterrestrische Kontakte immer der Geheimhaltung unterliegen. Genauso wie Ufos immer nachts kommen, damit wir ihre Lichter sehen.«

Michel blinzelte irritiert. »Es ist doch inzwischen ein offenes Geheimnis, dass die NASA seit über vierzig Jahren Bilder vom Mond verheimlicht, auf denen Ruinen nicht natürlichen Ursprungs zu sehen sind. Leider sehr unscharf.«

»Und dass ausgerechnet solche Bilder immer so unscharf sind!«, seufzte Richard hinterfotzig.

»Die Apollo-Astronauten sollen sogar eine unbekannte Technologie zur Gravitationssteuerung aufgespürt haben.«

»Ach ja?«, entfuhr es mir.

»Ja, warum sind denn derzeit alle so nervös?«, warf mir Michel aus dem Mundwinkel zu.

»Sind sie das denn?«, fragte Richard.

»Ich sage Ihnen, da oben ist etwas passiert. Ameisen, heißt es, aber wer weiß ... ein extraterrestrischer Schwarm ... Kennen Sie den Roman von Stanislaw Lem, wo auf einem fremden Planeten ein Schwarm von einfachen kleinen Roboterameisen über die Leute herfällt? Die Amerikaner bereiten sich ja seit langem auf einen extraterrestrischen Krieg vor.«

»Und Torsten Veith hat etwas entdeckt«, platzte es aus mir heraus. »Darum musste er sterben?«

»Sacré!« Zum ersten Mal sah Michel mich an.

»Kannten Sie Torsten Veith?«, fragte ich.

»Ich kenne alle Astronauten.«

Richard winkte der Kellnerin. »Zahlen!«

Ich holte aus, um ihm unterm Tisch gegen das Bein zu treten, merkte aber noch rechtzeitig, dass mir Cipión im Weg war.

17

»Das Rennen ist eröffnet, und wir sollten es gewinnen, denn es gibt keinen anderen Weg, um einen Angriff aus dem All zu verhindern. Das erste Land, das auf dem Mond Raketen stationiert, wird die Erde kontrollieren. Das, Gentlemen, ist die wichtigste militärische Tatsache dieses Jahrhunderts.« *Endstation Mond*, Buch: Robert Heinlein, US-Film, 1950

Am Kai machte sich das Kaffeefahrtenpublikum daran, das Schiff der Weißen Flotte zu entern, das schräg im Becken lag. Cipión röchelte in Richtung Altstadt, aber Richard lotste den von Wein und Eitelkeit trunkenen Astronauten in spe an der Hafenmeisterei entlang zur Außenmole. Sie wollten doch jetzt nicht den Leuchtturm erklimmen! In meinem Magen stellte das Felchen die Gräten. Cipión schnüffelte sich solidarisch protestierend an einer unsichtbaren Fäkalie fest.

Vermutlich wollte Richard auf Treppen brillieren, nachdem er beim Ringen um die Alkoholsouveränität Punkte eingebüßt hatte. Und nicht meinetwegen, auch nicht eindeutigerer Frauen wegen, als ich es war, veranstalteten Männer ihre Kämpfe. Oh nein! Da ging es um höhere Werte: weiter pinkeln, öfter vögeln, Geld haben und Gott sein.

»Was war Torsten Veith für ein Mensch?«, fragte ich.

»Ambitieux«, warf der Franzose mir über die Schulter zu, »zielstrebig. Ihr Deutschen sagt dazu ehrgeizig. Was für ein Wort. Geizig mit der Ehre. Avare de l'honneur!«

»Geizig kommt aus dem Mittelhochdeutschen und bedeutet ursprünglich gierig«, korrigierte Richard, immer bereit, sein bis in die Dimensionen des Unnützen reichendes Wissen unter Beweis zu stellen.

Michel lachte. »Gierig nach Ehre! Keine Sprache ist so genau wie die deutsche.«

Richards Braue zuckte. Wie jeder echte Deutsche mochte er es nicht, als Deutscher typisiert zu werden. Er hielt sich außerdem zugute, dass er jahrelang in Argentinien gelebt hatte.

Wir stiegen ein paar Stufen hinauf in den Trichter der Postkartenständer. Richard zahlte am Kassenverschlag dreimal 1,60 Eintritt. Eine knarzende Holztreppe kreiste die Wand hinauf. Ich klemmte mir Cipión unter den Arm. Turnschuhe, Sandalen, fallende Kinder und sich ans Geländer klammernde Höhenängstliche kamen uns entgegen. Ich nahm mir vor, mit dem Rauchen aufzuhören.

»Immerhin der südlichste Leuchtturm Deutschlands«, bemerkte Richard. »Und der höchste, wenn man die 428 Meter über Normalnull mitrechnet.«

Michel schwitzte.

Der Ausstieg auf die Plattform war steil wie ein Schiffsniedergang. Ich setzte Cipión ab, der sofort gegen den Uhrzeigersinn losdackelte, so weit die Leine reichte.

»Ah!«, dehnte sich Michel Ardan.

Im Hafen kündigte mit Ding-Dong ein Sprecher eine Dreiländerrundfahrt an, die beim alten Leuchtturm starten werde. Im Freibad hinter dem Yachthafen kreischten aus vollen Lungen die Kinder. Segelschiffe zogen über den Obersee. Der Blick wanderte zwangläufig die Küstenlinie entlang über Bregenz, durchs Fußacher Loch zur Altrheinmündung und dann in die Schweizer Berge, auf denen noch Schnee lag.

Am südseitigen Fernrohr blieb Richard abrupt stehen. Auf der Wand des grün gestrichenen achtflächigen Aufsatzes für das Leuchtfeuer stand mit weißer Farbe gesprüht: »Hier waren Tina u. Scarlet 05.« Herzchen anstelle der i-Punkte. Aus irgendeinem rätselhaften Grund schwarmintelligenter Entscheidungen waren wir völlig allein auf der Aussichtsplattform.

»Was glauben Sie denn, Dr. Ardan?«, fragte Richard plötzlich. »Warum musste Torsten Veith sterben?«

Wind wuschelte in Michels Locken. Er griff sich ins Sakko,

holte ein Taschentuch hervor und wischte sich die Stirn ab. »Woher soll ich das wissen?«

»Kommen Sie! Sie haben ihn schon in Ihrer Zeit als Auslandskorrespondent in Bolivien kennengelernt. Veith hat damals im Salar de Uyuni, in der Salzwüste, für die TSE/SSF Unterdruckverfahren für Gastransporte getestet, und Sie haben über den Gaskonflikt berichtet.«

»Bolivien ist eins der ärmsten Länder Südamerikas und besitzt zugleich das zweitgrößte Erdgasvorkommen.« Eigentlich eine Routineantwort, dennoch stotterte Michel. »Doch die meisten Familien können sich nicht einmal einen Gasanschluss leisten.«

»Ja, die Welt ist kompliziert, und wer gegen die Großkonzerne schreibt, wird immer verstanden.«

»Sie sind ja noch zynischer als ich, Herr Staatsanwalt, und das will was heißen!«

Richard lächelte nachsichtig. »Nun ja, das Wasser in Bolivien ist schon seit Jahren wieder verstaatlicht und die Gasvorkommen jetzt auch, dank des neuen indianischen Präsidenten Morales. Und alles wird gut.«

»Das behaupte ich ja gar nicht, aber …«

»Überlassen wir die Politik denen, die sie machen wollen, Monsieur Ardan. Ich bin nur ein kleiner Staatsanwalt, und Sie sind nur ein Journalist. Wir retten die Welt nicht.«

Auf Michels Gesicht machte sich Ratlosigkeit breit, eine Mimik, die Richard besonders schätzte.

»Sie haben sich damals mit der TSE angelegt, die die Leitsysteme für die Gasförderung und den Transport ins Ausland geliefert hat. Nach einer Explosion mit fünf Toten haben Sie dem Konzern vorgeworfen, rücksichtslos riskante Technologien zu testen, die für die Raumfahrt, insbesondere die Eroberung des Mondes bestimmt sind.«

»Da waren und sind sie nicht die Einzigen, Monsieur le Procureur. Und Sie haben recht, Sie und ich richten nichts dagegen aus. Ich vielleicht noch eher als Sie, denn ich habe eine Million

Leser! Und eines ist doch klar: Der Beweis von extraterrestrischem Leben würde den Abbau von Bodenschätzen auf dem Mond massiv infrage stellen.«

Richard seufzte. »Inwiefern, Monsieur Ardan?«

Michel versuchte zu grinsen. »Der Mond gehörte uns dann nicht mehr, n'est-ce pas? Kommen Sie heute Abend zu meinem Vortrag in die Inselhalle.«

»Ach was, Ihnen geht es doch gar nicht um extraterrestrisches Leben! Sie sind gegen die Industrialisierung der Raumfahrt und des Mondes, besonders dann, wenn Ihr Lokalunternehmen aus Marseille, die TSE, darin verwickelt ist. Woher haben Sie denn Ihre Informationen über das, was die TSE und unsere SSF auf dem Mond machen? Von Ihrem alten Freund Torsten Veith?«

Der Franzose hob die Hände. »Informantenschutz!«

»Veith brauchen Sie nicht mehr zu schützen, Monsieur Ardan. Der ist schon tot.«

»In welcher Angelegenheit ermitteln Sie eigentlich? Und gegen wen?«

»Vielleicht gegen Sie, Monsieur.«

Michel lachte laut auf.

»Falls Sie nämlich heute Abend Informationen veröffentlichen, die Sie nur von Torsten Veith haben können und die er mithilfe von Technologien der TSE/SSF gewonnen hat, dann würden Sie gegen das Urheberrecht verstoßen. Da kämen Schadensersatzforderungen auf Sie zu, die Sie den Rest Ihres noch jungen Lebens in Atem halten werden.«

Spinnt der?, dachte ich und meinte Richard.

»Vielleicht gibt es«, antwortete Michel, »Erkenntnisse, die der Weltgemeinschaft zustehen. Wer entscheidet denn heute, ob unsere Maschinen den Mond nach Helium-3 durchpflügen dürfen? Die SSF? Die NASA? Der russische Präsident? Oder dieser Mond-Club, dessen Präsident mit Hitlers Raketenbauer verwandt ist, der später für die Amerikaner gearbeitet hat? Vielleicht befinden sich längst Atomraketen auf dem Mond, um fremde Kulturen zu vernichten!«

Richard ließ seine asymmetrischen Augen auf dem Franzosen ruhen wie auf einem Insekt, das er gern zertreten hätte, und zog ein kleines Lächeln auf die Lippen. »Was genau wollen Sie der Menschheit sagen, Dr. Ardan?«

Im Innern des Leuchtturms knarrten Stufen.

Der Franzose musterte den Oberstaatsanwalt mit einer Mischung aus Bewunderung und Verachtung. »Hart wie Kruppstahl, was, Monsieur le Procureur? Sie würden Ihre eigene Mutter in Beugehaft nehmen, wenn sie Ihnen nicht Rede und Antwort steht, eh?«

Richard wurde blass. Der gelockte Imbécile ahnte nicht, wie nah er der Unwahrheit gekommen war. Erst unlängst hatte man Richards Mutter eingekastelt. Mit der Selbstbeherrschung, die ihn damals gehindert hatte, den zuständigen Staatsanwalt aus dem Fenster der Balinger Polizeidirektion zu werfen, drehte Richard sich jetzt zum See um.

Aus dem Niedergang quollen keuchend Oma, Opa, Enkel und Vater und Mutter. Lärm eroberte die Plattform. Ein Fährdampfer grub seine schäumende Bugwelle in den See. Der blaue Himmel spannte sich bis hinüber nach Bregenz und Rohrschach.

»Schauen Sie, da drüben«, sagte Richard, »da kann man die Seebühne von Bregenz sehen. Das Bühnenbild ist stets interessant. Dieses Jahr spielt ein großes bewegliches Auge mit. Der nächste *James Bond* wird dort gedreht.«

18

»Ich lasse einem Jedem die völlige Freiheit, Geschöpfe auf den Mond zu setzen und zu dichten, von was für Leibs- und Gemütsbeschaffenheit sie sein mögen, nur bitte ich, sie so zu machen, dass sie keine Luft nötig haben.« Tobias Mayer, ca. 1750

»Crétin!«, schnaubte Richard, nachdem Michel Ardan sich von uns getrennt hatte und zwischen Bahnhof und *Bayerischem Hof* in den Gassen der Altstadt untergetaucht war. »Dich kriege ich! Und zwar bis vor den Europäischen Gerichtshof!«

»Himmelherrgott, Richard!«

»Juristisch ein hochinteressanter Fall! Bislang sind Eigentums-, Nutzungs- und Urheberrechte im Rahmen extraterrestrischer Stationen noch nicht juristisch aufgearbeitet. Dieser Crétin täte uns einen Riesengefallen, wenn er Informationen veröffentlichte, die er nur von Torsten Veith haben kann und die Veith mit SSF-Technologie gewonnen hat.«

Wenn Richard zu überschwänglichen Gesten geneigt hätte, hätte er sich jetzt die Hände gerieben.

»Sieh mal, Lisa: Da oben forschen Wissenschaftler und Verfahrenstechniker mit beispielloser Naivität herum. Sie nutzen Laboreinrichtungen der EU, Lebenserhaltungssysteme der USA, Module Russlands und Japans und die Dienstleistungen Dutzender privatwirtschaftlicher Unternehmen. Und eines Tages macht einer eine bahnbrechende Entdeckung oder Erfindung. Wem gehört sie dann? Und wer darf mitverdienen an ihrer Nutzung?«

»Und wenn Ardan recht hätte«, fragte ich, »wenn Torsten Veith etwas entdeckt oder herausgefunden hätte, das tatsächlich der Weltgemeinschaft zusteht?«

»Dann würde die Bundesregierung dem UN-Generalsekretär Mitteilung machen und der würde es veröffentlichen. Aber was soll Veith entdeckt haben? Er war Prozessingenieur. Und er ist, da bin ich hundertprozentig sicher, nicht auf Seleniten gestoßen.«

»Was?«

»Seleniten? Mondbewohner, Lisa, benannt nach der Mondgöttin der griechischen Mythologie, Selene. Du glaubst doch hoffentlich nicht Ardans Gefasel von Ruinen auf dem Mond und extraterrestrischer Gravitationstechnik! Nein, alles, was Veith verraten haben kann, ist Know-how, das der TSE/SSF gehört. Und niemand kann ein Interesse daran haben, dass die Chinesen die von uns entwickelten Technologien den Indern und Koreanern zu Dumpingpreisen anbieten.«

»Außer den Chinesen, Indern und Koreanern.«

»So ist die Welt, Lisa. Wer investiert, muss nach Gewinn trachten. Davon profitierst du auch, jeden Tag!« Missmutig musterte er die auf Staffeleien gestellten Zeichnungen von George Clooney und unbekannter Mädchen. Der Zeichner richtete sich hoffnungsvoll auf.

»Hast du nicht kürzlich erst darüber geseufzt«, stichelte ich, »dass dein Freund Gunter Maucher …«

»Er ist nicht mein Freund!«

»… sich nicht ums Außenhandelsgesetz kümmert und Weltraumtechnik und Kriegstechnik untrennbar miteinander verbunden seien?«

Richard wandte sich von den Zeichnungen ab und erlöste den Zeichner von der hoffnungsvollen Angst, er werde mein Narbengesicht schönfärben müssen. »Ich bin nur ein kleiner irdischer Staatsanwalt, Lisa. Verändern kann ich die Welt nicht. Ich kann nur juristische Klarheit schaffen.«

Ich lachte.

Was war mir anderes übrig geblieben? Verdruckt vollzogen sich Richards innere Kämpfe um die letzte Bastion seines Glaubens an die Rechtschaffenheit seiner Freunde. Auch diesmal würde die Bastion fallen. Falls er sie nicht preisgeben wollte, würde ich Sprengstoff in die Ritzen stopfen, bis alles in die Luft flog. Und wieder konnte er mir keinen Vorwurf daraus machen. Ich hatte ja wieder nur Wahrheit zutage gefördert. Auch wenn es wehtat. Vor allem ihm. Irgendwo in seinem Moralschädel mussten sich die Enttäuschungen zu einem Berg von Hass aufhäufen. Er war auch nur ein Mensch. Seit dem Tod seines Vaters hatte er seinen Zigarettenkonsum verdoppelt und ackerte im Sportstudio bis zur Erschöpfung. Manchmal, wenn er sich unbeobachtet glaubte, hatte er mich schon angeschaut, als bedauerte er, dass ich keine Schüssi mit Glosslippen war, die man zum Essen beim Generalstaatsanwalt mitnehmen konnte, ohne einen Mord befürchten zu müssen. Er hatte sich immer so nach schöner, klarer Ordnung gesehnt! Und ich hatte wieder nur gelacht.

19

»Und gleich setzt sich der fliegende Schwarm zu diesem ›Wolkenhirn‹ zusammen, und ein kollektives Gedächtnis erwacht.« *Der Unbesiegbare*, Stanislaw Lem, 1964

Eingeklemmt zwischen Experimentierschränken, Terrarien, Aquarien, Zentrifugen und Belüftungsröhren starrte ich auf den Bildschirm. Punkte zuckten durch ein Netz von Wegen, bis eine Strecke plötzlich blau wurde.

»Das ist die kürzeste Strecke«, schreckte mich der koreanische Brillenwaran aus meinen erdverhafteten Gewissensnöten. »Der Ameisenalgorithmus ist in der Lage, sehr schnell einen Vorschlag für den kürzesten oder den schnellsten Weg zu machen. Man greift dabei auf das Verhalten von Ameisen bei der Futtersuche zurück. Schwarmintelligenz, you know.«

Und das ging so: Wenn eine Ameise Beute fand, eilte sie zum Bau zurück. Dabei legte sie eine Spur von Duftstoffen, auf der sie wieder zur Beute zurückfand. Ihr folgten andere Ameisen, bissen ein Stück von der Beute ab und kehrten in den Bau zurück. Auch sie legten eine Duftspur. So wurde der Pfad zum Fressen immer geruchsfetter. Nun mochte es aber sein, dass eine andere Ameise auf einem anderen Pfad ebenfalls auf die Beute traf. Auch sie zog ihre Duftspur zum Bau zurück. Andere Ameisen folgten ihrem Pfad. Wenn dieser Pfad nun kürzer war als der erste, dann kehrten alle Ameisen auf ihm schneller zum Bau zurück und liefen früher wieder los als die anderen. Ihre Duftspuren wurden also noch dichter, der Pfad noch fetter. Er lockte immer mehr Ameisen auf sich. Der Duft des ersten Weges begann zu schwächeln, und auf einmal wuselten alle Ameisen auf dem zweiten, kürzeren Weg zwischen Beute und Bau hin und her.

Logistikunternehmen machten sich das Prinzip zunutze, um für ihre Transporte die besten Routen errechnen zu lassen, oder Mobilfunkbetreiber, um schnell freie Strecken zu finden.

»Mein Vorgänger, ein Japaner, hat die Ameisenversuche gemacht«, erklärte Van Sung. »Die wissenschaftliche Frage war, ob Ameisen auf dem Mond andere Wege wählen, you know. In der Sonne ist es zu heiß, im Schatten zu kalt. Und nicht zu vergessen der Mondstaub. Bei Sonnenlicht werden die Teilchen elektrostatisch aufgeladen, sie springen meterhoch, weil sie so leicht sind und der Mond eine so geringe Gravitation hat. Manchmal bilden sie richtige Staubwolken. Der Staub klebt überall fest, er ist winzig und scharfkantig und schmirgelt alle Dichtungen durch. Und nichts fürchten Insekten so sehr wie Staub. Er verklebt ihre Atemröhren und Fühler, you know?«

Nein, das hatte ich nicht gewusst. Ich musste vorsorglich schon mal niesen.

Van Sung lachte. »Wir Mondastronauten werden wahrscheinlich alle an einer Staublunge oder Lungenkrebs sterben, you know.«

Ah so. Ich hungerte nach Nikotin und Zigarettenteer. Wenn

ich sowieso an Lungenkrebs sterben würde. Plötzlich verstand ich Richards Todesverachtung. Für ihn war der Aufenthalt im irdischen Jammertal nur eine Pflichtübung gewesen, die man nicht unbedingt verlängerte. Für mich als gelernte Katholikin hatte dagegen immer das Fegefeuer vor dem himmlischen Frieden gestanden. Konnte es schlimmer sein als mein momentaner Zustand? So mussten sich Untote fühlen. Gierig, aber ohne Aussicht auf Leben.

»Die Schwierigkeit war nur: Wie kann man Ameisen unter echten Mondbedingungen draußen laufen lassen, ohne dass sie am Vakuum sterben. Und da ist der Japaner auf eine Idee gekommen, die …«

Ich musste wieder niesen. Es riss den ganzen Rotz aus den Tiefen meiner Stirnhöhlen. »Ein Taschentuch!«, hechelte ich. Mein Ärmel reichte zum Abwischen, aber nicht zum Schnäuzen. »Gibt's hier denn keine Taschentücher, verdammt!«

Der Brillenwaran schaute sich um. »Auf dem Abort gibt es Tücher.« Er deutete auf eine Ecke im Biolab, in der eine Abortröhre stand. »Du kannst sogar Wasser benutzen. Aber dann musst du die Tür zumachen, sonst geht der Unterdruckabfluss nicht an.«

Alles klar. Ich zog die Aborttür zu. Der Wassersparmodus des Hahns verlangte entschlossenes Handeln. Ich rüsselte ins Becken. Der Abfluss schlürfte Schleim und Wasser weg. Ohne den Sog wären die Wassertropfen vom Becken vermutlich meterhoch abgesprungen und hätten sich in der dicken Luft des Habitats zu dichten Nebeln zusammengerottet.

Zum Abtrocknen gab es Wegwerfzellulose. Keinen Handtuschspender. Also durften wir uns auf der Erde keine Hoffnung auf Innovationen diesbezüglich machen. Das war doch auch schon mal eine zukunftsweisende Antwort.

Was, wenn die Dame mit der roten Hose doch nicht zufällig im *Café Venezia* an der Promenade von Friedrichshafen aufs Klo gegangen war, fragte ich mich plötzlich. Wäre Richard noch am Leben, wenn ich dem feurigen Hintern schon in Friedrichshafen gefolgt wäre, statt mich mit Juana, Luca und Diana aufzuhalten? Weg mit solchen Fragen! Klärung ausgeschlossen.

Ich schluckte krampfhaft. Meine Ohren waren schon wieder zugefallen, wie bei Druckabfall im Flugzeug. Die Wände der Nasszelle bestanden aus einer Haut, die sich sanft nach innen bauchte. Nur die Tür hatte einen festen Rahmen. Ich drehte den Türriegel und zog. Kein Effekt. Also drücken. Klar, die Tür musste nach außen aufgehen, schon aus Platzgründen. Aber, verdammt noch mal. War ich schon zu blöd, eine Tür zu öffnen? Oben in meinem Quartier war es doch auch gegangen.

Aber es ging nicht.

Lisa, jetzt ganz ruhig. Das sind erste Ausfallerscheinungen durch Überanstrengung. Immerhin war ich erst vor drei Tagen aus meinem Wachkoma erwacht und heute auf dem Mond gelandet. Nach Reisen sollte man sich eigentlich ein halbes Stündchen hinlegen, die Seele nachholen!

Gedämpfte Musik schlich sich in mein Hirn. Nein, sie war keine Einbildung, sie war real. Sie kam aus den Lautsprechern der Intercom. Es waren chinesische Klänge. Unter Drachen und Masken mischte sich amerikanische Gutelaunerhetorik. »Good evening, this is *Radio High Noon* …« Was? Oder hatte er *High Moon* gesagt? »Unterbrecht eure Arbeit, fahrt eure Computer herunter, kommt rauf zum Essenfassen!«

Auf einmal fiel mir auf, wie still es vorher in meiner Abortzelle gewesen war. Viel zu still! Noch immer hörte ich das Saugen der Unterdruckmaschinerie, aber das Frischluftgebläse fehlte.

»Kommandant Leslie Butcher hat interessante News für euch«, trötete der Stationsmoderator. »Wir werden neue Gesichter begrüßen. Es ist jetzt siebzehn Uhr und genau vierundfünfzig Minuten …«

Nun sei doch mal still!

»Das Mondwetter: Sonnenschein! Die Aussichten: Sonnenschein. Und damit ist es Zeit für unseren täglichen Mondwitz. Aufgepasst: Seit der erste polnische Kosmonaut im All war, fehlen dem Großen Wagen die Räder.« Die Stimme von *Radio High Moon* wieherte.

Ich begann zu keuchen. Mehr aus Angst vermutlich. Bis heute bin ich mir nicht sicher, ob ich wirklich erstickt wäre. Ich warf mich gegen die Tür. Aber das kannte ich schon von den Marmeladegläsern meiner Mutter: Nichts ist so unüberwindlich wie Luftdruck. Vier Pferde bekamen die beiden Hälften einer Kugel, in der Vakuum herrschte, nicht auseinander. Das hatte der Bürgermeister von Magdeburg schon im achtzehnten Jahrhundert bewiesen.

Ich hämmerte gegen die Tür. »Van Sung! Hilfe!«

Es antworteten chinesische Quetschstimmen und Gonggeschepper. Stand Van Sung da draußen und grinste sich einen ab oder war er gleich dem ersten Aufruf von *Radio High Moon* oder *High Noon* zum Essen gefolgt? Stand auf Nichtbefolgen die Bastonade?

Die Kantonoper schritt durch die Artemis dem Drachen hinterher. Schwarze und weiße, rote und blaue Masken grinsten. Ich musste sofort raus hier! Der Bauch der elastischen Abortzellenwände hatte sich unheimlich vergrößert. Von allen Seiten bedrängten mich Bäuche.

»Achtzehn Uhr«, hörte ich gedämpft den Moderator jubeln. »Artemis-Commander Butcher bittet zu Tisch.«

Eisige Ruhe machte sich in mir breit. Dass mein lunares Jammertal so schnell durchschritten sein würde, hatte ich nicht vermutet. Aber was hatte ich schon jemals richtig vermutet? Mein ganzes Leben lang hatte ich leichtfertig mit dem Tod kokettiert, meistens mit dem anderer. Meine Erfahrungen hatten mir nicht geholfen, Richards Tod zu verhindern.

Also dann, Lisa …

»Dr. Ardan«, bohrte sich die Stimme von *Radio High Moon* in meine Stille. »Nicht so schüchtern. Bitte komm rauf zu uns in die Cupola! Wir freuen uns, dich zu sehen!«

Können vor lachen.

Was war eigentlich mit dem Transponder in meinem Uhrarmband? Wann schlug er Alarm? Ich fingerte mir die Omega-Monduhr vom Handgelenk und warf sie ins Waschbecken. Wie lange würde es dauern, bis der Temperaturfühler Alarm schlug? Mein Herz raste, meine Lungen pfiffen. Wie von oben sah ich mich auf dem technisch ausgefeilten Unterdruckklo hängen, gegen die Wand gelehnt, oder umgekehrt, die Wand gegen mich gelehnt, fast zärtlich, vereinnahmend, erdrückend! Waren die Wände elastisch genug, mich zu zerquetschen, oder würden sie bersten, Gummiteile mich auspeitschen und erschlagen?

Nachdenken, Lisa! Da hing eine Brause mit handelsüblichem Duschkopf unter dem Waschbecken. Auch der Boden hatte einen Abfluss. Richtig! Mit irgendwas musste Tupac sich ja vorhin abgeduscht haben. Ich knickte den Duschkopf mehr ab, als dass ich schraubte, packte den Schlauch mit beiden Händen und dolchte das scharfgratige Gewinde mit überlebenswilliger Entschlossenheit in die gespannte Zellengummiwand. Es tat einen Schlag, wie wenn ein Luftballon platzte. Ein Luftstoß katapultierte mich rückwärts aufs Klo. Hätte ich mein Maul nicht offen gehabt, mir wären vermutlich die Trommelfelle rausgeflogen. Das winzige Loch neben dem Türrahmen war zu einem Schlitz aufgerissen. Luft knallte herein. Aber ich hörte es nur gedämpft, denn meine Ohren waren schon wieder zugefallen. Zu viel Rotz in den Nebenhöhlen.

Ich nahm meine Uhr und legte sie wieder an. Unschuldig, als wäre nichts gewesen, ließ sich die Tür aufdrücken.

»Dr. Michel Ardan!« Die Stimme von *Radio High Moon* klang ungehalten. »Bitte umgehend in die Cupola! Sonst kriegst du nichts mehr zu essen. Wer zu spät kommt, den bestraft das Leben!«

20

»Cyborg ist ein kybernetischer Organismus, eine Kreuzung aus Maschine und Mensch, genauso reales wie fiktives Geschöpf. Soziale Wirklichkeiten sind gelebte soziale Beziehungen, unsere wichtigste politische Konstruktion, eine weltverändernde Fiktion.« *A Cyborg Manifesto*, Donna Haraway, 1985

Ich irrte durch ein Labyrinth von grauer Grundfarbe aus Einbauschränken mit Gittern für Schraub- und Messroboter, Aggregaten, Kabeln, blinkenden Sicherungskästen, Schleusentüren mit Hebeln und Codetastaturen und allerlei nachträglich angebrachter Bricolage. Plötzlich stand ich vor einem Schild mit der roten Aufschrift: »*No lone zone*«. Das meinte einen Bereich, in dem sich nie nur einer alleine aufhalten durfte. Wo hatte ich das schon mal gesehen? In welcher virtuellen Welt?

Lieber umkehren, sonst löste ich noch Großalarm aus. Bewegungsmelder ließen Lichter aufflammen, wohin ich kam, und verlöschen, wo ich durch war. Ich stieß auf eine der steilen Schiffstreppen, die unter meinen Schritten sang, stolperte und kam in einem runden Modulsegment heraus, in dem Bohrer, Bohrerteile, Fräsen, Kabel, Schaufeln und Verkehrszeichen lagerten. Die nächste Tür war verschlossen. Also zurück. Plötzlich stand ich in einer düsteren, von Computern und Bildschirmen summenden Zentrale.

»Hi, Michel!«, sagte ein junger Mann von hindukuschiger Schönheit. »Da bist du ja. Ich wollte gerade jemanden herunterrufen und nach dir schicken. Ich selbst kann ja hier nicht weg. Ich bin Abdul, Pakistan. How do you do?«

Sein Händedruck war zart.

»Ich hatte ein kleines Problem mit der Nasszelle im Biolab. Die Tür ließ sich nicht öffnen.«

Abdul lächelte verständnislos. »Gail wird sich das anschauen.

Du solltest jetzt nach oben. Der Boss legt großen Wert darauf, dass beim Abendmeeting alle dabei sind. Außer demjenigen, der *red line*-Bereiche im Auge behalten muss.«

»Was?«

»Die Bereiche, deren Anzeigen nie nach oben oder unten abweichen dürfen.«

Freundlich zeigte er mir den Ausweg.

Ich durchstieg im spinalen Treppenhaus die Stockwerke. Jedes roch anders. Der Luftaustausch bei geringer Schwerkraft war minimal, warme Luft stieg nicht nach oben, weil kalte nicht nach unten fiel. Damit wir beim Schlafen nicht in unseren Kohlendioxidblasen erstickten, gab es zwar das brummende und pfeifende Luftaustauschsystem, zum Teil über Feuerwehrschläuche, aber es war lokal organisiert, sonst hätte der Luftzug durch die Module vermutlich Sturmstärke entwickelt. Zugig war es ohnehin schon. Im Basisdeck mit den Eingangsschleusen, Werkzeugkammern und dem HHR, der Krankenstation, mischten sich Desinfektionsdämpfe mit Fitnessschweiß, im Nutzlastendeck roch es nach Elektrizität und nach Schulzimmer, in dem eine Klasse Mathe gebüffelt hatte, und im *crew quarters deck* ballte sich Schlafschweiß und Waschtuchparfüm untermalt von einer Note Kot und Urin. Ich erklomm die letzte Treppe nach oben in die Cupola.

Tja, was für ein Blick! Einfach irre! Zum die Seele Verlieren!

Überm von schwarzen Schatten durchlöcherten Horizont stand die angefressene blaue Marmorkugel, in der anthrazitgrauen Mondwüste kuppelten bunte Iglus zwischen Bohrtürmen und unendlich weiten, goldglitzernden Sonnensegeln. Wie eingefroren wirkte der Maschinenpark draußen, still und reglos. Der Sternenhimmel war gewaltig.

»Ja, da stehen wir Kinder«, hörte ich jemanden hinter mir sagen. Es war ein Blonder mit russischem Akzent. »Von hier aus gesehen, ist die Erde eine grandiose Oase in der weiten Wüste des Weltalls.«

»Es ist großartig und putzig!«, antwortete ich. »Irgendwie weit und eng zugleich.«

»Ja, es kommt einem alles so gedrängt vor. Der Mond ist nur ein Viertel so groß wie die Erde. Die Bodenkrümmung ist viel stärker. Das verkürzt den Sichtkreis. Von hier oben können wir gerade mal sechs Kilometer weit gucken. Auf der Erde wäre es fast das Doppelte.«

»Am Anfang schuf Gott Himmel und Erde«, sagte neben mir, amerikanisch knödelnd, eine weibliche Stimme mit gläubiger Strenge. »Und die Erde war wüst und leer.« Die junge Frau blickte mich herausfordernd an. »Hier versteht man die Schöpfungsgeschichte. Könnte man nur alle mitnehmen hier herauf, damit sie die Erde sähen in ihrer unbegreiflichen Schönheit, dann wüssten sie, dass die Entstehung der Erde und des Lebens kein Zufall chemischer Prozesse gewesen sein kann.«

Der Russe lachte humorlos. »Ihr Methodisten immer mit eurem Schöpfer! Im Zufall steckt die schöpferische Kraft, in der Mathematik letztlich. Aber ihr haltet einfach den Gedanken an Zufall nicht aus.«

Die junge Frau schnaubte und wandte sich ab.

Erst jetzt fiel mir auf, dass der Raum voller Leute war. Sie standen in Grüppchen beisammen, fast alle in Richtung der großen grauen Kombüse gewandt. Es roch betäubend nach Kantine. Franco saß schon an einem der grauen Tische, Tupac und Van Sung standen in einer Gruppe mit Rangabzeichen auf den Anzügen.

»Das war Rhianna«, erklärte der Russe. »Sie ist seit sieben Monaten hier, EVA-Ingenieurin und die beste LRV-Fahrerin. Eines Tages ist sie da draußen Gott begegnet. Übrigens, ich bin Pjotr Turenkow aus Petersburg, Abgeordneter der Duma. Ich war schon Mitglied der U-Boot-Besatzung, die eine russische Flagge auf dem Meeresgrund am Nordpol aufgestellt hat. Ich bin die vierte Woche hier. Ein Defekt in der russischen Fähre hat unsere Abreise verzögert, aber das weißt du vermutlich.«

»Und? Hier auch schon die russische Flagge aufgestellt?«

Pjotr lachte unfroh.

»Mein Name ist Michelle Ardan«, sagte ich und streckte ihm meine Hand hin.

»Ich weiß. So wie du dich von David hast bitten lassen.«

Was machte das eigentlich genau aus, dass Russen immer aussahen wie Russen? So eine Mischung aus KGB und Wodka Gorbatschow.

Ich beugte mich zu ihm und raunte: »Sag mal, wer ist eigentlich diese aufgeregte Stimme von *Radio High Moon*?«

»David!« Er schaute sich suchend um. »Der Kleine da, der aussieht wie … na, wie dieser Schauspieler … wie heißt der doch gleich? Der von *Grease* …«

»Äh!«

Der, der nicht wirklich aussah wie John Travolta, drehte sich um, musterte mich kurz und schaute dann wieder den beiden Männern zu, einem Schrank und einem Hädele, wie der Schwabe zu mageren Männern sagte. Sie lachten fürchterlich. »So«, kreischte das Hädele gerade, »du schläfst also in der Löffelstellung ein?«

»Aber mit Stiel dran«, erwiderte der Schrank und lachte, dass der Boden bebte.

»Da bist du ja«, sprach mich Tamara an. »Dann wollen wir uns mal was zu essen besorgen.«

»Viel Glück, Michail«, rief mir Pjotr mit gierigem Blick hinterher, so als hätte er seit Wochen mit niemandem mehr gesprochen.

Die Materialien, die auf den Tellern lagen, hatten zwar, bevor die Gabeln sie aufwühlten, noch eine Quaderform, sahen aber ganz lebensecht aus.

»Was gibt's denn?«, fragte Tamara, den Hals reckend.

Einer drehte sich um. Es war Dr. Wathelet, der belgische Arzt mit dem schütteren Haar und dem jungen Gesicht. »Pute mit Reis, Glasnudeln mit Gemüse und Rind, Borschtsch und noch was.« Er reckte sich auch, um einen Blick auf die Ausgabe zu erhaschen. »Außerdem Fleischbällchen mit Humus. Interessant, dass man sich immer nur drei Dinge merken kann! Oder, Michelle?«

»Ja.«

»Es liegt daran, dass wir nur zweidimensional denken können«, mischte sich ein Mann von gedrungener Gestalt ein. »Drei Punkte definieren eine Fläche. Drei! Der vierte Punkt wäre die Höhe. Oder, Michel?«

»Äh.«

»Ich bin Morten Jörgensson, Dänemark, Weltraumarchäologe.«

»Was?«

Er lachte. »Die alten Apollo-Landeplätze, Weltraumschrott, Planetoidentrümmer, die Gerüchte von Artefakten auf dem Mond, you understand? Wenn es außerirdisches Leben gibt, werde ich der Erste sein, der es erfährt.« Zwei pralle Backen rahmten einen kleinen Mund, der wiederum von Oberlippen- und Kinnbart gerahmt wurde. Ein Mehrfachmondgesicht. Sein Händedruck war fest.

»Michelle Ardan«, erwiderte ich.

»Unser sogenannter Retter, ich weiß. Der französische Neurobiologe und selbsternannte Spezialist für Schwarmintelligenz, der an außerirdisches Leben glaubt. Glaubst du wirklich …« Morten Jörgensson unterbrach sich und schnüffelte prüfend über den Teller hin, den eine rundliche Frau mit schwarzer Haarbürste, grün geschminkten Nachtkrateraugen und dem Märchenzauber von *Tausendundeiner Nacht* auf den Hüften an uns vorübertrug. »… dass du schaffst, was die hier versammelte Intelligenz nicht hingekriegt hat?«

»Nein«, erwiderte ich.

Die nachtkrateräugige Scheherazade mit dem Teller drehte sich um. »Morten! Du Ekel! Lass die Greenhorns doch erst einmal ankommen!« Sie musterte mich prüfend. Ein leichtes Erstaunen stieg ihr in die Unterlider.

»Michelle Ardan«, sagte ich und ließ die Zunge lange auf dem »elle« verweilen.

Sie lächelte halb. »Dein Auftritt ist keinem von uns entgangen. Ich heiße Zippora Eschkol. Leider kann ich dir jetzt nicht die Hand geben.«

»Zippora«, erläuterte Morten, »ist unsere Psychologin im Rang des Aluf Mischna, Colonel in der Weltsprache.«

Also Oberst.

»Sie ist eine Betasoid. *Star Trek*, das kennst du doch? Ich bin felsenfest überzeugt, dass Zippora telepathische Fähigkeiten hat.«

»Ja, und ich weiß, was du eigentlich willst, Morten!« Zippora lachte laut und dreckig auf und zog schwerhüftig davon.

»Israel«, raunte mir Morten mit Kennermine zu. »Ostjüdische Wurzeln, chassidischer Mystizismus, gepaart mit wissenschaftlicher Intelligenz.« Er schnalzte mit der Zunge. »Ich glaube, ich nehme das chinesische Gericht. Das ist wenigstens scharf. Mondfraß schmeckt immer so fad, als hätte man Schnupfen.«

»Das viele Blut im Kopf dämpft die Geschmacksnerven«, erklärte Wim Wathelet, der bereits durchschaut hatte, dass ich nicht einmal die Grundlagen kannte.

Morten zog einen der hellgrauen Plastikteller aus dem Apparat, nahm ein silbrig eingeschweißtes Paket und die Schere, die bereitlag, schnitt dem Päckchen die markierte Ecke ab und stülpte das offene Ende über eine Düse. Es zischte und dampfte.

»Die große Mondfrage«, prüfte er mich weiter. »Ist das Wasser heiß, wenn es hier herauskommt?«

Ich nahm ein Päckchen und schnitt es auf.

»Du hast sicher in der Schule gelernt, dass Wasser auf einem Berg schneller siedet als unten am Meer.«

Ich klemmte mein Päckchen an die Düse. Hatte der Siedepunkt nicht was mit dem Luftdruck zu tun? Und Luftdruck hatten wir im Habitat wie auf der Erde.

»Vorsicht!«, warnte mich Tamara.

Mein Päckchen schwoll und wurde glühend heiß. »Wait!«, befahl ein Schriftzug im Display über einem Ladebalken.

Hilfe!

Morten lachte. »Das ist eine der unerwarteten Entdeckungen von Versuchen mit der Mikrogravitation. Jedes Material hat seinen fixen Siedepunkt, unabhängig von der Schwerkraft. Er liegt allerdings deutlich niedriger als auf der Erde.«

»Please take food.«

Ich ließ das Päckchen auf meinen Teller fallen. Wäre nicht das »Warte!« eher ein »bitte« wert gewesen als das »Entnehmen Sie das Essen«?, fragte ich mich. Wer dachte sich eigentlich die Sätze aus, mit denen Maschinen mit uns kommunizierten? Beamte, entscheidungsfreudige Chefs, indische Programmierer? Darüber musste ich mal schreiben, wenn ich wieder … Ein Stich fuhr mir durchs Eingeweide. Nie wieder Lisa Nerz!

»Und jetzt nimmst du noch mal die Schere«, drängte mich Tamara.

Ich schnitt die Tüte auf und zupfte sie mit spitzen Fingernägeln von der dampfenden Masse, die wie ausgekotzt auf dem Teller liegen blieb. Es sah nach Pute mit Reis aus.

»Der Hunger treibt's rein«, bemerkte Morten.

Eigentlich hatte ich mir Weltraumnahrung in Tuben vorgestellt.

Tamara nahm mich mit an einen Tisch, der direkt am Panoramafenster stand. Gail saß schon dort, der First Lieutenant ohne Kinn, aber mit Nase und berückender Laszivität im Augenaufschlag, und schnippelte eine Getränketüte auf.

»Hi«, sagte sie. »Wie hast du das hingekriegt im Biolab? Die Wände halten vier Bar aus. Die kriegt man nicht so einfach kaputt.«

»Äh!«

»Ich bin Ho Yanqiu aus Beijing«, stellte sich mir glockenhell die Chinesin vor, die uns nach unserer Landung die Raumanzüge abgenommen hatte. Sie wirkte zerbrechlich neben der monströs erotischen Gail und war der Zeugmeister der Artemis, verantwortlich für die Raumanzüge, auf Amerikanisch EMU genannt, *extravehicular mobility unit.* »Außerdem kann ich Rover fahren. Jedes Mitglied der Crew hat mindestens zwei Fähigkeiten«, lispelte sie mit ihrer Glöckchenstimme. »Gail ist Ingenieur. Sie kümmert sich vor allem um das ECLS.«

Ich kapitulierte vor den Abkürzungen.

»Und alles, was kaputtgeht«, ergänzte Gail kauend und mit hängenden Lidern.

»… und sie ist MTA.«

Das klang für mich wie medizinisch-technischer Assistent.

»Tamara ist HF-Ingenieurin …«

Human-factors-Ingenieurin vielleicht?

»… und …«

»Sag ruhig Sekretärin«, sagte Tamara.

Yanqiu lächelte. »Chefassistentin! Guten Appetit.«

Der Duft von Pute und Reis hatte meinen Hunger hervorgelockt. Ich schaufelte. Meine Tischdamen unterhielten sich in ihrem Mondslang über einen Lunochod 14, der im Aitken-Becken steckte, das SSRMS, das die Solargeneratoren beschädigt hatte, über TCC und umgekippte Raumluft und SSPCs, die bei Stromschwankungen Teile des Habitats dunkellegten. Außerdem muckte Zeus. Kürzlich hatte man drei Tage gebraucht, um den Fehler zu finden – das ganze ECLS hatte gesponnen –, und an die Gäste hatte man schon SFOGs ausgegeben.

»Hä?«

»Sauerstoffkerzen«, erklärte Tamara. »Schmeckt's?«

»Hm?«

»Was würde ich für eine richtige Pizza geben!«, seufzte Gail. »Die echte amerikanische.«

»Pizza ist echt nur italienisch!«, entfuhr es mir.

Gail lachte. »Italien? Kommt der Papst nicht von dort?«

»Der Papst kommt aus Deutschland«, sagte Tamara, die Russin.

»Germany. Heil Hitler!«, grinste Gail und ließ sogar die Hand nach vorn schießen. »The Hofbräuhaus«, radebrechte sie hinterher.

Yanqiu lächelte undurchsichtig. Zu ihrem Land fielen mir höchstens die Große Mauer ein, Mao Tse-tung und Terracottakrieger, wobei der Begriff auch schon wieder italienisch war.

Der Nachtisch wurde bejohlt wie Weihnachten. Das STS-214 hatte Erdbeeren mitgebracht, frische Erdbeeren. Na gut, ein bisschen zermatscht waren sie und etwas unterkühlt, eigentlich fast tiefgefroren. Außerdem gab es Nüsse. Aber die gab es immer.

»Warum sitzen jetzt alle hier?«, fragte ich. »Bis auf Abdul. Ich hätte gedacht, man arbeitet in Schichten?«

»In der Kommandozentrale muss natürlich immer einer sein«, rasselte Tamara herunter wie einstudiert, »aber ansonsten hat sich das Drei-Schichten-System nicht bewährt. Astronauten brauchen bei Aufenthaltsdauern von über einem Vierteljahr längere Erholungsphasen und ein intaktes Sozialleben. Deshalb haben wir schnell auf einen Tag-Nacht-Rhythmus umgestellt. Manche muss man trotzdem zum Schlafen und Essen zwingen. Deshalb ist das Abend-Meeting obligatorisch.«

»Und David ruft jeden extra auf, der nicht pünktlich erscheint«, ergänzte Yanqiu. Ein Lächeln grub sich auf ihrem Gesichtchen ein, wie um nie mehr zu verschwinden.

Tamara stand auf. »Kaffee?«

Als wir alle beim Kaffee saßen – Yanqiu und Tupac und einige andere tranken Tee –, erhob sich ein Mann mit reichlich Sternen auf den Schulterklappen seines violetten Artemis-Anzugs.

Yanqius Blick aus schwarzen Mandelaugen schmolz.

»Ich möchte unsere drei Neuankömmlinge, Franco Llacer, Dr. Georg Griffhorn und Dr. Michel Ardan, auf der Artemis willkommen heißen«, sagte er mit einer in den Kehlkopf gepressten Stimme. »Ich bin Colonel Leslie Butcher, Kommandant der Artemis, kurz Artemis-CDR.« Unter seinem linken Auge zuckte ein Tic. »Zunächst einmal werden wir uns euch kurz vorstellen.«

Ein unhörbares Seufzen vernetzte sich über die Tische. Die Mitglieder der Stammbesatzung gestalteten ihre Routinepräsentation knapp. Namen, Ränge, Nationalitäten. Sie waren teilweise schon fast neun Monate hier oben. Der Mann neben Colonel Leslie Butcher hieß Artjom Pilinenko, war Polkownik, also Oberst, und der russische Kommandant in der Funktion des Second Artemis-CDR. Die Stimme von *Radio High Moon* hieß David Hirsch, war US-Bürger, dem Nachnamen nach Jude und Erster Systemadmin. First Lieutenant Gail Taylor, Leutnant Ho Yanqiu und Leutnant Tamara Jagelowskaja kannte ich schon. Die drei EVA-Ingenieure und LRV-Piloten, also die Roverfahrer und Außenbordingenieure, saßen beisammen. Der eine hatte die Ausmaße eines Schranks, kam aus Chicago und hieß Robert Roca, kurz Bob. Das Hädele war der zweite Roverfahrer, Bohrsystemfachmann und Mann fürs Grobe namens Fred Lamonte aus Luxemburg. Zwischen ihnen saß die Zeugin Gottes, Rhianna McFinn aus Boston, ebenfalls Roverfahrerin und Solar-Ingenieurin.

»Mich kennt ihr ja«, sagte der belgische Arzt. »Ich habe euch schon gestochen. Ich bin Lieutenant-Colonel Wim Wathelet und kümmere mich um eure Wehwehchen. Außerdem erforsche ich die Wirkung geringer Schwerkraft auf den menschlichen Organismus.«

Tupac Vaizaga, im Zweitberuf Arzt, und Dr. Nguyen Van Sung, auch noch Spezialist für alle darstellenden Computerprogramme, waren Teil der zivilen wissenschaftlichen Besatzung und beschäftigten sich vorrangig mit dem Aufbau der Biosphäre und den Auswirkungen kosmischer Strahlung auf biologische Organismen. Außerdem führten sie Versuchsanordnungen aus, wie etwa die mit den Bärtierchen aus Stuttgart, die zusammen mit mir im STS-214 gekommen waren und im scheintoten Zustand – dem Zustand der Kryptobiose – kosmischer Hitze, Kälte und dem Vakuum ausgesetzt und dann wieder zum Leben erweckt werden sollten.

»Mal sehen«, lächelte Van Sung, »ob sie sich dann auch noch fortpflanzen können.«

»Unsere Biologen sind die wichtigsten Leute«, bemerkte Wim Wathelet. »Sie werden die Artemis hoffentlich davor bewahren, innerlich zu verschimmeln, wie seinerzeit die Mir. Und sie haben den gefährlichsten Arbeitsplatz von uns allen.« – Ich vermutete, dass der Arzt sich nicht auf Abortkabinen bezog. – »Denn nichts ist so virulent wie im Sonnenwind mutierte Bakterien, und dann natürlich die kosmischen Viren …«

Ein paar lachten wie über einen Uraltwitz. Franco sah erschrocken aus.

Der Arzt zwinkerte. »Nicht wahr, Dr. Ardan?«

»Unsinn«, kam mir Van Sung zuvor. »Kosmische Viren, falls es sie gäbe, könnten uns nur gefährlich werden, wenn sie zuvor schon mit Leben in Berührung gekommen wären.«

»Was für Ameisen durchaus gilt«, stichelte Wim. »Aber jetzt habt ihr ja Verstärkung bekommen.«

Die beiden Biologen blickten finster drein.

Der Astronom hieß Sergei Kascheschkin und kam aus Kasachstan. Der also war mein COUP, mein *case of urgency partner*, ein dunkelhaariger Bursche mit besenhaftem Schnauzer. Eigentlich, erklärte er, brauche man auf der Artemis keine Astronomen, denn die Daten der beiden riesigen ESA-Radioteleskope auf der Mondrückseite und des Flüssigspiegelteleskops im Krater Shackleton würden auf der Erde ausgewertet.

Da mutete es seltsam an, dass mit Gonzo nun noch ein zweiter hier oben saß.

»Aber«, griff Gonzo ein, »nur ein Astronom kann die Entscheidung treffen, auf welches Ereignis wir die Teleskope richten müssen. Komet oder Supernova, Funkstörung oder doch extraterrestrisches Lebenszeichen.«

Sergei Kascheschkins Bart stellte die Besengrannen. »Ihr Deutschen seid doch alle Träumer und Fantasten.«

Die Ingenieure trotzten der wissenschaftlichen Heiterkeit mit Wortkargheit. Krzysztof Skarga kam aus Warschau und outete sich als Eigner der Kugelblitz-Experimente, die mit uns heraufgekommen waren, suchte nach Antimaterie und schwärmte von dem Teilchenbeschleuniger, den man auf der Rückseite des Mondes aufbauen würde, um mehr Antimaterie zu erzeugen, als das je auf der Erde möglich sein konnte. Denn auf dem Mond musste man den Ring des Teilchenbeschleunigers nicht durch Gestein tief unter der Oberfläche bohren. Man konnte ihn mit geringem Aufwand oberflächlich um einen Krater herum verlegen, und zwar länger, als das auf der Erde möglich war.

Giovanni Boccetto fiel durch buschige Brauen und einen Hundeblick auf, war echter Mailänder und Spezialist für mobile Roboter, die, schwärmenden Ameisen gleich, ihre Wege über den Mond zogen und Daten funkten. Der gedrungene dänische Weltraumarchäologe mit dem Mehrfachmondgesicht, Morten Jörgensson, kam aus Roskilde.

Sie alle befassten sich nicht nur mit ihren Forschungen auf ihren Fachgebieten, sondern auch mit vielfältigen operativen Geschäften wie Wegeplanung, Transportlogistik, Roboterüberwachung, Erweiterungsbauten, und zusammen mit der Stammbesatzung kümmerten sie sich um die Wartung der Systeme. Reichlich Gschäft also. Vermutlich war es das, was auch Torsten Veith gemacht hatte: *red line*-Bereiche überwachen, Daten auswerten, rechnen, planen und fantasieren.

Zippora Eschkol gehörte zum militärischen Teil der Stammbesatzung, sah sich aber vor allem als Wissenschaftlerin. Als Neurologin erforschte sie all das, was der Mond mit den Menschen machte, genauer: die Inselsituation in Extremlage unter Langzeitaufenthaltsbedingungen. »Ich werde euch deshalb regelmäßig zu Tests bitten. Und betrachtet es bitte nicht als Schwäche, wenn ihr bei einem persönlichen Problem Unterstützung braucht, sondern als Bereicherung eures Stressbewältigungsspektrums und als wichtigen Beitrag zu einem Antikonfliktprogramm für künftige Marsexpeditionen.«

Sie flehte fast. Die Gesichter rundum waren verschlossen.

Mein Blick suchte ohne mein Zutun die blaue Halbkugel, die ungerührt über dem Horizont hing. So viele Heimaten da unten.

Den Abschluss machten die zahlenden Gäste, die Millionäre oder Milliardäre, je nach Währung. Der Petersburger Russe, Pjotr Turenkow, hatte sein Geld als Energiemagnat gemacht und polierte sein Image als Duma-Abgeordneter auf. Mohamed bin Salman al-Sibarai'I stammte aus Saudi-Arabien und hatte es nicht nötig, einen Beruf zu nennen. Der Besitzer eines indischen Software- und Forschungskonzerns, Rakesh Chaturvedi, gehörte der Kaste der Brahmanen an. Eclipse van Wijk aus Südafrika besaß mehrere Diamantminen und präsentierte sich uns als Angehöriger der Volksgruppe der Rehoboth Baster, um seine dunklere Hautfarbe zu erklären. Außerdem hatte er große Pläne.

»Ich werde das erste große Lunar-Hilton bauen. Ein Hochhaus von über dreihundert Metern mit fünftausend Betten, eine Schule, ein Krankenhaus und eine multikonfessionelle Kirche. Dazu Sandstrände an künstlich angelegten Mondseen.«

Gail verzog die Lippen und giftete seitlich: »Die Spritzer fliegen zwanzig Meter hoch, und jeder Sprung ins Wasser löst einen Tsunami aus und schwemmt die Liegestühle weg.«

»Wird man durch Luftdruck ausgleichen«, hauchte Yanqiu.

Doch vorerst hatte der Aufenthalt auf der Artemis den klaustrophobischen Charme von U-Boot-Röhren im Hochformat und sah aus wie das Innere vom Instrumentenkoffer eines Klempners.

»Und nun«, sagte Artemis-CDR Leslie Butcher, »möchte ich unsere Neuankömmlinge bitten, sich uns vorzustellen. Dr. Ardan haben wir gewissermaßen schon ein wenig kennengelernt.«

»Das ist nicht Michel Ardan!«, rief die Zeugin Gottes, Rhianna McFinn, durch den Raum, als hätte sie nur auf diese Gelegenheit gelauert. »Ich bin Michel im JSC in Houston begegnet, er hat uns im Ausbildungszentrum beim Crew-Training interviewt.«

Butchers linke Backe tickte heftig.

Ich versuchte, meinen von Namen zugemüllten Kopf freizukriegen und die Adrenalinerschöpfung nach überstandener Todesgefahr abzuschütteln. »Stimmt, Rhianna ... Übrigens, hübscher Name!«

»Keltisch!«, spitzte sie zurück, immun gegen Komplimente und unerbittlich.

»Und mein Name ist französisch und schreibt sich Em-Ei-Ci-Eitsch-I-El-El-I, Michel-le!«

»Hostia!«, fluchte Franco.

Gonzo fuhr sich peinlich berührt über die Haare. Die beiden hatte ich immerhin drei Tage in ihrem Irrtum belassen. Dr. Wathelet lachte gemütlich, Zippora Eschkol lächelte, denn ihre Betasoid-Antennen hatten es gleich gemerkt, Yanqiu schien nichts dabei zu finden. Gail sagte: »Fuck«, und feixte unter müden Augendeckeln. Tupac sammelte Gift im Mund, Van Sung nickte lächelnd, als ob ein plötzlicher Geschlechtswechsel nichts Besonderes sei. Und den anderen war es eigentlich egal. Sie hatten sich noch gar nichts zu mir gedacht.

»Aber in den Anmeldedaten steht Michel, Dr. Michel Ardan«, fuhr Tamara neben mir auf.

»Tut mir leid«, sagte ich. »Aber so schlimm ist es auch wieder nicht. Denn ich bin ein Cyborg.«

Zippora hielt sich die Hand vor den Mund. Mir schien, sie lachte dahinter.

»Was?«, fragte Gail.

»Ein *cybernetic organism*«, erklärte die israelische Neurologin. »So nennt man Hybriden aus Mensch und Maschine.«

Tamara riss erschrocken die Augen auf. Aber so ganz falsch war es nicht. Immerhin steckten seit meinem Unfall Nägel in meinem Schienbein. Und jeder, der einen Herzschrittmacher trug, gehörte bereits zu dieser Spezies.

»Vor allem aber ist Cyborg gelebte Fiktion«, behauptete ich. »Nur Frauen können Cyborg sein auf dem Weg zu neuen Ufern des sozialen Zusammenlebens ohne Geschlechtergrenzen. Ich sag's nur, damit Sie es wissen, meine Herren, ich stehe auf Frauen, so wie ihr!«

Morten Jörgensson wechselte den Beinüberschlag und spießte mich auf seinen so undänisch nussbraunen Blick.

»By the way, Michelle«, sagte Kommandant Butcher, »ich darf daran erinnern, dass sexuelle Handlungen auf der Artemis grundsätzlich untersagt sind und im Ausnahmefall einer Sondergenehmigung durch den Kommandanten bedürfen.«

Das Lachen platzte ohne mein Zutun aus mir heraus. »Das ist ja wie im Internat!«

»Wir sind ein Internat«, sagte Zippora Eschkol.

Die Herren blickten auf ihre Hände, Füße, in ihre Tassen oder frech den Kommandanten an. Yanqiu hielt die Schlitzaugen züchtig gesenkt, Gail knabberte an ihren Fingernägeln mit einem Augenaufschlag, als gälten die Regeln nicht für sie.

Butcher wisperte kurz mit dem russischen Polkownik Pilinenko, dann räusperte er sich. »Anscheinend gibt es noch ein Problem.«

Vermutlich hatte Tupac gepetzt, dass ich von nichts eine Ahnung hatte. Es petzte immer einer, sobald ich mich in eine Gruppe hineingestopft sah. Das kannte ich schon. Es hatte letztlich meinen Rausschmiss beim *Stuttgarter Anzeiger* bewirkt. Zu faul, zu chaotisch, zu ungehorsam und überhaupt! Oder wie der Schwabe sagte: Die Lisa Nerz wellet mir fei net!

»Ja«, räumte ich ein. »Ich musste arg kurzfristig abreisen, gewissermaßen von heute auf morgen. Offenbar war kein anderer Spezialist für Cyber-Ameisen greifbar. Ich bin nicht vorbereitet.«

Butcher zog die Brauen hoch und nuschelte: »Das klären wir gleich bei mir im Büro. Aber zuerst will ich …«

»Einspruch, Commander!«, meldete sich Morten Jörgensson. »Das sollten wir sofort klären. Auf der Artemis muss sich jeder auf jeden verlassen können. Und wenn das Kontrollzentrum uns ein taubes Ei ins Nest gelegt hat …«

»Besser ein taubes Ei als zwei faule Eier!«, patzte ich den Dänen an.

Der Spanier lachte hemmungslos. Gail schlug interessiert die Augen auf. Der belgische Arzt grinste. Bob der Schrank und Fred das Hädele machten finstere Gesichter. Zippora Eschkol musterte mich mit reservierter Neugierde aus grün umschatteten Nachtkrateraugen.

Morten richtete sich unterdessen in seinem Stuhl auf und schnarrte: »Mrs. Ardan … oder bevorzugen Cyborgs die Anrede Mademoiselle? Man will ja da nichts falsch machen.«

»Michelle genügt«, lächelte ich.

»Also, Michelle, haben wir das richtig verstanden? Du hältst dich für ein Cyberwesen und Ameisen für Außerirdische. Du bist also nicht ganz dicht und folglich nichts weiter als ein unnützer Wasserverbraucher.«

»Und du, wie viel Spucke verbrauchst du beim Reden, Morten?«

»Gentlemen!«, schnarrte Butcher.

Morten lehnte sich zurück und dehnte Brust und Bauch.

»Dann würde ich sagen: Mach dir ein paar schöne Tage hier, fass nichts an, vor allem nicht unsere Frauen, und übermorgen geht's zurück mit STS-213, und tschüss!«

»Ich denke«, ließ sich Zippora vernehmen, »das hast du nicht zu entscheiden, Morten.«

»Stimmen wir ab. Wer möchte, dass …«

Ein paar Hände zuckten schon, ehe der Däne mit den Barthalbmonden in den Backenhalbmonden den Satz überhaupt zu Ende gesprochen hatte, darunter die der Ingenieure Krzysztof, Giovanni und Rhianna.

»Morten!«, fuhr Butcher dazwischen. »Wir stimmen nicht ab.«

»Ja, ja«, unterbrach ihn der Däne mit bösem Gelächter. »Befehlsstruktur und Kadavergehorsam. Aber wir Forscher werden nicht die Fehler der Sesselfurzer da unten ausbaden, und wenn diese Trottel uns einen Hermaphroditen raufschicken.«

»Cyborg!«, korrigierte ich. »Und vielleicht haben sich nicht die da unten geirrt, sondern ihr irrt euch, und ich bin doch zu was gut.«

»Ja, sicher! Als Kaninchen des Doktors.« Der Däne grinste humorlos.

»Der Sachverhalt wird aufgeklärt werden«, versprach Butcher. »Und jetzt darf ich Franco und Georg bitten, sich uns vorzustellen.«

Was danach kam, war Tagesroutine. Oberst Pilinenko verlas die Planung des folgenden Tages, Außeneinsätze, Laborbelegung, Bohrerzeiten, Roverfahrten, Roboternutzung. Außerdem ging es um einen neuen Versuch, Lunochod 14 wieder flottzumachen, der im Aitken-Becken hängen geblieben war, beladen mit Gestein aus der Mondkruste.

»Und wenn das nicht klappt«, sagte Bob, »dann müssen wir eben doch endlich eine bemannte Expedition losschicken.«

Yanqiu verdrehte die Augen und flüsterte: »Sechsunddreißig Stunden! So viel Sauerstoff können wir nicht mitnehmen.«

Auch Butcher wehrte ab. Ich sah die Ingenieure stumm seufzen.

Danach erklärte Bob den Ablauf der Außeneinsätze. Morgen war der Inder Chaturvedi mit seinem Mondspaziergang dran.

Giovanni Boccetto, der Mailänder, meldete sich und beklagte, dass er eine E-Mail bekommen habe, den Anhang aber nicht öffnen könne. Virenschutz hin oder her, es könne nicht angehen, dass die Sicherheitsmaßnahmen den wissenschaftlichen Austausch behinderten. Der Pole Krzysztof Skarga schloss sich der Beschwerde an. David Hirsch, der nicht nur die Stimme von *Radio High Moon* war, sondern vor allem der Systemadmin, ließ die gesamte IT-Terminologie auf die beiden niederprasseln. Seine Rede gipfelte in der Aufforderung, sich Filme im Anhang vom Kontrollzentrum zertifizieren zu lassen.

Ich hätte am liebsten den Kopf auf den Tisch gelegt und geschlafen. Aber in meinem Sehzentrum explodierte, sobald ich die Augen schloss, unheimlich stumm Richards Leben.

21

> »Du, erstarrter Leichnam der Erde, flieg/ Und trag meinen Leichnam auf deinem ewigen Weg mit.« *Niemals*, Afanassi Fet, 1879

Warum hatte er mich wirklich im Zeppelin-Museum von Friedrichshafen eingefangen und nach Lindau entführt? Zu diesem Zeitpunkt hatte ich noch nicht einmal ernsthaft geglaubt, dass Torsten Veith ermordet worden war. Ich hatte nur mein übliches Spiel gespielt, um Richard ein bisschen zu ärgern, nachdem er mich Jockel und dem traurigen Ehepaar Maucher ausgesetzt und bei Schüssi mit Keplers Traum vom Mond gepunktet hatte. Er hätte wissen müssen, dachte ich, dass Spargel, Power Plates, Milliardengedöns und Heldengeschichten von Nepp und Schnäppchen meine niederen Instinkte weckten.

Doch offenbar hatte weit mehr Sprengstoff in der Sache gesteckt, als Lischen Nerz sich das hatte träumen lassen. Sprengstoff, im wahrsten Sinn des Wortes.

»Weißt du eigentlich, worum Torsten und Gunter in der sechsten Klasse gewettet haben?«, fragte ich ihn, als wir auf der Insel von Lindau die Maximilianstraße hinaufgingen.

»Torsten Veith hat gewettet, dass er eines Tages die Mondgöttin heiraten würde, soviel ich weiß.«

»Und Gunter?«

»Dass er den Mond besitzt.«

Wir schlenderten Slalom durch Straßencafés, Kleiderständer, Werbetafeln und Touristen. Menschen mit elektronischen Kameras lichteten die mittelalterlichen Giebel und das bemalte Rathaus ab.

»Aber seine Mondgöttin, die hatte Torsten im Grunde ja gefunden«, bemerkte Richard nachdenklich.

»Was?«

»Die Mondstation ist nach Artemis benannt, der griechischen Mondgöttin.«

»Ach so, ja. Und worum haben sie gewettet?«

Richard zuckte mit den Schultern. »Worum wetten Buben in dem Alter?«

»Das sollten wir Gunter fragen!«

Richard blickte auf die Uhr. »Ich dachte sowieso, dass wir …«

Ein Knall fuhr durch die Gassen. Glasscherben klirrten. Jemand schrie. Cipión stellte beunruhigt die Ohren. Drei Menschen, die zügig losmarschierten, reichten, um auch Richard und mich und ein oder zwei Dutzend Schaulustige mitzuziehen. Auch das war ein Gesetz der Schwarmintelligenz.

Ein Junge kam uns mit zwei Rucksäcken und Taschen entgegengerannt. Im Eckhaus *Max Weindl* war in der Seitengasse das

Schaufenster zertrümmert. Handtaschen, Portemonnaies und Rucksäcke hatte es bis zur Hausecke vorgeschleudert.

»Ein Arzt!«, rief jemand.

Die Menge schubste Richard und mich nach vorn. In den Scherben hing ein Mann, mit dem Kopf drinnen und dem Körper draußen, erschlafft wie eine abgelegte Marionette. Er war schmächtig, trug ein kleinkariertes Sakko und schiefgelatschte Schuhe, welche die Verachtung ihres Trägers für Mode verrieten. Blut rann die grüne Hauswand hinunter und verteilte sich in den Ritzen des Kopfsteinpflasters.

Richard wandte sich hastig ab und boxte sich aus den Gaffern hinaus. Zwei Männer hoben den Leblosen aus dem Schaufenster und legten ihn aufs Kopfsteinpflaster. Ein mutmaßlicher Arzt beugte sich über ihn.

»Urplötzlich hot's 'n Schlag do!«, hörte ich es unter den Leuten brodeln. »Und na isch er scho drin ghängt. I hens it richtig gsähe. I moin, da isch einer wegsaut. Da nonder.«

Ich zog Cipión mit und drängelte mich durch den Pulk raus in das Sträßchen mit dem Namen Salzgasse. An einem Gulli war das Pflaster für Baumaßnahmen aufgerissen, Sand und Pflastersteine häufelten. Ein *Nightclub Monte Christo* warb herausfordernd gegenüber einer *Casablanca Bar*. Daneben wölbte sich der Eingang einer Goldschmiede mit einem offenen Flur. Das Treppenhaus war eng wie ein Schlot, zudem nur ein halbes Rund, in das sich halbrund die Treppen schmiegten.

»Such, Cipión, such!«

Der Dackel schnüffelte sich vom Treppenhaus zur Glastür weiter, hinter der ein Hinterhofcafé mit leeren Stühlen und Tischen dämmerte. Unversehens standen Cipión und ich wieder draußen im begrünten Schacht von Hinterhäusern. Ein übermannshohes Blechtor mit Spießen versperrte den Ausgang in die mittelalterlich schmale Gasse. Ich hätte es zur Not überklettern können, aber nicht mit Cipión auf dem Arm. Und ob die Schmier- und Wischspuren am Blechtor von heute waren, war auch zweifelhaft. Cipión fand sie nicht interessant.

Wohin wäre ich geflüchtet, wenn ich ein Schaufenster mit einem Pflasterstein eingeworfen und jemanden in die Scherben gestoßen hätte? Vielleicht hier herein, weil erst mal runter von der Gasse. Aber dann hätte ich mich besonnen und hätte mich … ja, natürlich, unbedingt … unter die Gaffer gemischt. Allein schon, um zu sehen, was ich angerichtet hatte. Ich trat wieder in die Gasse, hob mein Handy über den Kopf und knipste über die Menge hin, die sich zwischen *Nightclub Monte Christo* und *Max Weindl* um die Bemühungen des Arztes drängte. Ein Martinshorn näherte sich von fern. Ich verzichtete darauf, mich durch den Pulk auf die Maximilianstraße zurückzuboxen und eilte die Salzgasse hinunter. Da konnte ich auch gleich schnell nach links schauen und von der anderen Seite einen Blick in die mittelalterlich schmale Sackgasse mit dem Blechtor werfen. Cipións olfaktorische Langeweile war offenkundig, obgleich aus dem Restaurant des *Hotels Ratsstuben* ein betörender Duft nach Bratensoße herüberstrich. Ich gelangte hintenherum über den Rathausplatz, auf dem mir Dutzende Kameraaugen entgegenstarrten, die aber das Rathaus und das Glockenspiel meinten, zurück auf die Maximilianstraße. Ein Krankenwagen scheuchte Touristen beiseite und rollte zwischen Cafés und Straßenmöblierung hinauf. Ein Streifenwagen folgte.

Richard stand an einem Kübelgebüsch und hielt sich an einer Zigarette fest. Cipión wedelte sich den Hintern ab, als er ihn erschnüffelte. Der gar nicht hartgesottene Staatsanwalt bückte sich und streichelte den Hund, dankbar für Schlappohren und Leben, wenn in Sichtweite ein Leben zu Ende ging.

»Die Leute sagen«, rapportierte ich, »es habe einen Schlag getan, dann sei Ardan auch schon dringehängt, und jemand sei weggelaufen, die Salzgasse hinunter.«

»Ist es wirklich Ardan?«

»Zumindest trägt er dessen Schuhe und Jackett.«

Richard blickte vorsichtig zu *Max Weindl* hinüber, einem alten grünen Kasten mit verbeultem Blechschild an der Ecke inmitten von ansonsten renovierten Kleinodien, vor dem Krankenwagen und Polizeiauto hielten. Die Polizisten setzten sich die Mützen auf. Die Sanitäter holten die Trage aus dem Wagen. Die Menge schloss sich hinter den öffentlichen Helfern.

»Komm, Richard. Wir müssen mit der Polizei reden.«

»Worüber?«

Ich stutzte. Ja, sicher, es war nicht sein Hoheitsgebiet. Die bayrische Polizei wäre über die Gegenwart eines Staatsanwalts aus Baden-Württemberg grundsätzlich nicht erfreut gewesen. Schon gar nicht, wenn er sich als Zeuge aufdrängte, der eigentlich nichts gesehen hatte.

»Aber jemand hat einen Mordanschlag auf Ardan verübt! Ein Schaufenster geht nämlich nicht einfach kaputt, wenn einer hineintaumelt, nicht einmal, wenn man ihn hineinschubst. Da hat einer einen Pflasterstein in die Hand genommen.«

Richard zog die Glut fast bis in den Filter.

»Und wenn man sofort eine Fahndung auslöst, dann kriegt man ihn vielleicht noch. Es gibt nur die eine Brücke. Alle müssen darüber, wenn sie die Insel verlassen wollen.«

»Und nach wem genau sollte die Polizei fahnden?«

»Hallo, Richard! Torsten Veith ist tot. Und jetzt verblutet Michel Ardan in einem Schaufenster, keine zehn Minuten, nachdem er mit uns gesprochen hat. Einer, der Torsten Veith gekannt hat und heute Abend einen Vortrag halten und beweisen wollte, dass es Spuren von Seleniten auf dem Mond gibt.«

»Ach was! Das haben schon viele beweisen wollen, ohne dass sie zu Tode gekommen sind.«

»Dann eben Atomraketen. Man muss sich doch wenigstens das Manuskript und die Bilder seines Vortrags angucken! Wir brauchen Ardans Laptop. In welchem Hotel ist er denn abgestiegen? Weißt du das?«

Richard warf den schwelenden Filter in den Grünkübel. »Im *Hotel Ratsstuben* in der Ludwigstraße.«

Meine olfaktorische Erinnerung reproduzierte den betörenden Duft nach Bratensoße. »Da schau her! Das Hotel ist gleich da unten um die Ecke. Los, sag den Bullen Bescheid, auf dich werden sie hören. Wir müssen uns beeilen. Vielleicht erwischen wir den Täter sogar noch im Hotel!«

»Stopp, Lisa!« Richard schnappte mich am Ellbogen. »Wir müssen den Polizisten nicht sagen, wie sie ermitteln sollen!«

Ich riss meinen Ellbogen los. »Richard! Wir sind vielleicht die nächsten auf der Todesliste. Wir waren die Letzten, mit denen Ardan gesprochen hat, und zwar ziemlich konspirativ da oben auf dem Leuchtturm.«

»Komm wieder runter, Lisa! Und schlag dir diesen Agententhrillermüll aus dem Kopf! Ein für alle Mal: Niemand will Atomraketen auf dem Mond stationieren. Er eignet sich nämlich nicht als Abschussbasis, denn er kreist mit einer Geschwindigkeit von einem Kilometer pro Sekunde um die Erde und ist nur alle zwölf Stunden dort, wo man ihn gerade bräuchte. Und jetzt komm! Ich werde den ermittelnden Staatsanwalt in Kempten heute Abend anrufen, okay?«

»Wovor hast du eigentlich Angst, Richard?«

»Angst?« Richard gehörte zu den Männern, die auf dieses Wort mit hochgezogenen Augenbrauen und demonstrativem Unverständnis reagierten. »Weißt du was?«, schnarrte er. »Dann bleib halt hier und erzähl der bayrischen Polizei, was du zu wissen glaubst. Aber dann musst du selber zusehen, wie du wieder nach Friedrichshafen kommst.« Damit drehte er sich um.

Die Bresche, die er zwischen Kleiderständern und Straßenlokalen in die Passanten marschiert hatte, schloss sich hinter seinem Rücken. Cipión zerrte an meiner Leine, ihm hinterher. Was blieb mir anderes übrig? Richards Nerven waren eindeutig auch schon mal besser gewesen, dachte ich.

22

»Eine Eigenschaft des Raumschiffs Erde ist, dass keiner der Passagiere aussteigen kann. Wir sind gezwungen, die Reise durch das finstere All gemeinsam fortzusetzen, ob uns alle Mitreisenden sympathisch sind oder nicht.«
Der Overview-Effekt, Ulf Mehrbold, 1989

Die USA drohten dem Iran, weil er von der Urananreicherung nicht lassen wollte. Der Iran zeigte Tausende von Zentrifugen, die den Ingenieuren in der Cupola nur ein mitleidiges Gelächter entlockten. Mit offenem Hemdkragen schüttelte der schmächtige iranische Präsident seine Faust gegen Israel. Der russische Präsident Putin machte sich madig angesichts der amerikanischen Pläne, Raketen gegen Atomangriffe der Schurkenstaaten auf polnischem und tschechischem Boden zu stationieren. Und wie gebannt starrten die Bewohner des Habitats auf den Bildschirm im Schatten der Sonnenblenden, auf dem ein vom GSOC, dem Kontrollzentrum in Oberpfaffenhofen, heraufgeschickter Zusammenschnitt diverser Nachrichtensendungen lief. China gab einen Großauftrag an ein europäisches Konsortium bekannt: fünf Atomkraftwerke und zwei Fusionsreaktoren. Denn in absehbarer Zeit würde man auf dem Mond Helium-3 industriell abbauen.

Die Ingenieure lachten. »Die meinen uns!«

Das war die Reise unseres Ministerpräsidenten mit Gunter Maucher in der Delegation, fiel mir ein. Die Erde hat dich wieder!

»Schau dir das an«, wisperte mir Wim Wathelet hinters Ohr. »Wie sie dasitzen. Wie die Kinder, wenn das Sandmännchen kommt. Oder wie die Affen. Weißt du, Schimpansen, denen man Bilder von Affenhintern zeigt, lassen dafür sogar den Kirschsaft stehen.«

Ich drehte mich um. »Wim, was ich vorhin schon fragen wollte: Hast du heute schon versucht, mich umzubringen?«

Der belgische Arzt zog die Brauen hoch.

Die französischen Nachrichten zeigten den Zaun von Heiligendamm und meldeten, dass ein Gericht während des G8-Gipfels Demonstrationen von Globalisierungsgegnern verboten habe. Der Kindergarten hatte sich nicht wirklich weitergedreht in den paar Tagen meiner Abwesenheit dort drüben auf der blauen Marmorhalbkugel, die knapp über dem anthrazitfarbenen Horizont stand, über Kopf, mit dem Südpol nach oben und so klein, dass man sie mit dem Daumen verdecken konnte. Sie würde immer an derselben Stelle überm Horizont stehen, während sie sich samt Wolken, Ozeanen, Kontinenten und Kindergarten um sich selbst und die Sonne drehte und wir um sie kreisten.

»Übrigens«, sagte Wim Wathelet, »Leslie Butcher erwartet dich unten.« Er nickte Richtung Treppe, an der die israelische Neurologin stand und mich herbeiwinkte.

Ich erhob mich gegen alle Schwerkraft eines eingeschlafenen Kreislaufs und folgte Zippora Eschkols schweren Hüften. Die Treppen des spinalen Treppenhauses sangen unter unseren Tritten. Rundum brummten, rauschten und blinkten im weißgrauen Computereinerlei die Apparate und Messgeräte der Lebenserhaltungssysteme, die mit ihren Tanks und Aufbereitern in die unterlunare Tiefe gebaut waren.

Der Kommandant hatte im dritten Sub mit der Kommandozentrale so etwas wie ein eigenes Büro. Es befand sich in einem Eckchen hinter Gerätewänden und enthielt einen Tisch, auf dem die US-Flagge stand. Für die Computerkonsole der Assistentin, HF-Ingenieurin Tamara, war eigentlich kein Platz mehr. Sie saß halb unter einen Feuerlöscher geduckt, als Zippora und ich eintraten.

»Uns liegt die Antwort auf unsere Anfrage ans Kontrollzentrum vor«, eröffnete Butcher. »Im Datenblatt des EAC steht: Dr. Michel Ardan, Kreuzchen bei *male*, nicht bei *female*.«

»Immer schwierig bei Cyborgs mit den Kreuzchen«, sagte ich.

Der Tic unter seinem linken Auge zappelte. Butchers Augen waren so grau wie die Einbauschränke und Computerverkleidungen, die uns umgaben, Erschöpfung hing ihm von den Backenknochen und ballte sich in den Kaumuskeln zu grimmiger Beißkraft.

»Es ist jedenfalls nicht unsere Schuld!«, plapperte Tamara sich fehlerfrei. »Selbstverständlich werden wir dir ein anderes Quartier zuteilen. In unserer Frauen-WG im ESA-Modul ist noch eine Koje frei.«

»Und der Rest, stimmt der?« Butcher räusperte sich. »39 Jahre, Nationalität: Franzose, gebürtig in Marseille, Studium an der Sorbonne, Bioinformatik, Veröffentlichungen über Schwarmintelligenz und Ameisenalgorithmen, zwei Jahre Südamerikakorrespondent für *Le Monde*, unverheiratet, keine Kinder.« Er runzelte die Stirn. »Verschwörungstheoretiker, Friedensaktivist.« Der Kommandant blickte mich an und zwängte ein Lächeln unter die Backen. »Wenn die Bemerkung gestattet ist: Kein Volk auf der Erde ist so friedliebend wie das amerikanische.«

»Ohne Zweifel«, sagte ich.

Zippora Eschkol runzelte die Stirn.

»Also, was ist mit den biografischen Daten?«, hakte Leslie Butcher nach. »Zutreffend oder nicht?«

»Ich bin nicht verheiratet und habe keine Kinder. Und ich bin Journalist.« Kurios, geradezu bewusstseinsändernd, diese Sprache, die kaum weibliche Endungen kannte, genauso wenig wie den Unterschied zwischen Respekt-Sie und Vertraulichkeits-Du. »Und was diese fucking Ameisen betrifft, das kriegen wir schon hin.«

Butcher lächelte martialisch. »Kill sie, diese verdammten Biester, und du bekommst von mir eigenhändig einen Orden für Verdienste um die Artemis.«

»Yes, Sir. Übrigens, ich hätte da noch eine Bitte.«

Butchers Backe tickte.

»Ich müsste dringend mit jemandem auf der Erde Kontakt

aufnehmen. Es geht um meinen Hund, einen Dackel … Er heißt Cipión.«

Butcher zog die Brauen hoch. Seine Kiefer schwollen.

»Er ist mir in Süddeutschland abhandengekommen. Und nun möchte ich einer Freundin Bescheid sagen, dass sie ihn sucht. Versteht ihr? Da zählt jeder Tag!«

Zippora runzelte die Stirn. »Ich habe den Eindruck, dass du dich über uns lustig machst.«

Ich blickte in kohlschwarze Augen. Sie senkte ihren Blick rechtzeitig, bevor es in ein Blickfechten ausgeartet wäre.

»Tamara wird dich in die Kommunikation einweisen«, sagte Leslie Butcher. Seine Stimme knarrte wie die Tür zum Hades. »Und in alles andere, was du nicht weißt.«

»Gern«, meldete sich Tamara unter ihrem Feuerlöscher. »Nur sollte ich jetzt erst einmal die EVA- und Laborbelegungspläne neu machen. Krzysztof hat sich beklagt, dass er zu wenig Zeit hat. Giovanni will nichts abgeben, und Sergei, na ja, der pocht wieder mal aufs russische Prinzip.«

»Komm, Michelle. Ich zeig's dir.« Zippora zupfte mich am Ärmel aus dem Büro des Kommandanten, in dem, noch ehe wir raus waren, andere, vermutlich wichtigere Sorgen das Regiment übernahmen.

Mir schwindelte kurz. Eine schwere, klebrige Luft sank mir in die Lunge. Sie machte keine Hoffnung auf Erfrischung, so tief ich auch einatmete. Und eigentlich wollte ich gerade diese angeschwitzte, aufgeheizte und ausgedünstete Luft nicht atmen. Panik flutete mich. Einen Ausweg ließ das Gewinkel aus grauen Wänden mit Schaltkästen, Kabelgirlanden, Luftschläuchen und Werkzeugen nicht erkennen. Es kam mir vor, als zwängten wir uns durch die Kutteln eines riesigen Robotertiers. Und unser einziger Weg hinaus war der durch den Anus mit dem Kot in den Tod.

»Vorsicht«, hörte ich Zippora raunen. »Treib's nicht zu weit. Man unterschätzt Butcher leicht.«

»Wieso muss Tamara die Laborbelegungspläne neu machen?«, fragte ich, um mich von meiner Luftnot abzulenken.

»Ja, die Laborzeiten! Das ist absurd.« Sie lachte kurz. »Im Prinzip stehen von den Laborkapazitäten der ESA und den Japanern 51,2 Prozent zu, der NASA 46,7, Brasilien 2,3 Prozent. Von den Nutzungsrechten entfallen wiederum 76,6 Prozent auf die USA, 12,8 Prozent auf Japan, 8,3 Prozent auf Europa und 2,3 Prozent auf Brasilien. Hier entlang!«

»Auf dem Mond ist alles ein Knobelspiel, wie mir scheint.«

»Könnte man so sagen! Bis vor zwei Monaten hat das niemanden gekümmert. Dann fing einer an, die Nutzungszeiten mit der Stoppuhr zu überprüfen. Labore, Roboter, Rover, EVAs, einfach alles.« Sie lachte resigniert. »Ein Deutscher.«

»Torsten Veith?«

»Hoffentlich ist dieser Giffhorn nicht auch so einer.«

»Gonzo ist Astronom. Der hat seinen Urknall.«

Zippora gab sich wieder Mühe zu lachen.

In einer Ecke befand sich ein rotes Schild, auf dem *Radio High Moon* stand. Sie enthielt Mikro und Kommunikationstechnik vom Boden bis zur Decke.

Ich stolperte auf den Stufen im spinalen Treppenhaus.

»Ja, die sind falsch«, plauderte Zippora. »Das hat Tamara schon auf ihrer Liste der verbesserungsbedürftigen Dinge stehen. All die schönen Entwürfe für eine spezielle Mondarchitektur mit größeren Stufenabständen kannst du in die Tonne treten. Der Mensch gewöhnt sich leichter an seine Leichtigkeit, als dass er Bewegungsabläufe umstellt. Wir stolpern hier alle. Da hinein.«

Pjotr, Rhianna und Franco klapperten an Computerkonsolen.

»Der private Kontakt mit der Familie ist für die Astronauten enorm wichtig«, erklärte Zippora. »Vor allem, wenn sie wie die meisten unserer Stammbesatzung schon über ein Dreivierteljahr von zu Hause weg sind. Da wollen sie wenigstens Bilder und Filme von ihren Angehörigen sehen, ihre Stimmen hören. Das stabilisiert und motiviert.«

»Klar!« Mir floss förmlich das Wasser im Mund zusammen bei der Aussicht, mit meiner Botschaft, die ich gleich senden würde, in Sallys Schlafzimmerecke in der Urbanstraße einzubrechen, wo sie ihren Computer stehen hatte. Wenn sie daran saß – auf meinem Teil der Erde war es jetzt auch Abend – und chattete, würde sie mir sofort antworten. Was für eine Seligkeit stand mir bevor: Kontakt und Heimat! Ja, der Downlink war überlebenswichtig. Das stand außer Frage.

»Sonst«, fuhr Zippora, immer noch erklärend, fort, »sonst bekommen Banalitäten eine übergroße Bedeutung, kindische Streitereien brechen aus.«

»Jaja, verstehe!«, sagte mein kommunikativer Autopilot, während sich jede Faser in mir auf die Überraschung freute, die ich Sally gleich bereiten durfte. »Aber passiert das hier nicht gerade seit einigen Monaten?«

»Das hat andere Gründe.«

»Welche?«

Ich hörte mir kaum zu, geschweige denn Zippora. Sie redete, als hätte ihr seit Jahren keiner mehr zugehört. Vielleicht auch so ein Symptom von Mondkoller. Während ich mich fragte, worauf wir eigentlich warteten, schwallte sie mich zu mit Streitigkeiten über explorative Roboter, die draußen nach allem Möglichen suchen sollten, nach protoplanetarischem Staub, Antimaterie, Seltenerden, terrestrischem Urgestein und Planetoidentrümmern für diverse Forscher und nationale Projekte. »Da geht es um Politik«, hörte ich. »China und Russland suchen im Aitken-Becken nach Referenzgestein für die Herkunft des Mondes.«

Meine Seele begann zu zittern vor Gier. Vielleicht würde Sally mir ja sogar mitteilen, dass Richard die Explosion überlebt hatte. Bitte, bitte, sei so lieb …

»Sie sprechen bereits von Sabotage, weil der Roboter mit Tonnen von Steinen im Aitken-Becken feststeckt. Torsten Veith …«

»Was?« Ich schreckte aus meinem inneren Taumel.

Zippora lachte. »Worum geht es letztlich bei Streitereien? Um den Rang in der Gruppe, darum, welche Videos geguckt werden und wer das beste Stück Fleisch bekommt. Emotional sind wir Affen. Mein Forschungsgebiet ist die Synergetik, die Selbstorganisation von Systemen, auch menschlichen: Frontenbildung, Imageasymmetrien, Pferchungsstressbewältigung. Wir wollen ja eines Tages zum Mars fliegen, nicht?«

Mir wurde erneut schwindelig. Entweder ich erlitt gerade einen Herzinfarkt oder einen Kreislaufkollaps. Doch Zippora redete und redete.

»Technik können wir kontrollieren, aber den Menschen nicht. Er ist unberechenbar.«

»Welche Rolle hat Torsten hier gespielt?«, riss ich mich an den Haaren aus der Ohnmacht.

»Torten Veith hatte immer was auszusetzen an der Organisation hier oben. Er hat unserem Kommandanten Butcher vorgeworfen, das Scheitern von Lunochod 14 im Aitken-Becken bewusst in Kauf genommen zu haben, um einen Konflikt mit China und Russland zu provozieren. Aber auch Torsten ging es nur um seine eigene Positionierung in der Gruppe. Darum geht es letztlich immer, egal, welche Sachfragen diskutiert werden. In unserem Fall hat es dazu geführt, dass auf einmal alle allen unterstellten, sie seien nur auf ihren nationalen oder persönlichen Vorteil bedacht. Alles ist sehr kompliziert geworden. Es regieren die Formalitäten. Die Roverfahrer verlangen nun für jeden Transport exakte Abrechnungen. Die ehemaligen Ostblockler haben sich zusammengeschlossen und berufen sich aufs uralte *Moon Agreement*, wonach Russland alles gehört, was es bringt. Daraufhin haben alle angefangen, ihr Eigentum zu kennzeichnen, vom USB-Stecker bis zu den Gebäuden.«

Ich blickte mich um. Auf jeden Fall klebten über den Türen der jeweiligen Module die Logos nationaler Weltraumagenturen. Die von NASA und Roskosmos bestanden aus planetaren blauen Kreisen oder Ellipsen mit rotem Pfeil. ESA und JAXA setzten auf blaue Buchstabenkunst.

»Wir haben sogar die Quartierbelegung ändern müssen und alle aus den ehemaligen Ostblockstaaten ins russische Modul gesteckt. Daraufhin hat Krzysztof Skarga plötzlich Protest eingelegt. Bei der derzeitigen politischen Lage könne man einem Polen nicht zumuten, mit einem russischen Mafioso – er meinte Pjotr Turenkow – und einem russischen Offizier – also Artjom Pilinenko – den Raum zu teilen. Wir haben ihm das japanische Modul angeboten, aber er wollte auch nicht mit einem Deutschen zusammen schlafen.«

»Mit Torsten.«

»Sein Tod hat viele erschreckt. Da geht einer alleine raus, weil man ihm die EVAs gestrichen hat. Unter Missachtung aller Vorsichtsmaßnahmen.«

»Hat nicht auch das Leitsystem versagt? Zeus?«

»Das hat letztlich keine Rolle gespielt. Torsten hat seine Uhr nicht getragen. Für Zeus sah es so aus, als schliefe er in seinem Quartier … Ah, Rhianna, du bist fertig? Alles okay daheim? Die Kinder sind gesund?«

Die Zeugin Gottes, die mich vorhin bezichtigt hatte, nicht Michel Ardan zu sein, nickte.

»Setz dich, Michelle«, sagte Zippora. »Hätte Torsten überlebt, hätte Butcher ihn allerdings mit der nächsten Fähre hinuntergeschickt.« Neben mir summte eine Zentrifuge. »Ein solcher Regelverstoß kann nicht hingenommen werden. Butcher ist da sehr konsequent. Muss er sein.«

Zipporas laute Stimme fing an, in meinem Schädel Echos zu produzieren.

»So, jetzt tippst du deinen Namen … Ich würde Michel vorschlagen … und dann legst du deinen Finger hier aufs Digiread.«

»Zugriff verweigert«, meldete der Bildschirm.

Rhianna war mit unter dem Busen verschränkten Armen in der Tür stehen geblieben.

Ich tippte »Michelle Ardan« in die Anmeldemaske und legte meine Fingerkuppe erneut aufs Lesegerät.

»Zugriff verweigert.«

»Ein falsch geschriebener Vorname kann ja vorkommen«, überlegte Zippora. »Aber bei einem Fingerabdruck kann es keine Verwechslung geben. Lass mich mal.«

Sie schubste mich vom Schemel und fing an, die Tastatur zu behacken. Ihr gewährte der Computer brav Zutritt. Rhianna, die mich über Zipporas schwarzen Scheitel hinweg ausführlich gemustert hatte, zog eine spöttische Schnute, ließ die linke Braue springen, stieß sich vom Rahmen ab, drehte sich um und verschwand aus unserem Sichtbereich.

Meine Seele schleuderte in der Zentrifuge. Dazu kreiste Zipporas Stimme wie in Kaleidoskop hinter meinen Augen.

»Was war Torsten für ein Mensch?«, fragte ich, um nicht vor Ungeduld zu zerspringen. »Ein Einzelgänger?«

Zippora rief erst einmal ihre E-Mails ab. Viele hebräische Buchstaben.

»Nein«, sagte sie. »Einzelgänger kommen hier nicht rauf, Michelle. Die fallen durch die Tests. Nein, Torsten war eher überengagiert, würde ich sagen. Solche Typen können plötzlich umkippen, wenn sie sich … gemobbt fühlen. Ein verletzendes Wort … Morten Jörgensson kann manchmal die Klappe nicht halten. Er fand Torsten zu ehrgeizig.«

Auf Englisch hieß das ähnlich wie im Französischen: *ambitious.*

»Und mit Giovannis besonderem Humor ist Torsten überhaupt nicht zurechtgekommen. Giovanni spielt gern den arbeitsscheuen Italiener. Ist dir nicht gut, Michelle? Du bist ganz grün!«

»Ich glaube, ich muss …«

»Setz dich!« Zippora zog mich auf den Schemel und klopfte mir resolut auf die Backen. »Werd mir bloß nicht ohnmächtig!«

»Ich muss nur mal schlafen. Seit drei Tagen habe ich nicht mehr richtig geschlafen. Und gegessen habe ich heute auch zum ersten Mal wieder was …«

»Ach Gott, Kindchen. Was machst du nur für Sachen! Komm, ich bring dich ins Bett.«

»Aber erst muss ich …«

»Nichts da! Du gehst ins Bett. Das ist ein Befehl!«

Sie hieb den Finger auf die Tastatur, und das elektronische Fenster zur Erde schloss sich. Ich hätte beinahe geheult.

23

> »Die Freuden der Liebe sind im Monde gänzlich unbekannt; denn sowohl unter den kochenden Geschöpfen als allen übrigen Tieren gibt es nur ein einziges Geschlecht.«
> *Abenteuer des Freiherrn von Münchhausen*, Gottfried August Bürger, 1786

Mein ganzes Sein sehnte sich nach Nacht und Nichts. Ich war fertig mit der Welt und zugleich tagwach. Du bist auf dem Mond, dachte ich, das sollte dich erstaunen. Es fühlte sich an wie damals, als meine Eltern zum ersten Mal mit mir in die Ferien gefahren waren und mich unter einem riesenhaften Federbett in einem Landgasthofzimmer allein gelassen hatten. Das Bettzeug roch fremd, es knackte im Haus, Stimmen murmelten den Gang entlang, Schweinwerfer vorbeifahrender Autos rasten über Wand und Zimmerdecke. Mir gegenüber ächzte das Gespenst des Schranks und in meinem Herzen das Heimweh.

Vielleicht hätte Sally mir ja tatsächlich geantwortet: »Richard? Wieso tot? Und du auf dem Mond? Willst du mich verkackeiern?«

Wie soll ich denn da schlafen, unter derartig federleichter Bettdecke und ohne recht einzusinken in der Matratze?, dachte ich und kippte schon weg. Gleich darauf schreckte ich wieder hoch. Gleißendes Licht flutete meine Augendeckel. Ich riss die Augen auf, aber es war stockfinster im Quartier. Eine Halluzination? Eine Folge der Überanstrengung von drei Tagen Kopfstand in der Schwerelosigkeit? Ich sank halbwegs beruhigt zurück an die Grenze zum Schlaf, doch wieder riss mich das Leuchten zurück. Es fing an einem Punkt an, explodierte und verflackerte nach ein bis zwei Sekunden, weiß, rot, blau. Ein Hirntumor? Das auch noch, dachte ich. Aber es regte mich nicht einmal mehr auf. Einzig wichtig war doch nur der Downlink zu Sally. Und den würde ich morgen hinkriegen! Koste es, was es wolle. Darüber schlief ich ein. Man hätte mich im Schlaf ermorden können, es wäre mir egal gewesen.

»Ich hab ihm das Messer da hingehalten, worum er am meisten Angst hatte, eh? Und wie er rückwärts sprang, hab ich ihm noch den Absatz in die Eier gedrückt!«

Gelächter weckte mich. Gemurmel hing in der Luft, Düfte, Lampenlicht. Das Quartier hatte sich urplötzlich in ein Mädchenpensionat verwandelt. Gail saß in Schlüpfer und Unterhemd auf der Bettkante und lackierte sich die Fußnägel. Ihre Brüste baumelten halterlos im Hemd. Sie war es, die eben von Eiern und Messern erzählt hatte.

Yanqiu bürstete sich das glatte schwarze Haar. Sie hatte nur noch Schlüpfer und BH an. Ihr nackter Bauch warf kleine Falten, während sie sich vornüberbeugte und vom Nacken über den Kopf bürstete. Das Haar schwebte fast wie Haar im Wasser. Es fiel nur langsam.

»Oh, haben wir Cyborg geweckt?«, fragte Gail.

Yanqiu strich ihr Haar zurück, drehte sich zu mir um und lächelte. »Übrigens, man gewöhnt sich daran!«

»Woran?«

»An das Augenleuchten. Es passiert nur, wenn die Sonne auf diese Seite scheint. Es kommt von solaren Protonen, die auf die Außenwand treffen und Sekundärteilchen freischießen.

Wenn sie die Retina erreichen, dann gibt es Wetterleuchten im Auge.«

»Ach so!« Als Journalistin las man ja so allerlei, was man nie im Leben brauchte, aber so was hatte ich nie gelesen. Immerhin litt ich nicht an Schizophrenie oder einem Hirntumor. Eine Sorge weniger!

Ich schlug die Hände unter den Kopf. Wohltuende Frische herrschte in meinem Kopf. Glückliche Gemütlichkeit. Yanqiu hatte auf dem winzigen Tisch unterm Bullauge Cremetöpfchen aufgestellt. Irgendwo hatte ich in fernen Tagen gelesen, dass ein Kilo Weltraumfracht zehn- oder zwanzigtausend Euro oder Dollar kostete. Jedenfalls viel.

»Nagellack«, bemerkte ich.

»Tja, wir sind noch Frauen!«, kokettierte Gail. »Auch wenn du da schon drüber raus bist.« Sie stemmte sich gegen das Knie und versuchte, über den auf die Bettkante gestellten Fuß zu blasen. »Und zwanzig Gramm hatte ich noch frei.« Sie blickte kurz auf. »Wir dürfen anderthalb Kilo persönliches Gepäck mitnehmen.« Sie fächelte den lackierten Zehen mit der Hand Luft zu. »Und ihr?«

»Ich habe eh nichts mit.«

Die Aborttür schwang auf und Rhianna erschien mit nackten Beinen und im Artemis-T-Shirt, das ihr bis knapp unter die Pobacken reichte. Eine Wolke Parfüm – das der Waschtücher – begleitete sie zu ihrer Koje, die sich genau über meiner befand.

»Und wer schläft hier sonst noch?«

»Zippora«, antwortete Yanqiu und deutete auf die Koje an der Türseite. »Sie kommt erst später. Sie braucht nur vier Stunden Schlaf, sagt sie. Und Tamara hat noch zu tun.«

Meine Uhr zeigte halb elf. Ich wusste, draußen herrschte gleißende Helligkeit, die Sonne knallte direkt auf die Außenwand. Aber das verschlossene Bullauge und das elektrische Dämmerlicht reichten aus, um ein Jugendherbergsnachtgefühl zu erzeugen. Fehlte nur noch das heimliche Rauchen.

Gail schraubte ihr Nagellackfläschchen zu und fächelte Luft über ihre Zehen. Ich gönnte mir einen Blick in den Zwickel ihres Schlüpfers. Schamhaar kräuselte seitlich hervor. Ihre Fingernägel blieben unbehandelt.

»Nein«, sagte sie mit aufreizend müdem Augenaufschlag. Sie hatte meinen Blick abgefangen. »Die Fingernägel wären reine Verschwendung. Das hält keinen Tag.«

»Aber an den Füßen«, bemerkte Rhianna in dem ihr offenbar eigenen Ton nörgelnder moralischer Überlegenheit, »da sieht es doch keiner!«

Doch, ich zum Beispiel, dachte ich, und Yanqiu, und du, Rhianna. Und du regst dich sogar darüber auf. Das ist der Zweck der Sache.

Gail sah nach der Sorte Frauen aus, die es aufgegeben hatten, sich über die Größe ihrer Nase und die Geringfügigkeit ihres Kinns zu grämen, und ungeniert nach eigenen Maßstäben lebten, mit lackierten Fußnägeln in Moonboots. Rhianna dagegen gehörte eher zu denen, die ihre eigene Enge anderen überstülpen musste, damit sie sich selbst nicht zu kurz gekommen fühlte. Mit nackten Beinen und bedeckter Scham stieg sie die zweistufige Leiter hinauf. Die Liege über mir nahm sie auf. Ich hörte das Geraschel der Decke, die Rhianna über sich zog.

Yanqiu begann, die Haare aus den Borsten zu zupfen, sorgfältig, langsam, akribisch. Gail stellte beide Füße auf den Boden, wackelte mit den Zehen und betrachtete zufrieden den feuerroten Lack. Yanqiu tauschte die Bürste gegen einen Tiegel Feuchtigkeitscreme und begann sich Hände und Arme zu salben. Gail stand auf, warf Rhianna, die über mir lag, einen kurzen Blick zu und setzte sich zu mir auf die Bettkante.

Unter meiner Decke breitete sich schlagartig Hitze aus. Gail lächelte versonnen und zupfte die Decke von meiner Brust. Ihre Hand mit den abgekauten Nägeln legte sich schwer auf mein Brustbein, schob meinen Hemdträger beiseite und fing eine meiner Brüste ein. Offenbar hatte ich mich bis auf Hemd und

Schlüpfer ausgezogen, bevor ich ins Bett fiel. Erinnern konnte ich mich nicht, aber zivilisatorische Reflexe saßen tief. Oder hatte Zippora mich entkleidet? Egal. Es kostete mich alle Selbstbeherrschung – süße Qual! –, meine Hände unterm Kopf verschränkt zu lassen.

Yanqiu salbte sich vom Bauch zum Rücken vor. Unglaublich, wie gelenkig sie war. Bis zu den Schulterblättern kam sie mit ihrer Hand.

Und ich lag in meiner Koje mit unter den Kopf geschlagenen Armen, entblößten Achseln und ungeschützten Brüsten und ließ fremde Hände mich erobern, passiv wie nie, gleichgültig im Herzen und heißer denn je. Ungeahnt köstlich war die Anstrengung der Reglosigkeit, die Anspannung der Passivität. Gail beugte sich vor und stippte die Zunge gegen meine Brustwarzen. Dabei zog sie meinen linken Arm unter meinem Kopf hervor, knaupelte mit flinken Fingern die Transponder-Uhr von meinem Handgelenk und streckte ihren Arm aus.

Yanqiu nahm die Uhr ab und schnallte sie sich um ihren dünnen Oberarm. Danach löste Gail ihre eigene Uhr und reichte sie ebenfalls fort. Yanqiu schnallte sie sich um die Fußfessel.

»Damit es keine Lücke im Pulsprotokoll gibt«, wisperte Gail und bohrte die Zunge in meinen Bauchnabel. »Wie gut du riechst! Noch ganz frisch! Nicht so stinkig wie wir alle.«

Yanqiu machte sich daran, ihre Beine einzucremen, den Schenkel hinab, die Innenseite der Schenkel, die Kniekehlen.

Währenddessen zog Gail mir das Hemd über den Kopf und warf es hinter sich. Dann hakte sie ihre abgekauten Fingernägel unter den Bund meines Schlüpfers und zog ihn mir von Becken und Backen, die Schenkel hinab über Knie und Füße und schleuderte ihn in den Raum. Endlich überfielen mich ihre Hände und fanden den Weg aller Wege.

24

»Durch Öffnungen floss das Öl zweieinhalbmal so langsam wie auf der Erde unter gleichen Bedingungen.«
Auf dem Monde, Konstantin Ziolkowski, 1893

Zum Frühstück gab der Kombüsenautomat in der Cupola platzsparende Cracker aus. Aber ohne Erdnussbutter und Ahornsirup ging es bei den Amerikanern auch auf dem Mond nicht. Der Kaffee war heiß und koffeinhaltig. *Radio High Moon* dudelte Hits aus den fünfziger Jahren. Mohamed bin Salman al-Sibarai'I und der südafrikanische Diamantenhändler Eclipse von Wijk spielten Schach auf einem Plastikbrett mit Steckfiguren.

Mit Kaffee und Crackern stellte ich mich ans Panoramafenster. Die Erde stand, auf eine blaue Halbkugel reduziert, von Wolken gestreift über dem Mondgebirge. Das Wetter war dasselbe wie gestern. Die Sonne schien, der Himmel war schwarz. Morgen würde es genauso sein, denn es gab kein Wetter. Die Sonne schien immer. Dennoch sah heute alles anders aus. Es dauerte eine Weile, bis mir klar wurde, dass einfach nur die Schatten weitergewandert waren, welche die tiefstehende Sonne auf ihrem Monatsweg um die Südpolstation herumschwenkte. An einer Straße leuchtete auffällig ein Vorfahrtsschild, das ich gestern nicht gesehen hatte.

Auch bewegte sich heute unten etwas. Fahrzeuge mit großen Rädern rollten geschäftig an roten und gelben Rohrleitungen entlang und zwischen Hütten hindurch. Die Reifen sahen aus, als bestünden sie nur aus Felgen. Denn Gummireifen machten auf dem Mond keinen Sinn. Luft hätte sie bei null Atü außerhalb bockelhart gemacht, der scharfe Staub nutzte sie zu schnell ab und Profile brauchten sie auch keine. Es war nie feucht und rutschig. Und Metallreifen konnte man, wenn sie abgeraspelt waren, problemlos wechseln und zu neuen umschmelzen, oder wie auch immer man diese Alufelgen herstellte.

Die Räder schaufelten übrigens trotzdem reichlich Mondstaub hoch, der bleiern und träge wieder zu Boden fiel. Kein Wind wehte kleine Stäubchen davon, und kein Luftwiderstand hinderte die kleinsten Körnchen daran, genauso schnell oder langsam zu fallen wie große Körner oder Steine. Es war auch kein Ton zu hören, obgleich ich die Maschinen vibrieren sah. Auch im Bohrturm drehte sich das Gestänge lautlos. Der Mensch, der im weißen Raumanzug mit dem verspiegelten Visier bei ihm stand, brauchte keinen Gehörschutz zu tragen. Zum ersten Mal kam es mir komisch vor, dass wir in Filmen die Raumschiffe im luftleeren All immer ohrenbetäubend tosen hörten.

Ich stellte meinen leer getrunkenen Becher in das Abfallfach des Kombüsenschranks. Er machte die Klappe zu und schluckte ihn. Sehr schön. Nur komisch, dieses Klappern hinter dem Schrank. Ich umrundete ihn. Er spuckte Becher und Teller hinten wieder raus in eine Schublade, die bereits übervoll war. Ich zog sie heraus.

»Wo kommt das dreckige Geschirr hin?«, rief ich den beiden Schachspielern zu.

»In den *food stock*«, antwortete der Südafrikaner, ohne aufzublicken. »Erstes Sub.«

Dort hockte zwischen Regalen mit silbrigen Nahrungspäckchen und gleichmäßig über die geringe Bodenfläche verstreuten schmutzigen Bechern und Tellern neben einer offenen Spülmaschine Yanqiu und schluchzte.

Ich stellte den Container mit Frühstücksgeschirr in der Tür ab. Yanqiu wischte sich hastig die Tränen weg. Ich kickte den Müll beiseite und setzte mich neben sie auf den Boden. »Was ist denn los?«

Zwischen den Tellern wuselten zwei dunkle Punkte fort. Ameisen?

»Es ist nichts«, hauche Yanqiu. »Ich weine nicht. Die Spülmaschine hat mich nur geärgert. Der Druckschlauch ist geplatzt.«

»Bist du hier die Küchenhilfe oder was?«

»Unsere Gäste sollen doch einen schönen Blick haben beim Essen. Aber das Lager muss natürlich im Sub sein, falls wir das obere Habitat evakuieren müssen. Und jemand muss den Rehydrator füllen und das Geschirr hinuntertragen und in die Spülmaschine tun. Das ist alles.«

»Aber warum du?«

»Jeder tut seine Pflicht. Es ist eine Ehre, hier zu sein. Ich werde meinem Land keine Schande machen. Vier Jahre habe ich in der Wüste mit Rovern trainiert, ich hatte die besten Ergebnisse, deshalb hat man mich als Taikonautin ausgewählt. Ich kümmere mich um die Raumanzüge. Man verlässt sich auf mich. Aber ich … ich war noch nie draußen.«

»Warum beschwerst du dich nicht?«

»Man kann es sich nicht aussuchen. Ich wünschte mir nur, dass andere das auch so sehen würden.«

»Welche anderen? Torsten Veith?«

»Der nicht! Torsten hat sein Leben lang davon geträumt, auf dem Mond zu sein.«

»Und er wollte die Mondgöttin heiraten«, spöttelte ich.

Yanqiu sprang hoch wie gekniffen. Vielleicht lag es nur daran, dass Gail plötzlich in der Tür stand. In der Hand am sehnigen Arm im T-Shirt-Ärmel hielt sie einen Schraubenschlüssel von den Ausmaßen eines Saurierknochens.

»Was wird das hier?«, schnarrte sie. »Und wie sieht es hier aus?«

»Der Schlauch ist geplatzt«, hauchte Yanqiu und flatterte umher, die Becher aufsammelnd.

Ich war schneller auf den Füßen und flog höher als gedacht. Gut, dass die Decke gepolstert war.

»Und du, Cyborg, Baby«, knirschte Gail zwischen den Zähnen hervor, »komm doch bitte mal kurz mit.« Ruppig zog sie mich aus der Speisekammer. Ihre abgenagten Fingernägel gruben sich in meine Ellenbeuge.

»He!«

»He, du! Was wolltest du eben von Yanqiu, he?«

»Ganz ruhig, Gail, Darling! Und sei so nett und lass mich los, ja?«

Gail lockerte ihren Griff, bevor ich erwog, eine kleine fiese Judotechnik anzuwenden. Ihr müder Augenaufschlag, vor allem der Niedergang der Lider auf Zweidrittelniveau der grauen Iris war von berückend humorlosem Besitzerstolz.

»Weißt du«, säuselte ich, »Yanqiu findet es gar nicht spaßig, euren Dreck wegzumachen, eh!«

»Ha! Finde ich es vielleicht spaßig, verstopfte Klos auszuräumen?«

»Sag bloß, ihr Weiber macht hier die Putzkolonne!« Ich zwickte sie in den Bauch.

»Lass das!«, zischelte sie halb lächelnd und schickte einen warnenden Blick zu einer der vielen Kameras hinauf. Offenbar waren es die Kameras in den Treppenzwickeln jedes Stockwerks, die für unsere Überwachung zuständig waren.

»Und was hast du vor mit dem Teil?«, lenkte ich ab und deutete auf den Schraubknochen. »Jemanden erschlagen?«

Sie feixte ihr Kinn weg. »Die Duschzelle im Biolab …«

»Ah! Sag, woran lag's, dass die Luftzufuhr nicht funktioniert hat?«

»Sie hat funktioniert, Cyborg, Baby.«

»Aber …«

»Schau mal! Das Biolab hat eine komplett isolierte Luft- und Wasserversorgung. Dem Habitat gegenüber herrscht außerdem Unterdruck. Nicht dass wir plötzlich alle die Beulenpest kriegen.« Gail lachte. »Klar kann man die Luftversorgung im CC unterbrechen. Aber das hat niemand getan.«

»CC?«

»Command and control, die Zentrale, Cyborg, Schätzchen!«

»Aber, wenn jemand in böser Absicht …«

»Dann hätte er den Admincode gebraucht oder den ID-Code des Artemis-CDR oder seines Vizes. Und wenn im Biolab Druckabfall geherrscht hätte, dann hätte im CC ein rotes Lämpchen geleuchtet, und das wäre Abdul aufgefallen. Ihm ist aber nichts aufgefallen.«

»Sagt er.«

Gails gezupfte Brauen – eine Verschwendung an Schönheitsleiden bei dem Gesicht ohne Kinn – zuckten genervt. »Hyperventilier nicht, ja? Es gibt Protokolle von allem, Cyborg, Baby. Hier kann keiner einen lassen, ohne dass es in irgendeiner Datenbank Spuren hinterlässt.«

»Und wo bezieht die Nasszelle ihre Luft her?«

»Aus dem Biolab.«

»Folglich gibt es dort ein Ansaugloch, richtig? Sind es auch Schläuche, die zur Duschzelle führen? Wenn jemand einfach drauftritt …«

»Cyborg, Baby! Du versuchst jetzt aber nicht, Van Sung und Tupac was anzuhängen? Oder?«

Ich blickte in Augen, die unschuldiger, mordmüder und nüchterner kaum dreinschauen konnten. Für Gails Denkkategorien kam bestenfalls ein Totschlag aus Eifersucht infrage. Und das war Ehrensache. Alles andere war üble Nachrede gegen Schützengrabenkameraden.

»Und David?«, fragte ich. »Der hat doch zu der Zeit noch unten in seinem Studio gesessen und die Pekingoper durchs Habitat wanken lassen.«

»Aber Abdul, der im CC saß, hätte es gesehen, wenn David ins Biolab gegangen wäre. Der RFID-Transponder meldet jede Passage einer Tür. Und auf dem Schirm im CC kannst du verfolgen, wo jeder Einzelne ist. Außerdem war David oben, als er dich ausgerufen hat. Abdul hatte ihm über Intercom mitgeteilt, dass du noch im Biolab steckst. Big Brother sieht alles, Cyborg, Baby.«

Das hatte sie mir gestern Nacht als Herrin über meine Lustzentren irgendwann zwischen Davor und Danach auch schon erklärt. In den Schlafquartieren gab es zwar weder Kameras noch Mikrofone, aber der Chip in der Transponder-Uhr zeichnete in gewissen Abständen eine Minute Puls und Körpertemperatur auf und sendete die Daten an Zeus. Sie durften zwar inzwischen nur noch vom Arzt ausgelesen werden, »aber«, so hatte Gail in mein Ohr gekichert, »der alte Bock muss ja auch nicht unbedingt wissen, wie oft du in der Nacht onanierst oder so«. Deshalb übergaben im Mädchenpensionat alle, wenn sie nachts etwas vorhatten, ihre Uhren an eine, die schlief. Für den unverdächtigen Tiefschlafpuls, wenn auch taktgleich. Aber wer überprüfte das schon?

»So, und jetzt muss ich weiter«, sagte Gail und wedelte mit ihrem Schraubknochen. »Wir sehen uns, Cyborg, Baby.«

»Unvermeidlich!«

Sie gluckste wie Lava in einem Vulkanbottich.

Ich stieg die zu weit auseinanderstehenden Stufen ins dritte Sub hinunter. In einem mit Schweiß vollgedunsteten Eckchen saß der John Travolta von *Radio High Moon* an seinem Mischpult und hörte CDs ab, während er irgendein Download vollendete. Er nahm den Kopfhörer ab und streckte mir die Hand hin. »Hi, Michelle, wie geht's?«

»Zeus verweigert mir den Zugang«, sagte ich. »Zippora sagt, ich solle dich fragten.«

»Dann schauen wir mal.« Er stand auf. Der Schweißbrodem geriet in Wallung und wirbelte hinter ihm her. Um zu wissen, wo David Hirsch war, brauchte man keinen RFID-Transponder, sondern nur eine Nase.

Wir quetschten uns am CC vorbei und klemmten uns in einen mit Elektronik und digitalen Wundern zugestapelten Modulwinkel mit Bildschirmen und Tastatur. Zwischen Elektronikkästen und Festplatten klemmte in Stehaugenhöhe eine Handvoll zerlesener Science-Fiction-Romane. Den Namen Stanislaw

Lem und den Titel *The Invincible, Der Unbesiegbare*, konnte ich entziffern, ein Buch, in dem wie in so vielen dieser Klasse keine einzige Frau vorkam.

David gab meinen Namen ein, in zwei Varianten, und exerzierte mit meinem Fingerabdruck durch, was gestern schon nicht geklappt hatte. Es schien ihn nicht weiter zu verwundern. »Dann installieren wir dich eben neu.« Ein Computerfreak hatte für jedes Problem einen zweiten Weg.

»Kommt man eigentlich an Torsten Veiths Daten heran?«, erkundigte ich mich, während David hackte.

»Da bist du nicht die Einzige, die das will.«

»Wer denn noch?«

David blickte mich mit seinen Glubschaugen geheimniskrämerisch entrüstet an. »Jetzt! Leg deinen Finger ins Lesegerät.«

Ich tat es.

»Und jetzt ...« David klickte und murmelte. »Shit! Dann machen wir das eben so. Ah! Will er auch nicht. Tja, Torstens PDS ...«

»Bitte was?«

»*Private data station.* Die ist gesichert. Da komme nicht einmal ich heran. Ich hab ja immer gesagt, es muss einen Notzugang geben. Aber den COPUOS-Leuten« – das war der Ausschuss der Vereinten Nationen zur friedlichen Nutzung des Weltraums, erinnerte ich mich an Richards Ausführungen nach dem Spargelessen – »war der Schutz geistigen Eigentums ja so irre wichtig, vor allem euch Europäern, allen voran diesem Deutschen, diesem Staatsanwalt aus Stuttgart. Kennst du Stuttgart? Daimler, Porsche ...«

»Richard Weber?« Meine Stimme war nur ein heiseres Röcheln, so tief schossen mir Reue und Scham ins Gewissen. Als ich noch befürchten musste, mich vor ihm rechtfertigen zu müssen, hatte ich meine One-Night-Stands nie als Betrug gesehen.

»Ja, Dr. Weber«, antwortete David leichthin und mit guter

deutscher Aussprache. »Woher kennst du ihn? Ein ganz harter Knochen! Ein richtiger Kraut.« Er lachte. »Meine Großeltern waren Deutsche. Sie waren immer stolz auf Goethe und Gauß, obwohl ihre Cousins und Eltern alle in Auschwitz ermordet wurden. So jetzt, noch mal! Bitte den Finger ins Digiread.«

Ich legte den Finger auf den biometrischen Sensor. David fing die Daten ein und legte eine neue Karteikarte an.

»Jedenfalls haben wir dank des Krauts einen Wachhund, der jeden Zugriff auf private Daten verhindert. Es sei denn, ein Richter vom Internationalen Gerichtshof erlaubt es. Und dann müssen immer drei dabei sein. Nur um das Urheberrecht zu schützen! Aber was gibt es hier schon groß zu schützen?«

»Vielleicht hat Torsten etwas entdeckt.«

David lachte Schweißwolken. »Ja, Mondstaub! Den entdecken wir alle überall. Sogar im Zeus. Und Ameisen. So, jetzt müsstest du reinkommen.«

»Was ist hier los? Sabotage?«

Davids Glubschaugen wurden steinhart. »Wer sagt so etwas? Sabotage! Das wäre Wahnsinn! Wir sitzen alle in einem Boot! Schon bemerkt?«

Ich hob die Hände. »Aber klar. Vielen Dank auch.«

»Na dann, viel Erfolg noch. Man sieht sich.«

»Unvermeidlich.« Ich schnaubte mich davon. Jetzt musste ich schnell einen Computer finden, um Sally eine E-Mail zu schicken und mir in Ruhe die Speicherkarte anzuschauen, die ich gestern unterm Spiegel im Abort des japanischen Moduls, das auch Torsten Veiths Quartier gewesen war, entdeckt hatte. Ich tastete nach der Karte in der Brusttasche meines Polohemds und erschrak. Weg! Sie war weg.

25

»Und schon haben die Mondgelehrten auf ihr mehr als 50 000 Krater gezählt. Also ist es eine wulstige, rissige Fläche, ein richtiges Schaumgebäck, das der ziemlich unpoetischen Bezeichnung ›green cheese‹, Grüner Käse, die ihr die Engländer gegeben haben, würdig ist.«
Reise um den Mond, Jules Vernes, 1869

Wir hatten die Inselbrücke überquert und standen im Stau an der Bahnlinie, die Lindau durchschnitt. Eine offensichtlich viel befahrene Strecke. Cipión schnarchte auf meinem Schoß und heizte meine Knie.

»Eines ist sicher«, stellte ich fest. »Michel Ardan wird nicht mehr zum Mond fliegen. Womöglich hat ein Konkurrent den Stein erhoben und ihn ins Schaufenster geschubst.«

Richard schwieg.

»Ohne Witz. Wer fliegt jetzt an seiner Stelle?«

»Die Wartelisten in den Astronautenbüros und Raumfahrtzentren sind lang.«

»Stehst du auch drauf?«

»Sehr witzig.«

»Du bist doch topfit.«

»Hm.«

»Woran hängt's?«, feixte ich. »Kannst du nicht auf deine Zigaretten verzichten?«

Er sparte sich die Antwort.

Ich nutzte sein Strafschweigen und den Stillstand im Stau, um mir auf meinem Handy die Fotos von den Schaulustigen in der Salzgasse anzusehen, auch wenn sie zu klein waren, als dass man viel hätte erkennen können. Es drängten sich Bäuche, bunte Shorts, Dreiviertelhosen und Sandalen. Die Gesichter waren dem blutigen Geschehen zugewandt. Aber auf einem Bild stand ganz links eine Frau mit niveauvoll geföhntem Haar in heller Jacke mit Handtasche unterm winkeligen Ellbogen und roter Hose.

Der rote Hintern? Ich vergrößerte den Ausschnitt. Den roten Hintern aus dem *Café Venezia* an der Promenade von Friedrichshafen hätte ich überall wiedererkannt! Aber von der Frau waren weder die Hinterbacken noch die Vorderfront in Gänze sichtbar. Dass es sich um dieselbe Frau handelte, war auch eher unwahrscheinlich. Keine Frau dieser textilen Preisklasse zog an zwei Tagen hintereinander dieselbe Hose und Jacke an.

Die Handybilder hüpften plötzlich. Wir rollten wieder und hoppelten über die Schienen. So hatte das keinen Zweck. Ich musste mir die Bilder heute Abend in Ruhe auf meinem Laptop anschauen. Der befand sich in Brontës Kofferraum in Friedrichshafen.

»Wo fahren wir eigentlich hin?«

»Zu Jockel nach Ratzenried. Oder soll ich dich erst in Friedrichshafen abliefern?«

»Nein, schon okay. Wieso bist du eigentlich mit diesem Mond-Club-Jockel per Du?«

»Auf Konferenzen trifft man immer dieselben Leute.«

»Was sind das für Konferenzen?«

»Wir arbeiten an einem zivil- und strafrechtlichen Weltraumgesetz.«

»Und wer ist wir? Mann, Richard, lass dir doch nicht alles einzeln aus der Nase ziehen!«

»Die Kölner Uni, die UNO, internationale Verfassungsrechtler, amerikanische Richter und einige Staatsanwälte. Ich kümmere mich ein bisschen ums Urheberrecht.«

»Deshalb warst du so wild darauf, Ardan bis vor den EuGH zu zerren.«

»Jockel hat ein großes Interesse daran, dass es bald verlässliche Regelungen gibt.«

Ich richtete mich auf. »Hör ich richtig? Du arbeitest für die Mondausbeuter?«

»Nein, Lisa. Und der Mond-Club gewinnt auch nichts dabei. Er organisiert nur die Gelder aus der Wirtschaft für konkrete Projekte. Jockel fürchtet zu Recht, dass langfristig die Geldgeber ausbleiben, wenn das Risiko nicht minimiert wird. Kein Unternehmer kann auf Dauer in Forschung investieren, ohne die Ergebnisse selbst nutzen zu können. Ein Unternehmer muss Gewinn machen. Dazu ist er gesetzlich verpflichtet.«

Richard griff sich ins Jackett und zog die Zigarettenschachtel einer gelben Marke heraus. Sein Finger tastete nach einem Stängel, vergeblich. Das gelbe Päckchen zerknackte in seiner Faust.

»Und wo liegt Ratzenried?«, erkundigte ich mich zahm wie eine Ehefrau.

»Ein paar Kilometer hinter Wangen.«

»Dann könnten wir doch noch schnell bei Torsten Veiths Witwe vorbeifahren. Ich will sie noch was fragen.«

»Ich auch«, antwortete Richard zu meiner Überraschung.

Die Landstraße führte hinauf in die grünen Gefilde des Schwäbischen Allgäus. Zwanzig Kilometer bis Wangen, stand auf einem Schild. Auf den Weiden käuten Kühe wieder, dunkle Wäldchen krönten hier und dort die Kuppen, Höfe duckten sich in Senken. Ein Hofverkauf, eine Sägerei, der Turm einer weggebrochenen Burg rutschten an uns vorbei.

Ich versuchte, Susanne auf ihrem Handy anzurufen. Aber sie ging nicht ran. Auch nicht an ihren Festnetzanschluss.

Richard schlug Zigarettenkaufen in der Stadt vor. »Wangen lohnt immer einen Besuch. Es hat kluge Bürgermeister gehabt. Deshalb sehen die Gebäude innerhalb der Stadtmauern immer noch so aus wie auf der mittelalterlichen Stadtkarte gemalt, die im Ratssaal hängt, von der barocken Rathausfassade mal abgesehen. Ein Bürgermeister hat alte Ständeschilder aufgekauft, die hängen jetzt überall und viele Fassaden sind bemalt, und es gibt witzige moderne Brunnen überall. Mit reinstem Trinkwasser.«

»Also ein touristisches Kleinod!«, spöttelte ich banausig.

Richard stellte den Wagen auf einem großen Parkplatz am Milchpilz ab, einem rothütigen Kiosk zwischen Schulen und Sporthallen.

»Wunderhübsch!«, höhnte ich.

»Abwarten!«

Kopfsteinpflaster nahm uns auf. Der Saumarkt unterhalb des Chors von Sankt Martin wurde von einer Sau mit Ferkeln aus Bronze und dem heiligen Antonius bewacht, dem Großen Antonius, dem Sau- oder Fackentoni, der die Bauern vor Seuchen schützte. Der Rücken der Muttersau war von Kindern blankgeritten.

Um die Martinskirche herum war Töpfermarkt.

»Ah richtig!«, fiel mir ein. »Susanne wollte ja zum Töpfermarkt. Vielleicht treffen wir sie hier.«

Darauf schien Richard momentan keinen Wert zu legen. Zielsicher fand er den Zigarettenladen im Ratsloch, einem Turmdurchgang zwischen Rathaus und Messnerhaus. Aber er hatte geschlossen. Was hatte er erwartet, es war Samstagnachmittag. Am Bordstein unter der Arkade klebte ein bronzener Frauenschuh im Pflaster, dazu die Inschrift: »In Wangen bleibt man hangen.«

»Die Wangemer send scho saumäßig eigebildet uff ihr Stadt«, sagte eine Frau zur anderen, immerhin mit dem örtlichen Zungenschlag, der aus dem Wangener einen Wangemer machte.

Richard schmunzelte.

Die Frau lachte. »Sie sind kein Wangemer, hoffentlich.«

Er hob höflich negierend die Hände.

Frauen reagierten immer auf Richard. Es lag nicht nur an seiner Eleganz von italienischen Slippern, Bundfaltenhose und lindgrünem Poloshirt inmitten der Hawaii-Shirts und Eistüten, sondern auch an seiner Hellhörigkeit, die bei einem derartig athletisch ausgebauten Mannsbild überraschte.

Wir touristeten zwischen Ständen mit Steingut, Seife, Mützen und Schmuck über den Marktplatz in die Paradiesstraße. Auf der Innenwand des Lindauer Tors teilte der heilige Martin seinen Mantel für einen Bedürftigen. Schon als Kind hatte mich sein Geiz aufgeregt. Warum gab er nicht den ganzen Mantel? Ein halber wärmte weder den Nackten noch ihn.

Cipión nieste und zog. Genau dorthin hatte Richard auch gewollt. Aus der offen gebliebenen Tür eines Ladens zuseiten des Tors strömte der Duft nach Tabak, Pralinen und Likören und belebte auf ungehörige Weise die Sinne. Links ein Tisch für Lottospieler. Drum herum schimmerten in unpraktischen Flaschen, als Wasserwaagen und Lebenselixierphiolen getarnt, Schnäpse und Liköre. In Vitrinen häuften sich schokobraun, rosafarben und sahneweiß Trüffel unter kandierten Früchten in Bonbonfarben. Geröstete Kaffeebohnen füllten prall die verglasten Behälter und verschweißten Tüten des Stuttgarter Kaffeelabels Hochland. Selbstbewusst in Reihe geordnet stapelten sich Zigarettenschachteln aller Kategorien, auch von der gelben Sorte, die Richard bevorzugte, und in den Auslagen und Vitrinen boten sich Zigarrenschneider, Aschenbecher, Zigarettenetuis jeder Größe, Feuerzeuge aus Plastik und Silber mit unzeitgemäßer Selbstverständlichkeit zum Kauf an. Wie dieses Paradies der Süchte und Drogen stammte auch die Bedienung, die in fast festlicher Kleidung hinter den Theken hervorsprang und nach unserem Begehr fragte, noch aus den Zeiten, da Kolonialwaren Kinderaugen glänzen ließen und der Tabakgenuss zur europäischen Kultur gehörte.

Und niemand hatte etwas gegen meinen Dackel im Laden.

Richard kaufte zwei Schachteln, die er nicht mehr zu Ende rauchen würde. Aber das ahnte ich nicht.

»Guck, da ist der *Fidelisbäck*!«, sagte er unternehmungslustig, als wir wieder auf der Straße standen, und deutete auf eine bemalte Fassade jenseits des Kopfsteinpflasters. »Die haben die besten Seelen weit und breit, heißt es. Wir könnten Kuchen kaufen für den Besuch bei Susanne und den Kindern.«

Der *Fidelisbäck* war eigentlich ein Flur, der quer durch das alte Gebäude führte. Hinter den Kunden drängelten sich immer wieder Ortskundige mit eingezogenen Bäuchen vorbei zum Hinterausgang. Ein gutes halbes Dutzend Verkäuferinnen reichten Gebäck über die lange Theke. Die oberschwäbische Seele war etwa einen halben Meter lang, dünner als ein Kinderarm, besaß eine harte bleiche Kruste mit Salz und Kümmel, ließ sich nicht brechen, nur reißen, und strapazierte die Kaumuskeln.

»Es heißt«, erklärte Richard, »dass zur Zeit des Dreißigjährigen Kriegs ein Bäcker in Ravensburg das Gelübde ablegte, zu Allerseelen jedem Bettler ein Brot zu geben, wenn die Pest an Ravensburg vorüberzieht. Die schwäbische Sparsamkeit fand dann die Lösung: kleine Brote aus Dinkel und Hefe. Lecker, nicht?«

Cipión war auch nicht so begeistert.

Mit Erdbeerkuchen wanderten wir zum Parkplatz am Milchpilz zurück. Ich versuchte noch einmal, Susanne anzurufen.

»Probieren wir es halt«, sagte Richard.

Sein Navigator schickte uns Richtung Ravensburg und hieß uns an einem Baumarkt links abbiegen. An der Straße mit dem altertümlichen Namen Haidösch türmten sich Firmengebäude und Hallen.

»Was stellen die her? Raketen?«

»Gar nicht so falsch«, antwortete Richard. »Hermann Waldner GmbH, einst Flaschnerei in der Bindstraße, Käsekessel und Milchfilter, heute Laborinstallationen für Schulen und Laboreinrichtungen für den Weltraum. Gunter Mauchers Großvater und Torsten Veiths Vater haben dort gearbeitet.«

Wir kurvten durch ein nagelneues Wohngebiet auf der grünen Wiese mit Straßen, die nach Leuten wie Gustav Freytag und Freiherr von Eichendorff benannt waren. Mitten unter den Herren Dichtern und Denkern zweigte plötzlich eine Louise-Aston-Straße ab.

Ich musste lachen. »Die hier? Hat Berlin sie nicht 1848 ausgewiesen?«

»Und in Wangen ist sie zur Ruhe gekommen und gestorben.«

»Da schau her!«

»Hieß die Heldin ihres Romans *Lydia* nicht Alice?«, grub Richard in seinem Gedächtnis. »Auch sie trug Männerkleider und rauchte Zigarren. Und der Mann, den sie liebte, hieß Richard. ›Du bist der einzige Mann, den ich je geliebt habe, Richard!‹, gesteht sie ihm, bevor er sich über seinem toten Kind erschießt.«

Er warf mir einen prüfenden Blick zu, der alle meine Alarmsysteme zum Blinken brachte. Er wollte doch jetzt nicht Ungesagtes sagen?

Aber nein. Schon wendeten wir am Feldrain und hielten am Bordstein der Sackgasse, die Louise-Aston-Straße hieß und von Einfamilienhäusern gesäumt wurde, über deren kleine grüne Hecken man direkt in die Sandkästen und Kaffeetassen auf Terrassentischen blicken konnte. Richard langte über meine Knie ins Handschuhfach, zog ein gefaltetes Blatt Papier heraus und stieg aus. Ich ließ Cipión von der Leine, damit er irgendwo sein Bein heben und ich in Ruhe mit dem Erdbeerkuchen aussteigen konnte.

26

»Bei Mondaufgang wird sich das Weltraumschiff ins All erheben.« *Frau im Mond*, Ufa-Film, Fritz Lang, 1929

Diana und Juana sandelten hinter einer Hecke. Luca stocherte mit dem Schwert im Sand.

»Hallo, Diana, hallo, Juana!«, rief ich.

»Und du musst Luca sein«, bemerkte Richard.

Die Mädchen schauten verwundert. Der kleine Don Quijote musste den Helm erst eine Weile drehen, bis der Sehschlitz den Blick auf uns freigab.

»Cipión!«, rief Juana und sprang auf.

Susanne Veith kam auf schiefen Schlappen aus dem Haus. In ihrer Hand qualmte eine Zigarette. Die kurzen Hosen krümpelten sich im Schritt ihrer Beine. »Ah, Frau Nerz!«, sagte sie ohne Kraft zur Überraschung.

»Ich habe versucht, Sie anzurufen«, sagte ich.

»Luca schmeißt mit Sand!«, petzte Diana.

»Könnt ihr nicht einmal Frieden halten!« Über die Hecke hinweg streckte Susanne uns die Hand hin.

»Weber«, sagte Richard. »Staatsanwaltschaft Stuttgart.«

Auch das überraschte Susanne nicht. »Wollen Sie zu mir?«

»Wir haben sogar Kuchen mitgebracht«, sagte ich. Seltsame Idee, auf die Richard da gekommen war.

Auch Susanne passte der Kuchen nicht ins Konzept. »Dann essen die Kinder wieder nichts zum Abendessen. Luca, jetzt nimm endlich den Helm ab! Und wenn ich noch einmal Geschrei höre, dann wird morgen nichts aus dem Flugplatzfest!«

Angesichts der Drohung mit erzieherischem Ende aller Träume beim geringsten Vorfall duckten die Kinder sich und zogen mit Cipión in den Garten.

»Bitte nehmen Sie Platz!«

Ich stellte den Kuchen auf dem Tisch ab, ohne ihn aus dem Papier zu schälen.

»Wir stören auch nicht lange«, behauptete Richard.

»Sie müssen entschuldigen, aber ich weiß derzeit it, wo mir der Kopf steht. Die Versicherungen, der ganze Papierkram …« Der Aschenbecher auf dem Tisch unterm Sonnenschirm war voll, Kinderplastik lag auf der Wiese herum, die so zerrauft war, dass mähen sich nicht mehr gelohnt hätte.

»Wenn Sie Hilfe brauchen …«, sagte Richard.

Susanne erinnerte sich eines Lächelns. »Danke, aber mein Vater hilft mir schon. Er arbeitet auf der Bank. Setzen Sie sich doch bitte. Darf ich Ihnen Kaffee anbieten?«

»Bitte bemühen Sie sich nicht«, sagte Richard, zupfte das Cellophanbändchen von seiner frisch gekauften Packung und zündete sich eine Zigarette an, räumte ein Quietschentchen von einem Stuhl, setzte sich und drehte sich um. »Na, Luca!«

Alle kleinen Jungs liebten Richard.

»Ich wollte Sie noch fragen«, wandte ich mich an Susanne, »worum Ihr Mann und Gunter Maucher eigentlich gewettet haben. Damals in der sechsten Klasse.«

»Ach, das … das weiß ich nicht. Worum wetten Jungs in dem Alter so? Um einen Hamburger, ein Taschenmesser. Das weiß ich tatsächlich nicht.« Tränen traten in ihre großen Augen. Sie zwinkerte sie ärgerlich weg.

»Luca«, sagte Richard, »ich brauche deine Hilfe.« Er legte die Zigarette auf dem Rand des Aschenbechers ab, in dem sich Susannes gestauchte Kippen häuften, und entfaltete das Blatt Papier aus seinem Handschuhfach. Der Junge ruckte am Helm, um seinem Sehschlitz die richtige Position zu verleihen.

»Jetzt nimmt das Ding doch endlich ab!«, keifte Susanne müde.

»Oh, das ist gar nicht nötig«, sagte Richard. Kinder weiteten ihm das Herz. Er besaß einen sechsten Sinn für ihre Nöte und

Wahrheiten, weil er selbst als Kind in einer völlig falschen Welt gelebt hatte. »Willst du mir helfen, Luca?«

Der Topfhelm wackelte, der Junge nickte.

»Aber es ist nicht einfach. Ich habe hier ein Bild von deinem Vater. Aber wenn es dich zu traurig macht, dann …«

»Zeig!«

»Luca, wie heißt das?«, mahnte Susanne.

»Zeigen Sie mir das, bitte!«

Richard drehte das Foto um, so dass Luca es sehen konnte, wenn er den richtigen Winkel im Sehschlitz fand.

»Das hat ein Astronautenkollege aufgenommen, gleich nachdem dein Vater da oben angekommen war. Siehst du? Er hat noch gar nicht ausgepackt.«

Luca riss sich den Topfhelm vom Kopf, schleuderte ihn weg, lehnte sich stürmisch gegen Richards Knie und beugte den Blondschopf. »Das ist das Quartier der Artemis«, erklärte er. »Das ist Papis Koje. Sie ist im japanischen Modul, sie hat die Nummer 3.« Er ließ seine blauen Augen die Knopfleiste von Richards Poloshirt hinaufwandern zum Adamsapfel und Kinn, an der Nase entlang bis in die milchkaffeebraunen Augen mit den vertieften Lächelfalten hinauf. »Ich weiß alles über die Mondmission.«

»Das hatte ich schon vermutet«, antwortete Richard.

Soweit ich von meinem Platz erkennen konnte, zeigte das Bild einen bis über beide Ohren lachenden Mann in einem violetten Trainingsanzug, der auf einer Liege saß und die Hand in einem kleinen, aufgeklappten Köfferchen stecken hatte.

»Weißt du auch, was dein Vater in seinem Koffer hatte?«, fragte Richard.

»Ja, sicher«, schnaufte Luca, kam dann aber doch ein bisschen ins Haspeln. »Er hat seinen Laptop und noch siebenhundert Gramm mitnehmen dürfen. Alles wird kontrolliert, und nichts davon darf brennbar sein. Da ist die ESA sehr streng. Er hat auch den Foto mitgenommen. Er hat mir versprochen, dass er das Mondauto fotografiert und seinen Fußabdruck im Mondstaub.«

»Die Kamera haben sie uns wiedergegeben«, bemerkte Susanne. »Aber ohne die Speicherkarte.«

»Dann haben Sie die persönlichen Sachen Ihres Mannes schon zurückbekommen?«, fragte Richard.

»Wollen Sie sie sehen?« Susanne stauchte die Kippe in den Aschenbecher, schubste dabei zwei Kippen heraus, erhob sich und ging ins Haus. Cipión drehte sich um und stellte die Ohren. Auch die beiden Mädchen blickten auf. Diana ließ den Ball fallen, den sie Cipión hatte werfen wollen, und stapfte los.

»Und was ist noch im Koffer, Luca?«, fragte Richard.

»Mein Geschenk.«

Jetzt rannte Diana los. Juana hinterher. Luca wurde steif an Richards Knie und polte sich auf Verteidigung bis zum letzten Mann.

»Ich will auch sehen!«, schrie Diana.

»Moment«, sagte Richard und hob die Hand. Seine Autorität war unangreifbar. Nur bei mir funktionierte sie nie.

»Das ist ein Foto von Papi«, sagte Luca im Schutz von Richards Knie, Arm und Breitschultrigkeit. »Das hat der Mann mir mitgebracht, mir ganz allein!«

»Das ist auch mein Papi!«, trotzte Diana.

Juana popelte sich versonnen in der Nase.

»Kinder! Was soll das?«, rief Susanne von der Terrassentür her. »Müsst ihr euch immer streiten?« Sie legte einen Plastikbeutel mit dem blauen ESA-Signet auf den Tisch. »Ich habe mir das alles noch gar nicht richtig angeschaut. Ich konnte nicht. Finger weg, Diana!«

Das Kind stampfte mit dem Fuß auf.

»Das da in Papis Koffer«, kämpfte Luca wieder um Gehör, »das habe ich ihm geschenkt.«

»Ja«, sagte Richard.

»Das ist ein Maybach Zeppelin. Aber nur ein Modell, logisch. Der echte wäre ja viel zu groß.«

»Und ich habe Papi meinen Wuschel mitgegeben«, trumpfte Diana auf.

»Und ich ein Bild«, sagte Juana leise.

»Der Papi hat eh alles hiergelassen«, schlichtete Susanne brutal. »Sonst wäre sein Gepäck zu schwer geworden.«

»Aber den Maybach, den hat er mitgenommen«, beharrte Luca. »Da!« Er bohrte seinen Finger in den Fotoausdruck. »Da ist er im Koffer.«

Richard kniff die Augen zusammen. Dann zog er seine Lesebrille aus der Brusttasche seines Poloshirts, setzt sie sich auf und senkte die Nase. Aber sonderlich zufrieden sah er nicht aus.

Susanne zündete sich eine neue Zigarette an. Ich löschte meine. Richard deutete auf die ESA-Tüte. »Darf ich?«

Torsten Veiths Witwe nahm den Beutel und kippte seinen Inhalt auf den Tisch. »Das ist alles, was ich zurückbekommen habe. Den Laptop übrigens auch, aber der ist wieder bei der SSF, er war ja Firmeneigentum. Dein Wuschel, Diana, ist nicht dabei, und auch dein Maybach nicht, Luca. Und Juanas Bild auch nicht. Er hat nur ein Foto von euch dreien mitgenommen. Das vom Zeppelindenkmal.«

»Und wo ist das?«, fragte Richard.

Susanne wühlte in Torstens vergegenständlichter Persönlichkeit: Rasierapparat, Nagelschere mit Feile, Zahnbürste, Schweizermesser, Digitalkamera, ein USB-Speicher, drei Speicherkarten, Fettcreme in der Tube und Augentropfen. »Hier jedenfalls nicht.«

»Die Gaben der Kinder, wo hat Ihr Mann die gelassen?«, erkundigte sich Richard.

»Oben im Schreibtisch, nehme ich an«, antwortete Susanne. »Soll ich sie holen?« Sie stand erneut auf, nahm den Aschenbecher und fegte die daneben liegenden Kippen hinein.

»Wenn Sie nichts dagegen haben, würde ich mitkommen. Nur noch schnell …« Er wandte sich wieder an Luca. »Ist das hier alles, was im Koffer deines Vaters war?«

Luca reckte den Hals und trat, ohne den Kontakt zu Richards Knien aufzugeben und ohne den Fotoausdruck loszulassen, an den Tisch heran. »Der Maybach fehlt.«

»Mein Wuschel fehlt auch!«, sagte Diana.

»Fehlt noch was?«

»Ich glaube nicht.« Luca schüttelte den Kopf. »Ich weiß nicht mehr, ob Papi drei oder vier Flashcards dabeihatte. Aber die eine fehlt. Die hatte eine kleine Scharte im Aufkleber. Aber Papi hat gesagt, das macht nichts, auf den Inhalt kommt es an.«

»Okay«, sagte Richard und legte dem Jungen die Hand auf die Schulter. »Du hast mir sehr geholfen, Luca. Ich wünschte, alle Zeugen wären so aufmerksam wie du.«

Luca wuchs zwei Zentimeter unter Richards Hand.

Daraufhin begab sich die Karawane ins Haus. Oben in den Kinderzimmern häuften sich Spielberge. Juana und Diana besaßen zahllose Barbies und Stofftiere, Luca hatte eine ansehnliche Sammlung von Modellautos, Baggern, Raketen, Kampfflugzeugen und Mondrovern. Unterm Dachfirst befand sich Torstens Arbeitsklause. In den Regalen standen technische Bücher und Zeitschriften. Ein Fach enthielt Science-Fiction. Mit sicherem Griff fand Richard unter den DVDs ein Kleinod.

»Schau an! Die *Frau im Mond*! Fritz Langs letzter Stummfilm, 1929! Zur Uraufführung ist sogar Albert Einstein gekommen. Wo hat Torsten den nur aufgetrieben?«

»Da haben sie den Countdown erfunden!«, krähte Luca.

»Richtig!« Richard lächelte sich tief ins Herz des Jungen. »Die Zuschauer sollten darauf vorbereitet werden, dass die Rakete startet. Und nur, wenn man rückwärts zählt, weiß man genau, wann das sein wird. ›Fünf, vier, drei, zwei, eins – jetzt!‹ Denn tatsächlich sieht man den Raketenstart im Film nicht. Es war damals noch niemandem gelungen, eine gesteuerte Rakete zu starten. Und der Versuch von Langs wissenschaftlichem Berater, Hermann Oberth, es zur Filmpremiere zu tun, misslang auch.«

»Aber es gibt gar kein Gold und kein Wasser und keine Luft auf dem Mond«, sagte Luca. »Auch auf der Rückseite nicht. Man kann da nicht leben.«

»Damals glaubte man das halt«, antwortete Richard. »Und in einem hatte der Film recht. Inzwischen fliegen auch Frauen zum Mond und kleine Mäuse, so wie im Film.« Er stellte die DVD zurück und ließ den Blick über den Schreibtisch gleiten. Die Kabel von Tastatur und Flachbildschirm hingen ins Leere. Der Rechner unterm Tisch fehlte.

Susanne begann die Schreibtischschubladen aufzuziehen. »Es war ja alles zerwühlt nach dem Einbruch.«

An der Wand hing eine Schiefertafel, Kreide lag in der Rinne davor. Auf der Tafel stand in Krakeln: »$Nd_2Fe_{14}B$.«

Richard runzelte die Stirn. »Neodym?«

»Das ist eine Seltenerde!«, sagte Luca. »Die gibt es viel in den Terrae auf dem Mond. Papi sagt, damit kann man Magnete für Hybridautos bauen. Sehr starke Magnete.«

Ich runzelte ebenfalls die Stirn. »Seltenerde? Was es doch für schöne Wörter gibt.«

»Das sind Metalle, die gar nicht so selten sind«, bemerkte Richard. »Aber sie sind kompliziert abzubauen und zu verarbeiten.«

»Für Neodym braucht man Vakuum, sagt Papi.«

»Ein Zukunftsmarkt«, überlegte Richard.

»Ja, ja, da geht es um Milliarden!«, ergänzte ich.

»Der Wuschel ist schon mal da«, sagte Susanne.

Richard nahm den kleinen Stoffhasen, grub seine Finger in die Weichteile und besichtigte die Nähte.

»Was suchen Sie denn?«, fragte Susanne.

»Ich weiß nicht.« Richard legte den Wuschel beiseite und nahm die Buntstiftzeichnung aus kindlicher Hand, die ein Flugzeug, eine Röhre mit Menschen und den Mond zeigte, auf dem ein Haus stand. »Das ist aber schön, Juana!«

Das Indiomädchen vergaß für einen Moment, Cipión zu streicheln, und lächelte.

»Der Maybach ist nicht mehr da«, bemerkte Susanne.

»Kann er ja auch nicht«, sagte Luca. »Papi hat ihn ja mitgenommen.«

Susanne seufzte.

»Frau Veith, das Foto mit den Kindern, das Ihr Mann mitgenommen hat, was war das für eines?«, fragte Richard. »Haben Sie eine Kopie davon?«

Sie überlegte. »Unsere Bilder haben sich alle auf Torstens Computer befunden. Und der ist gestohlen worden. Aber ich glaube, ich hatte das Bild meinen Eltern gemailt. Ich könnte sie anrufen und fragen.«

»Wenn das ginge.«

»Und ich habe noch ganz viele Autos«, sagte Luca, »willst du sie sehen, Herr Weber?«

»Ja, zeig mal!«

Die Mädchen ahnten, dass ihre Barbies und Wuschel den Mann nicht interessieren würden, und trösteten sich mit Cipión, der seine Streichelgeduld gerecht verteilte.

Ich kramte noch ein bisschen in Torstens Schreibtischumgebung und begab mich dann die Treppe hinunter.

Susanne hatte eben den Telefonhörer aufgelegt. »Der Opa kommt gleich mal schnell herunter – sie haben ihr Haus auf der Berger Höhe – und bringt das Foto.« Plötzlich, ohne Vorwarnung, stürzten ihr die Tränen aus den großen Augen und kullerten die Backen hinunter. »Entschuldigen Sie.« Sie wischte mit dem Handrücken Tränen weg, die unaufhörlich nachströmten. »Ich komme Ihnen wahrscheinlich bescheuert vor …«

»Nein, gar nicht. Sie haben Ihren Mann verloren.«

»Ich hätte ihn sowieso verloren.« Ein gewaltiges Schluchzen ließ ihren massigen Busen springen. »Er hätte nicht wieder bei uns gelebt, bei den Kindern und mir. Er hatte seine Mondgöttin gefunden, hat er mir geschrieben. Per E-Mail.«

»Wollte er oben bleiben?«

Susannes tropfige Augen schauten mich groß an. »Ich meine, er … er hat sich verliebt!«

»Ja, aber in wen? Artemis ist zum Beispiel schon mal eine Mondgöttin.«

Susanne schüttelte langsam den Kopf. »Ich weiß nicht, in wen.«

27

> »Doch eine Abendröte gab es nicht. Stattdessen erblickten wir auf den Bergen und erhöhten Stellen der Umgebung den Widerschein der Sonne, der stundenlang andauerte.« *Auf dem Monde*, Konstantin Ziolkowski, 1893

Die Speicherkarte mit der Scharte im Aufkleber musste ich gestern Nacht beim Ausziehen verloren haben. Ich startete die Suche im Mädchenpensionat: Boden, Ecken, unter den Kojen. Nichts. Vielleicht hatte sie eine aufgehoben und zu ihren Sachen gelegt. Ich fingerte mich durch Yanqius Cremetöpfchen, Rhiannas iPod und Kopfhörer, Gails Nagellack, der gewiss nicht unbrennbar war, Tamaras Büstenhalter, Zipporas Schminksäckchen. Tampons hatten alle dabei. Gut zu wissen. Aber Torstens schwarzrote Flashcard zeigte sich nicht. Sie steckte auch nicht in den Digitalkameras, PDAs oder Laptops. Ja, Scheiße!

Aber wenn ich schon dabei war, dann ab ins japanische Modul.

Dort, wo Tamara mich zunächst einquartiert hatte, schliefen Nguyen Van Sung, Tupac Vaizaga und Morten Jörgensson. Es war auch das Quartier von Torsten Veith gewesen. Koje 3, hatte Luca gesagt.

Ich schaute wieder jedem ins Fach und fasste zwischen die Wäsche. Gewaschen wurde hier nichts. Die Wäsche wurde nach Gebrauch der Kompostierung übergeben, genauso wie unsere Anzüge. Männer trugen ihren Anzug zuweilen mehrere Monate, wie mir Gail gestern Nacht mit ekelkrauser Stimme erzählt hatte. David zum Beispiel. Frauen betrachteten ihn dagegen gern schon nach zwei Tagen als verschwitzt und versifft, waren aber angehalten, ihn noch mindestens eine Woche zu tragen. Igitt!

Morten Jörgensson hatte in seinem Kulturbeutel einen Rasierapparat mit Bartschneider und wie die Damen ein Spiegelchen. In Van Sungs Fach lag ein Büchlein mit unleserlichen Schriftzeichen. Tupac hütete ein Beutelchen mit Rinde, Feder, grünen Kaffeebohnen und einem Döschen schwarzen Pulvers. Ich fuhr mit der Hand unter den Matratzen entlang. Im Grunde kamen immer alle auf die gleichen Verstecke, von denen sie annahmen, dass keiner draufkommen würde: Schlüssel unterm Blumentopf, Sparbücher in der Bibel, Geld in der Kaffeedose.

In der Koje Nummer 3 links neben dem Bullauge stießen meine Finger auf einen kleinen Widerstand. In der Montageritze zwischen Bettrahmen und Wand steckte … nein, nicht die Speicherkarte, aber ein Papier. Mit spitzen Fingernägeln zog ich es heraus. Es war ein Foto aus eigenartig festem Material und zeigte drei Kinder – Juana, Diana und Luca – im Allgäuschnee inmitten von Nirgendwo an einem aus Feldsteinen gemauerten meterhohen Denkmal mit einem großen vom Steinmetz geglätteten Z darauf.

Auch Richard hatte gestutzt, als er das Foto von Susannes Vater ausgehändigt bekommen hatte. Es war einer der seltenen

Momente gewesen, wo er seine Unkenntnis hatte einräumen müssen. »Das ist das Zeppelindenkmal von Fischreute beim Segelflugplatz«, hatte er von Opa Styrl zur Antwort bekommen. »Morgen ist dort Flugplatzfest. Kommet Sie doch mit.« Hätte er das doch nie gesagt, hätten wir Susanne nicht besucht, wäre nie die Rede gewesen von einem Maybach Zeppelin, hätte Richard nicht nach Torstens persönlichem Besitz gefragt, wären wir nie nach Wangen gefahren!

Anders als auf dem Foto, das die Styrls von ihren Enkeln aufbewahrt hatten, befanden sich auf dem aus der Koje Nummer 3 am unteren Rand Buchstaben und Zahlen: »FNZM39H-06-01-07;11:23.« Auf die Rückseite waren Herzchen gemalt, und alle drei Kinder hatten mit ungelenken Krakeln unterschrieben. »Vergiss uns nicht!«, hatte eine erwachsene Hand hinzugefügt und mit S. unterzeichnet. Seine Frau allerdings hatte Torsten hier oben über seiner Mondgöttin dann doch flugs vergessen.

»Suchst du was?«, schreckte mich eine Stimme auf. Es war der Däne, Morten Jörgensson.

»Cyber-Ameisen«, antwortete ich.

»So?« Morten ging an sein Fach. »Und, fündig geworden?«

Ich schob das Foto in den Ärmel meines Artemis-Anzugs, denn die Hosentasche war zu weit weg. »Wer schläft hier?«

»Tupac.« Morten begann, sich einen offenbar eingerissenen Fingernagel zu feilen. »Das ist übrigens reine Hysterie, das mit den Ameisen. Mich hat noch keine gebissen.«

»Tupac glaubt, dass wir alle an der Rache der blauen Ameise sterben werden.«

Morten lachte. »Selbst als Astronaut kann ein Indianer offenbar von Totems und Tabus nicht lassen.«

»Torsten Veith hat doch auch dort geschlafen?«

Ein Schuss Widerwille zuckte über Mortens glatte Backen links und rechts neben seinem Bart. »Unser Oberastronaut.«

»Du hast ihn nicht gemocht?«

»Die Deutschen glauben immer, sie wüssten alles besser.«

»Und das hat dich geärgert, weil eigentlich du der Klassensprecher bist.«

»Torsten war ein Egoist.«

»Inwiefern?«

»Interessierst du dich für Ameisen oder für Torsten Veith?«

»Kann man das voneinander trennen?«

»Stimmt!« Morten fuhr sich über das bereits stark zurückweichende Haupthaar und setzte sich auf die Liege derjenigen gegenüber, an der ich noch hockte. »Torsten hat die Ameisenexperimente des Japaners wiederholen wollen, obwohl einige von uns sie für zu riskant gehalten haben, gemessen am Ergebnis. Aber ich glaube, Torsten hat eigentlich nur Giovanni vorführen wollen. Giovannis Krabbelroboter verlieren ständig die Orientierung. Mit dem Polarisierungskompass von Sahabot aus Zürich bist du auf dem Mond nämlich aufgeschmissen. Es fehlt die Atmosphäre, die das Sonnenlicht polarisiert. Leider gibt es auf dem Mond auch kein Magnetfeld. Es gibt nur Landmarken wie Berge, Steine und Kraterränder. Das war Giovannis Problem.«

»Und wozu brauchte Torsten Giovannis Krabbelroboter?«

»Wozu brauchen wir hier oben Roboter? Damit sie uns die Wege abnehmen, Lady Cyborg. Da draußen herrschen Hitze, Kälte und Vakuum. Und wir können nur mit dicken, steifen Anzügen und Sauerstofftanks raus.«

»Was du nicht sagst, Morten!«

Der Astroarchäologe lächelte sich sein Wissen in den Bart. Von dem würde ich nie eine Antwort bekommen, die den Titel auch verdiente.

»Zippora hat mir erzählt, dass Torsten einen Krieg um Nutzungsrechte losgetreten hat.«

»Krieg? Ach was!« Morten lachte mit Bauch und Mund. »Unter uns Klosterschülern, Zippora kann leider auch nicht aus ihrer Haut. Ich schätze sie sehr, wirklich! Sie ist eine faszinierende Frau, temperamentvoll, klug, lebenserfahren. Aber sie ist wie alle Frauen immer gleich furchtbar erschrocken, wenn wir Männer unsere Konflikte austragen. Außerdem ...« Er stockte.

»Was?«

»Böswillige könnten auch sagen, dass Zippora die Konflikte anheizt. Sie erforscht das nämlich. Und sobald die Leute wissen, dass sich einer ihre Klagen anhört, rennen sie dorthin und klagen. Und plötzlich kursieren Hunderte Beschwerden über alles und jeden.«

»Was hat Torsten eigentlich entdeckt?«

Mortens Blick blitzte plötzlich. »Was hätte er entdecken sollen?«

»Du bist doch der Mondarchäologe.«

Der Däne grinste. »Teile von Raumschiffen extraterrestrischen Ursprungs? Nein. Leider nicht. Leider ... Aber wer weiß, eines Tages ... Der Mond ist groß und noch lange nicht erforscht.«

»Sind nicht Torstens Daten immer wieder verloren gegangen?«

»Meine auch. Und die von Giovanni. Computer sind Chaossysteme, Lady Cyborg! Stöpselt man am einen Ende was dran, verspult sich das andere. David tut nur so, als wüsste er, was sein Zeus gerade macht. Ja, die russische Technik, die konnte man mit einem Messer und einem Draht reparieren, aber die europäische hier ... kompliziert und empfindlich.« Morten stand auf und legte die Feile in seinen Kulturbeutel zurück. »Dann will ich dich mal nicht länger bei deiner Suche stören. Hast du schon Van Sungs Buch gesehen?«

»Ich kann kein Koreanisch.«

»Es sind chinesische Schriftzeichen. Die Sutren Buddhas, Auszüge aus dem Tripitaka Koreana, dem buddhistischen Kanon der Goryeo-Zeit. Tripitaka heißt Dreikorb.«

»Ich dachte immer, im Astrautengepäck dürfe sich nichts

Brennbares befinden.« Es hörte sich ziemlich deutsch an, was ich sagte, dieses Pochen auf Einhalten der Vorschriften. Aber der Däne hatte es nicht gehört, denn er hielt mich für einen französischen Cyborg.

»Alter Hut. Früher hat man das Papier mit Aluminiumkaliumsulfat imprägniert«, antwortete er. »Die Europäer machen das immer noch ganz brav. Aber die Russen, die haben schon bald gemerkt, dass man auf Papier mit Bleistift nicht schreiben kann, wenn man es imprägniert. Sergei hat übrigens ein Tagebuch dabei. Er schreibt russisch. Ich habe drei Jahre lang Russisch gelernt, als ich noch dachte, ich würde mit den Russen hier herauffliegen.«

»Und was schreibt Sergei so?«

»Er weint über die Wunden, die wir in den Mond schlagen. Dass wir ihm die Poesie nehmen. Aber noch mehr betrübt ihn die Tatsache, dass seine Frau ihn verlassen hat. Schade, dass du kein Russisch kannst, Lady Cyborg. Neugierig wie du bist, würde dir Sergeis Tagebuch bestimmt gefallen.« Lachend verließ er das Quartier.

Am nächsten Modul klebte der blaue Kreis mit dem roten Pfeil von Roskosmos. Es beherbergte den Polen Krzysztof Skarga, den Kasachen Sergei Kascheschkin mit seinem Tagebuch, den Petersburger Touristen Pjotr Turenkow und den russischen Oberst Artjom Pilinenko. Der Pole hatte, wie ich im Licht des halboffenen Bullauges gerade noch rechtzeitig bemerkte, sein Fach mit einem Haar gesichert, das er vermutlich mit Spucke über Tür und Rahmen geklebt hatte. Es hinderte niemanden, die Tür zu öffnen, aber er würde es hinterher wissen. Ich merkte mir, wo das Haar geklebt hatte. Sein Fach enthielt nichts, was auf den ersten Blick eine solche Geheimniskrämerei notwendig gemacht hätte: Wäsche, Rasierzeug, eine Kamera, einen Laptop, eine Schachtel mit Speicherkarten, unter denen sich keine mit Scharte im Aufkleber befand, und eine Bibel. Ich klebte das Haar mit meiner Spucke wieder hin und wunderte mich, dass so viele Astronauten ihren metaphysischen Beistand auf Papier mitgebracht hatten. Digitalisierte Fibeln hätten weniger gewogen.

Was für ein Buch hätte ich auf meine einsame Insel mitgenommen? Etwas Dickes, was ich immer schon mal hatte lesen wollen und auf einer Insel auch nicht lesen würde: *Das Kapital* von Marx oder Prousts *Auf der Suche nach der verlorenen Zeit*, die egomanische Reflexion einer Eifersucht, an deren Ende eine Frau starb. Oder Homers *Odyssee*, *Ulysses* von James Joyce. Oder ließ sich bei gründlicherem Nachdenken eine Frau finden, die mir humanistische Meditationsnahrung für ein halbes Jahr Insel liefern würde? *Das andere Geschlecht* von Simone de Beauvoir oder Hannah Arendts *Bericht von der Banalität des Bösen*? Aber was interessierte mich die Welt, wenn es mich aus ihr hinaus verschlagen hatte? Im Grunde lief es immer auf die Bibel hinaus oder auf den Koran, die Veden oder ein Tripitaka. Menschheitsalt musste ein Inselbuch sein. Unser Gehirn hatte sich seit der Steinzeit ja nicht groß weiterentwickelt. Eifersucht, Futterneid und Fremdenhass waren immer noch die treibenden Gefühle, die wir im Weltall mit *Intergouvernmental Agreements of Conduct* in Schach hielten.

Die anderen drei Module waren amerikanisch. Gleich neben dem russischen waren David Hirsch, die Stimme von *Radio High Moon*, Kommandant Leslie Butcher und der Arzt Wim Wathelet untergebracht. Wenn die beiden es mit Davids Aura aushielten, hatte der Mondüberdruck in ihren Schädeln längst alle Riechröhren verstopft. Die Fächer waren im Unterschied zu denen aller anderen mit Öffnercodetastaturen und Digireads versehen. Auf dem Tisch unter dem offenen Bullauge lag nichts herum.

Im nächsten Modul hausten der Mailänder Ingenieur Giovanni Boccetto, der amerikanische Fahrer Bob, sein luxemburgischer Kollege Fred, der pakistanische Unteroffizier Abdul as-Sharif und Gonzo, der Berliner Astrophysiker. Fred hütete einen mit Musik aus den Achtzigern vollgeprimsten MP3-Player, einen PDA mit Fotos von vereisten Flüssen, Regen und Sonnenuntergängen und eine Digitalkamera. In Giovannis Fach fiel mir ein Döschen Pillen auf, die ihren Charakter nicht verrieten. Ansonsten herrschte Unauffälligkeit. Auf dem Tisch stand ein offener Laptop, der erwachte, als ich die Maus antippte, und eine Reihe Computerspiele vor allem sexueller Natur anbot.

Das sechste Modul und dritte der USA schloss den Ring und grenzte wieder ans Mädchenpensionat. Hier schliefen die Kurzzeitgäste, der südafrikanische Tourist Eclipse van Wijk, Mohamed bin Salman al-Sibarai'I aus Saudi-Arabien und der Inder. Auch Franco Llacer, den Europaabgeordneten aus Barcelona und Kenner aller Frauenärsche, hatte man sicherlich dort einquartiert.

Aber ich machte die Tür gleich wieder zu, denn auf dem Boden saß der Inder Rakesh Chaturvedi und meditierte.

28

»Als Izy auf dem Gipfel angekommen war, saß dort die Mondfrau Jasy. Sie sprach zu Izy: Nimm den Stein. Empfange so dein Herrschaftswissen moacaracaua.«
Legende aus dem Tupiguaraní, Vorkolumbisch

Van Sung befand sich draußen in der Biosphäre und gärtnerte. Tupac ließ von der Tastatur der Arbeitskonsole ab und vergiftete die Luft um sich herum mit dünnbärtiger Abneigung.

Ich besann mich auf Konversation. »Und was nimmt man so mit in der Arche Noah, um auf sterilen Mondstaub ein sich selbst erhaltendes Biotop zu bauen?«

Der Indianer lächelte unerwartet offen. »Es kommt darauf an, was für ökologische Dienstleistungen man haben will. Fleisch oder Fisch zum Essen? Obst, Gemüse? Unsere Neue Erde dient vor allem der Reinhaltung von Luft und Wasser. Und weil wir nicht Gott sind und nicht entscheiden konnten, was die Neue Erde braucht von den dreißigtausend Einzellern, fünfzigtausend Algen, vierhunderttausend Pilzen und Milliarden von Bakterien, die in einem Gramm Erde leben, haben wir die Alte Erde mitgenommen.«

Ich muss ihn wohl ziemlich perplex angeschaut haben.

»In unserer Überlieferung gibt es die Alte und die Neue Erde. Unsere *Ayvu rapyta* besingt die Gründung der Alten Erde, ihren Untergang im großen Regen und die Erschaffung der Neuen Erde und erzählt vom Streben seiner Bewohner nach *el aguyje*, dem Zustand der Vollkommenheit. Unsere Neue Erde hier auf dem Mond ist natürlich weit davon entfernt. Die Bienen sterben, die Pflanzen ertrinken, weil die Kapillarkräfte in ihren Wasseradern stärker sind als auf der Erde. Die Ameisen wissen nicht, wann Hochzeitsflug ist. Wir lernen nach und nach, Gott zu spielen. Van Sung hat ein besonderes Gespür dafür. Vielleicht, weil er mehr Demut besitzt als andere. Er weiß, wann der Garten Wind braucht, wann Schatten.«

»Dieser Hanf …«

Tupacs urwalddunkle Augen blitzten. »Hanföl ist sehr gesund.«

»Kaut ihr bei euch in Bolivien eigentlich immer noch Cocablätter?«

»In viertausend Metern Höhe würdest du das auch tun. Allerdings wird die Wirkung von Coca überschätzt.«

Ich zog Torstens Kinderfoto aus meinem Ärmel und legte es neben die Tastatur.

Tupac zog die Luft durch seine kleinen Zähne. »Wo hast du das her?«

»Ich habe Cyber-Ameisen gesucht.«

»Das sind Torstens Kinder.«

»Die eine sieht indianisch aus, nicht wahr?«

»Ja, sie stammt aus Bolivien.«

»So ein Zufall, nicht?«

»Torsten hat sie adoptiert. Das hat er mir erzählt, als er hörte, wo ich herkomme. Sie ist eine Sirionó aus dem Amazonasgebiet. Wenn die Sirionós eine bedrohte Tierart wären, hätte man sie unter Naturschutz gestellt und den Export verboten.« Er legte das Foto zurück neben die Tastatur.

»Es hat in der Ritze seines Betts geklemmt«, sagte ich.

»Ah.«

»Dort, wo du jetzt schläfst.«

»Obwohl wir Indianer in Hängematten schlafen«, erklärte er mit gebleckten Zähnen, »ziehe ich Bodennähe vor. Und Fensternähe. Und nachdem die untere Koje dann frei war …«

In meinem Hirn gab es einen Knoten. Eine Information aus meiner vorlunaren Zeit wollte sich herauswinden, schaffte es aber nicht. Es war etwas, was Richard in unserem Leben auf der Alten Erde gesagt hatte, ganz nebenbei.

»Was war los mit Torsten?«, fragte ich.

Tupac zuckte mit den Schultern.

»Van Sung hat erzählt, dass du glaubst, er habe unter dem gelitten, was ihr *el susto* nennt, den Schrecken. Wo hat er ihn sich zugezogen, wenn man das so sagen kann?«

Tupac zeigte seine Zähnchen und ein giftiges Lächeln. »Das weiß nur er allein.«

»Und woran merkst du das, wenn einer ohne seine Seele durch die Gegend tappt? Abgesehen natürlich von Van Sung, der gar keine hat.«

»Mach dich nur lustig über uns. Es ist nicht zu meinem Nachteil, höchstens zu deinem.«

»Tupac! Sei kein Frosch! Ich würde es wirklich gerne wissen. Ich weiß momentan nämlich auch nicht, wo meine Seele ist.«

»Dann geh zu Zippora, die ist Seelenklempnerin.«

»Aber du bist der Medizinmann?«

Er verzog das Gesicht. »Mein Vater ist Medizinmann. Ich habe nur ein bisschen Urwalddoktor gelernt. Ihr glaubt doch ohnehin nicht an Zaubersprüche, Blutopfer …«

»Brr! Was seid ihr primitiv! Und eure Medizin ist ja auch nicht sonderlich erfolgreich, wenn man sich die Lebenserwartung in Ländern wie deinem anschaut.«

Tupac schnaubte. »Wer Zugang zu sauberem Wasser und anständige Toiletten hat, kann leicht gesund sein.«

»Wenn ihr die internationalen Firmen vergrault, dann wird das auch nie was mit eurem Wohlstand.«

»Wenn sie uns nur ausbeuten, wird es auch nichts.«

»Torsten hat doch zu dem Konzern gehört, der das Gas aus euren Quellen nach Amerika exportieren und dann teuer an euch zurückverkaufen wollte. Habt ihr euch getroffen in Bolivien?«

»Ich habe meine Heimat vor vielen Jahren verlassen, um mich in Brasilien zum Astronauten ausbilden zu lassen.«

»Dein Land ist sicher sehr stolz auf dich.«

»Ja. Meine Regierung hat für mein halbes Jahr auf der Artemis in Europa Panzertechnologie für viele Milliarden bestellt. Demnächst werden wir also in Bolivien Panzer bauen. Torsten hat mir erklärt, dass die Antriebsblöcke von MTU kommen und die Getriebe aus der Zahnradfabrik Friet… Frittritsch…«

»Friedrichshafen?«

Es rieselte mir wie Eisregen in die Nerven. Richard hatte von Anfang an Rüstung und Raumfahrt als sich gegenseitig befruchtende Industriemächte bezeichnet. Er hatte von Atomraketen auf dem Mond gesprochen, wenn auch dementierend, und von Gunter Mauchers Chinageschäften mit Panzertechnik zur Vorbereitung lukrativer Fusionsreaktoraufträge. Und dann gab es natürlich noch die ganz normale Korruption bei der Vergabe von Astronautenplätzen. War es das gewesen, was Richard als Staatsanwalt für besonders heikle Ermittlungen eigentlich interessiert hatte? Die Korruption, die man im

Bereich der Raumfahrt nicht einfach aufdeckte, ohne eine hyperglobale, bis in die Sterne reichende Krise auszulösen. Hatte Richard deshalb sterben müssen, genauso wie Michel Ardan und Torsten Veith? Nur ich war irgendwie so durchgerutscht.

Eines war sicher: Wenn ich hier oben starb, würde Gunter Maucher ein Alibi haben, nicht nur wasserdicht, sondern vakuumverpackt. Auch für Torstens Tod würde man ihn nicht verantwortlich machen können, es sei denn, ich entlarvte hier oben den Kontakt, bei dem er – wie auch immer auf überwachten Breitbandwegen – einen Mord in Auftrag geben konnte.

»Das also hat mein Land von meiner Mission«, redete Tupac weiter, seinerseits bitterlich verbunden mit seiner eigenen Weltengegend, »Panzer und Schulden. Wenn ich im Fernsehen mit Präsident Morales spreche und eine Grußbotschaft an mein Volk aufsage, dann können mein Vater, meine Mutter, meine Brüder und Schwestern, Tanten und Onkel, Cousins und Cousinen es nicht sehen. Sie haben keinen Fernseher. Sie haben keinen Strom. Sie holen das Wasser aus dem Fluss, sie verrichten ihre Notdurft zwischen dem Vieh auf den Weiden. Sie wissen nicht, was ein Computer ist. Für sie bin ich ein Wesen von einem anderen Stern.«

In der Tat: Auch er hatte seine Seele verloren.

29

»Die Dropas kamen in ihrem Raumschiff aus den Wolken. Zehn Mal versteckten sich unsere Männer, Frauen und Kinder bis Sonnenaufgang in den Höhlen. Als sie schließlich die Zeichen der Dropas verstanden, begriffen sie, dass die Neuankömmlinge friedliche Absichten hatten.« *Sungods in Exile*, David A. Gamon, 1978

Eine Wiesenweihe kreiste über einem grünen Hang. Gülle stank durch die Täler. Die Bauern rechneten mit Regen.

»Ratzenried«, murmelte ich. »Namen sind das!«

»Rattenschilf«, sagte Richard.

Cipión stellte die Ohren. Das Wort »Ratte« verstand er in jeder Deklination. Er musste in seinem Leben vor seinem Sturz in den Todsburger Schacht dort gelebt haben, wo man ihn auf Ratten hatte hetzen können.

Im Wald überholte Richard einen Rennradfahrer, der, über den Lenker geduckt, die Straße hinaufschnaufte.

»Uns folgt einer«, bemerkte ich.

Richard blickte in den Rückspiegel. »Nur weil der ebenfalls nach Ratzenried abgebogen ist, folgt er uns noch nicht.«

Jockel alias Joachim Rees wohnte, wenn er nicht auf Reisen war und Gelder sammelte, im Schloss von Ratzenried, einer verwinkelten Anlage mit Turm und Treppengiebel, die Mitte des neunzehnten Jahrhunderts noch zu den schönsten Burgruinen Württembergs gehört hatte, wie Richard mich wissen ließ. Dann hatte man die Ruine im mittelalterlichen Stil hergerichtet und ihr einen Zinnenkranz verpasst. Vor zwanzig Jahren hatte sich Jockel erneut an eine Sanierung gemacht und das Gemäuer weiß erstrahlen lassen. Drum herum dörfelte ein Ort mit Nebenerwerbshöfen, Läden und Gaststätten für den Wander- und Radtourismus.

Richard stieß das gusseiserne Tor auf.

Wie überall in dieser Gegend standen auf der noblen Eichentür unter den Wappen einstiger Herrschaften die geheimnisvollen Kreidezeichen »20*C+M+B+07«. Sie wurden jedes Jahr zum Dreikönigstag von einer Kindergruppe mit Pappkronen und goldenen Sternen auf Stäben zum Dank für eine Spende und das Ertragen eines Lieds an die Türen geschrieben.

Eine Hausperle gesetzteren Alters hielt uns oben an der Treppe die Tür auf. Cipións Krallen kratzten übers Parkett, weil er wieder einmal ohne Sinn und Verstand Richtung Küche zerrte. Die Perle runzelte die Nase und öffnete uns eine Tür zum Salon.

»Wenn Sie bitte einen Moment Platz nehmen wollen.«

Ehrwürdige Dielen knarzten unter Richards Slippern und meinen Sporttretern, polierte Schränke mit Drechselwerk standen an den Wänden unterm Stuck, von einer Gipsrosette hing in Ketten ein Eisenkranz mit Leuchten herab. Wir versanken in dunkelroten Samtpolstern mit Troddeln. Durch die arg butzenscheibigen Fenster fiel vom sonnigen Tag ein gelblicher Rest herein, der mich augenblicklich in Müdigkeit verpackte.

Doch kaum waren wir versunken, sprang Richard auch schon wieder auf die Füße. Die Tür hatte sich geöffnet und herein trat eine pfiffige runde Person mit fliegendem weißem Haar und Belesenheit in den Brillen, von denen sie eine auf der Nase und die andere an einem Band auf dem Busen trug.

»Frau Rees!«, sagte Richard.

Es gelang ihr, seine Autorität zu umrunden und zuerst mir die Hand zu reichen.

Ich sprang auf, überlegte, ob ich knicksen oder ihr die Hand küssen musste, und verwarf beides. »Lisa Nerz.«

»Cecilie Rees.« Sie lächelte über beide Backen. »Pfü' Gott. Und Sie sind Dr. Weber, der famose Oberstaatsanwalt, der sich um den Mond kümmert? Mein Mann hält große Stücke auf Sie.«

»Gnädige Frau«, antwortete Richard ungnädig, denn er war nach eigener Einschätzung über den Sozialstatus hinaus, da es ihm gefiel, gelobt zu werden, und beugte sich zu einem angedeuteten Handkuss.

Frau Rees lachte. »Sie wollen sicher zu meinem Mann.«

»Wenn es nicht zu viele Umstände macht.«

»Es geht ihm heute nicht besonders. Das Herz, Sie wissen ja! Und bei der Frühjahrshitz! Unnatürlich ist das! Aber zum Abendbrot wollte er herunterkommen. Wenn Sie etwas trinken möchten, Soda, Whiskey, Cognac? Bitte bedienen Sie sich.« Sie wandte ihre glitzernden Äugelein wieder mir zu. »Und das Hundle? Was für ein netter Kerle. Wie heißt er denn?«

Da trat plötzlich Jockel auf krachenden Dielen ein, groß und fleischig und keuchend. »Ah, Richard! Pfü' Gott! Welche Freude, dass du endlich einmal hier heraus gefunden hast!« Er nahm Richards Hand in beide Hände. »Und die Frau ... äh ... hast du auch mitgebracht. Na, gefällt euch das Schloss? Ihr bleibt doch zum Abendessen? Ihr könnt auch übernachten.«

Frau Rees nickte. »Kein Problem. Ich sollte es nur wissen, dann kann ich noch die Betten beziehen lassen.«

Sie schauten uns erwartungsvoll an, zwei alte Leute voll Sehnsucht nach neuen Anknüpfungspunkten für die alten Gespräche und Anekdoten, hungrig nach Jugend in der Stille ihres ländlichen und ehelichen Alltags. Und Richard, der Wahnsinnige, überlegte tatsächlich. Ich funkte NEIN mit meinen Blicken, und er sagte: »Aber nur, wenn es wirklich keine Umstände macht. Und zum Nachtisch haben wir Erdbeerkuchen mitgebracht. Das heißt, eigentlich hatten wir ihn für ... aber das ist eine lange Geschichte.«

Cecilie Rees lachte. »Alles sauber geplant, wie ich sehe!« Sie blinzelte mir zu. »Übrigens, Jockel, eh ich's vergess: Gunter hat eben angerufen. Wegen des Segeltörns. Nachdem wir abgesagt haben, will er morgen alleine mit Julie los. Er kommt nachher, den Schlüssel holen. Spargel haben wir genug.«

Während Cecilie Rees die Perle an den Wäscheschrank scheuchte, stürzte Richard sich in eine aperitife Plauderei über den Frühjahrssommer und Klimawandel, über die Gegend, über das Flugplatzfest morgen in einem Kaff namens Wallmusried und über die Reihe der Schlossherren von Ratzenried.

Ich bin sicher, er hatte es von Anfang an so geplant. Einschließlich Erdbeerkuchen. Im Gegensatz zu mir führte er im Wagen sein Köfferchen mit Anzug und Krawatte für ein fürstliches Diner mit. Ich dagegen war zum Trampeltier in Turnschuhen, Jeans, T-Shirt und Anglerweste verdammt. Er bekam auch das schönere Zimmer mit Blick in den alten Baumbestand der Schlosswirtschaft, während man mich in einem Dachschrägeneckchen mit grauenvollen Tapeten einquartierte. Wieso, fragte ich mich, hatte Richard nicht drauf bestanden, dass wir in einem Zimmer mit Doppelbett untergebracht wurden?

Gunter Maucher kam um sieben, und die Hausperle bat zu Tisch. Für Cipión gab es in der Küche eine Dose Katzenfutter und für uns Spargel mit Flädle und Krankheiten, Jockels Purine, Cecilies Cholesterinwerte und erneut Gunters Meniskus samt Power-Plate-Training. Er war immerhin leger erschienen, so wie er morgen mit Schüssi auf Jockels Yacht steigen würde.

»Und Viola?«, fragte ich.

Cecilie, Jockel und Richard machten verstockte Mienen. Es war das Übliche: Alle wussten Bescheid, vermutlich sogar Viola. »Sie wollte eigentlich aus Stuttgart kommen, aber die Migräne …«, antwortete Gunter.

»Um was haben Sie damals mit Torsten gewettet?«, störte ich weiter.

»Wie?«

»Na, die Wette: Torsten heiratet die Mondgöttin und Ihnen wird der Mond gehören.«

Gunter lachte viel zu laut. »Ach so, ja, das? Ach Gott. Damals waren wir sechs oder sieben Jahre alt. Keine Ahnung, um was es ging. Um eine Mark vielleicht.«

Cecilie zog die Brauen unter den grauen Pony und lächelte

streng. »Ja, die Raumfahrt hat den Mond entmystifiziert und zum Objekt nationaler Interessen gemacht. Wem gehört der Mond? Das ist heute die Frage, der wir uns ernsthaft stellen müssen. Und solange ich ein Wörtchen mitzureden habe …«

»Komische Geschichte«, unterbrach Jockel sie polternd vom Kopfende des Tischs her. »Das mit diesem französischen Journalisten. Er ist tot, Gunter! Aber das weißt du sicher längst. Richard hat vorhin mit der Staatsanwaltschaft Kempten telefoniert. Ein Unfall in Lindau. Irgendwelche Buben haben ein Schaufenster eingeschlagen und Taschen geklaut, und er ist reingefallen. Er war betrunken, wie es heißt, nicht wahr, Richard? Ihr hättet ihm nie erlauben dürfen, dass er so kurz vor dem Start noch außerhalb einen Vortrag hält.«

Gunter hieb die Gabel in unseren Erdbeerkuchen. »Wenn er nicht tödlich ausgegangen wäre, Ardans Fenstersturz, hätt ich gesagt, er hat sich drücken wollen.«

Richard gab einen erstaunten Ton von sich.

»Ja«, grinste Gunter. »Man sollte es kaum glauben. Da beschäftigt sich einer jahrelang mit der Raumfahrt, liest alles, kennt alles, hat Dutzende Astronauten befragt, weiß alles über extraterrestrische Kulturen, und dann wird er eingeladen mitzufliegen, endlich selbst den Seleniten die Hand schütteln! Und was passiert? Ihm geht der Arsch auf Grundeis. Da kann man ja sterben, wird ihm plötzlich klar. Ein Antrieb explodiert, ein Meteorit zerstört die Artemis, man verglüht beim Wiedereintritt in die Erdatmosphäre. Ardan wusste zu viel, er hatte Angst. Beim Bund haben wir Zigarettenkippen in Wasser aufgelöst und das Zeug getrunken, wenn wir uns vor dem Gewaltmarsch drücken wollten.«

Jockel lachte. Er hatte sich statt des Erdbeerkuchens einen Kelch mit einer bernsteinfarbenen Flüssigkeit gefüllt.

»Wer wird an seiner Stelle fliegen?«, fragte Richard.

»Wegen des Proporzes muss es wahrscheinlich wieder ein Franzose sein«, brummelte Jockel. »Ein Deutscher fliegt schon mit. Ein Astrophysiker. Die bringen uns zwar nicht wirklich voran in ihrer Verliebtheit in den Urknall, aber Hauptsache, wir haben wieder einen Deutschen oben, nicht, Gunter? Präsenz zeigen.« Der Mondveteran schwenkte besinnlich den Kelch.

»Na, wie wär's, Richard?«, feixte Gunter in die Lücke des Schweigens, die Jockel uns gewährte. »Wir geben dich als Franzosen aus.«

Richard schwieg gern, aber es verschlug ihm selten die Sprache. Doch dazu fiel ihm nichts ein.

»Macht das!«, rief ich. »Seit seiner Kindheit träumt er davon, im Mare Fecunditatis zu schwimmen.«

»Soso, haha!« Jockel hustete. »Die stillen Leidenschaften unseres braven Oberstaatsanwalts.«

»Ginge das denn so kurzfristig?«, hakte ich nach. »Muss man nicht monatelang trainieren?«

»Astronauten schon«, antwortete Gunter. »Die müssen vor allem Handgriffe lernen, damit sie die Technik im Schlaf beherrschen. Auch mit den Touristen trainiert man ein bisschen. Aber Hauptsache, die Grundgeschicklichkeit ist normal und man kann die Sprache, die auf der Station gesprochen wird. Als Kaninchen nützt man denen da oben immer, ich meine, für medizinische Tests. Die Artemis ist beinahe idiotensicher, es gibt Schwerkraft, man fliegt nicht unkontrolliert herum. Hauptsache, man fasst nichts an und tut, was die Offiziere sagen. Die Transportsysteme werden eh vom Boden aus gesteuert. Da muss kein Fluggast Hand anlegen. Und du bist ja fit, Richard. Die nächsten drei Tage wärst du natürlich mit ein paar medizinischen Untersuchungen beschäftigt.«

Richard versuchte zu lächeln. »Leider«, antwortete er mit gesenkten Lidern, »habe ich keinen Urlaub.«

Plötzlich tat er mir leid. Ich hätte es ihm so gegönnt! Angst hätte er vor seinem Mondflug nicht gehabt. Aber er traute sich nicht, sich auch nur zu wünschen, dass in unserer Neckerei das

Körnchen einer realen Möglichkeit steckte. Zu sehr war sein Leben bestimmt von den Grenzen seiner Existenz, die er sich mit so viel Selbstaufopferung hatte erkämpfen müssen.

»Übrigens«, sagte er mit gespielter Gleichgültigkeit in der Stimme, »was ich dich fragen wollte, Gunter: Ich habe kurz vor seinem Tod noch mit Ardan gesprochen. Er hat angedeutet, dass es rund um die Mondmission Dinge gebe, die der Weltgemeinschaft nicht vorenthalten werden dürften.«

»Na, was wohl!« Gunter lachte. »Außerirdisches Leben!«

Jockel hängte die Nase in den Kelch und schnaubte den Alkohol in seine Nüstern. »Und ihr wollt also morgen zum Flugplatzfest? Hubschrauber fliegen, hm?«

In Cecilie kam plötzlich Leben. Sie legte die Serviette beiseite und raffte die Röcke. »Kommen Sie, Frau Nerz. Ich würde Ihnen gern etwas zeigen. Das wird Sie interessieren als Journalistin.«

Ich hatte keine Wahl außer der, einen Aufstand zu machen und Richard die konspirative Herrenrunde zu vermasseln.

Wir stiegen Steintreppen empor, Cecilie führte mich in eine Bibliothek mit Büchern in barocken Vitrinen. Sie vertauschte die Brillen und schlug auf dem Lesepult am Fenster, hinter dem die Nacht längst angebrochen war, ein Buch auf.

»Nostradamus«, sie ließ den Namen fallen wie einen Stein, »hat seine Prophezeiungen am Mondzyklus ausgerichtet. Können Sie rechnen?«

Ich holte Luft, aber …

»Seine Prophezeiungen erstrecken sich vom März 1555 bis ins Jahr 3797, also über 2242,8 Jahre. 942 Verse insgesamt. Ende des neunzehnten Jahrhunderts hat einer ausgerechnet, dass es 42 Verse auf hundert Jahre wären oder ein Vers auf knapp zweieinhalb Monate. Das ist ziemlich krumm, nicht wahr? Wenn man aber den Mondzyklus zugrunde legt, dann ergibt es Sinn. Ein Mondzyklus dauert 29,5 Tage. Teilt man die 819 182,7 Tage, über die sich die Prophezeiungen des Nostradamus erstrecken, durch 29,5, so erhält man 27769 Mondzyklen. Teilt man die wiederum durch die Anzahl der Verse, 942, kommt man auf 29,47, was wiederum einem Mondzyklus entspricht. Haben Sie das verstanden?«

»Doch, ja.«

»Wussten Sie, dass Nostradamus auch die Mondlandung vorausgesagt hat? Schauen Sie! Vers IX/65: ›Dedans le coing de Luna viendra rendre, où sera prins & mis en terre estrange …‹ Können Sie Französisch?«

»So lala.«

»›Der Prinz steht in der Ecke des Mondes‹ und …«

»Moment! Mit meinem Französisch lese ich da: ›In die Ecke des Mondes wird er sich begeben, und wird gefangen genommen und in ein fremdes Land gebracht‹ oder so ähnlich. Da hat wohl jemand *prins* von *prendre* mit Prinz verwechselt.«

»Soso, nichts übrig für Esoterik?« Cecilie kicherte bis unter die Haarwurzeln. »Übrigens sagt Nostradamus auch voraus, dass im Jahr 2970 ein Komet mit dem Mond zusammenstoßen wird. Ein Steingürtel legt sich um die Erde. Sie wird unbewohnbar. Die Menschheit zieht auf einen anderen Planeten um.«

»Wie oft geht die Welt eigentlich unter, wenn wir unseren Propheten glauben?«

»Sie finden es zu kurz gedacht, Frau Nerz? Nun, es geht auch anders herum.« Sie brachte das Buch fort und kam mit einem anderen voller chinesischer Schriftzeichen wieder. »Passen Sie auf: ›Die Sonne gleicht dem Feuer und der Mond dem Wasser. Das Feuer strahlt Licht aus, das Wasser reflektiert es. Also wird die Helligkeit des Mondes durch die Sonnenstrahlen hervorgerufen, er ist dort dunkel, wo sie ihn nicht treffen.‹ Das wusste im dritten Jahrhundert nach Christus schon der chinesische General Chou Ch'u. Und die Legenden aus dieser Zeit erzählen von der Frau eines Helden, die mithilfe des Krauts der Unsterblichkeit auf den Mond fliegt. Dort lebt sie, zur Unsterblichkeit verdammt, mit dem Hasen, der sie hochgebracht hat, und einem alten Mann, der ein Kuppler ist. Sie heißt Chang'e und beschreibt den Mond als leuchtende, wie Glas schimmernde Kugel von gewaltiger Größe und Kälte. Woher aber wussten die Chinesen so viel über den Mond? Haben Sie sich das einmal gefragt?«

»Nein, nie!«

»Dazu hätten Sie ja auch wissen müssen, was die Chinesen alles wussten, gell?« Cecilie Rees blitzte mich durch die Lesebrille an. »Über Chang'es Flug zum Mond gibt es übrigens eine Pekingoper, und die Chinesen benennen ihre Mondsonden nach ihr.«

»Ja, richtig.«

»Und nun schauen Sie, da hat man vor fünfzig Jahren im Bezirk von Changsha im Hügel von Mawangdui Gräber entdeckt und darin die äußerst gut erhaltene Mumie einer über zweitausend Jahre toten Adligen namens Xin Zhui. Sie schwimmt in einer Flüssigkeit, die ihren Leichnam so gut konserviert hat, dass ihr Fleisch bis heute weich und das Blut in ihren Adern rot ist. Und niemand weiß, woraus die Flüssigkeit genau besteht. Noch erstaunlicher sind die sogenannten Seidenmanuskripte, die man dort gefunden hat. Auf ihnen sind die Umlaufzeiten von Merkur, Mars, Venus, Jupiter und Saturn um die Sonne beschrieben. Der sensationellste Fund aber ist eine topografische Landkarte, auf feiner Seide gemalt. Sie ist von solcher Präzision, dass Wissenschaftler meinen, das Vorbild für diese Karte müsse eine Satellitenaufnahme gewesen sein.«

»Sie versuchen jetzt aber nicht, mir weiszumachen, dass bei den Chinesen Außerirdische gelandet sind.«

Cecilies Brillen blitzten. »Sie heißen Dzopa oder Dropa und sind vor zwölftausend Jahren in Tibet notgelandet. Die geheimnisvollen Steinscheiben sind Ihnen ein Begriff?«

»Nein.«

»Ein Wissenschaftler namens Karyl Robin-Evans hat die

Steinringe in den vierziger Jahren entdeckt und ihre Hieroglyphen entziffert. Sie erzählen von der Bruchlandung eines Raumschiffs. Außerdem fand er in Höhlen die Skelette sehr kleinwüchsiger menschenähnlicher Wesen. Langweile ich sie?«

»Nein, nein!«

Dass ich mit knackendem Kiefer ein Gähnen unterdrückte, hatte andere Gründe. Das Essen, der lange Tag …

»Auf einer Steinscheibe wird erklärt, warum sich Mond und Erde umeinander drehen. Und in der chinesischen Überlieferung existiert seit zweitausend Jahren die Legende, wonach einst die Sonne sich mit der Erde vermählen wollte. Sie näherte sich und verbrannte alles Leben auf der Erde. Die Erde gebar aus ihrem Schoß den Mond. Es war eine schwere Geburt, und ihr Schoß füllte sich mit Blut. So bildete sich das große Meer im Sonnenaufgang.« Frau Rees linste mich spiegelbrillig an. »Gemeint ist der Pazifik.«

»Die Kontinentalverschiebungen nicht mitgerechnet«, wehrte ich mich.

»Immerhin bedeckt der Pazifik heute ein Drittel unserer Erde. Auf den Dropascheiben steht es schon lange, die chinesische Mythologie erzählt davon, aber die Wissenschaft vertritt erst seit den siebziger Jahren die Theorie, dass ein marsgroßer Himmelskörper vor viereinhalb Milliarden Jahren die Erde streifte und Teile heraussprengte. Aus den Trümmern buk sich der Mond, der alle restlichen Trümmer einfing. Dafür sprechen auch die Gesteinsproben der Apollo-Missionen. Den letzten geochemischen Beweis werden die Steine aus dem Aitken-Becken ergeben. Sie wissen, was das Aitken-Becken ist? Der tiefste und größte Krater auf dem Mond, in dem man auf Mondurgestein zu treffen hofft, also auf jenes Gestein, das von der Erde stammt, und zwar aus dem Pazifischen Ozean. Und wissen Sie, warum neben den Amerikanern ausgerechnet die Chinesen so ein großes Interesse am Aitken-Becken entwickeln?«

Allmählich dämmerte es mir.

Cecilie lachte. »So wie die Russen unterm Nordpol Steine sammeln, um zu beweisen, dass der Nordpol geologisch russisch ist, könnte man beweisen, wem der Mond gehört, geologisch gesehen.«

»Deshalb kauft Ihr Mann schon mal Stück für Stück den Mond auf. Dann gehört er Europa, bevor die Amerikaner, Australier, Russen und Chinesen mithilfe der Geologie Ansprüche auf ihr eigen Fleisch und Stein erheben. Und dann treten wir in einen Weltkrieg ein.«

Cecilie zog die Brauen über die Brillenränder hoch.

»Zumindest hat …« Ich unterbrach mich, ehe mir Schüssi aus dem Mund schusselte. »… hat Ihre Nichte Julie das ausgeplaudert, kürzlich bei einem Spargelessen bei den Mauchers.«

»So?« Cecilies Brauen schlugen Wellen auf ihrer Stirn. »Übrigens billige ich Gunters Affäre mit Julie nicht.«

»Weiß Viola davon?«

»Sie weiß, dass Gunter in Friedrichshafen seine Affären hat. Sie hätte halt auch nicht in Stuttgart bleiben dürfen, als Gunter die SSF übernahm.«

»Kannten Sie Torsten Veith?«, lenkte ich ab.

Cecilies Miene hellte sich nicht auf. »Natürlich. Sie waren alle hier, Messerschmid, Ewald, Merbold, Reiter, Schlegel und wie sie alle heißen. Sie haben auf unseren Sofas gesessen und Cognac getrunken. Die Veteranen haben den Junioren Tipps gegeben, und dann haben sie alle zusammen Mond und Mars besiedelt. Mein Mann liebt diese Clubabende mit den Astronauten. Veith schien mir ein netter junger Mann zu sein, ernsthaft, bescheiden und zielstrebig.«

»Was hat er da oben gemacht?«

»Da bin ich überfragt, Frau Nerz. Ich bin Theologin.«

»Hat er extraterrestrisches Leben entdeckt?«

»Über solche Sachen spricht mein Mann nicht mit mir.« Cecilie klappte mit einem Knall das letzte Buch zu.

30

»Wir begriffen, dass Cavor nicht nur noch am Leben war, sondern in Freiheit lebte, inmitten dieser unglaublichen Gemeinschaft der ameisenähnlichen Wesen, dieser Ameisen-Menschen, in der blauen Dunkelheit der Mondhöhlen.« *Die ersten Menschen auf dem Mond*, Herbert George Wells, 1901

War es Zufall gewesen, fragte ich mich, dass David am Abend meiner Ankunft auf der Artemis Drachen und Götter einer Pekingoper durchs Habitat hatte marschieren lassen, während ich in der Nasszelle um meine Unsterblichkeit keuchte? Waren es gar Klänge aus der Oper von Chang'es Flug zum Mond gewesen? Dann hätte David oder irgendwer anders bereits gewusst gehabt, dass ich nicht Michel Ardan war, sondern aus dem Einflussbereich von Jockel kam. War es das gewesen, was mir einfallen musste, um den gordischen oder sonstigen Knoten in meinem Hirn zu durchschlagen, oder nur falsche Mythologie und die übliche Nerz'sche Hirnverschlingung?

»Die Ameisen sind mit der zweiten Versorgungsfähre aus Japan gekommen«, erklärte Van Sung lächelnd. Er war aus der Biosphäre hereingekommen und schlang sich eine grüne Gärtnerschürze vom Leib. »Einige tausend Tiere und eine Königin, you know.«

Tupac ratzte mit seinen Oberzähnen über seinen Kinnbart. Haar für Haar knackten die schwarzen Stoppeln unter seinen Zähnen hervor, während Van Sung mit wissenschaftlich einschläfernder Freundlichkeit erzählte, dass ein Japaner zur ersten Artemis-Besatzung gehört hatte und ganz wild auf Versuche mit Ameisen gewesen war, um zu klären, ob der Ameisenalgorithmus auf dem Mond ein anderer war als auf der Erde. »Damit wir von ihnen die Wegeplanung unserer Exkursionen lernen können, you know.«

Das Problem hatte darin bestanden, die Ameisen der möglichst natürlichen Unwirtlichkeit des Mondes auszusetzen, ohne dass sie augenblicklich zugrunde gingen.

»Und da ist er auf eine ... eine sehr gefährliche Idee gekommen, you know. Er hat die Ameisen mit Cyanobakterien geimpft.«

»Zyankalibakterien?«

»Cyanobakterien«, sagte Tupac ungehalten. »Auch bekannt als Blaualgen.«

»Das sind Urzeitbakterien«, erklärte Van Sung geduldig lächelnd. »Sie kommen überall vor, in der Wüste, im Wasser, im ewigen Eis. Sie produzieren Sauerstoff, you know. Sie haben die Fotosynthese erfunden. Unsere Grünpflanzen haben sie nur plagiiert, you know. Der Prochlorococcus bildet sogar den wichtigsten sauerstoffproduzierenden Organismus auf der Erde. Er lebt im Meer in hundertfünfzig Metern Tiefe. Obgleich kaum Licht dorthin gelangt, produzieren die Bakterien Unmengen Sauerstoff und binden dabei mehr Kohlendioxid, als im Ozean gebildet wird. Sie teilen sich jeden Tag einmal, immer gleichzeitig kurz nach Einbruch der Dämmerung. Die Hälfte der Population wird binnen vierundzwanzig Stunden weggefressen, so dass die Population im Meer immer gleich bleibt, you know. Nur in unserem Teich in der Biosphäre klappt das nicht. Sie blühen wie verrückt.«

»Cyanobakterien«, ergänzte Tupac, »sind übrigens lebergiftig und lösen Hautreizungen aus, Quaddeln.«

»Quaddeln?« Ich deutete auf Van Sungs Arm, auf das, was er gestern als Ameisenbisse deklariert hatte. »Solche?«

Van Sung lachte sein allseitiges, aber unpersönliches Lachen. »Die geimpften Ameisen haben mithilfe des Sauerstoffs von den Bakterien gerade so lange überlebt, dass sie ein paar Meter krabbeln konnten, you know. In irdischer Atmosphäre verschließen Ameisen normalerweise ihre Tracheen, ihre Atemröhren, für Stunden, damit sie nicht zu viel Sauerstoff kriegen.

Er würde toxisch wirken, you know. Dic Cyanobakterien haben aber ununterbrochen Sauerstoff produziert. Und das ist tödlich.«

»Auf den Mond können wir fliegen, aber wir wissen fast nichts über den Stoffwechsel von Ameisen«, sagte Tupac.

»Platzen Ameisen nicht im Vakuum?«, fragte ich.

»Nein«, antwortete der Indianer. »Wir platzen ja auch nicht.«

»Die Ameisen des Japaners sind jedenfalls nicht geplatzt«, ergänzte Van Sung. »Sie waren nur ziemlich schnell tot.«

»Sie sind nicht tot!«, widersprach Tupac.

»Und was ist bei den Versuchen rausgekommen?«, fragte ich, um den eingespielten Streit zu unterbrechen.

»Die Ameisen sind an den Mikroterminatoren entlanggelaufen, an der Licht-Schatten-Grenze der Steine, you know. Der Japaner hat vermutet, dass sie so in den kalten Schatten ausweichen konnten, wenn ihnen zu warm wurde, und an die Sonne, wenn ihnen zu kalt wurde.«

Na toll! Und für so eine Erkenntnis gab man Dollarmillionen aus. Wie hatte Michel Ardan im *Nana* von Lindau gesagt? Hundert Banausen wussten so viel, wie ein Wissenschaftler mit Waage, Stoppuhr und Maßstab herausfand. Und Richard hatte während des Spargelessens bei Gunter und Viola behauptet, es zeige sich doch immer wieder, dass alle Ideen in der Menschheit längst vorhanden seien, bevor irgendwelche Wissenschaftler sie aufgriffen und damit berühmt würden.

Oder hatte Richard mit verkappter Arroganz eigentlich sagen wollen, dass Wissenschaftler mit ihren Forschungsergebnissen nie über das hinauskamen, was die Menschheit ohnehin schon wusste. Aber galt das auch für etwas so Abwegiges und sich unserem Denken so Widersetzendes wie die Allgemeine Relativitätstheorie? Zum ersten Mal ahnte ich, warum Einstein ein Genie gewesen war.

»Aber«, warf Tupac ein, »das Verhalten der Ameisen ist für uns nicht relevant, denn wir haben ja die Raumanzüge, die einen internen Temperaturausgleich zwischen unserer Körperseite im Schatten und der in der Sonne schaffen.«

»Und dann ist etwas passiert«, sagte Van Sung. »Die Ameisen waren plötzlich weg.«

»Wie, weg?«

»Sie lagen nicht tot herum. Sie waren einfach weg, you know. Der Japaner hat gegraben, mit Pinsel und Pinzette, aber die Ameisen blieben verschwunden.«

Und dann, eines Tages in der gleichförmigen Reihe der Tage auf dem Mond, in denen die Sonne in den vierundzwanzig irdischen Stunden immer nur um ein paar Grad am Horizont weiterwanderte, hatte der Japaner plötzlich wieder eine Ameise gesehen.

»So steht es in seinem Protokoll, you know«, sagte Van Sung. »Sie seien in ein Loch geflüchtet, bevor er sie fangen oder fotografieren konnte. Und fang mal im Druckanzug mit Wurstfingern eine Ameise.« Van Sung lachte keckernd. »Es hat ihm keiner geglaubt, you know.«

Tupac verzog das Gesicht.

»Der Japaner hat sich auf die Lauer gelegt, you know, und wieder eine Ameise gesehen. Es gelang ihm, sie zu fotografieren und eine einzufangen. Falls er sie nicht kurz vorher selber rausgetan hat, you know. Und in ihrem Leib hat er Cyanobakterien gefunden, behauptete er. Er glaubte nun, die Ameisen hätten einen sublunaren Bau gegraben und würden dort leben, you know. Aber gefunden hat er diesen Bau nicht.«

»Er hat nur nicht tief genug gegraben«, sagte Tupac.

»Er hat sich geirrt«, schnarrte Van Sung ärgerlich. »Und dann kam dieser unselige Torsten und wollte die Versuche wiederholen, um den Bau zu finden.«

Tupac lutschte an einem giftigen Lächeln.

»Wir haben ewig darüber diskutiert«, berichtete Van Sung. »Darf man, falls Bakterien und Ameisen tatsächlich eine solche Anpassung an die lunare Umwelt vollzogen haben, noch einmal Ameisen aus dem Habitat hinaustragen? You know?«

»Man hätte sich in jedem Fall Klarheit über den Verbleib der Ameisen des Japaners verschaffen müssen«, sagte Tupac. »Mit allen Mitteln.«

Sergei Kascheschkin, Krzysztof Skarga und Giovanni Boccetto hatten das auch so gesehen. »Vor allem Giovanni«, sagte Van Sung. »Er hat vorgeschlagen, zunächst mit seinen mobilen Robotern zu suchen. Sie können kleinste Mengen Sauerstoff detektieren.«

»Zeitverschwendung« hatten es die beiden Roverfahrer Bob und Fred genannt. Sie hätten anderes zu tun. Rhianna hatte sich dem angeschlossen. Die Solarfelder verlangten ständige Wartung. Von den Ingenieuren habe keiner Zeit.

»Wir, Tupac und ich, wären bereit gewesen«, erklärte Van Sung, »noch mal präparierte Ameisen auszusetzen und zu beobachten, aber alle waren dagegen.«

Wim Wathelet hatte die Befürchtung geäußert, ein weiterer Versuch könne auf völlig unvorhersehbare Weise außer Kontrolle geraten. Die Eigenschaft des Lebens, sich zu erhalten und Leben hervorzubringen, sei mächtiger als der Mensch und seine Kontrollfähigkeit. Versuche mit Mikroorganismen könne man bestenfalls auf der ISS wagen, denn wenn etwas schiefgehe, könne man sie aufgeben, aus dem Orbit schießen und in der Atmosphäre verglühen lassen.

Dem hatte sich Zippora Eschkol angeschlossen und darauf hingewiesen, dass biologische Experimente, die auf Veränderung irdischer Lebensprozesse zielten, den Menschen in eine gottähnliche Position versetzten, der er mit seiner primitiven emotionalen Struktur nicht gewachsen sei, schon gar nicht ein einzelner Wissenschaftler im Überschwang des Forscherdrangs.

Morten Jörgensson hatte erklärt, dass in seiner Brust zwei Herzen schlügen, das eine voller Angst vor den Geistern, die man rufe, das andere voll Wissbegier und grenzenloser Neugier. Außerdem hatte er darauf hingewiesen, dass es nur eine Frage der Zeit sei, dass Experimente in Richtung einer biologischen Sauerstoffproduktion gemacht würden. Schließlich sei das nützlich für lange Flüge zu weit entfernten Planeten. Die Geschichte zeige, dass der Mensch alles tue, was möglich sei.

»Typisch Morten. Legt sich nie fest!«, bemerkte Van Sung.

In die Diskussion hier oben platzte die Veröffentlichung des auf die Erde zurückgekehrten Japaners. Er sagte voraus, dass Cyanobakterien auf dem Mars eine sauerstoffhaltige Atmosphäre schaffen könnten, so wie sie das vor 3,5 Milliarden Jahren auf der Erde begonnen und vor 350 Millionen Jahren abgeschlossen hatten.

»Nur sollte das auf dem Mars nicht drei Milliarden Jahre dauern«, bemerkte ich.

Van Sung lachte freundlich. »Bis es so weit ist, könnte man in Raumanzüge organische Schichten mit Cyanobakterien einbauen, die beispielsweise auch bei Mondexpeditionen den nötigen Sauerstoff produzieren. Nur in den Schatten dürfte man damit nicht kommen.«

»Interessanter Gedanke!«, musste ich zugeben.

»Das hat Yanqiu, unsere Zeugmeisterin, auch gefunden«, lächelte Van Sung.

Tupac ratzte die Zähne über seinen Unterlippenbart.

»Aber wie das so ist, da unten«, fuhr der Koreaner freundlich fort, »hat sich die öffentliche Diskussion nicht mit Raumanzügen befasst, sondern ist sofort ideologisch geworden.«

Der Wissenschaftsjournalist Michel Ardan hatte einen flammenden Artikel geschrieben über die Arroganz des Menschen, der im Begriff sei, ohne Not ein seit Jahrmilliarden bestehendes *system of no life* zu zerstören, bevor er es auch nur in Spuren kennengelernt habe. Im Rückgriff auf die Chaostheorien der achtziger Jahre orakelte er: »Von unzähligen Schmetterlingsflügelschlägen verflattern 99,99 Prozent in den Wirbeln des Kleinklimas, doch aus einem wird ein Hurrikan. Und wir wissen nicht, wann das sein wird, morgen oder in einer Million von Jahren.« Sein Artikel endete mit der Erinnerung an die sogenannte Erste Direktive aus *Star Trek*, wonach die Sternenflotte niemals in Zivilisationen eingreifen dürfe, die noch nicht über den Warp-Antrieb verfügten.

»Demzufolge dürften wir auch in unsere eigene nicht eingreifen«, bemerkte ich.

»Haben wir eine Sternenflotte?«, knurrte der Indio.

Mir kam plötzlich ein Verdacht. »Habt ihr Michel Ardan angefordert?«

Das Konglomerat aus Waran und Pfeilgiftfrosch schwieg.

»Habt ihr ihn vorgeschlagen?«

»Warum hätten wir sollen?«, fragte Van Sung lächelnd.

»Weil er tief in seinem Herzen hoffte, eine extraterrestrische Lebensform zu finden, und sei es nur die künstliche der Cyber-Ameisen. Er hätte alles darangesetzt nachzuweisen, dass es sie gibt.«

Tupac lachte heftig. »Jeder Astronaut hofft tief in seinem Herzen, dass er auf außerirdische Lebensformen stoßen könnte, und seien es auch nur mutierte irdische.«

»Ach ja?«

Van Sung lächelte väterlich. »Es steckt in uns drin. An nichts glaubt der Mensch so gern wie an seine genetische Abkunft vom Geschlecht der Sonnengötter. Da gibt es eine Europaabgeordnete, eine Deutsche, you know. Sie ist die Vorsitzende irgendeines europäischen Ethikrats, eine gewisse Dr. Cecilie Rees …«

Da schau her! Das also war Cecilies Mission.

»Sie argumentiert, jeglicher Export sich unkontrollierbar vermehrenden irdischen Erbguts auf andere Planeten und deren Monde verböte sich. Und zwar weil«, Van Sung musste ehrlich lachen, »weil der Kosmos das Zuhause fremder Kulturen sein könnte. Als Beweis führte sie Relikte eines außerirdischen Volks an, die ein gewisser Karyl Robin-Evans in China gefunden habe, die Dropa, die in Tibet …«

»Kenne ich!«

»Aber das Ganze ist eine Fälschung!«

»Ach?«

»Ja, es ist eine Erfindung, you know. Diesen Karyl Robin-Evans hat es nie gegeben, auch nicht den chinesischen Wissenschaftler Chi Pu Tei. Es war eine literarische Satire, you know. Ein Deutscher hat sie geschrieben, weil in den Siebzigern im Westen lauter Bestseller erschienen sind, in denen behauptet wurde, Gott sei ein Alien gewesen.«

Ich musste lachen.

Van Sungs Lächeln vertiefte sich. »Und die Steinringe mit den Hieroglyphen und all den Nachrichten über Ufos sind aus dem zwanzigsten Jahrhundert, you know.«

»Und was ist dann passiert? Mit den Ameisen, meine ich.«

»Nichts. Die Entscheidung steht noch aus. Deshalb hat Torsten sie alleine gesucht, mithilfe von einem von Giovannis Robotern. Er hat sich nie fügen können. Musste immer seinen Kopf durchsetzen.«

»Und er hat sie gefunden«, sagte Tupac. »Ich habe eine Ameise im Regolith gesehen, als wir ihn reinholten, Gail und ich. Eine blaue Ameise.«

Der Waran gluckste. »Ihr seid alle hysterisch! Es gibt keine blauen Ameisen außerhalb des Habitats. Tupac, believe me!«

»Aber es gibt welche im Habitat«, sagte ich. »Ich habe gestern eine gesehen, in eurem Quartier, im japanischen Modul, kurz nach meiner Landung. Und heute auch wieder zwei im *food stock*.«

»Alle sehen derzeit überall Ameisen!«

»Und deine entzündeten Stiche an deinem Arm, wo kommen die her?«

»Ich bin der Gärtner. Im Teich sind viel zu viele Blaualgen.«

»Torsten Veith hatte auch solche Quaddeln! Und er hat seine Arme nicht in den Teich mit Blaualgen gesteckt, oder?«

»Torsten hatte eine Hautentzündung!«, sagte Van Sung. »Vermutlich eine Überempfindlichkeit gegen die Pilzsporen, die hier überall im Kondenswasser hinter den Schränken gedeihen. Er hat irre Mengen von Fettcreme verbraucht. Frag den Doktor!«

»Und der allergische Schock, von dem du erzählt hast?«

Van Sung lächelte. »Solche Symptome können verschiedene Ursachen haben. Zippora nennt es das Inselsyndrom. Tupac nennt es *el susto*. Es ist eine Hysterie, you know. Der Ausdruck unserer Grundangst, dass wir hier oben auf dem Mond nichts zu suchen haben könnten. Sie sucht sich Gefahren, die nicht existieren, you know. Sie sucht sich Feinde, gegen die man sich zusammenschließen muss. Und wer mit Vernunft dagegenredet, wird als Verräter beschimpft, manchmal sogar als Feind totgeschlagen.«

»War Torsten ein Vernünftiger oder ein Wahnsinniger?«

Van Sung wog den Waranskopf. »Zumindest wollte er dem auf den Grund gehen, was da draußen ist. Was auch immer es ist.«

Eines stand fest, in mir herrschte nicht genug Vernunft, um dem Unheimlichen standzuhalten. Es fuhr mir ins Genick und sickerte rasch in meine Glieder ein. »Aber wenn da was ist«, stotterte ich, »dann … dann hat es Torsten doch nicht … ich meine …«

»Umgebracht?« Die Brille des Warans blitzte. »Ich denke, die eigentliche Frage lautet: Wem nützt es, wenn wir glauben, dass die Ameisen uns nachts beißen, you know, unseren Zeus lahmlegen, das Habitat bedrohen und sogar Menschen töten.«

»Oder man stellt die Frage«, widersprach Tupac, »wem es nützt, wenn wir glauben, es gäbe diese Gefahr nicht.«

»Patt«, sagte ich.

Van Sung und Tupac blicken sich an. Dann drehte der Waran sich plötzlich um, räumte eine Zentrifuge beiseite, öffnete eine Platte in der Wand und griff ins Loch dahinter. Gleichzeitig streckte Tupac den Arm und drückte einen Knopf. An der

Schleusentür erschien, nicht nur innen, sondern sicher auch außen, die Leuchtschrift »No entry. Dangerous experiments«.

Liebevoll entfaltete der Koreaner ein Tuch mit getrocknetem Kraut und schwärzlichen Krümeln. Das drehte er sorgfältig in ein feines Blatt Zellstoff.

Mein Gehirn kringelte sich in Vorfreude. »Und die Kamera?«, fragte ich.

Tupac warf einen Blick Richtung Tür. »Läuft in einer Schleife.«

Und schon wurde alles ganz langsam. »Und wem nützt es nun, wenn wir Angst haben?«, fragte ich mit meinem letzten Rest von Verstand.

In Van Sungs Brillengläsern sprang verdoppelt die Flamme eines Bunsenbrenners. »Diktatoren führen Krieg, um von innenpolitischer Unfähigkeit abzulenken.«

»Kommandant Butcher ist nämlich unfähig«, erklärte Tupac nach schätzungsweise einer halben Stunde. »Depressiv, jähzornig, unsicher und tablettenabhängig.«

Die Zeit blähte sich.

In der Viertelstunde, die ich brauchte, um von Tupac die Tüte entgegenzunehmen, ein oder zwei Züge in meine Lungenspitzen zu ziehen, zu husten und sie an Van Sung weiterzureichen, hatte ich den Fall gelöst und die Relativitätstheorie begriffen.

Bei einer Rotation um die Erde in einer Höhe kleiner als dem halben Erdradius dauerte die Sekunde länger als auf der Erde. Ich alterte langsamer. Weiter weg von der Erde tickte die Atomuhr wiederum schneller als auf der Erde. Ein Effekt der allgemeinen Relativitätstheorie von Albert Einstein. Folglich alterte ich auch auf dem Mond einen Tick schneller als auf der Erde. Wir flogen ja nicht annähernd mit irgendeiner Geschwindigkeit, die sich mit dem Zauber der Lichtgeschwindigkeit messen lassen konnte. Wer mit Lichtgeschwindigkeit flog, alterte gar nicht. Denn die Lichtgeschwindigkeit hatte keine Zeit. Nur uns, die wir auf der Erde saßen, kam es so vor, als bräuchte das Licht acht Minuten, um von der Sonne zu uns zu gelangen. Unsere Zeit verging langsamer.

Aber fragen Sie mich morgen noch mal, und ich kann es Ihnen nicht mehr erklären.

Auf jeden Fall war Richard noch am Leben. Er war nicht in den Hubschrauber eingestiegen. Ich hatte es nur nicht mehr gesehen, weil ich in diesem Moment einen Sack über den Kopf bekam und entführt wurde, um hier oben auf dem Mond den Mord an Torsten Veith aufzuklären. Und Torsten hatte sterben müssen, weil er andernfalls einen Weltkrieg ausgelöst hätte, denn Jockel kaufte über Strohmänner des Mond-Clubs Flecken für Flecken den Mond auf, so wie einst die Zionisten Palästina gekauft hatten. Schüssi hatte es Michel Ardan verraten, der die Weltraumindustrie ohnehin auf dem Kieker hatte. Ardan hatte damit gedroht, Daten zu veröffentlichen, die Torsten Veith ihm irgendwie hatte zukommen lassen und mit denen beide hätten beweisen können, wem der Mond wirklich gehörte. Deshalb würde Lunochod 14 mit seinen Proben von des Mondes Urgestein auch niemals aus dem Aitken-Becken zurückkehren. Torsten Veith hatte ihn lahmgelegt. Das hatte einer auf der Artemis durchschaut und ihn ermordet. Es war alles ganz klar, sonnenklar.

»In wen hat sich Torsten hier oben eigentlich verliebt?«, fragte ich Jahre später.

Die Antwort wurde von einem fürchterlichen Pfeifen vernichtet, einem schrillen Getröte und Geheule. Eigentlich hätte jetzt David, die Stimme von *Radio High Moon*, forciert Fröhliches brüllen müssen, aber dann sagte Van Sung etwas erstaunt: »Alarm!«

»Wie?«

Tupac packte mich am Arm. »Raus hier! Ehe sie die Schotten dicht machen.«

31

»Die Aufgabe bestand also darin: bei unverändertem Stickstoffgehalt 1. den verbrauchten Sauerstoff zu ersetzen; 2. die ausgeatmete Kohlensäure zu vernichten. Dies war sehr leicht möglich durch chlorsaures Kali und kaustisches Kali.« *Von der Erde zum Mond*, Jules Verne, 1865

»Was ist denn los?«, keuchte ich, als wir den Tunnel zur Artemis entlangrannten. Da ertönte auch schon eine Stimme. Die Worte klangen so sinnentleert zusammengestückelt wie auf einem Navigator. »Evacuation of modules one to six, all floors of upper lunar sections. Move to sublunar section immediately.« Als es dann auf Russisch, Arabisch und Spanisch kam, war es auch in meinen Verstand durchgesickert. Die oberen Teile des Habitats mussten leergemacht werden und alle sich ins Sub begeben. Und zwar hurtig!

»Sicher nur wieder Fehlalarm«, meinte Van Sung, als wir aus dem Tunnel in die Station wechselten und die Schleusentür sich mit einem endgültigen Zisch hinter uns verschloss.

Das dritte Sub füllte sich schnell. Zippora Eschkol, Wim Wathelet, Eclipse van Wijk und Morten Jörgensson verstopften den Eingang zum CC, wo David und Abdul die Tastaturen beackerten und Suchläufe starteten. Artemis-CDR Butcher und Oberst Pilinenko standen ihnen im Nacken. Gonzo und Franco waren am Treppenfuß aufgelaufen und guckten gehetzt. Tamara verteidigte in Butchers Büro den Schreibtisch. »Da muss immer ein Durchgang frei sein!« Pjotr, Mohamed, Yanqiu und Krzysztof hätten sich aber nirgendwo anders aufhalten können.

»Was ist los?«, fragte Gail grimmig auf der Treppe und boxte Giovanni ins Geländer. »Lasst mich doch mal durch hier!«

»Luftdruckabfall«, antwortete David galgenhumorig. »Leck in CQD. Wir sind dabei, die Sektion einzukreisen.«

»Wenn ich was tun kann?«, sagte Gonzo.

»Alles im Griff«, antwortete David. »Sind alle da?«

»Rhianna, Fred und Bob sind mit dem Inder draußen«, antwortete Gail.

Hatte ich den Inder nicht vorhin erst in seinem Quartier meditieren gesehen, fragte ich mich still und zugedröhnt.

»Die sind informiert«, sagte David. »Dann kann ich die Schotten dicht machen? Hat jeder seinen COUP?«

Das war jetzt der Partner *in case of urgency*. Ich schaute mich um. »Sergei Kascheschkin fehlt!«

»Shit!«, blies mir Gail hinters Ohr. »Wo ist der wieder?«

»Zuletzt gemeldet HHR«, antwortete Abdul nach einem kurzen Blick aus hindukuschig ölschwarzen Augen auf einen Bildschirm mit Gebäudeplan und kleinen grünen Quadraten mit Nummern.

»Verdammt! Der hat wahrscheinlich seine Uhr in der Fitnesseinheit liegen lassen und ratzt in seiner Koje«, seufzte David. »Vermutlich hat er wieder mal bis in die Puppen Supernoven geguckt?«

»Astrolab«, bestätigte Abdul. »22:14 bis 6:03 Uhr. Dann HHR.«

David langte nach dem Knopf der Intercom und beugte sich zum Mikro. »Sergei Kascheschkin, bitte umgehend ins Sub. Sergei! Aufstehen! Das ist keine Übung!« David lehnte sich zurück, um einen Blick auf den Schirm mit dem Bild zu werfen, das die Kamera vom spinalen Treppenhaus im Quartierdeck zeigte.

»Negativ«, sagte Abdul. »Da bewegt sich nichts.«

David drehte sich zum Kommandanten und seinem Vize um.

»Ich gehe ihn holen«, rief Gail. »Los, lasst mich mal an die Sauerstoffmasken!«

Alle blickten Butcher an. Es war mäuschenstill, abgesehen vom Rauschen der Computerkühlung und der Belüftung, vom Pfeifen in Röhren und einem ständigen Gebrumm.

»Die Daten, David!«, befahl Oberst Pilinenko.

»Verdammt«, sagte Morten Jörgensson und wedelte mit der

Hand unter seiner Nase, »welche Sau hat hier wieder einen fahren lassen?«

Ich sah Wim Wathelet feixen.

David rasselte die Daten des Lebenserhaltungssystems runter: »Gesamt, 956 Hektopascal, stabil, Sauerstoff, 190 sinkend, Kohlendioxid bei 10 Volumenprozent, steigend. Sehr rasch, 11 Prozent, 12 Prozent.«

»Wo kommt das auf einmal her?«, fragte sich Morten laut.

»Kein Problem«, stellte Gail fest. Sie hatte die Sauerstoffflasche schon auf dem Rücken, die Maske unterm Kinn und eine zweite Flasche in der Hand. »Commander, First Lieutenant Taylor im Sanitätsdienst meldet sich zum Einsatz ab.«

Butcher nickte.

Gail schob Gonzo und Franco vom Treppenaufgang weg und begann die Stufen zu erklimmen. »David, gib die Schleuse frei!«

»Warte, ich komme mit!«, rief ich. Es war schon fast wieder der alte Lisa-Nerz-Reflex: überall dabei sein, wo was schiefging. Warum war ich denn sonst hier, auch als Michelle Ardan?

»Nein, das ist zu gefährlich«, antwortete Gail.

»Ach was, ich bin doch schon tot.« Ich riss ein Sauerstoffgerät aus dem Schrank und boxte mich zum Aufgang vor.

Gail blieb stehen und drehte sich um. »Nein, Cyborg, Baby. Du tust, was ich sage.«

»Wieso sollte ich?«

Gail hob das Kinn, oder das, was sich davon zwischen Unterlippe und Hals unsichtbar machte. »Commander Butcher?«

Butchers Backe tickte.

»Ich bin ausgebildeter Höhlenretter«, log ich. Wie schön, dass das Englische alles männlich, gewichtig und stark machte!

Butcher nickte. »Das Kommando hat First Lieutenant Taylor.«

»Alles klar.« Ich würgte mir die Sauerstoffflasche auf den Rücken, zog die Atemmaske unters Kinn, schubste mich durch Morten, Franco, Eclipse, Mohamed und Gonzo und sprang die Treppe hinauf, nicht ohne über zwei Stufen zu stolpern.

Gail war bereits durchs Bodenloch ins zweite Sub entstiegen. Ich holte sie am nächsten Aufgang ein und kniff sie in die Hinterbacke. Sie fuhr herum, schlug meine Hand weg und zischelte: »Mach das nie wieder!«

»Was denn?«

»Du untergräbst meine Autorität.«

»Wozu brauchst'n die?«

»Dich haben sie wohl aus dem Nonnenkloster geholt, Cyborg, Baby! Das hier ist eine Männerwelt. Wenn du Schwäche zeigst, dann fahren die Bobs und Freds mit dir Karussell, klar?«

»Nein.«

Ihre Brauen zuckten über müdem Augenaufschlag. »Glaub mir, ich habe mir den Respekt erkämpft. Also mach ihn mir nicht kaputt! Oder du lernst mich kennen, klar?«

Ich simulierte Zerknirschung und Gefolgschaft. Gails Hintern rotierte militärisch muskulös drei Stufen über mir, gänzlich unbewacht. Militäruniformen waren ja an sich ungeeignet, ein Hinterteil zu kaschieren, und der Artemis-Anzug nahm ebenfalls keinerlei Rücksicht. Generalitäten und Verteidigungsministerien hatte vermutlich auch anderes zu tun, als sich über die uniformelle Darstellung der Truppen-Hinterteile zu kümmern. Sie interessierten sich mehr für die Vorneverteidigung.

Gail öffnete die Schleusentür zum superlunaren Teil des Habitats, schob mich in den Schleusengang und schloss die Tür. »Maske auf!«, befahl sie und zog sich die Maske übers Gesicht. »Und ab jetzt gilt, Feind hört mit.«

»Wie?«

»Wir sind ab jetzt auf Intercom mit denen im CC.«

Sie entriegelte die nächste Tür. Eigentlich hätte es zischen müssen, fand ich, zumindest hätten meine Ohren zufallen müssen. »Herrscht hier nicht Unterdruck?«

»Keine Angst, wir haben noch gut 900 Hektopascal. In einem Habitat kann man den Luftdruck sogar auf den Partialdruck von Sauerstoff senken, 220 Hektopascal. Bei den ersten Apollo-

Missionen hat man immer reinen Sauerstoff genommen. Bis beim Bodentest infolge eines Kurzschlusses die Kommandokapsel abgefackelt ist. So schnell hat man gar nicht gucken können, wie das ging. Drei Astronauten tot. Aber keine Angst, momentan haben wir hier nur etwas zu viel Kohlendioxid. Schätze, der Filter ist kaputt.«

Keine Frage, Gail war mir in diesen Dingen über. Aber meine Ohren hätten trotzdem zufallen müssen. Am kleinen Finger trug ich die Sauerstoffflasche für Sergei und folgte Gail durchs Gewinkel des Habitats. Mühelos nahmen wir drei bis vier Stufen auf einmal. Gail stieß die Tür des Russenquartiers auf, in dem ich erst vor zwei Stunden gewesen war, auch wenn mein Joint-Leck daraus Äonen gemacht hatte.

»Hier ist niemand!«, sagte sie, mehr in die Mikrofone für die im CC als zu mir.

»Das mit den RFID-Uhren ist ja nicht so der Hit«, stellte ich fest. »Hätte die nicht sowieso Alarm schlagen müssen, wenn sie im HHR herumliegt?«

»Kommt darauf an, wo er sie hingelegt hat.« Gail trat hinaus ins zentrale Treppenhaus und öffnete die Tür zum japanischen Modul, in dem Morten, Van Sung und Tupac ihre Schlafstätten hatten. Auch leer.

»Übrigens, vor zwei Stunden habe ich den Inder noch in seinem Quartier gesehen«, sagte ich.

»Das kann nicht sein. Er ist seit elf draußen. Und man braucht wenigstens zwei Stunden, um einen Astrotouristen auf eine EVA vorzubereiten.« Gail zielte quer über die Plattform des spinalen Treppenhauses auf das dritte amerikanische Modul und stieß die Tür auf.

Rakesh Chaturvedi lag rücklings auf dem Boden, Arme und Beine ausgestreckt.

Gail schnappte nach Luft.

Ich hätte gar nicht am kalkweißen Hals nach dem Puls zu tasten brauchen, der Tod gab sich unmissverständlich zu erkennen.

32

»Das Schiff überflog die Nachtseite der Erde in etwas mehr als dreißig Minuten.« *Erste Fahrt zum Mond*, Wernher von Braun, 1961

Sonntagsglocken füllten den Morgen, als Richard den Wagen aus Ratzenried hinauslenkte. Die Limousine schlingerte, denn er versuchte während des Fahrens Ortschaften in seinen Navi einzugeben: Fischreute, Allewinden, Sommersried, Wallmusried. Sie waren seinem Gerät allesamt unbekannt. Schließlich deutete er aufs Handschuhfach. »Da muss eine Karte drin sein.«

Die Lade knallte Cipión, der im Fußraum saß, auf den Kopf. Ich kam mir vor wie eine altgediente Ehefrau kurz vor dem Urlaubskrach. Die Nacht im Schloss war frustrierend gewesen: Gunters lärmende Vorfreude auf den Segeltörn mit Schüssi, ein paar Tage bevor er als Teil der Wirtschaftsdelegation des Ministerpräsidenten im Flieger nach China sitzen würde, Jockels fleischige Altherrendiplomatie, viel zu reden, ohne was zu sagen, und dann mein Ausschluss aus der Herrenrunde samt Verurteilung zum Damenprogramm mit Cecilie über Esoterik und Extraterrestrik, das hatte mich ernstlich zweifeln lassen, ob ich in meinem Leben noch auf dem richtigen Weg war.

Grimm hatte mich wach gehalten unterm Federbett, allein mit der Nacht und dem Schrei des Käuzchens, das Tod und Verderben verkündete, dem Windgeflüster in den Bäumen und dem Geruch des Lakens nach Lavendel. Wahrscheinlich hatte Richard auf getrennten Schlafzimmern bestanden, damit ich nicht mitbekam, wann er ins Bett stieg. »Um dich nicht zu stören«, hätte er gesagt. Aber im Grunde hatte er vermeiden wollen, dass ich ihn im Intimbereich der Nacht mit Fragen löcherte und er mir – entpanzert und in Unterhosen – die Auskünfte nicht hätte verweigern können, die er am helllichten Tag mühelos als Staatsgeheimnisse verschwieg.

Am Morgen danach waren die Launen ungleich verteilt. Richard hatte unter der Dusche singen und sein Köfferchen für Zahnbürste, Rasierapparat, Duschdüfte und frische Wäsche plündern können, während ich mich im Badezimmer an Cecilies Seife hatte bedienen und hernach in denselben Schlüpfer hatte steigen müssen. Und kein Wort beim Frühstück über Mondgeheimnisse, nur Smalltalk mit Cecilie und Jockel übers Wetter und die Zucht von Dackeln.

Vermutlich war es das gewesen, was Richard beabsichtigt hatte, als er mich im Zeppelin-Museum kaperte und ins Hinterland entführte: dass ich in Turnschuhen und Anglerweste unterm Kronleuchter erkannte, dass Lisa Nerz ein dummes und albernes Konzept war. Unnütz und belastend, das überholte Relikt eines infantilen Trotzes gegen meine katholische Mutter mit den Ohrfeigenhänden und gegen die Erwartung der Welt, dass man sich für ein Geschlecht entschied. Zeit, dass du erwachsen wirst, Lisa. Der Klügere gibt nach. Dann allerdings würde ich nie nachgeben können.

Ein schattiger Wald fing die Straße ein und führte sie an einem Bach entlang. Motorräder umschwärmten uns wie Wespen, röhrten an uns vorbei, legten sich in die Kurven und verschwanden.

Ich klappte die Karte von Oberschwaben auf. »Und wo sind wir jetzt?«

Am Straßensaum stand ein grünes Schild mit dem Ortsnamen Rehmen. Rechts ging es einen Feldweg nach Neumühle, links nach Argenmühle. Ich drehte die Karte. Wir überquerten ein frühsommerlich wasserarmes Gewässer. »Und was ist das jetzt für ein Fluss?«

Richard hielt hinter der Brücke am Straßenrand und nahm mir die Landkarte ab. »Hier sind wir. Das ist die Untere Argen«, sagte er und drückte mir die schön auf einen Bereich zurechtgefaltete Karte wieder in die Hände. »Da ist die Autobahn. Die überqueren wir. Und da wollen wir hin. Klar?«

»Alles klar.«

Nichts war klar. Kaum rollten wir über die erste Bodenwelle, verrutschte mein Finger, und ich musste erneut suchen. Das Gebläse füllte den Wagen mit dem Geruch nach Gebräu aus Malz und Hopfen.

»Farny«, sagte Richard in mein Geschnüffel.

Die Brauerei hütete an einem Berg mit Wald die Geheimnisse ihrer Quellen, Keller und Weizenbierwürze. Schafe weideten auf einem Grünstück. Schwungvoll heizte Richard den Daimler hinauf ins nächste Wäldchen. Danach rollten wir hinunter in den Trichter der Hinweisschilder für einen Bahnübergang, hoppelten über die Gleise und sausten auf der anderen Seite hügelan ins Weidegrün. Kühe grasten in einem grün beschilderten Ort namens Feld. Richard setzte den Blinker und bog Richtung Allewinden ab.

»Zum Segelflugplatz wäre es aber rechts gegangen.«

»Ich weiß.«

Als Lotsin mit Karte und Kompass brauchte Richard mich jedenfalls nicht, er hatte sich die Ortsnamen gemerkt.

»Wozu brauchst du mich eigentlich noch?«

»Bitte?«

»Wahrscheinlich hast du mir die Karte nur gegeben, damit ich meinen weiblichen Mangel an räumlichem Vorstellungsvermögen offenbare und dir keine Grundsatzfragen stelle.«

»Lisa! Jetzt mach aber mal halblang!«

»Wenn es dir nicht mehr passt, wie ich bin, dann …«

Mit etwas zu viel Schwung schossen wir über eine Kuppe hinaus auf einen Bauernhof zu. Ich krallte mich in den Haltegriff. Richard trat in die Eisen, die Reifen sirrten, Cipión purzelte in den Fußraum.

Für den alarmierten Seitenblick hatte Richard eine halbe Sekunde. »Lisa, was ist denn los mit dir?«

»Was ist los mit dir, Richard?«

»Wieso?«

Unschuldig zog ein Gehöft an uns vorbei, das Winkel hieß. Unaufhörlich wellte sich vor uns das grüne Land mit seinen Kuhweiden, Höfen und Nutzwäldchen im Netz von Feldwegen. Ein Segelflugzeug kreiste stumm im blauen Himmel.

»Hattest du wenigstens deinen Spaß gestern Nacht mit Jockel und Gunter und euren Mondgeheimnissen?«

»Unter Spaß stelle ich mir was anderes vor.«

»Was denn, Richard? Was macht dir eigentlich Spaß? Ich meine, so richtig!«

»Ah! Sommersried!«, rief er und bremste.

Wir schleuderten rechts auf einen Feldweg. Einer der typischen Allgäuhöfe versammelte Stall und Wohnhaus unter einem langgestreckten Satteldach: Viehställe rechts, Wohnhaus links. Schwarzweiße Zuchttauben pickten flatternd Körner vor dem Kuhstall, ein Alter saß auf einer Bank neben der Eingangstür und guckte zu, wie Richard erneut bremste.

»Wir haben uns herumgestritten, Lisa«, sagte Richard und legte den Rückwärtsgang ein. »Gunter, Jockel und ich. Das hätte dir vielleicht Spaß gemacht, aber mir nicht.«

»Und worüber habt ihr euch gestritten?«

»Unter anderem über Neodym.«

»Was?«

»Die Formel auf Torstens Schiefertafel, erinnerst du dich?« Richard stieß mit dem Wagen bis zum letzten Abzweig in die Felder zurück.«

»Die Seltenerde!« Daran erinnerte ich mich.

»Aus Neodym, Eisen und Bor kann man sehr kleine und sehr starke Magnete herstellen. Die braucht man heute überall, in MP3-Playern, Laptops und in Hybridautos. Seltenerdlegierungen haben allerdings einen Nachteil, sie zersetzen sich an Sauerstoff. Man muss sie im Vakuum umschmelzen, mahlen und sintern. Die SSF hat ein spezielles Verfahren entwickelt, das geeignet scheint für das Sintern von Minimagneten auf dem Mond.«

»Und damit war Torsten befasst?«

»Unter anderem.«

»Und was gibt es da zu streiten?«

Richard musterte den Weg, der hinaus in die Felder führte. »Es geht um die Ausbeutung des Mondes, Lisa. Es geht darum, wer die Fakten schaffen darf. Die Wirtschaft oder die Politik oder die … die Theologen, die Dichter und Astrologen, verstehst du? Und Gunter und Jockel, denen geht es dabei ausschließlich ums Urheberrecht.«

»Darum, wem der Mond gehört.«

»Viel banaler. Gunter hat beispielsweise beträchtliche Summen investiert in die Prozessentwicklung für Mondtechnologien zum Abbau von Bodenschätzen. Und er hat sich mit einer beträchtlichen Summe daran beteiligt, einen Astronauten, nämlich Torsten, für ein halbes Jahr hochzuschicken. Er möchte dafür etwas haben. Und zwar Exklusivnutzungsrechte für zwanzig Jahre an Grundstoffen und Technologien. Nur weil du dabei warst letzten Samstag beim Spargelessen bei Gunter und Viola, haben Jockel und Gunter davon Abstand genommen, wieder einmal auf mich einzureden.«

»Soso, als Schutzpanzer brauchst du mich also.«

Richard schmunzelte.

»Aber du legst doch nicht die Nutzungsrechte auf dem Mond fest.«

»Doch.« Richard ließ den Wagen auf den Feldweg rollen und sagte, als wäre es nichts: »Ich muss noch heute Abend nach Wien. Morgen beginnt die 46. Jahrestagung des Rechtsunterausschusses des COPUOS.«

Gehirn wie Sieb. »Und das ist …?«

»Der Ausschuss der Vereinten Nationen zur friedlichen Nutzung des Weltraums, Lisa.«

»Ah, ich erinnere mich.«

»Und diesmal werden wir unser Mondnutzungsgesetz auf den Weg bringen.«

So was wie Bewunderung keimte in mir. »Eures oder deines?«

Richards Mundwinkel zuckte beinahe geschmeichelt. »Und noch gravierender wird es für die Raumfahrtbehörden, wenn wir mit dem Datenschutz anfangen.«

»Dem Schutz von Forschungsdaten?«

»Das auch ...«

Eine Gruppe Fahrradfahrer in Tour-de-France-Montur bummelten uns auf ganzer Breite entgegen. Richard machte langsam.

»... aber eigentlich geht es um Grundsatzfragen der Menschenwürde, Lisa. Astronauten sind derzeit die bestüberwachten Menschen. Vom Tiefschlaf bis zum Herzrasen, alles wird aufgezeichnet, sämtliche Gespräche werden mitgeschnitten, jede Bewegung gefilmt. Jede Menge Personen – befugte oder unbefugte – können die Daten einsehen. Nur zu wissenschaftlichen Zwecken, heißt es immer. Aber ist der Astronaut eigentlich ein öffentliches Versuchstier? Und gilt das auch für künftige größere zivile Besatzungen, etwa Familienangehörige von Astronauten?«

Der Schwabe neigte am Sonntagvormittag zu philosophischen Grübeleien. Mein Mitleid mit den Wahnsinnigen, die sich ins All schießen ließen, hielt sich dagegen in Grenzen. Zudem sprang mir plötzlich auf der Karte das Segelfluggelände ins Auge. Ein Daumenbreit darunter lag Sommersried, links daneben war das Bucher Moos verzeichnet, in Natura erkenntlich, weil das Weidegrün gen Horizont verwilderte. Auf der anderen Seite des Wegs tauchte ein Maisfeld auf. Eigenartig in diesem Gebiet, in dem traditionell kaum Getreide angebaut wurde.

Und plötzlich erhob sich am Feldrain ein seltsam rustikales Denkmal, meterhoch und aus Feldsteinen gemauert. Auf seiner Schauseite prangte ein glatt gemeißeltes Z.

»Das Zeppelindenkmal auf Torstens Kinderfoto!«, stellte ich fest.

Richard nickte zufrieden und lenkte den Daimler auf den Grünstreifen. Dem Denkmal gegenüber stand ein Wegekreuz neben einer jungen Birke.

Cipión hyperventilierte schon mal zwischen meinen Füßen. Aber Richard ließ die Hand am Zündschlüssel und blickte mich an. »Kennst du den Spruch: Wenn'd so lang wärsch wie bleed, na könnsch dr Mond am Arsch lecke?«

»Ah, hat man das bei euch daheim gesagt?«

Richards Braue zuckte. Zu Scherzen über sein Elternhaus war er noch nicht bereit. »Das hat Gunter zu Torsten gesagt, als sie noch miteinander auf die Schule gegangen sind. Und Torsten hat zu Gunter gesagt: Wenn'd so kloi wärsch wie bleed, na könnsch unterm Teppich mit Schtelze laufe. Gunter war damals ein Zwuggel und Torsten eine lange Latte, daher.«

»Aha.« Auch Cipión hechelte verständnislos.

»Das war der Ausgangspunkt der Mondwette.« Richard zog den Schlüssel und stieg aus.

»He! Warte!«

Cipión erwürgte sich fast mit dem Halsband beim Versuch, die Mittelkonsole zu überwinden und über den Fahrersitz ins Freie zu stürzen.

Ich benutzte meine Beifahrertür. »Und worum haben sie nun gewettet?«

Richard schmunzelte. »Gunter wollte es bei Tisch nicht sagen, Cecilie ist ein bisschen päb in solchen Sachen, weißt du.«

Immerhin fand Richard es amüsant. Und so viele Freuden hatte er ja nicht auf Erden. Ich mahnte mich zur Geduld. Es war schmeißfliegenstill. Die Sonne brutzelte ins Maisfeld, und das Segelflugzeug kreiste lautlos im blauen Himmel. Ein Bussard nutzte dieselbe Thermik.

»Also, die Wette lautete: Wenn Torsten seine Mondgöttin findet und heiratet, muss Gunter am Sonntag nach der Kirche auf dem Marktplatz von Wangen mit einem Pappmond auf einem Stöckle und mit nacktem Arsch umeinanderspringen und rufen:

›Ich bin ein bleeder Niederwangener und will dem Mond den Arsch lecken.‹ Wenn aber Gunter vorher den Mond in seinen Besitz gebracht hätte, dann hätte Torsten auf dem Kirchplatz von Niederwangen mit Teppich auf dem Kopf und entblößtem Hintern auf Stelzen umhertappen und rufen müssen: ›Ich bin ein bleeder Wangemer und kann unterm Teppich mit Stelzen laufen.‹«

»So was Bescheuertes können sich auch nur Buben ausdenken.«

»Sie haben einen regelrechten Vertrag darüber geschlossen und mit Blut besiegelt.«

Ist die Aussicht, mit nacktem Arsch seine Heimatstadt beleidigen zu müssen, ein Mordmotiv?, fragte ich mich. »Wettschulden sind doch Ehrenschulden. Und Gunter hätte demnächst bezahlen müssen. Torsten hatte da oben seine Mondgöttin gefunden.«

Richard blickte mich scharf an. »Was heißt das?«

»Er hat sich da oben verliebt, Richard. Susanne hat es mir gestern erzählt. Unter Tränen. Wenn er nicht gestorben wäre, hätte sie den Kindern sagen müssen, dass er nicht mehr bei ihnen lebt.«

»Ach so!«

»Ja, was hast du denn gedacht?«

»Ich dachte, du willst mir erzählen, er hätte eine Begegnung mit einer Selenitin gehabt. In wen hat er sich denn verliebt?«

»Hat er seiner Frau nicht gesagt. Warum wirst'n immer gleich so nervös, sobald die Seleniten ins Spiel kommen?«

»Ich bin nicht nervös!« Leicht angenervt wandte Richard sich ab und trat vor das Feldsteindenkmal.

Im Sockel hatte der Steinmetz eine glatte Fläche in Form eines Zeppelins angelegt. Da hinein hatte er ohne Satzzeichen die Worte gemeißelt: »Hier landete am 17. Jan. 1906 in Sturm und Not der Bezwinger der Lüfte Graf ZEPPELIN«.

»Tja«, sinnierte Richard, »das einzig Gefährliche am Fliegen ist die Erde! Wilbur Wright.« Er trat ins Grün und verschwand hinter dem Denkmal. Cipión dackelte hektisch hinterher. Nur nichts verpassen.

Ich besichtigte inzwischen das Wegekreuz. Der Jungbaum litt unter der Frühsommerhitze. »Graf-Zeppelin-Birke«, stand auf dem in den Boden gepflanzten Schild. »Gestiftet von Achim Linder am 17. Jan. 2006 anlässlich des Gedächtnislaufs von Fischreute nach Friedrichshafen.«

Was es nicht alles gab!

Ein Hubschrauber knatterte durch den Himmel. Richard kam hinter dem Denkmal hervor, überquerte den Weg, beugte sich über das Stifterschild, fuhr mit dem Finger die Kanten entlang und linste zwischen das Blech und die Gummiplatte, mit der zusammen das Schild an den Ständern verschraubt war.

»Was suchst'n eigentlich?«

»Den Grund, warum Torsten ein Foto mit seinen Kindern vor diesem Denkmal mit ins All genommen hat. Von Gunter weiß ich, dass Torsten seinem Sohn gerne Rätsel aufgegeben hat, meistens kryptologische. Reizt dich der Gedanke nicht, Lisa? Geheimbotschaften, das ist doch was für euch Journalisten.«

Sein Ding war es offenbar nicht. Deshalb zündete er sich eine Zigarette an.

»Und sonst?«, erkundigte ich mich. »Was hat Gunter sonst noch so erzählt gestern Nacht?«

»Nun ja« Richard linste zu mir herüber. »Er war es, der bei den Veiths eingebrochen ist und den Computer und die Datenträger mitgenommen hat.«

»Was? Und das sagst du mir erst jetzt?«

Richard schmunzelte. Das machte ihm richtig Spaß. Ich verstand.

»Und warum?«

»Weil Gunter der Meinung war, dass Torsten widerrechtlich Firmeninterna auf seinem Rechner gespeichert hatte.«

»Und hatte er?«

»Nein, sagt Gunter.«

»Hätte er dann nicht einfach Susanne fragen können, statt ihr so einen Schrecken einzujagen?«

»Einfach?« Richard schüttelte weise den Kopf. »Was ist schon einfach, Lisa.«

Sehr wahr!

»Gunter hat mir das so erklärt: Er habe Susanne nicht fragen wollen, denn sie hätte vermutlich erst Torsten fragen wollen, bevor sie ihm Zugang zum Computer gewährt, und Torsten hätte dem nicht zugestimmt, und dann hätte er sich den Computer doch holen müssen, und dann hätte Susanne sofort gewusst, dass er es war.«

»Logisch.«

»Außerdem habe die Zeit gedrängt, sagt Gunter. Da habe es einen äußerst befremdlichen Anruf von Torsten bei Jockel gegeben, zwei Wochen vor Torstens Tod. Er hatte ihn vom Kontrollzentrum nach Ratzenried legen lassen. Als Privatgespräch. In so einem Fall darf es im GSOC Oberpfaffenhofen nicht mitgeschnitten werden.«

»Und worum ging es?«

»Jockel hat das so ausgedrückt: Torsten sei nomgschnappt. Er habe erklärt, auf der Artemis gebe es Humanversuche. Er, Torsten, solle systematisch fertiggemacht werden.«

»Mobbing auf dem Mond!« Ich musste lachen.

»So wie Jockel es schilderte, klang es eher nach Verfolgungswahn. Er werde unter Drogen gesetzt, soll Torsten behauptet haben. Seine Berechnungen und Daten würden vernichtet. Er müsse Vorsichtsmaßnahmen ergreifen. Man wolle ihn töten.«

»Na bitte!«

»Eine Anfrage übers Kontrollzentrum hat keinerlei Hinweise auf solche Vorgänge in der Artemis ergeben, Lisa. Weder in privaten E-Mails der Astronauten noch in den Audioprotokollen hätten sich, so die Auskünfte, Andeutungen über schwerwiegende zwischenmenschliche Konflikte gefunden. Man beschloss, Torsten Veith zu seinem eigenen Schutz vorzeitig zurückzurufen. Er sollte mit dem STS-213 zurückkommen, das nächste Woche gegen das STS-214 ausgetauscht wird. Zwei Tage nachdem man ihm die Entscheidung mitgeteilt hatte, war er tot.«

»Und da wagt Gunter es noch, von einem Unfall zu sprechen?«

Richard schnippte die Kippe auf den Asphalt und zerquetschte sie unter der Schuhsohle. »Ein Unfall ist für die Witwe meist leichter zu verkraften als Selbstmord.«

»Und für den alten Schulfreund auch. Es erspart ihm die Schuldfrage.«

Richard zog die Brauen hoch. »Inwiefern hätte Gunter Schuld an Torstens Tod! Wo steckt eigentlich Cipión schon wieder?« Er ließ den Blick übers Maisfeld schweifen. »Cipión!«

Und schon hatte er den Weg überquert und war hinter dem Zeppelindenkmal verschwunden. Dort buddelte Cipión in einem Loch am Sockel, aus dem ein Feldstein gefallen war.

Richard ging in die Hocke. Erde und Steine prasselten ihm gegen die Hosenbeine. Er stützte sich mit der Hand am Denkmal ab, das der rückwärtigen Inschrift zufolge von einem gewissen Dittus 1918 entworfen und von einem Th. Maute ausgeführt worden war – Informationen, welche die Menschheit unbedingt brauchte, um fortzubestehen –, und zog Cipión am Halsband aus dem Loch. Erdkrümel rieselten dem Dackel aus dem Bart, seine Nase war braun gerändert. Eigenartig, dass man die Kurzbeiner für gute Jäger hielt. Cipión hatte noch nie die Maus gefangen, so leidenschaftlich er auch grub. Wahrscheinlich beschränkten sich die Instinkte von Dachshunden auf das unverzügliche Verschwinden in allem, was röhrenartig war.

Richard ging auf das gut betuchte Knie und streckte den Arm ins Loch. »Ja, was haben wir denn da!« Mit Entdeckerlächeln präsentierte er mir auf flacher Hand ein kleines grünes Fahrzeug mit sarglangem Kühler. »Da ist er ja, Lucas Maybach Zeppelin. Brav, Cipión!«

Cipión wedelte freudig.

Der Oberstaatsanwalt sprang auf, klopfte sich lässig die Hosen ab und begann, das Modellauto auf der Handfläche vor und zurück zu rollen. Dann hakte er seine Fingernägel in die Türchen. »Guck mal! Die lassen sich öffnen!«

Ich kam mir vor wie im falschen Kindergarten.

»Und es ist sogar was drin!« Mit zu dicken Fingern zupfte Richard ein Tütchen aus dem Fahrgastraum.

»Sand«, bemerkte ich.

»Zu pudrig. Nein, ich glaube, es ist Mondstaub!«, widersprach Richard ehrfürchtig. »Das muss Veith hier vor der Reise für seinen Jungen versteckt haben. Und bei seiner Rückkunft hätte er Luca dann ein hübsches Rätsel aufgegeben.«

»Herzallerliebst!«

Richard lächelte versonnen. »Jetzt bleibt uns nichts anderes übrig. Wir müssen zum Flugplatzfest. Wo wir jetzt schon mal in der Gegend sind. Da treffen wir sicher Susanne Veith und die Kinder. Und ich kann Luca das hier geben.« Er grinste bübisch. »Außerdem gibt es viele schöne Flugzeuge zu sehen.«

Wahrscheinlich hätte ich ihn mit keinem vernünftigen Mittel davon abhalten können. Er war unerreichbar in seinem Vergnügen an dem kleinen Auto, seiner Vorfreude auf Flugzeuge und einer ganz und gar unerklärlichen Heiterkeit. Zu welchem unvernünftigen Mittel hätte ich wohl gegriffen, wenn ich gewusst hätte, dass er in seinem Leben nur noch drei Zigaretten rauchen würde?

33

»Es gibt eine Gattung Spinnen im Monde, von denen die kleinste größer ist als eine der kykladischen Inseln. Diese bekamen Befehl, den ganzen Luftraum zwischen dem Mond und dem Morgenstern mit einem Gewebe auszufüllen. … Auf dem linken Flügel der Feinde standen die Pferdameisen, von Phaeton angeführt.« *Der Wahren Geschichte erstes Buch*, Lukian von Samosata, 165

David, die Stimme von *Radio High Moon*, hackte stumm mit zusammengebissenen Kiefern auf den Tastaturen und schwitzte wie ein Pferd.

»Sauerstoff, 220 Hektopascal«, meldete Abdul. »Kohlendioxid unter einem Volumenprozent, fallend, Gesamtdruck 1013 Hektopascal, Normalwert erreicht.«

»Zum Teufel!«, bruddelte Morten Jörgensson. »Zeus verarscht uns doch wieder nur. In Wahrheit ist da oben überhaupt nichts passiert.«

»Nur dass wir eine Leiche haben«, bemerkte ich.

Butchers Kiefer malmten.

Tupacs Prophezeiung, »Wir werden alle sterben«, war zur realistischen Option geworden. Die zweite Option bestand aus schwerwiegenden diplomatischen Verwicklungen mit Indien. Artemis-CDR Butcher sah aus, als hätte er die erste Option vorgezogen.

»Und was war los?«, fragte Oberst Pilinenko.

»Das prüfe ich gerade!«, antwortete David gereizt.

Ich entfloh dem elektronisch angewärmten Schweißgeruch ins oberste Sub. Dort saßen der Südafrikaner und der Saudi auf dem Boden und spielten mit roten und blauen Schnipseln von Elektrokabeln ein vermutlich altes babylonisches Brettspiel. Giovanni hockte auf der Treppe neben dem Eingang zum *food stock* und zutzelte an einer Proviantttüte.

Ich sondierte meinen Magen und entdeckte Hunger.

Die Düse zum Rehydrieren war über der Spülmaschine angebracht, die Schere lag darunter. Besteck fand ich in einer Schublade. Auf einen Teller verzichtete ich. Nudeln und Gemüse ließen sich gut aus der Packung stochern.

Eine Ecke weiter, hinter Schalt- und Messsystemen, stand Yanqiu, mit verschränkten Armen gegen die Wand gelehnt. Gail wisperte auf sie ein und schwieg, als ich dazukam. Aber es wisperte weiter in meinem Innenohr. Cecilie Rees sprach in der Ratzenrieder Schlossbibliothek von Chang'e, der Frau des Helden, die aus Langeweile das Kraut der Unsterblichkeit isst und zu ewiger Einsamkeit auf den Mond verdammt wird, zusammen mit einem Hasen und einem Kuppler, der bei Vollmond auf der Erde Ehen stiftete. Und es fiel mir wie Schuppen von den Augen: Yanqiu!

»Dieser Scheiß-Kasache ist draußen«, fluchte Gail meine Poesien weg. »Dabei wäre Chaturvedi dran gewesen.»

»Ich habe den Anzug für Chaturvedi fertig gemacht«, hauchte Yanqiu. »Ich dachte, Bob und Fred …«

»Da kannst du nichts dafür!« Gail machte eine große Geste. »Du kannst nicht überall sein. Aber Fred und Bob, die muss man fragen, warum sie Sergei mitgenommen haben und nicht den Inder. Wozu macht Tamara denn die Pläne? Und es wäre Chaturvedis letzte Gelegenheit gewesen.« Sie richtete ihre verschlafenen Augen auf mich. »Wie ist die Lage?«

»Fehlalarm«, sagte ich gabelnd. »Jedenfalls klang es für mich so. Ich müsste übrigens dringend mal eine E-Mail schicken.«

»Nachrichtensperre«, antwortete Gail. »Mindestens vierundzwanzig Stunden. Das war nach Torstens Tod auch so.«

Dafür hatte ich sogar Verständnis. Wenn zwanzig Artemis-Insassen an ihre Familien brühwarm Tod und Verderben mailten, dann würde man eine halbe Stunde später auf den Tickerbändern von CNN, N24 und al-Dschasira Sätze lesen wie: »Toter bei ethnischen Auseinandersetzungen auf dem Mond« oder »Mysteriöse Seuche sucht Artemis heim«.

Also verzichtete ich aufs Geschrei der freien Presse nach dem Recht auf Information und überredete mich zu Selbstverleugnung und Geduld, bis das Habitat für uns wieder freigegeben wurde. »Wer führt in so einem Fall die Untersuchung?«

»Zippora natürlich«, antwortete Gail.

»Natürlich?«

»Sie ist die Psychologin. Sie spricht sowieso mit uns. Wegen Schock und Trauma und so.«

Aber war es diplomatisch die beste Lösung, wenn eine Israelin den Tod eines indischen Staatsbürgers untersuchte, der zu einer der mächtigsten Familien in allerhöchster Kaste gehört hatte? Der Pakistani kam allerdings nicht infrage, denn Pakistan lag mit Indien im Dauerkriegszustand. Und ein Araber? Nicht, solange Kämpfer des islamischen Heiligen Kriegs mit Sprengstoffgürteln in alle Teile der Welt ausschwärmten, im Bestreben, der Weltherrschaft der USA die Scharia entgegenzusetzen, unterstützt vom Iran, der Israel mit Ausrottung drohte und wie Pakistan und Indien zur Atommacht aufsteigen wollte, wogegen die USA Raketenschutzschilde plante, was Russland ergrimmte, weil es auf polnischem und tschechischem Boden geschehen sollte. Deshalb ging als Ermittler auch kein Pole. Ein Russe aber auch nicht, auch wenn Indien einen Russen akzeptiert hätte, denn siebzig Prozent der Ausrüstung der indischen Streitkräfte stammten aus russischer Produktion. Aber dagegen hätten die USA was haben können, strebten doch Russland, China und Indien gemeinsam nach Weltfrieden, will sagen, nach einer strategischen Allianz in Asien.

Ich hätte den Südkoreaner genommen.

Gail senkte die Stimme. »Aber nichts zu Zippora über die Uhren! Klar?«

Was brauchte es eigentlich, damit erwachsene Menschen in die Mentalität von Internatsschülern zurückfielen? Offensichtlich genügten eine Hausordnung, ein Pedell, ein Rektor, eine Verbindungslehrerin und der Anstaltsarzt.

Ich warf die Fresstüte in den Zersetzer und begab mich wieder nach unten. Aus dem CC qualmte Schweiß und stach mir ins Kopfwehzentrum. Nase zu und schnell vorbei! Zippora machte sich gut hinter Butchers Schreibtisch mit der US-Flagge. So als hätte sie schon lange darauf gewartet, diesen Platz einzunehmen.

»Hör mal, Zippora, man muss das Quartier fotografieren und Spuren sichern, bevor man die Leiche wegbringt.«

»Die Leiche ist schon weg«, antwortete sie. »Artjom und Wim haben sie ins HHR getragen. Aber Wim konnte nichts mehr tun.«

»Trotzdem sollte man Spuren sichern. Eine Obduktion wird vermutlich sowieso stattfinden, oder?«

Zippora blickte mich aufmerksam an. »Möchtest du zugucken?«

»Was?«

»Wim und Artjom wollen in diesen Minuten anfangen. Wenn dich das interessiert … Außerdem müsste ich dann nicht hin. Ich … ich bin kein Freund von Sektionen.«

Die Leiche des Inders lag splitternackt und fakirmager auf dem Operationstisch im HHR. Oberst Pilinenko hatte sich neben der Tür postiert und machte ein KGB-Gesicht – obwohl, wenn er einem Geheimdienst angehörte, dann dem GRU, dem *alles sehenden Auge* des russischen Militärs.

»Zippora schickt mich als Auge der Presse«, sagte ich beim Eintreten. »Ich werde nicht ihn Ohnmacht fallen. Meine Mutter war die Leichenwäscherin im Dorf. Ich war als Kind dabei.«

Dr. Wim Wathelet kräuselte ein Altherrenlächeln in die Mundwinkel, ließ die Fingerknöchel knacken und fing an. »Also, keine äußeren Verletzungen. Keine Zeichen äußerer Gewalteinwirkung, keine Hinweise auf Erwürgen oder Erdrosseln. Hals und Luftröhre sind frei. Keine Hinweise auf eine Zyanose, also eine Unterversorgung mit Sauerstoff. Die Pupillen sind gleich groß, kein Hinweis auf ein Schädel-Hirn-Trauma, eine Hirnblutung oder einen einseitigen Schlaganfall.«

Der Geruch nach warmen menschlichen Sekreten hatte den winzigen Operationsraum bis in den letzten Winkel getränkt.

»Keine Totenflecken sichtbar. Das Blut sickert hier nicht so schnell nach unten wie auf der Erde. Rigor mortis noch nicht eingetreten. Rektaltemperatur 35,2 Grad, bei einer Raumtemperatur von 22,4 Grad Celsius. Todeszeitpunkt schätzungsweise vor über einer Stunde und unter zwei Stunden.« Er blickte auf seine Uhr. »Also zwischen UTC elf und zwölf.«

»Gegen zehn Uhr habe ich ihn bei einer Meditation angetroffen«, bemerkte ich.

Dr. Wathelet blickte auf. »Es soll ja Brahmanen geben, die sich in eine Art Todeszustand versetzen können, Samadhi heißt das bei denen. Eine totale Vereinigung mit dem Göttlichen. Man sagt, dass der Körper eines Menschen im Samadhi über Jahre, wenn nicht Jahrtausende erhalten bleibt, als Untoter gewissermaßen.« Er lachte. »Kryptobiose nennen das die Biologen. Die Bärtierchen, die die Uni Stuttgart heraufgeschickt hat, sind Meister darin.«

Pilinenko räusperte sich ungeduldig.

Wim ließ die linke Braue springen und wandte sich wieder dem Toten zu. »Eine Darmentleerung hat nicht stattgefunden, die Blase hat sich entleert. Und was haben wir hier?« Er hatte den linken Arm der Leiche gehoben und musterte die Unterseite. »Sieht nach Mückenstich aus. Oder nach dem Giftstich einer Knotenameise.«

»Ein allergischer Schock?«, fragte Artjom Pilinenko.

Wim hob die Augen. »Ich werde sein Blut auf IgE-Antikörper untersuchen. Aber ein allergischer Schock sieht anders aus. So ist beispielsweise keine Flüssigkeit aus den Blutgefäßen ins Gewebe ausgetreten.« Er griff hinter sich nach dem Skalpell und blickte herausfordernd in die Runde. »Jetzt sind starke Nerven gefragt.« Er setzte das Messer am Brustbein an.

Ich beugte mich vor und wappnete mich gegen den eigenartig friedlichen und zugleich alarmierenden Geruch nach Schlachttier, der aus den Eingeweiden aufsteigen würde. Und gegen den nach Latrine, wenn es blöd lief. Der belgische Doktor blickte mich über die reglos eingesackte Bauchdecke des Inders und über sein Messer hinweg an und raunte auf Französisch: »Was hast du vorhin damit gemeint, du seist schon tot?«

»Die Nasszelle im Biolab hat gestern versucht, mich zu den Klängen der Pekingoper zu ersticken.«

»Ach, das war doch nur eine dieser technischen Pannen, von der immer alle sagen, dass sie nicht vorkommen können.«

»Oder«, wisperte ich, »die Mondgöttin zieht die ewige Einsamkeit unserer Gesellschaft vor und will uns vertreiben.«

»Komisch, diese Angst wird man nie ganz los, die Angst vor Marsmenschen, kosmischen Viren, intelligenten Planeten.«

Pilinenko knurrte unwirsch.

Das väterlich-spöttische Lächeln zuckte um Wims Mundwinkel. »Dann mache ich jetzt den Schnitt.«

Er drückte die Spitze des Skalpells unters Brustbein, hielt aber inne, bevor die Haut aufplatzte, und hob das Messer sachte wieder von dem grauen Leib. Er blickte mich und dann Pilinenko an und senkte Hand und Messer.

Nur der asthmatische Atem der Artemis war zu hören.

»Ich schlage vor«, sagte der Arzt, »dass wir den Körper intakt lassen.« Seine Stimme klang dünn. »Wer weiß, ob die Inder Obduktionen nicht als Verstoß gegen ihre Religion, die Totenruhe oder sonstige Gebräuche betrachten. Wir schaffen ihn mit STS-213 runter, dann sollen die unten entscheiden. Ich ziehe nur Blut für die chemische Analyse. Einverstanden, Artjom?«

Auf Pilinenkos Gesicht glänzte fast so etwas wie Erleichterung. »Einverstanden.«

Hinter sich aus der Schublade zog Wim ein Operationstuch, das er über den Toten breitete. »Bericht ist fertig, bis wir uns in zwei Stunden in der Cupola treffen.« Der Belgier fuhr sich übers schüttere Haar.

»Was ist los?«, flüsterte ich auf Französisch. »Stimmt was nicht mit der Leiche?«

»Komm!«, raunzte Oberst Pilinenko. »Wim hat zu tun!«

»Aber!«

»Das ist ein Befehl, Miss!«

»Die Presse lässt sich nichts befehlen!«

Wim schüttelte beschwichtigend den Kopf und formte mit den Lippen Worte. Zuweilen war ich sensibel genug, die Notwendigkeit meines Rückzugs zu akzeptieren. Vielleicht war ich auch nur mürbe genug. Kaum waren wir draußen, spülte mein Hirn den Sinn von Wims stimmlos geformten Lauten in meinen Verstand: »Il n'est pas mort! « Er ist nicht tot.

34

> »Mir scheint, für ein Mädchen gehörte nicht weniger Mut zu der Fahrt nach dem Monde als für den Mann Odysseus zu der Hadesfahrt.« *Frau im Mond*, Thea von Harbou, 1928

Unmissverständlich machte mir Oberst Pilinenko klar, dass der Platz der Presse in den nächsten Stunden oben in der Cupola war. Ich gab mich gehorsam und trollte mich.

Die Übriggebliebenen und Überflüssigen – Pjotr Turenkow aus Petersburg, Mohamed bin Salman al-Sibarai'I aus Saudi-Arabien, Eclipse van Wijk, der farbige Diamantenhändler aus Südafrika, und Franco Llacer, der Europaabgeordnete aus Barcelona – saßen an einem Tisch beim Kaffee und erzählten sich unterirdische Witze.

»Was schoss dem Challenger-Piloten als Letztes durch den Kopf?«, fragte Eclipse. »Der Steuerknüppel.«

Franco fiel fast vom Stuhl vor Lachen.

Der seltsame Kontrast von Nacht und Tageshelle auf der farblos grauen Wüste rundum ließ keine heimischen Gefühle aufkommen, auch wenn die Verkehrsschilder, Fahrzeuge, Reifenspuren und Gebäude menschengemacht aussahen. Die Schutzplatten auf der Sonnenseite waren so weit gewandert, dass ich zum ersten Mal einen Blick auf die langgestreckte Glaskuppel der Biosphäre werfen konnte. Auch das smaragdgrüne Paradies verweigerte die Farben der Erde, denn ihr Wasserspiegel war pechschwarz.

Eine Atmosphäre würde der Mond nie haben, aber wenn man ihn mit luftgefüllten Kuppeln und Verbindungsröhren überdeckte und darin die alte Erde wiedererweckte, hätte man irgendwann auch hier eine funktionstüchtige Welt mit spielenden Kindern, Politik und Ausbeutung. Und von der Erde aus würden wir nachts auf den dunklen Teilen des Mondes die Lichter der Städte sehen.

Ich ließ Kaffee aus dem Automaten zischen und wandte mich dem desolaten Tisch zu. »Darf ich?«

»Aber bitte, gerne«, antwortete Pjotr und wischte sich die Lachtränen aus den Augen. »Haben sie dich auch weggeschickt? Hätte ich doch was Anständiges gelernt.«

Ich holte einen fünften Stuhl. Franco rückte unbehaglich von mir weg. Seit er wusste, dass ich ein Cyborg war, schaute er mich nicht mehr an. Ich konnte es dem delikaten Kenner der Frauenärsche auf der blauen Marmorkugel nicht einmal verübeln.

»Puta madre!«, stieß er hervor. »Bin ich froh, wenn es wieder runter geht! Für Wissenschaftler mag das alles ja ganz interessant sein.«

»Wenn du erst draußen warst, redest du anders!«, sagte Eclipse. »Vergiss nicht, dich fotografieren zu lassen. Dein Gesicht erkennt zwar keiner im Helm, damit kannst du daheim nicht punkten, aber du weißt, dass du wirklich deine Füße im Mondstaub gehabt hast. Nicht wahr, Mohamed?«

Der Saudi nickte würdevoll.

»Ich weiß nicht«, nörgelte Franco. »Es ist doch sicher nicht viel anders als in der Wüste.«

»Hätte man nicht gedacht«, bemerkte Eclipse mit seinem harten südafrikanischen Akzent, »dass der indische Brahmane so einen Schiss vor seinem Ausflug gehabt hat.« Er lachte auf. »Er hat ununterbrochen meditiert. Ich meine, er war ein gebildeter Mann, hat in England studiert, eine der größten Softwarefirmen hat ihm gehört. Er war belesen, Hemingway, Goethe. Und nun soll er den Mond betreten und von Mondgöttin Bhrkuti den Dreistock des Brahmanen, welcher der Welt entsagt hat, entgegennehmen, und ihn packt die Angst vor der menschlichen Vermessenheit. Er fühlt sich dessen nicht würdig und meditiert sich zu Tode.«

»Wir im Westen haben keine Mythen mehr«, seufzte Franco.

Ich schaltete mein Gehör auf Autopilot. Der Kaffee war heiß. Der Katalane vertrat die Ansicht, dass Rakeshs Ehefrau zusammen mit dem Leichnam ihres Mannes verbrannt würde. Als man es ihm ausredete, beharrte er darauf, dass in Indien die Mädchen gleich nach der Geburt getötet würden. In Bangladesch schütteten eifersüchtige junge Männer den Mädchen Batteriesäure ins Gesicht, und im Iran steinige man die Mädchen, wenn ihnen der Schleier verrutsche.

Mohamed bin Salman al-Sibarai'I erklärte, der Islam sei traditionell eine tolerante und friedliebende Religion.

»Ach ja?«, sagte Franco. »Bei euch in Saudi-Arabien dürfen Frauen doch noch nicht einmal ein Auto lenken!«

Mohamed zog nacheinander die Brauen hoch. »Es gibt in meinem Land kein Gesetz, das es Frauen verbietet, Auto zu fahren. Sie müssen nur von einem männlichen Verwandten begleitet werden.«

»Und wie macht ihr das mit euren Gebeten hier oben? Wohin wendet ihr euch, wenn ihr euch gen Mekka wenden müsst?«

»Zur Erde.«

»Und wenn die Sonne niemals oben steht noch untergeht, wann sind dann eure Gebetszeiten? Tust du dich da eigentlich mit dem Pakistani zusammen?«

»Ich gehöre zum Ahl al-Sunna wa-l-Jama'ah, zum Volk der Tradition und Versammlung.« Mohamed blickte in unsere offenmäulige Runde. »Ich bin Sunnit. Abdul ist Schiit.«

»Dass ihr Moslems euch auch noch gegenseitig abmetzelt, ist eigentlich das Barbarische«, sagte Franco.

»Gab es zwischen den christlichen Richtungen niemals blutigen Krieg?«

»Das war im Mittelalter«, krakeelte der Spanier. »Was euch Moslems fehlt, ist die Aufklärung.«

»Kinder, Kinder!«, stöhnte Eclipse. »Hört euch mal zu! Ist das nicht ein Wunder, dass wir auf dem Mond sind? Friedlich alle miteinander, Russen, Chinesen, Amerikaner. In meiner Jugend herrschte bei uns noch Apartheit. Unvorstellbar, dass ein Schwarzer ein Raumschiff besteigt.«

Schwarz war er nun gerade nicht, aber wenn es ihm half, sich so zu sehen.

»Nach welchen Kriterien wählen sie eigentlich euch Journalisten aus?«, fragte Pjotr, der seine Blicke kaum von mir lassen konnte.

Ich zuckte mit den Schultern.

»Bei uns haben die Kosmonauten drei Jahre zusammengelebt, samt ihren Familien, bevor man sie für ein halbes Jahr zur Mir hochgeschickt hat.«

»Kennt ihr das Weltraumspiel?«, fragte Eclipse fröhlich dazwischen. »Die NASA hat es in den Siebzigern entwickelt. Es ist ein Planspiel und Rollenspiel. Es geht folgendermaßen: Ein Raumschiff hat eine Bruchlandung auf dem Mond hingelegt. Das Mutterschiff ist zweihundert Meilen entfernt. Die Bruchlandung hat alles zerstört, nur fünfzehn Gegenstände kann man noch gebrauchen. So was wie ein Magnetkompass, Sauerstoff, Wasser, eine Mondkarte, ein aufblasbares Schlauchboot und so weiter. Die Gruppe muss nun festlegen, welche Gegenstände notwendig sind, um lebend zum Mutterschiff zu gelangen. Erstens, zweitens, drittens und so weiter.«

»Der Kompass schon mal nicht«, sagte Pjotr. »Auf dem Mond gibt es kein Magnetfeld.«

»Wollen wir es spielen, ja?«, eiferte Eclipse. »Das wird bestimmt lustig!«

»Das Wasser«, sagte Franco. »Das muss an eins.«

»Quatsch, der Sauerstoff!«, rief Pjotr.

Yanqiu brachte die Kiste mit Fresspaketen. Ich sprang auf, um ihr zu helfen. Aber sie hatte die Kiste mit den silbrigen thermostabilisierten und gefriergetrockneten Päckchen, Müsliriegeln, Nüssen und Trockenfrüchten bereits im Geviert der Kombüse abgestellt. Der Bedarf des Menschen an Kohlehydraten, Eiweiß und Fett bemaß sich auf kaum 250 Gramm pro Tag. Faserstoffe brauchte man eigentlich gar nicht, hatte die jüngste Forschung festgestellt. Weg mit den Ballaststoffen. Das Wasser brachte unser Essen aufs nötige Volumen und Gewicht, damit man auch das Gefühl hatte, was im Magen zu haben. Die Mahlzeiten wurden, wie ich auf dem Etikett sah, in Italien eingedampft.

»Ich helf dir nachher mit der Spülmaschine«, raunte ich Yanqiu ins Ohr.

Sie wich dem Gebläse meines Kaffeeatems aus. »Lass mal. Ich müsste dir erst alles erklären.« Und schon hatte es sie aus der Kombüse geweht und sie war verschwunden.

Wie meine Mutter! »Eh ich dir alles erklär, hab ich's dreimal getan.« Bei gewissen Gelegenheiten familiärer Abrechnungen hatte sie unter Kullertränen beklagt, sie tue und mache und putze und koche und stehe den ganzen heiligen Sonntag in der Küche und keiner danke es ihr und das Fräulein Tochter sei sich zu schade, mal mit anzupacken in der Küche. Den Systemwiderspruch hatte ich mit Taubheit erwidert. Abhilfe war nicht möglich. Meine Immunität gegen verzwickte Signale hatte meiner Beziehung zu Elke – über zehn Jahre war das jetzt her und längst ins Sediment meiner Erinnerungen an die erste Zeit in Stuttgart gesickert – ein Ende gemacht, mit kreischend gestellter Egoismusdiagnose. Ein Vorwurf, den mir Richard nie gemacht hatte.

Aber mit Yanqiu ließ sich vielleicht doch noch was klären. Ich stürzte den Niedergang hinunter. Am Treppenfuß im verschmort und konzentriert riechenden dauerbrummenden Bereich des *payload service*, wo die kommerziellen Experimente in genormten Einheiten in den Wänden steckten und sich vollzogen, stieß ich mit Morten Jörgensson zusammen. Vielleicht lag es am bedächtigen Reiherschritt der Mondbewohner, dass er besonders gedrungen und bucklig wirkte.

»Tschuldigung, diese Enge!«

»Was hast du mit Yanqiu gemacht?«, fragte er. »Sie ist blick- und seelenlos an mir vorbeigerannt.«

»Muss man sich Sorgen um sie machen?«

Morten trat an mich heran und senkte die Stimme. »Worüber redet ihr Ladys eigentlich, wenn ihr schon den ganzen Tag tratscht und kichert? Hat Gail dir nicht erzählt, dass unser feiner Torsten … nun ja, dass er hinter ihr her war?«

»Tatsächlich?« Ich dachte an Yanqius Berührungsabwehr.

»Es stand Wort gegen Wort. Yanqiu hat die Klage auch nicht geführt, aber Gail dafür umso lauter.«

»Was für eine Klage? Du meinst …«

»Man konnte es ihm nicht nachweisen.«

»Wann soll das gewesen sein?«

»Ach Gott! Hier oben haben die Tage nur Stunden, aber keine Nächte, weder Vollmond noch Neumond und kein Wetter, an das man sich erinnern könnte, vor der Sturmflut, nach dem ersten Schnee. Es muss zwei oder drei Monate her sein. Die RFID-Uhren sprachen allerdings dagegen.«

»Diese Uhren kann man den Hasen geben.«

»Ja, aber beweisen muss man so was trotzdem. Und Gail hat

sich so aufgemantelt, dass am Ende der Eindruck entstand, sie hätte eine persönliche Rechnung mit Torsten.«

»Was für eine?«

Mortens Mondbart verzerrte sich rund um ein schiefes Lächeln. »Vielleicht, hat er sie nicht … also nicht attraktiv gefunden. Falls du verstehst, was ich meine. Du als …«, er zog abschätzig die Brauen hoch, »… als …«

»Cyborg.«

»… kannst das vielleicht nicht nachempfinden. Ich meine, wir haben nur fünf Frauen hier oben, und Torsten verschmäht eine davon, Gail.« Morten lachte.

»Ja, sogar auf dem Mond geschieht den Frauen Unrecht! Da degradiert man zum Beispiel die Chinesinnen zu Putzhilfen. Yanqiu räumt die Spülmaschine ein und träumt davon, den Mondrover zu fahren.«

»Ach ja? Tatsächlich?« Morten knetete sich die Halbmondbacke.

»Und sie traut sich nicht, es ihrer Bodenstation zu sagen. Sie schämt sich, weil sie nicht die Mondgöttin Chang'e ist, als die ihre Landsleute sie sehen. Und nun soll sie auch noch Opfer einer Vergewaltigung sein? Das ist zu viel! Das wird sie nie zugeben!«

Der Däne blinzelte, hatte aber ruck, zuck seine Überzeugungen wieder zurechtgeschüttelt. »Tja, ich muss dann … Ich bin im Rückstand.« Damit eilte er zu seinen Geschäftigkeiten fort.

Warum hatte er mir das erzählt?

»Sag mal, Morten …« Ich folgte ihm und geriet ins Gesumm und Gebrumm menschenloser Experimente, die das Modul fast vollständig zugewachsen hatten wie Tropfsteine eine Höhle. Hinter einem Versuchsschrank fand ich dann den Dänen an einem Tisch in einer Schubladenwand inmitten von Steinen wieder. Die meisten waren scharfkantig und grau, manche aber auch geheimnisvoll bunt gepunktet und wie aus Sand zusammengebacken.

»Was denn noch?« Morten trug eine Uhrmacherbrille mit aufgesetzter Lupe und blinzelte wie aus fernen Welten zu mir hoch. »Willst du mal was sehen?« Er langte in eine Schublade und reichte mir einen schwärzlichen Stein. »Siehst du das? Die kleine Kettenlinie?«

Ich sah nur Knubbel und Schründe. Stein eben. »Nein.«

»So kannst du auch nichts sehen!« Er blickte mich schneckenhaft stieläugig an. »Hier habe ich eine Vergrößerung.« Er ließ einen Bildschirm aufleuchten. »Und was siehst du? Da, die kleine Kette! Was glaubst du, was das ist? Schon mal was von Blaualgen gehört?«

»Cyanobakterien«, fiel mir ein.

»Na, ein bisschen was weißt du ja doch!«, grunzte die Schnecke etwas unwillig. »Und weißt du, was das für ein Stein ist?«

»Ein Meteorit aus dem All?«

Morten lachte. »Ja, das ist die unverwüstliche Sehnsucht nach dem Leben aus dem großen unbekannten Weltraum! Aber es ist viel einfacher und viel aufregender, Lady Cyborg. Das ist Originalmondstein. Und da der Mond aus der Erde geboren wurde, stammt diese Blaualgenkette von der Erde. Damit wäre der Beweis erbracht, dass es bereits vor viereinhalb Milliarden Jahren Leben auf unserem Planeten gab.«

Der schwarze Stein fing an, mir in den Fingern zu brennen. Schnell weg damit. Ich warf ihn auf den Tisch.

Morten lachte. »Keine Angst! Die Bakterien leben nicht mehr. Ihre Gene sind vollständig zerfallen. Was wir hier sehen, könnten die Magnetitkristalle aus den Ausscheidungen von Blaualgen sein. Zumindest sieht es verblüffend danach aus, nicht wahr?«

Das konnte ich weder bestätigen noch dementieren.

»Auf dem Mars hat man so was auch gefunden.«

»Und was heißt das?«

Morten zuckte mit den Schultern. »Alles und nichts. Wir könnten uns irren. Oder es gab zumindest mal extraterrestrisches Leben.«

»Wenn auch nach ganz irdischem Muster«, bemerkte ich etwas enttäuscht.

»Oder umgekehrt. Alle Planeten stammen vom Urknall ab! Wir sind alles eins«, erwiderte Morten und stielte mich mit seiner Lupenbrille an. »Aus den Grundelementen muss immer dasselbe Leben entstehen.« Er lachte. »Enttäuscht? Aber für die Wissenschaft wäre es eine Sensation.«

Und ohne mich weiter zu beachten, stielte er seine Augen wieder auf seinen Tisch, griff in die Steine und kehrte in seine Welt zurück.

Ich verlief mich und geriet in die Sackgasse einer Werkstattecke. Überall stapelten sich blaue, rote und grüne Kästen mit Elektronikteilchen, Kameraaugen, Antennen, Platinen, Kabeln, Muffen, halben Armen und Beinen künstlicher Insektenglieder, Rädchen, Schläuchen und Druckzylindern. Auf einem Kasten hockte reglos ein Tier aus Metall, dessen schlanker Körper von feinen Schläuchen überspannt war, etwa so lang wie zwei Hände. Es besaß sechs Beine und erinnerte frappierend an eine Schabe.

»Das ist Cockroach 7«, sagte hinter mir Giovanni Boccetto eifrig.

Cockroach, hieß das nicht Schabe auf Deutsch, auch Schwabenkäfer genannt?

»Ein BEAM-Roboter, er hat ein neuronales Netz und kann reagieren.« Giovanni geiferte vor Erklärungsgier. »BEAM steht für Biologie, Elektronik, Anarchie und Modul. Cockroach wird pneumatisch betrieben. Siehst du? Aufblasbare Schläuche mit flexibler Drahtumhüllung. Schau! Für höhere Bewegungsgeschwindigkeiten sind elastische Systeme notwendig. Muskeln sind ja auch elastisch. Cockroach 7 kann mit fast dreißig Kilometern pro Stunde über unebenes Gelände wuseln. Wir haben dafür eine positive Rückkopplung verwendet. Schau nur!«

Giovanni hatte einen hundetreuen Blick, schwarze Locken,

buschige Augenbrauen und eine eigenartig gespaltene Nasenspitze.

»Die meisten Ingenieure glauben, dass nur Systeme mit negativer Rückkopplung stabil sind. Bei der Dampfmaschine drosselt der Fliehkraftregler die Energiezufuhr, wenn das Band zu schnell läuft. Jetzt hat man bei den Laufrobotern auch gedacht, dass man die Energie in allen anderen Beinen drosseln müsste, wenn ein Bein aktiv ist. Das ist negative Rückkopplung.«

Ich nickte.

»Aber das Gegenteil ist richtig. Sobald die Prozessoren von Cockroach merken, dass ein Bein eine Drehung oder Belastung erfährt, weil ein anderes Bein in Aktion ist, verstärkt das belastete Bein seine eigene Aktivität. Es stößt sich ab. Das ist eine positive Rückkopplung. Sie macht Cockroach schnell.«

Kein Bein der Schabe zuckte auch nur.

»Ah so.«

Giovanni leckte sich die nassen Lippen und strahlte. »Und weißt du was? Seit wir Laufroboter bauen, beginnen die Biologen, den Bewegungsapparat von Ameisen oder Schaben zu verstehen. Komplex, aber einfach verschaltet, das ist das Erfolgsrezept der Natur. Insekten haben ja nicht viel Gehirn, nicht wahr? Deshalb können wir die Schaltungen kopieren. Und er kann reagieren. Wir haben zehn andere BEAM-Roboter draußen. Sie funktionieren nach dem Prinzip der Ameisen, sie folgen drei einfachen Regeln: Wenn du einem anderen Käfer begegnest, wende dich 45 Grad ab, wenn du etwas entdeckst, rufe zwei Käfer zu Hilfe, wenn du zu Hilfe gerufen wirst, reagiere, wenn du im Vergleich zu acht anderen am nächsten bist. Sie erforschen die Mondoberfläche, suchen nach … nun ja, allerlei.«

»Spuren extraterrestrischer Intelligenz?«

»Auch. Aber hauptsächlich analysieren sie den Boden. Helium-3, Seltenerdmetalle, Rohstoffe … Unsere Schaben sind dagegen für gezielte Suchen konzipiert.«

»Und wo zieht man den Schwabenkäfer auf, damit er läuft?«

Giovannis Lachen ähnelte einem Schluckauf. »Swabian beatle? Molto divertente! Hier ist der Schalter. Setz sie an die Sonne und sie rennt los.«

»Und wohin?«

»Gute Frage.«

»Wie?«

»Cockroach 7 läuft nicht mehr, seitdem Torsten tot ist. Man hat sie draußen auf dem Rücken liegend gefunden, neben dem Toten. Und seitdem will sie nicht mehr. Er hat sie kaputtgemacht!« Giovannis Augen feuchteten sich wie die eines ums Sorgerecht betrogenen Vaters. »Am liebsten würde ich ihn ...!« Giovanni ballte die Faust, doch im nächsten Augenblick lächelte er wieder treuäugig. »Hast du eine Ahnung, was so ein Roboter kostet?«

»Viel?«

»Viel mehr! Alles Handarbeit. Und nachdem wir Cockroach 6 verloren haben ... Sitzt im Aitken-Becken fest. Irgendwo im Schatten.«

Das Aitken-Becken schien Roboter geradezu zu fressen. »Da, wo auch der Lunochod 14 feststeckt?«

Giovanni nickte hundetraurig. »Lunochod 14 ist ein fahrender Roboter. Das ist die Krux. Siehst du, wenn die sich irgendwo verkanten, ist Schluss. Cockroach 7 ist so programmiert, dass sie erkennt, ob ein Weg für unsere Fahrzeuge befahrbar ist. Man hätte einfach noch ein bisschen warten müssen, bevor man Lunochod 14 losschickt. Aber die Russen und Chinesen hatten es verdammt eilig, ins Aitken-Becken zu kommen.«

»Sie wollen beweisen, dass der Mond aus dem Pazifik stammt.«

Giovanni staunte. »Wozu?«

»Sie wollen zeigen, dass er ein Stück von Russland oder China ist. Dasselbe Gestein.«

»Da könnten die Australier und Japaner und Amerikaner genauso kommen.«

»Und peng, schon haben wir den Dritten Weltkrieg.«

Giovanni schlitzte seine nassen Hundeaugen. »Ihr Journalisten immer! Wir sind Wissenschaftler. Wir arbeiten völlig losgelöst von nationalen Gedanken.«

»Für wen arbeitest du denn? Ich meine, unten auf der Erde.«

»Für Finmeccanica.« Giovannis Gesicht sah aus wie eine ausgeknipste Mimikmaschine.

Ich wünschte mir Richards Welt- und Wirtschaftskenntnis. Wahrscheinlich mischten sich auch in diesem Konzern Raumfahrt- und Raketenbau mit Geschütztechnik und Informations- und Kommunikationstechnik, eben alles, was schnell und weit flog. Vielleicht konnte man Roboter wie die künstlichen Käfer und Schaben eines Tages zu mobilen Landminen umbauen. Die warteten nicht, bis man drauftrat, sie krabbelten unter Kinderfüße und Autoreifen.

»Und was heißt das, Cockroach 6 sitzt im Schatten? Hat sie keine Batterie?«

Giovannis Mimik erwachte wieder. »Schon, aber sie ist klein. Schau her! Ein BEAM-Roboter bezieht seine Energie vom Sonnenlicht. Nach fünf Minuten im Schatten setzt Cockroach sich nieder, sichert die Daten und schaltet auf Sparmodus. So kann sie fünfzehn Tage Schatten überstehen, und wenn die Sonne dann wieder auf sie fällt ...«

Ich stellte die naheliegende Frage: »Und wie lange ist Cockroach 6 jetzt schon überfällig?«

»Vier Wochen!« Giovanni klang betrübt. »Hätte dieser Scheiß- Deutsche, dieser verfickte Torsten ... Tschuldigung! ... Hätte er nicht Cockroach 7 lahmgelegt, dann hätten wir Cockroach 6 längst wiedergefunden. Sie erkennen sich gegenseitig, sie hören sich, sie können sich riechen. Sie sind wie Zwillinge, weißt du? Die eine weiß genau, was die andere macht, was sie denkt.«

In diesem Augenblick platzte Rhianna ins Labor. »Wo bleibst du denn, Giovanni!«

Der Italiener duckte sich, als müsste er den Rohrstock fürchten, während Rhianna mich missbilligte.

»Ich habe mich verlaufen«, erklärte ich vergnügt. »Könnte ich nicht so eine Schabe haben, Giovanni? Die findet sich doch sicher blind zurecht.«

Giovanni kicherte schluckaufig. »Molto bene! Blind ist fast richtig, Michelle. Cockroach hat die Grafen des Habitats gespeichert. Richtungsvektoren, Strecken, Wendepunkte. Und damit sie ...«

»Giovanni! Wir warten auf dich!«, sagte Rhianna leicht angekreischt.

»Ich hab's gleich!« Wie Honig tropfte Giovanni seine Worte durch den Raum und in jede Kiste, in der er hektisch wühlte. »Schau, Cockroach hat Schnappschüsse von markanten Orten gespeichert, und wenn...«

»Giovanni! Die Laserkamera braucht dich!«, schrie Rhianna.

»Ich hab's doch schon! Da, schau, siehst du? Hier hab ich's.«

Rhianna schnappte ihm ein klobiges elektronisches Teil aus der schlaffen glitschigen Hand, warf mir einen Eiszapfenblick zu und verschwand.

Giovanni zuckte mit den Schultern und machte Hundeaugen. »Wir wollen am TMP mit dem Rotex die Außenhaut dreidimensional scannen, falls doch Schäden vorliegen. Ich denke zwar, dass wir uns das sparen könnten, aber ... tja ... Beschäftigungstherapie.« Er blinzelte mir resigniert verschwörerisch zu und schlurfte Rhianna feucht lächelnd hinterher.

35

»Oh, Vorsicht – Vorsicht! Man befand sich in einer unbekannten Welt, und diese Welt, so schien es, empfand das Auftauchen des Menschen als Störung.« *Frau im Mond*, Thea von Harbou, 1928

»Und damit erteile ich Dr. Eschkol das Wort«, eröffnete Butcher die Konferenz in der Cupola.

Zu viele Sterne standen im Sechseck des Deckenfensters. Sie strahlten starr und reglos. Ich fand weder den Großen Bären noch Kassiopeia, denn es war der Himmel der Südhalbkugel. Und selbst wenn ich mit diesem Himmel aufgewachsen wäre, hätte ich die vertrauten Sternbilder nicht erkannt, so dicht nagelten die Sterne im Vakuumhimmel. Sobald man den Blick senkte, war die stellare Pracht verschwunden. Die Albedo der Mondwüste schickte das All überm Horizont in tiefstes Schwarz. Und die blaue Marmorhalbkugel hing daumengroß darin, so wie gestern und morgen, bis in alle denkbare Ewigkeit.

»Ich habe zunächst versucht herauszufinden«, nahm Zippora, nicht ohne zufriedenes Scheppern in der Stimme, ihren Bericht auf, »wie es dazu kommen konnte, dass Sergei Kascheschkin anstelle von Rakesh Chaturvedi die EVA unternommen hat.«

Zippora redete, pickte mit dem Griffel auf ihrem Tablet-PC herum und scrollte ihre Notizen. Der Vortrag versprach langatmig zu werden. Die anwesenden Wissenschaftler blickten dennoch frohgemut drein. Sie waren es gewohnt, stundenlangen Abhandlungen mit geduldigem Lächeln und gelegentlichem zustimmendem Nicken zu lauschen. Mir fiel auf, dass Dr. Wathelet und Oberst Pilinenko fehlten. Und Abdul as-Sharif schob wohl schon wieder Wache im CC.

»Kascheschkin«, schepperte Zippora vortragserprobt, »gibt

an, dass aus der Neufassung des Plans gestern Abend durch Tamara Jagelowskaja hervorgegangen sei, dass er um elf Uhr zusammen mit Bob und Fred einen fünfstündigen Außeneinsatz absolvieren werde, um dringend notwendige Reparaturen am Teleskop durchzuführen.«

Sergei nickte heftig und grimmig. Er saß zwischen dem Petersburger Russen und dem Polen.

»Kascheschkin hat mir den Plan gezeigt, abgeändert gestern Abend 22:41 durch Tamara Jagelowskaja ...«

Tamara fuhr auf. »Da ...« Dann schüttelte sie den Kopf und zog, in sich zusammensackend, den Busen ein. In unserem Mädchenpensionat war sie jedenfalls um diese Zeit nicht gewesen. Daran erinnerte ich mich, denn da hatte Gail ihre Experimente mit mir begonnen.

»Korrigieren Sie mich, Tamara«, nickte Zippora freundlich.

»Ich wollte sagen, ich erinnere mich nicht, den Plan um diese Zeit geändert zu haben.«

Gail zog ihr Kinn in den Hals und schenkte mir unter halb geschlossenen Lidern hervor einen warnenden Blick.

»Wir haben die Pläne nachgeprüft, Tamara«, sagte Zippora mütterlich, und wer Mütter kannte, wusste, dass dieser Ton nicht unbedingt Gutes verhieß. »Offenbar wurde nur Sergeis geändert, die anderen nicht. Und du warst zu der Zeit weder im CC noch in deinem Quartier, sondern ... aber möchtest du uns das nicht selber sagen?«

»Ich war im Quartier!«

»Deine Uhr war dort, Tamara, und zwar seit 9 Uhr 23, doch um kurz nach 22 Uhr habe ich dich mit eigenen Augen im Tower gesehen.«

»Das ist der Überwachungsraum für die Außenkameras und so weiter«, wisperte mir Yanqiu zu.

»Und dort hast du ja nun wirklich gar nichts verloren. Also?« Zippora zog die Mutterbrauen hoch, Tamaras Titten verschnurzelten.

»Ich … ich …«

Giovanni sprang auf. »Daran bin ich schuld, ich habe … äh …«

»Du schaffst es, Giovanni!«, schrie ich und begann in die Hände zu klatschen. »Du schaffst es, gib's ihr, gib's ihr, du gewinnst, nur Mut, lass dir nichts gefallen!«

Mit Augen wie Spiegeleier starrten sie mich an.

»Ich dachte nur!«, grinste ich. »Es ist ein bisschen wie in der Schule, mit Schulhofprügelei, bis der Pedell kommt, eh? Wer ist hier eigentlich der Pedell, wer schleift Giovanni nachher in den Karzer? Du, Zippora? Oder bist du der Rektor?«

»Das ist nicht komisch!« Zippora schüttelte den Kopf.

»Na gut«, sagte ich. »Dann können wir uns wieder den wichtigen Fragen zuwenden. Beispielsweise: Wie konnte es passieren, dass …«

»Ich leite die Untersuchung«, sagte Zippora. »Und du wirst es schon mir überlassen müssen, wann wir zu welchen vermeintlich wichtigen Fragen kommen.«

»Ja, klar. Tut mir leid.«

Sie brauchte einen Moment, um wieder die Cursor-Spur auf dem PC-Tablet zu finden. Giovanni hatte sich unbemerkt wieder gesetzt. Tamara hechelte noch blass vor sich hin, konnte aber schon wieder gerade sitzen.

»Also«, nahm Zippora ihren Vortrag erneut auf. »Yanqiu hat Chaturvedis EMU vorbereitet. Bob und Fred haben die von Kascheschkin behauptete Änderung des EVA-Plans ohne Gegenprobe hingenommen.«

»Sollen wir uns demnächst die Ausweise zeigen lassen?«, dröhnte Bob, der schrankgroße Roverfahrer. »Oder Passierscheine oder was?«

»Gentlemen!«, malmte Butcher. »Wir haben Regeln!«

Es folgten Details über das Prozedere im Vorfeld des Außeneinsatzes. Um sieben war Chaturvedi zu seinem *camp out* im HHR erschienen. Es ging darum, durch Gestrampel auf dem

Fahrrad den Stickstoff in seinem Blut zu reduzieren, damit ihn nicht die Taucherkrankheit ereilte, wenn in seinem Raumanzug nur der halbe irdische Druck herrschte. Ein umständliches Verfahren, das man nur bei Gästen und bei sehr langen Außenexkursionen anwandte.

Warum und wann genau sich Chaturvedi wieder in sein Quartier zurückgezogen hatte, konnte oder wollte niemand sagen. Als Yanqiu im sogenannten *outing port* ankam, um letzte prüfende Hand an die Raumanzüge zu legen, hatten Rhianna, Bob und Fred mit dem vermeintlichen Chaturvedi bereits die Schleuse nach draußen verlassen. Und warum hätte sie auf die Idee kommen sollen zu überprüfen, ob es tatsächlich Sergei Kascheschkins Druckanzug oder aber der Anzug für Gäste war, der unbenutzt im Zeugschrank hing?

Na, entweder das war fein abgekartet oder es gab auf der Artemis ein ernstes Kommunikationsproblem.

Fred und Sergei hatten sich, kaum draußen, unverzüglich auf den Weg zum Flüssigspiegelteleskop im Shackleton-Krater gemacht, und im Tower hatte Abdul as-Sharif gesessen und die EVA überwacht. Er habe entsprechende Pläne vorliegen gehabt, hatte Abdul auf Zipporas Fragen geantwortet. Genauso wie von Rhiannas und Bobs Exkursion zu den Solaranlagen, wo sie Wartungsarbeiten und eine Kapazitätserweiterung durchzuführen hatten. Nach gut einer Stunde hatte sie die Alarmmeldung aus der Artemis erreicht, und sie hatten sich auf den Rückweg gemacht, um für eventuell notwendige Einsätze an der Außenhaut bereitzustehen.

»Und jetzt komme ich zu den Uhren«, sagte Zippora. »Wir haben zunächst die von Chaturvedi und Kascheschkin überprüft. Was wir herausgefunden haben, deckt sich mit Sergeis Angaben. Er gibt an, er habe die Uhr heute Morgen im HHR abgelegt, weil ihn der Schweiß darunter gejuckt hat. Dann habe er vermutlich die falsche Uhr, nämlich Chaturvedis, wieder angelegt.«

Sergei nickte, geflankt von Krzysztof Skarga und Pjotr Turenkow.

»Warum Chaturvedi seine Uhr im HHR ebenfalls abgelegt und nicht wieder angelegt hat, konnten wir bisher noch nicht klären.«

»Wahrscheinlich lag sie nicht mehr dort, wo er sie abgelegt hatte«, schlug Morten mit in der Stimme knisterndem Lachen vor. »Und dafür einfach Sergeis Uhr nehmen mochte er verständlicherweise nicht. Meistens sind die Erklärungen ganz banal, wenn man in Rechnung stellt, dass der Mensch vernünftig handelt.«

Zipporas Nachtkrateraugen blitzten. »Wenn wir davon ausgehen«, fuhr sie ungehalten fort, »dass Chaturvedi sich zu der Zeit, da sein Außeneinsatz hätte stattfinden müssen, in seinem Quartier aufgehalten und meditiert hat, dann ist Michelle Ardan die Letzte gewesen, die ihn lebend gesehen hat, denn ihre Uhr ist UTC 10:11 an seiner Tür registriert worden.«

Sie blickte mich an, und ich wusste, dass sie wusste, dass ich in allen Quartieren gewesen war.

»Ich war auf der Suche nach Cyber-Ameisen, habe aber Chaturvedi nicht beim Meditieren stören wollen.«

Alle anderen Wissenschaftler und Mitglieder der Stammbesatzung hatten sich an den Orten aufgehalten, wo man sie hatte erwarten können, in den Laboren und Einsatzgebieten. Dass Morten Jörgensson kurz vorher in seinem Quartier gewesen war, wo er mich bei der Durchsicht der privaten Besitztümer erwischt hatte, erwähnte Zippora nicht. Er schien auch nicht zu fürchten, dass ich es sagen würde. Vermutlich hatte es keine Bedeutung.

»Zum Abschluss habe ich versucht zu klären, warum Chaturvedi auf seine EVA verzichtet hat, obgleich es die letzte Gelegenheit gewesen wäre vor seinem Rückflug. Ich habe …«

Da schoss urplötzlich Wim Wathelet, die Mondleichtigkeit ausnutzend, aus dem Treppenloch. Mit der Lesebrille in der

Hand eilte er zwischen unseren Tischen hindurch, blieb vor Kommandant Butcher stehen und überreichte ihm einen PDA. Butcher überflog die Notizen. Währenddessen erschien auch Oberst Pilinenko und postierte sich am Niedergang. Ich linste verstohlen: Nein, bewaffnet schien er nicht zu sein.

Aber mir wurde klar, dass dieser Arzt, der Kommandant mit dem Tic und den massigen Kiefern, der Oberst am Treppenaufgang und die Neurologin die Kommandoebene der Mondstation bildeten. Nur sie hatten auch ohne Admincode, also ohne Davids Hilfe, Zugang zu Zeus und zu allen Regulationsebenen der Lebenserhaltungssysteme. David allein hätte, wenn ich Gail glauben durfte, die Luftzufuhr im Biolab auch nicht abstellen können. Folglich musste es einer der Großen Vier gewesen sein, der versucht hatte, mich umzubringen. Es ging nicht anders. Es sei denn, Van Sung hatte sich eben doch einfach auf den Luftschlauch gestellt. Was allerdings im CC Alarm hätte auslösen müssen. Folglich …

Butchers Räuspern unterbrach meine Zirkelschnellschlüsse. »Gentlemen!« Seine linke Backe tickte erstaunlicherweise gar nicht. Er wirkte ziemlich wach, fast vergnügt. »Dr. Wathelet hat euch eine wichtige Mitteilung zu machen. Bitte, Wim!«

Der Belgier wandte sich uns zu. »Ich habe an Chaturvedi vor zwei Stunden die Leichenschau vorgenommen. Oberst Pilinenko und Michelle Ardan sind als Zeugen zugegen gewesen. Ich habe die Leichenschau vor der Obduktion unterbrochen, weil mir trotz erster Todeszeichen, dem Atem- und Herzstillstand, der Tod Chaturvedis nicht einwandfrei festzustehen schien. Ich habe ein EEG durchgeführt, aber keinerlei Hirnaktivitäten mehr festgestellt. Allerdings ist bei dem Toten die Leichenstarre bis zur Stunde noch nicht eingetreten. Möglicherweise ist es mit der Tiefe der Meditation erklärbar, welche schon vor Eintritt des Todes gegen elf Uhr die Stoffwechselaktivität so sehr gesenkt haben könnte, dass auch der posthume Stoffwechsel, der den Rigor mortis verursacht, extrem verlangsamt ist. Ich habe den Leichnam nicht in die Kühlkammer verlegt, um den weiteren Verlauf der Leichenerscheinungen beobachten zu können. In der buddhistischen Literatur ist der Zustand des Samadhi bekannt als Zustand völliger Einswerdung mit dem Göttlichen. So wie ich das verstanden habe, leben Körper im Samadhi nicht, verwesen aber auch nicht.«

Morten Jörgensson lachte unvermittelt, wollte aber sein Gelächter nicht motivieren. Deshalb fuhr Wim Wathelet fort.

»Die chemische Analyse hat ergeben, dass der PH-Wert des Blutes viel zu hoch ist. Unmittelbare Todesursache dürfte mithin eine Alkalose gewesen sein. Das ist ein Kohlendioxidmangel im Blut, der zum Tod führt, wenn keine Gegenmaßnahmen ergriffen werden.«

Genau das hatte ich schon mal gehört, in meinem früheren Leben, und zwar von dem irdisch geschwätzigen alten Gerichtsmediziner Zittel aus Balingen.

»Dann war es ein Unfall«, sagte Morten Jörgensson hastig, als gälte es, das Übersinnliche so schnell wie möglich abzuschütteln. »Und zwar infolge der atmosphärischen Probleme im Habitat. Auf den Evakuierungsbefehl konnte der Inder nicht mehr reagieren.«

»Nein«, erwiderte Wim Wathelet. »Mit den kurzzeitigen atmosphärischen Schwankungen hatte das nichts zu tun. Ein erhöhter Kohlendioxidanteil in der Raumluft hätte ihm sogar helfen müssen.«

Morten knetete sich die Halbmondbacke. Er hatte ungern unrecht.

»Außerdem hatten wir, wie es scheint, gar kein Problem hier oben. Wenn ich David richtig verstanden habe, dann ...«

»Es war ein Fehlalarm«, sagte David, der bei Giovanni, Gonzo, Morten und Van Sung saß. »Da ist ein Übungsprogramm abgelaufen. Wer es gestartet hat, ist noch unklar.«

Unwillige Unruhe machte sich breit.

»Könnte es an dem neuen ECLS-SM liegen, den wir eingebaut haben?«, fragte Rhianna vom Tisch der Roverfahrer her.

David zuckte viel- und nichtssagend mit den Schultern.

Zu dem Wort Sabotage wollte sich niemand durchringen.

»Die Computerprobleme«, nahm der belgische Arzt wieder das Wort, »haben nach meinem Dafürhalten nichts mit Chaturvedis Tod zu tun. Jedenfalls nicht ursächlich. Ich bin da auf eine andere Sache gestoßen.« Er drehte sich zu Leslie Butcher um.

Der nickte.

Wim holte tief Luft. »Also, ich habe im Blut von Chaturvedi Mikroben gefunden, Bakterien in charakteristischer Form: Cyanobakterien.«

Tupac ratzte mit den Zähnen über den Bartstrich auf seinem Kinn. Van Sung lächelte seinen Stress freundlich in die Runde ab.

»Was hat das jetzt zu bedeuten?«, fragte Morten.

»Cyanobakterien haben durchaus medizinischen Nutzen. Man kann sie gegen Krebs einsetzen, auch weil sie die Eigenschaft haben, dass menschliche Enzyme ihre kleinen Eiweißmoleküle nicht so schnell erkennen und abbauen.«

Gail knetete ihre Unterlippe, Yanqiu schaute auf den Tisch, Tamara sah aus wie eine Stewardess, die sämtliche Katastrophen weglächeln musste.

»Sie fressen Kohlendioxid und produzieren Sauerstoff«, fuhr Wim fort. »Tupac und Van Sung können das genauer erklären. Wir haben sie in unserer Biosphäre.«

Alarmiertes Begreifen trat in Mortens Augen. »Die Ameisen!«, stieß er hervor. »Die verdammten Ameisen!

Nervosität breitete sich aus, zumindest unter den Wissenschaftlern, die sich an die EVA-Experimente mit den Ameisen erinnerten.

»Aber das war doch alles falsch«, sagte Morten. »Es hat sich nicht beweisen lassen, dass Ameisen in Symbiose mit Cyanobakterien leben und deshalb draußen überleben können.«

»Vielleicht wollte man es nur nicht beweisen«, warf Tupac kleinstimmig und giftig ein.

»Was soll das heißen?«

»Bliebe immer noch die Frage«, unterbrach Van Sung lächelnd, »wie Cyanobakterien von Ameisen auf den Menschen übertragen werden könnten. Sicherlich nicht per Biss oder Giftstich.«

»Die Leiche weist allerdings eine Insektenstichmarke auf«, sagte Wim.

Unruhe entstand. Die Erde rückte in unerreichbare Ferne, die farblos graue, schwarz durchlöcherte Mondwüste lagerte sich höhnisch wie Schicksal um uns herum. Wer von uns würde wohl die Strecke von 380000 Kilometern noch einmal lebend überwinden?

»Gentlemen!«, rief Butcher. »Lasst den Doktor ausreden.«

»Moment!«, rief Morten. »Eine Diskussion unter Wissenschaftlern kann vom Kommandanten nicht unterbrochen werden. Es sei denn, es ist unmittelbar Gefahr im Verzug.«

Zippora machte sich eine Notiz.

Butchers plastikgraue Augen wurden starr. »Nach Artikel 6, Paragraf 12 IGA kann der Kommandant Wissenschaftler kurzfristig von wissenschaftlichen Aufgaben abberufen, wenn es die Sicherheit der Artemis erfordert.«

»Aber …«

»Schluss!« Butcher wandte sich an Zippora. »Wir nehmen zu Protokoll, dass Jörgen Mortenson … äh, Morten Jörgensson sich dagegen verwahrt, dass eine wissenschaftliche Diskussion unterbunden wurde. Und nun, bitte, Dr. Wathelet, fahr fort.«

Der Belgier biss sich ein Grinsen von den Lippen. »Unter wissenschaftlichen Aspekten wäre es durchaus interessant, wenn Cyanobakterien imstande wären, im menschlichen Blut Sauerstoff zu produzieren. Es wäre nicht nur das ideale Dopingmittel für die Tour de France, es würde auch für uns Astronauten die Frage beantworten, wie viel Sauerstoff wir für mehrtägige Ausflüge mitnehmen müssten. Nämlich gar keinen. Theoretisch könnte das folgendermaßen funktionieren: Das Licht, das durch unsere Haut in die Blutgefäße fällt, könnte bestimmten Cyanobakterienarten ausreichen für ihre Photosynthese.«

»Allerdings müssten die Raumanzüge dann durchsichtig sein!«, dröhnte der Roverfahrer Bob.

Die Männer lachten dreckig.

»Außerdem«, fuhr Wim fort, »binden sie Kohlendioxid aus unserem Blut. Davon wollen wir zwar nicht zu viel im Blut haben, aber eben auch nicht zu wenig.«

»Was willst du damit sagen?«, fuhr Tupac auf. »Dass wir Chaturvedi zu einem Experiment missbraucht hätten?«

Wim hob die Hände. »Du sicherlich nicht, Tupac!«

Hätte man das nicht auch erst einmal bei Mäusen versucht, fragte ich mich im Stillen, wenn es eine realistische Möglichkeit gewesen wäre für Taucher, Bergleute oder Raumfahrer. Die von Generatoren und Belüftung durchbrummte allgemeine Stille hielt mich davon ab, es laut zu fragen. Lisa Nerz hätte nicht geschwiegen, aber Michelle Ardan fühlte sich etwas eingeschüchtert im Kreis der Wissenschaftler und fürchtete, sich mit einer banalen Frage lächerlich zu machen. Wie hätte es auch sein können, dass ihr etwas auffiel, was der versammelten Intelligenz nicht bemerkenswert erschien?

»Aber wir müssen schon klären«, nahm Wim den Faden wieder auf, »wie die Cyanobakterien in Chaturvedis Blut gekommen sind. Und wenn dazu jemand was zu sagen hat …«

Er blickte sich um. Schweigen an den grauen Tischen unter den zolldicken Scheiben im orangeroten Rahmen der Kuppel.

»Gut! Die zweite, ebenfalls theoretische Möglichkeit wäre, dass sie durch einen Ameisenstich ins Blut gelangt sind und sich dort vermehrt haben. Ich werde deshalb jeden Einzelnen zu mir bitten, um Blut abzunehmen. Und wenn die Untersuchungen abgeschlossen sind …«

»Ja, glaubst du denn«, schrie Rhianna plötzlich, »wir haben die Bakterien alle schon in uns?«

Ihre Worte hallten wider in den Glasflächen der Cupola und fielen auf uns herab wie Scherben. Yanqiu schlug die Hände vor den Mund. Bob und Fred blickten nach links und rechts, als wären sie sich nicht sicher, ob das, was sie dachten, richtig war. Sergei malte mit dem Finger Kringel auf den Tisch und sah aus, als wäre er immer schon der Meinung gewesen, dass der selenitische Geist des besetzten und angebohrten Mondes sich an uns rächen würde.

Die Angst, dieses Unkraut der Seele, begann zu keimen.

»Wie kann das sein?«, kreischte Rhianna. »Das kann nicht sein! Ich war nie im Biolab! Mich hat nie eine Ameise gestochen!«

Tupac lächelte dünnbärtig.

Van Sung putzte sich die Brille am Saum seines Sweaters. »Wenn«, sagte er gemächlich und setzte sich die Brille wieder auf, »die Infektionsquelle im Biolab oder genauer in der Biosphäre läge, müssten Tupac und ich längst tot sein, you know?«

Kurzfristige Erleichterung entlastete die Cupola unter dem schwarzen, sternbeflockten Himmel. Die gleißend helle Kraterrandfläche entspannte sich.

»Allerdings«, sagte ich ins Getöse von Belüftung, Aggregaten und Kompressoren, die hier Stille hieß, »ist Torsten Veith ebenfalls an einer Alkalose gestorben.«

Der belgische Arzt fuhr herum. Gelindes Erstaunen lag auf seinen schmalen Lippen, oder war es bereits das resigniert anerkennende Lächeln dessen, der wusste, dass ich auf demselben Informationsstand war wie er?

»Stimmt das?«, schnarrte Morten Jörgensson, sich erneut aufrichtend. »Wim! Ist das wahr?«

Der Arzt zögerte.

»Habt ihr uns nicht seinerzeit erklärt, Torstens Raumanzug sei durch eine scharfe Kante am Baggerrad eingerissen worden? Er sei in Panik geraten und gestürzt und an Dekompression gestorben. War das eine Lüge?«

»Ich habe nicht gelogen«, rief Yanqiu glockenhell und unerwartet grimmig. »Sein Anzug hatte einen Riss!«

»Morten«, mahnte Zippora Eschkol in ihrer schwerhüftigen Mütterlichkeit. »Bevor du uns der Lüge bezichtigst, mich, den Kommandanten, den Arzt und den Oberst, solltest du uns Zeit geben zu prüfen, ob das, was Michelle Ardan hier behauptet, den Tatsachen entspricht.« Sie senkte ihren Nachtkraterblick in meinen. »Woher hast du diese Information, Michelle?«

»Wir Journalisten sind nicht verpflichtet, unsere Informanten preiszugeben. Auch als Cyborg nicht.«

»Auf welches Recht berufst du dich?«, schnarrte Butcher.

»Auf ... äh ... europäisches Recht.« Ich hatte keine Ahnung, ob auch die Franzosen ihren Priestern, Anwälten und Journalisten das Beichtgeheimnis einräumten, und hätte mich fast nach Deutschland verstolpert. »Ich bin von einem deutschen Raumfahrtbahnhof gestartet und mit einem europäischen Trägersystem angereist. Folglich gilt für mich EU-Recht.«

»Du hast die Weisheit ja mit Löffeln gefressen«, bemerkte Morten Jörgensson. »Gibt es überhaupt ein einheitliches EU-Recht in dieser Frage?«

Gute Frage, nächste Frage.

»Ich bitte euch!«, mahnte Zippora. »Wim! Du hast doch auch Torstens Blut untersucht.«

»Leider muss ich einräumen«, antwortete der Arzt, »dass die Vielzahl für sich allein tödlicher Verletzungen, die Veith aufwies – Knochenbrüche, innere Verletzungen, Dekompressionsschäden –, mich verführt haben, den PH-Wert seines Blutes zu ignorieren. Ich müsste noch einmal nachlesen, ob er erhöht war. Ob sich in seinem Blut Cyanobakterien befanden, könnte ich wahrscheinlich anhand der eingefrorenen Blutproben feststellen. Allerdings«, er blickte mich an, »kann ich mir nicht vorstellen, dass unser Kontrollzentrum es uns nicht mitgeteilt hätte, wenn man in Veiths Blut Strukturen von Cyanobakterien entdeckt hätte.«

»Das werden wir sofort abklären«, sagte Butcher mit tickender Backe. Er blickte auf die Uhr. »Wir treffen uns regulär um 18 Uhr wieder. Vor uns liegen zwei Stunden intensiver Arbeit, Gentlemen. Ich übergebe das Wort an Oberst Pilinenko. Er wird die Teams zusammenstellen und den Arbeitsplan erläutern. Es hat keinen Sinn weiterzudiskutieren, solange keine Statusberichte über die Population und das Verhalten der Cyanobakterien in der Biosphäre, den Zustand des ECLS im Hinblick auf die Isolation des Biolabs und den Status von TCC, SMAC und SSRMS bezüglich des Alarms heute Vormittag vorliegen. Sind wir uns darüber einig … Morten?«

Der Däne nickte.

»Außerdem seid ihr aufgefordert, Zippora ungefragt alle euch relevant erscheinenden Details mitzuteilen. Selbstverständlich genießen alle Mitteilungen absolute Vertraulichkeit. Sich eventuell ergebende polizeiliche Maßnahmen werden von mir angeordnet und später einem Richter gegenüber gerechtfertigt.«

»Was für einem Richter?«, fragte Krzysztof Skarga. »Haben wir da Mitspracherecht?«

»Kein Mensch kann den Richter wählen, der ihn richtet«, antwortete Morten mit einem bösen kleinen Gelächter. »Das solltest du doch am besten wissen als Katholik!«

»Niemand wird hier vor Gericht gestellt«, beruhigte Zippora mit mütterlicher Falschheit.

36

»Ein dunkler Ball von leuchtendem Purpur umstrahlt, hing am Himmel. … Alles um uns herum leuchtete in tiefem Rot, als wäre es in Blut getaucht.« Eine Sonnenfinsternis *Auf dem Monde*, Konstantin Ziolkowski, 1893

»Komm mit!«, sagte Butcher, als er und Zippora meinen Tisch passierten. Als Michelle Ardan ließ ich mich wirklich leicht einschüchtern, dachte sogleich an Gestapo oder Stasi, an Verhöre und Folter, während ich ins Sub abgeführt wurde.

Für Butchers Büroecke fand sich sogar eine Tür, die man schließen konnte. Der Kommandant quetschte sich hinter seinen Tisch mit der US-Flagge. Zippora schob ihren schwerhüftigen Hintern aus *Tausendundeine Nacht* auf Tamaras Tisch und saß, ein Bein aufgestellt, das andere von der Tischkante baumelnd, mit im Schoß zusammengelegten Händen da und machte Miene, als beobachtete sie Ameisen im Labyrinth.

»So«, sagte Butcher, »und nun leg deine Karten auf den Tisch.«

»Auf welchen?«, fragte ich. Auf dem einen stand eine Flagge, auf dem anderen ruhte Zipporas Hintern.

Der Kommandant quälte sich ein Lächeln in die Mimik. »Ich fürchte, wenn du dich nicht kooperativer zeigst, werde ich dich arretieren lassen müssen.«

»Mit welcher Begründung?«

»Gefahr im Verzug. UIP an Bord.«

»Was?«

»Unidentifizierte Person an Bord«, zelebrierte Butcher seine Überlegenheit im Gebrauch von Abkürzungen. »Wir müssen uns vor Spionage und Sabotage schützen. Du hast bereits die Nasszelle im Biolab zerstört.«

»So ein Quatsch aber auch! Sie wollte mich zerstören.«

»Michelle!«, mahnte Zippora. »Niemand will dir etwas Böses.

Aber wir haben Regeln. Du sprichst mit dem Kommandanten der Artemis. Er hat das Recht, Fragen zu stellen und Sanktionen zu verhängen, wenn jemand durch sein Verhalten die Besatzung gefährdet.«

»Ich gefährde niemanden.«

Butcher schnaubte.

»Michelle«, seufzte Zippora, »in einer Weltraumstation sind menschliche Fehlfunktionen genauso gefährlich wie technische, wenn nicht sogar noch gefährlicher. Willst du uns nicht endlich sagen, wer du bist und für wen du arbeitest?«

Die Angst des Delinquenten beim Verhör machte mich flattrig. Michelle Ardan ließ sich doch extrem leicht einschüchtern. Ich sehnte mich nach Lisa Nerz zurück.

»Einer von euch weiß es«, rief ich kopflos. »Fragt sie oder ihn.«

»Wie sollen wir das verstehen?«

»Ich verstehe es auch nicht.«

Zippora schüttelte den Kopf. »Michelle! Warum machst du es dir so schwer?«

Ich geriet in einen Wertekonflikt. »Meine Mutter hat mir früher immer vorgeworfen, ich mache es mir zu leicht.«

»Schluss jetzt!« Butcher kratzte sich die Backe unter seinem Tic und klickte auf seinem Bildschirm eine Seite auf. Eine fast sonnige Befriedigung belebte seine Mimik. »Inzwischen steht fest, dass du auch nicht Michelle Ardan bist. Nachdem David deinen Computerzugang neu hat einrichten müssen, haben wir deinen Fingerabdruck ans Astronautenbüro geschickt. Es gibt keinerlei Übereinstimmung mit irgendeinem auf der Welt registrierten Astronauten oder Astronautenanwärter.«

»Und wer ist da in Friedrichshafen gestartet?«, erkundigte ich mich. »Das würde mich jetzt doch mal interessieren.«

»Nach Kenntnisstand des GSOC ist der Franzose Michel Ardan im STS-214 gestartet. Das geht aus den Unterlagen des LRF hervor, die dem GSOC vorliegen.«

Ich musste lachen. Ich konnte mir nicht helfen. Das glaubte mir doch keiner. Und die beiden Mondgesichter schon gar nicht. Nicht einmal ich selbst. »Dann muss ich mich irren!«, gluckste ich. »Ich bin eigentlich ein Mann. Ich hab's ja immer schon gewusst.«

»Okay!«, schnarrte Butcher mit humorloser Selbstzufriedenheit. »Ab jetzt wirst du dich entweder in der Cupola oder in deinem Quartier aufhalten, sonst nirgendwo. Verstanden?«

Zippora runzelte die Stirn und holte Luft.

Aber da klopfte es. David streckte seine John-Travolta-Tolle mit der Schweißcorona zur Tür herein. »Commander? Auf ein Wort!«

37

»Ich bin noch nicht wieder reif für die Erde. Ich werde es – wer weiß? – vielleicht nie wieder werden.« *Frau im Mond*, Thea von Harbou, 1928

Da hatte man im Astronautenbüro offenbar vergessen, Michel Ardan von der Liste zu streichen. Oder, noch wahrscheinlicher, die Friedrichshafener hatten den Abgang ihres Astronauten nicht weitergemeldet. Gab's denn so was? Doch warum hatte man ausgerechnet mich wie einst die Weltraumhündin Laika von der Straße weggefangen und anstelle von Ardan ins STS-214 gepfercht? Dafür gab es keine vernünftige Erklärung. Den Scherz einer aufgeräumten Altherrenrunde auf Schloss Ratzenried konnte ich mir zur Not noch vorstellen. Jockel und Gunter könnten Richard erneut bedrängt haben mitzufliegen, er könnte sich geziert und am Ende aus Jux mich vorgeschlagen haben. Auch Männer konnten kichern. Aber so banal konnte es nicht sein. Ein Altherrenjux hätte nicht Richards Tod notwendig gemacht.

Zippora hievte mondleichtgeschwind ihr Gesäß von Tamaras Tisch. »Komm! Ich bring dich rauf.«

Wohin hätte ich fliehen können? »Butcher kann mich doch nicht einfach festsetzen!«

»Er kann.«

»Und wenn ich mich nicht dran halte?«

»Das würde ich dir nicht raten. Er kann dich auch arretieren. Zur Not sogar sedieren!«

»Das ist gegen die Menschenwürde!«

Zippora lachte. »Übrigens verhältst du dich wie ein … ein traumatisierter Mensch. Überwachsam, angespannt, immer auf Gegenwehr gepolt, sofort kampfbereit, trotzig und so weiter.«

»Das ist bei mir der Normalzustand.«

Die Psychiaterin lachte mir zu Gefallen. »Ich habe in Israel traumatisierte Soldaten behandelt. Auf den Tod ist man nie vorbereitet. Vor allem, wenn er einen Kameraden trifft oder einen Freund.«

Völlig unerwartet sammelten sich Tränen in meinen Drüsen. Als ob mir nur eine israelische Neurologin gefehlt hätte, um den Strich unter mein Leben zu machen und eine Null hinzuschreiben.

Bis zu diesem Moment hatte ich wohl doch noch nicht wirklich geglaubt, dass Richard unwiderruflich tot war. Ich hatte mich einbetoniert, um nichts erinnern, nichts begreifen zu müssen. Und eben noch, beim Joint mit dem Brillenwaran und dem Pfeilgiftfrosch, war ich mir sicher gewesen, dass Richards Ende eine Sinnestäuschung gewesen war. Wenn ich zurückkehrte, würde er mit Cipión am Bahnsteig stehen und winken.

»Das Foto!«, fiel mir ein. Wo hatte ich eigentlich Torstens Kinderfoto liegen lassen? Wir befanden uns auf einer der steilen Treppen des Subs. »Wir müssen ins Biolab hinüber.«

»Die sollten wir jetzt nicht stören«, sagte Zippora. »Außerdem darfst du dich jetzt nur im obersten Deck und in der Cupola aufhalten.«

»Ja, Zippora. Aber erst muss ich mit Tupac sprechen, bevor er auf die Idee kommt, das Foto zu vernichten.«

»Stopp! Mi… Äh, wie soll ich dich eigentlich nennen?«

»Michelle.«

Sie lächelte ertappt. Aber den Versuch war es wert gewesen, auch wenn er sie ein paar Körnchen Autorität kostete.

38

»Uns Vielbeschäftigten steht die Zeit zum Antritt der Reise nicht frei, wir erfahren davon erst, wenn der Mond in seinem östlichen Teile sich zu verfinstern beginnt.«
Somnium, Johannes Kepler, 1595

»Was ist eigentlich los, Richard?«, hatte ich am Zeppelindenkmal von Fischreute einen letzten Versuch gemacht, in Richards Dickschädel zu dringen.

»Was soll los sein?«, hatte der Mann mit Unschuldsgesicht geantwortet. Und mit den geweiteten Pupillen des Lügners.

»Warum legst du Luca ein Foto von seinem Vater vor und fragst, was Veith in seinem Koffer hatte? Warum hast du nach dem Maybach Zeppelin gesucht? Worum geht es hier?«

»Das könnte ich dich auch fragen, Lisa. Warum musst du aus allem immer gleich so große Geschichten machen?«

Ich erinnerte mich, dass mein Herz angefangen hatte zu pochen. Da war er endlich, sein Vorwurf: Warum hast du aus der Leiche meines Vaters eine so große Geschichte gemacht? Aber der Augenblick verflog unerfasst.

Richard zwang sich zu einem Sonntagslächeln und sagte: »Vielleicht wollte ich eigentlich mit dir …«, er schluckte, »einfach nur mal einen kleinen Ausflug machen. Kannst du dir das nicht vorstellen, Lisa?«

Beinahe hätte ich es mir vorstellen können. Wäre er nicht eine Stunde später tot gewesen. Und auch in diesem Moment fiel mir wieder nur ein Aber ein.

»Aber Michel Ardan wurde praktisch vor unseren Augen ermordet, Richard. Vorher hat er dunkle Andeutungen gemacht über Seleniten und Atomraketen auf dem Mond. Vielleicht hatte Torsten Veith auch nur unermessliche Vorräte an Seltenerden entdeckt oder die Methode gefunden, Helium-3 rentabel abzubauen. Vielleicht hat er der SSF und Gunter Maucher die Patente nicht gegönnt, vielleicht wollte er selbst daran verdienen. Und deshalb musste er sterben und Ardan auch, weil er das wusste. Da geht es um Milliarden!«

»Aber nicht so, Lisa! Nur eine Firma wie die SSF hat überhaupt die Mittel, die Anmeldungsverfahren für Patente durchzustehen. Und die SSF hätte stets auf dem Klageweg nachweisen können, dass sie die Urheberrechte besitzt. Da musste niemand ermordet werden.«

Richard gehörte zu den rätselhaften Menschen, die sich nie und unter keinen Umständen vorstellen konnten, dass man einander umbringen musste, um Probleme zu lösen. Im Gegensatz zu mir zog er es vor, von der Unschuld der Menschen auszugehen. Als Staatsanwalt war er sogar verpflichtet, auch zur Entlastung eines Angeklagten zu ermitteln.

39

»Ich bin die Mondgöttin Yasi, sagte sie lächelnd. Diese Pflanze namens Caá soll den Menschen als Symbol der Freundschaft dienen. Außerdem habe ich beschlossen, dass eure Tochter Herrin der Pflanze sei, denn von nun an wird sie ewig leben und niemals ihre Güte, Unschuld und Schönheit verlieren. Und sie bereitete ihnen aus den Blättern den ersten Mate-Tee zu.« *Guaraní-Legende*, Präkolumbisch

Sollte ich das alles Zippora Eschkol erzählen? Oder musste ich? Stufe für Stufe, die sie mich hochgeleitete, zupfte ich der imaginären Blume die Blättchen aus. »Ich sag's, ich sag's nicht, ich sag's …« Was hätte Richard mir geraten? Sag die Wahrheit! Der Staatsanwalt träumte von der Wahrheit.

»Ich erzähl dir alles, Zippora«, sagte ich im Übergang vom Sub zum oberen Bereich. »Aber dazu müssen wir ins Biolab. Ich muss dir etwas zeigen.«

»Also gut.«

Wir schlugen einen Weg durchs enge Gewinkel ein, von dem ich annahm, dass er uns zum Tunnel brachte.

»Was ist wirklich los hier?«, fragte ich unter Kabelbäumen.

»Wieso?«

»Sie spielen alle irgendwelche Rollen.«

Zippora lachte gemütlich. »Alpha, Beta, Gamma und Omega, diese Rollen sind immer besetzt. Führer, Spezialist, Arbeiter und Sündenbock.«

»War Torsten der Sündenbock?«

Sie zögerte. »Das wäre zu einfach.«

»Und jetzt, wo er weg ist, wer ist der neue Sündenbock?

»So einfach ist das wirklich nicht, Michelle!«

Ich überlegte. »Na gut. Morten gibt den Zyniker, Yanqiu spielt das Aschenputtel, Tamara die Hostess, Gail die Anführerin im Mädchenknast, Abdul das stille Wasser, Giovanni den arbeitsscheuen Italiener. Der würde sich als neuer Sündenbock eignen. Bob und Fred spielen die bodenständigen Fernfahrer, ehrliche Arbeiter, Rhianna die Methodistin, die eigentlich zu Hause bei den Kindern sein sollte, Sergei den Melancholiker, Krzysztof … der ist mir noch unklar. Van Sung gibt den Dalai Lama, Tupac den Magier, Wim tut, als wäre er der müde Anstaltsarzt, Artjom gibt den KGB-Agenten und Leslie Butcher …«

Zippora lachte. »Schon gut, Michelle!« Es gelang ihr auf unerklärliche Weise, den kahlen dämmrigen Tunnel mit der lasziven Explosivität ihrer Bewegungen aufzuheizen.

»Könnte es nicht auch sein«, stichelte ich, »dass Butcher der neue Sündenbock wird? Geht das? Kann Alpha zu Omega werden?«

»Dem stehen die militärischen Organisationsprinzipien entgegen«, sagte Zippora unbehaglich. »Denn sonst wäre eine Mission wie diese in größter Gefahr.«

War sie es bereits?, fragte ich mich und lenkte ab. »Was hatte Torsten denn nun eigentlich an sich, was die anderen nicht mochten?«

»Er war ehrgeizig. Die Deutschen haben dafür ein besonderes Wort. Es setzt sich aus Ehre und Geiz zusammen.« Sie sagte: *honour* und *stinginess.*

Richards Bildung stach mich hinterm Brustbein. Aber ich hütete mich, zu widersprechen und das Wort *gierig* ins Spiel zu bringen, auch weil die Stiche mir den Atem nahmen. Vermutlich waren Zipporas Eltern – nein, eher die Großeltern – in Auschwitz ermordet worden, und ihre Eltern hatten noch Deutsch, wenigstens Jiddisch gesprochen. Was war gegen so viel Schicksal Richards Leben, das ich mit meinem infantilen Detektivspiel riskiert und verloren hatte?

»Was suchte er denn?«, fragte ich.

»Vielleicht suchte er aus Prinzip. Die Deutschen streben immer nach dem, was die Welt im Innersten zusammenhält. Und sie machen es kaputt dabei. Es waren Deutsche, denen 1938 die erste Kernspaltung gelang, Hahn und Straßmann. Wissenschaftlich erklärt wurde sie übrigens von einer österreichischen Jüdin, Lise Meitner, aber von der redet heute natürlich keiner mehr.«

Ich pflegte auch nicht von Hahn und Straßmann zu reden.

»Torsten war ein ungeduldiger Mensch«, fuhr Zippora fort. »Er hörte nie zu, wusste alles besser. Butcher hielt er für führungsschwach und mich …« Sie lächelte schräg. »Mich hielt er für überflüssig. Psychologie sei keine exakte Wissenschaft und eine Zumutung für intelligente Menschen.«

Ich musste lachen.

»Aber ohne uns Neurologen …«, sie ruhte sich ein wenig aus auf dem Wort, das eine exakte Wissenschaft bezeichnete, »… wird es keine Marsmissionen geben. Allein der Hinflug dauert zwei oder drei Jahre! Und zum ersten Mal verlieren die Astronauten dabei ihren Heimatplaneten aus den Augen. Er wird zum austauschbaren Punkt im All.«

In der kalten Finsternis nicht einmal mehr die blaue Marmorkugel sehen? Ich ermaß den Abgrund des Horrors.

»Aber es ist nicht nur das. Auf der ISS weiß jeder, in einer halben Stunde kann die Station evakuiert werden. Die Artemis braucht eine Stunde bis zum Start des Lu-Busses. Aber von der Marsfähre gibt es kein Entkommen. Die Kommunikation mit der Erde ist nur mit großen Verzögerungen möglich. Und wir besitzen derzeit keinerlei Instrumentarium, um vorherzusagen, wie sich selbst bestens trainierte und ausgewählte Astronauten unter solchen Bedingungen verhalten: nur E-Mail-Kontakt mit den Familien, eingesperrt auf engstem Raum, weder Tag noch Nacht, keine Außenreize, absolute Monotonie. Da stellt sich bald ein Zustand ein, den die Russen Asthenie nennen: Schlaflosigkeit, Apathie, Demotivation, zunehmende Reizbarkeit. Und wenn es dann gar einen Toten gibt …«

»Weißt du, dass Morten findet, du dramatisierst?«

Zipporas Nachtkrateraugen funkelten. »Und inwiefern habe ich dramatisiert?«

Ich lächelte. »Gar nicht. Tupac nennt diesen Zustand *el susto*. Schrecken, Horror!«

Unsere Schultern berührten sich schwesternhaft, als wir an der Schleuse zum Biolab stoppten.

»Jedenfalls«, sagte sie. »Wir werden nie erfolgreich zum Mars fliegen, wenn wir den Menschen nicht in den Griff kriegen.«

Sie drückte den Klingelknopf. Van Sung ließ uns ein. Das Foto lag nicht mehr auf der Computerkonsole.

»Tupac!«, schrie ich.

Der Koreaner kniff die Augen zusammen. »Nicht nötig zu schreien, you know. Entweder, er ist nicht hier oder er hört dich.«

Dünnbärtig kam Tupac hinter Terrarien und Aquarien hervor.

»Wo ist das Foto, Tupac?«

Er blickte auf die Tastatur und lächelte, als dächte er über meine Seelenlage nach. Dann griff er in die Brusttasche seines Polohemds. »Was willst du damit? Es gehört dir nicht.«

»Dir auch nicht.«

Hinter seinem jugendlichen Lächeln knitterte der Medizinmann. Mit einem Mal fiel mir die Frage ein, die Richard mir im Zeppelinmuseum gestellt hatte. Ob ich jetzt klüger sei, was die Herkunft von Veiths Adoptivtochter betraf.

»Das Foto hat nicht in Torstens Koje geklemmt, sondern in deiner, Tupac! Du hast es ihm gestohlen.«

Tupacs Lächeln wurde tiefer und verschwiegener.

»Die Sirionós gehören zu den Tupiguaraníes, nicht wahr? Juana ist … sie ist deine Tochter!«

»Nein.«

»Ein Gentest würde das klären.«

Der Indianer zeigte seine Zähnchen. »Sie ist die Tochter meiner Schwester Inoma.«

»Aber sie wurde doch ausgesetzt im Urwald gefunden.«

Tupac schnaubte. »Torsten hat sie gekauft für seine unfruchtbare Frau. Eine französische Organisation hat sie ihm gebracht. Die hat vielleicht behauptet, man habe sie gefunden. Da waren damals viele Franzosen bei uns.«

»Michel Ardan war auch dort. Hast du ihn in Bolivien kennengelernt?«

»Nein. Aber ich kannte seine Artikel. Er gehörte zu denen, die zu uns gekommen waren, um unsere Aufstände anzuheizen. Wenn das Gute siegt, triumphieren sie. Wenn das Böse zurückkehrt, sind sie längst abgereist. Inzwischen knüppeln unsere Provinzfürsten wieder die Gasarbeiter nieder, um ihr eigenes Geschäft zu machen. Für solche wie Ardan haben Kinder nur Zukunft, wenn sie in Europa in Kindergärten gehen und nichts von Alter und Neuer Erde wissen. Bei uns gebiert die Frau außerhalb des Dorfs im Wald. Beschützt wird sie vom Mond, versorgt wird sie von Mädchen, die noch keine Monatsblutung haben. Dass meine Schwester Inoma jedes Jahr am Tag, an dem Huána verschwand, in den Wald geht und fastet und sich unter den Bäumen schlafen legt, findet ihr dumm und primitiv. *El susto* ist für euch nur eine Angst vor Dämonen. Und was grämt Inoma sich überhaupt, sie kann doch noch viele Kinder bekommen.«

»Hast du mich gestern in die Nasszelle gesperrt, Tupac?«

»Warum hätte ich sollen?«

»Weil du Michel Ardan umbringen wolltest, genauso wie Torsten.«

Zippora sah aus, als überschlügen sich hinter ihrer Stirn die Erkenntnisse. »Hast du uns nicht Ardan vorgeschlagen, Tupac? Als Ameisenspezialisten.«

»Also doch!«, triumphierte ich.

Tupac ratzte mit den Zähnen über sein Unterlippenbärtchen. Die Stoppeln knackten.

»Und warst du nicht der Erste an der Leiche von Torsten?«, hakte Zippora nach.

»Falls er da schon tot war!«, ergänzte ich.

»Und hast du nicht behauptet, Ameisen gesehen zu haben? Eine Sache, die Gail nicht bestätigen konnte, als sie kurz nach dir eintraf«, fragte Zippora streng.

»Und Gail hätte ruhig zugesehen, wie ich bei Torsten die Luft ablasse?« Tupac lachte böse.

»Nun mal langsam«, griff Van Sung ein. »Bevor ihr wegen eines Vorfalls in unserer Hygienezelle Tupac als Mörder verhaftet ... Das ... nun ja ... you know ...«

Wir starrten den Lächelwaran an.

»Ich fürchte, das war nur ein kleiner Scherz, you know. Die Hygienezelle verformt sich so hübsch, wenn man sie in Unterdruck versetzt. Da kann man schon ein wenig Angst bekommen, wenn man das nicht kennt. Wir konnten ja nicht ahnen, dass Michelle so rabiat reagieren würde.«

»Hatten wir uns nicht darauf geeinigt, dass wir keine Mondtaufen mehr durchführen?«, fragte Zippora mütterlich streng.

Van Sung lächelte.

»Also gut«, wandte ich mich wieder an Tupac. »Und woher weißt du so genau, dass dieses Mädchen auf Torstens Foto deine Nichte ist?«

»Ich habe sie erkannt.« Tupac blickte auf das Foto in seiner Hand. Juanas dunkles Gesicht mit den Urwaldangstaugen, den hängenden Backen und dem glatten schwarzen Haar war auf dem Foto nicht größer als ein Cent. »Ich sehe meinen Vater in Huánas Augen und in ihrem Mund meine Mutter. Die Gesichtsform hat sie von meiner Schwester Inoma und die Stirn von meinem Schwager.«

»Also reine Vermutung!«

Tupac schüttelte den Kopf.

»Und was hat Torsten dazu gesagt?«

»Ich habe darüber nicht mit ihm gesprochen.«

»Warum nicht?«

»Hombre! Wo hätte das hingeführt?« Tupac atmete aus und

blickte mich dann erst wieder an. »Bei uns gibt es eine Legende aus den Zeiten der Alten Erde. Eine Jungfrau trifft im Wald auf Affen. Sie werfen ihr Früchte des Uakú zu. Sie isst davon und wird schwanger. Nach einiger Zeit bringt sie einen Sohn zur Welt, doch er wird ihr gestohlen. Nachts hört sie ihn schreien, geht in den Walt und legt sich am Fuß des Uakú schlafen. Am Morgen sind ihre Brüste leergetrunken. So geht es alle Nächte, ein Jahr lang. Später hört sie ihr Kind spielen und lachen, sieht es aber nie. Erst als Mann kehrt ihr Sohn ins Dorf zurück. Die Medizinmänner geben ihm den Namen Izy, der aus der Frucht Geborene. Er soll Ältester werden. Doch Izy sagt, zuvor brauche er den Stein Nanacy aus dem Mondsichelgebirge. Es wird erzählt, dass Kuarahy, die Sonne, ihm ein Beutelchen wundersamer Dinge gibt, mit denen er sich zum Mondsichelgebirge zaubern kann, wo er die alte Mondfrau Yasi trifft. Yasi ist unser Name für Mond, Monat und Menstruation und bedeutet *unsere Mutter*. Von Yasi bekommt Izy den Stein des Ältesten und das Herrschaftswissen Moacaracaua. Yasi sagt zu ihm: Vereine dein Volk, lehre es fasten und töte jeden, der dir nicht gehorcht, dann lehre ich dich herrschen. Izy kehrt zurück, erzählt den Alten des Dorfes alles, verbietet ihnen aber, es den Frauen zu verraten. Die Frauen sind neugierig und entlocken den Männern das Geheimnis. Nun wollen sie auch Älteste werden. Izy tötet die neugierigen Frauen, nachdem er sie genommen hat, und setzt sich hin und weint, denn unter ihnen ist seine Mutter.«

Zippora hüstelte feministisch.

»Und was bedeutet das?«, fragte ich.

»Es bedeutet, dass Huána eines Tages aus eigenem Antrieb zu ihrer Familie zurückkehren wird. Sie wird uns Veränderungen bringen und es wird gut oder schlecht für uns sein, je nachdem, wie wir sie empfangen. Sie vor der Zeit zu holen hat keinen Sinn. Man kann doch ein kleines Mädchen, das sieben Jahre lang in Europa gelebt hat, nicht in die Wildnis holen, wo es keine

Dusche, kein WC und keine Handys gibt und wo sie mit ihren Geschwistern die Tiere auf der Weide hüten und auf dem Acker arbeiten müsste. Meine Schwester Inoma wird noch viele Jahre lang leiden müssen.«

Zippora seufzte. »Kinder sind stärker, als man denkt. Aber natürlich … ja …« Sie schüttelte den Kopf.

»Was für ein absonderlicher Zufall!«, bemerkte ich. »Ein künftiger Astronaut nimmt der Schwester des anderen das Baby weg. Nach sieben Jahren treffen sich beide auf dem Mond. Der eine erkennt auf dem Familienfoto des anderen seine verschollene Nichte. Und in einer Mondnacht, die keine Nacht ist, sondern ein Moment in einem ewigen Mondtag am Südpol, kommt es zu High Noon am Rand des Shackleton-Kraters zum Show-down.«

»Ich habe Torsten nichts getan!«

»Ich habe eigentlich auch mehr auf den unerklärlichen Zufall gezielt«, sagte ich.

»Ja, wirklich, ein eigenartiger Zufall«, bemerkte Zippora.

»Und noch zufälliger ist«, sagte ich, »dass zweie von damals aus Bolivien inzwischen tot sind: Torsten Veith und Michel Ardan. Was meinst du, Tupac, war es ein Schadenszauber deines Vaters? Hat er dir deshalb auch Feder und schwarze Erde mitgegeben?«

Tupacs Brauen zuckten. »Der Pole hat ein Kreuz umhängen, ohne dass ihr ihn des Schadenszaubers verdächtigt. Außerdem weiß mein Vater nichts von Torsten und Huána. Ich konnte ihn nicht anrufen, weißt du. Und seine Dämonen vergelten nur Gleiches mit Gleichem. Sie hätten Torsten bestenfalls ein Kind genommen.«

»Das haben sie«, sagte ich. Ein Kloß stieg mir in die Kehle hoch. »Wenn auch posthum. Torstens Frau und seine beiden leiblichen Kinder sind ebenfalls tot.«

Zippora blickte mich mit großen Pupillen an.

»Sie saßen in einem Hubschrauber und der ist …« Mir

rutschte kurz die Stimme weg. »Er ist explodiert. Nur Juana ist nicht …«, ich würgte an einem brachialen Heulbedürfnis, »… ist nicht mitgeflogen.«

Und ich auch nicht. Ich war einem roten Hintern hinterhergelaufen.

»Und wo ist Huána jetzt?«, fragte Tupac, ohne sich mit Anteilnahme für die ausgerottete Familie aufzuhalten.

»Ich hatte keine Zeit, mich darum zu kümmern. Und es hat mich auch nicht interessiert, Tupac.«

Keinen Gedanken hatte ich bisher daran verschwendet, keinen einzigen. Ich hatte nur an mich gedacht! An meinen Verlust und meine Schuld. Die weiteren Toten um Richard herum waren nur die Kollateralschäden meiner eigenen Tragödie gewesen, die über mich hereingebrochen war, mit ganzer Kraft und einer gewissen Streuung, damit es mich auf jeden Fall erwischte.

»So also geht ihr mit unseren Kindern um«, sagte Tupac leise.

40

»Jeden Abend knipst der Mann im Mond sein Licht an/ Damit man auf der Erde noch was sieht.« *Mann im Mond*, Die Prinzen, 1992

Wir fuhren zurück bis zu dem Schild »Segelflugplatz« und folgten der Straße Richtung Kißlegg. Hinterm Waldstück und vor der Bahnlinie ging es nach links. Wallmusried nannten sich die fünf Häuser. Man hatte sich für den Ansturm von dreitausend Gästen gut gerüstet, Wiesen waren in Parkplätze umgewidmet worden, für Fahrräder hatte man Ständer gebaut, Wege zu Einbahnstraßen umgeschildert. Der Hangar war leergeräumt und mit Bierbänken gefüllt. Auf der Flugfeldwiese stand eine Wagenburg für Pommes, Steaks und Fleischküchle.

Der Gottesdienst war bereits zu Ende, die Leute hatten die Tische erobert, rauchten und tranken Weizen. Cipión verschlang röchelnd eine halbe Brezel, ehe ich ihn wegziehen konnte.

Richard strebte durch die Massen zu den rotweißen Absperrbändern, hinter denen die Sportflugzeuge standen. Ein Mädchen stieg ins Cockpit eines offenen Segelflugzeugs. Der mächtige Steuerknüppel rührte sinnlos zwischen ihren Knien herum. »Der Wind«, erklärte ein Vater. »Er bewegt die Steuerruder.«

Eine Fokker mit dreistöckigen Flügeln, genannt der Rote Baron, schnurpelte in den Himmel, stieg zu einem Looping empor, kippte hintenüber und kehrte in schönem Kreis zur Erde zurück. Waren das nicht diese Flugshows, bei denen es immer zu diesen fürchterlichen Unfällen kam? Der Rote Baron stürzte senkrecht auf uns zu. Doch keiner trat beiseite.

Wenn Männer geschwindigkeitserzeugende Maschinen sehen, dann vergessen sie, mit wem sie gekommen sind, und kindliches Staunen glättet ihre Gesichtszüge. Dann sind sie ganz Auge und glühende Sehnsucht aus tiefster Brust. Sie möchten nichts lieber, als in eine dieser Maschinen steigen, sie in Bewegung setzen und bestaunt und bewundert werden wie der Pilot des Roten Barons, der gerissene Figuren flog, wie ein Lautsprecher verkündete. »Über den Wolken muss die Freiheit wohl grenzenlos sein. Alle Ängste, alle Sorgen, sagt man, blieben darunter verborgen.« Männer glauben so etwas wirklich.

Über einem Wäldchen knatterte ein kleiner gelber Hubschrauber ein und senkte sich langsam auf die Wiese. Ein Mann mit Ohrenschützern stapfte zu ihm hin. Keineswegs rannte er gebückt unter die Rotorblätter, wie man das immer in Filmen sah. Er öffnete die Tür. Leute stiegen aus, Festplatzbesucher, wie es aussah. Sie taumelten benommen, lachten, stolperten, winkten.

Mich drückte die Blase. »Geh nicht weg«, sagte ich zu Richard und gab ihm Cipións Leine. Seine Hand reagierte automatisch, er hörte nichts. Es bestand keinerlei Gefahr, dass er weggehen würde.

Aber ich kam auch nicht weit. Im Augenwinkel sah ich die charakteristische Kugelform von Susanne Veith über die Wiese ziehen, von drei Kindern umschwärmt und von Opa und Oma Styrl flankiert, und kehrte um.

»Hallo!«

Juana hocke sich sofort neben Cipión und streichelte ihn über den Kopf, was er, gleichmütig in die Gegend schnüffelnd, hinnahm. Diana langweilte sich mit einem Modellflieger, den sie selbst zusammengeleimt hatte. Die Bewunderung der Erwachsenen dafür hatte sich bereits abgenutzt. Von mir erwartete sie da auch nicht viel, und Richard war ohnehin bereits wieder dabei, Luca zu beschenken.

»Das ist gestern Abend gekommen«, behauptete Richard. »Mit einem Boten vom Mond. Es hat so lange gedauert, weil es zuerst eine Weile beim Mondzoll gelegen hat.«

Luca blickte großäugig zu Richard auf. Immerhin hatte er die Ritterrüstung nicht mehr angelegt. Für ihn begann das Leben wieder.

»Da ist nämlich auch was drin. Ich glaube, es ist Mondstaub.«

Die Faust des Jungen schloss sich um das Modellauto.

»Wie heißt das, Luca?«, mahnte die Mutter.

»Danke!«, hauchte der Junge.

»Wollt ihr nun Hubschrauber fliegen?«, meldete sich Opa Styrl in die Gunst der Kinder zurück. Er hatte auch schon herausbekommen, was so ein Flug kostete: stattliche 35 Euro pro Person für gerade mal sieben Minuten. »Eine Hubschrauberminute kostet 22 Euro. Da müssen also … wie viele müssen da mitfliegen, damit sich das für die Piloten lohnt? Na, Luca?«

Luca interessierte sich nicht für Rechenübungen. Er war damit beschäftigt, das Tütchen Mondstaub aus dem Auto zu zupfen.

»Mindestens fünf!«, sagte Juana.

Das hörte wiederum der Opa nicht. »Na, Luca!«

»Papa«, sagte Susanne, »jetzt lass doch den Jungen.«

In der Tiefe von Imbisstischen, zwischen einer Gruppe bärtiger Männer und einer Familie blitzte eine rote Hose auf. Helle Jacke darüber.

»Fünf!«, krähte Diana. »Es müssen fünf mitfliegen!«

Das hatte immerhin Oma Styrl gehört. »Sehr gut, Diana!«

»Es gehen aber nur vier rein«, sagte Juana.

»Dann machen die ja sogar noch Verlust!«, stellte Opa Styrl erfreut fest. »Wenn wir mit denen fliegen, schädigen wir sie am Ende noch. Also, auf geht's, wo misset mir na?«

Als ich wieder hinschaute, war die rote Erscheinung verschwunden. Hatte es Sinn loszulaufen oder sah ich Gespenster? Richard gab mir Cipións Leine, ich reichte sie an Juana weiter. Sie wuchs um ein Jahr und hatte ab jetzt nichts Wichtigeres zu tun, als sich nicht von Cipión zu den Abfalleimern fortziehen zu lassen. Im Tross zogen wir zu einem Tisch mit Buch, Flugscheinen und Kasse.

»Ich bleib unten«, sagte Oma Styrl.

»Und du?«, fragte mich Richard, mit dem Portemonnaie in der Hand.

»Äh!«

»Da gehen eh nur vier rein«, sagte Susanne. Offenbar zählte sie sich mit.

»Zwei Erwachsene und drei Kinder, des passt scho!«, korrigierte der Mann an der Kasse, was Opa Styrls Verlustrechnung in Richtung Gewinn drehte.

»Ich kann nicht mitfliegen«, verkündete Juana. »Ich muss auf Cipión aufpassen.«

»Das können Oma und Opa doch machen«, sagte Susanne.

Juana schüttelte so heftig den Kopf, dass der ganze Körper sich drehte und die Leine Cipións am Hals ruckte. Er wedelte fragend mit dem Schwanz.

»Also gut, drei Erwachsene, zwei Kinder. Oder?« Richards Blick tauchte für einen Moment in meinen. Die halbhohe Sonne ließ kleine grüne Punkte in seiner braunen Iris funkeln.

Ich hatte das bestimmte Gefühl, dass ich Nein sagen musste.

41

> »Alles läuft perfekt, schon seit Stunden: wissenschaftliche Experimente. Doch was nützen die am Ende?, denkt sich Major Tom. … Die Erde schimmert blau. Sein letzter Funk kommt: Grüßt mir meine Frau. Und er verstummt.« *Major Tom*, Peter Schilling, 1982

»Du nimmst viel Anteil an Torstens Schicksal«, bemerkte Zippora, als wir durch den Tunnel zurückgingen. Wie ich in den Tunnel gekommen war, wusste ich nicht. Der Gedanke an meine letzten Minuten auf der Erde produzierte immer noch Risse in meinem Bewusstsein.

Hatte ich Tupac wirklich einen Kinnhaken versetzt? Oder hatte ich es nur gewollt?

»Tupac ist unglücklich«, sagte Zippora. »Weil er zu den Erfolgreichen gehört, die in den Weltraum fliegen, während die Seinen ohne elektrisches Licht leben. Sein Traum hat sich erfüllt. Aber für seine Leute ist er ein Gott geworden. Er hat seine Heimat verloren.«

Wir schleusten uns aus dem Gang ins Habitat.

»Und du?«, fragte Zippora. »Wie ist das mit dir?«

»Ich bin auch auf dem Land groß geworden, neben dem Misthaufen.«

»Was hast du verloren?«

Wieder zupfte ich auf den Stufen der Treppe dem Gänseblümchen die Blätter aus. »Ich sag's, ich sag's nicht, ich sag's, ich sag's nicht.«

Das Treppengestell sang unter unseren Tritten und den Schritten einer weiteren Person. Gail kam uns entgegen.

»Wo wart ihr?«

Zippora schob die Lippen vor.

»Cyborg, Baby«, sagte Gail, »der Doktor sucht dich. Du musst dir Blut abnehmen lassen. Und außerdem solltet ihr nicht durchs Habitat wandern, solange wir nach einem Leck suchen.«

»Es gibt kein Leck!«, sagte Zippora streng.

»Artjom will sichergehen. Hübsch, was wir dabei alles in den Ritzen der ISPRs finden!«

Sie öffnete die Hand. Ich sah einen USB-Stick, eine schwarzrote Speicherkarte, einen kleinen goldenen Ring, eine Nagelfeile, die Goldkrone eines Zahns, ein Tütchen mit weißen Tabletten und drei einzelne blaue Pillen.

»Wie schmuggeln Astronauten so was durch die Kontrollen?«

»Im Arsch, Cyborg, Baby. Und jetzt ab zum Doktor mit dir!« Sie zupfte mich am Ärmel die Treppe hinauf.

»1st LT Taylor!«, schnarrte Zippora. »Ich unterhalte mich hier mit Michelle Ardan!«

»Zu Befehl, Ma'm!« Gail schlug die Hacken zusammen und salutierte weitschweifig. »Anweisung von Polkownik Pilinenko. Alle müssen sich Blut abzapfen lassen. Du vermutlich auch, Aluf Mischna Eschkol. Oder soll David euch ausrufen? Und jetzt komm, Cyborg, Baby!«

Irgendwie flogen wir die Treppe und die nächste hoch, schneller, als Zippora reagieren konnte.

»Rettung in letzter Sekunde«, seufzte ich.

»Was wollte die von dir?«, atmete mir Gail in den Halskragen.

»Seelenstriptease.«

»Hat sie dich angemacht?«

»He, hör mal, ich …«

»Hat sie dich angemacht?« Gail schüttelte mich am Arm. »Oder willst du selber was von ihr?«

»Stopp, Gail!« Ich zwirbelte meinen Arm aus ihrem Griff. »So nicht! Ja?«

»Wenn sie dich anfasst, dann kriegt sie es mit mir zu tun.«

»Und du mit mir, Gail, Darling, wenn du jetzt nicht gleich aufhörst mit dem Scheiß! Wo sind wir denn?«

Sie musterte mich nachdenklich unter halbgeschlossenen Lidern hervor. »Okay. Aber jetzt musst du zum Doktor, und ich muss auch los.« Sie stippte mir den Finger unters Kinn. »Bleib sauber, Cyborg, Baby!«

»He, wart mal!«

Sie drehte sich um.

»Die Flashcard, die du da gefunden hast … Wo übrigens?«

Gail steckte die Hand in die Hosentasche und fischte die kleine schwarzrote Karte aus den Fundsachen. »Im japanischen Modul neben dem Abort.«

Da hatte ich heute früh nicht nachgeschaut. Offenbar hatte ich Torstens Karte nicht gestern Nacht beim Ausziehen verloren, sondern gleich nachdem sie unter dem Spiegel hervorgerutscht und mir in die Hand gepurzelt war. Wahrscheinlich hatte ich sie in meinem Tran nicht in die Brusttasche meines Poloshirts gesteckt, sondern daneben.

»Das ist meine, Gail, Darling! Ich vermisse eine. Du weißt doch, man hat mich zuerst ins japanische Modul gesteckt, als man noch meinte, ich gehörte zu den Buben.«

Gail lachte, abgelenkt von schmutzigen Gedanken. Ich hatte die Miniplastikkarte schon fast in meinen Fingern, da zuckte sie zurück. »Und woher soll ich wissen, dass sie dir gehört?«

»Wenn sie eine Scharte im Etikett hat, dann ist es meine!«

Gail linste durch die Finger. Ich schnappte zu. Aber sie hatte die Faust rechtzeitig geschlossen und hob sie hoch über ihren Kopf. »Soso, und was ist da drauf, Cyborg, Baby? Etwas für warme Gedanken?«

»Was du nur wieder denkst, Darling! Nein … äh … da sind Daten drauf, Koordinaten für … für Stellen, wo sich rätselhafte

Artefakte befinden sollen. Du weißt doch, die NASA …« Ich sprang hoch, bekam Gails Faust zu fassen und bog ihre Finger mit den abgekauten Nägeln auf. »… die NASA verheimlicht seit Jahren alle Hinweise auf außerirdisches Leben. Und damit mir das nicht abhandenkommt …«

Gail gab das Kärtchen frei und lachte. »Du gehörst doch nicht auch zu diesen Spinnern, Cyborg, Baby?«

»Immerhin hat Morten Cyanobakterienketten auf Mondsteinen gefunden.«

»Und außerirdische Raumschiffsplitter, jaja! Er muss das glauben, denn wozu bräuchte man hier sonst einen Archäologen. Und jetzt gehst du zum Doktor, ja?«

Ich versprach es.

»Na endlich«, empfing mich Dr. Wathelet in seinem Minikrankenhaus und riss die Plastikhülle einer Nadel auf. »Du bist die Letzte.«

Ich schob den Ärmel meines Artemis-Anzugs hoch. »Du hast mir doch erst gestern Blut gezogen.«

»Heute ist heute!«

»Ist die Leichenstarre inzwischen eingetreten bei Chaturvedi?«, erkundigte ich mich.

Die Tür zum OP mit dem Tisch war geschlossen.

»Nein«, antwortete der Arzt und steckte die Nadel auf die Spritze. »Ich warte auf Antwort vom Kontrollzentrum. Die analysieren, was ich an Daten nach unten geben konnte.« Er klopfte mir in die Ellenbeuge. »So zarte Venen, dabei müssten sie …«

Da purzelte ein Ruf zu uns herein: »Doktor, schnell!« Rhianna folgte dem Schrei, atemlos trotz kurzer Wege. »Fred geht es schlecht! Er …« Sie keuchte. »Es hat ihn erwischt, glaube ich.«

Wim schaltete auf Ruhe. »Wo ist er?«

»Im Tower. Er saß am TMP und hat den Rotex gesteuert, und plötzlich …«

Wathelet nahm einen Arztkoffer und stach los. Rhianna und

ich rannten hinterher. Wir mussten eins höher und schlüpften in ein Modul mit zahllosen Bildschirmen für Außenkameras und einem Stereomonitor, auf dem, frappierend dreidimensional, die Außenwand des Habitats zu sehen war. Rhianna schubste mich mit der Schulter beiseite. Ich schubste zurück. An Wims Rücken vorbei konnte ich sehen, dass der spillerige Fred in einer Ecke unter Lianen von Kabeln, Schaltern und Schubladen hockte und keuchte. Ein Schweißfilm schillerte auf grüner Haut, seine Hände waren verkrampft und gespitzt. Gebärende, die es mit der Hechelatmung übertrieben, kannten das: die Pfötchenstellung.

Wim blies, soviel ich sehen konnte, eine Tüte auf, so wie ich früher die Papiertüten vom Bäcker, um sie mit einem Schlag knallen zu lassen, und hielt sie Fred vor den Mund. Sie fiel in sich zusammen und blähte sich, je nachdem wie Fred Luft holte und sie auskeuchte.

»Ganz ruhig«, sagte Wim. »Gleich wird's besser.« Er drehte sich um. »Rhianna, ich brauche reines Kohlendioxid. Und zwar schnell. Geh zu Gail.«

»Roger!« Die schubsende Schulter verschwand. Die Treppenstufen sangen durchs Habitat, begleitet vom pfeifenden Rauschen der Belüftung und dem sanften Gebrumm der Apparate und Aggregate.

»Wer kommt denn auf so was!«, fluchte Wim. »Sauerstoff zum Beatmen hätte ich!«

Ich hörte Fred keuchen und die Tüte knistern.

Plötzlich tönte die Stimme von *Radio High Moon* über die Lautsprecher. »First Lieutenant Taylor umgehend nach CC. Kommandanturbefehl! Gail, los, lass alles stehen und liegen!«

Ein bisschen Musik hinterher hätte ich nett gefunden, Mike Oldfield: Carried away by a moonlight shadow …

»Was ist los? Hat er …«

»Scht!«, warf mir Wim über die Schulter zu. »Wenn du was tun willst, dann hol den Maskenbeutel aus dem HHR.«

»Roger!« Ich spritzte los. Und ich verlief mich nicht.

Wathelets Klinik war überraschend groß, weil über mehrere Segmente der Habitatwürste verteilt. Es roch chloroformig, aber vermutlich war das nur eine Halluzination meines Riechzentrums. Wo befand sich dieses Ding zum Intubieren mit dem Ballon? Ich gebe zu, dass ich zuerst probierte, ob die Tür zum OP offen war und ich einen Blick auf Chaturvedis brahmanische Untotheit werfen konnte. Sie war verschlossen und nur mithilfe eines Zahlencodes zu öffnen. Befürchtete Wim etwa, dass der Inder als Zombie durchs Habitat geisterte?

Hinter dem Raum mit den Ergometern, Wackelbrettern und Expandern befand sich eine Ecke mit Geräten für die Intensivmedizin, ein Bett, eine Herz-Lungen-Maschine, Apparate. In den Schränken sah ich Zahnarztbohrer und Operationsbesteck! Wer assistierte eigentlich, wenn Wim einen entzündeten Blinddarm herausschnitt? Die MTA Gail mit ihren abgenagten Fingernägeln, dem Kinn im Halsfett und dem obszönen Blick? Oder der Urwalddoktor Tupac mit seinem Totem aus Federn und schwarzer Erde um den Hals. Auf jeden Fall war es ein Gerücht, dass Astronauten sich vorsorglich Blinddärme und Zähne entfernen ließen.

Im Labor sichtete ich mich durch Reagenzgläser, Pipetten, Wattestäbchen, Verbandsmull, Brandsalbe, Schachteln mit Medikamenten und Schmerzmitteln. Das Morphium befand sich vermutlich in dem verschlossenen Schrank. Den Kühlschrank öffnete ich nicht. Eine ungemein irdische PET-Flasche mit einer durchsichtigen Flüssigkeit, vermutlich Wasser, stand herum. Einen Defibrilator gab es, und da war auch endlich das Ding mit dem Beutel und dem hakenförmigen Rohr, das man in die Luftröhre schob. Ich lief zurück in den Steuerungsraum für die Außenanlagen.

Fred atmete inzwischen ruhiger. Seine wässrig grauen Augen blickten panisch geweitet über die Tüte hinweg. Was machte man eigentlich gegen Cyanobakterien im Blut? Half da ein Breitbandantibiotikum?

Ein Anflug von Panik streifte mich.

Wim Wathelet nahm mir den Beatmungsballon aus der Hand und beugte sich über Fred. Da kam auch schon Gail herbeigerannt und schubste mich von der Tür. Sie hatte ein Sauerstoffgerät dabei, dessen Tank mit der CO_2-haltigen Abluft des Lebenserhaltungssystems gefüllt war.

Fred röchelte und hustete.

Ich verzog mich. Medizinische Maßnahmen waren mir unbehaglich, seit ich nach meinem Unfall vor knapp fünfzehn Jahren im Gips gelegen und meine vom Kontakt mit einem Motorblock halb gelähmten Beine in diversen Rehas hatte bearbeiten lassen müssen. Irgendeinen Fehler machten Ärzte bei mir immer, und wenn sie mir nur ein Beruhigungsmittel spritzten, auf die mein Immun- oder Protestsystem allergisch reagierte.

Während ich ziellos die Treppe hoch- oder hinunterstieg – ich hatte vorübergehend wieder die Orientierung verloren –, begann David erbarmungslos mit seiner Beschallung zur Einstimmung auf das Abendessen. »This is *Radio High Moon*, es ist 17 Uhr 45. Die Schlagzeilen von der Erde: Dopingskandal stellt die Tour de France infrage. Hundert Tote bei Anschlag im Irak. In fünfzehn Minuten gibt es Essen. Heute im Angebot …« Dann schluchzte die russische Balalaika.

In Deck 2 mit den sogenannten Mehrfachnutzereinrichtungen waren Giovanni, Gonzo und Morten an den Versuchskästen beschäftigt. »Drübersteigen und ordentlich einen in die Lücke hupen«, schwärmte Giovanni gerade zu einem hinüber, den ich nicht sah.

Ich fand eine unbesetzte Datenverarbeitungsstation und steckte die Speicherkarte mit der Scharte im Aufkleber in den Kartenleser.

Sie war gestopft voll mit zum Teil sehr großen Text- und Bilddateien. Ich klickte wahllos, und aufwändige Berechnungen mit Tabellen breiteten sich vor mir aus, in denen ich immer wieder die chemischen Zeichen $Nd_2Fe_{14}B$ und ^3He sah, Neodym und Helium-3. Es kamen viele Zahlen darin vor, die nach Dollars aussahen. Da ging es um Milliarden. Einen besonders optimistischen Eindruck machten die Berechnungen nicht. Aber fragen Sie mich nicht, woran ich das sah. Vielleicht lag es auch nur an dem traurigen Wort »Tokamak«, das immer wieder auftauchte. Jetzt hätte ich einen kleinen Downlink zu Wikipedia gut gebrauchen können.

»Unser heutiger Mondwitz!«, posaunte David aus allen Lautsprechern: »Armstrong und Aldrin finden bei ihren Erkundungen des Mondes eine Baracke. Auf einem Schild steht: Amt für Mondfragen. Darauf Aldrin: Sieh an, die Deutschen sind auch schon da.«

Haha!

Ich ordnete die Liste nach Änderungsdatum, und eine kleine Datei jüngeren Datums rückte nach oben. Es war ein reines Word-Dokument ohne Formeln. Der Titel lautete: »Vlaams Frijheid.«

Hä?

Das klang flämisch. Auch der Text war auf Flämisch, also Niederländisch verfasst. Darunter fand ich einen französischen, der vermutlich eine Übersetzung des flämischen war. Dafür sprachen die aufgelisteten Thesen in ihrer ganzen Abwegigkeit: die Loslösung Flanderns von Wallonien. Die Beseitigung der Wohnwagensiedlungen und Ausweisung der Jenischen. Einheitlicher Steuersatz für alle. Abschaffung des Euthanasie- und Abtreibungsgesetzes. Schließung der NATO-Zentrale in Brüssel.

Wer zum Teufel waren die Jenischen?

»Noch fünf Minuten«, orgelte David über die Habitatbeschallung zu einem Kasatschok, »bis die Glocke schlägt.«

Ich scrollte weiter. Der nächste Text war einfach und kurz,

wenn auch in vier Sprachen verfasst: Englisch, Französisch, Niederländisch und Deutsch. Der Einfachheit halber las ich den deutschen.

»Wenn sich Flandern nicht binnen 24 Stunden von Wallonien trennen wird und seine Autonomie zurückgewinnen wird, dann wird ein Astronaut auf der Artemis sterben. In den folgenden 24 Stunden wird der nächste sterben und so weiter.«

Ups!

Ziemlich holperig, der deutsche Text. Kinderscherz oder politischer Bierernst?

Davids Abendkonzert endete. Der erste von sechs Glockenschlägen schepperte aus der Intercom. Ich zog die Flashkarte aus der Datenstation und rannte los, flog hinauf in die Cupola. Der sechste Glockenschlag katapultierte mich mit lunarer Leichtigkeit aus dem Loch des Niedergangs in den Kuppelsaal.

Zuweilen konnte ich sogar schneller denken als rennen, denn als ich den Fuß auf den Boden der Cupola setzte und mir die helle Mondwüste und der tiefschwarze Nachthimmel zugleich ins Auge sprangen, lagen bereits ein halbes Dutzend Erkenntnisse parat.

Erstens: Einer war schon tot, der Inder Chaturvedi. Zweitens Fred würde der nächste sein. Drittens: Wim Wathelet war Belgier. Viertens: Die Führungsquadriga, oder besser die drei übrigen der Führungsriege mussten seit mindestens 24 Stunden wissen, dass wir Geiseln eines belgischen Nationalisten waren. Fünftens: Wenn sie es wussten, warum hatten sie dann Gonzo, Franco und mich überhaupt noch von der Mondorbitstation heruntergelassen? Und sechstens: Das konnte doch nicht wahr sein!

Die Astronauten, Kosmonauten und Taikonauten standen in Grüppchen beisammen, alle in Richtung der Essensausgabe orientiert. Alles wie gestern, nur dass sie ernster wirkten. Die größte Gruppe hatte sich um Rhianna gebildet, die von Freds Zusammenbruch berichtete. Franco Llacer stand schwitzend bei den drei Gästen, dem Saudi-Araber, dem Südafrikaner und dem Russen. Kaum hatte er mich gesehen, steckte er den Kopf mit den drei anderen zusammen und raunte lautstimmig: »Sagt eine Lesbe zur anderen: Warum streckst du die Zunge raus? Antwortet die andere: Weil ich beim Anblick der Kleinen da einen Steifen bekommen habe!« Wieherndes Gelächter.

Gail und Tamara fehlten, wie mir auffiel, Butcher war auch noch nicht da, Wim Wathelet sah ich nicht, und ich vermisste Zippora Eschkol. Zu der wäre ich nämlich sonst gelaufen, um ihr brühwarm von meiner Entdeckung zu berichten.

Die Blicke von Morten Jörgensson und Gonzo nahmen mich aus gegensätzlichen Ecken des Sechsecks in die Zange, während ich überlegte, ob ich lieber umkehren und ins CC hinuntersteigen sollte. Andererseits war ich unten den Entscheidungen Butchers ausgeliefert und im Zweifelsfall ruck, zuck weggesperrt oder sediert. Hier oben würde Morten wenigstens demokratische Gepflogenheiten anmahnen.

Also auf zum Essenfassen. Bob, an dem ich vorbeikam, hatte nichts mit mir zu besprechen, wenngleich er seinen Blick über meine Hüfte abwärts schickte. Sergei Kascheschkin, der Kasache, diskutierte gesträubten Schnurrbarts mit dem Polen Krzysztof Skarga auf Russisch in einer Lautstärke, die nach Politik klang. Krzysztof war ein kleiner runder Mensch mit glänzender Stirn, saftigen Lippen und Schlauheit in den Augenwinkeln.

Yanqiu saß schon am Tisch am Fenster mit Blick zur blauen Marmorhalbkugel und gabelte ein dampfendes Gericht. Oberst Pilinenko war damit beschäftigt, sein Paket aufzuschneiden.

Auch David, die verschwitzte Stimme von *Radio High Moon*, war noch nicht da. Man sollte ihn direkt ausrufen, dachte ich. Der Nerz'sche Hafer stach mich. Der Intercomkasten befand sich auf dem Fensterbrett hinterm Tisch, an dem gestern der Kommandant gesessen hatte. Ich änderte gemächlich meine Richtung. Da trat mir Morten in den Weg.

»Pech«, sagte er, »dass du die Story nicht gleich an deine Zeitung durchgeben kannst, hm? Aber dafür kannst du sie später teuer verkaufen. Was wirklich auf der Artemis geschah.«

»Falls wir überleben!«

»Angst?« Der kleine dicke Däne freute sich. »Tja, die Raumfahrt ist kein Zuckerschlecken.«

»Das sieht man dir gar nicht an!«, lächelte ich.

»Warum bist du immer so garstig zu mir? Oder kannst du Männer ganz generell nicht ausstehen?«

Gonzo trat uns in den Weg. »Morten, ich wollte ...!«

»Du hast dir deinen Einstand auf der Artemis auch ganz anders vorgestellt, was?«

»Vor allem habe ich mir vorgestellt«, antwortete der deutsche Fahnder nach dem Urknall, »dass wir hier ein Team sind.«

Morten lachte so laut, dass alle Gesichter zu uns herumfuhren.

»Ich bin Experte für Großrechneranlagen«, erklärte Gonzo pedantisch.

»Und David, der Schlingel, hat dich nicht rangelassen an seinen geliebten Zeus? Oh, ihr Deutschen. Ihr seid immer Experten für irgendetwas und wundert euch, dass die anderen Experten euch nicht das Heft übergeben.«

Gonzo drehte sich auf dem Absatz um und ging weg.

»Wir sinken. Zu viele Dänen an Bord«, sagte ich.

»Was?«

»So sagt man in Flensburg, habe ich gehört.«

Morten knetete sich ein Lächeln aus der Halbmondbacke. »Mir reichen eigentlich Davids Nationalitätenwitze. Treffen sich ein Amerikaner, ein Russe und ein Chinese ... Kennst du den? Der ist ausnahmsweise mal gut: Wie heißt der sportlichste Chinese? Pingpong. Wie heißt der süßeste: Bonbon. Wie heißt der roteste: Tampon.« Er lachte.

Yanqiu hielt die Mandelaugen auf ihren Teller gesenkt.

»Wo stecken Butcher, Eschkol und Wathelet eigentlich?«,

fragte ich. »David ist auch nicht da, um sie auszurufen. Ist das normal?«

Morten blickte sich unwillkürlich nach der Intercom um. Ein Schalk huschte über sein Mondgesicht.

»Du oder ich?«, fragte ich leise, als wir an der Gegensprechanlage angekommen waren. Der Däne zögerte. Auch einer, der Streiche lieber von anderen ausführen ließ. Immerhin deckte er mich mit seinem gedrungenen Körper. Ich versuchte, die Tastaturbelegung zu durchschauen. Rot stand meist für »Mikro ein«.

»Stopp!«, tönte es da schneidend von dem Rehydrator her. »Finger weg!«

In dem Moment, wo Morten zur Seite trat, sah ich den Polkownik Pilinenko mit gezogener Pistole auf mich zukommen.

42

> »Ja, er ist tot, der gute Mond. ... Der Platz, den der gute Mond durch neunzehn Jahre allabendlich drei Stunden eingenommen hat, ist infolge des hohen Alters seines Inhabers und des Ratschlusses der ewigen Vorsehung leer geworden und soll denn leer bleiben.« *Der gute Mond*, Marie von Ebner-Eschenbach, 1886

Das Schlimme ist, dass man nach dem Tod eines nahestehenden Menschen die letzten gemeinsamen Minuten immer wieder rekonstruieren muss – immer wieder und wieder –, um den Punkt, die Sekunde zu finden, wo man das Schicksal vielleicht noch hätte herumreißen können. Doch man hat die letzten Stunden, Minuten und Sekunden an Banalitäten, an sinnlose Ungeduld, kleinliche Wortwechsel, Hader und Zorn verschenkt.

Hinterher, da erinnerte man sich an die eine oder andere

Ahnung, einen düsteren Wink. Aber wie viel Zeit verbrachten wir ohnehin mit Visionen von Unglücken und pessimistischen Prognosen, die sämtlich durchs Sieb der Erinnerung fielen, wenn alles gut ging? Jeder Besucher auf dem Segelflugplatz von Wallmusried hatte vermutlich an diesem Sonntagvormittag mindestens ein Mal unbehaglich in die Luft geblickt, wenn der Motor der roten Fokker mit ihren dreistöckigen Flügeln sprotzte, und an Abstürze, Explosionen und Katastrophen gedacht. »Runter kommt man immer!«, hatte die Hälfte aller gescherzt, die an der Lücke in den Absperrbändern anstanden und auf ihren Hubschrauberflug warteten.

»Nonder kommet ma immer!«, sagte Opa Styrl über seinen strammen Bauch hinweg.

Und Oma Styrl, eine großbusige, kämpferische Frau in maisgelbem T-Shirt mit floralem Muster, lachte. Unbehaglich allerdings. »Beschrei's it!«

All das würde sich genau so auf jedem beliebigen Flugplatzfest, das im Lauf des Sommers noch stattfinden würde, abspielen, ohne dass die Nachrichten tragische Unglücke melden mussten. Warum also gerade heute? Warum gerade wir? Sechs Richtige im Lotto wären wahrscheinlicher gewesen. Fliegen ist die sicherste Fortbewegungsart. Wird schon gut gehen.

Zum letzten Mal blickte mir Richard in die Augen. »Was ist nun? Fliegst du mit?« Und die Sonne pickte sich die grünen Punkte aus seiner braunen Iris und machte, weil sie blendete, seinen Blick noch asymmetrischer.

Aber ich hatte nicht wissen können, dass es das letzte Mal war, und blinzelte meinen Blick weg, entzog mich seiner Frage, verweigerte ihm das Einvernehmen. »Ist doch eh kein Platz mehr für mich.« Angefressen war ich, dass er mit keinem Wimpernschlag darauf bestand, dass ich mitkam, nachdem er schon im Schloss Ratzenried nicht darauf bestanden hatte, dass Frau Rees uns ein Doppelbett zuwies. Damit er bis weit nach Mitternacht im Herrenzimmer Mondgeheimnisse diskutieren konnte, ohne mir Rechenschaft ablegen zu müssen. Und wäre Richard noch am Leben gewesen, hätte er Himmel und Hölle in Bewegung gesetzt, um mich so schnell wie möglich vom Mond herunterzubekommen. Denn kein Geheimnis war bei mir gut aufgehoben. Sie verwandelten sich alle in Scheiße, vor der keiner mehr die Nase zuhalten konnte. Hätte ich noch eines Beweises für seinen Tod bedurft, das war er.

Und wenn ich Ja gesagt hätte? Dann hätte Susanne vermutlich verzichtet, wie es sich für eine Familienmutter mit unsportlicher Figur gehörte. »Fliegt ihr mal ruhig!« Dann wäre sie jetzt noch am Leben, und das unterm Baum Uakú im Mondsichelgebirge gestohlene und in die Louise-Aston-Straße von Wangen im Allgäu versetzte Adoptivkind Juana hätte die Fremde als Heimat behalten.

Aber ich sagte nicht Ja. Richard wandte sich ab und bezahlte alle Karten gegen den schwachen Protest von Susanne und ihren Eltern. Der Mann an der Kasse, ein Kleiner mit grauem Abenteurerbart, riss die Karten auch gleich ab und sagte zu Richard: »Nehmen Sie Ihren Sohn an die Hand, wenn Sie rausgehen. Der Wind vom Rotor kann den Kleinen leicht kurz mal wegwischen.« Und mit der Hand sichelte er dem virtuellen Kind auf der Wiese die Beine weg.

Der Rotorwind kämmte den Rasen, der Mann mit den Ohrschützern öffnete die Tür. Leute stiegen aus, taumelten lachend. Susanne, Diana und Richard mit Luca an der Hand gingen los. Cipión zerrte hinter Richard her. Er liebte es grundsätzlich nicht, wenn einer von uns beiden fortging, aber vielleicht ahnte er auch, dass Richard nicht zurückkehren würde. Ich musste Juana in die Leine greifen, damit sie ihn halten konnte. Widerwillig gehorsam setzte Cipión sich und blickte mit gestellten Schlappohren zwischen den Beinen hindurch, die sich vor ihm schlossen.

»Sie solltet ihm an Gschirr gebe«, meinte Oma Styrl. »Mit dem Halsband erwürgt er sich noch.«

Mein Blick fiel zufällig hinüber zu den Tischen an den Würstchen-, Steak- und Pommeswagen. Ich sah gerade noch, wie eine Frau in roter Hose, heller Jacke mit Handtasche unterm Arm, blond geföhnten Haaren und großer Sonnenbrille sich umdrehte und wegging. Die Sonne warf feurige Schatten von der Arschfalte über die Backen. Dann war sie zwischen den Stehtischen und Leuten verschwunden.

»Bin gleich wieder da!«, rief ich und lief los.

Das also hatte ich zuletzt getan. Es fiel mir wieder ein, als Oberst Pilinenko mit gezogener Handfeuerwaffe auf mich zusprang. Kein Abschiedsblick, kein bewusster letzter Moment. Ich hatte Richard nicht mehr hinterhergeschaut, als er mit Luca an der Hand, für dessen Vater er gehalten worden war und für den er die Karte bezahlt hatte wie ein Vater, der er so gerne geworden und gewesen wäre, auf den Hubschrauber zuging.

Ich hatte mich abgewandt, um, ganz Lisa Nerz, einem Phantom in roten Hosen hinterherzujagen und meinen kruden Fantasien zu folgen, die mich schon so oft angestiftet hatten, Freundschaften aufs Spiel zu setzen und Geheimnisse aufzudecken, die besser geheim geblieben wären. Und nie war die Welt besser geworden, weil sie keine geblieben waren.

Ich war losgelaufen voll des banalen und alltäglichen Vertrauens darauf, dass wir uns in zehn Minuten wiedersehen würden, weil auch diesmal, wie Tausende Male zuvor und danach bei derartigen Flugplatzfesten in ländlichen Gegenden, aus den lauten Scherzen über den größten Feind der Fliegerei, die Erde, keine Katastrophe werden würde.

Wäre ich Richard, Luca, Diana und Susanne gefolgt, um anstelle des dritten Kindes den schmalen Notplatz einzunehmen, mich festzuschnallen, das Handy für allfällige Fotos zu zücken, während der Pilot mit der einen Hand am Steuerknüppel und der anderen am Gas die an den Rotorblättern hängende Gondel aufsteigen ließ, dann wäre ich jetzt auch tot gewesen.

Und wen hätte das gestört? Mich nicht! Man starb ja immer nur einmal. Und ich hätte mich nicht im kryptobiologischen Seelenzustand auf dem Mond in sinnlose Aktionen verwickeln lassen müssen.

Nur so ist es zu erklären, warum ich, als Oberst Pilinenko mit gezogener Waffe auf mich zukam, mit meiner Linken seine Rechte packte, die, in der er die Pistole hielt, mich mit dem Rücken unter ihn drehte und ihn mit einem ordentlichen *Seoinage* über meine Schulter nach vorn wuppte. Allerdings hatte ich bei dem Judo-Wurf die geringe Schwerkraft nicht bedacht. Pilinenko flog meterweit über zwei Tische, knallte nach einem Salto mit den Füßen gegen die Panoramascheibe und plumpste auf den Boden. Nach dem geheimnisvollen und mir unverständlichen physikalischen Gesetz, dass Gewicht nicht gleich Masse war, verschlug es ihm beim Aufprall den Atem, so wie es jedem Erdenbürger ergangen wäre.

Seine Pistole war in meiner Hand zurückgeblieben.

Morten sah aus, als wolle er beschwörend auf mich einreden, damit ich nicht herumballerte. Doch dazu kam er nicht. Jemand packte mich von hinten. Es war Bob der Schrank. Er drehte mir den Arm auf den Rücken. Schulter und Ellbogengelenk knirschten, die Waffe gongte auf den Boden.

»Au!«

Alle starrten mich an. Manche hatten Teller in der Hand, einige saßen. »He!«, sagte Pjotr aus Petersburg und trat vor. »Lass sie los! Sie hat dir nichts getan.«

Bob schnaubte mir Abschätziges in den Nacken. »Seit sie da ist, geschehen komische Dinge.«

Die Treppe sang, und dem Loch des Aufgangs entstiegen Tamara, Zippora, David, Wim Wathelet und Artemis-CDR Butcher.

»Gentlemen!«, sagte Butcher müde.

»Bob! Was soll das?«, rief Zippora energisch.

Der Roverfahrer lockerte seinen Griff. Ich wand mich heraus.

Inzwischen hatte auch Artjom Pilinenko wieder Luft. Sergei und Krzysztof halfen ihm hoch. Er schnappte sich seine Pistole und machte sich männlich.

»Und seit wann tragen wir Waffen?«, fragte Morten laut.

Wim Wathelet hatte die Hände in die Hüften gestemmt und blickte schütteren Haares vor sich hin.

43

> »Es ist ein Reisegefängnis mit der Erlaubnis, durchs Fenster zu schauen. Ich wäre imstande, mich auf hundert Jahre einzumieten. Du lächelst, Barbicane? Meinst du, dieses Gefängnis könne unser Grab sein?« *Reise um den Mond*, Jules Verne, 1869

Oberst Pilinenko verstaute seine Waffe in der Gürtelgegend unter seinem Sweater, warf mir einen Blick zu, der töten sollte, nahm seinen Teller, den er in der Nähe des Rehydrators hatte stehen lassen, und begab sich an den Kommandantentisch. Die Gestalten erwachten aus der Paralyse und bewegten sich wieder; zu den Tischen, zum Rehydrator. »Letzte Worte der Challenger-Crew«, hörte ich es murmeln. »Lasst die Frau mal ans Steuer.«

»Was war los?«, fragte mich Zippora leise.

»Warum hat Artjom die Nerven verloren?«, fragte ich zurück.

»Leslie wird gleich eine Erklärung abgeben.«

Yanqiu winkte mich an den Tisch, als ich meinen Teller in der Hand hatte. Es waren Nudeln mit Tomatensoße und Meeresfrüchten.

»Was hast du schon wieder mit Zippora zu tuscheln?«, empfing mich Gail. Es gelang ihr nur schwer, unter müden Augendeckeln die Energien der Eifersucht zu verbergen.

»Nicht streiten!«, hauchte Yanqiu.

»Ich streite nicht«, bäffte Gail. »Ich frage nur!«

»Wie geht es Fred?«, erkundigte ich mich und setzte mich.

»Besser«, antwortete Tamara eifrig. »Wim sagt, die Krämpfe haben nachgelassen. Er kommt durch. Tupac ist bei ihm.«

Gail leckte sich den Daumen ab, mit dem sie eben beim Drehen des Tellers in die Soße gelangt hatte.

Wir hatten kaum angefangen zu essen, da stand der Kommandant mit tickendem Unterlid auf und räusperte sich. »Gentlemen, ihr habt alle gehört, dass Fred Lamonte einen Zusammenbruch erlitten hat. Die medizinischen Details wird euch Wim erklären.«

Der belgische Arzt nahm unverzüglich das Wort. »Ja, also, es sieht so aus, als wäre Fred nur knapp einer Alkalose entgangen. Die Behandlung mit CO_2 hat angeschlagen. In seinem Blut habe ich Exemplare des Bakteriums Prochlorococcus gefunden. Es bildet keine Ketten wie andere Cyanobakterien.«

Tamara und Gail legten die Gabeln weg.

»Und in den Blutproben, die ich inzwischen«, Wims Blick sprang zu mir herüber, keiner aß mehr, »von fast allen habe, konnte ich ebenfalls …«

»Gibt es nicht so etwas wie eine ärztliche Schweigepflicht?«, unterbrach ihn Morten Jörgensson zuverlässig.

»Halt endlich mal deine verdammte dänische Klugscheißer-Fresse!«, brüllte Bob durch den Raum. »Ist doch wahr!«, bruddelte er hinterher, während Giovanni, der Italiener mit den feuchten Hundeaugen, ihm besänftigend die Hand auf den Arm legte. »Hier geht es um uns alle, und der faselt was von ärztlicher Schweigepflicht.«

»Dass ihr Amerikaner kein Verhältnis zu Bürgerrechten habt, ist uns hinlänglich bekannt«, schnarrte Morten zurück, »aber die Frage muss vorher gestellt werden, was mit denjenigen geschehen soll, die Wim als Infizierte brandmarkt. Werden sie isoliert? Werden sie zur Erde hinuntergebracht?«

»Oder in den Weltraum geschossen!«, ergänzte ich, wenn auch weitgehend unbeachtet.

»Man könnte sie während eines Fluges im Fall eines akuten Anfalls nicht angemessen ärztlich versorgen«, erwiderte Wim ernst. »Die Isolation von Infizierten hat auch keinen Sinn. Ich kann mir keinen Infektionsweg von Mensch zu Mensch denken. Außerdem ...« Er blickte den Kommandanten an, der auffordernd nickte. »Außerdem, wer sollte den Betrieb der Station aufrechterhalten?«

Das Gesumm und Gebrumm des Habitats übernahm die Stille. Bleiche Gesichter verharrten im hellen Widerschein der Mondfläche über ihren Tellern. Knapp über dem Horizont stand die Heimat, vom Netz weißer Wolken überzogen, nah und doch so fern.

»Wer ist nicht infiziert?«, fragte Van Sung mit der Ruhe eines unterkühlten Reptils.

»Ich habe noch nicht von allen die Blutproben. Aber ...«

»Eine Epidemie an Bord der Artemis«, rief Franco beinahe gellend dazwischen. »Was sehen die Pläne für so einen Fall vor?«

Gonzo hob interessiert den Blick. »Den Ausnahmezustand. Das heißt ...«

»Dich habe ich nicht gefragt!«, keifte der Spanier. »Ich frage den Kommandanten und den Arzt.«

»Hört auf mit der Formalismuskacke!«, brüllte Bob erneut aus den Tiefen seines Fernfahrerbauchs. »Was kann man dagegen machen? Das ist doch die Frage.«

Wim zuckte mit den Schultern. »Man kann CO_2 geben, aber ob das auf Dauer hilft, weiß ich nicht. Es könnte auch vom Vermehrungszyklus der Bakterien abhängen.«

»Sie verdoppeln sich alle vierundzwanzig Stunden«, sagte Van Sung. »Zumindest in unseren Meeren. Immer abends, wenn es dämmert. Demzufolge sollten Infizierte die Dunkelheit meiden.«

Jemand lachte plötzlich lauthals. Es war Eclipse.

Pjotr betrachtete seinen Tischgenossen befremdet. Franco,

in seiner virilen Panik, rückte sich mit spanischem Griff das Gemächt zurecht. »Ich verlange die sofortige Evakuierung der Artemis!«

»Ich sagte doch schon, wir könnten während des Flugs Kranke vermutlich nicht angemessen versorgen«, antwortete Wim ruhig.

Franco Llacer sprang auf. »Kommandant Butcher, ich fordere Sie auf, entsprechende Befehle zu geben. Ich bin demokratisch gewählter Europaabgeordneter und demzufolge der Ranghöchste an Bord. Ich befehle die sofortige Evakuierung der Artemis.«

»Setz dich und halt die Klappe!«, schnarrte Butcher.

Zipporas Blick fuhr besorgt hinüber. Butchers Gesicht war rot. Seine Kiefer malmten. Das graue Plastik in seinen Augen war stumpf wie verätzt. Yanqiu schloss fast beschämt die Augen.

»Unverschämtheit!«, schrie Franco.

»Hört mal!«, sagte Giovanni schweifwedelnd, »ich finde, wir müssten erst einmal den Ursachen auf den Grund gehen. Schaut doch mal, wenn der Doktor sagt, er weiß noch nicht, wie er die Infektion bei einem Anfall, wie ihn Fred hatte, behandeln soll, dann muss man seine Kräfte darauf konzentrieren, wie die Krankheit zu bekämpfen ist. Ist das nicht offensichtlich? Das wäre doch das normale Vorgehen.«

Es gab Zustimmung und Vorschläge.

Zippora saß vorgebeugt am Tisch zwischen Leslie Butcher und Artjom Pilinenko, hatte ein leises Lächeln auf den Lippen und sah aus, als machten wir ihr gerade ein Geschenk, das ihre wissenschaftliche Arbeit über gruppendynamische Prozesse in Raumstationen einen großen Schritt weiterbringen würde.

»Das ist doch alles ein abgekartetes Spiel!«, sagte ich. Nur Gail, Yanqiu und Tamara blickten mich an, sonst niemand im Hin und Her der Überlebensdiskussion.

»Das ist doch alles ein abgekartetes Spiel!«, wiederholte ich lauter. Schließlich stand ich auf und schrie es. »Das ist ein abgekartetes Spiel, verdammt!«

Bleiche, rote, braune, grüne Gesichter spiegelten mich an. Ich zog Torstens Flashcard aus meiner Hosentasche.

»Hier, Wim, das gehört dir, oder?«

Wim Wathelet streckte verwundert die blasse Hand aus, der man, auch wenn sie etwas geschwollen war, das Alter ansah.

Doch bevor er zugreifen konnte, ballte ich die Faust über dem Kärtchen und zog meine Hand ein. »Ich wusste gar nicht, dass du Flame bist.«

Auf den schmalen Lippen des Arztes spielte ein Lächeln von der Art anerkennender Warnung oder Drohung.

»Und jetzt sind wir deine Geiseln«, fuhr ich fort.

Butcher saß starr hinter seinem Tisch, Pilinenko lehnte sich zurück und Zippora Eschkol musterte mich wie eine Ameise in einem Labyrinth.

»Er hat uns alle infiziert, oder fast alle«, wandte ich mich in die Runde. »Ein Leichtes, bei den vielen Spritzen, die er uns gibt. Kommandant Butcher, Oberst Pilinenko und Oberst Eschkol wissen das seit mindestens vierundzwanzig Stunden. Deshalb ist der Oberst bewaffnet. Leider kann man auf Bakterien nicht schießen. Und wenn wir unseren Arzt töten, sterben wir alle. Wir können ihn nicht einmal einsperren.«

Das dünne Lächeln hielt sich auf des belgischen Arztes Lippen.

»Vlaams Vrijheid ist eine fundamentalistisch rassistische Regionalpartei des Landes Flandern in Belgien«, erklärte ich in brummender und summender Stille im Kreis aufgerissener Augen. »Sie will den französischen Teil Belgiens abstoßen und autonom werden. Die Flämische Freiheit mag keine Franzosen, keine mobilen ethnischen Minderheiten, keine Schwarzen, und Frauen nur dann, wenn sie Kinder kriegen. Und unser Doktor, Wim Wathelet, ist offenbar Mitglied dieser Partei, will ihre Forderungen durchsetzen und hat die internationale Besatzung der Artemis als Geiseln genommen. Alle vierundzwanzig Stunden, die verstreichen, ohne dass da drüben auf der Erde etwas geschieht, wird ein Astronaut sterben.«

Bob sprang auf, schnaufte: »I kill you!«, und setzte sich wieder.

»Ja«, sagte ich, »Wim ist schuld, dass es deinem Kumpel Fred schlecht geht. Und nur er kann uns retten, wenn wir einen alkalischen Schock erleiden. Er hat es in der Hand, ob wir sterben oder leben. Fred hat noch einmal überlebt. Er wird erst morgen sterben. Chaturvedi ist heute gestorben.«

»Get fucked!«, fluchte Gail. Die anderen fanden ähnliche Laute der Wortlosigkeit in ihren Sprachen. Tamaras Hostessenlächeln war gänzlich verblüht und ihre Titten waren verschrumpelt wie Birnen auf der Darre.

»Du irrst dich, Michelle«, sagte Wim Wathelet. Und nach einem kurzen Blick in die Runde fügte er an: »Wie kommst du überhaupt auf so eine absurde Idee?«

»Auf dieser Speicherkarte befindet sich der Erpresserbrief, verfasst in Niederländisch, Englisch, Französisch und Deutsch.«

»Und wo hast du die her?«

»Ich ...«

Gails Augen blinkten wie Alarmlichter.

»Ich habe sie im japanischen Modul gefunden. Versteckt hinterm Spiegel im Abort.«

Wim zog die Brauen hoch. »Ah! Und was hat das dann mit mir zu tun?«

So etwas wie gemütliche Erleichterung machte sich breit. Wenn das so war, dann war vielleicht doch alles ganz anders.

»Du bist der einzige Belgier hier. Und als Arzt hast du uns in der Hand.«

Wim lachte unfroh. »Und das ist der Beweis?«

»Moment!«, griff Morten ein. Und diesmal blickten ihn alle hoffnungsvoll an. »Tupac ist auch Arzt. Wir sind Wim also nicht ausgeliefert. Außerdem haben wir bisher nur ein zufälliges

Zusammentreffen. Wir beklagen den Tod eines Astrotouristen, und ein weiterer Astrotourist behauptet, es gebe einen Erpressertext. Einen Text kann jeder verfassen, auch du.«

»Er ist verfasst worden, bevor ich auf die Artemis kam«, widersprach ich. »Das geht sicher aus dem letzten Speicherdatum hervor.«

Die drei am Tisch blickten sich an. Zippora holte Luft, Pilinenkos Blick hatte etwas Wachsam-Gieriges bekommen, Butchers Backe unterm Augenlid tickte. Ein seltsam unentschlossenes Trio.

»Ich möchte sofort Kontakt zum GSOC Oberpfaffenhofen«, rief Gonzo.

»Und ich muss meinen Premierminister informieren!«, sagte Franco. »Hier handelt es sich um eine internationale Verwicklung!«

Kommandant Butcher erhob sich müde. Der Wutausbruch vorhin schien ihn alle Kraft gekostet zu haben. »Gentlemen! Bitte!«

Erwartungsvolles Schweigen fokussierte sich auf ihn. Er wandte sich mir zu. »Setz dich! Danke.«

Yanqiu legte ihre vogelleichte Hand auf meine. Gail trat mir unter dem Tisch gegen das Schienbein. Wim Wathelet blieb stehen wie vorübergehend in den Standby-Modus versetzt. So als ginge ihn das alles nichts an.

»Zunächst einmal«, nahm Butcher das Wort, »möchte ich Dr. Wim Wathelet mein volles Vertrauen aussprechen. Ich weiß in der Tat seit einiger Zeit von der Existenz eines solchen erpresserisch anmutenden Textes.«

Zippora blickte erstaunt auf.

»Seit wann?«, fragte Gonzo aufgebracht.

Morten Jörgensson zog eine konkurrenzbissige Grimasse.

»Seit gut einem Monat«, antwortete Butcher mit seiner tiefen Stimme, die so viel unerschütterlicher wirkte als sein Gesicht. »Ein Astronaut, dessen Namen ich hier nicht nennen muss, hat die Datei im Gelöscht-Speicher entdeckt. David konnte zurückverfolgen, an welcher Konsole sie zuletzt bearbeitet wurde. Demnach wurde sie vor viereinhalb Wochen im *payload service US-modul 2* in den Papierkorb verschoben.«

Giovanni gab ein protestlerisches Geräusch von sich.

»Zu diesem Zeitpunkt hielten sich«, fuhr Butcher fort, »Giovanni Boccetto, Torsten Veith und Abdul as-Sharif in dem Arbeitsbereich auf. Abdul hat anhand signifikanter syntaktischer und semantischer Merkmale festgestellt, dass keiner der Texte, weder der flämische noch der französische, englische oder deutsche, von einem Muttersprachler verfasst worden ist. Die Fachleute bei der NASA haben das bestätigt.«

Der deutsche Text hatte tatsächlich unbeholfen geklungen.

»Sie sagen, die Texte seien eher dem ...« Er zögerte einen Moment. »... dem Sprachraum des Mittleren bis Fernen Ostens zuzuordnen.«

Abdul und Mohamed hoben die Köpfe.

Islamistischer Terror! Fast hätte ich gelacht.

»Ich habe«, fuhr Butcher fort, »eine Risikoabschätzung in Auftrag gegeben, die zu dem Schluss gekommen ist, dass es sich hier um nicht ernst zu nehmende Texte handelt, wie sie gelegentlich zu später Stunde unter alkoholisierten Festteilnehmern entstehen mögen.«

Mondtaufe hatte Van Sung vorhin den groben Scherz genannt, den sie am ersten Abend mit mir in der Nasszelle des Biolab getrieben hatten. Es wuchs die Grobheit mit der Dauer der Gefangenschaft.

»Das muss man heute doch wohl anders bewerten«, sagte Morten, bevor Gonzo den Mund aufmachen konnte, »nach dem Tod von Rakesh Chaturvedi, nach Fred Lamontes Zusammenbruch, nach der offensichtlichen Infektion aller oder fast aller Artemis-Astronauten mit Cyanobakterien.«

»Eben noch hast du von einem zufälligen Zusammentreffen geredet«, sagte Giovanni hundeblickgemütlich.

Gonzo lachte schadenfroh.

»Dennoch muss ich darauf hinweisen«, sagte Kommandant Butcher, »dass ein Zusammenhang der Texte mit den Unglücksfällen auf der Artemis nicht zwingend herzustellen ist.«

Weder die israelische Neurologin noch der russische Oberst sahen so aus, als seien sie an den Entscheidungen und Bewertungen beteiligt gewesen.

»Sind die Forderungen den politisch Handelnden auf der Erde bekannt?«, fragte Franco. »Namentlich der belgischen Regierung? Und was hat die unternommen?«

»Die belgische Regierung ist nicht erpressbar«, sagte Wim Wathelet. »Wie keine andere demokratisch gewählte Regierung der Welt. Oder wäre die spanische Regierung bereit, Katalonien freizugeben, wenn du die Crew der Artemis mit dem Tod bedrohen würdest?«

»Selbstverständlich nicht«, antwortete Franco.

»Siehst du. Allein schon deshalb wäre eine solche Geiselnahme mit politischem Ziel sinnlos.«

»Aber Tatsache ist, hier geschehen unheimliche Dinge«, sagte der Südafrikaner Eclipse van Wijk schlicht. »Dagegen müssen wir etwas unternehmen.«

Kam das Afrikaans der Buren nicht aus dem Niederländischen?, fragte ich mich im Stillen. Konnte man damit einen halbwegs richtigen niederländischen Satz verfassen? Allerdings war Eclipse vor einem Monat noch nicht auf der Artemis gewesen. Und was ging ihn die Freiheit Flanderns an? Die Fragezeichen in meinem Kopf wurden immer größer, riesig, fünfdimensional.

»Wieso genießt Wim eigentlich euer uneingeschränktes Vertrauen?«, fragte ich ins Stimmengewirr.

Es fand wiederum kein Gehör, wenn es auch gehört wurde, und zwar von Wim Wathelet selbst, der mich spöttisch anblickte, und von Morten, der daraus einen eigenen Vorgang machte: »Ich beantrage im Namen der Besatzung der Artemis die umfassende medizinisch-neurologische Untersuchung von Wim Wathelet.«

»Für solche Anträge gibt es keine Grundlage«, antwortete Butcher.

Der Vibrationsgesang der Treppe verkündete, dass wieder jemand kam. Alle Köpfe fuhren herum, als erwarteten sie den Showmaster von *Verstehen Sie Spaß* oder vergleichbarer Sendungen, der uns mit fröhlichem Hallo von unserem Alptraum erlöste.

Es waren Fred und Tupac.

»Ich bin wieder okay«, verkündete der schlaksige Luxemburger in seinem zischelnden Englisch. »Warum soll ich noch länger herumliegen? Außerdem habe ich einen Mordshunger. Und Tupac will auch was essen. Es bringt ihm ja keiner was runter.«

Yanqiu zuckte zusammen und wisperte: »Das habe ich vergessen.«

Ich beugte mich zu ihr hinüber. »Du bist nicht deren Serviermädchen.«

Gails Blick eifersüchtelte.

»Was guckt ihr alle so?«, rief Fred. »Ich bin fit. Ich weiß auch nicht, was mich erwischt hat. Ein Mondkoller oder was. Kann vorkommen. Ich hatte das als Kind auch schon mal. Unterzuckerung, was weiß ich.«

Tupac hatte unterdessen bei Van Sung und Gonzo Platz genommen und wurde wispernd unterrichtet. Wim Wathelet begab sich zu Fred, der an den Rehydrator gegangen war und einem Essenspaket die Ecke abschnitt, und fühlte ihm den Puls.

Butcher hatte sich wieder gesetzt. Pilinenko und Eschkol redeten auf ihn ein.

Ich knaupelte unterm Tisch meine Transponder-Uhr vom Arm.

Als Fred dann bei Bob saß und schaufelte, erhob sich Pilinenko und sagte: »Wir unterbrechen die Konferenz für anderthalb Stunden. David wird wie üblich den Zusammenschnitt der News-Shows abfahren. Und ihr habt Gelegenheit zu einem Meinungsbildungsprozess in kleineren Gruppen.«

»Und ihr auch«, murmelte Morten keineswegs unhörbar und stand auf.

»Du gehst mir auf den Sack mit deiner Arroganz!«, fuhr Gonzo den Dänen an.

Morten drehte sich mit verwundertem Lächeln um. »Was hast du eigentlich für ein Problem, Gonzo?«

»Du führst dich hier auf wie ...«

»Ja, wie?« Morten schob vergnügt den Bauch vor, hob die Hand und streckte Zeige- und Mittelfinger in die Höhe. »Fechten wir es aus«, sagte er mit einer untersetzten Gelassenheit, die ich ihm nicht zugetraut hätte. »Stein, Schere, Papier. Wer gewinnt, darf weiter arrogant sein!«

Gonzo stand auf. »Ich lass mich doch von dir nicht vorführen!«

»Na los, Gonzo. Das kennst du doch: Stein schleift Schere, Schere schneidet Papier, Papier wickelt Stein. Eins, zwei, drei!« Morten hatte die Faust geballt. »Stein! Und du?«

Gonzo schob den Stuhl zurück, murmelte so etwas wie »Childish!« und lief zur Treppe.

Morten lachte und öffnete die Hand. »Papier!«, schrie er dem Flüchtenden hinterher.

Ich ließ meine Uhr im Hinausgehen hinter die Kombüse fallen. Dort war es warm.

44

»Es gab nichts, was auf eine lebendige Welt, alles, was auf eine tote Welt hinwies, in der Lawinen sich geräuschlos in die Tiefen der Abgründe und Schluchten wälzten. Sie bewegten sich ohne den geringsten Laut.« *Reise um den Mond*, Jules Verne, 1869

Wohin? Nur einen Moment Ruhe! Nachdenken! Allein sein! Bitte! Ich krieg die Krätze! Wahrscheinlich war es unten leer, solange alle oben in der Cupola saßen und wie gebannt die Nachrichten von der Erde in sich aufsogen – nicht den Anschluss verlieren, sich heimisch fühlen und dennoch haushoch überlegen über das Politikgedöns und all die Menschen, die in die Kameras aufgeregt über zu wenig Geld, zu viel Hitze und zu viel Regen klagten. Klimawandel, Ökobilanzen und was die Kühe so furzten. Und natürlich Blutlachen auf den Straßen und der eine Schuh, auf den der Kameramann immer seine Kamera richtete. Überall sprengten Kämpfer, die wir Islamisten nannten, auf Straßen, Märkten, in Restaurants und Hotels Familien, Hochzeitsgesellschaften, Liebespaare, Geschäftsleute und Touristen in die Luft.

Im ersten Sub war Yanqiu dabei, die Spülmaschine einzuräumen.

»Die Becher nach oben«, wies sie mich zurecht.

Daheim hatte ich keine Spülmaschine. Meine paar Teller spülte ich oder auch nicht per Hand. Wenn es zu bergig in der Spüle wurde, putzte Oma Scheible. Aber bei Richard hatte ich … Ein Stich fuhr mir durch die Kehle.

»Darf ich dich mal was fragen, Yanqiu?«

Sie lächelte ablehnend.

»Stimmt es, dass Torsten Veith dich … nun ja …«

Auch chinesische Schlitzaugen konnten groß werden.

»Ich meine, hat er dich …« Verflucht, ich war doch sonst nicht so zimperlich mit Worten!

Yanqiu schüttelte energisch den Kopf. »Er hatte doch eine Frau und drei Kinder! Das wäre nicht recht gewesen.«

»Aber du warst seine Mondgöttin Chang'e.«

Ein halbes Lächeln spielte auf ihren roten Lippen. »Woher weißt du von Chang'e?«

»Ihr nennt Mondsonden nach ihr. Und es gibt eine Pekingoper.«

»Das hat er auch gesagt«, hauchte Yanqiu.

Zweifellos war auch Torsten bei Cecilie Rees in der Schlossbibliothek mit ihren Folianten über Mondmythen in die Schule gegangen.

»Aber es ist nur eine Legende«, wisperte Yanqiu. »Ich bin nicht zu ewiger Einsamkeit auf dem Mond in Gesellschaft eines Hasen und des alten Kupplers verdammt. Oder siehst du hier einen Hasen?« Sie lachte wie ein Glöckchen. »Ja, er hat mir erzählt, er habe schon als kleiner Junge von der Mondgöttin geträumt.« Sie lächelte fast verwundert. »Aber das war nur ein Traum. Ich habe doch auch einen Mann.« Sie klappte die Spülmaschine zu und stellte sie an.

»Und dann?«

»Nichts.«

»Das hat er einfach so akzeptiert?«

»Nicht einfach so. Die Männer hier … nun ja, sie haben lange keine Frau gesehen. Sie sind … nun, du hörst ja, wie sie reden, die Witze, die sie sich erzählen. Sie telefonieren abends mit ihren Frauen und denken an die Freuden der Ehe und dann sehen sie uns … Aber das bedeutet nichts. Und jetzt muss ich gehen. Ich habe zu tun.«

Einen Atemzug später war sie fort.

Und was genau hatte sie mir jetzt erzählt? War Torsten nun zudringlich geworden oder nicht? Verdammt, ich bekam die Zeit nicht, all das auseinanderzudröseln und die Fäden und Stränge parallel nebeneinanderzulegen, um zu sehen, welcher wo anfing und wo aufhörte. Bitte einen Moment Ruhe! Stille!

Unversehens stand ich in der Werkstatt der BEAM-Roboter. Cockroach 7, Torsten's letzte Gefährtin, hockte regungslos in der Kiste. Haarfeine Röhren bogen sich über den Körper der künstlichen Schabe zu den Beinchen. Zwei Antennen ragten aus ihrem Kopf empor, zwei weitere legten sich nach hinten über den Leib. Um sie aus der Kiste zu nehmen, waren zwei Hände besser. Ich setzte Cockroach 7 mit dem Kopf in Richtung Tür auf den Boden und drückte den Schalter, den mir Giovanni vor ein paar Stunden gezeigt hatte.

Sie erwachte spürbar, ein Lämpchen auf ihrer Nasenspitze ging an, wenn ich auch vergeblich auf ein Surren lauschte. Vermutlich waren die Artemis-Geräusche zu laut, um es wahrzunehmen.

Ansonsten geschah nichts.

Ich setzte mich im Schneidersitz auf den Boden und schaute zu, wie sie nichts tat. Hätte man eine Ameise fern von ihrem Nest in einem fremden Raum ausgesetzt, wäre sie herumgelaufen und hätte nach irgendetwas Bekanntem gesucht. Aber Cockroach 7 hatte beigebracht bekommen, auf solche Energieverschwendung zu verzichten. Logisch. Ameisen waren viele, da konnte eine sich ruhig zu Tode laufen auf der Suche nach einem Heimatpunkt, aber eine künstliche Schabe war einmalig und kostbar, Millionen wert!

Nur ein Astronaut war noch teurer. Deshalb wurden die meisten Routinearbeiten auf der Artemis von Robotern erledigt, aber nicht von solchen, wie ich sie mir vorgestellt hatte, rollenden oder krabbelnden Individuen wie die Cockroach, sondern von kleinen Greifarmen oder drehbaren Greifzangen mit Schraubendrehern, die in Schienen die Einbauschränke für die Experimentier-, Mess- und Prozesskästchen rauf und runter, rüber und nüber huschten, Messungen durchführten, Prozesse überprüften und gegebenenfalls reparierten oder austauschten und beinahe eigenständig die Tests durchführten, den Betrieb der Lebenserhaltungssysteme aufrechterhielten, Fäkalientanks überwachten, Vorratsbehälter austauschten oder an Hochtemperaturelementen herumschraubten. Die ganze Artemis war ein riesiger Rechner mit unzähligen Subsystemen im Kästchenformat. Dass man so was bauen konnte, konnte ich mir noch vorstellen, wie man es plante, nicht.

Cockroach 7 hatte anscheinend auch keinen Plan.

Ich zog Torstens Familienfoto aus der Tasche. Hintendrauf die Herzchen und die krakeligen Unterschriften der Kinder und Susannes »Vergiss uns nicht«. Da hatte sie noch nicht gewusst, dass Torsten vom Mond nicht mehr zu ihr zurückkehren würde. Oder die Ehe war schon längst ermüdet gewesen und sie hatte es geahnt, denn ihr Name stand nicht mehr auf dem Foto, nur noch der Anfangsbuchstabe.

Inzwischen war sie tot, ein Leiden weniger auf der Welt. Und Juana war vermutlich bei den Großeltern geblieben, mit der Hand an der Leine von Cipión, und diese Leine hatte sie wahrscheinlich nicht losgelassen, und sie würde sie auch nicht loslassen wollen, falls Tupac sie nach Bolivien zurückbrachte. Immerhin wusste ich jetzt, wohin ich Sally schicken musste, wenn die Nachrichtensperre aufgehoben war und ich ihr eine E-Mail schicken konnte.

Die Kinder lachten im Schnee am Zeppelindenkmal. Und wieder verweilten meine Augen auf den Digitaldaten am unteren Bildrand: »FNZM39H-06-01-07;11:23.«

Es war ein Dreikönigsfoto, aufgenommen am sechsten Januar um kurz vor halb zwölf. In Baden-Württemberg war wegen der katholischen Hälfte dieser Tag ein Feiertag, allemal im Allgäu, wo an jeder Ecke ein Wegkreuz stand, so auch gegenüber dem Zeppelindenkmal von Fischreute.

Aber was bedeuteten die Buchstaben und Zahlen vor dem Datum? Es war keine Kamerakennung. Außerdem kamen sie mir bekannt vor. Ja, wenn ich Zugang zum weltweiten Gedächtnis gehabt hätte oder zum externen Gedächtnis meines Computers, der bei Brontë in einer Straße von Friedrichshafen zurückgeblieben war! Mit meinem Hirn allein kam ich nicht weit. Es entschied nach vom User nur schwer beeinflussbaren Regeln über seine Präsentationen. Womöglich kamen mir die Buchstaben und Zahlen auch nur deshalb bekannt vor, weil ich sie heute Morgen auf dem Foto schon einmal gesehen hatte. Oder weil sie in ein bekanntes Raster passten. Ein Autokennzeichen beispielsweise, ein H-Kennzeichen für einen Oldtimer.

Ja, genau! Da war er wieder, der Maybach Zeppelin! Also hatte Torsten sehr wohl das Geschenk seines Sohnes mit heraufgenommen, aber nicht als Modell, sondern als Kennzeichen des Fahrzeugs mit dem sarglangen Kühler, wie es in seiner grünschwarzen Pracht fahrbereit unter dem Teilnachbau der LZ 129 Hindenburg im Zeppelinmuseum von Friedrichshafen stand. Das Symbol einer Bruchlandung, genauso wie das Zeppelindenkmal bei Fischreute. Entweder Torsten war Pessimist gewesen, der in der Technik das Katastrophenpotenzial sah, oder abergläubisch. Oder er hatte nie vorgehabt zurückzukehren.

Ich lauschte einen Moment dem Gedanken nach. Was sprach dafür? Hätte sich Tupac dieses Foto nicht angeeignet, so wäre es in Torstens Gepäck auf die Erde zurückgekehrt. Aber wäre Luca wirklich von alleine nur anhand der kryptologischen Zeichenzeile unten auf dem Foto darauf gekommen, dass er seinen vom Vater vor der Abreise mit Mondstaub gefüllten Maybach im Zeppelindenkmal wiederfinden würde?

Die beiden Mädchen hätten – egal ob der Vater dabei gewesen wäre oder nicht – ziemlich betreten daneben gestanden und gewusst, dass niemand jemals von ihnen erwartete, dass sie Astronauten, Kryptologen oder Autofreaks wurden. Oder war das nur wieder einer meiner feministischen Kurzschlüsse? Wenn nicht, dann hätte das Foto allerdings noch etwas für die Mädchen enthalten müssen. Hätte man die drei Veith'schen Kinder als Sternsinger verkleidet mit dem Kometen aus goldener Pappe am Stock durch die Straßen geschickt, wäre Juana wohl als der Mohr aus dem Morgenland gegangen. Aber bedeutete das was, jetzt, hier oben auf dem Mond?

»You're okay?«, fragte von der Tür her eine leise Stimme.

Ich blickte auf. Es war der Pakistani, Abdul as-Sharif.

»Die läuft hier drin nicht«, sagte er und deutete auf die Schabe.

»Torsten hatte sie zuletzt, nicht wahr?«

Abdul hockte sich neben mich auf seine Fersen. »Er hat sie sich mit einem Passwort hörig gemacht, denke ich.« Aus seinem Ärmel zog er ein Stoffbeutelchen hervor, schüttete zwei weiße Kügelchen auf seine Handfläche und streckte sie zu mir herüber.

»Was ist das?«

»Es hilft gegen die Angst.«

»Vielleicht ist Angst manchmal ganz gut?«

»Angst isst die Seele auf.« Sein ölig schwarzes Haar war in den Monaten, die er schon hier war, reichlich lang geworden. Seine Augen waren so schwarz, dass sie fast blind wirkten, seine Augäpfel waren sandfarben, die Wimpern lang, die Haut war trocken wie eine Schlangenhaut.

»Hast du Angst?«

Abdul hob verneinend das Kinn. »Es steht alles im Buch des Lebens verzeichnet. Allahu akbar.«

»Stand da auch drin, dass Rakesh Chaturvedi sterben musste?«, fragte ich.

Der Pakistani lächelte. »Das Buch des Lebens kann ich nicht entschlüsseln. Aber Rakesh ist ein Heiliger.«

»Soso.«

Abdul füllte die Kügelchen wieder ins Säckchen und steckte das Säckchen in seinen Ärmel zurück. »Ich verdanke ihm alles! Ich bin vom Stamm der Fakire aus dem Süden von Pakistan. Wir sind Schlangenbeschwörer und Bettler. Als Kind habe ich das Gift der Kobra getrunken und bis zu meinem vierzehnten Lebensjahr kein Salz gegessen, damit das Gift mir nichts anhaben kann. Eines Tages, als ich mit meinem Großvater in Karatschi war und wir am Straßenrand unsere Schlangen tanzen ließen, kam Rakesh Chaturvedi vorbei. Er hat mir zwei Rätselfragen gestellt und meinen Großvater gefragt, ob er mich nach Bengaluru mitnehmen und mir eine Ausbildung geben dürfe. Alles, was ich kann, habe ich in seinem Unternehmen gelernt. Er selbst hat nach nichts gestrebt, und jetzt ist er im Nirwana.«

»Und was hast du bei ihm gelernt?«

»Ich bin die lebende Firewall für die Artemis-Systeme. Ich suche Fehlermuster. Mein Spezialgebiet ist die Steganografie.«

Ich brauchte nur erschreckt auszuatmen, und schon lieferte er freundlich die Erklärung.

»Das ist die Kunst, Informationen in anderen Informationen versteckt zu übermitteln. Du nimmst beispielsweise ein Foto und versteckst in den Pixeln ein Virusprogramm.«

Er blickte auf das Foto, das ich noch in der Hand hatte.

»Es hat Torsten gehört«, erklärte ich.

»Und die Flashcard«, sagte er leise, »die du vorhin dem Doktor geben wolltest, aber nicht gegeben hast ...«

Ich zog sie aus der Tasche. »Es sind vor allem lange Berechnungen drauf. Ich glaube, dass sie von Torsten sind.«

Abduls Augen funkelten. »Darf ich mal?« Mit zarten Fingern nahm er die schwarze Plastikkarte aus meinem Handteller, zog den PDA, den er um den Hals hängen hatte, aus dem Sweater mit dem gelben Artemis-Emblem, steckte die Karte hinein und gab den Kopierbefehl.

»Alles«, erklärte er, »was ein Mensch verfasst, jeder Text, jede mathematische Formel, enthält ein charakteristisches Muster. Man muss es nur erkennen. Dann weiß man, wer der Autor ist.«

»Aber wer die Erpressertexte verfasst hat, hast du nicht rausgekriegt.«

Abdul versteckte ein Lächeln in den Augenwinkeln zwischen ölig schwarzen Wimpern.

»Oder doch?«, fragte ich.

Der Pakistani schickte seinen Blick hinauf zu Kamera und Mikro. »Übrigens, wenn du die Schabe zum Laufen kriegen willst …« Er zog die Speicherkarte aus seinem PDA und gab sie mir zurück. »Dann probier es mit 3696394.«

»Wieso?«

Der Fakir lächelte und deutete auf das Foto in meiner Hand. »Da steht es doch.«

»Das ist ein Autokennzeichen.«

»Nimm eine Handytastatur und übersetz die Buchstaben in Zahlen. Das war Torstens Lieblings-Passwort.« Er stand auf. »Übrigens, du hast deine Uhr in der Cupola liegen lassen. Sie suchen nach dir. Das wollte ich dir eigentlich nur sagen.«

Ich hatte ja auch eigentlich Cupola-Arrest. »Warum suchen sie nach mir?«

»Seit du hier bist, geschehen bedrohliche Dinge. Ich habe ihnen gesagt, dass du damit nichts zu tun hast, auch wenn du ein Teil davon bist. Es gibt kein Muster. Aber sie glauben mir nicht.«

»Wer?«, wollte ich noch fragen, und: »Wie hast du mich gefunden?«, aber da war er schon weg, der leichte und leise Fakir, Spezialist für die verborgenen Muster hinter den Informationen und Ereignissen.

Vielleicht hätte ich doch eine seiner Pillen gegen die Angst einwerfen sollen.

45

»Das heißt, dass Turner die Absicht hatte, sich des Weltraumschiffs zu bemächtigen, allein auf die Erde zurückzukehren … und die zweite Mondfahrt mit verdoppelter Sorgfalt so langsam vorzubereiten, dass wir auf dem Monde Zurückgebliebenen inzwischen längst zugrunde gegangen wären.« *Frau im Mond*, Thea von Harbou, 1928

Ich klemmte mir Cockroach 7 unter den Arm – leider hechelte sie nicht wie Cipión, sie schnurrte nicht einmal – und verließ die Werkstatt. Aber wohin? Warum fragte ich mich das überhaupt? Töten würden sie mich doch wohl nicht gleich. Dennoch durchdrang die Idee, mich nicht fangen zu lassen, meine neuronalen Netze wie ein Pilzgeflecht. Seinen Giften war mit keinerlei rationalem Argument beizukommen. Vor meinem inneren Auge grünten Büsche, um mich zu verbergen. Ein Wald nahm mich auf. In der Biosphäre würde ich vielleicht sogar Nahrung finden, konnte ich wochenlang überleben. Ich zwang mich zur Vernunft. Du kannst nicht weglaufen. Diesmal nicht, Lisa Nerz!

Die steilen Leitern des Habitats erforderten wenigstens eine Hand am Handlauf. Mit der Schabe unterm Arm passierte ich das zweite Sub, in dem die Lebenserhaltungssysteme mit ihren Sauerstoff- und Wasserstofftanks, Destillatoren, Kondensatoren, Solarenergieumwandlern, Batterien, den Rückkopplungen, Rückführungen, Aufbereitungsanlagen, Heizsystemen, Luftaustauschern untergebracht waren und sich autark regelten, und gelangte ins dritte Sub. Die Tür zum CC stand wie üblich halb offen. Ich sah Rhianna die *red line*-Monitore im Auge behalten und schlich vorbei. Die Tür von Butchers Büro war ebenfalls nicht richtig zu.

»Kontakt unterbrochen«, sagte Butcher gerade.

Ich blieb stehen und lauschte.

»An uns liegt es nicht«, hörte ich David aufgeregt erklären. »Wir haben Kontakt zum TDRS-Satelliten auf 172 Grad West.«

»Irgendein Kontrollzentrum«, hörte ich Pilinenko brummen, »muss doch einen Uplink herstellen können!«

»Wir müssen auf den TDRS auf 41 Grad West warten«, sagte David.

»Und solange arretieren wie die UIP«, hörte ich den Kommandanten sagen.

»Vorhin wollte sie sich schon der Bordkommunikation bemächtigen«, ereiferte sich der russische Oberst.

»Und da musstest du gleich die Waffe ziehen, Artjom?«, fragte Zippora. Durch den Türspalt sah ich ihr Haar auf dem Kopf wippen. Ihre Pobacken hatten wieder auf Tamaras Schreibtisch Halt gefunden. Sie blieben wegen der geringen Schwerkraft frappierend rund.

»Sie spioniert uns aus!«, stellte David fest. »Und seit sie hier ist, haben wir Probleme.«

»Wir hatten vorher auch schon Probleme«, hörte ich Wim Wathelet sagen. »Und was soll das Gerede von Spionage, David? Das ist irdischer Nationalismus. Hier oben teilen wir offen unser Wissen. Jede Nation kann Astronauten schicken, selbst der Iran. So steht es im Weltraumvertrag von 1967, Artikel 1: Die Erforschung und Nutzung des Weltraums ist Sache der gesamten Menschheit. Allen Staaten steht es frei, den Weltraum und den Mond ohne jegliche Diskriminierung gleichberechtigt und im Einklang mit dem Völkerrecht zu erforschen und zu nutzen. Ohne Ansehen ihres wirtschaftlichen und wissenschaftlichen Entwicklungsstandes, übrigens.«

Er wollte sich doch nicht zu meiner Verteidigung aufwerfen?

»Zippora«, schnarrte Butcher aus unsichtbarer Ecke hinterm Schreibtisch mit der US-Flagge. »Wie gefährlich ist sie?«

»Nun«, antwortete sie mit Hüftschwere in der Stimme. »Sie versteckt sich hinter Sprüchen, lebt in Dauertarnung. Ein Zeichen von Unreife, genauso wie der obstinate Grundzug ihres Wesens. Vermutlich infolge eines narzisstischen Traumas, das mit den Narben in ihrem Gesicht zusammenhängt. Sie nennt sich Cyborg, nach einer Figur des amerikanischen Feminismus der achtziger Jahre, der den Ausbruch aus biologisch festgelegten Geschlechterrollen propagiert und zwar basierend auf dem Begriff Cyborg, den Clynes und Kline 1960 für die NASA entwickelt haben: Das Wort bezeichnet Organismen, beispielsweise Menschen, die mithilfe elektronischer Implantate in den Stand gesetzt werden sollen, lebensfeindliche Welten zu erobern.«

Interessant! Offenbar wussten die unbewussten Abgründe meines Gehirns mehr von der Welt, als mein Verstand jemals aktiv zusammenkratzen konnte. Galten die Gesetze der Schwarmintelligenz auch in neuronalen Netzen?

»Das hilft jetzt aber nicht wirklich weiter!«, muffelte David.

»Sie ist ein querulatorischer Charakter und deshalb durchaus gefährlich!« Zipporas Stimme warf sich zu autoritärer Schärfe auf. »Ich habe immer gesagt: Zivile Astronauten stellen ein hohes Risiko dar. In ein reguläres Astronautenprogramm wäre sie niemals aufgenommen worden.«

»Und wenn sie recht hätte?« Pilinenkos Worte fielen wie Eiswürfel in den Kriegsrat. »Wenn wir tatsächlich Geiseln sind?«

Wim lachte aus dem Off. »Euch Russen fehlt einfach das Urvertrauen. Immer fühlt ihr euch betrogen und bedroht. Immer habt ihr gleich eine Kanone in der Hand!«

»Es ist schließlich die NATO, die ihr Raketenabwehrsystem in Polen und in Tschechien aufstellt!«, bellte Artjom.

»Gentlemen!«, knurrte Butcher. »Schluss mit den Kindereien! Artjom: In fünf Minuten möchte ich die UIP hier sehen.«

»Zu Befehl!« Pilinenko riss augenblicklich die Tür auf. Seine Reflexe waren besser als meine. Er packte mich am Kragen, ehe ich umgefallen war, und stieß mich in Butchers Büro. »Da haben wir sie schon!«

Zippora zog die Brauen bis unter die Haarwurzeln. Wim lächelte dünnlippig und David blickte mich an, als bestünde meine größte Sünde darin, dass ich ihm permanent die Show stahl. Seine Schweißaura hatte sich bis unter die gepolsterte Decke der Kammer gebläht. Zipporas blumiger Duft aus tagwarmem Parfüm dünstete dagegen.

Neben der US-Flagge lag eine der Omega-Monduhren, vermutlich meine.

»The listener behind the wall hears his own … äh …«, stotterte ich.

»Der Lauscher an der Wand hört seine eigene Schand«, sagte Wim Wathelet, und zwar auf Deutsch. Er gehörte offensichtlich zu den Belgiern, die alle Sprachen seiner Landsleute beherrschten. Auf Englisch fuhr er fort: »Dachte ich mir's doch: Du bist Deutsche.«

Zipporas Blick verfinsterte sich.

»Es klingt so niedlich«, fuhr Wim fort, »wenn du Englisch sprichst und dabei versuchst, einen französischen Akzent zu imitieren. Und dein Französisch ist auch ziemlich lustig!«

Sie waren zu schnell für mich. Wahrscheinlich war es schon eine Leistung, dass ich die versammelte Intelligenz fast sechsundzwanzig Stunden lang hatte hinhalten können.

»So«, sagte Butcher, »und jetzt will ich hören, wer du bist.«

»Wenn ich es nur so genau wüsste.«

»Verarschen können wir uns selber!«, brüllte Pilinenko. Er stand mir der Enge wegen so nahe, dass mir nicht nur fast das Trommelfell geplatzt wäre, sondern auch ein Regen über mich niederging.

»Du brauchst nicht so zu schreien«, sagte ich. »Entweder ich höre dich oder ich bin nicht da.«

Zippora unterdrückte ein Schmunzeln.

»Und Vorsicht, ja!«, fuhr ich fort. »In Europa gibt es eine freie Presse! Was glaubt ihr, was da unten auf der Erde los sein wird, wenn ich veröffentliche, was hier oben los ist? Ameisen! Bakterien! Mondtouristen sterben. Und wie kann eine nicht identifizierbare Person wie ich überhaupt hier heraufgelangen? Da haben doch alle Kontrollen versagt. Ich hätte auch ein Terrorist sein können! Aber tatsächlich bin ich entführt worden. Ich bin gegen meinen Willen hier!«

»Du hättest in der Tat nie eine reelle Chance gehabt, mitgenommen zu werden«, sagte Zippora mütterlich. »Im Übrigen wissen wir natürlich, wer du bist.«

»Ich weiß es nicht!«, meldete sich David.

»Musst du auch nicht«, watschte ich. »Du gehörst nicht zum Führungsquartett.«

David schnappte wie ein Fisch. »Unverschämtheit!«

»Wir fragen uns nur«, psychologelte Zippora scheingeduldig, »warum du aus deiner Identität so ein Geheimnis machst.«

»Der Mann, unter dessen Namen ich hochgeschickt wurde, ist tot. Er war ein alter Bekannter von Torsten Veith. Der ist auch tot. Und seine Frau und seine Kinder … tot. Und ein deutscher Staatsanwalt ist …«, meine Stimme schwankte, »… ist mit ihnen gestorben. Und jetzt sag du mir, wer ich bin! Dann weiß ich nämlich auch, wer mich entführt hat.«

46

»Wir haben viel daraus gelernt. Also war das Experiment in gewisser Hinsicht ein Erfolg. Der Zusammenbruch der Automatik war so eingestellt, dass er mit dem simulierten Einschwenken in die Umlaufbahn um den Mond hätte zusammenfallen sollen.« *Ideen sterben langsam*, Isaac Asimov, 1957

Der Mossad war der vermutlich beste Geheimdienst der Welt. Er wusste, in welchen Autos Hamas-Führer saßen, die von israelischen Raketen punktgenau in den Straßen von Gaza-Stadt abgeschossen wurden. Gezielte Tötung nannte man das. Und selbst Richard, der unter keinen Umständen das Töten zu rechtfertigen imstande gewesen war, hatte es nicht Mord genannt. Auch im Krieg gab es den Straftatbestand des Mordes, nämlich dann, wenn niedere Beweggründe das Töten bestimmten: ein Gemetzel unter Zivilisten beispielsweise, ein Umnieten von Soldaten außerhalb des Gefechts, aus Hass und im Blut- und Machtrausch.

Der rote Hintern, dem ich aufgesessen war, hatte niemals einer Frau gehört, sondern einem Operateur des Mossad oder einem freiwilligen Helfer im Zielland in Frauenkleidern. Denn keine Frau hätte drei Tage hintereinander dasselbe angezogen! Aber niemals würde ich Gelegenheit bekommen, ihm die Perücke herunterzureißen.

Ich hatte es versucht. Bis in die hinteren Teile des Hangars war ich dem roten Leuchten gefolgt. Benommen vom Brodem nach Bier, halben Hähnchen und Pommes war ich zwischen Tischen entlanggelaufen, bis mir jemand ein Bein stellte. Oder war es nur ein Schirm gewesen, über den ich gestolpert war? Im Augenwinkel hatte ich den roten Hintern bei den Toiletten verschwinden sehen. Bis ich dort war, hatten sich vor dem Damenklo bereits wieder zwei Frauen angestellt.

»Unverschämtheit!« und »Hinten anstellen!« hagelte es auf mich herab, als ich mich vorbeidrängelte. Drinnen standen drei Frauen und bewachten die Kabinen. Eine Dame mit Föhnfrisur, modisch großflächiger Sonnenbrille und roter Hose war nicht darunter. In der vorderen Kabine rauschte die Spülung. Eine Mutter mit kleinem Kind trat heraus. Hinter der anderen raschelte Stoff auf Haut.

Das Fenster stand offen.

Ich hörte den Hubschrauber starten und sich erheben. Blitzkurz war der Gedanke an seine Passagiere: Susanne, Diana, Luca und Richard. Es war ein hartes Knattern, böse fast.

Die nächste Spülung rauschte. Der Riegel klackte. Eine kleine Dicke erschien. Reingelegt.

»Ist hier gerade jemand zum Fenster hinausgestiegen?«, erkundigte ich mich.

Befremdetes Kopfschütteln.

Egal. Ich stemmte mich das Fensterbrett hoch, bekam mit dem Knie Halt und blickte hinaus. Der Sprung auf die Wiese barg die Gefahr, sich den Fuß zu verstauchen. Aber seit wann bedachte ich so etwas? Ich sprang.

In diesem Moment endete meine Welt.

Sie explodierte still. Ein Feuerball platzte über dem Wäldchen. Brennende Teile zogen Streifen in den blauen Himmel.

47

»Auch die Raumeroberung ist eine Machtfrage. Keine Regierung würde einen Pfennig dafür opfern, wenn es nicht so wäre. Die Raumforschung gilt als schlechtes Geschäft. Man muss sie den Machthabern schmackhaft machen.« *Insel ohne Leuchtfeuer*, Ruth Kraft, 1959

Aluf Mischna Zippora Eschkol sagte nichts. Entweder weil sie nicht wusste, wer ich war, oder weil sie nicht wollte, dass ich daraus schloss, wer mich entführt hatte.

Kommandant Leslie Butcher rotzte: »Das ist mir jetzt zu blöd. Bis zur Klärung der Identität im Quartier arretieren!«

Pilinenko lächelte zufrieden, reichte mir meine Uhr und machte Anstalten, mich abzuführen.

»Okay!«, antwortete ich. »Aber vorher müssen wir die Schabe zum Laufen kriegen.«

»Nichts müssen wir!«, bellte Oberst Pilinenko.

»Torsten Veith hat da draußen etwas entdeckt. Ich glaube, er hat das Leck gefunden, in dem die Ameisen des Japaners verschwunden sind.«

»Da ist kein Leck«, sagte David gelangweilt. »Wir haben alles abgesucht.«

»Mit Cockroach?«

»Sie ist defekt.«

»Ich habe das Passwort«, sagte ich.

Butchers Kiefer malmten. Seine grauen Augen wirkten stumpf wie das graue Computerplastik rundum. Das Gesicht hing ihm müde von den Knochen. Zorn war, wie mir schien, die einzige elementare Lebensregung, die ihm noch zur Verfügung stand, um sich für Momente aus der kosmischen Lethargie zu reißen. Sadistisches Vergnügen schaffte das zur Not auch noch. So spannend war der Job als Kommandant einer Mondstation im Grunde ja auch nicht. Der Colonel musste irgendwann im

Verlauf der zurückliegenden neun Monate begriffen haben, dass die technischen Aufgaben in einer unendlichen Reihe wiederkehrender unerklärlicher Havarien bestanden, dass ihn die Sorgen und Nöte seiner Crewmitglieder nicht interessierten und dass ihre kindischen Streitereien ihn ermüdeten. Inzwischen war seine Müdigkeit so groß, dass auch meine Clownerien höchstens noch einen Funken von Ärger auslösten, der schnell wieder verlosch.

»Artjom, auf ein Wort«, nuschelte er.

Zippora rutschte von Tamaras Tisch und trieb Wim, David und mich hinaus in die technische Enge zugepackter Wände und Kabelgirlanden. David nahm mir unverzüglich das Blechtierchen aus der Hand und drehte es um. An seinem Bauch befanden sich winzige Zahlentasten. Sie sahen aus, wie aus einem Handy ausgebaut. »So, und wie lautet jetzt das Passwort?«

»Ich glaube, wir sollten auf die Entscheidung des Kommandanten warten«, sagte Zippora.

»Er kann nichts dagegen haben, dass wir diese Spur verfolgen«, bemerkte Wim.

Ich zog Torstens Kinderfoto aus der Tasche und tippte das Kennzeichen des Maybach Zeppelin in die Tastatur, so wie Abdul es mir empfohlen hatte.

Die Schabe erwachte. Es war kein pompöses surrendes Erwachen, sondern ein stilles, aber es war deutlich anders als vorhin. Sie drehte ihre Antennen.

David setzte sie auf den Boden. »Sie scannt die Umgebung.«

Und plötzlich wandte sich der Roboter vom CC ab, krabbelte auf sechs Beinen los und beamte sich förmlich um eine Ecke.

Wir rannten ihm hinterher. Dass es da weiterging, hatte ich nicht vermutet. Hinter Instrumentenschränken befand sich eine Tür. Trittsicher stürzte Cockroach sich eine steile Treppe hinunter. Ich stolperte wie üblich.

Cockroach wuselte um die nächste Ecke.

»Wo sind wir hier?«, erkundigte ich mich.

Ehe Zippora, David oder Wim antworten konnten, hatte Cockroach an einer weiteren Tür gestoppt. Neben ihr befand sich eine Codetastatur und das Schild mit der roten Aufschrift, das ich schon einmal gesehen hatte: *No lone zone!*

»Was ist dahinter?«, fragte ich.

Zippora zögerte, Wim überlegte, David biss sich auf die Unterlippe.

»Das Waffenarsenal«, sagte hinter uns plötzlich ein russischer Akzent. Es war Oberst Pilinenko.

»Was?«, fuhr ich auf.

»Pistolen, Gewehre … Für den Verteidigungsfall.«

»Falls die Frogs angreifen oder die Borg?«

Wim lachte leise. Artjom tippte einen Code in die Tastatur. »Zippora, Wim, wenn einer von euch beiden bitte seinen Finger ins Digiread legen würde.« Und an mich gewandt, erklärte er: »Man kommt nur zu zweit hinein. Damit soll verhindert werden, dass sich einer, wenn er durchdreht, Waffen beschaffen kann.«

»Aber du trägst eine Waffe.«

»Gemäß dem Reglement. Der Kommandant und seine drei Stellvertreter können eine Waffe tragen.«

»Falls ein Astronaut durchdreht?«

Artjom ignorierte meinen Einwurf. Wim half ihm mit seinem Fingerabdruck aus.

Die Tür öffnete sich, ein Luftsog streifte uns, Licht flammte auf, die Belüftung fing an zu rauschen und uns allen voran krabbelte Cockroach frohgemut in die Kammer. Es roch nach Öl und Eisen. Bestimmt dreißig Gewehre reihten sich in Haltern an der Wand, dazu zehn Maschinengewehre und jede Menge Pistolen. Außerdem gab es Handgranaten und Panzerfäuste, Dynamitstangen, Päckchen mit Plastiksprengstoff und Zünder. Dazwischen hatten wir zu viert kaum Platz.

»Ist das eigentlich erlaubt?«, fragte ich.

»Der Weltraumvertrag verbietet nur Massenvernichtungswaffen«, antwortete Artjom, »aber nicht solche zur Selbstverteidigung. Alle beteiligten Nationen haben dem zugestimmt. Es ist kein Geheimnis.«

»Und was ist hinter der Wand da?«, fragte David plötzlich. Er drängte sich an mir vorbei.

Cockroach 7 war direkt durchmarschiert und stand an der Rückwand der Kammer, offensichtlich nicht bereit, ihre Mission als beendet zu betrachten.

Pilinenko runzelte die Stirn. »Regolith.«

»Aufgeschüttet?«, fragte ich.

»Nein, wir sind so tief, dass es sich um original Mondboden handelt.«

»Vielleicht ist hier das Leck«, überlegte Zippora mit stirnrunzligem Blick auf den Schwabenkäfer, der mit der Nase an der Wand stand und darauf wartete, dass wir ihm den Weg frei machten.

Artjom Pilinenko blickte KGB-blond drein.

Wim hämmerte mit der Faust gegen die Wand. Aber menschliches Gewebe war zu weich, um sie zum Tönen zu bringen. »Stahl!«

»Stahl?«, wunderte ich mich. »Ist das nicht sauschwer, viel zu schwer, um es hier heraufzutransportieren?«

Niemand antwortete. Alle knabberten an geheimen Fragen.

»Wir müssen schauen, was Cockroach für Daten gesendet hat«, bemerkte David schließlich.

»Und wohin hat sie sie gesendet?«, fragte ich.

»An eine Datenstation im PSD ... dem *payload service deck*«, ergänzte David genüsslich angesichts meiner Unkenntnis des Mondslangs und seiner Abkürzungen.

Pilinenko blickte auf seine Uhr.

Schweigend stiegen der belgische Arzt, die israelische Neuropsychologin, der russische Oberst und der amerikanische

Computerfachmann hinauf in den *payload*-Bereich mit seinen Labors und Prozessor-Schränken. Eben noch hatte der Kommandant mich festsetzen wollen, aber das schien Oberst Pilinenko vergessen zu haben. Zippora dachte auch nicht daran, darauf hinzuweisen, dass sie die Untersuchung leitete, und Wim schien es nichts auszumachen, dass ich ihn vor der gesamten Besatzung der Geiselnahme und des Mordes bezichtigt hatte. Das war alles Kinderkacke angesichts des Geheimnisses hinter der Stahlwand in der Waffenkammer.

Giovanni, Sergei, Krzysztof und Fred saßen im amerikanischen Modul zwischen Schubladenschränken, Monitoren und Kabeln um einen Laptop herum, der auf dem Boden stand. Fred ließ mit schnellem Klick eine pornografische Szene vom Bildschirm verschwinden, als wir eintraten.

»Giovanni«, sagte David. »Los, komm an die Datenstation von Cockroach. Oder hast du dir den Verstand inzwischen leergewichst?« Er sagte: »Did you jerk off your brain?« Wieder was gelernt.

Giovannis gespaltene Nasenspitze zuckte hakig nach unten, als er »Stronzo!« fluchte. Das war Hass pur, Hass eines geprügelten Hundes an der Kette.

»Bitte!«, mahnte Zippora.

»Sonst kommt die Frauenbeauftragte!«, ergänzte ich fröhlich.

Giovanni fluchte noch unverständlicher und klicke sich an der nächstgelegenen Rechnerkonsole durch Menüs und Passwörter. Das Habitat brummte, wir atmeten, David schwitzte.

»Bitte sehr!«, sagte Giovanni.

Der Schirm zeigte den rudimentären Grundriss des vierten Subs und die Vektoren des Wegeplans aus dem Gehirn von Cockroach 7.

»Da!«, rief David aufgeregt. »Da geht es weiter!«

»Da geht es nicht weiter«, knurrte Artjom.

»Aber da ist eine Strecke eingezeichnet. Sie führt 157 Meter in nordwestlicher Richtung von der Artemis weg, im Mittel etwa zehn Meter unter der Mondoberfläche. Was hat die Schabe gemessen, Giovanni?«

Giovanni scrollte Zahlenkolonnen. »Luftdruck, Zusammensetzung, Kontamination und so weiter.« Er stutzte. »Seht ihr das? Ammoniumperchlorat! Da, schaut!«

Oberst Pilinenko brummte wissend. Wir anderen machten neutrale Gesichter.

»Das ist ein Oxidationsmittel von Feststofftriebwerken«, erklärte Gonzo gelangweilt.

»Und Sprengstoff«, sagte Artjom Pilinenko, ehe ich an Atomraketen dachte. »Den gibt es in der Waffenkammer reichlich.«

»Und wie kommt es«, fragte Wim Wathelet, »dass Cockroach dort einen Wegvektor verzeichnet?«

»Wahrscheinlich«, antwortete Artjom Pilinenko, »hat jemand, vermutlich Torsten, eine gerade Linie von der Artemis zu einer bestimmten Stelle draußen gezogen.«

»Wo Cockroach Sauerstoff detektiert hat«, schlug ich vor. »Allerdings seltsamer Zufall, dass diese Linie just in der Achse der Waffenkammer liegt.«

Ein kurzes Schweigen griff Raum.

»Und komischer Zufall«, sagte Wim, »dass die Rückwand der Waffenkammer aus Stahl besteht.«

»Vermutlich ist die ganze Waffenkammer aus Stahl«, sagte Oberst Pilinenko unvermittelt. »Aus Sicherheitsgründen. Ich werde mir die Pläne anschauen.«

»Aber rund 150 Meter dahinter tritt Sauerstoff aus dem Mondboden«, sagte ich.

»Sauerstoff?«, fragte Giovanni verwundert. »Wieso Sauerstoff. Soweit ich das hier sehe, hat Cockroach da draußen Methan detektiert. Vor etwa einem Monat war das. Schaut her!«

»Methan?« Gonzo klang erregt. »Methan an der Mondoberfläche? Ein Fäulnisgas! Das wäre …«

Fred lachte wie angestochen los. »Der Mond furzt!« Er wollte sich ausschütten vor Lachen. Giovanni fiel röhrend ein. Sie verzwirbelten sich in Lachkrämpfen und rissen David, Sergei und Krzysztof mit. Sogar Oberst Pilinenko hatte es ein unwillkürliches Lächeln aufs Gesicht gezogen.

Zippora blickte ziemlich ernst drein.

»War Torsten jemals in der Waffenkammer unten?«, fragte ich.

»Dazu … dazu … hipps …« David japste. »Dazu … hipps …«

»David!«, donnerte Zippora. »Beherrsch dich!«

»Ay, Ma'm!« David tippte an die imaginäre Mütze. »Dazu müssen wir … hipps … die Bewegungsprotokolle von Torsten anschauen.« Er lächelte erleichtert, dass er den Satz zu Ende bekommen hatte.

»Dann tu das!«, befahl Oberst Pilinenko, umso schärfer, als er damit sein eigenes Glucksen niederbellen konnte. »Und Giovanni, du machst eine komplette Analyse der Daten von Cockroach!«

»Beschäftigungstherapie«, malte sich auf dem Hundegesicht des Italieners.

48

> »Die flüssigen und breiigen Bestandteile unseres Körpers dürften einer Deformation sicher nicht mehr Widerstand entgegensetzen als etwa der Wurstbrei.« *Rakete zu den Planetenräumen*, Hermann Oberth, 1923

Was man schon wusste, war, dass Torsten Veith am Morgen vor seinem Tod an der Tür der *No lone zone* gewesen war. Allein. Es stand im Untersuchungsbericht.

Wir hatten uns in Davids Rechnerecke beim CC gepfercht. Wie eine Spinne saß die Stimmte von *Radio High Moon* in der Mitte seines Netzes von Datenbanken, Informationen und Links, nicht bereit, die Tastatur abzugeben. Über ihm spitzte zwischen

Elektronikkästen die Handvoll Science-Fiction-Romane, in denen keine einzige Frau vorkam, die Eselsohren.

Im offiziellen Untersuchungsbericht für die Bodenstationen stand auch, dass Torsten den RFID-Daten zufolge an diesem Tag um 23 Uhr ins Bett gegangen war, das er dann nicht mehr verlassen hatte. Tatsächlich aber hatte Bob ihn am folgenden Morgen gegen sieben Uhr beim Blick aus dem Panoramafenster der Cupola etwa hundertfünfzig Meter von der Artemis entfernt im Mondstaub liegen sehen und die Sanis alarmiert. Dass es sich bei der Figur im weißen Raumanzug um Torsten Veith handelte, hatte zu diesem Zeitpunkt noch niemand gewusst.

Es hatte eine halbe Stunde gedauert, bis Tupac und Gail ihre Orlans angelegt hatten, die russische Variante von Raumanzügen, die speziell für schnelle und kurze Rettungseinsätze entwickelt worden war. Die Bergung hatte zwanzig Minuten gedauert. Als Torsten Veith bei Wim Wathelet auf dem Tisch gelegen hatte, war sein Körper nur noch ein Stück schockgefrorenes Dörrfleisch gewesen.

»Der Anzug hat ein Notaggregat, das einen Druckverlust eine Weile ausgleicht«, erklärte Yanqiu. »Wenn der Riss nicht zu groß ist, hat man immerhin eine halbe Stunde Zeit, um zur Station zurückzukehren. Aber Torsten war allein, hat wohl Panik bekommen und ist gestürzt.«

»Und wenn«, ergänzte Wim, »erst einmal das Vakuum einem die Luft aus den Lungen reißt, ist man nur noch anderthalb Minuten bei Bewusstsein und nicht mehr handlungsfähig. Im Vakuum hat Wasser seinen Siedepunkt bei Körpertemperatur. Es fängt an zu kochen und verdampft aus dem Körper, entzieht ihm Wärme und potenziert die kosmische Kälte. Binnen weniger Minuten ist man gefriergetrocknet. Wo das siedende Wasser nicht ausgasen kann, sprengt es Gefäße und Knochen.«

»Brr!«, machte ich. »Und ich dachte immer, man platzt.«

»Nein«, sagte jemand hinter mir mit texanischer Nuschelstimme. Es war Kommandant Leslie Butcher, der sich zu uns gestellt hatte. »Nur weil uns das Vakuum im All unendlich vorkommt, heißt das nicht, dass der Druckunterschied zur Erde unendlich ist. Es handelt sich nur um ein Bar. Das entspricht für einen Taucher zehn Meter Wassertiefe.«

»Und Torstens Uhr, wo war die?«, erkundigte ich mich.

»Man hat sie auf seinem aufgeklappten Laptop gefunden«, antwortete Leslie Butcher erneut. »Der Rechner war mit einer Primzahlensuche beschäftigt, seine Wärme war ausreichend, um den Körperwärmesensor an der Uhr zu täuschen. Sie hätte ihm draußen allerdings auch nicht das Leben gerettet.«

Das hatte ich inzwischen durchaus begriffen.

»Torsten wäre tot gewesen, bevor man ihn hätte reinholen können.«

»Und Cockroach 7?«, erkundigte ich mich.

Auch diesmal gewährte der Artemis-CDR persönlich mir die Antwort. »Die hat man bei der zweiten EVA reingeholt. Bob und Fred haben sie auf dem Rücken liegend ein paar Meter entfernt von der Stelle gefunden, wo Torsten gestorben ist. David, die Fotos?«

Der Systemadmin schwitzte. »Hier!«

Die Fotos, die dem offiziellen Bericht beigefügt waren, zeigten einen reichlich von Fuß-, Reifen- und Schleifspuren zerfurchten Mondstaubboden.

»Sieht aus, als hätte da ein Kampf stattgefunden«, bemerkte ich.

Zum ersten Mal hörte ich Leslie Butcher lachen. Es klang nach Barbecue und Cowboy. »Das haben die unten auch gesagt. Aber das ist eine ausgesprochen viel begangene und viel befahrene Stelle. Die Schichten von Abdrücken reichen bis zu den Anfängen der Artemis zurück. Nicht einmal unser Archäologe Morten Jörgensson hat sie eindeutig den Epochen zuordnen können. Früher hatten die EMUs andere Sohlen, beispielsweise. Aber an der Bereifung der LRVs hat sich nichts geändert.«

»Und was hat Abdul dazu gesagt?«

»Abdul? Wieso der?« Der Kommandant klang plötzlich so wortabschneidend und diskussionsunwillig, dass ich es vorzog, so zu tun, als hätte ich eigentlich etwas ganz anderes gesagt.

»Ich möchte mir die Stelle mal angucken!«

»Glaubst du, du siehst dort mehr als wir?«, raunzte Artjom Pilinenko.

»Ja, denn ich gehöre zum Schwarm. Ich bin Durchschnitt. Ihr dagegen gehört zur Elite.«

»Aber eine einzelne Ameise ist dumm!«, bemerkte Leslie Butcher.

»Na, dann braucht sich ja niemand davor zu fürchten, dass ich was entdecken könnte.«

»Niemand fürchtet sich davor, Miss«, sagte der Kommandant.

»Sie ist nicht auf eine EVA vorbereitet«, bemerkte der russische Oberst. »Die Verantwortung können wir nicht übernehmen.«

»Verantwortung übernehme ich immer selbst, Oberst Pilinenko.«

Wim Wathelet lachte leise.

»Wieso hast du eigentlich nicht mitgekriegt, dass Torsten raus wollte?«, fragte ich den Arzt. »Hat er sich nicht im HHR den Stickstoff aus dem Blut strampeln müssen?«

»Ich schlafe nicht im HHR«, gluckste Wim.

»Wer zuletzt lacht, lacht am besten«, sagte ich auf Deutsch.

Wim fing sein Gelächter ein und schluckte es runter.

»Noch leide ich nämlich nicht unterm Stockholm-Syndrom«, behauptete ich. »Guckt nicht so. Ihr wisst, was das ist! Ihr alle. Bei der Menge von Syndromen hier oben: Inselsyndrom, *el susto*, Asthenie oder einfach Mondkoller. Wir sind im Grunde alle Geiseln, entweder unserer Nationen, unseres persönlichen Ehrgeizes oder neuerdings die des Doktors. Und es läuft immer darauf hinaus, dass wir für unseren Geiselnehmer Verständnis aufbringen, damit er uns verschont. Und am Ende übernehmen wir sogar seine Interessen.«

»So viel gequirlte Scheiße habe ich noch nie auf einmal gehört«, schimpfte Pilinenko.

»Du hast doch auch gerade erst vorhin Wim dein Vertrauen entzogen!«, sagte ich.

»Aber ich habe es nicht auf dich übertragen!«

»Verstehe: nicht auf eine Cyborg, die dich mit einem Judogriff wirft, was? Du ziehst die russischen Frauen vor: wasserstoffblond mit roten Lippen und devot. Gibt es in Russland nicht sogar diese Schulen, in denen Frauen den Kniefall vor ihrem Ehemann lernen?«

Kommandant Butcher lachte, heiter und aufgeräumt.

David hüstelte demonstrativ genervt. »In fünf Minuten treffen wir uns in der Cupola. Ich muss die Ansage machen.«

»Aber sollten wir ...«, ich konnte nur noch staunen über das Phlegma der Mondleute, »... sollten wir uns nicht die Pulsprotokolle genauer ansehen? Torsten hatte seine Uhr abgelegt, und mindestens noch einer muss das auch getan haben.«

Artjom zog die blonden Brauen hoch. »Du unterstellst uns routinemäßigen Betrug und Täuschung?«

»Und Mord!«

»Alle medizinischen Daten«, sagte Kommandant Butcher, »unterliegen dem Schutz der Privatsphäre. Sie dürfen nur vom Arzt und nur zu medizinischen Zwecken eingesehen werden.«

»Moment, Leslie!«, sagte Zippora freundlich, aber mit einem autoritätsheischenden Scheppern in der Stimme. »Ich leite die Untersuchung, nicht wahr?«

Butchers Unterlid hatte noch kein einziges Mal gezuckt und tat es auch jetzt nicht.

»David«, wandte sich Zippora an den Systemadmin, »die Konferenz wird verschoben um, sagen wir, zwei Stunden. Oder wie lange würde es dauern, aus den Protokollen auf einen Zeitraum begrenzte Pulssequenzen herauszuschneiden und downzuloaden?«

»Dafür brauchen wir die Einverständniserklärung aller Besatzungsmitglieder«, sagte Butcher.

»Gefahr im Verzuge«, schlug ich vor.

»Wie lange, David?«, fragte Zippora.

»Ich müsste den entsprechenden Zeitraum aus zwanzig Datensätzen herauskopieren und ... na ja, eine halbe Stunde. Falls Wim mir die Daten zugänglich macht.« David drehte sich um und schickte einen fragenden Blick zum Kommandanten.

»Aber nicht ohne Einverständniserklärung aller Besatzungsmitglieder«, beschied Leslie Butcher. »Wir haben nun mal Regeln.«

Zippora seufzte stumm.

»Dann würde ich jetzt gerne ...«, verkündete ich.

»Ich leite die Untersuchung, Michelle!«, wiederholte Zippora. »Und du wirst gar nichts, außer dich auf dein Quartier begeben und dort bleiben bis zur Konferenz. Das ist ein Befehl.«

Ich schaute mich um, aber Artemis-CDR Butcher war verschwunden, so lautlos, wie er gekommen war.

49

»Ich glaube, ohne mich auf die spitzfindigen Grillen einzulassen, mit denen ihr die Zeit kitzelt, um sie zum Laufen zu bringen, dass der Mond eine Welt ist wie diese hier, der die unsrige als Mond dient.« *Reise zum Mond*, Savinien Cyrano de Bergerac, 1649

Es war halb acht, als ich mich im Mädchenpensionat im ESA-Modul ausstreckte. Rhianna hatte mich mit Gefängniswärtermiene hinaufgebracht.

»Was hast du eigentlich gegen mich?«, hatte ich auf einer der Treppen gefragt. Ich hatte mich umdrehen müssen, denn sie ging hinter mir. »He, Rhianna? Ich habe dich was gefragt!«

Ihre wasserblauen Augen hoben sich widerstrebend.

»Lehnst du außerehelichen Geschlechtsverkehr ab und gleichgeschlechtlichen sowieso, oder was ist los?«

»Ich will darüber nicht reden. Sonst erzähle ich es Butcher.«

»Und was erzählt Gail dann Butcher über dich?«

Schweigen.

»He, Rhianna!«

»Halt's Maul! Verstanden?«

Schweigend hatte sie mich im ESA-Quartier abgeliefert, wo ich mich in meiner Koje ausgestreckt hatte. Unendlich müde. Die letzte Nacht hatte ich ja auch nicht eben viel geschlafen.

Ich zog mir die Decke übers Gesicht und schloss die Augen. Gleich darauf rüttelte eine Hand an mir und riss mich aus einem Zustand der Abwesenheit, den man vermutlich Schlaf nannte. Es war Gail. Yanqiu und Rhianna waren ebenfalls da.

Ich schwang die Beine vom Bett. »Gott, jetzt bin ich doch eingeschlafen. Was ist?«, fragte ich in die Runde der drei Frauen. »Was ist los?«

Yanqiu lächelte undurchsichtig, Rhianna hatte die Arme vor der Brust gekreuzt, Gail ihre Hände in die Hüften gestemmt.

»Kriegsrat?«

Gail lachte hart. »So kann man es auch nennen. Pass auf, Cyborg, Baby … oder wie du nun heißt.«

»Cyborg passt schon!«

»Aber das bist du nicht. Du bist eine UIP. Ein Spion, ein Saboteur! Da hört der Spaß auf!«

Ich machte mich unschuldig. »Was denn für ein Spaß, Darling?«

Gail knallte mir eine. Ohne Vorwarnung. Der Kiefer schleuderte mir ums Gesicht, ich hagelte ins Bett.

»So ein Spaß! Cyborg, Baby!«

Im Augenwinkel sah ich, wie Yanqiu die Hände vor den Mund schlug und Rhianna feixte. Dann gab es nur noch Tunnelblick und Reißen aller Stricke. Diese kinnlose Mondkuh!

Ich sprang ihr in den Bauch, packte sie und schleuderte sie, mich halb eindrehend, über mein ausgestelltes Bein nach vorn. Die Nähte des Mondanzugs knackten. Ich ließ sofort los. Nicht dass man mir noch vorwarf, Eigentum der NASA beschädigt zu haben. Gail schoss kopfheister an mir vorbei. Was auch immer man Soldaten in den USA für Nahkampftechniken beibrachte, das Fallen gehörte nicht dazu. First Lieutenant Taylor sauste mit dem kinnlosen Kopf voran unter den Tisch und knallte gegen die Wand. Den Tisch lupfte es vom Boden. Die Schemel flogen mit. Gails Nagellackfläschchen und Yanqius Cremetöpfchen hüpften durchs Quartier.

»Was sagtest du doch gleich, Gail, Darling?«, säuselte ich hinterher.

Sie ächzte, leckte sich Blut aus den Zähnen, sammelte ihre Glieder ein und probierte, ob der Kopf noch saß.

»Will noch jemand wissen, wie ich heiße?«, fragte ich in die Runde.

Rhianna trat vornehm zurück. Yanqiu dagegen erwiderte meinen Blick furchtlos. Das Reh hatte ja auch wirklich keinen Grund, Maulschellen zu befürchten.

Der eigentliche Grund, warum Frauen nicht gern zurückschlugen, war ihre Furcht davor, der Gegner könnte sie dann vernichten. Dabei lautete eine geheime Regel männlicher Rivalität, dass ein guter Schlag die Machtverhältnisse klarstellte, zumindest für eine Weile. Nicht so unter uns Klosterschülerinnen. Schließlich ließ sich das »Wer ist die Schönste im Land« nicht mit Fäusten austragen. Es hing vom Spiegel ab, der beide begutachtete. Also mussten wir uns die Gesichter zerkratzen. Wie du mir, so ich dir. Jetzt war mein Gesicht allerdings schon kaum noch zu verunstalten, und das von Gail eigentlich auch nicht. Und glücklicherweise war sie soldatisch sozialisiert und fing nicht an zu kratzen.

Fluchend wankte sie in unsere Abortzelle, um mithilfe des Spiegels der Blutquelle auf die Spur zu kommen. Mein Kiefer begann böse zu brummen, die Halsmuskulatur meldete eine Zerrung an. Spätestens morgen würde ich meinen Kopf nicht mehr drehen können. Irgendwie unnötig, dachte ich. Rhianna und Yanqiu schauten meinem martialischen Leiden mitleidig fasziniert zu. Darauf hätte ich auch verzichten können.

Gail war Linkshänderin, wurde mir bei dieser Gelegenheit klar.

»Uns kannst du es sagen«, nuschelte sie von der Aborttür her, an der in sieben Sprachen die Hausordnung mit der Mahnung steckte, sich langsam zu bewegen, um Schweiß und Wasser zu sparen. »Hier hört keiner mit. Selbst wenn es erlaubt wäre. Dafür hat Yanqiu gesorgt. Also, Cyborg, Baby, wer bist du wirklich?«

»Eine Reporterin aus Schwaben.«

»Was?«

»Schwaben ist ein Landstrich im Süden von Deutschland. Die Hauptstadt heißt Stuttgart: Porsche, Daimler, inzwischen wieder ohne Chrysler.«

»Und warum hast du dich als Franzose ausgegeben?«

»Franzose, Deutscher, Ami, Chinese … ist doch egal, oder?«

»Aber du hast mich … uns belogen! Ich meine …« Sie grinste blutig schief. »Ich habe dir vertraut.«

»Noch nie was von Undercover-Recherche gehört? Als Schwabe hätte man mich nie hier heraufgelassen. Aber jemand …« Ich verschluckte mich.

Stopp, Lisa! Es war absolut undenkbar, dass Jockel mich als Detektivin auf die Artemis hatte befördern lassen, damit ich Torstens Geheimnis zur Erde hinunterbrachte! Er hätte mich nicht entführen lassen müssen. Er hätte mich einfach fragen können. Ich hätte doch nicht wirklich »Nein« gesagt, »auf den Mond bringen mich keine zehn Pferde!« Das wäre kein Hubschrauberflug gewesen, den man zickig ablehnte, weil der Lebensgefährte nicht energisch genug Bitte sagte. Und dass Jockel Richard, weil er beim Herrenabend auf Schloss Ratzenried an meiner Stelle Nein zu einer detektivischen Mission von Schwabenreporterin Lisa Nerz auf dem Mond sagte und Jockel verbot, mich zu fragen, kurzerhand zusammen mit Susanne und den Kindern hatte in die Luft sprengen lassen, war mit vernünftigem Verstand auch nicht denkbar.

»Was ist das für eine Recherche?«, fragte Rhianna.

»Die Wahrheit über die Artemis. Warum Torsten Veith sterben musste.«

Yanqiu senkte die Augen, drehte sich weg und begann die Cremetöpfchen und Gails Nagellackfläschchen vom Boden zu sammeln.

»Und warum musste er sterben?«, erkundigte sich Rhianna, während Gail Blut in ein Waschtuch spucke.

»Weil er etwas entdeckt hat, was hier nicht hergehört und unten höchstens ein oder zwei Geheimdienste wissen. Die Ameisen haben ihm den Weg gewiesen, und die Cockroach hat es entdeckt. Ich glaube, er hat hinter der Waffenkammer eine weitere entdeckt, und ich glaube, sie enthält Raketen, die mit Sprengköpfen bestückt sind, die auf keinen Fall hier oben sein dürfen.«

»Fuck!«, spuckte Gail.

»Amerikanische Raketen!«

»Wieso?«, fragte Gail. Allmählich kehrte ihre Grundaggressivität zurück. »Warum keine russischen? Die waren als Erste hier oben und haben mit der Artemis angefangen.«

»Und dann kamt ihr!«, sagte ich.

»Und dann ihr Europäer«, schnappte Gail. »Also, Cyborg, Baby, warum sollen es amerikanische Raketen sein?«

»Weil Oberst Pilinenko uns praktisch hingeführt hat. Er hat uns den Zutritt zur Waffenkammer verschafft. Warum hätte er das tun sollen, wenn er fürchten musste, dass Cockroach 7 uns auf die Stahlwand am Ende der Kammer aufmerksam macht?«

»Ein Trick! Artjom hat gewusst, dass er sich verdächtig macht, wenn er deine Recherche behindert. Was sagst du dazu?«

Nichts. Wenn ich es recht bedachte, hatte Pilinenko auffällig schnell darauf hingewiesen, dass das von Cockroach erschnüffelte Ammoniumperchlorat auch auf den Sprengstoff deuten konnte, von dem es genug in der Waffenkammer gab, überdies viel leichter zu detektieren als Raketentreibstoff hinter einer dicken Stahlwand. Außerdem hatte er vorher mit Kommandant Butcher eine Unterredung unter vier Augen gehabt, also wohl auf Butchers Anweisung gehandelt: »Die Cyborg nicht behindern, dafür sorgen, dass sie irgendwas findet.« Oder so.

»Wie dem auch sei: Was muss man tun, um unbemerkt aus der Station hinauszukommen?«, fragte ich.

»Wie? Hinaus?«, fragte Gail.

»Na, raus ins Gelände! Ich muss herausfinden, was Torsten da draußen wirklich wollte. Was muss ich tun, Yanqiu?«

Die Chinesin warf einem kurzen Seitenblick auf Gail. »Unbemerkt kommst du nicht raus.«

»Wie hat es Torsten geschafft?«

»Es war mitten in der Nacht. David war mit dem Neustart von Zeus beschäftigt. Und die Außenbordkameras sind normalerweise in den Tower geschaltet. Torsten hatte seine Uhr abgelegt. Außerdem wusste er, wie man sich den Raumanzug anlegt. Auch wenn es für einen alleine ziemlich schwierig ist.«

»Und was muss ich jetzt tun? Erst einmal drei Stunden ins *camp out* aufs Ergometer?«

Yanqiu lachte wie der Wind, der in den Blättern flüsterte. »Nicht unbedingt. Sonst könnten die Sanis ja nie schnell genug hinaus. Ich gebe dir einfach einen höheren atmosphärischen Druck.«

Ich klimperte mit den Augendeckeln. »Würdest du das tun, Yanqiu? Für mich?«

»Warum so eilig?«, knarzte Rhianna streng dazwischen. »Es gibt EVA-Pläne! Da kann nicht einfach jeder selber entscheiden.«

»Ich bin nicht jeder!«

Gail lachte vulkanisch blubbernd.

»Wir Weiber müssen doch zusammenhalten«, sagte ich.

»Wieso?«, sagte Rhianna. »Das habe ich noch nie verstanden! Was sind wir so Besonderes? Hier müssen wir alle gleichermaßen unterstützen.«

»Das läuft immer darauf hinaus, dass wir die Männer unterstützen«, behauptete ich im feministischen Freiflug. »Und wann unterstützen die uns?«

»Mich hat mein Mann immer unterstützt. Sonst hätte ich die Astronautenausbildung niemals machen können.«

»Schön für dich«, sagte Gail mit schwerer, weil angebissener Zunge. »Von mir hat kein Typ mehr was wissen wollen, seit ich Astronautin bin. Und Yanqius Mann lässt sich von ihr auch nur deshalb nicht scheiden, weil er noch was von ihrem Ruhm abhaben will. Also los, Yanqiu! Ich werde Cyborg begleiten.«

»Vielleicht sollte sich Wim deine Zunge vorher angucken«, mahnte Rhianna.

Gail schnaubte. »Du glaubst doch nicht, dass ich den noch mal an mich ranlasse! Dem haben wir doch den Mist zu verdanken. Oder nicht, Cyborg, Baby? Er hat uns mit diesen Zyankalibakterien infiziert. Nicht wahr? Und wenn einer von uns den Kasper kriegt, dann hat er es in der Hand, ob er ihn rettet oder nicht. Er kann uns an- und ausknipsen. Den Inder hat er ausgeknipst, und bei Fred hat er mal kurz das Lebenslichtchen flackern lassen. So ist es doch!«

Rhianna und Yanqiu blickten sich an.

»Und Commander Leslie spricht ihm das Vertrauen aus, dieser Warmduscher!« Gail betastete nachdenklich durch ihre Backe hindurch ihre Zunge. »Wenn der einmal hinstehen würde! Ist mir völlig schleierhaft, wie der es zum Colonel gebracht hat.«

»Hat er eigentlich eine Frau da unten?«, fragte ich.

Rhianna und Gail blickten sich an. Gail prustete los und hielt sich sogleich die Backe. »Wir glauben, dass er noch Jungfrau ist. Oder schwul. Aber Abdul sagt, nein. Abdul ist zwar nicht schwul, aber bei ihm daheim sind freundschaftliche Berührungen unter Männern üblich, und er sagt, Butcher sei kalt wie eine Hundenase.«

»Wenn wir schon bei Tratsch und Klatsch sind, wo war Tamara eigentlich gestern Nacht? Hier nicht.«

Gail überlegte kurz. »Aber das bleibt unter uns, Cyborg, Baby, ja? Tamara hat was mit Giovanni.«

»Und Zippora? Was wissen wir über sie? Sie hat gestern Nacht auch nicht hier geschlafen.«

»Doch, sie ist gegen zwei Uhr gekommen«, sagte Rhianna streng. »Sie braucht nur vier Stunden Schlaf.«

»Und … äh … hat sie mitgekriegt, dass wir … äh …«

Gail versuchte zu grinsen. »Als sie kam, lagen wir alle züchtig in unseren Kojen, Cyborg, Baby. Aber das interessiert sie sowieso nicht mehr. Es steht schon lange fest, dass auf künftige Marsmissionen keine Frauen mitgenommen werden. Das gibt nur Verwicklungen, Eifersucht und Mord und Totschlag.« Sie lachte.

»Vielleicht wäre es noch besser, wenn man keine Männer mitnehmen würde«, bemerkte ich.

Gail blubberte vulkanisch.

Rhianna warf ihr einen tückischen Blick zu. »Eine wie dich würden sie bestimmt nicht schicken!«

»Ja, glaubst du denn«, raunzte Gail, »die Jungs treiben es nicht miteinander, wenn sie drei Jahre unterwegs sind?«

Ach so, dachte ich, die also auch! Gail und Rhianna mochten sich auch nicht. Sie waren Konkurrentinnen! Fragte sich nur, um wen oder um was. Beide waren Elite-Ingenieurinnen, beide erprobt, sich in der Männerwelt zu behaupten: die eine trinkfest, schlagfest, zotig, die andere hübsch, methodistisch und keusch. Welche von beiden hätte wohl mehr Chancen gehabt, zum Mars mitgenommen zu werden?

»Also, was ist nun?« Gails müde Lider senkten sich. »Gehen wir? Du bist fit, Cyborg, Baby?«

War ich nicht. Noch nie gewesen. Aber das musste Gail ja nicht wissen.

50

»Und die glostende Sonne wanderte am Schwefelhimmel des Mondes.« *Frau im Mond*, Thea von Harbou, 1928

Um so einen Mondspaziergang wurde eindeutig zu viel Geschiss gemacht. Zwar waren die Zeiten längst vorbei, wo man unten jeden Austritt aus dem Habitat mit Bildern in der *Tagesschau* dokumentierte und eine Jungjournalistin die Bewegungen tonnenschwerer Module am Kran mit gigantomanischem Timbre kommentierte, aber wenn es dann doch einmal geschah, weil die Europäer, Japaner, Amerikaner, Russen oder Chinesen ein riesiges Teleskop, eine Sauerstofffabrik, ein Helium-Abraumgerät oder speziell für die Biosphäre gezüchtete und von einem amerikanischen Softwarehersteller gespendete Rosen hatten anliefern lassen, dann wehte aus dem Fernseher wieder der

Abenteuerwind vom kleinen Schritt für den Menschen und dem großen für die Menschheit, und die Figuren in ihren weißen Anzügen mit den dunklen Visieren wurden zu Helden unvorstellbarer körperlicher Leistungen.

Aber so schwierig war es wirklich nicht. Der Anzug verdoppelte mein Gewicht und bremste meine Bewegungen. Es war, als wenn man bis zur Brust im Wasser auf dem Meeresgrund entlangging. Skaphander hießen die Anzüge auf Russisch, was so viel wie ›menschliches Boot‹ bedeutete und im Französischen für schwere Taucheranzüge verwendet wurde.

So ein mobiles Lebenserhaltungssystem für längere Mondausflüge, wie ich es jetzt angelegt bekam, bestand aus sieben Schichten verschiedener Materialien mit Vakuum dazwischen. Der Rumpf war mit Glasfaser halb flexibel verhärtet, damit er sich nicht aufblähte. Eine sauteure Angelegenheit, erklärte mir Yanqiu. Einige Millionen kostete so ein Ding schon, man stellte ihn ja nicht in großen Stückzahlen her. Die äußere Haut war mit Aramid beschichtet, das man auch für schusssichere Westen verwendete. Es sollte gegen Mikrometeoriten schützen, jenen auf den Mond einprasselnden stellaren Staub, der in der Erdatmosphäre verglüht wäre.

Und es war ein Mordsakt, sich so ein Ding anzuziehen. Ohne Yanqius Hilfe hätte ich es nicht geschafft. Mit der saugfähigen Unterwäsche, die von Schläuchen durchzogen war, die mir vor allem Kühlung verschaffen würden, kam ich zur Not noch allein zurecht. Aber den leicht versteiften Rumpf über Kopf und Schultern zu zerren, erforderte kräftige helfende Hände oder sehr viel Übung. Und ebenso viel Übung musste man haben, wenn man sich dann bücken und die *lunar overboots* über die Anzugfüße schnallen wollte.

Auf meinen Kopf kam die Snoopy-Mütze, eine Haube mit Funksprechtechnik, hernach wurde mir der innere Druckhelm übergestülpt und mit dem Anzug verschraubt. Darüber kam der äußere Helm mit einem Visier gegen Mikrometeoriten und einem zweiten Sonnenvisier, das verspiegelt war. Den Sauerstofftank musste mir jemand von hinten auf den Rücken hieven und vorn festmachen und den Schlauch mit dem Ventil auf meinem Bauch verbinden, das ich kaum sehen konnte, weil der Helmring am Hals mich blockierte. Und zum Schluss kamen die Handschuhe. Sie wurden an einem Verschlussring mit dem Ärmel verbunden und auf für mich undurchschaubare Weise festgeklickt. Hatte man einen an, konnte man sich eigentlich den zweiten nicht selbst anlegen.

Mit den Ungetümen der Apollo-Missionen von vor fast vierzig Jahren waren diese *extravehicular mobility units* mit ihren versteiften Rumpfflächen und den verschlankten Gelenken zwar nicht mehr zu vergleichen, versicherte mir Yanqiu, aber als sich zischend der Luftdruck aufbaute, fühlte ich mich dennoch aufgepumpt wie ein Michelin-Männchen. Wenn ich die Finger zur Faust schließen wollte, fühlte es sich an, als müsste ich eine rostige Fahrradbremse ziehen.

Eingepumpt vereinigte ich mich in der Schleuse des *outing ports* mit Rhianna und Gail. Auf ihren Anzugärmeln und Sauerstofftornistern standen die Namenszüge McFinn und Taylor. Ihre EMUs waren maßgeschneidert. Meiner trug anstelle des Namens rote Streifen. Es war ein Gastanzug.

Butcher hatte wider Erwarten seine Erlaubnis für unseren Ausflug gegeben, aber darauf bestanden, dass Rhianna als EVA-Ingenieurin Gail und mich begleitete. Abdul as-Sharif hatte sich in den Tower gesetzt, wo das TMP für die Stereoaufnahmen der Außenhaut und die Monitore für die Außenbordkameras untergebracht waren. Dass es dort kein reales Fenster nach draußen gab, irritierte nur mich.

Etwa eine Stunde hatte das alles gedauert. Dann endlich waren wir draußen, eingepresst in unseren Zwiebelhäuten und unkenntlich gemacht von undurchsichtigen Visieren.

Gail setzte die Schabe in den Mondstaub. Sie scannte die Umgebung und krabbelte los.

Rhianna ging voran, ihr folgten Gail und ich. Wir wateten über gläsern gleißenden und dennoch düsteren Staub. Er war fest und zugleich locker, manchmal sogar ein wenig rutschig, so als wollte es die oberen Schichten nicht auf Grund halten. Die Spuren, die ich für die Ewigkeit hinterließ, konnte ich aus meiner doppelten Helmschale heraus nicht begutachten. Zu hören waren nur das Knirschen und Rascheln des Anzugs, die puffenden Luftverschiebungen in den Stiefeln bei jedem Tritt, der eigene Atem und über die Intercom in der Snoopy-Mütze das Atmen der anderen, die vor mir gingen. Zu orten waren die Töne nicht. Sie fanden nur in meinem Anzug statt.

Ich verlor auch sofort die Orientierung. Um das Habitat zu sehen, hätte ich mich mit dem ganzen Körper umdrehen müssen, und das barg das Risiko, über die eigenen unsichtbaren Füße, deren Tritte auf Grund man nicht hörte, zu stolpern und in Schildkrötenmanier auf den Rücken zu fallen.

»Ich sehe das Biest noch«, keuchte Gail in meinem Helm.

»Es wird von alleine an der richtigen Stelle stehen blieben«, sagte ich, alles andere als sicher, ob Rhianna und Gail mich hören würden. »Wir brauchen nur der Spur zu folgen.«

»Na, hoffentlich«, antwortete Gail. »Hast du es noch auf dem Schirm, Abdul?«

»Ja, fünfzig Meter voraus.«

Vor mir wankten die weißen Gestalten in die Fläche, die, verglichen mit der Erde, einem Kinderteller glich. Der Horizont war zum Greifen nah. Klein und verletzlich kam der Mond mir vor, ausgeliefert dem unvorstellbaren Rasen im All, das mir die Frage aus dem Hirn sog, was das für ein Raum war, in dem sich das Sternensystem ausdehnte. Ein sphärischer war es auf jeden Fall, ein gekrümmter, wo die Winkel eines Dreiecks mehr als 360 Grad ergaben. 26 Dimensionen zählte man heute schon. Doch was war außerhalb dieses Raums, was war dort, wo die Sterne, ihre Teilchen und Strahlen noch nicht waren? Wo endete das All? Irgendwo musste es doch enden. Und was kam dann? Eine Frage, die im Hirn ein fürchterliches Vakuum produzierte.

Mir brach der Schweiß aus, mein Herz raste.

Wenn man tauchte – nicht dass ich jemals getaucht war –, hatte man wenigstens noch irgendetwas um sich, Wasser, Fische, Leben. Wenn man das Sauerstoffgerät ablegte, ertrank man. Das war zwar auch nicht schön, aber man blieb irgendwie intakt. Hier auf dem Mond war oberhalb des Staubs gar nichts mehr. Leere! Nicht einmal eine Temperatur. Kein Geräusch. Wenn ich mir den Helm abnahm, riss es mir die Luft aus der Lunge und das Wasser aus dem Körper. Ich verdampfte, trocknete aus und erfror.

»Es ist stehen geblieben«, meldete Gail.

»157 Meter Nordost«, ergänzte Abdul.

Aber wir waren noch lange nicht dort. Den Blick in den Sauerstoffschildkrötenpanzer vor mir verankert, auf dem Taylor stand, tappte ich, ohne meine Füße sehen zu können, zugeknistert mit den Geräuschen des Anzugs und der Beatmung, vorwärts. Ich war versucht zu springen, ließ es aber lieber.

Wir überquerten Fahrwege mit Fahrspuren. Weiter drüben lag eine Hütte, die aussah wie ein umfunktionierter Wassertank. Röhren begleiteten uns ein Stück, dann bogen sie ab. Unheimlich nah und zugleich irgendwie unerreichbar leuchteten im schrägen Licht Gebäude, aufgeblasene Zelte und Maschinenhäuser zwischen aus dieser Perspektive riesenhaften Solarzellenplatten. Eine Ölförderanlage in der Sahara bei Sonnenuntergang musste ähnlich aussehen, nur dass dem schrägen Sonnenlicht hier oben der Rotfaktor fehlte. Der Mond war eine permanente Täuschung vertrauter Wahrnehmungsmuster. Dass mich das so verunsichern würde, hätte ich nie vermutet.

Kein Pflänzchen grünte irgendwo zwischen Röhren oder an Gebäudefüßen, kein noch so ausgedörrter Halm zitterte zwischen Geröll in keinem Wüstenwindhauch. Weder Wasser noch Korrosion, weder Flechten noch Milben hatten auf den Steinen irgendeine Spur hinterlassen. Keine Spinne floh vor unseren Tritten.

Endlich blieb Gail stehen, und ich konnte aufschließen. Da war auch Rhianna. Jedenfalls durfte ich davon ausgehen, denn die beiden Mondmenschen hatten keine Gesichter. In den Visieren spiegelten sich nur die Sonne und meine eigene gesichtslose Existenz.

Das würde ich auf Tamaras Liste der verbesserungswürdigen Arbeitsmittel auch schreiben: die Visiere durchsichtig machen, wenigstens die Anzüge bunt gestalten, damit sie individuell wurden. Ein Namenszug war zu wenig als Unterscheidungsmerkmal, vor allem auf die Entfernung.

Eine der beiden Mondmenschen deutete auf den Boden, und ich hörte in meinem Helm Gail sagen: »Da steht sie wie bestellt und nicht abgeholt.«

Die Schabe schien zufrieden. Sie hatte sich auf den Bauch gesenkt. Ein feiner Kopfrüssel mit winzigem Trichter hatte sich genau senkrecht auf den Regolith gelegt.

»Abdul, was sagt sie?«, fragte ich.

»Moment.« Es vergingen ein paar Momente, dann meldete sich Abdul wieder. »Methan! Da kommt Methan aus dem Boden, wenn auch in äußerst geringer Menge.«

»Sieht das hier nicht aus, als hätte jemand gegraben?«, sagte ich. »Und als hätte er es dann wieder zugeschüttet und die Spuren großflächig verwischt?«

»Hm!«, machte Gail in meinem Kopfhörer. »Findest du?«

»Vielleicht hat Torsten hier gegraben?«, murmelte Rhiannas Stimme in meinem Helm.

»Und wo habt ihr ihn gefunden, Gail?«, fragte ich.

Gails Anzug samt Helm wendete sich um. Schildkrötenlangsam hob sie den Arm. »Da drüben, wo das gelbe Fähnchen steht.«

Das waren vielleicht dreißig Meter von hier, Richtung Bohrturm und einer großen Maschine mit Baggerkranz, wie ich ihn in Fernsehfilmen über den Braunkohletagebau schon gesehen hatte.

»Und was machen wir jetzt?«, fragte Rhianna in meinem Helm. Ihre Mondmenschfigur zuckte dazu mit den Armen.

»Wir besorgen uns Schaufeln und graben«, schlug ich vor.

Gails Lachen schlug Echos in meinem Helm.

»Wir nehmen den kleinen Bagger!« Rhiannas Mondmenscheneinheit wandte sich um. »Er steht hinter Nautilus 4.« Ihr Visier wies auf eine orangefarbene Igluanlage mit Satellitenschüssel, Antennen und eigenen Sonnenlichtfängern. Ich schätzte die Entfernung auf knapp hundert Meter. Aber vermutlich verschätzte ich mich, denn knapp dahinter schwärzte sich bereits das Weltende. Was aber auch daran liegen mochte, dass das Gelände zu einem Kraterrand anstieg.

»Ich geh ihn holen«, sagte Gail in meinem Helm. Aber es war der andere Anzug, der losstapfte.

»Ich gehe!«, hörte ich Rhianna sagen. Dabei zuckte Gails Anzug. Vertrackt.

»Gail?«

Der Mondanzug mit der Aufschrift Taylor drehte sich in meine Richtung. »Ja?«

»Ich dachte nur … Ach, nichts.«

Gail und Rhianna lachten in meinem Helm.

Blöde Gören. Ich versuchte, mich neben Cockroach hinzuknien, und kippte auf die Seite. Allerdings erwies sich die Mondleichtigkeit als Vorteil. Es genügte, wenn ich mich mit einer Hand vom Boden abdrückte, um wieder in die Senkrechte zu kommen.

»Bagger nähert sich von hinten!«, warnte Abduls Stimme in meinem Helm.

Richtig! Wir konnten ihn ja nicht hören.

Ich drehte mich umständlich um. Das Ungetüm rollte stummfilmstill heran, obgleich seine Motorhaube vibrierte. Die Leichtmetallfelgen griffen in den Boden, Geröll und Steine spritzten beiseite, Staub wurde viel zu hoch geschaufelt und fiel seltsam träge zu Boden zurück. Aber man hörte keinen Ton.

»Komm!«, hallte Gails Stimme in meinem Helm, und die Figur neben mir zog mich aus der Fahrtrichtung des Baggers. »Immer in Konfrontationsrichtung nach rechts ausweichen.«

Wozu die Hektik?, fragte ich mich. Wir waren im Zeitlupengebiet. Alle Bewegungen vollzogen sich langsam. Wenn der Bagger zehn Stundenkilometer fuhr, dann raste er. Es würde noch eine gefühlte Ewigkeit dauern, bis er bei uns ankam.

Ich gab der Figur neben mir einen Schubs.

In meinem Helm japste Rhianna. »He! Was soll das?« Der Mondanzug landete auf seinem Sauerstofftornister.

»Dachte ich es mir doch! Du bist das, Rhianna, und es ist Gail, die im Bagger sitzt. Was ist das für ein Scheißspiel.«

Gail lachte in meinem Helm.

Der Anzug Taylor, in dem ich nun Rhianna vermuten musste, rollte sich auf die Seite und wuppte sich mit einer mondleichten Liegestütze auf die Füße. Klebriger Staub färbte den weißen Stoff halbseitig schmutzig grau. Jemand keuchte in meinen Kopfhörern.

Der Bagger rüttelte inzwischen keine zehn Meter von uns entfernt seine kleine dreizahnige Schaufel. Dass man so viel Maschinenkraft nicht hörte, daran würde ich mich nie gewöhnen. Im Führerhäuschen saß ein Raumanzug mit goldenem Visier. Ein Lenkrad gab es nicht, soviel ich erkennen konnte. Für raumgreifende Lenkbewegungen war der Druckanzug zu sperrig. Vermutlich gab es nur einen Steuerknüppel. Deshalb musste man lunares Autofahren üben.

Ich bückte mich vorsichtig, um Cockroach 7 aufzuheben. Bei der Kraft, die man mit den Wurstfingern beim Zugriff aufwenden musste, hatte man das Tierchen entweder gleich zerdrückt oder es entglitt einem wieder. Vielleicht war ich zu vorsichtig, zu langsam. Plötzlich bekam ich von hinten einen Stoß.

»He! Rhianna, lass das!«

Ich konnte mich gerade noch seitlich über die Schabe abrollen. Aber es war nicht Rhianna, die mich geschubst hatte. Der Bagger befand sich praktisch über mir, mit erhobener Schaufel.

Wieso hatte Abdul mich nicht gewarnt? Oder gehörte das auch zu der seltsamen Maskerade? Gehörte es dazu, dass die Baggerschaufel mit gefletschten Zähnen auf mich niedersauste?

Ich trat Cockroach zwei Meter von mir weg und rollte mich beiseite. Die drei Zähne der Schaufel schlugen tief in den Regolith. Graues Zeug hüpfte träge herum, aber wirklich wirbeln wollte der Staub nicht. Es fehlte die Luft, die ihn getragen hätte. In was für einer schrägen Welt war ich da gelandet? Und wo zum Teufel war Rhianna?

»Gail!«, schrie ich. »Hör auf!«

Keine Antwort.

Der Bagger drehte seine Schaufel wieder über mich. Ich warf mich auf Hände und Füße und sprang auf wie ein Frosch und fast auch so weit, gemessen an meiner Körpergröße.

»Abdul!«, schrie ich in meinen Helm.

Die Scheibe beschlug von innen. Der Atem gefror sofort, taute aber auch sofort weg, kaum hatte ich mich in die Sonne gedreht. »Was ist hier los? Wo seid ihr alle?«

Keine Antwort. Weder Gails noch Rhiannas Atem waren noch zu hören. Alles wie tot.

In unabschätzbarer Ferne ragten die prallen grauen Module des Habitats aus dem aufgeschütteten Regolithkegel heraus. Wie eingesandelte Weißwürste sahen sie aus! Die kleinen Bullaugen der Quartierebene blickten blind in die Runde. Obenauf saß wie ein Hut die Cupola mit ihren dunklen Scheiben im orangeroten Rahmen. Zu der Weißwurstberghütte musste ich hin! Aber der Bagger würde schneller sein als ich. Ich drehte mich wieder um. Die mannshohen Reifen malmten sich durch den Staub und zogen ewige Spuren, die Baggerschaufel war zum Stoß gesenkt. Die Lenkerin wollte mich über den Haufen fahren!

»Gail!«, schrie ich in meinen stillen Helm. »Spinnst du? Damit kommst du nicht durch!«

Der Bagger rollte. Ich hörte ihn nicht. Auch er war taub. Links oder rechts? Wohin sollte ich ausweichen? Immer nach rechts, hatte Gail mir in den Helm erklärt, während sie auf dem Bagger saß und ich sie noch neben mir glaubte und Rhianna auf dem Bagger. Womit rechnete sie jetzt? Noch ein halber Meter, dreißig Zentimeter: Jetzt! Ich warf mich nach rechts. Der Bagger schwenkte ebenfalls, aber in die andere Richtung. Hatte Gail also damit gerechnet, dass ich in die falsche Richtung ausweichen würde.

Eins zu null für mich.

Aber in einem hatte ich mich grundsätzlich getäuscht: Lieutenant Taylor war keineswegs Soldat genug, sich männlichen Kampfkonzepten zu unterwerfen und eine Niederlage zu akzeptieren. Ich hätte es besser wissen müssen. In der vergangenen Nacht, die hier draußen keine gewesen war, sondern nur drinnen in unserem Quartier, war sie Vollblutweib gewesen, besitzergreifend, mit Hand und Vulva, ausschließlich und eifersüchtig.

»Hör auf, Gail!«, schrie ich dem heranrollenden Bagger entgegen. »Ich habe nichts mit Zippora. Sie gefällt mir nicht. Zu fett! Hörst du. Zu dicker Arsch! Und sie stellt zu viele therapeutische Fragen! Hörst du? Sie interessiert mich nicht! Hörst du?«

Der Bagger hörte nicht.

»Abdul! Hilfe! Verdammt, wo seid ihr alle?«

Hatten sie es mit Torsten Veith auch so gemacht? Alle miteinander in stummem Hass und schweigender Eintracht? Hatten sie ihn in ewiger Mondstille einem bissigen Roboter überlassen, der mit einer scharfen Kante, die nicht existieren durfte, seinen Anzug aufriss? Was für ein Geheimnis hüteten sie dann alle miteinander?

Ich warf mich erneut nach rechts. Auch diesmal hatte Gail

damit gerechnet, dass ich die andere Seite wählen würde. Die Baggerschaufel fuhr mit Wucht empor, aber zum Glück einen Meter neben mir.

Inzwischen war ich Nautilus 4 ziemlich nahe gekommen. Vielleicht hatte ich eine Chance, die Hütte zu erreichen und über eine orangerote Rohrleitung zu springen, ehe der Bagger gedreht und sich wieder an meine Verfolgung gemacht hatte. Um zu erfahren, ob ich es schaffen würde, musste ich stoppen und mich mit ganzem Leib umdrehen, denn ich würde die Maschine ja nicht hören hinter mir. Und die Schatten fielen auch in die falsche Richtung.

Schaffte ich es oder drehte ich mich um? Was ist richtig, Lisa? Was ist das Richtige?

Ich drehte mich um.

Der Bagger stand still, vielleicht zwanzig Meter von mir entfernt. Er bewegte sich nicht. Er vibrierte auch nicht. Er hatte aufgehört zu leben. Die Schaufel war auf den Boden gesunken.

»Hilfe ist unterwegs«, hörte ich Abdul plötzlich wieder in meinem Helm sagen, leise, warm und besorgt.

»Verdammt!«, schrie ich. »Wo warst du?«

»Ganz ruhig! Bob und Tupac kommen dich holen. Bleib, wo du bist.«

Ich war entschlossen zu wurzeln.

Doch ehe Tupac und Bob sich in die russischen Schnellstarter-Orlans geworfen hatten, würde gut eine halbe Stunde vergangen sein. So lange konnte ich nicht wurzeln, ausgeschlossen.

»Sei vorsichtig!«, mahnte Abdul in meinem Kopfhörer.

»Ich pass schon auf!« Ich umrundete den Bagger, wie man einen Tiger umrundete, der getroffen auf der Seite lag, und näherte mich spiralig und von hinten.

Regungslos saß die weiße Figur mit der Aufschrift McFinn auf Sauerstofftank und Ärmel oben im Cockpit. Sehen konnte sie mich so nicht. Aber sie rührte sich auch nicht. Nicht ein bisschen.

Ich legte eine Hand ans Baggergehäuse. Motortätigkeit war nicht zu spüren. Vorsichtig stellte ich den Fuß auf die Stufe zum Führerhaus. Es hatte zwar eine Seitentür, aber keinen Aufbau, auch keine Windschutzscheibe, denn Fahrtwind gab es ja nicht auf dem Mond. Vorsichtig belastete ich den Fuß auf der Stufe. Gut, dass ich im Vergleich zu der Maschine nichts wog. Sie ruckte nicht, als ich mich hochzog. Dennoch leitete alles, was aus Materie, aus Atomen bestand, die einander berührten, Wellen weiter, Schallwellen, Vibrationen. Gail musste mich bemerken!

Spätestens als ich die Tür öffnete.

»Es ist eine Puppe!«, entfuhr es mir. Ich lachte. Es hörte sich in der Kugel meines Helms schon fast so hysterisch an wie das Gelächter, in das die Dauerbewohner des Habitats immer wieder ausbrachen.

Nur ein Sicherheitsgurt hielt die vom Luftdruck steifgepumpte Figur auf dem Sitz fest. Ich löste den Gurt und riss sie runter. Sie purzelte an mir vorbei, knallte mit Schulterpartie und Helm auf die Stufe und landete im Staub. Einem toten Staub, der nicht hochwirbelte. Es war alles tot hier. Unerträglich tot!

Von meiner erhöhten Position sah ich noch eine Figur im Staub liegen, etwa dreißig Meter entfernt. Immerhin bewegte sie sich. Sie lag an der Stelle, wo inzwischen Cockroach silbrig glitzernd und von feinen Röhren überspannt wieder Platz genommen und, zufrieden mit sich und ihrer Welt, den Schnüffelrüssel auf die Methanquelle im Boden gestülpt hatte.

51

»Die zermalmte Seele, die zerquetschten Gedanken pfiffen erbärmlich in den schon sterbenden Menschen. Die Ganglien des Gehirns verknoteten sich. Die Nerven spulten sich ab wie geplatzte Saiten.« *Frau im Mond*, Thea von Harbou, 1928

Wim Wathelet und Yanqiu empfingen mich im *outing port*. Yanqiu nahm mir die Helme ab. Aber weiter kam sie nicht, denn Tupac und Bob hatten die Figur neben dem Bagger nicht für eine Puppe gehalten und kamen mit ihr auf der Trage durch die Schleuse herein.

Yanqiu ließ die Finger von mir, während die Retter wieder durch die Schleuse verschwanden, beugte sich hinab, schlug das Visier zurück, löste den Verschluss des äußeren Helms und zog ihn ab. Sie ächzte unwillkürlich.

Gails ohnehin kaum existentes Kinn war unter der Glaskuppel des inneren Druckhelms gänzlich in den Hals gesunken, ihre Lippen waren blau, kalkweiß das Gesicht. Routiniert und schnell öffnete Yanqiu den Bajonettverschluss des Druckhelms.

Alkalose, schoss es mir durch den Kopf. Deshalb hatte sie plötzlich abgebrochen. »Ist sie tot?«

»Zyanotisch«, sagte Wim Wathelet. »Verdacht auf Azidose.« Er presste eine Sauerstoffmaske über Gails große Nase und tastete am schweißnassen Hals nach dem Puls. »Eine Kohlendioxidvergiftung.«

Sergei und Krzysztof waren plötzlich auch da. Mit den Handschuhen an den Händen konnte ich nur zuschauen, wie sie Yanqiu halfen, Gail aus dem Druckanzug zu schälen, während Wim sie intubierte.

Tupac und Bob kamen erneut herein, diesmal mit Rhianna auf der Trage. Sie stöhnte immerhin laut, als man versuchte, ihr den Anzug auszuziehen.

»Vermutlich Rippenbruch«, sagte Wim. »Wir müssen sie rausschneiden.«

Mehrere Millionen wurden zerschnitten. Im nächsten Moment waren Gail und Rhianna hinausgetragen und Wim verschwunden. Es erwies sich als gut durchdacht, dass das HHR ebenerdig oder ebenlunar lag.

Tupac, Bob und ich blieben in unseren Raumanzügen zurück. Yanqiu half zunächst Tupac aus seinem leichteren Orlan. Den brauchte man nur hinten aufzumachen. Kaum befreit, rannte der Indianer hinaus, um Wim zu assistieren. Bob kam auch alleine erstaunlich gut mit seinem Anzug klar, aber mir musste Yanqiu helfen.

War das ein Gezerre und Gequetsche. Ich war schweißgebadet.

»Du bist okay?« Federleicht strich Yanqiu mir über die Backe. »Dir ist nichts passiert?«

Nein, ich nieste nur. Ich nieste mir die Nebenhöhlen aus dem Kopf. Der Geruch nach abgebranntem Schießpulver war mir plötzlich zuwider. Mondstaub knirschte in allen Verschlüssen des Druckanzugs und zwischen meinen Zähnen. »Wieso bestehen wir nur darauf, hier zu leben?«

»Der Mars ist noch viel lebensfeindlicher«, erwiderte Yanqiu. »Sauer und kohlendioxidhaltig. Und es gibt Staubstürme und Windhosen.«

Sie nahm die staubbedeckten Mondhüllen vom Boden auf und hängte sie über Bügel, die an einer Schiene hingen. Wie abgeschlagene Hände lagen die Handschuhe herum. Auch die sammelte Yanqiu ein.

»Und was passiert jetzt damit?«

»Das alles kommt in die Magnetwaschmaschine.« Sie hängte die zerschnittenen Teile von Gails Anzug dazu, den Rhianna getragen hatte.

»Sollte man nicht erst den Anzug, den Gail getragen hat, untersuchen?«, fragte ich.

Yanqiu verschloss die aufgehängten Anzüge hinter einer Tür mit rundem Glasfenster. »Sie hängen besser da drin, staubig wie sie sind«, sagte sie. »Aber ich stelle die Waschmaschine jetzt noch nicht an. Okay?«

Wunderbar war die Dusche nach dem Mondgang. Mit Hochdruck nadelten Mikrotropfen auf meine Haut. So viel stand fest: Ohne Dusche konnte ich auf Dauer nicht leben. Zum Mars würde ich niemals fliegen.

Danach dürste es mich nach Kaffee. »Ein Schnäpschen tät ich jetzt auch nicht verachten!«

Bob schlug mir mit seiner Pranke auf die Schulter. »Gute Idee, Greenhorn! Na, was ist, Yanqiu? Wenn das kein Geburtstag ist! Was gibt deine Kombüse noch so her?«

In der Cupola erwartete uns Morten Jörgensson mit einem Häuflein Neugieriger, bestehend aus Fred, Gonzo, Giovanni, Franco, Eclipse, Mohamed, Sergei, Krzysztof und Van Sung, die zum Teil meinen Kampf mit dem Bagger und die Bergung der Verletzten an den Panoramafenstern verfolgt hatten.

»Was war los? Was ist passiert? Was ist mit Gail?«, fragten Franco, Eclipse und Fred.

»Ist sie tot?«, fragte Gonzo.

»Auch eine Alkalose?«, erkundigte sich Morten.

»Nein, das Gegenteil«, konnte ich mit Bestimmtheit antworten. »Kohlendioxidvergiftung.«

»Sagt Wim!«, bemerkte Morten mit meuterischem Unterton.

»Er hat reinen Sauerstoff gegeben.« Ich musste niesen. »Hat jemand ein Taschentuch?«

Die Herren blickten sich an. Van Sung hatte nur ein gebrauchtes Zellulosetuch. Aber Krzysztof zog geistesgegenwärtig ein Serviettenpapierchen aus dem Rehydrator. Ich schnäuzte ausgiebig.

Ungerührt strahlte die Mondwüste zu uns herauf. Daumengroß leuchtete der halbe Erdball über dem Horizont, umwickelt von weißen Wolkenbändern. Ich meinte, Südamerika erkennen zu können. Sehnsucht ziepte in mir. Das Gefühl wurde man wohl nie los. Es war absolut klar, dass man unweigerlich verrückt werden musste, wenn man die blaue Marmorkugel kleiner und kleiner und dann entschwinden sah, beispielsweise auf dem Flug zum Mars, verloren und verschoben ins kalte All.

Yanqiu kam mit Wodka in Aludosen und Whiskey in Plastiktüten herauf und löste allgemeines Hallo aus. Wer noch keinen Kaffee hatte, holte sich einen. Bob verzichtete auf das Heißgetränk und genehmigte sich den Whiskey pur. Wir anderen peppten den Kaffee auf.

»So, und jetzt erzähl mal«, sagte Morten, sich die Halbmondbacke knetend. »Du bist also ein deutscher Spion.«

»Unsinn! Was sollte ich ausspionieren? Das könnte Gonzo viel besser als ich. Ich bin nur hierher entführt worden.«

»Von wem denn?«, spöttelte Gonzo.

»Von den Seleniten, nehme ich an.«

Morten lachte. Gonzo lachte noch lauter.

»Warum hat Gail dich angegriffen?«, fragte sich Bob mit alkoholrotem und babyglattem Gesicht.

Wir sinnierten.

»Wie kommt das Kohlendioxid in ihren Anzug?«, fragte ich.

»Der Atemkalk könnte vom Kohlendioxid gesättigt gewesen sein«, sagte Fred, der hager und knochig neben dem Schrank Bob saß. »Eine alte Patrone …«

»Auf keinen Fall!«, fuhr Yanqiu auf. »Es war eine frische Filterpatrone. Ich habe sie kürzlich erst gegen die alte ausgetauscht. Und selbst die hätte noch für gut vier Stunden gereicht.«

»Die von Gail oder die von Rhianna?«, fragte ich.

Yanqiu blickte mich mit großen Augen an.

»Niemand macht dir einen Vorwurf«, sagte Morten väterlich.

»Wie auch immer«, überlegte Fred schnell. »Gail muss von der Vergiftung zunächst nichts bemerkt haben. Ein bisschen Kopfschmerzen vielleicht, aber wir haben hier alle ständig Kopfschmerzen. Und dann ist sie vermutlich sehr schnell ohnmächtig geworden.«

»Im letzten Moment«, bemerkte ich. »Was für ein Zufall!«

Das Brummen und Rauschen des Habitats füllte die nachdenkliche Stille. Der Alkohol sickerte mir glühend in die Glieder.

»Man kann den Bagger auch fernsteuern«, grummelte Bob.

»Und von wo aus?«, fragte Gonzo. Er hatte sich bereits den aufmüpfigen Ton angewöhnt, den auch Morten an den Tag legte. »Abdul saß doch im Tower an den Steuereinheiten.«

Man blickte sich an.

Abdul?

»Nee! Das glaube ich nicht!«, sagte Bob. Und wenn er das sagte, dann galt es.

»Theoretisch kann man die Fahrzeuge von jeder Datenstation aus steuern, vorausgesetzt, man hat die Zugangscodes«, bemerkte Krzysztof. »Und vorausgesetzt, man kommt mit den Tastaturbefehlen zurecht, denn den Joystick gibt's nur im Tower.«

Der Pole wusste, wovon er sprach. Als Geophysiker suchte er im Mondstaub nach Antimaterie aus fernen Galaxien und war vermutlich mehr als einmal auf andere Steuerkonsolen für seine Sammelroboterfahrten ausgewichen.

»Wie geht es eigentlich Rhianna?«, fragte ich.

»Sie hat, wie es aussieht, ein paar Rippenbrüche«, antwortete Sergei und leckte sich den alkoholisierten Kaffeeschaum von seinem besenhaft buschigen Schnauzer, bevor er mit der Hand nachwischte. »Habe ich Wim sagen hören.«

»Wessen Idee war es denn, den Bagger zu holen?«, fragte Morten.

»Rhiannas … nein, Gails?« Wessen eigentlich? »Ich weiß es nicht so genau. Sie hatten die Rollen getauscht. Gail steckte in Rhiannas Anzug und Rhianna in Gails oder so ähnlich. Ich meine, sie hatten die Identitäten getauscht, irgendwie.«

»Ah, die Mondtaufe!« Morten lachte leise.

»Und was ist dabei so brüllend komisch?«, fragte ich.

»Der Witz ist der, dass das Greenhorn bei der Rückkehr unter jedem Helm eine andere Person vorfindet, als er dachte, und ziemlich bedröppelt dreinblickt.«

»Ah ja.«

»Aber pst, Lady Cyborg! Die Großen Vier haben Mondtaufen untersagt. Oder wie das offiziell heißt: Wir haben uns darauf geeinigt, dass wir sie nicht mehr durchführen, vor allem nicht bei Journalisten und Gästen. Bear Moore – der amerikanische Software-Milliardär, du weißt? – soll nämlich auf Wertminderung seiner Mondreise und Schmerzensgeld geklagt haben, weil er sich verarscht gefühlt hat.«

Wir schluckten heißen Kaffee mit Schuss. Mein Verstand begann zu wabern. »Warum ist eigentlich der Funkverkehr zusammengebrochen?«

»Weil ihn jemand gestört hat«, antwortete Krzysztof prompt. »Das habe ich zufällig mitgekriegt. Abdul konnte nicht mehr mit euch reden. David hat ganz schön geschwitzt!«

»Tut er das nicht immer?«, murmelte Fred.

Der Pole lachte. »Jedenfalls, am Ende war irgendwo ein Kontakt durchgeschmort. Zum Glück gute alte russische Technik. Sergei konnte es mit einem Stück Draht überbrücken. Aber Tupac und Bob, die hat man erst einmal zu Fuß ausrufen müssen. Tamara ist gerannt.«

»Und uns?«, erkundigte ich mich mit zunehmendem Herzklopfen. »Hat man uns noch gehört … mich?«

Morten nickte mit schadenfrohem Amüsement im Blinzelblick.

Ogottogott, dann hatte Zippora meine Ekeltiraden am Ende noch mitgehört!

»Wo waren die Großen Vier zu der Zeit?«

»Bei David im CC«, antwortete Morten. »Nehme ich an. Im Tower waren sie jedenfalls nicht. Ich habe sie nicht im *payload deck* gesehen. Da war ich so lange, bis die Intercom ausfiel und die Hektik losging. Dann bin ich hier heraufgelaufen.«

»Ich auch«, sagte Fred. Die anderen schlossen sich an.

»Wir müssen herausbekommen, wo alle waren«, sagte ich.

»Warum?«, fragte Gonzo herausfordernd.

»Weil«, antwortete Morten noch herausfordernder, »die Möglichkeit besteht, dass jemand die Fernsteuerung des Baggers übernommen hat.«

»Das sind ja ganz neue Töne!«, rief Gonzo. »Du verdächtigst einen von uns einer ungeheuerlichen Tat!«

»Und es könnte sogar sein«, lächelte Morten, »dass jemand eine alte Atemkalkpatrone in Gails EMU gesteckt hat, um ...«

»Rhiannas!«, unterbrach ich.

»Oder Rhiannas ...«

»Oder den«, unterbrach ich ihn noch einmal, »den Gail tragen würde, falls man davon ausgehen konnte, dass sie mir auf jeden Fall eine Mondtaufe angedeihen lassen würden.«

»Ich schlage vor«, sagte Morten, »wir schauen uns die Patronen in den Raumanzügen mal an.«

»So? Führst du jetzt die Untersuchung?«, rätzte Gonzo.

»Was dagegen?«

Prügellaune knisterte über die Tische mit den alkoholisierten Kaffeebechern.

»Sollte nicht Michelle«, hauchte Yanqiu in die Stille des schwer atmenden Habitats, »die Untersuchung führen? Ich meine, sie ... sie ist bestimmt nicht verdächtig.«

Das gefiel weder Gonzo noch Morten, war es ihnen doch gerade erst gelungen, Zippora die Ermittlungshoheit streitig zu machen. Und schwupp, schon stand das nächste Weib bereit.

»Viel zu gefährlich!«, sprang ihnen der afrikanische Elefantenjäger Eclipse bei. »Einen Anschlag auf sie hat es schon gegeben!«

»Zweie mindestens«, widersprach ich. »Ich habe Übung in so was, weißt du. Man nennt sie Mondtaufe.«

Van Sung zwickte sich ein bisschen Schuldbewusstsein ins Lächeln.

»Ich halte es für problematisch«, sagte Gonzo, »wenn wir anfangen, uns gegenseitig zu verdächtigen und zu überprüfen. Das ist Aufgabe der Kommandoebene.«

Morten lachte: »Mit so was hat auch nur ein Deutscher Probleme! Begreift ihr nicht? Es geht um unser Leben. Schon vergessen, dass wir alle infiziert sind? Glaubt ihr wirklich, unsere sogenannte Kommandoebene hat irgendeine Peilung?«

Ein Hauch von Meuterei vernetzte sich am Tisch über den Getränken.

»Stimmen wir ab«, rief Gonzo.

»Ach, ich vergaß«, höhnte der Däne, »ihr Deutschen habt ja die Demokratie erfunden.«

»Und ihr Dänen nicht den Widerstand!«, gab Gonzo zurück. »Was du planst, ist Meuterei.«

»Und, was wirst du tun?«, feixte Morten. »Gestapo spielen?«

»Sag das noch mal!«, schrie Gonzo.

»He! Shut up!«, dröhnte Bob mit Schrankhall. »Wir sitzen doch alle im selben Boot.«

Der Satz ging den Anwesenden direkt ins Gemüt.

»Also«, stieß Sergei unter seinem Schnauzbartbesen hervor, »was sollen wir tun, Michelle?«

»Wir schauen uns den Raumanzug an, den Gail getragen hat. Und wenn jemand eine Idee hat, wie man an die RFID-Protokolle der letzten beiden Stunden rankommt …«

Fred hüstelte und plinkerte mit dem linken Augendeckel. »Null Chance!«

»Die Protokolle der letzten beiden Stunden müssen auch keine Lücke aufweisen«, gab Van Sung zu bedenken. »Wenn man seine Uhr solange einem anderen anlegt.«

»Da schau her!«, stichelte ich. »Also weißt du doch, wo Big Brother seinen blinden Fleck hat. Und gestern tust du noch so streng.«

Van Sung blinzelte hinter seiner Brille.

Ich stand auf. Der Alkohol schwappte mir durch die Adern. »Und jetzt schau ich mir Gails EMU an. Wer kommt mit?«

Yanqiu erhob sich, gefolgt von den anderen.

Im Konvoi zogen wir die singenden Treppen hinunter. Fred und Van Sung zweigten dabei verschwiegen im *payload*-Bereich ab. Wir anderen fädelten uns durch die Sicherheitsschleusen und stopften uns im *outing port* ins EMU-Lager.

Ich fing unverzüglich an zu niesen.

»Verdammt!«, rief Bob. »Wer hat die Waschmaschine angestellt?«

Leblos und schlaff hingen die lunaren Hüllen der Astronauten hinter der gläsernen Scheibe der Tür, die sich vermutlich vor Ende des Reinigungsprozesses nicht würde öffnen lassen. Ein Brummen vibrierte im Raum.

»Von uns kann es schon mal keiner gewesen sein«, bemerkte Morten.

Blieben nur noch die Großen Vier und David. Ach ja, und Abdul, den ich noch gar nicht wieder gesehen hatte. Theoretisch hätte auch Tupac aus dem HHR noch mal hinüber in den *outing port* huschen können.

»Macht nichts«, sagte Yanqiu. »Die alte Patrone muss hier stehen. Bei den anderen.« Sie öffnete ein Schränkchen voller Patronen aus durchsichtigem Plastik. Die meisten enthielten weißes Granulat. Bei fünf Patronen hatte sich der Inhalt zur Hälfte oder etwas über die Hälfte violett verfärbt. »Oh!« Yanqiu stutzte. »Es müssten sechs sein!«

»Was macht ihr da?«, tönte da Oberst Pilinenkos Stimme aus einem unsichtbaren Lautsprecher der Gegensprechanlage.

Morten hob den Kopf in Richtung Tür. »Wir gucken uns die Atemkalkpatronen an. Gails Patrone könnte …«

»Oberst Eschkol leitet die Untersuchung.«

»Das ist jetzt die dritte, die sie leitet«, entfuhr es mir. »Wird es ihr nicht langsam ein bisschen viel?«

Morten lachte.

»Begebt euch unverzüglich in die Cupola!«, dröhnte Artjoms Stimme aus der Ecke. »Wir werden in fünf Minuten einen Zwischenbericht vorlegen. Das ist ein Befehl.«

Yanqiu schrumpelte, sogar Bob duckte sich.

»Auf welchen Paragrafen des *Agreement of Conduct* berufst du dich, Oberst?«, fragte Morten in die Luft. »Ich bin Wissenschaftler.«

»Der Kommandierende Offizier kann die organisatorische Selbstbestimmung der nicht militärischen Besatzung bei Gefahr für Leib oder Leben oder für das Gelingen der Mission suspendieren.«

»Wir stellen keine Gefahr dar.«

»Das entzieht sich eurer Beurteilung!«, antwortete die Stimme. »Bitte verlasst umgehend den *outing port* und begebt euch in die Cupola. Noch mal: Das ist ein Befehl.«

Morten blickte in die Runde. »Bob, Yanqiu, raus mit euch. Und wer noch gehen will …«

Gonzo wog ab. Wer würde am Ende gewinnen, die Macht oder die Meuterer? Er ging. Sonst ging keiner. Pilinenkos Stimme tauchte nicht wieder auf.

»Und nun, Lady Cyborg, was nun?« Morten spielte den Erwartungsvollen.

»Du kannst mich mal!«

»Warum so empfindlich, Lady? Wissen wir nicht weiter?«

»Weiterwissen gehört nicht zu meinen Fähigkeiten.«

»Nun, offenbar hat Yanqiu sich mit den alten und neuen Patronen vertan«, stellte Morten detektivschlau fest. »Oder nicht?«

»Gut, dass sie uns nicht hören kann!«, sagte Krzysztof. »Yanqiu nimmt Fehler immer gleich so tragisch.«

»Ach was!« Morten machte eine große Geste. »Wegen so was kommt sie doch nicht ins Umerziehungslager, weil sie das Ansehen der Volksrepublik beschädigt hat.«

»Kann man die Waschmaschine nicht stoppen?«, fragte ich.

Die Herren Morten, Krzysztof und Sergei blickten sich ratsuchend an. »Wahrscheinlich gibt es eine Fehlfunktionsmeldung, und David flucht, weil er die Systeme im *outing port* reloaden muss.«

Es stellte sich heraus, dass keiner der drei sich mit den Anlagen hier wirklich auskannte.

»Tja«, sinnierte Sergei, der kasachische Astronom mit dem melancholischen Tagebuch im Spind, »das ist der Nachteil bei großen Stationen. Sobald man die Aufgaben verteilt, züchtet man Spezialisten, und schon sind die anderen aufgeschmissen, wenn es ins Detail geht.«

Krzysztof nickte bedächtig.

Was für eine eigenartige emotionale Trägheit den ungeheuerlichen Vorgängen gegenüber lagerte nur auf dieser Crew! Auch jetzt.

52

> »Da wir nun einmal gewiss seelenlose Gebilde einer toten Evolution als Gegner haben, können wir das Problem nicht nach Kategorien von Rache und Vergeltung lösen.«
> *Der Unbesiegbare*, Stanislaw Lem, 1964

Wahrscheinlich beherrschte uns eine unbekannte Macht. Womöglich produzierten vielfach vernetzte Rechnersysteme und ihre operativen Untersysteme eine eigene Ordnung, die Zeus an- und abstellte, Testläufe für Alarme erzeugte, eine Nachrichtensperre verhängte, den Downlink zu den Kontrollstationen kappte, einen Bagger in Marsch setzte und Ameisen generierte. Ja, ja, ich weiß: Der intelligente Computer mit Bewusstsein und philosophischem Weltschmerz ist ein Topos aus der Science-Fiction-Welt. Selbstverständlich glaubte ich nicht daran, dass Strahlen – kosmische und elektromagnetische, denen die Astronauten seit Monaten ununterbrochen ausgesetzt waren – das Gehirn manipulierten und irrationale Handlungen erzeugten.

»Es muss für all das eine ganz banale Erklärung geben«, stöhnte ich.

Van Sung lächelte.

Es war deutlich nach Mitternacht. Wir befanden ins im Biolab. Im Guckfenster leuchtete die Biosphäre paradiesgrün unter ihrer Kuppel aus UV-Schutzglas. Tupac hockte am Mikroskop und schob einen Träger nach dem anderen unter die Linse.

Ich schloss die Augen. Nur mal kurz.

Es summte in meinem Kopf. Was tut man gegen einen übermächtigen Herrscher? Man organisiert sich. Das hatte Tupac sofort eingeleuchtet. Sein Volk hatte die Gaskonzerne aus dem Land gejagt, zumindest für kurze Zeit. Der Pole hatte es auch schnell kapiert. Er dachte an Solidarność, auch wenn er damals noch ein Kind gewesen war. Der Kasache konnte sich dagegen den Aufstand der Massen nur als Staatskommunismus vorstellen. Wir Deutschen waren leichter zu infizieren vom Widerstandsgedanken, und sei es nur aus moralischen Gründen. So hatten wir Gonzo dann doch noch gewonnen.

Als wir aus dem *outing port* kamen, hatte uns Pilinenko im spinalen Treppenhaus erwartet und grimmig, wenn auch ohnmächtig in die Cupola beordert, wo die anderen saßen und Zippora uns mit mütterlicher Eindringlichkeit die psychologischen Mechanismen des Inselsyndroms vor Augen führte: unklare Bedrohung, Suche nach dem Sündenbock, Unterwerfung unter einen Anführer, Ausgrenzung vermeintlicher Feinde, Mord und Totschlag, Vernichtung der Lebensgrundlage.

»Und was für Konzepte habt ihr dagegen entwickelt?«, hatte sich Morten daraufhin zu Wort gemeldet.

Er war zwar ein eitler Kotzbrocken, aber ein brillanter Redner. Gemächlich hatte er dargelegt, dass sich die Artemis in einer ernsthaften Krise befand. Die Computerhavarien der vergangenen Monate hätten alle gefährlich abgestumpft. Es scheine längst normal, dass es immer wieder Pannen gebe. Den Tod von Torsten Veith habe man gerade so weit aufgeklärt, dass die drängendsten Fragen verstummt seien. Aber der jüngste Gewaltausbruch und der vorangegangene Todesfall würfen grundsätzliche Fragen auf. »Sind die Stammbesatzung und die Kommandoebene überhaupt imstande, unsere Sicherheit zu garantieren?«, fragte er. »Zumal einer von ihnen in Verdacht steht, die Astronauten als Geiseln für politische Forderungen genommen zu haben, so hanebüchen das auch klingen mag. Aber Dr. Wim Wathelet hat den Verdacht bislang leider nicht entkräften können. Er hat es noch nicht einmal versucht. Auf der Erde mag das Rechtsprinzip gelten, dass einer so lange unschuldig ist, bis er von einem ordentlichen Gericht verurteilt wurde. Aber hier oben muss gelten: Solange Wim uns den Beweis seiner Unschuld schuldig bleibt, gilt er als Gefahr.«

»Zum Teufel!«, antwortete Wim. »Ich hatte weiß Gott anderes zu tun! Auch jetzt sollte ich eigentlich bei Gail unten sein. Sie liegt immer noch im Koma! Und Rhianna steht unter Schock. Meine Verteidigung muss, fürchte ich, ein anderer übernehmen.«

Wims Gesicht war grau, seine Augen waren gerötet. Fast hätte er mir leidgetan.

»Deshalb schlage ich vor«, sagte Morten, »dass wir Wim Wathelet suspendieren und Tupac Vaizaga die Aufgaben des Stabsarztes übertragen.«

»Macht, was ihr wollt«, erwiderte Wim. »Und teilt es mir dann mit. Ich muss hinunter.« Und damit war er im Niedergang verschwunden.

»Wer ist meiner Meinung?«, fragte Morten. »Der stimme …«

»Nein, wir stimmen nicht ab!«, donnerte Leslie Butcher. »Wim Wathelet genießt unser volles Vertrauen.«

»Aber unseres nicht!«, rief Gonzo.

»Wenn die Experten versagen«, erklärte ich fröhlich, »heißt die Lösung Schwarmintelligenz!«

»Hier geht es nicht um Fische«, antwortete Zippora ungehalten, »die sich vor Haien in Sicherheit bringen, indem sie sich zusammenballen. Es geht auch nicht um Massenströme nach Popkonzerten oder darum, dass wir das Gewicht des Mondes schätzen. Zudem sind zwanzig Menschen kein Schwarm.«

Aber es geht um Ameisen, dachte ich, weil ich immer alles Unmögliche zusammenwarf.

Ich war müde, müder als tot. Meine Gedanken rutschten mir weg in den Zeitraffer von Traumsequenzen. Der rote Hintern. Richards Mondsehnsucht. Die Doppelbrille von Cecilie Rees, ihr Nostradamus-Geflüster und chinesische Legenden. Der Bronzeschuh im Ratsloch. »In Wangen bleibt man hangen.« Wieso eigentlich? Weil eine Wette zwischen dem Niederwangener Gunter Maucher und dem Wangener Torsten Veith in der sechsten Klasse des Rupert-Neß-Gymnasiums Auswirkungen auf den Mond hatte. »Ich werde Astronaut und heirate die Frau im Mond.« Yanqiu, die Mondgöttin Chang'e, zur ewigen Einsamkeit auf dem Mond verdammt, zusammen mit dem Hasen, den die Chinesen in den Mondflecken sahen, und dem verdammten alten Kuppler. Wir als Versuchskaninchen.

Ich schreckte aus meiner Halbtrance und konnte gerade noch die Erinnerung an mich reißen, dass mich Cecilies Legendengemurmel damals in der Bibliothek von Schloss Ratzenried ebenfalls an den Rand des Sekundenschlafs gebracht hatte.

Die göttliche Yanqiu saß zwischen Tamara und mir am Tisch und hatte ihre dunklen Augen unverwandt auf Butcher gerichtet, dessen Tic unter dem linken Auge Ruhe hielt, jetzt wo seine Lage brenzlig geworden war, weil die Zivilisten seine Autorität infrage stellten. Seine Befehlsgewalt sowieso.

»Lady Cyborg, oder wie sie heißt, hat recht!«, schrie Morten. »Stanislaw Lem hat uns die Geschichte doch schon erzählt, nicht wahr, Krzysztof? Ein Kriegsraumschiff, genannt der Unbesiegbare, landet auf einem Planeten, auf dem ein Schwesternschiff verschollen ist. Die Crew scheint kampflos gestorben zu sein. Aber woran? Dann zeigt sich: Der Planet wird von Myriaden fliegender Roboter-Ameisen bevölkert. Bei Bedrohung schließen sie sich zu einer Wolke zusammen und legen mithilfe starker Magnetkräfte Computer und Gehirne lahm. Ein Feind, den ein großes Kriegsschiff nicht besiegen kann.«

Ich sah Van Sung lächeln. Er hatte die Ameisen die Unbesiegbaren genannt. Beide, Torsten Veith und Rakesh Chaturvedi, hatten Insektenstiche aufgewiesen. Genauso wie Van Sung. Nur dass er noch lebte …

Ich riss die Augen auf. Ich befand mich wieder im Biolab.

Mit leisem Klirren wechselte Tupac die Objektträger unter dem Objektiv des Mikroskops.

»Und?«, erkundigte ich mich.

Er blickte zu Van Sung und mir herüber. »Na, ausgeschlafen?«

»Nein. Und? Sag schon, Tupac!«

Ein kleines Lächeln spielte auf seinen Lippen. »Nichts.«

»Du hattest recht«, sagte Van Sung.

Das weckte mich nachhaltig. »Wirklich?«

Aber ich musste doch erst rekonstruieren. Richtig! Wir hatten nach der Konferenz in der Cupola noch etwas ausgemacht. Und zwar ohne uns darauf verständigt zu haben. Wir hatten die Vagheit der Sprache benutzt und nichts ausgesprochen, was von denen, die womöglich mithörten, hätte unmittelbar verstanden werden können. Auch unsere Ermittlungen hatten sich wie von selbst organisiert, nachdem Butcher die Konferenz aufgehoben und das Feld geräumt hatte, vielleicht sogar wissend und billigend, was wir tun würden.

Zippora und Artjom waren geblieben und hatten, in Ermangelung anderer williger Gesprächspartner, mit denen geredet, mit denen sie auch sonst am meisten zu tun hatten, mit Tamara und David. Sergei hatte sich zu Gonzo gestellt, und Krzysztof hatte eine Weile zwischen allen Tischen herumgestanden und sich dann zu Bob und Fred gesetzt.

»Vielleicht unsere letzte Nacht«, hatte Eclipse gerufen und Whiskey nachgeschüttet. »Prost, Mohamed!« Der Saudi-Araber hatte ordentlich mitgebechert. Während Morten und Gonzo in seltener Einigkeit zusammen mit Krzysztof und Fred auf Bob einredeten, damit er begriff, dass Ungehorsam unter Umständen eine Heldentat sein konnte, auch wenn der Befehlshaber ein Amerikaner war und kein Kommunist, hatte ich unter der Decke des Stimmengemurmels Tupac gefragt, ob er unser Blut auf Cyanobakterien testen könne, und zwar so, dass es Wim nicht mitbekam. Wie auch immer Tupac es organisiert hatte, ohne dass Big Brother aus den Bewegungen der Transponder-Uhren Verdacht schöpfte, im Ergebnis hatte er von fast allen Blutproben auf Objektträger gestrichen. Und offenbar hatte er keine Cyanobakterien gesichtet.

»Irrtum ausgeschlossen?«, vergewisserte ich mich.

Tupac schüttelte den Kopf. »Irren kann man sich immer. Aber die Dinger sind eigentlich nicht zu übersehen.«

»Und Freds Alkalose?«

»Er hat vermutlich nur hyperventiliert. Kann vorkommen.«

Ein schlichter Panikanfall also. Peinlich für einen Astronauten. Aber dazu brauchte er keine Kohlendioxid fressenden Bakterien.

»Und Torsten Veith?«

Tupac spülte die Objektträger im Handwaschbecken ab. »Die Dekompression dürfte seinem Blut sämtliche Gase entzogen haben, auch das Kohlendioxid.«

Da hatte der pensionierte Gerichtsmediziner aus Balingen wohl etwas missverstanden.

»Und die Ameisen?«, fragte ich weiter.

»Welche Ameisen meinst du?«, fragte Van Sung zurück.

»Die, die ich bei meiner Ankunft im japanischen Quartier gesehen habe. Und unten in der Waffenkammer, und im *food stock*. Unsere Cyber-Ameisen.«

»Solche?« Van Sung stand auf, ging an eines der Terrarien, hob den Deckel ab, steckte die Hand hinein und hob sie wieder raus. »So eine?« Ein kleines bläuliches Biest krabbelte seinen behaarten Arm hoch. Er fing es wieder ein.

»Ja, solche.«

»Das ist eine Azteca, you know. Sie lebt im Regenwald auf dem Ameisenbaum der Gattung Cecropia. Sie schützt den Baum vor Blattschneiderameisen und anderen Fressfeinden. Dafür bekommt sie vom Baum in Knollen eiweißhaltiges Futter. Nur die Faultiere schaffen es, die Ameise zu überlisten, weil sie sich so langsam bewegen, dass die Azteca sie nicht wahrnehmen und nicht angreifen, you know. Hast du schon mal das Fell eines Faultiers gesehen? Es ist grün von Algen, und zwar von Blaualgen.«

»Cyanobakterien!«

Van Sung nickte lächelnd. »Eine Schmetterlingsart lebt von den Algen im Fell des Faultiers auf dem Ameisenbaum. Und diese Azteca-Art hat die Futterquelle ebenfalls entdeckt. Deshalb erscheint sie bläulich. Tupac hat sie im brasilianischen Regenwald nahe der Grenze zu Bolivien gefunden.«

Tupacs Zähnchen blitzten, diesmal ohne vor Gift zu tropfen.

»Und was machen sie auf dem Mond?«

»Sie sind Teil unseres unausgewogenen biologischen Gleichgewichts in der Biosphäre«, erklärte Van Sung. »Tupac hat sie mitgebracht, weil sie Blaualgen fressen und in sauerstoffarmer und kohlendioxidhaltiger Atmosphäre überleben können.«

»Aber nicht im Vakuum!«

»Immerhin ein paar Minuten, you know? Ups, jetzt ist sie weg.« Der Brillenwaran lachte. »Ich gebe zu, einige sind uns entlaufen. Aber sie tun nichts. Sie haben keine Giftdrüsen. Solche musst du gesehen haben.« Er lachte leise.

»Und der Unsinn, den du mir über die Rote Feuerameise erzählt hast, die Unbesiegbare?«

»Es gab sie. Aber sie ist wohl eingegangen, you know. Wir

haben schon lange keine von den Ameisen mehr gefunden, die der Japaner mitgebracht hat. Und wenn sie nicht draußen überlebt haben …«

Tupac lachte. »Torsten hat das tatsächlich geglaubt!«

Und ich auch!

Van Sung gluckste. »Du bist hier gestern dermaßen großspurig eingelaufen, dass wir dir … wie sagt man? … auf den Zahn fühlen wollten.«

»Es laufen also wirklich Ameisen im Habitat herum? Nur giftig sind sie nicht.«

Van Sung wischte sich die Augen und putzte sich die Brille. »Nun ja, ich fürchte, wir … wir haben da etwas nachgeholfen. Torsten hat sich immer so fürchterlich über uns aufgeregt … die Freaks vom Biolab. Wir würden ständig kiffen, hat er herumerzählt, you know. Daraufhin haben wir behauptet, die Ameisen des Japaners, die mit den Cyanobakterien im Körper, hätten sich irgendwie durch die Habitatdichtungen geknabbert. Wir konnten ja nicht ahnen, dass er das so ernst nimmt und … nun, dass er alleine rausgeht, um sie zu finden.«

»Er war eben ein sehr ungeduldiger Mann«, sagte Tupac. »Hat niemandem was zugetraut, musste immer alles selber machen.«

Es piepste. Van Sung drehte sich zur Computerkonsole um. Auf dem Bildschirm kündigte sich eine Nachricht an. »Von Fred!«, sagte Van Sung. »Er lädt uns zum Tee ein.«

Es war UTC 2 Uhr nachts.

Tupac schob die Objektträger zusammen.

»Aber mir will nicht in den Kopf«, bemerkte ich, »dass der Zufall euch beide, dich und Torsten, hier oben zusammengeführt hat.«

Tupac schluckte. »Nichts auf der Welt ist Zufall. An irgendeiner Stelle hat man immer die Weichen gestellt.« Er seufzte. »Ich … ich habe Huána geopfert.«

»Was?«

»Seit ich denken kann, wollte ich zum Mond. Mein Vater ist ein kluger Mann, er hat mich in gute Schulen gesteckt. Ich habe alles, was ich kriegen konnte, über die Raumfahrt gelesen.«

»Er ist ein wandelndes Lexikon«, warf Van Sung ein.

»So habe ich auch meinen Schicksalszwilling gefunden. Torsten und ich sind gleich alt, auf den Tag genau. Er hatte in Köln seine Ausbildung begonnen, hatte ich gelesen. Ich bin nach Französisch-Guayana gegangen. Ich habe im Raumfahrtbahnhof gearbeitet, in der Putzkolonne, ich habe studiert, ich habe mich fürs Raumfahrtprogramm beworben, immer wieder. Ich habe meinem Präsidenten geschrieben.«

Tupac stand auf, als könnte er davonlaufen. Aber auf dem Mond entkam keiner. Wir drängelten uns stattdessen in die Luftschleuse.

»Und weiter?«, fragte ich.

»Eines Tages habe ich in einer französischen Zeitung gelesen, dass mein deutscher Schicksalszwilling im Salar Unterdrucktests für ausländische Gasfirmen macht. Ich bin nach Bolivien gereist, um ihn zu treffen. Ich habe ihn getroffen. Er hatte wie ich von Kindheit an den Traum, zum Mond zu fliegen. Er war ein … ein unglücklicher Mann wie ich. Er hatte seine Frau dabei, auch sie war unglücklich, denn sie konnte keine Kinder bekommen. Da habe ich beschlossen, ein Opfer zu bringen.«

»Du hast deiner Schwester …?«

Zischend öffnete sich die Schleuse zum Gang, der zum Habitat führte. Ich hatte mich inzwischen daran gewöhnt, die sieben Schritte als lang zu empfinden.

»Das verstehst du nicht«, sagte Tupac. »Ich verstehe es auch nicht mehr. Ja, ich habe Huána meiner Schwester weggenommen, in den Wald getragen und neben den Ameisenbaum gelegt. Ich habe sie der Mondfrau Yasi geopfert, damit sie uns beide, Torsten und mich, unseren Träumen näher bringt. Von diesem Moment an hat mich die Kraft *pu'aka* getragen. Ich wurde ins französische Raumfahrtprogramm aufgenommen, ich habe mich für die zweite Mondmission beworben, so wie Torsten, und ich wurde ausgewählt.«

Wir wechselten durch die Schleuse ins Habitat. Auch in tiefster Nacht, die draußen auf dem Mond keine war, sondern nur ein paar Grad Schattendrehung, wirkte die Artemis nicht stiller, nicht betriebsamer, nicht menschenleerer oder voller.

»Dabei«, sagte Tupac mit blitzenden Giftzähnchen zwischen den Lippen, »war es nicht einmal ein echtes Opfer. Ich habe diesem hilfswütigen Franzosen, der ständig Artikel über uns schrieb, gesagt, dass da ein Neugeborenes im Wald liegt, das Huána heißt und dazu bestimmt ist, Torstens Tochter zu werden, damit seine Frau ruhig und glücklich werde auf der Erde.«

Was für präkolumbische Götter hatten da nur ihre Mächte spielen lassen, damit Juana dann als Einzige die Vernichtung ihrer Adoptivfamilie überlebte? Zusammen mit Cervantes' sprechendem Hund Cipión.

53

> »Man mochte nach ihr rufen, wie man wollte, sie hundertmal mondsüchtig heißen, beteuern, sie sei schuld, dass man eines Tages allen Frauen vorwürfe, sie hätten ein Viertel Mond im Kopf, sie scherte sich nicht darum.«
> *Reise zum Mond*, Savinien Cyrano de Bergerac, 1649

Rhianna saß wegen ihrer Rippenbrüche sehr aufrecht im mittleren US-Modul auf einem Bett. Krzysztof lümmelte auf der Liege gegenüber. Fred hockte im Unterhemd auf dem Schemel am Tisch. Vor ihm stand ein aufgeklappter Laptop. Giovanni, Gonzo, Bob und Abdul saßen über die weiteren Kojen verteilt. Sie gehörten immerhin hierher, es war ihr Schlafquartier.

»Es ist ein Earl Grey«, erklärte Fred und zeigte uns die Flashcard in seinem Laptop. Offenbar war es ihm und, wie ich vermutete, Abdul gelungen, die Protokolle der Pulsuhren von irgendeiner eigentlich gesicherten Datenbank herunterzuladen. »Etwas Musik dazu? Ich habe einen illegalen Mitschnitt des Techno-Festivals *SonneMondSterne* an der Bleilochtalsperre in Thüringen.« Er schob eine CD in die Schublade seines Laptops und fuhr den Lautstärkeregler hoch.

»Übrigens«, mischte Van Sung seine leise Stimme unter den Takt, der einen Puls von 120 suggerierte, »wir sind sauber, so weit.«

Erleichterung hellte die müden Gesichter auf. »Cheers!«, rief Bob. Nur Fred bruddelte etwas, befand aber dann, er habe gleich das Gefühl gehabt, der Doktor habe viel zu viel hergemacht und ihn eigentlich gar nicht behandelt.

»Aber warum?«, fragte Gonzo. »Was bezweckt man damit?«

Van Sung legte den Finger auf die Lippen. Abdul stand auf, um über Freds Schulter auf den Bildschirm zu schauen. Was man da sah, war nicht sonderlich spektakulär, Zahlenkolonnen, die sich im Bereich zwischen 48 – Ruhepuls von Bob – und 187 bewegten, meinem Puls bei der Flucht vor dem Bagger. Hätte eigentlich schlimmer sein können, dachte ich. Die Zahlen verschwammen vor meinen Augen. Ich musste mich setzen und landete neben Rhianna auf dem Bett.

»Geht's?«, wisperte ich.

Sie nickte.

Fred, Bob und Giovanni diskutierten leise am Laptop, und der stille Schlangenbeschwörer Abdul blickte mit zusammengekniffenen Augen allen über die Schultern und suchte Muster.

»Gail ist ja auch wieder unter uns, habe ich gehört«, bemerkte ich.

Rhianna nickte.

Ich gab es auf. Auch Technomusik konnte einlullen. Ich wankte durch Traumbilder. Cecilie Rees schwang ihre Brille wie einen Rohrstock. »Wem gehört der Mond?« Jockel grinste, Schüssi lachte mit Glosslippen. Wenn die Menschheit den Mond verlassen haben würde, würde er aussehen wie die Braunkohleabraumhalden in der Niederlausitz. Aber ging mich das was an? Es war doch nur eine Wette zwischen dem Niederwangener Gunter und dem Torti aus Wangen. »Ich werde die Mondgöttin heiraten« – »Und mir wird der Mond gehören!«

Rhianna rammte mir den Ellbogen in die Seite.

Ich war gegen sie gesunken. »Sorry.«

»Übrigens«, murmelte Rhianna. »Jetzt kann ich es ja sagen. Jetzt, wo alles den Bach runtergeht.«

»Was?« In einem Bächlein helle, da schoss in froher Eil die launische Forelle vorüber wie ein Pfeil …

»Vielleicht kommt keiner von uns hier mehr lebend raus«, wisperte Rhianna. Sie blickte mich an. »Also, ich … und Torsten … Also, wir …«

Ich lachte. Kinder, ja, wenn es nichts Schwerwiegenderes gab. Doch was gab es Schwerwiegenderes als Betrug? Der Mensch nahm sich überallhin mit.

»Ich sei seine Mondgöttin, hat er gemeint«, wisperte Rhianna.

»Du?«

»Rhianna ist ein alter keltischer Name und bedeutet Nymphe und Mondgöttin.«

»Ach Gott!«

Sie lächelte schief. »Er war schrecklich verknallt in mich, er konnte sehr charmant sein, sehr zärtlich. Ich … ich mache mir solche Vorwürfe!«

»Warum denn?«

Sie blickte mich verwundert an. »Mein Mann hat immer hinter mir gestanden. Ohne ihn hätte ich es nie bis hierher geschafft. Und was tue ich? Fange was mit einem Kollegen an. Das hätte ich nie von mir gedacht!«

Ach so. Und ich hatte schon gehofft, sie hätte sich bezüglich Torstens Tod etwas vorzuwerfen gehabt.

»Und ich dachte, Yanqiu sei Torstens Mondgöttin gewesen!«

Rhianna presste ein Gelächter durchs Schmerzstöhnen. »Dieses Porzellanpüppchen? Die ihm nachgesagt hat, er hätte sie zu vergewaltigen versucht. Man hat ihn deshalb sogar vorzeitig zurückbeordert.«

Am Tisch lehnte sich plötzlich Fred zurück. »Alle Protokolle sind lückenlos«, sagte er so leise, dass man es bei der Beschallung nur von seinen Lippen ablesen konnte. »Identische Zahlenreihen gibt es keine.«

»Gehen wir schlafen«, seufzte Gonzo.

Giovanni lag bereits flach in seiner Koje.

»Aber«, protestierte ich, »woher kommt jetzt das Methangas, das Cockroach angezeigt hat? Wir sind angegriffen worden, als wir im Begriff waren, es herauszufinden. Genauso wie Torsten.«

»Das kriegen wir schon noch raus, Lady!«, sagte Bob, reckte sich, dehnte die Schultergelenke, blähte die Lungen und ließ den Brustkorb knacken.

»Was machen eigentlich die Russen?«, erkundigte sich Gonzo.

»Finden ein Russe und ein Amerikaner einen Goldklumpen auf dem Mond«, kicherte Fred. »Sagt der Russe: Teilen wir brüderlich? Darauf der Amerikaner: Halbe-halbe ist mir lieber.«

»Habt ihr eigentlich keine anderen Witze hier oben?«, blaffte Gonzo.

»Doch«, sagte Giovanni, plötzlich wieder wach, und heftete seinen vertränten Hundeblick unter buschigen Brauen hervor auf den Astrophysiker. »Was sagt ein Chinese, wenn er einen Oberschenkelbruch hat? Knicki-knacki unterm Sacki.«

Fiel Krzysztof ein: »Warum gibt es in Polen kein Viagra? Weil alles, was länger als fünf Minuten steht, geklaut wird.«

»Wie heißt der niederländische Sexminister?«, schrie Fred. »Rudi Fick van Achtern!«

Fred, Bob und Krzysztof kreischten und bogen sich vor Lachen. In Gonzos Mimik rissen die ersten Sicherheitsgurte.

54

»Dies brachte mich zur Vorstellung, dass ich zum Mond hinunter sinke … weil diese Masse, sagte ich mir, geringer ist als die unsrige, muss ihr Wirkungskreis auch eine geringere Ausdehnung besitzen und ich habe infolgedessen viel später die Anziehungskraft ihres Zentrums gespürt.« *Reise zum Mond*, Savinien Cyrano de Bergerac, 1649

Im Mädchenpensionat brannte Licht. Das Bullauge war immer noch fest verschlossen. Yanqiu saß aufrecht auf dem Schemel, die Hände in den Schoß gelegt, die Augen weit offen. Sie öffnete den Mund, als Rhianna und ich eintraten.

Ich erinnerte mich, dass Gail erklärt hatte, Yanqiu habe in diesem Quartier die Mikros der Intercom ausgeschaltet, und sagte: »Wir sind nicht infiziert.«

Die Chinesin lächelte, stand auf und fing an sich zu entkleiden. Ich bot Rhianna meine untere Koje an. Nach einem vergeblichen Versuch, in ihr Hochbett zu klettern, akzeptierte sie den Vorschlag und legte sich ächzend lang.

»Brauchst du was gegen die Schmerzen?«, erkundigte ich mich.

Sie versuchte zu verneinen, aber es gelang ihr nicht.

»Ich hol dir was.«

Yanqiu begann, sich die zerbrechlichen Glieder einzucremen. Leider musste ich diese Nacht auf die Sinnenfreuden des Zuschauens verzichten. Rhianna würde solche Freuden bestimmt nicht zu würdigen wissen.

Im zweiten Deck des spinalen Treppenhauses im Nutzlastbereich traf ich Zippora, die von unten heraufkam. Ihr grün beschatteter Blick forderte Rechtfertigung für meinen Gang durch die auf Nacht gepolte Artemis.

»Rhianna braucht ein Schmerzmittel.«

Zippora nickte, stieg mit schwerer Hüfte an mir vorbei, drehte sich dann aber noch mal um. »Michelle?« Sie kam zwei Stufen wieder herunter und blieb eine über mir stehen.

Ogottogott!, fiel mir ein. Ich hatte draußen das Schlimmste über sie gesagt, was eine Frau über eine andere sagen konnte: zu fett. »Ich glaube, ich muss mich bei dir entschuldigen.«

Zippora lächelte leise. »Als die Gestapo meinen Onkel verhaftete – er war in der Résistance –, da hat er alle aus seiner Gruppe aufgezählt, von denen er wusste, dass sie sicher in der Schweiz oder in Großbritannien waren, und man ließ ihn wieder laufen. Sonst gäbe es mich nicht.«

Na ja, ich hatte ja auch nur gesagt, dass sie mir zu fett sei. War sie übrigens nicht. Ich hätte mich nur nie an sie herangetraut.

Zippora kam eine weitere Stufe herab. »Was ist eigentlich los mit dir? Womit wirst du nicht fertig?«

Unverhofft rollten mir Tränen aus den Augen. »Ich bin so müde! Ich habe nicht mehr richtig geschlafen seit …«

Sie legte die Hand auf meinen Oberarm.

Das taumelige Planetensystem in meinem Kopf stoppte, die Planeten und Monde sprangen zurück in ihre elliptischen Umlaufbahnen und es sprudelte aus mir heraus: »Ich hätte ihn nicht in den Hubschrauber steigen lassen dürfen. Wenn ich nur nicht so verstockt gewesen wäre, weil er … Ich bin einfach nicht mehr an ihn herangekommen seit dem Tod seines Vaters. Nun ist es zu spät. Er kann mir den Vorwurf nicht mehr machen, den er mir hätte machen müssen.«

»Welchen Vorwurf?«

»Dass ich mich eingemischt habe, ohne dazu berufen zu sein. Aus Jux und Dollerei. Ich habe ihm seine Geheimnisse entrissen und an die Öffentlichkeit gezerrt. Er hat es einfach hingenommen, als sei es seine ihm auferlegte Buße für … für was weiß ich. Er war Pietist. Gibt es das bei euch Juden auch: dieses Bedürfnis, sich zu bestrafen? Ich war seine Strafe.«

»Ganz schön ungerecht, nicht?«

»Wie?«

»Keine schöne Rolle, die er dir da zugedacht hat. Aber vielleicht hat er es gar nicht so gesehen.«

»Dann hätte er mir das ruhig einmal sagen können! Einmal! Vielleicht hätte ich seinen Tod verhindern können! Wäre ich nur nicht davongelaufen. Vielleicht hätte ich gemerkt, dass mit dem Hubschrauber etwas nicht stimmte ...«

»Wenn das der Hubschrauberpilot nicht merkt, dann merkt es keiner«, sagte die Aluf Mischna der israelischen Armee trocken.

»Aber ich habe das bestimmte Gefühl gehabt, dass ich nicht mitfliegen dürfe. Meine innere Stimme hat mich gerettet, aber nicht die Kinder und Torstens Frau und ihn. Ich habe Richard in den Tod geschickt, um selber am Leben zu bleiben.«

Zippora holte tief Luft. »Die meisten Menschen suchen bei sich die Schuld, wenn sie einen nahestehenden Menschen verlieren.«

»Es war sein Kindheitstraum, auf den Mond zu fliegen, nicht meiner! Ist das nicht komisch?«

Zippora legte den Arm um mich. Ich spürte ihre festen Brüste, ihre Rippen, die Härte ihrer Hüfte.

»Was ist eigentlich passiert?« Es klang interessiert, wie man sich für das Schicksal von Freunden interessierte. »Wie ist Richard denn ums Leben gekommen?«

Zum ersten Mal sah ich sie nicht nur, sondern hörte die Explosion über dem Wäldchen am Segelflugplatz von Wallmusried. Wenn auch leise wie eine Silvesterrakete. So weit weg war die Erde schon. Aber es reichte für den vollen Schrecken.

Ich stieß Zippora von mir. »Verdammt! Woher ... woher kennst du Richard?«

In ihren Nachtkrateraugen waren die Pupillen nicht erkennbar. »Es war wohl alles ein bisschen viel für dich«, sagte sie hypnotisch ruhig. »So war das alles nicht gedacht.«

»Was war nicht so gedacht?«

Zippora schüttelte müde den Kopf. »Komplexe Systeme sind nicht restlos steuerbar, weder Menschen noch Maschinen. Ich habe immer davor gewarnt, Politiker oder Journalisten hier heraufzulassen.«

Damit drehte sie sich einfach um und stieg die Treppe empor.

55

»Kann es sein, dass unsere Leidenschaft für große Städte, große Partys und großes Theater uns weder Glaube, Hoffnung noch Liebe beschert, welche wir nicht auch in ›unserer kleinen eigenen Welt‹ nähren und unterhalten könnten?« *Der Backsteinmond*, Edward Everett Hale, 1869

Wim Wathelet hatte den Kopf auf die Fläche neben dem Mikroskop gelegt und schlief. Ich ging in die Intensivstation durch. Auch Gail schlief unter einer Sauerstoffmaske, am Tropf und mit Geräten verkabelt. Ihr Herz schlug regelmäßig.

Ich tippte ihre Hand an.

Die Finger zuckten. Als ich hochblickte, waren ihre Augen offen. »Cyborg, Baby«, murmelte sie, »ich konnte nichts dagegen tun! Jemand hat mir das Steuer aus der Hand genommen. Glaub mir!«

»Ich weiß, Darling.«

Aber da hatte sie die Augen schon wieder geschlossen und war eingeschlafen.

»Sie wird wieder«, sagte Wim hinter mir im Türsturz mit verschlafen knarzender Stimme.

»Rhianna braucht was gegen die Schmerzen«, meldete ich.

»Ah!« Wim ging an einen Schrank und zog die Schublade auf. »Übrigens solltest du nicht in der Station herumsteigen. Beim nächsten Vorfall wird Butcher dich von mir sedieren lassen.«

»Und du, wirst du das tun?«, fragte ich.

Der Arzt schwieg.

»Warum hast du uns angelogen?«, fragte ich weiter.

Wim wandte sich mir langsam zu, die Brauen hochgezogen. Die Hand hielt er in der Schublade versenkt.

»Wir sind nicht mit Cyanobakterien infiziert. Das geht vermutlich sowieso nicht. Warum hast du behauptet, dass wir es seien?«

Er antwortete nicht. Seine graublauen Augen in dem so jugendlich glatten Gesicht unter dem schütteren Haar waren winzig klein vor Müdigkeit.

»Wofür sollten wir deine Geiseln sein, Dr. Wathelet, wenn nicht für Vlaams Frijheid? Was mir, zugegeben, ziemlich absurd vorgekommen wäre. Übrigens, zieh ruhig die Waffe aus der Schublade. Du weißt ja, ich bin schon tot.«

Er zog eine Pistole aus der Schublade.

»Aber«, sagte ich, »jeder zum Tod Verurteilte hat einen Wunsch frei. Du musst mir erklären, warum du mich erschießt.«

Der Belgier kringelte ein Lächeln in die Mundwinkel. »Die Waffe ist nicht geladen.« Er legte sie neben das Mikroskop. »Ich bin Arzt. Wenn auch Militärarzt und an der Waffe ausgebildet. Aber ich werde niemanden töten, es sei denn in Notwehr.«

»So! Und du meinst, ich sei hier hereingekommen, um dich mit bloßen Händen zu erwürgen?«

»Die Sache ist die«, sagte er, auf den Schemel sinkend, auf dem er eben noch geschlafen hatte, den Kopf dorthin gelegt, wo jetzt die Pistole lag, »wir haben einen Saboteur an Bord. David will es nicht wahrhaben. Zeus ist für ihn wie ein Baby, wenn auch mit Kinderkrankheiten. Aber dass jemand in ihn einbrechen könnte, das will er nicht glauben.«

»Aha.«

»Aber Leslie und Artjom sind überzeugt, dass ein Unbefugter in unsere Systeme eingreift. All diese Pannen, Fehlfunktionen, automatische Neustarts … es ist einfach zu viel. Sämtliche

Analysen, die Abdul, Sergei und ich vorgenommen haben, und auch die des GSOC in Deutschland haben ergeben, dass der Fehler hier oben liegt.«

»Und woran ist Chaturvedi gestorben?«, fragte ich. »An Alkalose durch Cyanobakterien definitiv nicht.«

»Ich denke, er wurde vergiftet.«

»Womit?«

»Möglich wäre Rizin, wir haben in der Biosphäre Rizinuspflanzen. Rizin lässt sich nur schwer nachweisen, mit meinen Mitteln gar nicht. Es könnte aber auch TTX gewesen sein, das Gift des Kugelfischs. Das habe ich hier.«

Er stand auf und trat an eine Tür mit Tastatur, tippte eine Pin ein und holte ein nicht sonderlich kleines Fläschchen aus dem Schrank.

»TTX erleichtert den Drogenentzug.« Er lächelte schief. »Es hilft gegen die Schmerzen und gegen das Zittern. Sollte man nicht denken, dass wir das hier brauchen. Aber es gibt nichts, was es nicht gibt. So mancher Astronaut hält das jahrelange Training und Warten nur mit Hilfsmitteln durch und überschätzt seine Willenskraft, wenn er dann endlich hier ankommt. TTX blockiert die Reizleitung in den Nerven. Man stirbt sehr schnell an totaler Lähmung. Zwei Mikrogramm, oral aufgenommen, reichen. Es gibt Kulte, die es verwenden, damit jemand in einen scheintoten Zustand verfallen kann. Den Haitianern sagt man nach, dass sie das Gift des Kugelfischs nehmen, wenn sie für tot gelten wollen, beispielsweise um einer Rache zu entgehen. Ein vertrauter Freund gräbt sie gleich nach der Beerdigung wieder aus. Womöglich ist der Zustand des Samadhi, die Kryptobiose der indischen Brahmanen, auch ein Ergebnis solcher Hilfsmittel.«

»Mit anderen Worten, Chaturvedi könnte sich selbst umgebracht haben.«

Wim nickte.

»Wer kommt noch so an diesen Schrank?«

»Kommt darauf an, wie sicher unsere Pins noch sind.«

»Wo ist Chaturvedi jetzt?«

Der Arzt deutete auf die Tür zum Fitnessraum. »In die Kühlkammer will ich ihn vorerst nicht legen. Er befindet sich auf der Liege hinter der Datenstation für die Ergometer. Die Leichenstarre ist immer noch nicht eingetreten.«

»Wird er womöglich wieder aufwachen?«

Wim schüttelte den Kopf. »Das kann ich mir nicht vorstellen.«

»Okay. Aber das erklärt noch nicht, warum du uns mit Cyanobakterien erschreckt hast.«

Wim setzte sich hin wie ein sehr alter Mann. »Du sagst es, wir wollten euch erschrecken. Wir wollten Zeit gewinnen. Viele Möglichkeiten haben wir ja nicht. Zippora meinte, ein Saboteur, der um sein eigenes Leben fürchten muss, wird zunächst von seinen Plänen ablassen, wie auch immer die aussehen.«

»Deshalb bin ich mir die ganze Zeit vorgekommen wie eine Ameise in einem Labyrinth!«

Wim deutete ein Lächeln an. »Auf die Cyanobakterien hat mich übrigens Tupac gebracht. Er hat mir gestern, nein, vorgestern Abend berichtet, dass Van Sung dir was von den Feuerameisen des Japaners vorgeschwatzt hat. Und er, Tupac, habe draufgesetzt, dass sie in Symbiose mit Cyanobakterien draußen im Regolith leben. Du hättest offensichtlich von nichts eine Ahnung. Das hat Tupac zutiefst ergrimmt, denn er hat sein Leben, seine Heimat und was nicht noch alles seinem Ziel geopfert, Astronaut zu werden, und dann schicken die Europäer irgendeinen Dummkopf oder Glückspilz hier herauf, ohne Vorbereitung, ohne Kenntnisse.«

»Sehr gefährlich, der Unglückliche, der durch Fleiß erringt, was ein Glücklicher gewinnt.«

»Mag sein.« Wim kniff die Augen zusammen. »So, und jetzt nimm die Tabletten und bring sie Rhianna. Und dann solltest du ein paar Stunden schlafen.«

»Du aber auch.«

»Ich komme noch früh genug zu meinem Schlaf!«

Ich drehte mich in der Tür noch mal um. »Was nimmst du eigentlich? Morphium oder TTX?«

Der belgische Arzt fuhr sich über das schüttere Haar.

56

»Denn das ist das Ziel: dem Leben jeden Platz zu erobern, auf dem es bestehen und weiter wachsen kann, jede unbelebte Welt zu beleben und jede lebende sinnvoll zu machen.« *Rakete zu den Planetenräumen*, Hermann Oberth, 1923

Radio High Moon orgelte mich aus dem Tiefschlaf. »Good morning!«, brüllte David.

Ich hätte ihn erschlagen können.

»Heute ist der letzte Tag auf dem Mond für Eclipse van Wijk, Mohamed bin Salman al-Sibarai'I, Pjotr Turenkow und Franco Llacer und für unseren Cyborg, Michelle Ardan.«

»Was?« Ich fuhr auf. Meine Halsmuskeln weigerten sich, den Kopf zu drehen. Mein von Gails Ohrfeige misshandelter Kiefer drohte damit, die Nahrungsaufnahme heute nicht zu unterstützen.

»Genießt eure letzten acht Stunden in der Artemis. Und jetzt für euch ein ganz spezieller musikalischer Gruß.«

Meine Klampfentage erstanden auf: Should old acquaintance be forgot …

Nein!

Ich schwang die Beine aus dem Bett und merkte gerade noch rechtzeitig, dass ich oben geschlafen hatte.

Nur noch ein paar Stunden!, dachte ich und stolperte auf der spinalen Treppe. In der kurzen Zeit schaffe ich das nicht!

Eclipse und Mohamed spielten Schach in der Cupola. Abdul stand schmal und leicht am Fenster und blickte zur Erde hinüber.

Klein kam mir die blaue Marmorkugelhälfte über dem Horizont vor. Wollte ich da wirklich wieder hin? Meine Abende im Bohnenviertel von Stuttgart am Tresen vom *Tauben Spitz* mit Sally verbaseln, für Sonntagsausgaben den Geheimnissen der schwäbisch-alemannischen Narrensprünge hinter die Masken kommen, emsig Morde wittern, wo Unfälle und Schicksalsschläge dem erbarmungslosen Gevatter Tod Einlass verschafft hatten in irgendein Leben, das hinfort sinnlos war, so wie meines, und gelebt wurde wie Millionen andere.

In glasigem Dunkelgrau strahlte die Mondwüste, von Schatten gefurcht, zerlöchert und gesprenkelt. Die Spitzen jenseits des großen schwarzen Kraters hatten sich verkleinert und ihren Zusammenhang verloren. Der Industriepark hatte seinen Aufbau verändert, Hütten waren ins Licht gewachsen, Röhren im Schatten verschwunden. Der Massetreiber war nicht mehr zu sehen. Erst in 29,5 Tagen würde es wieder so aussehen wie gestern.

»Ich muss dir was zeigen«, sagte Abdul, als ich mit dem Kaffee zu ihm trat. »Aber trink erst mal.«

Der Kaffee glühte mir die Kehle hinunter in den Magen. »Hast du was gefunden auf Torstens Speicherkarte?«

»Die Dokumente und Berechnungen weisen tatsächlich seine Syntax auf. Aber die Erpressertexte sind nicht von ihm. Ihre Muster sind, wie Butcher schon gesagt hat, die eines Übersetzungsprogramms aus dem Mittleren Osten, in die ein paar Korrekturen eingearbeitet wurden. Sie sind vor etwa sechs Wochen auf die Karte kopiert worden, und zwar von einer Datenstation im *payload service deck*, wo Torsten Veith arbeitete, vermutlich also von ihm selbst.«

»Und warum?«

»Vielleicht weil er sie in einem Papierkorb entdeckt hat. Fertig mit dem Kaffee? Ich will dir nämlich eigentlich was anderes zeigen.«

Er führte mich ein Deck tiefer in sein Quartier im zweiten US-Modul. Gonzo, Fred, Giovanni und Bob waren ausgeflogen. Auf dem Tisch unter dem halb offenen Bullauge stand Freds Laptop mit den Zahlenreihen der EKG-Protokolle auf dem Schirm.

»Setz dich«, sagte der Pakistani und ergriff die Maus.

Ich setzte mich auf den Schemel, während Abdul sich über den Tisch beugte und mit dem Cursor herauspickte, was er mir erklärte. Man sah ihm nicht an, dass er die ganze Nacht am Bildschirm zugebracht hatte.

»Pass auf: Jede Uhr misst konstant den Puls, errechnet alle drei Minuten einen Durchschnittswert. Den sendet sie an Zeus. Ich habe mich gefragt, was jeder Einzelne getan und wie er sich gefühlt hat in den Stunden vor dem Baggerangriff auf dich. Gonzo beispielsweise hatte eine etwas angespannte, aber ruhige Zeit. 65, 64, 64, 65, 65 Schläge pro Minute. Er saß konzentriert an den Überwachungsbildschirmen der Teleskope. Fred dagegen muss gedöst haben.«

Sein Puls dümpelte um die 40, frischte mal auf 43 auf und versackte dann wieder.

»Eclipse und Mohamed haben sich die Zeit mit einem Spiel vertrieben. Eclipse hat verloren. Siehst du?«

Der Puls des Südafrikaners war zeitweilig ziemlich in Wallung geraten.

»Mohamed ist dagegen so ruhig, wie er äußerlich wirkt.« Abdul klickte die nächste Reihe auf den Schirm. »Und das ist Yanqiu. Sie hat zwei Stunden lang in der Ausgangsschleuse gearbeitet. Dann ist sie auf dem Quartier gewesen.«

Ich erinnerte mich an Gails Maulschelle in Gegenwart der beiden nominellen Mondgöttinnen.

»Schließlich hat sie euren Mondausflug vorbereitet, sie hat für dich einen Druckanzug bereitgelegt und die beiden Anzüge von Gail und Rhianna präpariert, Sauerstoffflaschen gefüllt, Funktionen überprüft und so weiter. Und jetzt schau dir das an.«

Die Zahlen bewegten sich um die 67 Schläge pro Minute.

»Sie war körperlich aktiv, sie hat die Raumanzüge bewegt, die ihr mit der Muskulatur von mehr als einem halben Jahr hier oben tatsächlich schwer vorkommen müssen. Und jetzt schau mal. Was siehst du?«

Ich sah Zahlen.

Abdul las die Zahlen laut vor: »67, 66, 67, 68, 67, 66, 67, 68, 67 ... Und so weiter. Es ist ein Muster. Die Einheit 67, 66, 67, 68 wiederholt sich immer wieder. Erst hier ändert sie sich. Es ist der Moment, wo die Intercom wieder funktionierte, nachdem der Bagger stehen geblieben war. Yanqiu ist gelaufen, schau: 77, 80, 85, 90, sogar 101. Und jetzt sieht man es auch. Erst jetzt hat sie ihre Uhr wieder angelegt.«

»Yanqiu?«

»Ich habe ihr gesamtes Protokoll gescannt, obgleich es verboten ist, und genau dieses Muster immer wieder gefunden. Yanqiu muss im dritten Monat ihres Aufenthalts hier oben eine Methode gefunden haben, fiktive RFID-Protokolle an Zeus zu schicken. Das Programm dazu werden wir vermutlich in ihrer passwortgeschützten persönlichen Datenstation finden oder auf ihrem Laptop.«

Die Sonne warf durch den Schlitz im Bullauge eine Mondsichel an die Wand mit den Fächern, die ich durchsucht hatte.

»Dann hat Yanqiu den Bagger ferngesteuert?«, fragte ich.

Abdul wog den Kopf mit den langen Locken. »Zumindest hat sie sich eine Auszeit genommen. Aber wir alle haben Mittel und Wege gefunden, uns für gewisse Zeiten der Kontrolle zu entziehen.«

»Alle?«

Abdul lächelte leise. »Nur Zippora nicht, soviel ich weiß. Und Gonzo ist noch nicht lange genug hier oben.«

»Wim sagt, es gibt einen Saboteur?«

Abdul nickte. »Es ist ein komplexes und zugleich ganz einfaches Muster. Schau!«

Abdul zog seinen PDA unter dem Shirt hervor, entnahm ihm die Speicherkarte und steckte sie in Freds Laptop. Nach ein paar Klicks sah ich ein Spinnennetz von Linien.

»Es ist ein Muster der Liebe oder des Hasses, ein Muster der Besessenheit. Es kreist, und es hat fast immer Torsten mit eingeschlossen.«

Ein Klick, und ich sah gefärbte Linien, die sich an bestimmten Stellen ballten.

»Irgendwas von ihm war immer mit betroffen«, erklärte Abdul, »hier seine Daten, da eine Funkverbindung zu Bergbaumaschinen, der Roboter, der im Aitken-Becken festsitzt …«

»Was hatte der mit Torsten zu tun?«

»Lunochod 14 sollte die Konzentration von Seltenerdmetallen bestimmen. Bislang hat man Seltenerden nur im Oceanus Procellarum und im Mare Imbrium auf der Nordhalbkugel entdeckt. Es besteht aber eine geringe Hoffnung, dass die Seltenerdmetallvorkommen im Aitken-Becken denen gewisser chinesischer Lagerstätten ähneln.«

»Kann man also sagen, dass Torstens Tod im Brennpunkt der unerklärlichen Ereignisse liegt?«

»Ja.«

Das Netz sah aus wie der Wegeplan eines Ameisenstaates, der die diversen Decks des Habitats überzog. Ich konnte keine Struktur erkennen, aber Abdul offensichtlich sehr wohl. Er sah Koalitionen von Bewohnern, gemeinsame Aktionen, Zerwürfnisse bestimmter Personen, Gruppierungen.

»Schau, an einem bestimmten Tag vor ungefähr drei Monaten hat der Streit um die Nutzungsrechte angefangen. Seitdem polarisieren sich die Gruppen. Die Russen halten zusammen. Giovanni wechselt zwischen den Fronten, die Amerikaner bleiben unter sich. Nur Torsten ist weitgehend isoliert. Seine

Versuche, sich mit Einzelnen von uns zu verbünden, scheitern immer wieder. Man meidet ihn. Keiner von uns geht einen gemeinsamen Weg mit ihm. Siehst du? Er hat angefangen, alleine zu agieren.«

»Und Rakesh Chaturvedi?«

»Sein Tod ist eine Randerscheinung.«

Abdul klickte ein neues Netzbild herbei. Chaturvedis Quartier lag außerhalb der Aktionslinien der andern. Nur eine Linie spitzte kurz hinein: ich, als ich ihn beim Meditieren überraschte.

»Siehst du, sein Tod ergibt sich nicht aus den Aktionen der anderen. Die Astrotouristen sind immer ziemlich isoliert. Sie haben ihre Mondexkursion, sie sind viel beim Arzt, der seine Tests mit ihnen macht, Zippora kümmert sich um sie. Aber das ist es auch schon. Manche wollen mitarbeiten, aber man lässt sie nicht. Bei dir ist das anders. Du stehst im Kreis der Ereignisse.«

»Bin ich der neue Sündenbock?«

Abdul schüttelte lächelnd den Kopf. »Du handelst aus der Dynamik der Gruppe heraus. Wie erwartet. Beispielsweise hast du Rakesh Chaturvedi gefunden.«

»Aber niemand hat vorhersehen können, dass ich darauf bestehen würde, mich Gail anzuschließen? Oder?«

Abdul lächelte. »Ein Einzelner nicht. Aber das System vielleicht schon. Das hier ist das kollektive Gedächtnis der Artemis. Du siehst, deine Bewegungen sind eingebettet in die von Van Sung und Tupac und die der Kommandantur, du hattest Kontakt mit David, mit Yanqiu, mit Gail. Deine Aktionen haben sich aus dem Vertrauen ins Kollektiv entwickelt. Aus diesem Aktionsmuster geht fast zwingend hervor, dass du dich Gail anschließen würdest beim Aufstieg in die evakuierten Oberdecks. Alles, was hier passiert, entwickelt sich aus der Dynamik der Gemeinschaft im Zusammenspiel verschiedener Interessen. Wir sind ein Schwarm. Wenn es Sabotage gibt, so ist sie nicht der Akt eines Einzelnen. Es sind wir alle. Es sind unsere Frustrationen, Schlampereien und kleinen Racheakte.«

»Dann lautet die eigentliche Frage also nicht: Wer ist strategisch ausgefuchst genug für die Sabotage der Mondmission?«

»Nein, vermutlich nicht.«

Es weigerte sich nämlich eine tief in mir verwurzelte Geringschätzung des eigenen Geschlechts, bei Yanqiu so viel kriminelles Genie anzunehmen. Zumal sie Chinesin war.

Himmel, Lisa!

Aber wie seltsam Yanqiu heute Nacht auf ihrem Schemel gesessen hatte, als ich Rhianna hereinbrachte! Wie jemand, der seine Hinrichtung erwartet hatte. In China wurden Menschen schon wegen Steuerhinterziehung zum Tod verurteilt. Yanqiu war todgeweiht, falls sie Torsten Veith ermordet, Rakesh Chaturvedi vergiftet und versucht hatte, mich und Gail zu töten.

»Torstens Tod«, erkundigte ich mich, »entwickelt der sich auch logisch aus diesen Aktionsmustern?«

Abdul klickte ein neues Netzbild herbei. »In gewisser Weise schon. Er hat schon Wochen vorher angefangen, ohne nennenswerte Kontakte zu anderen zu agieren. Aber in keinem Moment hat sich die Gemeinschaft so von ihm zurückgezogen wie in den Stunden seines Todes. Sie liegen alle still in ihren Betten. Sie bewegen sich nicht. Niemand hat auf ihn aufgepasst. Nicht einmal Zeus. Der war mit einem Neustart beschäftigt und hat David und Leslie ins CC gebannt. Allerdings weist Yanqius Uhr in dieser Nacht erneut das charakteristische Auszeitmuster auf.«

»Scheiße!«

Das Knacken der Intercom schreckte mich auf.

»Michelle Ardan, bitte zu Artemis-CDR Butcher, drittes Sub!«, trötete Davids Stimme.

Fluchtimpulse fluteten mich. »Verdammt, der setzt mich fest!«

»Glaube ich nicht. Es würde ihm nichts nützen.« Abdul zupfte die Speicherkarte aus dem Laptop. Die Bewegungsmuster verloschen.

»Was würde ihm nichts nützen?«

Abdul lächelte. »Er braucht dich.«

»Wozu denn? Verflucht! Was läuft hier?«

»Komm, ich bring dich runter.« Der Blick des Pakistani flutschte, wie so oft die Blicke der Besatzung, zur Kamera empor. Aus der Geräuschkulisse zu schließen, die Fred in diesem Quartier gestern aufgebaut hatte, hatte hier niemand das Mikro außer Funktion gesetzt.

»Denk nicht nach«, hauchte Abdul mir auf einer der Treppen ins Ohr. »Du bist Teil eines großen Plans. Tu, was dir naheliegend erscheint. Dann kannst du keinen Fehler machen.«

Ich hätte gerne noch protestiert, aber da passierten wir schon das CC, wo Rhianna die *red line*-Bereiche im Auge hatte. David gestikulierte in seinem Studio und rief: »Er wartet auf dich.«

Butcher saß hinter seiner US-Flagge.

»Setz dich, Michelle.«

Es gab eigentlich nur den Stuhl in Tamaras Ecke unter dem Feuerlöscher.

Ein angestrengtes Lächeln schob Leslie Butchers sonst so müde Mimik die Knochen empor, was sein Gesicht in eine pausbäckige Maske verwandelte. Seine Wangen waren sogar gerötet. Irgendetwas musste ihn in den vergangenen Stunden überzeugt haben, dass sich die Anstrengung einer letzten Konfrontation mit mir lohnte.

»Setz dich«, sagte er noch einmal, durchaus freundlich.

Ich zwängte mich unter den Feuerlöscher.

Leslie Butcher dehnte sich in seinem Stuhl und schob den Bauch gegen die Tischkante. »Noch vierundzwanzig Tage, dann werde ich Waleri Poljakow geschlagen haben, der 437 Tage am Stück fern der Erde auf der Mir war. Und noch einmal drei

Tage dazu, und ich werde, alle Missionen zusammengerechnet, länger im Weltraum gewesen sein als Sergei Krikaljow mit seinen insgesamt 803 Tagen. Ein doppelter Rekord!«

»Gratuliere.«

»Und Knochenschwund ist bei mir fast gar nicht zu beobachten, während andere bereits nach 145 Tagen bis zu neunzehn Prozent ihrer Knochenmasse eingebüßt haben.«

»Ah ja.«

»Und wie gefällt es dir auf dem Mond?«

»Äh, gut ... ich meine, es ist okay.« Wollte Butcher wirklich Smalltalk mit mir machen?

»Schon erstaunlich«, sagte er, »wie viel Wirbel eine einzelne Person machen kann. Wir sind wohl alle mit der Zeit etwas lethargisch geworden. Du hast frischen Wind hier hereingebracht. Etwas zu frischen für meinen Geschmack, aber, na gut ... Respekt, Michelle Ardan! Und deshalb möchte ich deine Neugierde insoweit befriedigen, als ich dir die Frage beantworten werde, was sich hinter der Stahlwand der Waffenkammer befindet.«

Ich brauchte gar nichts zu sagen.

»Es ist ein Hohlraum, zylindrisch und über hundert Meter tief. Aber es ist keine Raketenabschussbasis, wie hier manche vermuten ...«

»Torsten auch?«

»Nein.« Leslie Butcher schüttelte gemächlich den Kopf. »Nein. Torsten hat nichts dergleichen vermutet. Jedenfalls nicht, soweit ich davon Kenntnis erlangt habe. Und ich hätte es sicher erfahren. Die Deutschen mögen nämlich keine Atomraketen. Sie sind Rüstungsgegner. Torsten hätte sicherlich einen Riesenaufstand gemacht, wenn er vermutet hätte, dass sich dort unerlaubte amerikanische oder russische Waffen befinden. So wie du.«

Ich behielt meine Antwort für mich.

»Tatsächlich ist der Schacht ein Irrtum, übrigens ein japanischer. Japanische Wissenschaftler haben in den Anfängen der Artemis dort in die Tiefe gebohrt, und zwar in der Hoffnung, auf dem Mond eines Tages Atommüll lagern zu können. Es war eine Schnapsidee. Schon politisch. Man hätte die Frage aufgeworfen, ob der Mond Atomendlager sein dürfe. Und so brisantes Material mit Raketen hier heraufzuschicken, das hätten viele für viel zu riskant gehalten. Raketen können explodieren. Aber ganz abgesehen davon: Der Mond ist auch geologisch nicht geeignet, hat man festgestellt. Die Einzelheiten ersparst du mir sicher.«

»Gern«, erwiderte ich. Allerdings hätte mich interessiert, warum sich Kommandant Butcher entschlossen hatte, ausgerechnet jetzt leutselig mit mir zu werden. »Aber wozu braucht man dann eine Stahlwand?«

Butchers Augen wurden klein und hart. »Eine reine Schutzmaßnahme für den unwahrscheinlichen Fall der Fälle, dass es im Bohrloch irgendeine Art unerwarteter vulkanischer Tätigkeit geben sollte. Der Mondkern gilt als erkaltet und fest, weil dem Mond das Magnetfeld fehlt. Man kann es auch daraus schließen, dass das Mondinnere die Beben von Meteoriteneinschlägen kaum dämpft, anders als auf der Erde. Aber im innersten Kern dürften immer noch knapp zweitausend Grad Celsius herrschen. Und wer weiß schon so genau, was geschieht, sobald der Mensch bohrt. Es steht übrigens alles in den Berichten von den ersten Pathfinder-Missionen. Das kannst du alles nachlesen. Da gibt es kein Geheimnis.«

»Und wie erklärt sich der Austritt von Methangas aus dem Regolith im Bereich über der Bohrkammer?«, erkundigte ich mich.

»Ja, du willst es immer ganz genau wissen. Lava kann Methan enthalten. Es kann aus der Tiefe ausgasen. Wir werden das noch genauer nachprüfen müssen. Das wäre dann in der Tat nicht ungefährlich.«

Kann sich Methan an der Mondoberfläche entzünden?,

fragte ich mich. Erlaubten Vakuum und geringe Gravitation überhaupt die dafür nötige Konzentration des Gases?

»Eine Explosion«, erklärte Butcher unterdessen in seiner unerklärlichen Leutseligkeit, »wäre noch verheerender als auf der Erde. Denn hier setzt keine Atmosphäre der Ausbreitung ihren Druck entgegen.« Nachdenklich blickte er mich über den Tisch hinweg an. Dann beugte er sich rasch vor. Seine Stimme übertönte kaum noch das Gesumm und Gebrumm des Habitats. »Und nun möchte ich von dir eines wissen ...«

»Mir gebet nix!«, murmelte ich auf Schwäbisch.

»... und zwar: Wer hat deiner Ansicht nach Torsten Veith umgebracht? Denn dass ihn jemand absichtlich getötet hat, davon gehst du doch aus.«

»Nach dem Baggerangriff auf mich muss man davon ausgehen.«

»Ich war immer schon der Ansicht, dass Torstens Tod kein bloßer Unfall gewesen ist. Wieso hätte er sich an einer Scharte im Reifen eines Baggers den Anzug aufreißen sollen, wenn der Bagger nicht in Bewegung war? Und woher die Knochenbrüche?«

»Im Bericht steht das aber nicht.«

»Ja, weil schlichtweg niemand die Gelegenheit gehabt haben konnte, den Bagger zu steuern. Es sei denn, man nimmt an, dass der Betreffende die Daten seiner Uhr gefälscht hätte.«

»Davon gehe ich aus.«

Butcher schlitzte die Augen zwischen Backenhub und gesenkten Brauen. »Und du und ich, wir beide wissen, um wen es sich handelt, nicht wahr?«

Ich staunte. »Ja?«

»Mir sind die Hände gebunden. Ich muss auf die Politik Rücksicht nehmen. Die Empfindlichkeiten der Nationen. Ich bin Amerikaner. Ich kann nicht einfach auf die Chinesin zeigen und sagen: Die ist eine Mörderin. Nicht ohne handfeste Beweise. Aber du ...«

»Ich?« Ich staunte noch mehr.

»Du mit deiner respektlosen Art, die sich um keinerlei Regeln schert, deiner politischen Naivität, du als Journalist ... Du unterliegst nicht meinen Beschränkungen, keinem Mondvertrag, keinem Regierungsabkommen. Journalisten recherchieren, vermuten, verdächtigen und beschuldigen. Sie treten die Skandale los.« Der Kommandant quetschte ein furchteinflößendes Grinsen in seine Backen. »Also tu, was du gelernt hast. Aber du tust es auf eigene Gefahr. Das Einzige, was ich dir zusagen kann, ist, dass ich dir keine Knüppel zwischen die Beine werfen werde. So ... In einer Viertelstunde ist Abschiedsfeier in der Cupola.«

»Was, schon?«

Der Kommandant lachte. »Schon mondsüchtig? Kein Heimweh nach der Erde? Euer Countdown beginnt in fünf Stunden!«

»Aber ...«

»Ende der Unterredung«, schnarrte Butcher. »Ich habe zu tun.«

57

»Der Mond ist kreuz und quer erforscht.« *Das Erbe der Phaetonen*, Georgi Martynow, 1957

Benommen stolperte ich die Treppen hinauf. Hatte ich Butcher wirklich richtig verstanden? Er wollte, dass ich Yanqiu als Torsten Veiths Mörder entlarvte?

Noch vor einer Viertelstunde hätten mich die Eitelkeit oder der Schalk genau dazu getrieben. Ich hätte getan, was nahelag. Die richtigen Schlüsse ziehen. So wie Abdul es mir geraten hatte, der leise Versteher aller Muster, die das Habitat durchsponnen. Aber mit einem Mal war ich Teil von Butchers Plan geworden. Das gefiel mir nicht. Seit wann ließ ich mich zum Teil eines Plans machen, den ein Mann mit mir hatte?

Sei nicht kindisch, Lisa!, ermahnte ich mich. Nur weil es dir nicht passt zu tun, was ein unsympathischer Mann für notwendig und logisch hält, kannst du nicht einfach die Wahrheit negieren. Und wenn doch? Lisa Nerz hat genau das immer gekonnt: die offensichtliche Wahrheit leugnen und eine andere finden. So hatte ich Richard unglücklich gemacht. Eigentlich hatte ich mir das jetzt abgewöhnen wollen. Als Michelle Ardan hatte ich heute vielleicht die Chance dazu. Aber wozu noch Chancen nutzen? Richard war doch schon tot.

Ich bog ins HHR ab. Wims Pistole lag wieder in der Schublade. Ich stopfte sie mir unters Shirt in den Hosenbund.

Im *payload service deck* stieß ich in der Stille der in den Kästen in den Einbauschränken automatisch ablaufenden Versuchsreihen auf Abdul mit Kladde in der Hand und PDA um den Hals.

»Butcher möchte …«

Abdul legte den Finger auf die Lippen.

Ich hätte am liebsten alle Mikrophone und Kameras abgeschossen. Zum Glück war Wims Pistole nicht geladen.

»Übrigens«, sagte Abdul, »Torsten hat keine Atomraketen entdeckt. Er hat nichts entdeckt.«

»Ich weiß. Hinter der Stahlwand der Waffenkammer befindet sich ein altes Bohrloch der Japaner.«

»Nein, ich wollte sagen, Torsten hat das Nichts entdeckt«, setzte Abdul neu an. »Ich habe mir seine Berechnungen angeschaut, die ich von seiner Speicherkarte kopiert habe. Sie sind, sagen wir, desillusionierend.«

»Wie jetzt?«

»Ganz einfach. Es gibt nichts auf dem Mond. Nichts, was den Aufwand wirklich lohnt. Torstens Berechnungen zufolge übersteigen die Kosten für den Abbau diverser Bodenschätze den Nutzen um ein Vielfaches. Titanerz, zum Beispiel, kommt auf der Erde so oft vor, dass man kein Ilmenit auf dem Mond schürfen muss.«

»Und Helium-3!«

Abdul lachte zischelnd wie eine Schlange. »Die Heliumfusion ist ein Märchen. Im Takomak reagiert Deuterium mit Helium-3 …«

»Wo?« Immerhin erinnerte ich mich an das traurige Wort in den Texten auf Torstens Speicherkarte.

»Der Takomak ist die Maschine, die mithilfe eines speziell geformten Magnetfelds supererhitztes Plasma für die Kernfusion erzeugt. Plasma ist der vierte Aggregatzustand eines Stoffes – neben fest, flüssig und gasförmig –, bei dem Atomkerne und Elektronen voneinander gelöst herumschwirren, zum Beispiel in Leuchtstoffröhren.«

Wim spickte um die Ecke und kam herein, als er uns sah. »Was ist mit David los? Er hat noch gar nicht zur Abschiedsfeier in die Cupola geladen. Dabei beginnt sie in zehn Minuten.«

Abdul legte die Kladde beiseite.

»Und weiter?«, drängelte ich ihn.

»Ja, also im Takomak reagiert Deuterium mit Helium-3 viel zu langsam. Torsten hielt es für ausgeschlossen, dass sich jemals zwei Helium-3-Kerne zur Fusion bringen lassen und dabei mehr Energie erzeugen, als man reingesteckt hat. Man müsste das Plasma auf unvorstellbar hohe Temperaturen bringen, fünfmal heißer als das Innere der Sonne. Und wenn man das schaffen würde, dann könnte man auch Bor-11 mit Wasserstoff zu Helium-4 verschmelzen. Das gibt es auf der Erde. Aus der Heliumfusion wird nichts, zumindest nicht in den nächsten hundert Jahren. Das belegen auch die Plasmaversuche von Krzysztof Skarga.«

Die sogenannten Kugelblitz-Experimente.

»Offiziell, so meint Torsten, werde man das allerdings noch lange nicht zugeben. Denn die Öffentlichkeit soll glauben, dass die Mondmissionen zur Zukunftssicherung notwendig sind.«

Wim hustete. »Nun ja. Wer nicht sucht, der nicht findet!«

»Na ja!«, lächelte Abdul und drehte sich zu dem Arzt um.

»Mit den Abermilliarden, die uns die Mondkolonisation kostet, könnten wir überall auf der Welt Dämme bauen, um die Küsten vor dem steigenden Meeresspiegel zu schützen. Und Schulen, Krankenhäuser …«

»Aber dann«, sagte Wim, »geht die Welt an Überbevölkerung zugrunde! Und dann wäre es doch wieder gut gewesen, wir hätten Mond und Mars als Ausweichquartiere.«

»Und wieder werden nur die Reichen überleben«, antwortete Abdul ruhig.

58

»Die Sonne blendete und hatte einen bläulichen Schimmer. Wenn man die Augen vor dem hellen Licht schützte, sah man Planeten und Sterne. Aber sie flimmerten und leuchteten nicht, sondern glommen bläulich und glichen silbernen Nägeln an einer schwarzen Kuppel.« *Auf dem Monde*, Konstantin Ziolkowski, 1893

Wieder fiel mein Blick zuerst durch die sechseckige Deckenscheibe in den Sternenhimmel. Ob man sich jemals daran gewöhnen würde, dass die Nacht bis zum Horizont fiel und darunter Tag war? Musste ich allerdings auch nicht.

Gail schlürfte Kaffee, als sei sie nicht zwischendurch mal tot gewesen. Tamara und Yanqiu saßen bei ihr am Tisch am Fenster, der vierte Platz war frei, wie üblich.

»He, Gail, Darling! Willkommen unter den Lebenden.«

Gails verheißungsvoll verschlafener Blick glitzerte kurz und triumphierend, dabei zog sie das Kinn ein und zuckte soldatisch mit den Schultern. Täglich einmal überleben: Astronautenroutine.

Die Cupola war gestopft voll. Am Tisch in der Mitte saßen Morten, Van Sung, Tupac und Giovanni. Menschen, denen es nichts ausmachte, immer andere im Rücken zu haben. Pjotr, Sergei, Krzysztof und Abdul hatten sich am anderen Fenstertisch zusammengefunden. Fred, Bob, Gonzo und Rhianna und, wie das fünfte Rad am Wagen, David drängten sich vor der Kombüse um den Tisch. Eclipse, Franco und Mohamed saßen am Aufgang wie die ewigen Außenseiter, der Stuhl von Rakesh Chaturvedi war frei geblieben. Und alle Blicke waren auf den sechsten Tisch geheftet, an dem unter der Videowand die Großen Vier saßen: Butcher, Pilinenko, Wim und Zippora.

Es fehlte keiner, nicht einmal derjenige, der im CC die *red line*-Bereiche hätte überwachen müssen. Dafür hatte David mit gewichtiger Miene einen Alarmpiepser auf dem Tisch vor sich liegen, dessen Anzeige er alle Minute in Augenschein nahm. Er hatte dann doch noch, eine Minute vor Beginn, mit dem Gedudel von *Radio High Moon* zur Abschiedsfeier gerufen.

»Gentlemen«, sagte Butcher mit Tic unter dem linken Auge. »Wir verabschieden heute unsere Gäste, die mit dem STS-213 zur Erde zurückkehren. Ich hoffe, dass die nicht immer schönen Ereignisse der letzten Tage euch eher bestärkt haben in der Auffassung, dass wir hier oben als Pioniere der Menschheit einen notwendigen und wichtigen, aber nicht immer leichten Job tun.«

»Geschenkt«, murmelte Gail. »Die NASA wirtschaftet sowieso mit Gewinn, und wenn das alte Europa das nicht hinkriegt, dann ist es eben nicht dabei.«

Butcher dankte dem südafrikanischen Diamantminenbesitzer Eclipse, dem Saudi-Araber Mohamed und dem Petersburger Energie- und Medienmogul Pjotr für ihre Begeisterung, die sie sich etwas hätten kosten lassen. »Unsere Mondtouristen sind es vor allem, welche die Begeisterung für den Menschheitstraum in alle Welt tragen.«

»Bla-bla-bla«, murmelte Gail in ihren Kaffee.

»Die ISS hätte längst dichtmachen müssen, wenn es den Weltraumtourismus nicht gäbe«, wisperte Tamara.

»Außerdem«, fuhr Butcher fort, »darf und will ich unseren

seltsamsten Gast nicht unerwähnt lassen« – Gail runkste auf dem Tisch den Ellbogen gegen meinen Unterarm –, »der bei uns für einiges Kopfzerbrechen gesorgt hat, vor allem wegen seines unkonventionellen Verhaltens.«

»Danke, Commander!« Ich stand auf. »Ich bitte um die Erlaubnis, ein paar Worte zu sagen.«

Butchers Backe tickte. Nicht unbedingt ein Zeichen von Ärger oder Stress, wie ich inzwischen wusste. »Bitte sehr«, sagte er aufgeräumt. »Aber in unser aller Interesse möchte ich dich bitten, deine Rede auf eine Stunde zu beschränken.« Er lachte, zufrieden mit seinem Scherz, und setzte sich.

Doch ehe ich die Pistole ziehen und Luft holen konnte, war Bob aufgestanden, groß und verlegen wie ein Tanzbär. »Also, Leute, ich muss euch was gestehen.«

Wim blickte höchst verwundert auf. Sein Gesicht war ledrig und gelblich. Zippora gefror das Psychologinnenlächeln auf den Lippen, und Pilinenko setzte seine KGB-Miene auf.

»Also«, räusperte sich Bob. »Gonzo und ich, wir sind noch mal draußen gewesen, an der Stelle, ihr wisst schon. Na ja, und wir haben das hier ausgegraben.«

Er hob etwas vom Boden auf, was aussah wie eine kleine Campinggasbombe, und stellte es auf den Tisch.

»Also, Leute, da ist Methan drin. Und so ein Ventil ist ja nie ganz dicht. Na ja, und als Torsten seine Cockroach loslaufen ließ, da hat sie natürlich das Methan detektiert. Und Torsten hat Gott weiß was gedacht.« Bob lachte. »Unterirdische Depots, geheime Waffenarsenale, Raketenabschussrampen, die sich durch Gasaustritt verraten.«

Fred feixte hinter gefalteten Händen.

»Dabei war es nur eine kleine Gasflasche. Und ich … also ich habe sie vorher dort eingegraben.«

»Wir beide!«, meldete sich Fred.

Butcher saß mit hochgezogenen Brauen da. Pilinenko biss sich auf die Unterlippe.

»Na ja, wir haben Torsten ein bisschen ärgern wollen. Überall hat er seine Nase reingesteckt, überall Geheimnisse gewittert. Und da dachten wir, soll er mal recht haben. Was? Die Deutschen haben so gern recht. Nichts für ungut, Gonzo. Du bist schon in Ordnung. Also, wo war ich? Ja, wir haben ihn ein bisschen verarschen wollen. Das war nicht richtig. Das sehe ich ein. Aber, verdammt, Torsten war ein ... Na ja, über Tote nichts Schlechtes, nicht wahr?«

Damit setzte Bob sich wieder.

Ein leises Lachen blubberte. Es war Morten, der dann laut und immer lauter lachte. Er musste sich den Springbauch halten vor Lachen.

»Entschuldigung!«, stöhnte er. »Aber es ist so ... wenn es nicht so tragisch ... O Gott!« Er wischte sich die Tränen von den halbmonddicken Backen. »Da deckt Torsten ein geheimes Waffenlager auf, und es ist nur eine Gasflasche. Wieso haben wir so was überhaupt hier oben? Und unsere Russenfraktion plant schon den Dritten Weltkrieg. Da überfallen uns die Killerameisen und krabbeln in unseren Betten herum, und es ist auch nur ein kleiner Streich, um Torsten zu ärgern. Jetzt muss nur noch derjenige aufstehen, der unseren Zeus angestiftet hat, Torstens mühsam errechnete Daten immer wieder zu vernichten. Es ist eine Verschwörung, ja, es ist eine echte Verschwörung, und dennoch gab es nie eine Verschwörung. Hörst du, Zippora. Notier dir das gut. So was gibt es. Viele Einzelne, die alle das gleiche Ziel verfolgen, nämlich einen armen unleidigen Mitmenschen zu ärgern, bringen ein technisches Meisterwerk wie die Artemis an den Rand der Notevakuierung und die Welt an den Rand des Dritten Weltkriegs.« Er gluckste.

»Leider«, sage Zippora streng, »kann ich nicht mitlachen, Morten. Im HHR liegt die Leiche des Inders, der heute hier mit uns hätte Abschied feiern sollen, und ich kann nicht finden, dass ...«

Abdul stand auf. »Bitte, darf ich etwas sagen.«

Morten wischte sich die Lachtränen aus den Augen.

»Bitte«, nickte Butcher ungehalten.

Abdul zog einige aus einem Notizbuch herausgerissene Blätter aus der Hosentasche seines Artemis-Anzugs. »Ich habe hier den Abschiedsbrief von Rakesh Chaturvedi, auf Sanskrit, der Sprache der Veden, und auf Englisch.«

Er legte die Blätter auf den Tisch der Großen Vier und trat wieder zurück.

»Ihr wisst, dass Rakesh für mich wie ein Vater war. Ich verdanke ihm alles. Deshalb konnte ich ihm seine letzte Bitte nicht abschlagen. Auch wenn ich damit alles verliere. Ich habe den EVA-Plan für Sergei geändert und das Programm geschrieben, das gestern den Alarm ausgelöst hat. Rakesh hatte mich darum gebeten, damit ihn niemand stört, wenn er in den Zustand des Samadhi übertritt. Es war sein größter Wunsch, eins zu werden mit dem Geist des Mondes.«

Die Cupola murmelte.

»Das«, schnaubte Oberst Pilinenko, »wird ein disziplinarisches Nachspiel haben! Das ist Sabotage!«

Abdul verbeugte sich. »Dessen bin ich mir bewusst.«

»Dann wäre das auch geklärt!«, sagte ich und zog die Pistole unter dem Artemis-Sweater hervor.

Oberst Pilinenkos Hand zuckte Richtung Hosenbund.

»Stecken lassen!« Ich richtete die Mündung auf seinen blassblonden Schädel.

»Michelle, was soll das?«, fragte Zippora mütterlich.

Gute Frage. Vielleicht wollte ich nur Michelle Ardan loswerden, diesen Feigling in mir. Auch so ein Wort, das es nicht auf weiblich gab. Auch auf Deutsch nicht. Ja, ich wollte wieder Lisa Nerz werden und die anderen aus der antrainierten Reserve ballern.

»Deine Versuchsanordnung gerät außer Kontrolle, Zippora«, rief ich. »Dein Kaninchen zeigt Zähne. Rache nennt man das. Einer von euch wird sterben. Ihr könnt euch aussuchen, wer.

Vielleicht möchte jemand von euch die Verantwortung übernehmen?«

»Wofür?«, fragte Butcher erstaunt.

»Für den Tod von Torsten Veith, für den von Michel Ardan, für den Tod von Susanne Veith und ihren Kindern, Diana und Luca, und für den Tod meines Lebensgefährten, Richard Weber.«

»Wer ist das denn?«, brummte Artjom Pilinenko.

»Dr. Richard Weber war Fachmann für Urheberrecht und Datenschutz. Er saß für Europa im COPUOS. Ein echter Kraut, wie David findet. Er wollte euch Weltraumnationen die Idee vermasseln, ihr könntet hier einfach eure Claims abstecken, den Mond unter euch aufteilen und in Wildwestmanier Helium-3 und Seltenerde abbauen und was ihr sonst noch so findet. Außerdem war er die treibende Kraft hinter den europäischen Bestrebungen, dass für Astronauten bei Langzeitaufenthalten ein Mindestmaß an Datenschutz gilt und Big Brother nicht alles zu sehen bekommt.«

Zippora verzog abschätzig das Gesicht.

»Ja, er war durchaus gefährlich für euch. Wie gefährlich, ist mir erst hier oben klar geworden. Als Erdenbürger kommt man ja nicht so einfach drauf. Da muss man erst für ein paar Tage im Artemis-Gefängnis stecken und sehen, wie erfinderisch der Mensch wird, wenn es darum geht, Kontrollen zu umgehen, wie emsig er Beziehungen knüpft, die verboten sind, wie rücksichtslos er seine eigenen Ziele verfolgt, ehrgeizig oder todessüchtig. Wenn das die Erfahrungen sind, die du sammelst für künftige Marsmissionen, Zippora, dann kann ein Flug zum Mars niemals stattfinden. Es sei denn, ihr Neurologen bekommt den Menschen in den Griff. Schon Kain erschlug Abel, weil er ihm Gottes Liebe nicht gönnte. Sobald drei Menschen zusammen sind, beginnt das volle Programm: Neid, Eifersucht, Herrschsucht, Mord und Totschlag. Ihr könnt uns testen und trainieren, aber berechnen lässt sich der Mensch nicht. Ihr habt die Kontrolle verloren auf der Artemis. Und heute wird euch das Experiment entgleiten.«

Ich wedelte mit Wims ungeladener Pistole.

»Was für ein Experiment soll das denn sein, Michelle?«, seufzte Zippora.

»Das Inselexperiment: Wann stempeln Astronauten einen der ihren zum Sündenbock? Und wie weit gehen sie, wenn Omega die Gruppe nicht verlassen kann? Ermorden sie ihn gar? Oder führt der Sündenbock selbst einen tödlichen Unfall herbei? Wie verhalten sich Astronauten, wenn einer stirbt und wenn sie glauben, sie würden alle an einer geheimnisvollen Krankheit sterben? Was passiert, wenn ihnen klar wird, dass sie Geiseln eines Verrückten sind? Wie organisieren sie sich? Wann meutern sie? Wann bewaffnen sie sich? Wann wird der Erste gelyncht? Und wenn ich jetzt einen von euch erschieße, kannst du das sogar als Erfolg verbuchen, Zippora.«

»Verstehe ich nicht«, sagte Bob.

Morten Jörgensson hatte mich durchaus verstanden. Aber er suchte noch nach Worten.

»Wenn ich jemanden erschieße«, erklärte ich, »dann hätte Zippora den Beweis, dass es im interstellaren Raum ohne absolute Kontrolle nicht geht. Nicht ohne implantierte RFID-Transponder, ohne Abhören der Quartiere, ohne Kameraüberwachung und lückenlose Aufzeichnung aller Biofunktionen! Sie hätte den Beweis, dass man darüber hinaus ein neurologisches Implantat braucht, das es erlaubt, einen Amokläufer von der Bodenkontrollstation aus abzuschalten. Versteht ihr? Nur Cyborg schafft es bis zum Mars oder zur Venus, nur Hybride, Menschen mit elektronischen Implantaten. Aber leider ist das nicht vereinbar mit unseren humanistischen Werten. Und der schwäbische Oberstaatsanwalt Richard Weber war nicht nur eingefleischter Rechtsstaatler, sondern auch Pietist. Niemals hätte er die Idee von Cyborg schweigend als Option für die Raumfahrt toleriert. Und wenn er dafür mit dem Leben hätte bezahlen müssen.«

59

»Es ist kaum wahrscheinlich, dass der Mensch auch durch den allergescheitesten flügelähnlichen Mechanismus, den er durch seine eigene Muskelkraft zu bewegen hätte, in den Stand gesetzt werden würde, sein eigenes Gewicht in die Höhe zu heben und dort zu erhalten.«
Hermann von Helmholtz, 1873

Ich war aus dem Klofenster im Hangar auf dem Segelflugplatz Wallmusried gesprungen. Einen Moment später hatte das Schwäbische Allgäu mit seinen Forsten, Weiden und Kühen aufgehört zu existieren. Eine Rakete knallte über dem Wäldchen. Brennende Teile zogen Streifen in den blauen Himmel.

Bis heute liegt mir der widerliche Geschmack nach Krankenhaus auf der Zunge. Ich hatte die Ohnmacht kommen gespürt. Sie stieg aus meiner Kehle empor, kühlte meine Luftröhre, näherte sich meinem Bewusstsein mit eindeutigen Signalen der Unbesiegbarkeit, knockte mich aus. »Manche muss man halt zu ihrem Glück zwingen.« Dieser Satz ist mir wie ein Satz aus einem Traum gegenwärtig, aber ich kann die Menschen, die Räume und die Ereignisse nicht dingfest machen, die ihn umgaben. Ich war erst auf dem Weg zum Raumgleiter wieder zur Besinnung gekommen. Mitten in der Bewegung, aufrecht wie ein Mensch, einen Fuß vor den anderen setzend und eine Bemerkung machend zu denen, die mich begleiteten.

»Runter kommt man immer.«

Offenbar hatte ich gewusst, wohin wir gingen. Ich hatte mich nicht gewundert, dass wir das Flugfeld des Luft- und Raumfahrtbahnhofs Friedrichshafen überquerten, auf dem vor der Kulisse der Wälder das STS-214 stand, das Flugsystem aus Raumgleiter und Fährmodul, das erst knapp zwanzig Kilometer hoch über dem Bodensee seine Raketen zünden würde. Aber ich wusste nicht, wie ich zu diesen Kenntnissen gelangt war. Ich erinnerte mich nicht, wie ich auf die Füße gekommen war, auf denen ich ging. Womöglich war ich schon drei Tage in Bewegung gewesen als menschliche Gestalt, redend, scherzend, gehorchend, den Arm entblößend, damit der Arzt mein Blut nehmen konnte, mich freimachend, mich ankleidend, auf dem Ergometer strampelnd fürs EKG, wie ein Automat, nie wach genug für die Erinnerungsarbeit des Bewusstseins und einen Fluchtplan. Vermutlich fühlten Schimpansen sich so beim Versuch, ihr Woher und Wohin zu reflektieren. Ihre neuronalen Verschaltungen reagierten auf Gummibärchen, ließen Kirschsaft stehen, wenn man ihnen Schimpansinnenärsche zeigte, erinnerten sich an Versprechen und erkannten sich im Spiegel, aber der Zeitraum, den irgendeine Art von Bewusstsein erhellte, reichte nicht länger als drei Tage. Alles davor und danach war Nacht.

Drei Tage hatten sie mir geraubt. Niemals würde ich aus eigener Erinnerung überprüfen können, ob es stimmte, wenn mir diejenigen, die mich kontrolliert und gelenkt hatten, versicherten, ich hätte weder jemanden ermordet, noch sei ich vergewaltigt worden, und ich hätte mich einverstanden erklärt mit meiner Reise zum Mond.

Ich würde es ihnen glauben müssen. Und ich würde sie immer hassen dafür.

60

»Ich habe es satt! Ich habe den Wahnsinn satt! Denn Wahnsinn ist alles, was hier geschieht und was seit Wochen geschehen ist.« *Frau im Mond*, Thea von Harbou, 1928

Ich richtete Wims ungeladene Pistole auf Zippora, genau zwischen die schwarzen Brauen, die über der Nasenwurzel zusammenwachsen wollten. »Und jetzt bezahlst du mit deinem Leben für Richards.«

Sie richtete sich auf, reckte den Hals, fixierte mich mit großen schwarzen Augen in grünen Kratern.

»Und für Susannes und das ihrer Kinder und für das von Michel Ardan und für Torsten Veith.«

Im Augenwinkel sah ich, wie sich Artjom blitzschnell unter den Sweater griff. Aber er musste erst entsichern. Ich setzte ihm Wims Pistole direkt an die Schläfe, nahm ihm seine Pistole weg und entsicherte sie.

»Danke, Artjom. Jetzt habe ich wenigstens eine geladene Waffe.«

Wim fuhr sich etwas hektisch durchs schüttere Haar. Ja, hätte er nur mal eher gesagt, dass die Pistole in meiner Hand seine war und demzufolge nicht geladen. Ich legte sie auf den Boden.

»Hör mal, Cyborg, Baby!«, ließ sich hinter mir in vertrautem Blubberamerikanisch Gails Stimme vernehmen. »Das bringt doch nichts. Du kommst hier nicht lebend raus.«

»Wer sagt denn, dass ich das will?«

»Was willst du dann?«, fragte Zippora scharf.

»Rache! Genugtuung.«

»Und wenn ich dir versichere, dass … dass dein Richard Weber gar nicht tot ist!«

»Du hattest heute Nacht Gelegenheit, mir das zu sagen.

Warum erst jetzt unter dem Eindruck von dem hier?« Ich wackelte mit der Pistole.

»Leg die Waffe weg, und ich werde dir alles erklären.«

Ich drückte ab.

Von sieben Glasflächen knallte das Echo auf uns zurück. Weibliches schrie gegen die Gewalt des Knalls an. Das Kästchen der Intercom hinter dem Kommandanturtisch zerflog. Plastikteile, Kabel und Platinenscherben schossen viel zu hoch und viel zu weit. Die Astronauten an den Tischen duckten sich. Und etwas verschreckt guckten nun doch auch die Großen Vier aus der Artemis-Wegwerfwäsche. Butcher schloss die Augen.

»Also, Zippora! Was ist mit Richard Weber?«

»Bis heute habe ich geglaubt«, sagte Zippora historisch schwergewichtig, »dass niemals wieder ein Deutscher die Waffe auf einen Juden richten würde.«

Besser hätte sie mich nicht entwaffnen können! Sie musste ungeknackt bleiben.

Morten Jörgensson verschluckte sich an einem Lachen. »Ene, mene, Maus und raus bist du!«, hustete er.

»Willst du vielleicht weitermachen?«, pflaumte ich ihn an. »Hier, du Held, bitte sehr. Vielleicht sagen sie dir ja, was hier läuft! Viel Glück!«

Ich knallte die Waffe vor ihn auf den Tisch. Morten kippte fast hintenüber. Tupac und Van Sung erstarrten.

Aber da war Oberst Pilinenko auch schon an den Tisch in der Mitte der Cupola gehechtet und eroberte sich seine Pistole zurück.

Aber er erschoss mich nicht. Er drehte mir nicht einmal den Arm auf den Rücken. Lag es nur daran, dass Astronauten gelernt hatten, ihre Impulse zu kontrollieren? Oder hatte Butcher ihm die Anweisung erteilt, mich machen zu lassen? Artjom beschränkte sich jedenfalls darauf, mich rüde zum Tisch von Gail, Yanqiu und Tamara zurückzuführen und auf den Stuhl zu drücken.

»So, und da bleibst du jetzt sitzen oder ich kette dich an!«

Steifbeinig kehrte er zum Tisch des Kommandanten zurück. Zippora bekämpfte die Zuckungen eines triumphierenden Lächelns, das sie nicht ausspielen wollte, aber auch nicht verbergen musste.

»Fuck. Cyborg, Baby!«, raunte mir Gail zu und kniff mich unterm Tisch in den Schenkel. »Du hast ja echt ein Rad ab!«

»Ist doch beruhigend, dass das Habitat einen Schuss aushält«, wisperte ich zurück.

Yanqiu stand leise auf und ging zur Kombüse hinüber.

»Gentlemen«, sagte Butcher. »Wir wollen nun …«

»Moment«, unterbrach ihn Zippora. »Unser deutscher Gast hat mir einen schwerwiegenden Vorwurf gemacht und eine Frage gestellt. Darauf möchte ich antworten.«

In stiller Dienstbarkeit, die mir in keinem Moment verkehrter vorgekommen war als jetzt, begann Yanqiu, auf unseren Tischen Tetrapacks mit Limonade zu verteilen.

»Zunächst einmal«, sagte Zippora, »möchte ich klarstellen, dass hier keinerlei psychologische Experimente stattfinden. Wenn es auch in der Tat gruppendynamische Prozesse gegeben hat und gibt, die uns und insbesondere mich beschäftigt haben und die wissenschaftlich interessant sind. Aber ich habe sie nicht initiiert.«

Abdul, der Meister der Muster, nickte kaum merklich vor sich hin.

»Und Richard Weber«, fuhr Zippora fort, »ist mir tatsächlich nicht persönlich bekannt. Allerdings kenne ich seine juristischen Veröffentlichungen über Nutzungsrechte und Datenschutz, die, mit Verlaub, sehr theoretisch sind und derzeit nur wenig Relevanz haben für unsere Arbeit hier oben. Aber er ist ein wichtiger Mann.«

Ein allgemeines Knistern hatte eingesetzt. Astronauten waren offenbar immer gierig auf irdische Leckereien. Wie lange hatte auch ich schon nicht mehr den Tetraeder von Sunkist in meiner

Hand gefühlt? Diese geometrische Denksportaufgabe aus vier gleichseitigen Dreiecken. Das hatte es in meiner Kindheit nur zu besonderen Anlässen gegeben, an Wandertagen beispielsweise. Mein Kindheitsabenteuer: Wie bekam man den Strohhalm durch die Plastikhaut im Löchlein, ohne dass die Spitze des Röhrchens abknickte?

»Eine Spende von Cadbury-Schweppes«, nuschelte Butcher. »Die haben auch den Transport bezahlt.«

Ein kichriges Stochern verwandelte die Cupola in einen Wandertag. Fehlten nur die auf Stöcke gespießten Würste überm Lagerfeuer. Nur eines war seltsam: Ein winziger Tropfen rollte an meinem Tetraeder entlang, noch bevor ich die Membran durchstochen hatte. Wo kam der her?

»Und wenn Herr Weber tot wäre, dann wüsste ich das«, vollendete Zippora, was sie mir zu sagen hatte.

»Stopp!«

Es war ich selbst, die das geschrien hatte. Gellend! Denn die ersten Kindermünder näherten sich mit Suckellust den eingepflanzten Plastikröhrchen.

»Stopp! Nicht trinken! Das ist Gift!«

Nur Yanqius zarte Lippen stoppten nicht. Weich und zutraulich schlossen sie sich um das Röhrchen.

Ich warf mich über den Tisch und schlug ihr den Tetraeder vom Mund und aus der Hand. Yanqiu war nur einen Moment perplex, dann schnappte sie sich die Packung von Tamara. Eine Fontäne Saft schoss aus dem Röhrchen. Und wieder näherten sich ihre Lippen dem Quell. Ich hechtete mich über Tamara, die aufschrie und mit dem Stuhl umkippte, und bekam Yanqius zartes Handgelenk zu fassen. Eine weitere Fontäne orangefarbener Limonade ergoss sich über Yanqius und meinen Ärmel.

»Schluss jetzt, ein für alle Mal!«, brüllte Artjom Pilinenko. »Sofort loslassen! Oder …!« Im Augenwinkel sah ich die kleine runde Mündung im Stahlmantel heraneiern.

Ich konnte nur hoffen, dass Kommandant Butcher ihn rechtzeitig zurückpfiff. Denn ich hatte alle Hände voll mit Yanqiu zu tun. Sie beugte ihr Köpfchen hinab zu unseren ineinander und um den Tetraeder verkrallten, saftverklebten Händen und spitzte eine rosige Zunge aus den Lippen. Ich hieb ihr bremsend meinen Unterarm unters Kinn.

Die halbe Mannschaft war aufgesprungen. Die Mündung von Pilinenkos Pistole bohrte sich in meine Schläfe.

»Versteht ihr nicht! Der Saft ist vergiftet«, schrie ich. »Er enthält TTX, das Gift des Kugelfischs.«

Yanqiu aalte sich an meiner Hand. Sie kämpfte lautlos, bis zum Letzten entschlossen. Ich krallte meine Hand in ihr Haar. Da endlich hielt sie inne wie ein Hase beim Nackenbiss des Beutegreifers. Glücklicherweise hatte Artjom Pilinenko eine russische Bärennatur. Er drohte, aber er drückte nicht ab. Ich leistete ihm Abbitte für jeden despektierlichen Gedanken, den ich gehegt hatte.

»Das haben wir gleich«, sage Wim Wathelet. Aus seiner Packung spritzte er sich etwas Flüssigkeit auf die Fingerkuppe, schnüffelte und stippte die Zunge ins Nass. Prüfend verteilte er den Orangengeschmack auf seinen Lippen, strudelte ihn mit der Zunge in den Gaumen, schmatzte, leckte. »Hm!« Er verzog das Gesicht. »Kugelfisch-Fans lieben das, dieses leichte Kribbeln auf der Zunge, das Taubheitsgefühl auf den Lippen. Zumindest mein Saft enthält TTX. Also Finger weg von dem Zeug!«

»My god!«, jaulte Rhianna und hob die Hände mit gespreizten Fingern. Fast alle hatten die Limonadentüten weit von sich geschoben oder sich auf ihren Stühlen zurückgelehnt, die Hände vom Tisch genommen. Nur ein paar, darunter Morten, Van Sung, Abdul, Leslie und Zippora, hatten offenbar nichts übrig für Limonade und ihre Tütchen nicht angerührt.

Schweigen legte sich ins Gesumm und Gebrumm der Cupola.

Da saßen sie: Morten schüttelte die Backen, Gonzo hatte die Hände an den Kopf gehoben, Fred begann zu keuchen. Franco rutschte auf dem Stuhl herum und suchte mit dem Blick Rettung in Tamaras Titten. Tamara war das Hostessenlächeln verrutscht, David drehte eine Platinenscherbe der zerschossenen Intercom in den Fingern und murmelte Sinnloses, Gail sog bestürzt mit der Unterlippe gleich das ganze marginale Kinn unter die Schneidezähne, Giovanni tippte mit der Fingerspitze an seine gespaltene Nasenspitze, Van Sungs Brille hatte sich beschlagen, Tupac spürte der Giftigkeit von Pfeilgiftfröschen nach, Bob kibbelte auf seinem knirschenden Stuhl, Pjotr lächelte wie einer, der den Kugeln der Mafia noch einmal entkommen war, Eclipse war aschgrau geworden, Krzysztof bekreuzigte sich und dankte der Schwarzen Madonna von Tschenstochau, Sergei versank in astraler Schwermut.

Nur Abdul schien ungerührt. Er hatte sich im kreiselnden Muster der Besessenheit nicht geirrt, auch wenn es bis eben noch so ausgesehen hatte, als wären es viele feindliche Planeten gewesen, die um Torsten gekreist hatten.

Immer noch stand ich unter der sternbeflockten Kuppel, die Faust in Yanqius pechglattem Haar, die andere um ihr Handgelenk mit der zerquetschten Gifttüte geschlossen. Yanqiu hielt still wie ein Hase in den Fängen des Tigers. Es waren die Chinesen, die in den Mondflecken einen Hasen sahen, den Gesellschafter von Chang'e, die zur ewigen Einsamkeit verdammt war, weil sie vom Kraut der Unsterblichkeit gekostet hatte. Und es war der Tiger der Guaraníes, der Jaguar, der unter dem Rock der Mondfrau Yasi vor den Jägern Schutz suchte und der sie schließlich fraß und immer wieder fressen musste.

»Hilfe!«

Tamara sprang zum Rehydrator, riss Reinigungstüchlein aus dem Behälter und begann mit giftängstlicher Umständlichkeit meine und Yanqius Hand zu säubern. Dann wischte sie Tisch und Boden sauber. Gail holte die Kiste mit den restlichen uns vergällten Spenden des amerikanischen Herstellers, ging von Tisch zu Tisch und fegte die angebrochenen Tüten in die Kiste und trug sie hinter die Kombüse.

Endlich konnte ich Yanqiu loslassen.

Sie rieb sich das Handgelenk und blickte mich waidwund, vorwurfsvoll, stolz und wütend an. Auf einmal verstand ich, warum man seit jeher dafür sorgte, dass ein Verurteilter seinem Henker nicht ins Gesicht sehen konnte.

»Hast du uns etwas mitzuteilen, Yanqiu?«, fragte Zippora hinter dem Kommandanturtisch hervor. Ihre Stimme klang knittrig.

Yanqiu schüttelte den Kopf.

»Sie hat Torsten Veith getötet«, sagte ich. »Sie ist verantwortlich für den Baggerangriff auf mich, sie wollte Rhianna töten, und sie hat eben versucht, uns alle und sich selbst zu vergiften, denn in ihrer Heimat erwartet sie für das, was sie getan hat, nicht nur die Todesstrafe, sondern auch die totale öffentliche Entehrung. Sie ist zur Schande für sich und ihre Familie geworden.«

»Stimmt das?«, fragte Zippora. Niemals war mir ihr Mutterton verkehrter erschienen.

Yanqiu richtete ihre Mandelaugen ins unendliche All und erstarrte.

»Sie hat«, sagte ich, »ein Programm entwickelt, um die RFID-Protokolle zu fälschen. Es lief auch in der Nacht, als Torsten starb.«

»Ich habe meinem Land keine Schande gemacht«, sagte Yanqiu leise, aber bestimmt. »Ich habe immer nur meine Pflicht erfüllt.«

»Ja, du bist eine gute Taikonautin«, sagte ich. »Du kannst Rover fahren, du eignest dich zum Systemadmin. Du hast die Raumanzüge mitentwickelt. Täglich wäschst du sie und bereitest sie für ihre Einsätze vor. Aber nie hast du selbst auf dem EVA-Plan gestanden. Nie hast du den Rover gefahren. Stattdessen hast du die Spülmaschine ein- und ausgeräumt, das Essen aufgetragen, die Klos geputzt.«

Yanqius Blick blieb starr auf den so unwirklich nahen Mondhorizont geheftet.

»Und eines Tages kam Torsten Veith. Hat er deine Dienstbarkeit falsch verstanden, fühlte er sich selbst gemeint, wenn du alle bedient hast? Hat er sexuelle Dienste erwartet? Hat er dich bedrängt?«

Zippora rutschte unbehaglich auf ihrem Stuhl herum.

»Er hat dir was vorgeflüstert von einer Mondgöttin, die er in dir gefunden habe, die Frau, von der er träumte, seit er ein kleiner Junge war, eine Frau, sanft wie der Frühlingshauch einer Vollmondnacht, schön wie eine Elfe auf einer Waldlichtung, leicht und herb wie der Nebel im Herbst. Yanqiu, er wollte sich von seiner Frau trennen, er wollte sich scheiden lassen. Deinetwegen!«

»Quatsch!«, fuhr Rhianna plötzlich auf. »Das war meinetwegen. Mich wollte er heiraten. Ich war seine Mondgöttin!«

»Kinder, Kinder!«, stöhnte Morten.

Yanqiu zog ihren Blick aus der Unendlichkeit zurück und wandte ihre Mandelaugen langsam Rhianna zu. Zwei Tränen zogen je eine Spur auf ihren Wangen.

»Oje!«, seufzte Morten. »Eifersucht. Ganz simple Eifersucht. Das alte äffische Gefühl, der dümmste Grund zu töten und dennoch der häufigste. Tragisch!«

Krzysztof stand auf, durchquerte den Kuppelsaal und zentrierte Morten eine aufs Kinn. Der Däne fiel vom Stuhl und japste.

»So«, sagte der Pole. »Das hat jetzt sein müssen.«

Morten rappelte sich auf, rieb sich das Kinn und versuchte, spöttisch zu lächeln. Aber es interessierte eigentlich keinen.

»Und als du erkanntest, dass Torsten sich Rhianna zugewandt hatte, hast du beschlossen, ihn zu töten?«, fragte Zippora mit ungläubigem Entsetzen in der Stimme. »War es so, Yanqiu?«

Yanqiu richtete ihren Blick wieder ins All.

»Torsten musste ihr sagen, dass er rauswollte«, antwortete ich an ihrer Stelle. »Jemand musste ihm in den Raumanzug helfen.«

Yanqiu wankte auf ihrem Stuhl. Tamara war schon halb aufgesprungen, aber die Chinesin fing sich wieder. Erbarmen, flehte ich in den Sternenhimmel hinauf. Wieso musste ich sie hinrichten? Wieso durfte Kommandant Butcher sich hinter politischer Korrektheit und diplomatischer Vorsicht verstecken?

»Sie hat ihre Uhr auf Auszeitmodus gestellt, damit niemand sah, was sie tat, sie hat Torsten in den Raumanzug geholfen, den sie vorher so beschädigt hatte, dass er bei nächster Gelegenheit reißen musste. Als er draußen war, hat sie außerdem den Bagger gegen ihn geführt. Glücklicherweise oder weil sie es so arrangiert hat, war der Zentralcomputer in diesen Stunden auf Remote- und Neustartmodus. War es so, Yanqiu?«

Sie schwieg starren Blicks.

»Und bei nächster Gelegenheit wolltest du Rhianna töten. Du hast vor unserer überstürzten EVA eine beinahe gesättigte Atemkalkpatrone in ihren Anzug gesteckt, damit sie allmählich an ihrem eigenen Kohlendioxid erstickt.«

»Stimmt«, rief Gail. »Ich hatte ja Rhiannas Anzug an, damit die Täuschung perfekt ist. Yanqiu, du verdammtes Schlitzauge!«

»Gail!«, rief Zippora tadelnd.

»Aber weil Yanqiu mir Greenhorn in den Raumanzug helfen musste, hat sie nicht mitbekommen, dass ihr eure Anzüge vertauscht hattet«, fuhr ich fort. »Sie hat es erst erkannt, als Gail halbtot hereingetragen wurde.«

»Und was sollte der Angriff auf dich?«, fragte Morten.

»Zwei Fliegen mit einer Klappe. Es sollte so aussehen, als wäre

Rhianna, von Hass getrieben, mit dem Bagger auf Gail und mich losgegangen.«

»Wozu das denn?«

»Aus Eifersucht«, antwortete ich.

»Und wer sollte da jetzt auf wen eifersüchtig sein?«, fragte Morten begriffsstutzig nach.

»Rhianna auf Gail und mich, weil wir es miteinander treiben«, antwortete ich.

Rhianna schnaubte hörbar.

»Das hätte Yanqiu zumindest hinterher behaupten können.«

Pilinenko blickte angestrengt aus dem Fenster. Zippora senkte den Blick. Wim grinste müde und alt. Auf den Gesichtern der übrigen Astronauten und Kosmonauten stand Ungläubigkeit. Tupac ratzte mit den Schneidezähnen über seinen Unterlippenbart.

»Ich warne davor, jemanden zu verurteilen!«, sagte Morten reflexartig.

Yanqiu wendete langsam ihr Gesichtchen. Ihr dunkler Blick tauchte in meinen, und ihre Lippen formten zwei Worte, die ich zwar verstand, aber nicht begriff: »Thank you.«

61

»Mit dem rasenden, aufheulenden Gebrüll der losgelassenen Hölle hob sich das Weltraumschiff und riss sich los von der Wüste des Mondes.« *Frau im Mond*, Thea von Harbou, 1928

Vielleicht hätte ich meine Rückreise zur blauen Marmorkugel, die von Stunde zu Stunde größer wurde, genießen können, aufgeregt wie ein Kind bei der Rückkehr vom Schulausflug, kurz bevor der Bus um die letzte Ecke biegen würde und man die Eltern am Straßenrand warten und winken sah, und vielleicht hätte ich sogar der Schwerelosigkeit etwas abgewinnen können, obgleich ich mich wieder fühlte, als stünde ich permanent auf dem Kopf, hätte ich nur nicht Yanqiu mit aller Macht davon abgehalten, sich das Gift, das uns allen zugedacht gewesen war, von der Hand zu lecken.

Aber wäre ihr Tod eine Lösung gewesen?

Man hatte Yanqiu fürs Erste mit Handschellen, die irgendein Pessimist der Standardausrüstung des Kommandanten beigefügt hatte, an das Treppengeländer der Cupola geschlossen. Bewacht wurde sie von Eclipse, Mohamed, Fred, Tupac und Van Sung. Die hohe Zahl der Bewacher aus unterschiedlichen Kulturkreisen hatte verhindern sollen, dass sich die Astronauten darauf verständigten, Yanqiu die Flucht in den Tod zu erlauben oder sie selbst hinzurichten.

Währenddessen hatte Abdul auf einem Laptop, der im *outing port* versteckt war, die Programme zum Manipulieren der RFID-Signale, eine Liste mit Türencodes, persönlichen Passwörtern und dem Admincode gefunden. Mondstaub eignete sich überraschend gut, um Fingerspuren zum Vorschein zu bringen. Yanqius Abdrücke befanden sich sowohl auf diesem Laptop, wie auch an der Tür von Wims Giftschrank und auf einer Spritze, die Giovanni in einer Schublade des *food stock* gefunden hatte.

Mit ihr hätte sie, zumindest theoretisch, das Gift in die Safttüten spritzen können, bevor sie sie verteilte. Es gelang Wim allerdings nicht, TTX in ihr nachzuweisen. Warum hätte sie so eine Tatwaffe auch aufheben sollen? Kaum irgendwo war es so einfach wie auf der Artemis, den kleinen Abfall auf Nimmerwiedersehen im Schredder verschwinden zu lassen.

Die Downlinks und TDRS-Satelliten glühten. Eine Weile sah es so aus, als müsste unser Countdown abgebrochen und der Start verschoben werden.

»Wenn sie mitfliegt, bleibe ich hier!«, hatte ich bei einer Besprechung im CC lauthals verkündet.

Butcher hatte sich jegliche Diskussion verbeten. Der nächste Flug wäre erst wieder in dreieinhalb Wochen gegangen.

»Und wie wollt ihr sie transportieren?«, hatte ich hysterisch geschrien. »Gefesselt, an den Sitz gebunden? Unter Drogen? Das ist gegen die Menschenwürde.«

»Sie hat uns alle ermorden wollen!«, sagte Butcher.

»Das muss erst mal ein ordentliches Gericht feststellen. Davon abgesehen, wer soll sie bewachen? Ich bin Journalist, Franco ist Politiker, Pjotr, Mohammed und Eclipse sind einfache Touristen. Wir sind keine Polizisten. Wie sollen wir verhindern, dass sie sich was antut? Oder dass sie die Raumfähre flugunfähig macht? Wer garantiert uns, dass nicht einer von uns sie … sie kurzerhand tötet, und sei es nur aus Angst?«

Pilinenko hatte schon Luft geholt, aber Zippora bedeutete ihm zu schweigen. »Wovor hast du Angst?«, fragte sie. »Vor dem Tod?«

»Das klänge jetzt blöd, wenn ich Ja sagte, gell?«

Zippora unterdrückte ein Lächeln. »Oder möchtest du nur nichts zu tun haben mit den Konsequenzen deiner Aktion?«

Sie hatte recht. »Die Todesstrafe steht nicht in meinen Spielregeln. Das ist Barbarei!«

»In den USA gibt es auch die Todesstrafe«, schnarrte Leslie Butcher, »und wir sind gewiss kein unzivilisiertes Land.«

»Bei uns hat die letzte Hinrichtung 1996 stattgefunden«, bemerkte Artjom Pilinenko zufrieden.

»Habt ihr hier nicht eine Arrestzelle«, wand ich mich, »wo Yanqiu so lange bleiben kann, bis eine für einen Gefangenentransport ausgestattete Fähre sie holen kommt?«

Hatte man nicht. In der Artemis gab es keinen ungenutzten Raum. Und schon gar keinen, der nicht durch seine Gerätschaften, Versorgungsrohre und Kabel die Gefahr barg, dass Yanqiu sich erhängte oder sonst wie tötete.

»Und wer sollte sie bewachen?«, fragte Zippora. »Drei Wochen lang rund um die Uhr? Dafür werden Astronauten nicht bezahlt.«

»Okay, okay.«

Zippora lächelte äußerst zufrieden.

»Außerdem wird euch Abdul as-Sharif begleiten«, sagte Butcher. »Er kann die Fähre zur Not per Hand steuern.«

Aber nicht uns zur Beruhigung und um uns vor den Folgen von Sabotageakten zu schützen, die Yanqiu begehen mochte, auch nicht, um die immer noch nicht erstarrte Leiche von Rakesh Chaturvedi in seine Heimat zu begleiten, würde er mit uns zur Erde zurückkehren, sondern weil man ihn wegen seines eigenen Sabotageakts zugunsten des Samadhi von Chaturvedi und unterlassener Hilfeleistung in Unehren aus den Diensten der internationalen Raumfahrt entlassen hatte.

Und schnell musste unsere Rückkehr auch deshalb vonstattengehen, weil es zu verhindern galt, dass die Presse Zeit bekam, rund um den Globus die ethischen Fragen eines Gefangenentransports vom Mond zur Erde zu diskutieren und Menschenrechtsorganisationen Plakate gegen die Todesstrafe entrollten. Oberpfaffenhofen traf schließlich nach Rücksprache mit dem Europäischen Raumfahrtzentrum in Darmstadt, das für das ESA-Modul und die europäischen Transporte zuständig war, die Entscheidung: Wim Wathelet würde Yanqiu sedieren und uns ebenfalls begleiten. Nach der Landung in Friedrichshafen würde die Gefangene den deutschen Behörden übergeben werden.

Ich beruhigte mich halbwegs. Yanqius Anwalt würde ihr vermutlich raten, Asyl zu beantragen. Daraufhin würde China ihre Auslieferung fordern, und die deutschen Behörden würden umständlich prüfen, ob ihr irgendeine Art von Verfolgung im eigenen Land drohte, die nichts mit Strafverfolgung zu tun hatte. Aufschub immerhin.

Aber ich wünschte, Wim hätte auch mich sediert. Oder nur mich und nicht sie, und sie hätte sich doch noch umbringen können. Falls das eine Lösung war.

Ich konnte gar nicht so viel weggucken, wie ich hätte müssen, um nicht ständig Yanqius weißes Gesicht mit den meist geschlossenen Lidern gegen die Kopfstütze im Schalensitz gekippt vor Augen zu haben. Und immer fürchtete ich mich davor, dass sie die Augen aufschlug und mich, ihre Henkerin, erblickte.

Warum hatte sie sich eigentlich bei mir bedankt? Und hatte sie mir nicht nach dem Baggerangriff über die Wange gestrichen, erleichtert, dass mir nichts geschehen war? Hatte ich mich geirrt? Irrten wir uns alle? Weil wir nämlich alle Opfer waren des jeder Gruppe innewohnenden dringenden Bedürfnisses, schnell wieder einen funktionierenden Sündenbock zu haben. Alpha, Beta, Gamma und Omega waren immer besetzt im Weltraumspiel der NASA: Führer, Spezialist, Arbeiter und Sündenbock.

Aber hatte Yanqiu denn Torsten wirklich töten müssen? Zwingend! Und warum hatte sie uns alle zu vergiften versucht?

»Es gibt Beweise!«, versuchte Pjotr mich zu überzeugen. In der Enge der Fähre gab es kein Entkommen. »Die Programme auf ihrem Laptop, die Fingerabdrücke auf der Spritze.«

Was hätte Richard dazu gesagt? »Das sind Indizien, keine Beweise.«

»Es steht alles im Buch des Lebens verzeichnet«, sagte Mohamed.

Hatten Chinesen auch Bücher des Lebens?

»Man nennt so was auch erweiterten Selbstmord«, erklärte Wim bei unserer x-ten Diskussionsrunde in der kosmischen Langeweile unseres Rücksturzes zur Erde.

»Und was willst du überhaupt?«, fragte Eclipse ungeduldig. »Du hast uns allen das Leben gerettet! Uns allen.«

Im Fenster schrumpfte der Mond. Nah und doch schon aus irdischer Perspektive vertraut, schieden sich Meere und Festland, Dunkel und Hell voneinander. Gen Osten das Meer der Heiterkeit, das ins Meer der Ruhe überging und das Meer der Fruchtbarkeit vor sich hin spuckte. Darüber das kreisrunde Mare Crisium. Im Westen schwappte das riesige Regenmeer, um im Ozean der Stürme zu verströmen. Südlich darunter strahlte hell der Krater Tycho in seinem Spritzkranz aus verglastem Regolith.

»Ich wäre übrigens nicht traurig gewesen«, gestand mir Wim, den Blick unverwandt aus dem Fenster gerichtet, »wenn ich noch von dem Gift getrunken hätte, bevor du uns gewarnt hast, Mademoiselle Cyborg.« Aus gelben Augen blickte er mich an. »Ja, ich bin krank. Ich habe Leberkrebs. Mein größter Wunsch war es, auf dem Mond begraben zu werden. Aber da wird ja nun nichts draus.«

Was für ein Opfer!

»Schaut, da ist die ISS!«, rief Eclipse van Wijk.

In den winzigen Fenstern spannte sich grätig und glitzernd die Internationale Raumstation mit ihren enormen Sonnensegeln und dem guten Dutzend Modulen in den Orbit über der Erde auf, die sich zu unübersichtlicher Größe aufgebläht hatte.

Man hätte es genießen können.

62

»Ich sehe hinauf zum Mond und frage mich: Wann fliegen wir wieder hinauf – und wer wird das sein?« *Lost Moon* (*Apollo 13*), James A. Lovell, 1994

Die Sonne war im Begriff, hinter die Schweizer Alpen zu sinken und das letzte Rot vom See abzuziehen, als wir im Raumbahnhof Friedrichshafen landeten.

Je zwei Mann mussten uns aus den Schalensitzen klauben, so erschlagen waren wir von der Erdenschwere. Es war tiefe Nacht, als man Eclipse, Mohamed, Abdul, Franco, Wim und mich endlich übers Rollfeld zum Bus führte. Franco runkste mir den Ellbogen in die Rippen, deutete auf das Gebäude, wo auf einem Balkon Kameras standen, und winkte. Pjotr tat es ihm nach. Abdul gaben die Knie nach. Er musste gestützt werden. Wim hatte man gleich in den Rollstuhl gesetzt, und meine Beine fühlten sich, ungeachtet des windigen Lebens, das uns empfing, wie Blei an.

Gewaltig war die Süße der Luft, wuchtig ihr Duft nach Wasser und Erde, befremdend die indiskrete Intimität des Windes, der unsere Glieder kühl umstrich. Ein Schwarm Enten zog in Dreiecksformation über den violetten Himmel auf dem Weg ins Hinterland. Eine Amsel sang irgendwo auf den Satellitenschüsseln der Gebäude des Luft- und Raumfahrtbahnhofs. Der Wald stand dunkel und still. Ozon kratzte mir im Hals, und Dieseldämpfe bissen mir in die Nase.

»Wo ist Yanqiu?«

»Man bringt sie weg, wenn die Kameras abgebaut sind«, behauptete Franco.

»Übrigens«, wisperte Wim mir zu, als Franco sich abwandte, während Eclipse den Bus erklomm. »Sie ist im zweiten Monat.«

»Was?«

Aber da hatten zwei Männer schon seinen Rollstuhl gepackt

und hoben ihn in den Bus. Wir saßen, wir rollten. Schwer hingen die Glieder an unserem Rumpf, die Gesäßknochen schmerzten. Unsere Begleiter machten befremdliche Gesichter aus einer Welt, die noch nicht wieder unsere war. Sie lächelten, sie musterten uns oder blickten aus den Fenstern, ohne uns weiter zu beachten. Menschen, die von woanders kamen und, wenn sie ihre Arbeit erledigt hatten, woanders hingehen würden. Sie waren auf uns nicht angewiesen, und wir nur für ein paar Stunden auf sie. Eine seltsame Welt.

Man führte uns an einer Glastür vorbei, hinter der sich buntes Volk versammelt hatte – Araber im Kaftan mit Kefije, Schwarzhäutige in grauen Anzügen, Blonde in Lederjacken –, ins HHR, eine Kranken- und Erholungsstation mit langen Gängen und viereckigen Räumen. Wie und wo genau mir Wim Wathelet aus den Augen geriet, erinnere ich mich nicht, aber die kleine, schiefe Gestalt mit dem gelben, auf einmal alten Gesicht und sein Händedruck, schwach und trocken wie Papier, sind mir ins Gedächtnis gegraben. Natürlich hat kein ATV seinen Leichnam wieder auf den Mond gebracht. Der erste Mensch, den man da oben begräbt, wird ein anderer sein.

Routiniert wie Roboter machte sich eine Armada von medizinisch-technischen Assistentinnen über uns her. Abdul verschwand, Franco ging, seinen Blick auf den Hintern einer deutschen Krankenschwester geheftet, in einen anderen Raum, Pjotr, Eclipse und Mohamed wollten sich schon für immer von mir verabschieden.

»Sie sehen sich doch gleich bei der Pressekonferenz wieder!«, beruhigte uns die MTA, die mir Blut aus der Vene zapfte und mich ans EKG anschloss.

»Ich möchte Gunter Maucher sprechen!«

Die MTA lächelte. »Er kommt sicher gleich.«

Erst der Arzt, der mein EKG auswertete, teilte mir mit, dass der Geschäftsführer der SSF und des Luft- und Raumfahrtbahnhofs Friedrichshafen, Gunter Maucher, noch mit der

Wirtschaftsdelegation des Ministerpräsidenten in China weilte. Roboter- und Verfahrenstechnik für Fusionsreaktoren verkaufen, die entweder mit schmutziger Technik oder nie gebaut werden würden.

»Sie haben den Trip ja gut verkraftet«, befand der Arzt. »Ich kann Sie wieder springen lassen. Nur Auto fahren dürfen Sie in den nächsten vierundzwanzig Stunden nicht. Ihr räumliches Sehen ist noch eingeschränkt. Da obe hent Sie ja kaum weiter als zwoi Meter luege könne, gell?«

Eine irdische Tamara, deren Namen ich nicht verstand, erschien und brachte mir meine frühere Existenz: Jeans, Sportschuhe, die Anglerweste, das T-Shirt, nach Waschmittel duftend, frische Unterwäsche, Socken. In einem braunen Umschlag von der Sorte, wie man sie nach einer Nacht im Polizeigewahrsam vorgelegt bekam, steckten meine Schlüssel, meine Ausweise, mein Diamantohrstecker, mein Geldbeutel und mein Handy. Es war vollständig entladen.

»Wo haben Sie das her?«

Die irdische Tamara lächelte. Sie wirkte jünger als die lunare, auch sonniger und jungfräulicher. »Hier kommt nix weg. Übrigens, da ist Besuch für Sie.«

Mein Herz hüpfte in selbstvergessenem Reflex, Richard ... Nein, falsch! Mein Gemüt verdampfte in vakuumkalter Enttäuschung. Jockel Rees schnaufte fleischig in den Raum.

»Pfü' Gott, Frau Nerz! Willkommen auf der Erde! Na, wie habet mir des nakriegt? Einmal Mond und zurück! Heidenei, war des ein Spässle, was?«

Ich schnappte nach Worten und verschluckte mich am Zorn. »Sie?«

»Ja, ich. Sie dürfen sich bei mir bedanken.« Jockel lachte und kotzte, wie der Schwabe zu husten sagte.

»Sie haben mich da hoch expediert? Sie haben mich entführen lassen? Sie haben ...«

»Nicht so voreilig, junge Dame!« Und mit einem »Lassen

Sie uns doch mal kurz alleine, Fräulein« schob er die irdische Tamara aus dem Zimmer. »Sie verstehen doch ein Spässle, Frau Nerz. Oder? Stimmt schon, wir haben ein bisschen tricksen müssen, um Sie da hinaufzukriegen. Unser lieber Richard hat ja auf Sie aufgepasst wie ein Schießhund. Von unserer Wette hat er Ihnen nichts erzählt, wette ich … Wann auch?« Er lachte.

»Was für eine Wette?«

»Die ist uralt, Frau Nerz! Na ja, nicht so alt wie dem Torsten seine mit Gunter. Aber ein paar Jahre ist sie schon alt. Ohne Ihnen zu nahe treten zu wollen, Frau Nerz, aber Richard ist zuweilen a weng naiv. Er glaubt, dass Gesetze dazu da sind, dass man sich dran hält. Und ich sage immer: Sie spornen nur die Phantasie an. Ich weiß nicht mehr, wie wir drauf gekommen sind, er und ich in einer langen Nacht in Oberpfaffenhofen nach einem anstrengenden Symposium über irgendwelche langweiligen juristischen Fragen, die er sauspannend fand … Sie kennen ihn ja … da hab ich ihm gesagt: Die ganzen ausgeklügelten Sicherheitssysteme kannst du den Hasen geben, ich bring dir jeden beliebigen halbwegs gesunden Menschen da hoch und gesund wieder runter, ohne Astronautenausbildung und ohne dass Houston oder Oberpfaffenhofen etwas mitkriegen. Natürlich habe ich damals nicht an Sie gedacht. Aber als Sie anfingen, sich für Torsten Veith zu interessieren … Nur, damit Sie es wissen, Richard war natürlich strikt dagegen. ›Das ist zu gefährlich! Das erlaube ich nicht!‹ So zornig habe ich ihn selten gesehen!« Jockel lachte. »Wir haben uns saumäßig gefetzt!«

Diesen entscheidenden Streit in der Herrenrunde auf Schloss Ratzenried hatte Richard mir allerdings wohlweislich verschwiegen.

»Als ob er da was zu erlauben oder zu verbieten gehabt hätte«, fuchtelte Jockel weiter. »Oder, Frau Nerz? Sie als … sagt man heute noch Emanze? Sie werden mir recht geben. Heute können Männer nicht mehr einfach so über den Kopf der Freundin hinweg bestimmen, gell?«

Ich schluckte. »Und was haben Sie getan? Ich kann mich nicht erinnern, dass Sie mich gefragt hätten. Sie haben einfach ...«

»Einfach ist gut, Frau Nerz. Einfach war des gwiss it. In der kurzen Zeit! Ardan weg, Sie einfangen und rauf mit der Kapsel! Einfach?« Er lachte fleischig. »Da hat man schon die Spezialisten nehmen müssen! Gell?«

»Den Typ mit dem roten Hintern vom Mossad? Der hat mich seit meiner Ankunft in Friedrichshafen beschattet!«

Jockel lachte hustend. »Nix Mossad! Wir haben auch fähige Leutchen, gell!«

»Hören Sie auf!«, hörte ich mich plötzlich schreien. »Sie haben es doch von langer Hand geplant! Sie haben Ardan ermorden lassen. Da hört der Spaß auf. Sie haben Richard ...«

»Stopp!« Der Vorsitzende des Mond-Clubs wurde schlagartig ernst. »Das lass ich mir it nachsagen. Ich habe niemanden ...« Er ließ den Zeigefinger an seinem Kehlkopf vorbeizischen. »Haben wir uns verstanden? Stimmt, wir haben Sie ein bisschen beobachtet. Sie hatten ja den Ruf, aus irgendwelchen Unfällen Mordfälle zu konstruieren! Aber das mit Ardan war ein unglücklicher Zufall! Sehr unglücklich! Zumindest für ihn. Er war sturzbetrunken. Zwei Komma irgendwas Promille im Blut! Wussten Sie das? Er ist ins Fenster getaumelt, nachdem die Buben es eingeschlagen hatten. Polizeilich bewiesen! Nachgeholfen hat da niemand! Bei Ihnen, da haben wir allerdings ein bisschen nachhelfen müssen. Das ist richtig. Aber Sie haben sich ja dann einverstanden erklärt. Ich kann Ihnen Ihre Unterschrift zeigen! Haftungsausschluss und all das. Und jetzt, finde ich, sind Sie an der Reihe, Ihren Vertrag zu erfüllen.«

»Welchen Vertrag?« Ein ganz blödes Gefühl beschlich mich.

»Schon Alzheimer?« Jockel lachte.

»Nein, eine retrograde Amnesie! Ich weiß nicht, was man mir

gegeben hat, aber ich vermute, es waren Ketamine und Benzodiazepine. Sie entkoppeln Wahrnehmung und Erinnerung. Bei niedriger Dosierung bleibt man ansprechbar und reagiert. Aber man erinnert sich an nichts.«

»Interessant. Was es nicht alles gibt! Aber Sie wollen sich doch jetzt nicht wirklich darauf rausreden? Das wäre nicht fair. Darf ich also bitten? Sie haben mir ebbes mitgebracht.«

»Was denn?«

Der Alte streckte die Hand aus. »Das, was Torsten hinter dem Spiegel im Abort versteckt hat. Man hat mir bestätigt, dass Sie es haben, ein gewisser David Hirsch hat es runter gemeldet. Und Sie haben es versprochen! Als Gegenleistung, wenn wir Sie raufschießen und Sie den Mord an Torsten untersuchen dürfen. Und Sie hatten recht. Es war Mord. Chapeau, Frau Nerz! Ihre Spürnase möchte ich haben.«

»Möchten Sie nicht!«

»Ja, schlimm, was wir haben erfahren müssen. Eine Massenmörderin auf der Artemis, eine Chinesin! Furchtbar, furchtbar. Der Ruhm ist Ihnen sicher, Frau Nerz. Er sei Ihnen gegönnt. In meinem Alter braucht man keinen Ruhm mehr. Im Gegenteil, die Preise und Ehrungen verfolgen einen geradezu. Ich meine: Ihnen das Ihre, und mir das meine, gell? Andernfalls müsste ich …«

An der Tür klopfte es zaghaft. Jockels Drohung summte um die Deckenleuchte wie eine Fliege. Die irdische Tamara steckte den dunklen Wuschelkopf zur Tür herein. »Entschuldigen Sie, Herr Rees, aber die Pressekonferenz …«

»Momentle noch, Fräulein!«

Tamara schloss die Tür wieder, und Jockel streckte mir gebieterisch die Hand hin.

»Ach so«, sagte ich und fischte Torstens Foto mit den Kindern am Zeppelindenkmal aus meinen Sachen.

Jockels Mimik wurde tödlich.

»Ach ja, nein!« Ich lachte, »Spässle gmacht«, und legte ihm

die kleine schwarze Speicherkarte mit der Scharte im Aufkleber, die ich gleich nach meiner Ankunft hinter dem Abortspiegel in Torstens Quartier entdeckt, dann verloren und dann aus Gails Fingern mit den abgenagten Fingernägeln zurückerobert hatte, in Jockels fleischige Hand. »Da ist alles drauf, was Torsten entdeckt hat.«

»Geht doch!«, sagte Jockel, ließ die Flashcard eilig in seine Jackentasche gleiten, wandte sich nach der Tür um.

»Aber Sie werden enttäuscht sein«, sagte ich schnell.

»Sicher nicht«, sagte Jockel wegwerfend und legte die Hand auf die Klinke.

»Aber Tosten hat kein Gold gefunden, keine Diamanten. Er hat überhaupt nichts gefunden auf dem Mond. Um nicht zu sagen: Er hat das Nichts gefunden.«

Der Vorsitzende des Mond-Clubs drehte sich langsam zu mir zurück. Seine Augen waren geschlitzt, sein Altherrengesicht war gespannt.

Plötzlich hatte ich es kapiert.

»Das also war Torstens Geheimnis! Sie kennen es seit jenem ominösen Anruf Torstens, zwei Wochen vor seinem Tod, den er von Oberpfaffenhofen nach Schloss Ratzenried hat umleiten lassen, damit er als privat gilt und nicht aufgezeichnet wird. Da hat er was gefaselt von psychologischen Versuchen, Mobbing und Sabotage. Aber das war es nicht, was Sie alarmiert hat.«

Jockel schnaufte.

»Sondern etwas anderes: Es lohnt den Aufwand nicht. Es lohnt sich nicht, im Vakuum Magnete aus Neodym zu sintern. Höchstens für den Eigenbedarf auf der Artemis. Und der Helium-3-Abbau ist auch Blödsinn, weil es vielleicht nie einen funktionierenden Helium-Helium-Fusionsreaktor geben wird. Und wenn man die nötige Hitze eines Tages doch erzeugen kann, dann könnte man auch mit irdischem Bor-11 eine saubere Kernfusion hinkriegen. Der Mond ist nichts weiter als ein hübscher runder Experimentierkasten für Geologen, Astronomen, Vakuumforscher, Sucher nach außerirdischem Leben, Ärzte und Psychologen, für Wissenschaftler und Träumer und vielleicht noch für Weltraumstrategen und Staatschefs, die von Krieg und Hunger ablenken wollen.«

»Wir denken sehr viel langfristiger, junge Dame!«, hustete Jockel. »Ein direkter Nutzen ist bei Pioniertaten nie erkennbar.«

»Aber Torstens Erkenntnis kommt für Sie zu früh! Gunter verkauft in China gerade deutsche Technologie für Fusionsreaktoren. So ein Geschäft können Sie in Deutschland nur mit der Vision sauberer Heliumreaktoren rechtfertigen, die das Energieproblem Chinas lösen werden und für die Europa die lunaren Bodenschätze fördern wird. Da geht es um Milliarden. Und nun kommt Torsten und erklärt mit dem Zorn eines Astronauten, der auf dem Mond gescheitert ist, dass alles Mumpitz ist! Ein Milliardengrab! Aber Sie brauchen noch etwas Zeit, jetzt wo die Wirtschaft gerade auf die Raumfahrt einschwenkt. Jetzt wo das Geld zu fließen beginnt. Und außerdem wollen Sie, bevor die Seifenblase platzt, ihre Mondgrundstücke wieder verkaufen. Am besten gewinnbringend.«

Es klopfte wieder. Tamara streckte den Kopf zur Tür herein und lächelte angestrengt.

»Wir kommen!«, schnaubte Jockel, riss ihr die Tür aus der Hand und stürmte auf den Gang.

»Aber wie wollen Sie mich eigentlich daran hindern«, rief und lief ich ihm hinterher, »dass ich das veröffentliche?«

Der Fleischberg bebte unter kurzatmigem Gelächter. »Veröffentlichen Sie, was Sie wollen, Frau Schwabenreporterin Lisa Nerz. Geben Sie Interviews, behaupten Sie, was Sie nicht lassen können. Aber beweisen können Sie es nicht. Vorrechnen können Sie es nicht.«

Da hatte er absolut recht.

Eclipse, Mohamed, Pjotr und Franco, verkleidet in ihren nationalen Trachten, starrten uns an. Tamara lächelte.

Dem Astronauten und Ingenieur Torsten Veith hätte man es geglaubt. Und man würde es demjenigen glauben, der Torstens Berechnungen vorlegen konnte. Deshalb hatte der Mond-Club Michel Ardan hochgeschickt, mit denselben Instruktionen, die ich dann erhalten hatte, nachdem Ardan ausgefallen war. Und offenbar hatte ich im Zustand der Kryptobiose versprochen, den Datenträger hinter dem Abortspiegel hervorzuholen, den Torsten dort versteckt hatte, weil er sich verfolgt geglaubt hatte, genau die Speicherkarte, die in seinen persönlichen Sachen gefehlt und nach der Richard den kleinen Luca gefragt hatte.

Ich blieb stehen. In wessen Spiel war ich hier eigentlich als Figürchen herumgeschoben worden?

»Moment, Herr Rees!«

Er drehte sich nicht mehr um. Fleischig und mächtig schnaufte Jockel den Gang hinunter.

Aber Tamara kam zurück.

»Wo ist Abdul?«, fragte ich. »Kommt er auch zur PK?«

»Nein. Sein Kreislauf ist nicht stabil genug, sagt der Arzt. Er war immerhin ein Dreivierteljahr da oben.«

»Ich muss ihn sprechen! Sofort.«

Tamara schaute auf die Uhr. »Na gut! Kommen Sie!«

Sie lieferte mich vor einer Tür ab, versprach, mich in einer Viertelstunde holen zu kommen, und eilte davon, um die anderen zur Pressekonferenz zu bringen.

Der Pakistani vom Stamm der Fakire lag mit eingefallenem Gesicht, weltallschwarzen Augen und erdölig glänzenden Locken in den weißen Laken und hing am Tropf. Eine Krankenschwester tippte auf den Apparaten herum, welche die Herz-Kreislauf-Funktionen überwachten. Seine Hand fiel kraftlos in meine, ich musste sie festhalten, damit sie nicht in die Laken rutschte.

»Heb deinen PDA gut auf«, sagte ich, »vor allem die Daten von Torstens Speicherkarte. Es kann sein, dass ich dich eines

Tages bitte, Torstens Berechnungen zu veröffentlichen. Dir wird man glauben.«

Abdul schüttelte den Kopf. »Die Berechnungen sind nicht wichtig. Jeder kann sie anstellen. Ich denke, sie sind längst unter Fachleuten im Umlauf.«

»Auf einmal?« Da machte es Klick in meinem Hirn. »Abdul! Wofür habt ihr mich benutzt? In welchem Plan bin ich der Springer und Yanqiu das Bauernopfer?«

»Du bist in Sicherheit!«, hauchte Abdul. »Wir sind entkommen!«

»Wem? Abdul! Sag es endlich! Wir sind wieder auf der Erde. Das Weltraumspiel ist aus. Wir sind keine Astronauten mehr. Wir sind wieder normale Menschen!«

Der Pakistani seufzte. »Torstens Berechnungen sind nur Tarnung.«

»Wofür?«

»Ich bin darauf gekommen, weil Torsten die Dateien nicht verschlüsselt hat. So wichtig, dass er die Speicherkarte versteckt, und dann ungeschützt? Das wollte mir nicht einleuchten. Und tatsächlich: Die eigentliche Information ist in den Hexadezimal-Codes der Bilder und Grafiken versteckt. Torstens Tagebuch.«

Abduls Hand entglitt meiner, und in meiner Handfläche blieb eine dieser schwarzen Plastikkärtchen mit der abgeschnittenen Ecke zurück.

»Über das Sabotagemuster haben wir gesprochen«, sagte er leise, »über die Allianzen und Ausgrenzungen unter den Astronauten, über dic abweichenden Muster der Pulsprotokolle von Yanqiu, über das große Muster der Besessenheit und Liebe haben wir geredet, nur über einen haben wir nie gesprochen!«

»Kommandant Leslie Butcher?«

»Auch seine Pulsprotokolle weisen artifizielle Muster auf.«

»Du wusstest es da oben schon und sagst es mir erst jetzt?«

»Die Artemis hat überall Ohren. Es wäre gefährlich gewesen.«

»Das heißt, du hast mir geraten, Kommandant Butchers Plan zu folgen und Yanqiu des Mordes und des versuchten mehrfachen Mordes zu überführen, nur damit wir davonkommen, du und ich und … O Gott, Abdul! Was ist da auf der Artemis wirklich abgelaufen?«

»Ein Eskalation des Hasses«, flüsterte er. »Torsten war getrieben davon, seinen Gegner zu vernichten, und sei es um den Preis seiner eigenen Vernichtung. Und sein Gegner war der Kommandant der Artemis, Colonel Leslie Butcher.«

»Warum?«

Abdul zuckte mit den Schultern. »Zwei Männer, die sich nicht vertragen, vielleicht. Torsten konnte sich nicht unterordnen. Er musste aber. Und prompt sah er sich benachteiligt. Und dafür hat er Leslie verantwortlich gemacht.«

»Wofür genau?«

»Es fing damit an, dass Torsten zufällig entdeckt hat, dass Yanqiu ihre Pulsprotokolle und die von Kommandant Butcher manipuliert. Und zwar seit vier Monaten. Kurz davor gibt es zwei RFID-Ortungen von Leslie und Yanqiu im *food stock*.«

Plötzlich sah ich Yanqius Augenaufschlag wieder vor mir, wie er zu Leslie Butcher hinüberschmolz, der mit tickender Backe und militärisch schnoddrigem Bass die Begrüßung sprach.

»Dieser falsche Heilige!«, schnaubte ich. »Der erzählt mir am ersten Abend was von Sexverbot und hat sich längst eine Ausnahmegenehmigung erteilt.«

Ich ahnte schon, dass das nicht der entscheidende Punkt war.

»Sie haben sich in der *no lone zone* getroffen«, wisperte Abdul. »In der Waffenkammer. Deshalb ist Torsten ihnen draufgekommen. Er hatte Giovannis Cockroach durchs Habitat krabbeln lassen. Sie hat Spuren von Ammoniumperchlorat an Leslies und Yanqius Anzügen detektiert. Plötzlich stand Cockroach 7 im CC, das weiß ich noch, und ist Leslie auf den Fuß gekrochen wie ein … wie ein kopulierender Hund. Danach bekam Torsten Schwierigkeiten mit seinen Terminen für Außeneinsätze und fing an, die Nutzungsrechte mit der Stoppuhr einzuklagen. So begann sein Weg in die Isolation.«

»*El susto.*«

»Niemand hat vorhersehen können, dass es derartig eskalieren würde. Leslie hat Torsten anfangs wohl nur zeigen wollen, dass er sich von einem Deutschen nicht verdächtigen lässt, eine Affäre zu haben, und dass er als Kommandant die Macht hat, ihm zu schaden! Aber Torsten war einer, der Machtdemonstrationen nicht vertrug. Er war zu stolz.«

»Ehrgeizig.«

Ein Wort, mit dem auch Abdul nicht viel anfangen konnte. »Torsten hat den Kampf aufgenommen und zunächst Yanqiu zur Rede gestellt. Sie hat alles bestritten, ist in Tränen ausgebrochen und hat bei Gail Schutz gesucht. Gail hat daraus einen Vergewaltigungsverdacht gemacht. Yanqiu selbst hat das immer bestritten. Und es ließ sich auch nicht beweisen. Aber es hat Torsten bei der Crew den letzten Rest von Ansehen gekostet.«

Ja, in der Knasthierarchie war der Reißer immer ganz unten. »Die Scharia sieht die Steinigung von so einem vor, nicht?«

»Wir haben ihn gesteinigt, in gewisser Weise.«

»Und was war Gails Interesse bei der Sache?«

»Vielleicht nur Frauensolidarität. Oder sie wollte … na ja, sie ist doch auch …«

»Sie steht auf Frauen, das stimmt.«

»Letztlich ist es egal. Gail hat vor allem Leslie einen Gefallen getan. Torsten hätte seinen Kommandanten jetzt kaum noch beschuldigen können, dass er was mit Yanqiu hat. Niemand hätte Torsten das noch geglaubt.«

»Irgendeiner glaubt es immer!«, widersprach ich.

»Darum hat Leslie Butcher weiter vorgebaut. Auch für ihn hat das, was bestenfalls als Regelverstoß gewertet worden wäre und eine disziplinarische Untersuchung nach sich gezogen hätte …«

»Und Zurückbeorderung nach Hause …«

»… die Qualität eines ganz und gar inakzeptablen internen Machtkampfs bekommen. Man hätte ihm Missbrauch seiner Macht und Mobbing vorhalten können und damit vollständiges Versagen als Kommandant. Sein Ansehen, seine Ehre standen auf dem Spiel. Und nicht nur seine, sondern auch die der USA.«

»Und sein Rekord! Genauer zwei Rekorde für den längsten Aufenthalt im All. Eine Rückbeorderung vor dem Termin wäre eine persönliche Katastrophe für ihn gewesen.«

»Deshalb kam ihm die Idee, die Besatzung als Geiseln zu nehmen, sobald ihm alles aus dem Ruder läuft. Das hätte wirkungsvoll von ihm abgelenkt. Wim hatte ihm einmal was von Belgien und den Separatisten erzählt. Deshalb hat Leslie dieses Thema gewählt. Dann hat er es wohl als Schnapsidee wieder verworfen und versucht, die Texte zu löschen. Aber so was ist ja nicht so leicht. Sein Erzfeind Torsten hat mit der Energie des Hasses die Texte gefunden und rekonstruiert. Und dann hat er sie Leslie vorgelegt.«

»Woher weißt du das?«

»Steht alles auf der Speicherkarte. Ich habe dir Torstens Notizen und Berichte entschlüsselt. Es ist eine Art Tagebuch.«

Ich schloss die Faust um das Kärtchen.

»Torsten wusste allerdings nicht, dass die Erpressertexte von Leslie selbst waren«, fuhr Abdul fort. »Er war nur ziemlich verblüfft, dass der Kommandant ihre Bedeutung herunterspielte. Er sah darin einen weiteren Beweis für Leslies Führungsschwäche. Er hatte außerdem beobachtet, dass Leslie Tabletten nimmt, Stimmungsaufheller, Schlaftabletten, Schmerzmittel. Und nun wollte Torsten beweisen, dass Butcher von seiner heimlichen Affäre mit Yanqiu so abgelenkt war, dass er nicht mehr für die Sicherheit der Artemis garantieren konnte. Und ein Detail wollte er seinem Dossier noch hinzufügen: den Beweis, dass eine schwere Panne bei den Ameisenversuchen des Japaners vertuscht worden sei und die Artemis jetzt von Ameisen heimgesucht würde, die mit Cyanobakterien eine Symbiose eingegangen seien.«

»Niemand, auch Zippora nicht, hat erwähnt, dass Butcher und Torsten einander spinnefeind gegenüberstanden«, wandte ich ein. »Kann Zippora das entgangen sein?«

»Wir sind normalerweise so sehr mit uns selbst beschäftigt, dass wir Hass nicht bemerken, solange er sich nicht in Tiraden und Gewalt manifestiert. Torsten und Leslie haben sich gut versteckt. Leslie hinter der Maske des Kommandanten, Torsten hinter pedantischem Formalismus.«

»Und als Torsten rausgehen wollte, um nach den Ameisen zu suchen, hat Butcher seine Chance gesehen, ihn zu beseitigen.«

Abdul nickte. »Torstens Notizen enden allerdings an dem Tag. Es ist also reine Vermutung.«

»Aber von Yanqiu, die Torstens Anzug vorbereiten musste, kann Butcher erfahren haben, dass Torsten einen Ausflug plante. Er hat Torstens Anzug beschädigt und Zeus lahmgelegt, damit David und er die ganze Nacht zu tun hatten, und als Torsten draußen war, hat Leslie von irgendeiner Konsole aus den Bagger auf Torsten gehetzt.«

»So könnte es gewesen sein. Ich hatte in dieser Nacht Dienst im CC. Ich erinnere mich, dass Leslie irgendwann kam und mich ins zweite Sub beorderte, weil irgendetwas mit den Lebenserhaltungssystemen nicht in Ordnung sei. Ich habe eine halbe Stunde gesucht, aber keinen Fehler gefunden. Während David im CC mit dem Neustart von Zeus beschäftigt war, hatte Leslie Zeit, in den Tower zu gehen und den Bagger zu steuern.«

»Und als der Bagger auf mich losging?«

»Da war David allein im CC. Man kann den Bagger auch von dort steuern, falls man das Habitat evakuieren muss. Seinen Admin David kann Leslie überall hinschicken, ohne dass er sich etwas dabei denkt. David fühlt sich nur wichtig und unabkömmlich.«

»Aber wem galt der Angriff?«

»Dir! Nach dem, was du am ersten Abend gesagt hast über deine … über Cyborg.«

»Dass ich auf Frauen stehe, meinst du?« Ich musste lachen. »Und da dachte Butcher, ich würde mich an seine Yanqiu ranmachen? Nun ja, Gail dachte es auf jeden Fall. Sie hat das für sich gelöst, indem sie mich kurzerhand zu ihrem Mädchen gemacht hat. Damit war Yanqiu für mich tabu. Knastspiele.«

Abdul blickte moralisch verquält drein. »Wir würden nie eine schutzlose Frau irgendwohin schicken. Männer sind so verführbar. Wir stürzen uns aufeinander wie die Gockel im Hahnenkampf.«

Jetzt guckte ich etwas verquält. Frauen wegsperren war ja auch keine Lösung.

»Jedenfalls«, fuhr Abdul fort, »hat Leslie gemerkt, dass du vor nichts und niemandem Respekt hast und keinerlei Regeln akzeptierst. Vielleicht hat er auch gedacht, ihr würdet im Quartier Orgien feiern. Wir haben ja eigentlich nur noch an das eine gedacht, du weißt schon. Jeder hatte damit irgendwie Probleme. Leslie muss sich bereits in einem Zustand von eingeschränkter Zurechnungsfähigkeit befunden haben. Immerhin hatte er Torsten umgebracht. Und die Eifersucht ist ein grausamer Partner der Angst, alles zu verlieren. Womöglich dachte er sogar, du seist seinetwegen nach oben geschickt worden. Um ihn zu entlarven.«

Ich erinnerte mich plötzlich, wie unkompliziert Butcher meinen Mondspaziergang außer der Reihe genehmigt hatte und wie aufgeräumt er gewesen war, als feststand, dass meine Stunden auf der Artemis gezählt waren und dass ich sie dafür verwenden würde, Yanqiu zur Mörderin zu stempeln.

»Und du hast ihm geholfen, Abdul«, würgte ich. »Du hast mir geraten, das Naheliegende zu tun, als Teil eines großen Plans. Aber es war kein großer Plan, sondern einer der Enge, des Hasses, der Bosheit, Abdul!«

»Sonst wären wir jetzt alle tot«, flüsterte Abdul schwach.

Mir wurde flau. »Du hast gewusst, dass Butcher …«

»Leslie hat das Kugelfischgift aus Wims Giftschrank genommen und es mit einer Spritze in die Safttüten gespritzt. Man hätte dann in der Cupola nur noch vergiftete Leichen gefunden …«

»Aber einige haben die Tüten nicht angerührt, darunter Leslie und … du!«

Abdul lächelte leise.

»Verdammt, Abdul! Ich hatte eine geladene Waffe in der Hand. Warum hast du nichts gesagt? Ich hätte sie auf Butcher richten können, und wir hätten ihn unschädlich gemacht.«

»Nein. Es wäre Meuterei gewesen. Du hättest Zippora, Wim und Artjom überzeugen müssen. Und wenn Artjom dich überwältigt hätte, dann wäre nichts gewonnen gewesen.«

»Aber wenn du wusstest, dass der Saft vergiftet war …«

»Das wusste ich nicht. Woher denn? Nie hätte ich gedacht, dass Leslie so weit gehen könnte. Ja, ich wusste, dass er die Erpressertexte verfasst hatte. Kleine Hinweise in der Wortwahl. Aber mir war nicht klar, wozu. Deshalb habe ich erst einmal behauptet, sie stammten von einem Übersetzungsprogramm. Sonst hätte Leslie mich genauso getötet wie Torsten. Aber die Tat konnte ich ihm nicht beweisen. Ich musste abwarten. Hätte ich meinen Verdacht offen ausgesprochen, hätte ich die halbe Crew gegen mich gehabt oder wäre ganz isoliert gewesen, so wie Torsten. So eine Kriegserklärung überlebt man nur, wenn man alle überzeugen kann. Solange wir uns nicht einig waren, waren wir dem Kommandanten ausgeliefert. Und wozu er fähig ist, haben wir ja jetzt gesehen. Die, die seinen Giftanschlag überlebt hätten, hätten Yanqiu dafür verantwortlich gemacht.«

»Es waren immerhin ihre Fingerabdrücke auf der Spritze!«

»Er hat sie gezwungen, es zu tun. Sicher hat er ihr gedroht mit irgendwas.«

»Sie erwartet ein Kind!«, fiel mir plötzlich ein.

Abdul lächelte schwach. »Er wird ihr damit gedroht haben, sie einer zu hohen Strahlendosis auszusetzen. Ich weiß nicht, ob Yanqiu uns das jemals sagen wird …«

»Aber sie wird sich doch nicht für ihn hinrichten lassen? Gar aus Liebe!« Das wollte allerdings entschieden besser passen. Es war von beklemmender Logik, wenn auch nur des Vorurteils. »Das große Opfer der Chang'e.«

Eine tiefe, müde Stille knisterte in den Laken und unseren Atemzügen, die Herz-Kreislauf-Überwachung piepste leise vor sich hin. Die Krankenschwester war inzwischen verschwunden, wie ich feststellte. Es war abartig still.

»Ich glaube nicht«, flüsterte Abdul kraftlos, »dass sie sich für ihn opfern wollte. Es war nur ihre einzige Chance, davonzukommen und ihr Kind zu retten.«

Vielleicht hatte sie den Kommandanten sogar geliebt. Womöglich war es ihr schwergefallen, gegen die Regeln zu verstoßen, und mit dem Mord an Torsten war sie sicherlich nicht einverstanden gewesen. Nur hatte sie sich da längst vollständig in Butchers Hand befunden. Er hätte sie vernichten können, so wie er Torsten vernichtet hatte. Und sie war doch schwanger. Das war ein zusätzlicher Grund für sie gewesen, um ihr Leben zu fürchten. Man hätte ihr Fragen gestellt, sobald offenbar geworden wäre, dass sie ein Kind erwartete. Leslie hätte glauben können, dass er auch sie töten müsse, bevor sie Antwort gibt.

»Ich denke«, wisperte Abdul, »Yanqiu hat tatsächlich zunächst die Absicht gehabt, sich vor uns allen mit dem vergifteten Saft zu töten. Doch als du sie dann beschuldigt hast, hat sie plötzlich begriffen, dass das ihre Rettung ist. Der Countdown lief schon, man würde sie mit dir und den anderen nach unten schicken. Leslie würde keine Gelegenheit mehr bekommen, sie zu töten, sie und das Kind. Vier oder fünf Mann haben sie bewacht, als sie in der Cupola angekettet war. Solange sie sich Mörderin nennen ließ, war sie in Sicherheit.«

Deshalb hatte sie sich also bei mir bedankt!

»Immerhin«, stöhnte ich, »ist auch Butchers Rechnung nicht aufgegangen. Er hat bestimmt geglaubt, Yanqiu würde den Freitod wählen, wenn ich mit dem Finger auf sie zeige und sage: Das ist die Mörderin von Torsten.«

»Ja, du hast sie gerettet!«, sagte der Pakistani zärtlich.

»Und du hast dich gerettet, indem du zugegeben hast, einen falschen Alarm ausgelöst zu haben, damit Chaturvedi ins Nirwana eingehen konnte.«

Abdul lächelte müde.

»Aber die anderen, Abdul! Vielleicht sind sie jetzt alle tot!«

Er schüttelte den Kopf. »Das wüssten wir. Wir hatten ja Funkverkehr mit der Artemis. Und die Bodenstationen auch. Und solange wir nichts sagen und Leslie nicht unter Druck gerät …«

»Aber wir müssen die Besatzung warnen.«

»Keine E-Mail, kein Telefongespräch geht an David vorbei. Er und Leslie kontrollieren letztlich die gesamte Kommunikation mit den Bodenkontrollstationen.«

»Aber keiner von beiden kann so gut Russisch. Und Oberst Pilinenko ist durchaus in der Lage, seinen Kommandanten unschädlich zu machen.«

»Falls er uns glaubt. Dir oder mir. Und selbst dann wird er es sich gut überlegen, ob er die Waffe auf einen Amerikaner richtet. In dreieinhalb Wochen kehren die meisten planmäßig zur Erde zurück, auch Butcher, mit seinen zwei Rekorden. So lange wird auch Yanqiu schweigen.«

»Aber wir können doch nicht einfach zuwarten.«

Abdul lächelte traurig. »Wir müssen sehr klug sein, Cyborg! Sehr klug! Das Leben der Artemis-Besatzung hängt von dem ab, was wir sagen … oder nicht sagen.«

»Aber Jockel hat mir Torstens Original-Flashcard abgenommen.«

»Wer?«

»Er ist der Vorsitzende des Mond-Clubs.«

Abduls Stirn verfinsterte sich. »Wenn er die Karte weitergibt, werden die Spezialisten bei der ESA oder NASA die geheimen Dateien finden.«

Wenn! Es schien mir zweifelhaft, vermutete Jockel doch ganz andere Geheimnisse. Oder irrte ich mich? War Jockel doch besser informiert, als ich dachte? War das der eigentliche Inhalt meiner geheimdienstlerischen Mission gewesen? Torstens per Telefonat nach Ratzenried angekündigte Beweise für den Skandal geheimer Liebschaften und Medikamentenabhängigkeit des Rekord-Kommandanten Butcher auf die Erde holen! Wenn es so war, dann hatten Jockel und Gunter Maucher immer vermutet, dass Torsten ermordet worden war.

»Umso besser!«, sagte ich. »Die ESA-Leute werden die versteckten Informationen auf Torstens Karte an Roskosmos weitergeben, und die werden Artjom irgendwie instruieren!«

Abdul schüttelte den Kopf. »Sie werden nichts unternehmen. Sie werden sich an die NASA wenden.«

Schwarz lag die Nacht hinter dem Fenster. Eine Fliege summte gegen die Scheibe. Ein Auto fuhr vorüber und jagte Scheinwerferreflexe über die weiße Wand des kleinen Zimmers.

63

»Wird man je einen Schifffahrtsdienst durch den Weltraum einrichten, der für das Sonnensystem nützlich sein wird? … Wird eine Verbindung den Besuch jener Sterne ermöglichen, die wie Ameisen am Firmament wimmeln?« *Reise um den Mond*, Jules Verne, 1869

Um halb fünf in der Frühe saß ich hinter Brontës Lenker und versuchte die seltsamen sich nach oben verjüngenden schwarzen Bahnen mit den weißen Streifen für etwas zu halten, was eine höhere Geschwindigkeit als achtzig erlaubte, während mein Handy sich am Zigarettenanzünder vollsog. An einer Tankstelle kaufte ich mir Zigaretten. Der erste Zug haute mich fast um, doch mit den alten Lastern kam auch die Optik ins Lot.

Den Männern mit den schwarzen Jacken und Trenchcoats war ich während der Pressekonferenz durch ein Klofenster entwischt. Ich würde ihnen nicht ewig davonlaufen können, aber erst einmal wollte ich nach Hause. Sollten sie mich dort zu den notwenigen Befragungen abholen.

Zur Pressekonferenz im LRF war so viel Fernsehen und Presse erschienen wie schon lange nicht mehr zu öffentlichen Verlautbarungen über langweilige Erfolge der europäischen Raumfahrt. Die Herren von der ESA und des LRF trugen nervöse graue Anzüge, Jockel schnaufte ungerührt in seinem Fleisch, Pjotr, Eclipse und Franco genossen die Aufmerksamkeit. Pjotr verkündete, Russland werde als erste Nation auf dem Mars landen, Eclipse schwärmte von dem Mondhotel, das er bauen werde, und Franco forderte einen europäischen Rat für Weltraumethik und versprach, ein Buch zu schreiben. Mohamed schwieg.

Mich hatte nur der Kaffee mit viel Zucker am Leben erhalten, während die grauen Anzüge sich in Ziele, Inhalte und Erfolge der Mondmission flüchteten. Erst nach einer halben Stunde technischer Selbstbejubelung biss Jockel als Vorsitzender des Mond-Clubs in den sauren Apfel, benannte die aktuellen Ereignisse, die »uns alle mit Bestürzung und Trauer erfüllen«, über die man aber mit Rücksicht auf die laufenden Ermittlungen keinerlei Auskünfte geben könne, und stellte sich den Fragen.

Ja, es habe auch einen Anschlag mit Kugelfischgift gegeben. Die Umstände würden rückhaltlos aufgeklärt werden. Ja, der indische Mondtourist Rakesh Chaturvedi habe einen religiös motivierten Freitod begangen. Nein, dadurch werde die internationale Raumfahrt nicht infrage gestellt. Astronauten aus fremden Kulturkreisen stellten keine größere oder geringere Gefahr dar als westliche Astronauten. Er, der Mond-Club und die gesamte europäische Raumfahrt stünden hinter dem *Code of Conduct* für die Artemis, der ausdrücklich keinen Unterschied zwischen Karriereastronauten und Touristen mache. Außerdem gelte Artikel 9, Absatz 3 des IGA, des *Intergouvernmental Agreement*, wonach jeder Partnerstaat grundsätzlich mit seinen Nutzungsrechten verfahren konnte, wie er es für richtig halte. Und Artikel 1 des Weltraumvertrags lege eindeutig fest, dass jedes Land das Recht habe, ins All zu reisen. »Aber natürlich«, schnaufte Jockel, »handelt es sich bei der Eroberung des Weltalls um eine Art *work in progress.*«

»Wir müssen sehr klug sein!«, hatte Abdul mir eingeschärft. Als ob ich jemals gewusst hätte, was klug war. »Das Leben der Astronauten auf der Artemis hängt von dem ab, was wir sagen …«

Oder nicht sagen!

Ich war durchs Klofenster geflüchtet und hatte mir am Flughafen ein Taxi in die Stadt genommen.

Die Sonne ging im roten Schleierwurf hinter der Schwäbischen Alb auf. Wolken grauten im Westen über dem Schwarzwald. Die Obstbäume an den Südhängen des Schönbuchs blühten. Irgendwann nadelte Stuttgarts Fernsehturm in der Flucht der Autobahn. Gegen halb sieben kurvte Brontë mit dem Instinkt eines alten Pferds auf dem Weg zum Stall über die Ab- und Auffahrten an der Universität vorbei und über den Schattenring in die Stadt hinab. Der Berufsverkehr war im Begriff, sich aufzustauen. Brontë hatte freie Auswahl an Parkplätzen in den Buchten vor den Läden am Stöckach.

»I hen Ihne die Zeitunge nuffglegt«, empfing mich Oma Scheible im Treppenhaus. »Und's Hundle, wo hen Sie des glasse? Wo kommet Sie überhaupt her so früh?«

»Vom Mond«, sagte ich.

»Schrecklich, was ma da hört. Sie hen's in den Nachrichte bracht. Eine Chinesin hat unsern Astronaute umbracht, den vom Bodensee. Dass ma überhaupt Fraue da nufflässt! Des gibt doch nur Mord und Totschlag.«

»Sie haben ja so recht«, sagte ich.

Ob ich je die Treppen in den dritten Stock hochkommen würde? Ich schnaufte auf dem ersten Absatz, keuchte auf dem zweiten und kotzte auf dem dritten. In der Wohnung stand die Luft. Es gelang mir nicht, das Küchenfenster aufzureißen, ohne den Blick hinüber auf den Bunker der Staatsanwaltschaft zu werfen, wo im dritten Stock Oberstaatsanwalt Dr. Richard Weber nicht mehr hinterm Fenster an seinem Schreibtisch saß. Und nie mehr sitzen würde. Dabei war erst unlängst die Staatsanwaltschaft mit schicken neuen Flachbildschirmen ausgestattet worden.

Wieso hatte ich nicht wenigstens mit einer Verbandsschere auf Jockel eingestochen? Warum hatte ich auf der Pressekonferenz nichts gesagt? Ein lähmender Mondeinfluss? War doch was dran an all dem Humbug? Oder brauchte meine Identität einfach den zerkratzten Holztisch in meinem Habitat mit den Kneipenstühlen, dem Fernseher auf der Kiste, den Bücherkisten an der Wand entlang, dem Orientteppich und dem Kleiderschrank im tanzsaalgroßen Badezimmer und der kochfremden Küche, damit auch die Rachegelüste wiederkamen? Einsame Gewaltfantasien!

Ich stellte mein Handy an und schob die obersten Zeitungen vom Stapel auf dem Tisch. Je tiefer ich in die Vergangenheit drang, desto mehr zitterten mir die Finger. Montag!

Mein Handy verlangte die Pin. Ich vertippte mich.

War eine Explosion auf einem Flugplatzfest in Oberschwaben dem *Stuttgarter Anzeiger*, den ich erst kürzlich wieder abonniert hatte, nicht einmal ein Fünfzeiler auf der ersten Seite wert gewesen? Wenn das so war, musste ich die Zeitung sofort wieder abbestellen und den Chefredakteur ohrfeigen! Vier Tote und keine Schlagzeile? Ein Stuttgarter Staatsanwalt unter den Toten! Und keine Zeile?

Mein Handy meldete: »Sie haben zwölf neue Nachrichten.«

Erst die Zeitung, dann das Handy oder umgekehrt? Jetzt zitterten nicht mehr nur meine Hände, sondern meine Augen. Sally hatte mir gesimst, die T-Mobile hatte gespamt, drei Anrufe von der Redakteurin der Sonntagszeitung. Und ziemlich am Ende der Reihe und am chronologischen Anfang: »Cipión bei Sally. R.« Mit Akzent auf dem O. Immer korrekt!

Wie? Was? Wo?

Ich stürzte aus der Wohnung die Treppen hinunter, hätte beinahe Oma Scheible über den Haufen gerannt und stürmte die Straße. Mein Verstand kam so schnell nicht mit, aber wozu brauchte ich ihn auch? Er flatterte einen halben Meter hinter mir her, als ich die Urbanstraße hinaufrannte, und fing mich erst wieder ein, als ich bei Sally unten an der Haustür klingelte.

Wie wundersam vertraut das war: Häuser, Straßen, Autos, fremde Menschen, der Duft nach Kaffee von irgendwo, der geschaffige Gestank von Autoabgasen, das Gedröhn des Berufsverkehrs ein paar Straßen weiter.

»Ja!«, tönte nach einer Weile eine verschlafene Stimme aus der Intercom, nein, aus der Gegensprechanlage.

»Ich bin's, Lisa. Lässt du mich rauf?«

»Lisa!«, kreischte der Lautsprecher. »Verdammt, wo hast du die ganze Zeit gesteckt?«

Ein Summen löste das Türschloss. Ich stolperte in die ersten Stufen. Achtzig Stück erwiesen sich als Zumutung für mondleichte Beine und eine verteerte Lunge. Wie lange würde es dauern, bis ich mich mit meinem Gewicht wieder versöhnt hatte?

»Sag mal …«, empfing mich Sally mit wirren Locken im Nachthemd mit Snoopy-Bildchen und nackten Beinen. »Um die Zeit!«

Da quetschte sich etwas zwischen ihren Waden durch und schlitterte auf den Treppenabsatz, schlappohrig und kurzbeinig, rau das Fell und haselnussig der Blick, ausgestattet mit einer patschnassen Schlappzunge, ein Bündel Begrüßungsfreude der unaussprechlichen Art.

»Cipión! Du Schlawiner, du Lump! Dass ich dich wiedersehe!«

»Leise!«, zischelte Sally. »Nebenan, der schafft beim Theater, der braucht seinen Schönheitsschlaf! Jetzt komm halt rein!«

Sie stopfte uns in den schmalen Flur und machte die Tür zu. »Und was fällt dir ein«, legte sie los. »Seit zehn Tagen weiß keiner, wo du steckst, ob du tot bist oder entführt oder was weiß ich. Übrigens, du siehst scheiße aus, weißt du das? Wo warst du eigentlich?«

»Auf dem Mond.«

»Das ist nicht witzig. Lisa! Weißt du, was für Sorgen wir uns gemacht haben? Nein? Warum hätten wir uns Sorgen machen sollen? Du hast dich ja vergnügt. War es das wert, dass du dafür alles stehen und liegen lässt und Cipión vergisst? Sally wird sich schon um den Köter kümmern, sie kann ja nicht Nein sagen bei den Viechern. Und jetzt?« Sie musterte mich mit Kopfkissenmuster auf der Backe und verschmierter Wimperntusche vom Vorabend.

Ich versuchte zu lächeln. »Hör mal, ich bin wirklich …«

»Ich will nichts hören!« Sie drehte um und schlappte in die Küche. Das Nachthemd schwänzelte um ihre runden Waden. Senta lag auf der Decke an der Heizung, zu faul und zu alt, um aufzustehen. Immerhin klopfte sie mit dem Schwanz ein paarmal auf den Boden. Sally lehnte sich gegen das Fensterbrett und zündete sich eine Zigarette an.

»Und nun?«, fragte sie.

»Was für einen Wochentag haben wir heute?«

»Donnerstag. Du warst zehn Tage weg, Lisa. Spurlos verschwunden. Wie vom Erdboden verschluckt. Richard ist schier gestorben vor Sorge.«

»Richard ist …« Ich schluckte. »Tot!«

»Quatsch! Er ist in Wien auf irgend so einer UN-Tagung zum Weltraumrecht oder so.«

Ich versuchte es vernünftig zu begreifen. »Und Susanne und die Kinder?«

»Wer ist Susanne? Welche Kinder?« In Sallys von Schlaf und Wimperntusche verschmierte Augen trat ein mitfühlendes Blitzen. »Hat Richard etwa was mit dieser Susanne?«

»Sie sind bei einer Hubschrauberexplosion beim Flugplatzfest in Wallmusried ums Leben gekommen.«

»So? Und wann soll das gewesen sein?«

»Am Sonntag vor zehn Tagen, Sally, an dem Vormittag, als man mich entführt hat. Richard ist mit Susanne, Luca und Diana in den Hubschrauber gestiegen, Juana ist mit Cipión und ihren Großeltern am Boden geblieben. Und ich … ich musste aufs Klo. Vom Klofenster aus habe ich gesehen, wie der Hubschrauber explodiert ist, und im selben Moment hat man mir K.-o.-Tropfen gegeben.«

»Ja, klar! So wird es gewesen sein. Sicher!« Sally rauchte. »Deine Storys waren auch schon mal besser, Lisa. Wenn ein Hubschrauber explodiert, das hätte man doch mitgekriegt. Das wäre in den Nachrichten gekommen. Aber du brauchst mich gar nicht anzulügen. Du bist erwachsen, du kannst machen, was du willst. Ich bin nicht deine Mutter.«

»Aber ich lüge nicht!«

»Nein, du lügst nie, ich weiß!« Sie öffnete das Fenster und aschte in den Aschenbecher, der draußen auf dem Fensterbrett stand.

»Das habe ich nicht gesagt!«

»Was wolltest du mir dann sagen?«

»Ich hab's vergessen.«

Normalerweise lachte Sally irgendwann, aber diesmal nicht. Es war ernster. Leider war es mir im Moment egal. Ich hatte viel zu viel damit zu tun, mein geistig-seelisches System den neuen Bedingungen anzupassen, die eigentlich die alten waren. Es hatte sich tatsächlich nichts verändert. Die Erde hatte sich kein bisschen weitergedreht, vermutlich hatte nicht einmal ich mich verändert. Warum auch. Mondstaub war zwar aggressiv und klebrig, aber nicht halluzinogen.

»Vielen Dank für alles, Sally«, sagte ich. »Aber jetzt muss ich los. Richard ist in Wien, sagst du?«

»Kann sein. Er ist mir ja keine Rechenschaft schuldig.«

»Sally, ich erkläre es dir ausführlich, wenn ich wieder zurück bin und wir mehr Zeit haben, ja? Cipión, komm!«

Sie blieb am Küchenfenster stehen, mit hochgezogenen Brauen und einer »Wenn du jetzt gehst, brauchst du dich nie wieder blicken zu lassen«-Miene.

Egal jetzt. Morgen würde ich es wiedergutmachen. Morgen oder übermorgen!

Der Dackel wedelte an der Tür, die Schnauze an der Ritze, damit er auch gewiss der Erste war, der hinauskam, sobald sich die Tür öffnete. Ich klemmte ihn mir untern Arm und rannte die achtzig Stufen hinunter.

64

»Kein Mensch kann zum Mond fliegen, ohne sich irgendwie zu verändern, nachdem er in einem tiefen Tal mit dem Blick auf den hohen Mons Vitruvius gestanden hat, über dem daumengroß die Erde schwebte, der Planet unserer Existenz.« Eugene Cernan (Apollo 17, 1972) in: *From the Earth to the Moon*, 1998

Vielleicht hätte ich doch umkehren sollen, dachte ich. Das war ich Sally schuldig als Freundin, aber achtzig Stufen! Und außerdem, Freundinnen mussten warten, wenn es um einen Mann ging.

Gegen zehn befand ich mich auf der Autobahn hinter München. Wie lange dauerte eigentlich so eine UN-Konferenz? Doch sicher keine vierzehn Tage, auch keine zehn Tage. Vielleicht hätte ich ihn anrufen sollen. Aber was sagte man, wenn die Stimme des Toten sich im Mobillautsprecher materialisierte? »Schön, dich zu hören! Damit hatte ich gar nicht mehr gerechnet.« Oder was?

Bei Freising stockte der Verkehr. Bis Passau flutschte es wieder. Die Donau rutschte unter uns hinweg. Nebel und Niesel hingen in den Bergen über Passau. Nie wieder werde ich über irgendein Wetter klagen. An der Ausfahrt zur Rastanlage gab es Gebremse bis zum Stillstand.

Da war mir plötzlich, als hätte ich Richards Daimler gesehen, wie er eben aus dem Beschleunigungsstreifen der Rastanlage gegenüber auf die Heimwegfahrbahn schoss: Scheinwerfer schräg wie Katzenaugen, schnell, verschwiegen, diplomatendunkel und schon weg.

Ich riss Brontës Lenker herum und röhrte aus dem Staustand in die Ausfahrt zur Rastanlage Passau, hielt vor den Toiletten und nahm mein Handy. Normalerweise telefonierte ich beim Fahren, aber nicht mit einem Toten. Das erschien mir riskant.

So wie mir jetzt schon Pumpe und Gebläse gingen. Ich tippte die 7, Richards Kurzwahlnummer.

Es klingelte und klingelte und klingelte.

Richards Luxusgefährt besaß eine Freisprechanlage, er hätte das Gespräch auch bei Tempo 200 annehmen können. Was hieß das nun, dass er es nicht tat? Dass er sein Handy nicht hörte, weil er nicht im Auto saß und ich ihn folglich nicht eben aus der Rastanlage gegenüber hatte herausfahren sehen? Oder sprach es dafür, dass er mich nicht sprechen wollte? »Was meinst du, Cipión?«

Der Dackel stellte die Ohren und schnüffelte den tieferen Sinn meiner Frage aus der Luft. Die Haarbüschel über seinen Haselnussaugen zuckten erst links, dann rechts.

»Gut, du hast mich überzeugt. Es ist eh sinnlos, ins Blaue hinein nach Wien zu fahren.«

Jede Rastanlage besaß einen Fluchtweg, die Wendestelle für Abschleppwagen und Abkürzung für Ortskundige. Ein bisschen blöd war es zwar, weil wir schon vor den Klos standen und zurück mussten, gegen die Einfahrtrichtung durch die Zapfsäulen, aber so ein weißer Porsche ist ja auch schnell verduftet, und solche illegalen Abfahrten verstecken sich gerne hinter Gebüsch, uneinsehbar von der Autobahn und der Rastanlage. Wir unterquerten die Autobahn und rollten von hinten durch die Brust ins Auge der Rastanlage auf der Gegenseite. Hier konnte Brontë wieder so tun, als seien wir aus Österreich gekommen, hätten ein bisschen geparkt und führen auf die Autobahn zurück. Und dann gib Gummi. Die alte Dame weigerte sich zwar stets, mir zu verraten, nach welcher der drei Brontë-Schwestern sie hieß – Charlotte, Emily oder Anne –, aber gegen einen ordentlichen Dauersprint hatte sie nie etwas einzuwenden. Vielleicht pfupferte sie auch ein bisschen der Wettkampf mit einem arroganten Luxusgeschoss der Neuzeit. Doch es genügte nicht zu heizen, was Brontës vierzig Jahre alten Töpfe hergaben. Auch Richard heizte stets am Limit des allgemeinen Verkehrsflusses.

Wenn wir ihn einholen wollten, brauchten wir, wo das Überhol-Image eines Porsche nicht reichte, das ganze Nötigungsinstrumentarium von Auffahren bis Lichthupe, und wenn die Bummler bockig blieben, dann mussten wir eben auf der rechten Spur überholen.

Auch auf der Erde ähnelten manche Projekte einem mathematischen Knobelspiel. Der Wagen A rast mit einem Vorsprung von sieben Minuten über die Autobahn. Seine Durchschnittsgeschwindigkeit beträgt 160 Kilometer pro Stunde. Der verfolgende Wagen B kann seine Durchschnittsgeschwindigkeit durch Ausnützen jeder Lücke im Verkehr auf 167 Stundenkilometer steigern. Wann holt Wagen B dann Wagen A ein?

Ich hatte viel Zeit, an der Rechenaufgabe zu scheitern. Der Bayrische Wald grünte, die Sonne stieg. Bei Deggendorf verließ uns der Tann, wir rasten über zwei Donaubrücken und tauchten erneut unter im Wald. Heilandsack! Geduld, Lisa! Landshut, Freising, Dachau. Ich begann zu zweifeln. Zweihundert Kilometer hatten wir weggerast seit Passau. München lag auch bald wieder hinter uns. Sinnlose Aktionen waren nicht immer sinnvoll! Auch wenn ich Lisa Nerz hieß, musste sich die Welt nicht meiner These über sie unterwerfen. Gib auf, Lisa! Außerdem brauchte Brontë dringend ein Getränk, wenn sie mir nicht auf dem Standstreifen verröcheln sollte.

Die Rastanlage Augsburg war Rettung in letzter Minute. Brontë soff. Cipión drängelte ins Freie. Ich parkte vor dem Rasthaus und ging ein Stück den Fluchtweg entlang. Auf den Feldern blühte endlos gelb der Raps. Darüber schwebte zartblau der Himmel. Es roch nach Benzin, Wind und Wolken. Zwei Krähen verfolgten einen Mäusebussard, der sich immer wieder fallen ließ, um ihren Schnabelhieben zu entgehen, und schließlich mit kräftigem Flügelschlag die Flucht nach oben antrat. Hassen nannte man das Verhalten der Krähen einem Beutegreifer gegenüber, mobben hieß es unter Menschen, und da traf es selten die Raubtiere.

Auf freiem Feld im Frühsommerwind wagten sich meine Gedanken ins Unerträgliche, zurück in die Enge der Artemis unter die Cupola mit dem Nachtsternenhimmel und dem Wüstentag. Ich sah sie wieder vor mir in ihrer Gier auf irdische Leckereien, Giovanni mit seinem Hundeblick, Gail in ihrer monströsen Erotik, die tittige Tamara, den halbmondbackigen Morten, Zippora mit ihrem Ameisenforscherblick auf unsere Irrungen und Wirrungen, Fred das Hädele und Bob den Schrank, Kommandant Butchers tickende Backe und Oberst Pilinenkos KGB-Blässe.

Eine zufällige Auswahl hatte ich in meiner Dummheit gerettet: die Mondgöttin Yanqiu, Abdul mit seinem Auge für geheime Muster, den todkranken Wim und Franco, den Kenner der Frauenärsche. Eclipse würde weiter mit Diamanten handeln, Pjotr würde erneut in die Duma gewählt oder von der Mafia erschossen werden, Mohamed würde seiner Frau das Autofahren weiterhin nicht erlauben, und ich würde wieder über kleine Morde aus der Region und Narrensprünge schreiben.

Dagegen hatte Gonzo womöglich bereits aufgehört, mit dem Flüssigspiegelteleskop im Shackleton-Krater und den Radioteleskopen auf der Mondrückseite nach dem Urknall zu suchen, und David tränkte seine Umgebung auch nicht mehr mit Schweißmolekülen. Was wucherte wohl in der Biosphäre, wenn Van Sung nicht mehr gärtnerte und Tupac, der indianische Medizinmann, sich nicht mehr um Bienen und Hanf kümmerte?

Der Gedanke war unerträglich. Sie mussten noch leben. Von einem Massensterben auf der Artemis hätten die Medien und die Öffentlichkeit erfahren. So etwas ließ sich nicht geheim halten. In dreieinhalb Wochen würde ein Großteil der Langzeitbesatzung in Cape Canaveral landen. So lange würde Yanqiu schweigen und in Haft bleiben. So lange würden alle, auch China, die Fiktion aufrechterhalten, sie sei Torsten Veiths Mörderin. Bevor sie nicht ihr Baby auf die Welt gebracht hatte, drohte ihr ohnehin kein Verfahren. Und dann musste sie beweisen, dass die Spritze im *food stock* schon lange in der Schublade gelegen hatte und von ihr nicht benutzt worden war, um den Saft zu vergiften. Immerhin hatten wir mit den begrenzten Mitteln der Artemis keine Spuren von TTX in ihr gefunden.

Vielleicht würde man Colonel Leslie Butcher nach der Landung noch die Pressekonferenz gestatten, auf der er sich als der Mensch feiern lassen würde, der den längsten Aufenthalt am Stück und den längsten Gesamtaufenthalt im All verbuchen konnte. Wenn auch auf Kosten seiner seelischen Stabilität. Doch danach würde man ihn festnehmen und verhören. Beweise würde man ihm nur schwerlich vorlegen können, aber vielleicht gestand er. Dann würde er zum Tode verurteilt werden. Gestand er nicht, würde er zumindest für immer von der Bildfläche verschwinden. Womöglich erhängte er sich in seiner Zelle.

Alles wird gut!

Erleichterung sackte mir in die Blase, und die verlangte ihrerseits Erleichterung. Cipión schnüffelte sich bereits am Straßenrand entlang durch Müll und Essensreste zur Raststätte zurück. Ich schnappte ihn mir und leinte ihn an, damit er nicht stracks in die Küche durchlief. Mein Sinn zielte auf die Piktogramme der Toiletten, der von Cipión in die andere Richtung. Sein dünnes Schwänzchen wedelte freudig.

Ich drehte mich um.

Da saß er am Fenster, die Hand am Kaffeebecher, die andere am Handy, die asymmetrischen Augen auf die Tastatur und seinen tippenden Daumen gesenkt. Er sah übernächtigt aus in seinem cognacfarbenen Anzug und beigefarbenen Hemd ohne Krawatte.

Mein Handy klingelte.

Auf dem Display erschien der Name »Richard«, während Richard sein Handy ans linke Ohr legte und den Blick nach rechts zum Fenster hinaus über die Tankstelle und die Autos schweifen ließ.

Ich drückte ihn weg. Er senkte sein Handy mit einem ungeschminkten Ausdruck von Angst, Ärger, Resignation und Scham, der mir ins Gemüt schnitt. Selten hatte er mir so viel Gefühl gezeigt, noch nie so viele gleichzeitig.

Ich ließ Cipión los. Er raste durch die Ständer mit Gebäck, Kaffeemaschinen, Obst und Teddybären und durch die Tische. Einem solchen Gehassel konnte kein Mensch seine Aufmerksamkeit verwehren. Bevor Cipión bei ihm angelangt war, hatte Richard ihn gehört und erblickt und ihm die Hand entgegengestreckt, um ihn davon abzuhalten, seine Krallen ins edle Tuch seiner Hosen zu schlagen. Und sofort blickte er auf, erstaunt und dennoch nicht überrascht.

Da war ich schon fast an seinem Tisch.

Er erhob sich, was er in jedem Fall aus Höflichkeit getan hätte. Richard gehörte zu den Männern, die im Restaurant aufstanden, wenn eine Frau sich erhob, um auf die Toilette zu gehen, und die erneut aufstanden, wenn sie zurückkehrte, um sich erst wieder zu setzen, wenn sie es sich bequem gemacht hatte.

»Da bist du ja«, sagte ich. »Und ich rase dir seit zwei Stunden hinterher.«

»Lisa, Himmel!« Er blickte auf sein Handy hinab und dann mir ins Gesicht. »Ich habe erst jetzt gesehen, dass du mich vorhin angerufen hast. Sonst hätte ich …«

Ich musste lachen. »Richard! Huhu! Lass mal dein Handy! Ich stehe vor dir. Mach mir Vorwürfe! Los! Aber richtig!«

»Was für Vorwürfe?«

»Ich war zehn Tage verschollen. Sally wird mir das wahrscheinlich nie verzeihen. Sie glaubt, ich sei einem hübschen Frauenarsch hinterhergelaufen. Was gar nicht so verkehrt ist. Es war ein roter Hintern.«

Richard runzelte die Stirn.

Ich setzte mich, damit auch er sich setzen konnte, und klaute ihm den Kaffeebecher für einen schnellen heißen Schluck. Neben dem Tablett stand ein Aschenbecher, in dem sich eine Kippe krümmte. Richard pflegte seine Kippen zu knicken.

Ich schaute wohl ziemlich konsterniert.

»Bis August darf man noch rauchen«, sagte er. »Außerdem sind wir in Bayern, da darf man es noch bis Neujahr.«

Endlich stimmte die Perspektive wieder. Willkommen, normaler Wahnsinn.

»Richard«, sagte ich, »wenn du mir keine Vorwürfe machst, dann mach ich dir welche. Denn irgendwelche müssen jetzt gemacht werden.«

»Warum?«

»Weil … weil …«

Er lächelte und raubte seinen Kaffee zurück.

»Sag jetzt bloß nicht«, warnte ich ihn, »dass du die ganze Zeit wusstest, wo ich war.«

Er hob den Becher. Seine milchkaffeebraunen Augen mit den grünen Einsprengseln glitzerten etwas zu nass über den Rand hinweg.

»Wie nennt man das?«, schnappte ich. »Freiheitsberaubung und in deinem Fall Beihilfe? Ich werde dich verklagen!«

Richard setzte den Kaffeebecher ab. »Ich weiß es erst seit drei Tagen, Lisa. Jockel hat mich angerufen und es mir gestanden, kurz bevor in den Nachrichten die ersten Meldungen über die ungeheuerlichen Vorgänge auf der Artemis liefen. Jockel hatte befürchtet, in diesem Zusammenhang werde auch dein Name fallen. Er fiel jedoch nicht.«

»Aber du hast mit ihm gewettet!«

»Himmel, ja, aber doch nicht, dass es ihm gelingt, dich zu entführen und da raufzuschicken. Außerdem ist es drei Jahre her.«

»Aber erzählt hast du es mir nicht, Richard! Von Neodym hast du gefaselt, über Urheberrechte und Wirtschaftsinteressen auf dem Mond, aber kein Wort darüber, dass ihr euch über mich und meine Mondreise gestritten habt auf Schloss Ratzenried. Warum hast du mir das verschwiegen?«

»Weil ich befürchtet habe, du könntest dich dafür begeistern«, sagte er ungewöhnlich offen.

»Aber warnen hättest du mich müssen! Du wusstest doch, dass Gunter und Jockel nach Ardans Tod mit dem Gedanken gespielt haben, mich ins STS-214 zu setzen. Du musstest wissen, dass dein Nein nicht genügt, diese beiden oberschwäbischen Schlawiner von ihrem Streich abzubringen.«

»Wieso habe ich das wissen müssen?«

»Dann kann ich dir nur gratulieren zu deiner hohen Meinung von deiner Autorität. Aber weißt du, was ich eigentlich glaube?«

Richards Lider flackerten.

»Du hast es mir … gegönnt. Eine kleine Versetzung … eine Strafversetzung auf den Mond, eine kleine Erziehungsmaßnahme …«

Richard schüttelte den Kopf.

»Dann hättest du besser aufpassen müssen. Du hättest mich zwingen müssen, mit euch in den Hubschrauber zu steigen.«

»Zwingen?«

»Wenigstens inständig bitten, so dass ich nicht hätte Nein sagen können.«

»Und, wärest du meiner Bitte gefolgt?« Sein Blick bohrte sich in meinen Augenhintergrund. »Die Wahrheit ist, Lisa, ich … ich habe es für völlig ausgeschlossen und gänzlich abwegig gehalten, dass man jemanden … wie dich …«

»Einen Straßenköter?«

»Lass mich doch ein Mal ausreden, ja?«

»Na bitte, endlich ein Vorwurf!« Ich konnte mich entspannt zurücklehnen. »Geht doch!«

Richards Augen sprühten. »Was willst du eigentlich hören, Lisa? Dass ich es im tiefsten Grunde meines Herzens in Ordnung fand, dass du dich mal nicht davonstehlen kannst, wenn du keine Lust mehr hast, dass du dich auf Gedeih und Verderb einlassen, anpassen, einfügen musst, an Regeln halten, weil man andernfalls sich selbst und andere in Lebensgefahr bringt? Und dass dir eine ordentliche Portion Unsicherheit und Angst nicht schadet?«

Ich schluckte nun doch ziemlich. »Was für eine Angst? Die um mein Leben oder die um deines? Letzteres wäre allerdings keine Angst gewesen, sondern eine grauenvolle Gewissheit, auf die ich lieber verzichtet hätte.«

Er zog erstaunt die Brauen hoch.

»Himmelherrgott, Richard, du bist tot! Ich meine, du warst tot. Zehn Tage lang! Ich habe den Hubschrauber explodieren sehen, kurz bevor mich die K.-o.-Tropfen ausgeknockt haben.«

»Welchen Hubschrauber?«

»He! Verarschen kann ich mich selber. Und Unwirkliches hatte ich in letzter Zeit auch genug! Wusstest du, dass einem da oben in absoluter Dunkelheit Blitze durch die Augen schießen, wenn der Sonnenwind auf die Außenwand des Habitats trifft? Das ist vielleicht ein Scheißgefühl, sag ich dir! Und darum brauche ich jetzt keine Hubschrauberexplosion, die als Blitz in meinem Sehzentrum interpretiert wird. Klar?«

Richard runzelte die Stirn.

»Dann bleib halt tot!«, fauchte ich, sprang auf und stürzte aus dem Restaurant, den sich querstellenden Köter hinterherziehend und ungeachtet der Bedürfnisse meiner Blase. Da stand sie dick und fett auf dem Parkplatz, die dunkle Limousine, nach deren Rücklichtern und Stuttgarter Kennzeichen ich zwei Stunden lang die Augen gespitzt hatte.

»Lisa, warte!« Richard kam mit bewundernswert ruhigem Atem bei mir an, während ich nach den paar Schritten schon wieder keuchte. Scheiß Mondgrippe!

»Da ist wirklich kein Hubschrauber explodiert«, beteuerte er. »Aber als wir gerade mit dem Hubschrauber gestartet waren, sind unter uns zwei Modellflugzeuge mit Benzinmotoren zusammengeknallt und auseinandergeflogen. Vielleicht hast du das gesehen.«

Ein faires Angebot. Wenn auch etwas mickrig. Zwei Modellflugzeuge! Eine Explosion von der Kategorie einer Silvesterrakete, in meinen neuronalen Netzen zu einem Großereignis mutiert, im Moment, da ich in Ohnmacht sank. Eine Halluzination? Na gut.

»Okay«, sagte ich. »Übrigens, ich habe dir was mitgebracht.«

Richard blickte stirnrunzelig auf die klobige Omega Speedmaster Professional mit sinnlos gewordenem RFID-Chip, die ich von meinem Handgelenk zog. »Noch mit Mondstaub im Armband, wenn du Glück hast.«

Seine Mimik füllte sich mit der wachen Aufmerksamkeit, die Männer nicht unbedingt ihrer Liebsten, aber auf jeden Fall technischen Ereignissen entgegenbrachten.

»Komm, Lisa, gehen wir rein und trinken Kaffee«, schlug er vor. »Oder hast du es eilig? Ich bin nämlich verdammt gespannt! Wie war es denn nun auf dem Mond?«

»Oje, Richard! Das darf man niemandem erzählen! Das glaubt einem keiner.«

Abkürzungsverzeichnis

ATV Automated transfer vehicle, selbständiges Überführungsfahrzeug, unbemanntes Raumschiff zum Transport von Nachschub.

BEAM (sprich englisch: Beam) sind bestimmte Roboter mit neuronalen Schaltkreisen nach biologischem Vorbild, die agieren und auf Außenreize reagieren können. BEAM steht variabel für: Biologie, Elektronik, ästhetisch, mechanisch. Oder: Bauen, Evolution, Anarchie, Modularität etc.

BLSS Biological life support system, biologisches Lebenserhaltungssystem.

Borg Gattung von Menschen mit elektronischen Implantaten, die wie ein Ameisenstaat organisiert sind, aus der Sci-Fi-TV-Serie *Star Trek*.

BS Biometrischer Sensor.

CC Command center, Kommando- und Kontrollzentrum.

CIP Crew interface processor.

COPUOS (sprich: Copuos) Committee on the Peaceful Uses of Outer Spaces, UN-Ausschuss für die friedliche Nutzung des Weltraums, Sitz in Wien.

Cyborg Abkürzung von **cyb**ernetic **org**anism; NASA-Begriff (Clynes u. Kline, 1960) für

Organismen, die künstliche Implantate enthalten, damit sie lebensfeindliche Welten erobern können.

DLR Deutsches Zentrum für Luft- und Raumfahrt e.V.

DMS Data management system, Datenmanagementsystem, Zentralrechner.

EAC European Astronaut Centre, Europäisches Astronautenzentrum in Köln.

EADS European Aeronautic Defence and Space Company, Europäischer Rüstungs- und Raumfahrt-Konzern, hervorgegangen aus der DASA (ursprünglich Deutsche Aerospace AG, dann DaimlerChrysler Aerospace AG) und einem französischen und einem spanischen Raumfahrtunternehmen.

ECLS Environmental control and life support system, Lebenserhaltungssystem.

EMU (sprich englisch: E.M.U.) Extravehicular mobility unit, Raumanzug für Außenbordeinsätze.

ESA (sprich: Esa) European Space Agency, Europäische Weltraumagentur mit Sitz in Paris.

ESOC (sprich englisch: E-Soc) European Space Operations Centre, Europäisches Raumflugkontrollzentrum in Darmstadt.

EVA (sprich englisch: E.V.A.) Extravehicular activity, Außenbordeinsatz.

GSOC (sprich englisch: G-Soc, deutsch: G.S.O.C) German Space Operations Center, deut-

	sches Raumfahrtkontrollzentrum in Oberpfaffenhofen, das Mission Control Center des DLR, das die bemannten und unbemannten Weltraumflüge überwacht.
HFE	Human factors engineering, unübersetzbar.
HHR	Human health and recreation, fiktive Sektion für Gesundheit und Erholung.
IGA	(sprich englisch: I.G.A.) Intergouvernmental Agreement, Vereinbarung der Regierungen.
IGS	Interconnection ground subnetwork, Bodenstationsnetzwerk.
ISRO	Indian Space Research Organisation.
Artemis-CDR	Artemis-Commander, Kommandant der Artemis.
ILOS	(sprich Englisch: Ilos) International Lunar Orbit Station, fiktive internationale Mondorbit-Station.
Intercom	Gegensprechanlage.
ISPR	International standard payload rack, internationaler Standardschrank für kommerzielle Versuchsanordnungen.
ISS	International Space Station, Internationale Raumstation.
JSC	Lyndon B. Johnson Space Center in Houston. Dort werden nicht nur alle bemannten Raumflüge gesteuert und überwacht, sondern auch die US-Astronauten ausgebildet.
LRV	Lunar roving vehicle, elektrisches Fahr-

zeug, das für die Apollo-Missionen gefertigt wurde und von dem seitdem noch drei Stück auf dem Mond stehen. Die Idee für die Bereifung aus Klaviersaiten soll von Eberhard Rees aus Trossingen stammen.

Lu-Bus Lunar bus, noch fiktives Transportsystem, das zwischen Mondorbitstation und Mond verkehrt.

Lunochod (sprich mit hartem ch), russisch für Mondgänger, war 1970 das erste ferngesteuerte Fahrzeug auf einem anderen Himmelskörper. Lunochod 14 ist eine Fiktion. Es handelt sich hier um einen selbständig fahrenden Forschungsroboter.

MELISSA (sprich: Melissa) Micro-ecological life support alternative, ein von der ESA entwickeltes System, in einem künstlichen Ökosystem mithilfe von Mikroorganismen und Pflanzen Abfall in Essen, Sauerstoff und Wasser umzuwandeln.

Mir Russisch für Frieden oder Welt, russische Raumstation, 1986–2001.

PDA Personal digital assistent, kleiner tragbarer Computer.

PDS Private data station, persönliche Datenbank.

PET (meist P.E.T.) Polyethylenterephthalat, Kunststoff für Getränkeflaschen.

PSD Payload service deck, Nutzlastdeck, kommerzielle Experimentiereinheiten.

RFID	Radio frequency identification, Transponder zur Identifikation.
SFOG	(sprich englisch: S-Fog) Solid fuel oxygen generator, Feststoff-Sauerstoff-Erzeuger. Sie werden angezündet und abgebrannt.
SSPC	Solid state power controller, Sicherung.
SSRMS	Space station remote manipulator system, Multifunktionsroboterarm für Außenreparaturen.
STS	Space transportation system, Raumfähren, fortlaufend nummeriert.
TCC	Trace contaminant control, Kontrolle von Spurenverunreinigungen in der Kabinenluft.
TDRS	Tracking and data relay satellite, Kursverfolgungs- und Datenrelaissatellit.
TMP	Das in Bayreuth ansässige Unternehmen Technologiemanagement Professional, das eine Technik für dreidimensionale Fernsehbilder entwickelt hat, die auf der ISS eingesetzt wird.
VCD	Vapor compression destillation, Luftfeuchtigkeitsdestillator.
20*C+M+B+07	Segen der Sternsinger, der auf Haustüren geschrieben wird, 20 vorn und 07 hinten stehen für 2007, die Buchstaben bedeuten: »Christus Mansionem Benedictat«, Christus segne dieses Haus. Der Stern steht für den Stern von Bethlehem, die drei Kreuze für die Dreifaltigkeit.

Ich weiß, meine Mond-Sammlung aus Lyrik, Literatur, Film, Doku, Pop und Theater ist nicht vollständig. Aber es sind doch ein paar Kuriositäten darunter.

Ca. 600 v. Chr.: Sappho: *Das Arignotalied*, auch *Atthis-Gedicht* oder *Nachtlied* genannt. Die griechische Dichterin (geb. zwischen 630 und 612 v. Chr., gest. um 570 v. Chr.) von der Insel Lesbos trauert einer jungen Frau nach, der sie ihre Gefühle nicht zeigen konnte. Der Mond steht hier auch traditionsgemäß für eine schöne Frau. Das Gedicht mündet in eine nächtliche Landschaftsbeschreibung. Es gibt einige Varianten von Übersetzungen. Ich würde es so ins Deutsche bringen wie zitiert. (Kap. 2)

120–180 n. Chr.: Lukian von Samosata: *Die wahre Geschichte, Der wahren Geschichte erstes Buch*, 165 (Lukian: Sämtliche Werke. Mit Anmerkungen. Nach der Übersetzung von C. M. Wieland. 2. Auflage Berlin, Propyläen-Verlag). Es handelt sich um eine Gesellschaftssatire. Der Held flattert wie Ikarus zum Mond, aber ohne Wachsflügel, damit sie nicht schmelzen. Die Bewohner des Mondes sind gerade im Krieg mit den Bewohnern der Sonne, in dessen Verlauf Pferdeameisen, Riesenspinnen und andere Wesen auftreten. (Kap. 33)

Vorkolumbisch: Legenden der Guaraní, in: Cadogan, Leon: *Ayvu Rapyta, Textos Míticos de los Mbyá-Guarní del Guairá*, www.geocities.com/ayvurapyta/content, 13.1.2008 und Biblioteca Virtual de Paraguay.) (Kap. 28 u. 39)

1593: Kepler, Johannes: *Somnium* oder *Der Traum vom Mond* (aus dem Lateinischen von Ludwig Günther, Frankfurt a. M. 1898). Ursprünglich eine Disputation für die Uni Tübingen. Kepler wollte zeigen, dass Mondbewohner sich im Zentrum des Kosmos glauben würden so wie die Erdbewohner. Damit wollte Kepler das von ihm weiterentwickelte kopernikanische Weltbild populär machen, was aber misslang. Die in einen Märchenrahmen eingebettete Beschreibung der Zustände auf dem Mond wurde erst vierzig Jahre später nach Keplers Tod veröffentlicht. Heute staunt man, dass Kepler sich vorstellen konnte, welch extreme Bedingungen bei einem Flug zum Mond und auf dem Mond herrschen. Er nahm auch Leben an, das sich an die Umweltbedingungen angepasst hat. (Kap. 1 u. 38)

1649: Bergerac, Savinien Cyrano: *Reise zum Mond und zur Sonne* (Frankfurt a.M. 2004). Bekannter ist uns der Franzose, Cyrano de Bergerac, als der Mann mit der langen Nase aus dem Film. Er füllt Fläschchen mit Tau. Die Sonne soll den Tau verdampfen und ihn so zum Mond tragen (erster Solarantrieb). Leider plumpst er beim ersten Versuch senkrecht wieder runter und landet, die Erdumdrehung mit eingerechnet, in Kanada, wo er durchaus gelehrt die Planetenbewegungen erläutert. Beim zweiten Mal klappt es. Der Mond erscheint als Paradies. (Kap. 7, 49, 53 u. 54)

Ca. 1750: Tobias Mayers Mondkarten und Mondkugel von Erwin Roth (Marbach a.N., 1993). Mayer war ein deutscher Kartograf und Astronom, der in Marbach am Neckar geboren, in Esslingen aufgewachsen und in Göttingen gestorben ist. Er fertigte genaue Karten vom Mond an und beschrieb die Libration des Mondes. Ihm war klar, dass der Mond zu klein ist, um eine Atmosphäre zu halten. (Kap. 18)

1786: Bürger, Gottfried August: *Abenteuer des Freiherrn von Münchhausen.* Auch den Lügenbaron Münchhausen verschlägt es mal kurz auf den Mond, wo kochende Wesen leben, die nur ein Geschlecht haben. (Kap. 23)

1865: Verne, Jules: *Von der Erde zum Mond* (Zürich 1966) beschreibt die Idee des Gun Clubs in den USA, mit einer riesigen Kanone eine Kapsel zum Mond zu feuern, und seine Verwirklichung bis zum Abschuss der Kapsel mit Menschen und zwei Hunden und nimmt damit erstaunlich viel vorweg, was später Wirklichkeit wurde. (Kap. 6 u. 31)

1869: Hale, Edward Everett: *Der Backsteinmond.* Der Pfarrer aus Boston veröffentlichte in der Zeitung *Atlantic Monthly* eine Sci-Fi-Serie, in der er erzählt, wie Menschen auf einem Kunstmond in 8000 km Höhe um die Erde kreisen und in einer besseren und glücklicheren Gegenwelt zur Erde leben. (Kap. 55)

1869: Verne, Jules: *Reise um den Mond* (Zürich 1969), beschreibt die Reise der zum Mond Geschossenen, die ihn wegen einer Panne aber nur umkreisen können. Da man nicht wusste, wie es auf der Mondrückseite aussieht, Verne aber wohl auch nicht phantasieren wollte, sehen die Reisenden in der Kapsel die Rückseite nur einen kurzen Moment lang, weil eine stellare Explosion ihnen Licht verschafft. Verne ging davon aus, dass es auf dem Mond Luft und Wasser gibt. (Kap. 25, 43, 44 u. 63)

1874: Helmholtz, Hermann von: *Über ein Theorem geometrisch ähnliche Bewegungen flüssiger Körper betreffend, nebst Anwendung auf das Problem, Luftballons zu lenken* (Monatsberichte der Königlich Preußischen Akademie der Wissenschaften zu Berlin, 1874). Helmholtz hat in diesem Vortrag zwar nur das Fliegen mit menschlicher Muskelkraft für unmöglich erklärt, aber er ist so verstanden worden, als hätte er es für überhaupt nicht möglich gehalten. Otto Lilienthal, der Anklamer Flugpionier, hat zwar auch nicht geschafft, mit Muskelkraft zu fliegen, aber (ab 1891) zu segeln, und das als Erster wiederholte Male. (Kap. 59)

1879: Fet, Afanassi: *Niemals.* Fet (1820–1892) ist ein russischer Lyriker, der in diesem Gedicht den Tod der Menschheit beschreibt. Er gilt als Vorläufer der russischen Symbolisten. (Kap. 21)

1886: Eschenbach, Marie von: *Der gute Mond* ist eine Novelle, die überhaupt nichts mit dem Mond zu tun hat. Der gute Mond, so wird nur ein guter und bescheidener Mensch genannt, von dem die Geschichte handelt. (Kap. 42)

1893: Ziolkowski, Konstantin: *Auf dem Monde* (Verlag Neues Leben, Das Neue Abenteuer, Heft 80, 1956). Ein literarischer Mond-Experimentierkasten für Jugendliche. Der Erzähler wird in einem Traum zusammen mit einem Physiker auf den Mond versetzt, bereist den Erdtrabanten und beschreibt die physikalischen Erscheinungen ähnlich wie Kepler. Nur dass der russische Raumfahrtvisionär Ziolkowski (ein tauber Mathematiklehrer vom Land) sehr viel genauer Wurfbahnen, Fallgeschwindigkeiten und Temperaturen analysiert. Die beiden Traumabenteurer springen mondleicht mit 15 Stundenkilometern dem Terminator (Sonne-Schatten-Grenze) über den ganzen Mond hinterher. Dazu würde man auf der Erde über 1600 Stundenkilometer schnell sein müssen. Ziolkowskis Leidenschaft für die Raumfahrt wurde von Jules Verne angestoßen. Ziolkowski entwarf praktisch die gesamte Raumfahrt des zwanzigsten Jahrhunderts. Zunächst entwickelte er 1903 die Raketengrundgleichung für Flüssigantriebe, die bis heute gilt (jeder Weltraumingenieur hat seinen Ziolkowski in Excel parat), dann beschrieb er ein Observatorium im All, das er Treibhaus nannte, denn die Kosmonauten sollten an Bord ihre eigenen Pflanzen anbauen. Er meinte allerdings, die Menschheit müsse dafür erst gezüchtet werden und nur die Besten dürften hinauf. Von ihm wird gern der Ausspruch zitiert: »Die Erde ist die Wiege der Menschheit, aber der

Mensch kann nicht ewig in der Wiege bleiben.« Nach ihm ist ein Krater auf der Mondrückseite benannt, den man im Film *Apollo 13* sieht. (Kap. 10, 11, 24, 27, 36 u. 58)

1899: **Lincke, Paul** (Komponist): *Frau Luna* (Operette), Berlin. Der Mechaniker Steppke bastelt einen Ballon für seine Reise zum Mond, wo die Götter der Sterne rauschende Feste feiern und es letztlich nicht anders zugeht als auf der Erde oder vielmehr in einer Berliner Etagenwohnung. (Kap. 14)

1901: **Wells, Herbert George:** *Die ersten Menschen auf dem Mond* ist einer der weniger bekannten Romane des britischen Pioniers der Sci-Fi-Literatur. Zwei Männer fliegen mit einer Kugel, die gegen Schwerkraft immun ist, zum Mond. Der Mond zeigt sich als Welt voller seltsamer Erscheinungen und Lebewesen. Einer der beiden Männer bleibt bei den Seleniten, der andere kehrt zur Erde zurück. (Kap. 30)

1923: **Oberth, Hermann:** *Rakete zu den Planetenräumen*, Berlin. Der Siebenbürger Sachse las ebenfalls begeistert Jules Verne, baute 1917 die erste Flüssigtreibstoffrakete und beschreibt in seinem Buch alle wesentlichen Elemente, die für den Bau von Mehrstufenraketen notwendig sind. Er war auch der wissenschaftliche Berater bei Fritz Langs Film *Frau im Mond.* Oberth schuf die Grundlagen für Raketentechniken der Nationalsozialisten. (Kap. 4, 48 u. 56)

1928: **Harbou, Thea von:** *Frau im Mond* (München 1969), schrieb den Roman und das Drehbuch zu Fritz Langs letztem, aber aufsehenerregendem Stummfilm (1929) mit dem gleichen Titel. Im Film wird der Countdown erfunden, allerdings aus dramaturgischen Gründen. Nur wenn Zahlen im Rückwärtsgang eingeblendet werden, wusste der Zuschauer genau, wann die Rakete starten wird. Beschrieben wird die Reise von vier Männern, einer Frau, einer

Maus und einem Jungen zum Mond. Sie landen auf dessen Rückseite, die Erde (hier ohne Wolkenbänder mit klarer Sicht auf die Kontinente und dünner Atmosphärenschicht gezeigt) verschwindet aus dem Blickfeld der Mondfahrer. Der Kampf ums Gold führt nach der Landung zu Pannen und Todesfällen. Mit dem Raumschiff können nicht mehr alle zurückkehren, weshalb der Held und die Frau auf dem Mond zurückbleiben. Wissenschaftlicher Berater bei Langs Film war Hermann Oberth, der Raketenpionier Deutschlands. Startgeschwindigkeit, Flugbahn und Startrampe (hier Wasser) werden gezeigt und erklärt. Der Raketenstart selbst kann nicht gezeigt werden, weil es bis dahin noch niemandem gelungen war, eine gesteuerte Rakete nennenswert vom Boden abheben zu lassen. Boden und Decke der Raumfähre sind mit Schlaufen besetzt, damit sich die Besatzung in der Schwerelosigkeit halten kann. Der Mond erscheint als sandige Wüste mit den typischen, sehr steilen Bergen. Ob es draußen Atemluft gibt, wird ganz einfach, nämlich mithilfe eines Streichholzes getestet, das sich entzündet. (Harbou: Kap. 3, 34, 35, 37, 45, 50, 51, 60 u. 61. Lang: Kap. 5, 16 u. 26)

1947: **Heinlein, Robert** A.: *Rocket Ship Galileo*, Romanvorlage für den US-Film *Destination Moon* (*Endstation Mond)*, 1950. Der Film gilt als Machwerk des Kalten Kriegs, denn wer den Mond beherrscht, beherrscht die Erde, weshalb die Amerikaner die Guten sind und den Mond einnehmen. Übrigens wird das Raumschiff von einer Frau kommandiert. Der Roman beschreibt die Abenteuerreise von vier US-Schulbuben zum Mond mithilfe eines selbstgebastelten Atomantriebs. Sie sind allerdings nicht die Ersten auf dem Mond. Die Nazis sind schon da, samt Atomraketen, und können überwältigt werden. (Aus dem Film: Kap. 17)

1957: Asimov, Isaac: *Ideen sterben langsam* (erschienen in *Galaxy Science Fiction*, 1957). Kurzgeschichte einer Mondflugfälschung, in: *Wenn der Wind sich dreht* (Bergisch-Gladbach 1983). Der US-amerikanische Autor schildert, was zwei Astronauten in einer Kapsel fühlen und erleben, die zum Mond geschickt wurde, allerdings nur zum Schein. Man will testen, wie sich Menschen verhalten, die tagelang auf engstem Raum fast bewegungslos beieinander hocken. Wegen einer Panne sehen die vermeintlichen Astronauten die Rückseite des Mondes, nämlich das Gestänge einer Attrappe, und werden darüber verrückt. (Kap. 15 u. 46)

1957: Martynow, Georgi: *Das Erbe der Phaetonen.* Ein wissenschaftlich-phantastischer Roman aus der DDR. Hier geht es eigentlich um eine Reise zur Venus, nachdem der Mond gänzlich erforscht ist. (Kap. 57)

1959: Kraft, Ruth: *Insel ohne Leuchtfeuer* (Vision Verlag, Berlin 1980). Ein Schlüsselroman über die Raketenbauer von Peenemünde zum Ende des Zweiten Weltkriegs, halb wahr, halb Fiktion. Kraft schildert Wernher von Braun als Mann, der nur an der Raumfahrt interessiert ist und das Raketenprogramm der Nationalsozialisten subversiv hintertreibt, was ihr von den Antifaschisten in der DDR reichlich Kritik eintrug. Das Buch wurde in der DDR dennoch eine halbe Million Mal verkauft und ist der einzige Roman einer Frau über die NS-Heeresversuchsanstalt auf der Insel Usedom. Kraft lässt ihre Figuren ausführlich über Fragen von Wissenschaft, Politik, Forschung und deren Missbrauch für den Krieg diskutieren. (Kap. 47)

1960: Schmidt, Arno: *Kaff – auch Mare Crisium* (Fischer 1973). Der Roman spielt in einem Dorf in Norddeutschland und auf dem Mond. Die Mondgeschichte ist in das Jahr 1980 verlegt. Die Erde ist durch einen Atomkrieg zerstört.

Oben führen ein paar Hundert überlebende US-Amerikaner und Russen im Mare Crisium den kalten Krieg fort. (Kap. 8)

1961: Braun, Wernher von: *Erste Fahrt zum Mond* (Fischerbücherei 1961). Auch der ehemalige SS-Offizier und spätere NASA-Ingenieur hat es sich nicht nehmen lassen, die damals schon sehr realen technischen Möglichkeiten eines Flugs zum Mond in einem fiktiven Reisebericht zu schildern. Ohne Wernher von Braun wäre das US-Raumfahrtprogramm nicht so schnell so weit gediehen, dass die Amerikaner die Ersten auf dem Mond sein konnten. Als Jugendlicher las auch von Braun die Romane von Jules Verne, lernte Oberth kennen und entwickelte für die Kriegsmaschinerie der Nationalsozialisten Raketen als Kriegswaffen. Das nützte ihm und den USA nach dem Krieg bei der Entwicklung der Saturn-V-Trägerrakete für das US-Raumfahrtprogramm. Seine Erzählung wurde übrigens von den Verschwörungstheoretikern auch als Beleg für die Fälschung der Mondlandung benutzt, denn er hatte die Mondlandschaft etwa so beschrieben, wie sie auf den Bildern von Apollo 11 zu sehen war, weniger zerklüftet, als man damals glaubte. (Kap. 32)

1964: Lem, Stanislaw: *Der Unbesiegbare.* Der polnische Philosoph der Science-Fiction beschreibt in diesem Roman keine Reise zum Mond, aber eine zu einem Planeten, auf dem ein Schwarm wütet, mutierte Ameisen-Roboter, die im Kollektiv ein einzelnes waffenstarrendes Raumschiff besiegen können. Was klein und viel ist, ist stärker als das, was individuell, groß und intelligent ist. (Kap. 13, 19 u. 52)

1967: Bowie, David: *Space Oddity*, 1969 (Album: *Man Of Words, Man Of Music*). Bowie erfindet Major Tom, der in einer Rakete startet. Der Kontakt zur Erde bricht ab und Major

Tom geht in den Weltraumseltsamkeiten verloren. Der Song war während des ersten Mondflugs der Amerikaner ständig im Radio zu hören und wurde ein Welterfolg. (Kap. 9)

1978: **Gamon, David** A. (auch: David Agamon): *Sungods in Exile* ist eine in Deutschland nicht bekannte, aber von einem Deutschen verfasste Satire auf Däniken und alle, die Belege finden, dass wir von außerirdischen Göttern abstammen. Die fiktive Dokumentation berichtet von zwei Wissenschaftlern, die in Tibet Gebeine kleiner Wesen und mysteriöse Steinräder mit Inschriften finden, die verraten, dass einst ein Raumschiff der Dzopa oder Dropa in Tibet eine Bruchlandung hatte. Ein weitere unerklärliche Erscheinung wird gern mit diesen Dropa in Verbindung gebracht: das **Tunguska-Ereignis**. Die Steinige Tunguska ist ein Fluss in Sibirien. Dort gab es im Jahr 1908 eine bis heute ungeklärte riesenhafte Explosion, verursacht entweder von einem Meteoriten oder, was ich für wahrscheinlicher halte, von Methangas. Man hat die Explosion auch dem Physiker und Erfinder des Wechselstroms, Nicola Tesla, zugeordnet. Er soll sie mit seinen hochenergetischen Strahlen verursacht haben. Stanislaw Lem verarbeitete das Ereignis in seinem Roman *Die Astronauten* als Explosion eines Raumschiffs mit Bewohnern aus der Venus-Gegend. Andere sehen darin den zweiten Versuch der Dropa, bei uns zu landen, um die Ihrigen zu retten. (Kap. 29)

1982: **Schilling, Peter:** *Major Tom*, Stuttgart (Album: *Fehler im System*). Schillings bekanntester (eigentlich einzig bekannter) Hit in den Zeiten der Neuen Deutschen Welle. Ist die deutsche Version von David Bowies *Space Oddity* und beschreibt Start und Raumflug von Major Tom, der schließlich im All verloren geht. (Kap. 41)

1985: Haraway, Donna: *A Cyborg Manifesto*, in: Haraway: *Die Neuerfindung der Natur: Primaten, Cyborgs und Frauen* (Frankfurt, New York, Campus 1995, S. 33–72, New York, 1985). Die amerikanische Feministin sah Chancen, aus den Gender-Rollen herauszukommen, im Entwurf eines Mischwesens aus Mensch und Maschine (zum Begriff »Cyborg« siehe Abkürzungsverzeichnis). (Kap. 20)

1988: Mecano: *Hijo de la Luna* (Mondkind) ist das in Deutschland bekannteste Lied der spanischen Popgruppe. Es erzählt die Legende einer Zigeunerin, die den Mond um ein Kind anfleht. Der Mond (la luna, weiblich) schenkt ihr ein weißes Kind, was den Mann, einen finsteren Zigeuner, so eifersüchtig macht, dass er sie ersticht und das Kind aussetzt. Es weint fortan im Mond. (Kap. 12, Übersetzung: Lehmann)

1989: Mehrbold, Ulf, und andere, in: *Der Overview-Effekt* (Frank White, Scherz-Verlag). Zwanzig Jahre nach Beginn der Raumfahrt beschreiben verschiedene Astronauten ihre Erfahrungen und Gefühle vor allem beim Anblick des Blauen Planeten aus dem All. (Kap. 22)

1992: Prinzen, Die: *Mann im Mond*. Einer der nicht ganz so bekannten Hits der DDR-Band. (Kap. 40)

1994: Lovell, James A.: *Lost Moon* ist die Romanvorlage zu dem Film *Apollo 13* (1995), die der damalige Kommandant des Unglücksflugs verfasst hat. Der Film endet mit dem von mir zitierten Satz, gesprochen von Tom Hanks in der Rolle von Jim Lovell. (Kap. 62)

1998: Cernan, Eugene, in: *From the Earth to the Moon*, DVD-Dokumentation in zwölf Episoden über die Apollo-Missionen, in der die Astronauten durch Schauspieler dargestellt werden, auch in: *In the Shadow of the Moon*, 2006, einem britischen Dokumentarfilm über die bemannte Raumfahrt der USA. Cernan war Kommandant von Apollo 17 (1972), der elfte Astronaut und zusammen mit Harrison Schmitt der letzte Mensch, der bis heute den Mond betreten hat. Seine Autobiografie trägt den Titel *The Last Man on the Moon*, 1999. Ich zitiere hier aber einen Satz, der im *Mondprotokoll 412* der Berliner Mondbeobachter (www.wfs.be.schule.de), 2008, Cernan zugeschrieben wird. Es gibt noch einen weiteren prägnanten Satz damals üblicher Astronautenpoesie, der von ihm gern zitiert wird: »Wir sind losgeflogen, um den Mond zu erkunden, aber tatsächlich haben wir die Erde entdeckt.« Sein letzter inoffizieller Satz, kurz bevor er den Fuß aus dem Mondstaub hob, lautete: »Okay, Jack. Let's get this mother outta here.« (Wikipedia) (Kap. 64)

Das **NASA-Game**, auch **NASA-Weltraumspiel**, gibt es seit den **70er Jahren** in der Gruppendynamik als Plan- und Rollenspiel. Es war bei Soziologen, Pädagogen und Führungskräfte-Trainern sehr beliebt. Seine Autoren sind unbekannt. Die Ausgangslage: »Euer Raumschiff legt eine Bruchlandung auf dem Mond hin, 200 Meilen entfernt vom Mutterschiff auf der Sonnenseite. Euer Raumschiff ist völlig zerstört, nur 15 Ausrüstungsgegenstände sind noch brauchbar. Euer Überleben hängt davon ab, dass ihr das Mutterschiff erreicht. Was braucht ihr dazu unbedingt?« Jeder und jede Einzelne und dann die Gruppe soll nun eine Prioritätenliste aufstellen: 1 für »am wichtigsten«, 15 für »am unwichtigsten«. Die Gegenstände sind: Streichhölzer, Lebensmittelkonzentrat, 50 Fuß Nylonseil, Fallschirmseide, tragbares Heizgerät, zwei großkalibrige Pistolen, Trockenmilch, zwei große Tanks mit Sauerstoff, Stellaratlas mit Mondkonstellation, sich selbst aufblasendes Rettungsfloß, Magnetkompass, fünf Gallonen Wasser, Signalleuchtkugeln, Erste-Hilfe-Koffer mit Injektionsnadeln, solargetriebenes UKW-Funkgerät. Die Nasa hat eine »richtige« Reihenfolge festgelegt, die leicht im Internet zu finden ist. Zum Schluss werden die Punkte der Gruppen in Relation zu den NASA-Punkten ausgezählt. Verloren hat die Gruppe mit der größten Punktabweichung.

Danksagung

Für die Fehler und Irrtümer im Buch bin ich allein verantwortlich. Für alles, was stimmt oder stimmen könnte, danke ich Herrn Dipl.-Ing. René Laufer, dem Fachmann für Monderkundung und Planer künftiger bemannter Mondmissionen am Institut für Raumfahrtsysteme der Universität Stuttgart. Er hat sich sofort für meine Idee begeistert und unglaublich viel Zeit genommen, mir die technischen und juristischen Dimensionen des Lebens auf dem Mond zu erklären, meine Vorstellungen von einer Mondstation mit dem Machbaren zu konfrontieren und jede Menge Ideen beizusteuern, auf die ich selbst nie im Leben gekommen wäre.

Prof. Dr. Ernst Messerschmid, dem einstigen Spacelab-Astronauten, Direktor des Instituts für Raumfahrtsysteme der Universität Stuttgart und Leiter des Europäischen Astronautenzentrums der ESA in Köln-Porz, danke ich für seine Anteilnahme an dem Projekt. Er hat mir den Mondarchäologen vorgeschlagen und meine Zweifel gemildert, ob ich Lisa Nerz denn wirklich ohne großes Training in eine Raumfähre setzen und zum Mond schießen kann. Seinen Büchern über Raumstationen und ihre Organisation verdanke ich außerdem reiche Beute an Fachbegriffen und Abkürzungen.

Mein Dank gebührt auch dem ESA-Astronauten Dr. Reinhold Ewald (Mir 1997), der sich die Mühe gemacht hat, mir die Aussprache der einzelnen Abkürzungen zu erklären und die im realen Astronauten-Latein gänzlich ungebräuchlichen Begriffe und Bezeichnungen auszusondern. Aber er trägt natürlich keinerlei Verantwortung für das Astronautenlatein, das meine lunare Besatzung spricht.

Für das stets wache Interesse, die neugierigen Fragen, Kritik und Begeisterung danke ich meinen Kolleginnen und Kollegen im SWR und dem SWR insgesamt für die großzügige und vorbehaltlose Anteilnahme an meinem Treiben.

Meiner Schwester, Maria Lehmann, und Alexander Archner bin ich dankbar fürs Testlesen und meinem Mann, Dr. Bertram Maurer, danke ich dafür, dass er mich nach einer Lesung aus dem *Allmachtsdackel* von Balingen nach Stuttgart chauffierte, als der fast volle Mond über der Schwäbischen Alb am Himmel stand und ich mich fragte: Wo soll Lisa Nerz das nächste Mal ermitteln?

Stuttgart, 29.2.2008
Christine Lehmann

Zurück zu den Anfängen der Luftfahrt:

Dagmar Scharsich

In Dagmar Scharsichs filigranem Zwei-Zeiten-Roman sieht man förmlich, wie der erste Zeppelin über der Hauptstadt kreist: ein kriminell-berauschendes Sittenbild des alten und neuen Berlin.

Der grüne Chinese

Ariadne Krimi 1180 · ISBN 978-3-86754-180-0

Marie Baer ist Antiquarin in Berlin Mitte. Kiezbewohner gehen bei ihr ein und aus; sie kauft, verkauft und unterhält Touristen mit Anekdoten. Eines Tages bekommt sie ein paar uralte Romanhefte angeboten: Wanda von Brannburg, Deutschlands Meisterdetectivin. Eine weibliche Heldin in einer Groschenheft-Serie aus der Kaiserzeit? Da gab es doch noch gar keine Detektivinnen! Aber das Manuskript, das Marie dann in die Hände fällt, ist von 1909 und anscheinend das Tagebuch einer jungen Baronesse, die in einen hochdramatischen Polit-Thriller verstrickt wird. Ist Wanda eine literarische Figur, oder hat sie wirklich gelebt?

Die gefrorene Charlotte

ariadne classic 011 · ISBN 978-3-86754-011-7

Berlin, August 1989, die letzten Wochen der DDR. Die stille Cora bekommt zum 30. Geburtstag sechs Gefrorene Charlotten, zarte Porzellanwesen aus Tantes kostbarer Puppensammlung. Dann plötzlich droht Pfändung, Cora trifft einen Antiquitätenexperten – ein Mord geschieht! Zugleich spitzt sich ringsum die Atmosphäre zu: In Berlin wächst der politische Unmut, bürokratischer Stellungskrieg und Verdächtigungen blühen. Wem kann Cora jetzt noch trauen?

»Ein ›Wendekrimi‹ über Antiquitäten, Stasi, Flucht, DDR-Alltag. Intensive Spannung!« *Sender Freies Berlin*

»Von einer erstaunlichen schriftstellerischen Meisterschaft und umwerfend originell.« *Stiftung Lesen*

Kriminelle Heimat

Christine Lehmann

»Christine Lehmann schreibt mit Herz und, eine Rarität im D-Krimi, (Wort-)Witz.« Tobias Gohlis, *Die Zeit*

»Lehmann ist den meisten deutschen Krimischreibern stilistisch haushoch überlegen. Man kann sich diesen Sound nicht antrainieren. Bei Lehmann beruht er auf Menschenkenntnis, Lebenserfahrung, Selbstironie und Belesenheit.« *Perlentaucher*

»Einsam, aufsässig und notorisch respektlos – ein klarer Fall von hardboiled woman.« *Konkret*

»Eine provokante, schnoddrige, nie slangprotzige Sprache … Lehmann lässt ihre Heldin weder ihre Gewöhn-dich-dran-Manieren noch ihr Rempelmaul zügeln. Gerade dass es uns nicht recht gemacht werden soll, bindet uns an die Figur.« *Stuttgarter Zeitung*

Harte Schule

Ariadne Krimi 1157 · ISBN 978-3-88619-887-0

Lisa Nerz, narbengesichtige Zeitungsreporterin mit beträchtlicher Erfahrung und guten Verbindungen, trägt gern Männerkleidung und genießt es, ihre arrogante blonde Volontärin zu triezen. Als auf einem Stuttgarter Schulhof ein ermordeter Lehrer liegt, nimmt sie die Fährte auf und folgt ihr bis in allerhöchste Kreise, wobei sie Kopf und Kragen riskiert …

Höhlenangst

Ariadne Krimi 1161 · ISBN 978-3-88619-891-7

Dunkel sind die Höhlen der Schwäbischen Alb. Doch das kann eine Journalistin vom Kaliber der Lisa Nerz nicht schrecken – wenn Gerüchte von Mord und Korruption umgehen, steckt sie ihre Nase auch ins finsterste Fledermausnest. Auf der Suche nach einem Staatsanwalt, einer Leiche, die eben noch da war, und ein bisschen Liebe nimmt Lisa Nerz waghalsige Klettertouren auf sich und entreißt dem unterirdischen Labyrinth die Wahrheit.

Kriminelle Heimat

Christine Lehmann

»Es sind nicht nur die Figuren, die Lehmanns Krimis haushoch aus den Niederungen der deutschen Kriminalliteratur hervorstehen lassen. Wunderbar geformte Bilder aus der Wirklichkeit, literarischer Realismus verdichtet in wenigen Worten: witzige und kunstvolle Krimis mit Klassikerqualitäten.« *krimiblog.de*

Allmachtsdackel

Nerz 6 · Ariadne Krimi 1169 · ISBN 978-3-88619-899-3

»Ganz stark! Ein Kommentar zur globalen Situation, situiert im Schwabenland. Christine Lehmann kann das, souverän und überzeugend.« Thomas Wörtche, *kaliber38*

»Lehmanns Schwaben-Western: Rinder, Söhne, Pietisten. Do legscht di nieder!« *arte/Krimiwelt*

Vergeltung am Degerloch

Nerz 1 · Ariadne Krimi 1165 · ISBN 978-3-88619-895-5

Junge Frau erschlägt jungen Mann auf Stuttgarts nächtlichen Straßen. Beziehungskrach? Missverständnis? Oder steckt mehr dahinter? Erster Auftritt der Journalistin Lisa Nerz, großspurig, narbengesichtig und sexuell hemmungslos.

Gaisburger Schlachthof

Nerz 2 · Ariadne Krimi 1167 · ISBN 978-3-88619-897-9

Lisa Nerz ermittelt im Fitnessstudio und stößt auf durchtrainierte Kriminelle, mysteriöse Drogen, einen geheimnisvollen Staatsanwalt, Leichen und Wirtschaftsbetrug.

Pferdekuss

Nerz 3 · Ariadne Krimi 1171 · ISBN 978-3-88619-171-8

Eine Zucht Vollblut-Araber ist ein Vermögen wert – aber wer hat dafür getötet? Lisa Nerz, die Witwe des einstigen Thronfolgers, kennt die zerstrittene Familie, in der einige Leute das stärkste Motiv der Kriminalgeschichte haben: Gier …

Krimineller Globus

Katrin Kremmler

Katrin Kremmlers Krimi-Figuren sind Frauen im Exil, Frauen anderer Kulturen, Asylantinnen, Globetrotterinnen, Illegale. Kremmler schreibt originell, stilsicher, witzig, bissig, sehr politisch, sexy und spannend. Süffisante, packende und kluge Krimis als (Zerr-)Spiegel des Hier und Jetzt: Das ist die edelste Aufgabe von Krimis, die Kremmler treffsicher und rasant komödiantisch erfüllt.

Blaubarts Handy

ariadne classic 013 · ISBN 978-3-86754-013-1

Die Mär vom Blaubart ist völlig aus dem Leben gegriffen. Nur dass der kompromittierende Gegenstand hier in Ungarn kein goldener Schlüssel ist. Es ist ein Handy.

Der abenteuerliche Alltag einer studierten lesbischen Büromaus im wilden Osten: Crime noir zwischen postsozialistischem Realismus und postkoitaler Romantik.

Die Sirenen von Coogee Beach

Ariadne Krimi 1145 · ISBN 978-3-88619-875-7

Sirenen sind unwiderstehlich. Ihr Lied besingt, nach was die Reisende sich sehnt. Solange sie singen, weißt du immerhin, woran du bist mit ihnen. Nur wenn sie schweigen, hast du ein Problem.

Australien zwischen kultureller Vielfalt und Einwanderungspolitik: eine provokante, humoristische Darstellung sozialer Realitäten.

Pannonias Gral – Der Krimi mit CD-ROM

Ariadne Krimi 1153 · ISBN 978-3-88619-883-2

Sinnliche und drastische Blicke aufs heutige Ungarn: Kremmler verwebt die Geschichte des historischen Seuso-Schatzes mit einer feministischen Gralssuche. Turbulent und hintergründig, mit einesm Bonbon für Liebhaberinnen von Computern und Cartoons.

Krimineller Globus

Merle Kröger

»Ein üppiger Genreroman, der alles hat, was des Krimilesers Herz begehrt: Action, Intelligenz, Wortwitz, Situationskomik, Liebe, Verzweiflung, Leidenschaft, Kampf, Korruption, Bedrohung, Aufbegehren, Abschied, Erkenntnis, Aufklärung. Respekt!.« Ulrich Noller, *WDR*

»So beherzt wie überzeugend … Merle Krögers Krimi ist auf der Höhe der Zeit, ihre Figuren sind so rund und bunt wie das Leben.«
Sylvia Staudte, *Frankfurter Rundschau*

Kyai!

Ariadne Krimi 1166 · ISBN 978-3-88619-896-2

In Berlin wird das erste Bollywood-Musical geprobt! Regisseur Cal Mukherjee reist aus Bombay an, und Mattie Junghans besorgt das filmische Begleitprogramm. Parallel kommt es zu dramatischen Ereignissen am Ostseestrand: Eine Politikerin legt sich mit der Bundeswehr an, und Mattie deckt eine düstere Realität hinter blühendem Raps und Windenergie auf … Am Ende ist die Nord-Idylle um eine Illusion ärmer, aber das Musical tritt zur Premiere an. Dazwischen Kung-Fu, geheimnisvolle Tote, ein norddeutsches Watergate, Filmschnipsel, Liebe und Songs.

Cut!

Ariadne Krimi 1146 · ISBN 978-3-88619-876-4

Ein Programmkino gibt seine letzte Vorstellung vor dem Abriss. Für Madita Junghans, die Norddeutsche mit den indischen Genen, endet eine Ära. Sie lässt sich überreden, in einem sehr privaten Fall Ermittlungen anzustellen, und verstrickt sich in den losen Fäden eines dunklen Kapitels deutsch-indischer Geschichte. Und dann gibt es Tote …

»Es gibt sie tatsächlich, die kleinen Wunder in der Kriminalliteratur. Merle Krögers Sprache ist einfach und bildstark, ihr Sinn für Dramaturgie und Spannung überzeugt. Nach Jahren der Dürre scheint sich ein Frühling im deutschsprachigen Kriminalroman abzuzeichnen: Merle Kröger könnte sich zur Avantgardistin in diesem Bereich entwikkeln.« Ulrich Noller, *WDR*

Kriminelle Heimat

Monika Geier

»Monika Geier verfügt über die Bösartigkeit aller guten Krimiautorinnen, über Witz und die Raffinesse für wirklich subtile Plots. Ihre Bücher sind mehr als eine Entdeckung, sie sind eine Befreiung.« T. Gohlis, *Die Zeit*

»Monika Geier ist eine versierte Stilistin und hierzulande eine der Besten des Geschäfts.« Ulrich Noller, *Deutsche Welle: Bücherwelt*

Wie könnt ihr schlafen

Ariadne Krimi 1110 · ISBN 978-3-88619-840-5

Leichenfund in Kreimheim: Bettina Boll wird in die Pampa geschickt. Als Verstärkung gibt man ihr den »kleinen« Willenbacher mit und informiert sie in letzter Sekunde, dass die fragliche Babyleiche seit 25 Jahren da liegt. Viel Glück beim Ermitteln, Frau Boll!

Neapel sehen

Ariadne Krimi 1136 · ISBN 978-3-88619-866-5

Die Lehrerin Aurelie betreute Sorgenkinder der Gemeine – nun liegt sie tot im Steinbruch. Kommissarin Boll ermittelt in brütender Hitze und stößt auf menschliche Abgründe ...

Stein sei ewig

Ariadne Krimi 1150 · ISBN 978-3-88619-880-1

Boll soll die Provinzvariante eines Kunstraubes aufklären. Dann gibt es eine böse Überraschung: Ein eiskalt inszenierter Mord erschüttert die Architekturfakultät Lautringens!

Schwarzwild

Ariadne Krimi 1174 · ISBN 978-3-86754-174-9

Zwei Wandersfrauen entdecken verdächtige Knochen im Wildschweingehege. Eine verschwindet spurlos in den Wäldern. Verirrt? Kriminalkommissarin Bettina Boll forscht nach. Was hat es mit dem geplanten Nazi-Trainingscamp auf sich? Und wo blieb der mazedonische Koch, der so unheimlich gut schlachten konnte?

Analysen im Argument

Liebes Verhältnisse

Ein Argument-Buch zum Schwerpunktthema Liebe
mit Beiträgen von Christine Lehmann, Judith Butler,
Elfriede Jelinek, Marge Piercy, Frigga Haug u. v. a.

Das Argument 273

ISBN 978-3-88619-672-2

Gefühle
Judith Butler: Zweifel an der Liebe
Wolfgang Fritz Haug: Othello oder Das rote Tuch der Leidenschaft
Darko Suvin: Gefühle bei Bertolt Brecht
Roger Behrens: Die Endgültigkeit der Gefühle

Gemeinwesen
Elfriede Jelinek: Ahörnchen und Behörnchen
Ton Veerkamp: Die Liebe zu Gott oder: Vom Politischen Eros
Frigga Haug: Knut, das kuschelige Raubtier
Elizabeth A. Povinelli: Jenseits liberaler Opferliebe. Christus, der Tod und der Andere

Imaginationen
Rafael Alberti: Unschuld
M. Tjaden-Steinhauer: Geschlecht und Liebe bei Engels und Zetkin
Christine Lehmann: Krieger und Blondinen – das Steinzeitmodell im Liebesroman zu Beginn des 21. Jahrhunderts
Susanne Maurer: »Schuld und Liebe« – eine Filmbetrachtung
Subhoranjan Dasgupta: Liebe im Land von Kama und Kaste
H. Amesberger, C. Dietl, B. Halbmayr, G. Ludwig: »Die Liebe ist ein seltsames Spiel« – Weibliche Vergesellschaftung in Liebesverhältnissen

Verschiebungen
Marge Piercy: Im Mark der Liebe, Angst
Volker Woltersdorff: Paradoxien prekärer Sexualitäten
Iris Nowak: Schreiben über Liebe in der Familie
Nicole C. Karafyllis: Das emotionale Gehirn als Geschlechtsorgan. Gedanken zur Liebe im Zeichen der Social Neurosciences
Abigail Bray: Intimität in der Kontrollgesellschaft. Zu Hardt und Negri